CHRISTIAN JACQ

Götterfluch

Der geraubte Papyrus

Die dunkle Priesterin

BÜCHER

Der geraubte Papyrus

Der junge Schreiber und Übersetzer Kel macht eines Morgens eine grauenhafte Entdeckung: Alle seine Schreiberkollegen sind ermordet worden. Er selbst ist dem tödlichen Giftanschlag nur entronnen, weil er verschlafen hatte. Der Vorgesetzte der Übersetzer hat noch im Todeskampf eine Notiz zu schreiben begonnen: „Entschlüssle den Papyrus …" Diesen Auftrag hatte Kel schon vor einigen Tagen von ihm erhalten, war aber bisher an der Aufgabe gescheitert. Kel nimmt den Papyrus an sich und flieht, als er erkennt, dass er auf der Liste der Tatverdächtigen ganz oben steht. Liegt in dem verschlüsselten Dokument der Grund für den Massenmord?

Die dunkle Priesterin

Kel hat sich auf die Suche nach seiner Geliebten Nitris gemacht, während er selbst nach wie vor gejagt wird. Und die Zahl seiner Verfolger wächst. Auch die Verschwörer, die die schöne Priesterin entführt haben, trachten nun auch Kel nach dem Leben. Sie haben durch ihre Spione erfahren, dass er trotz allem weiterhin versucht, zur Gottesdienerin zu gelangen. Doch sie haben das Nachsehen: Mit der Unterstützung seines treuen Freundes Bebon gelingt es Kel, seine Geliebte aus einem Geheimverlies in Sakkara zu befreien. Jetzt geht die abenteuerliche Suche nach dem Schlüssel zur weiteren Entzifferung des Papyrus unermüdlich weiter.

AUTOR

Christian Jacq, 1947 in der Nähe von Paris geboren, promovierte an der Sorbonne in Ägyptologie. Seine Romane, allen voran der große *Ramses*-Zyklus, wurden weltweit vierzig Millionen Mal verkauft, was ihm den Beinamen »Pharao der Auflagen« einbrachte. Von der *Osiris*-Reihe verkaufte er allein in Frankreich 800.000 Exemplare.

Von Christian Jacq bereits erschienen:

Osiris-Reihe: Der Baum des Lebens Osiris (36833) · Die Verschwörung des Bösen Osiris (36899) · Der Weg des Feuers Osiris (36901) · Das Geheimnis der Götter Osiris (36902)

Die Stätte der Wahrheit (35891) · Tutanchamun, Die Wächter des Todes (37592)

CHRISTIAN JACQ

Götterfluch

Der geraubte Papyrus

Die dunkle Priesterin

Zwei Romane in einem Band

Aus dem Französischen
von Anja Lazarowicz

blanvalet

Die Originalausgabe von »Der geraubte Papyrus« erschien 2006 unter dem Titel
»La vengeance des dieux – Chasse à l'homme« bei XO Editions, Paris.
Die Originalausgabe von »Die dunkle Priesterin« erschien 2007 unter dem Titel
»La vengeance des dieux – La divine adoratrice« bei XO Editions, Paris.

MIX
Papier aus verantwortungsvollen Quellen
FSC® C014496

Verlagsgruppe Random House FSC-DEU-0100
Das für dieses Buch verwendete FSC®-zertifizierte Papier
Holmen BookCream liefert Holmen Paper, Hallstavik, Schweden

1. Auflage
Taschenbuchausgabe August 2012 bei Blanvalet, einem Unternehmen
der Verlagsgruppe Random House GmbH, München.
Der geraubte Papyrus

Die dunkle Priesterin

Umschlaggestaltung: © Johannes Frick, Neusäß/Augsburg
Umschlagmotiv: © Getty Images / Vetta / Larysa Dodz; Fotolia.com / Daniel Fleck
ED · Herstellung: sam
Druck und Einband: GGP Media GmbH, Pößneck
Printed in Germany
ISBN: 978-3-442-37944-6

www.blanvalet.de

GÖTTERFLUCH

Der geraubte Papyrus

Roman

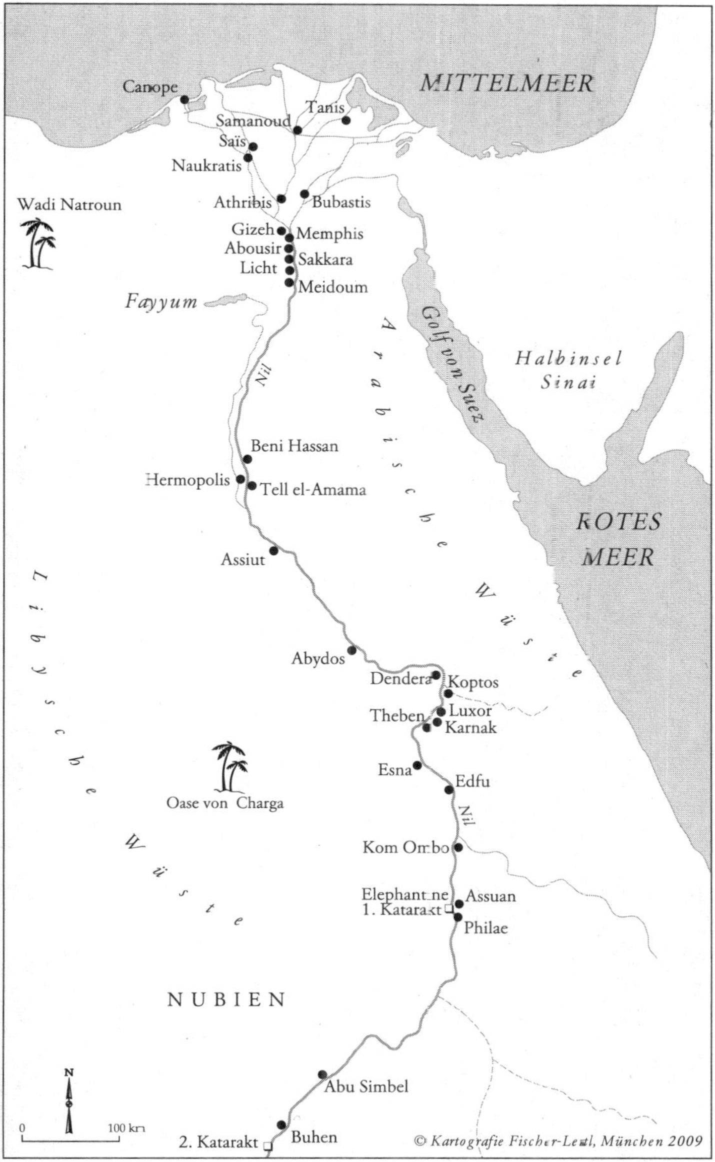

MITTELMEER
Canope
Tanis
Samanoud
Saïs
Naukratis
Wadi Natroun
Athribis
Bubastis
Gizeh
Memphis
Abousir
Sakkara
Licht
Meidoum
Fayyum
Golf von Suez
Halbinsel Sinai
Arabische Wüste
Nil
Beni Hassan
Hermopolis
Tell el-Amarna
ROTES MEER
Assiut
Libysche Wüste
Abydos
Dendera
Koptos
Theben
Luxor
Karnak
Esna
Edfu
Oase von Charga
Nil
Kom Ombo
Elephantine
1. Katarakt
Assuan
Philae
NUBIEN
N
Abu Simbel
0
100 km
Buhen
2. Katarakt
© Kartografie Fischer-Leitl, München 2009

Prolog

Wieder einmal hatten die Menschen einen Verrat begangen und ihr Wort gebrochen.

Gewöhnlich war der Sonnenuntergang ein friedlicher, heiterer Augenblick. Doch an diesem Abend ging die Sonne blutrot unter, und die Gottesdienerin spürte, wie ihr das Herz schwer wurde.

Als Herrscherin über die heilige Stadt Karnak vollzog die Priesterin die königlichen Rituale, legte den Grundstein für Bauwerke und leitete die Geschicke einer Enklave, die bei Pharao Amasis, der sich sehr für die Kultur der Griechen begeisterte, in hohem Ansehen stand. Seit Gründung der Dynastie von Sais durch König Nekao I. öffnete sich Unterägypten dem Rest der Welt und musste miterleben, wie die Sitten und Gebräuche mehr und mehr verfielen.

Da der Gottesdienerin der Ernst der Lage bewusst war, versuchte sie, die althergebrachten Werte zu retten. Dass ihr Land noch nicht im Chaos versank, war allein der strengen Einhaltung der rituellen Regeln zu verdanken – die kleinste Nachlässigkeit in dieser Hinsicht hätte verheerende Auswirkungen. Deshalb verlangte sie auch die allergrößte Ernsthaftigkeit von ihren Ritualisten und ihren Untergebenen, die ihr, der irdischen Gemahlin des verborgenen Gottes Amon, treu ergeben waren.

Diesem empfindlichen Gleichgewicht, das in Theben aufrechterhalten wurde, drohte die Zerstörung, weil die blutrote Sonne Gefahr ankündigte.

Weil die Götter weder die Blindheit noch das Mittelmaß der Menschen ertragen konnten, würden sie sich mit Sicherheit bald an ihnen rächen. Die Gottesdienerin befand sich im Auge des Sturms und wollte ihm bis zum letzten Augenblick standhalten.

Ohne irgendetwas an ihren Gewohnheiten oder der vorschriftsmäßigen Feier der Feste und Rituale zu ändern, wollte sie abwarten. Der Gewittersturm würde ihr Wesen schicken, die gegen das Unheil kämpfen und das Unglück abwehren wollten. Sollten sie sich dieser Aufgabe würdig erweisen, wollte sie ihnen den Schatz zum Geschenk machen, der in Karnak verwahrt war.

Würden sie mit seiner Hilfe der Rache der Götter entkommen?

1

Mit einem Ruck fuhr der junge Schreiber aus dem Schlaf auf und stürzte ans Fenster.

Dem Stand der Sonne nach zu urteilen, war es bereits später Vormittag.

Das hieße, dass er eines schweren Vergehens schuldig gesprochen würde, weil er mit ebenso großer wie unentschuldbarer Verspätung im Amt der Übersetzer erschien!

Kel war sechs Monate zuvor wegen seiner außerordentlichen Begabung für fremde Sprachen angestellt worden und musste seither Tag für Tag sein Können unter Beweis stellen und den Neid einiger anderer Schreiber ertragen. Da er über diese Anstellung sehr glücklich war, beklagte er sich nie und arbeitete mit solchem Eifer und Sachverstand, dass ihn sein Vorgesetzter, ein strenger und unnachsichtiger alter Gelehrter, bereits schätzen gelernt hatte.

Und ausgerechnet nach dem Tag, an dem er ihm ein sehr schwieriges Schriftstück anvertraut hatte, verschlief Kel!

Jetzt spürte er auch die heftigen Kopfschmerzen, die in seinem Schädel tobten.

Und der Albtraum, der ihn im Schlaf gequält hatte, fiel ihm wieder ein: Er hatte die Prüfung zum königlichen Schreiber nicht bestanden, weil er nicht in der Lage war, ein griechisches Schriftstück ins Ägyptische zu übersetzen und einen Verwaltungsbrief fehlerlos zu verfassen! Das Amt nahm ihm sein Ausbildungsgeld und schickte ihn in sein Heimatdorf zurück, wo ihn die Bauern verspotteten und mit den undankbarsten Arbeiten bedachten.

Beim bloßen Gedanken an ein derartiges Unglück trat Kel der Schweiß auf die Stirn. Er wusch sich flüchtig, rasierte sich mehr schlecht als recht und zog sich hastig an.

Wer weiß, vielleicht wurde der Albtraum ja schon bald Wirklichkeit! Ob der Vorgesetzte der Übersetzer wohl seine Entschuldigung annehmen und sich mit einem einfachen Tadel begnügen würde? Das war alles andere als sicher. Wegen seiner Vorliebe für Zucht und Ordnung hatte er bereits mehrere Mitarbeiter entlassen, weil sie ihre Arbeit seiner Meinung nach auf die leichte Schulter genommen hatten.

Wie hatte es überhaupt so weit kommen können? Am Vorabend war er einer überraschenden Einladung zu einem Festessen gefolgt, das der Große Schatzmeister ausrichtete. Mehrere Würdenträger waren geladen, darunter auch der Mann, der die Feste zu Ehren der Göttin Neith, der Schutzherrin der Stadt Sais, veranstaltete. Er wünschte die griechische Übersetzung einiger amtlicher Schriftstücke, die an hohe Offiziere gerichtet waren, die dem Oberbefehl eines ausländischen Feldherrn unterstanden – Phanes von Halikarnassos.

Sais, eine wunderschöne Stadt im westlichen Delta, die seit den Pharaonen der XXVI. Dynastie Hauptstadt war. Sais, dessen Tempel König Amasis, Verbündeter und Beschützer der Griechen, ständig verschönerte. Sais, kulturelle und wissenschaftliche Hochburg und Sitz der berühmten Schule für Medizin. Sais, wo der

Schreiber Kel im Dienste der Obrigkeit bis zu einem glücklichen Ruhestand zu arbeiten hoffte. Ein schöner Plan, der jetzt in Gefahr war!

Dabei hatte er sich den ganzen Abend sehr zurückgehalten und nur wenig gegessen und getrunken. Die Anwesenheit all der hochrangigen Persönlichkeiten und mehr noch die einer bezaubernden Neith-Priesterin namens Nitis, einer Schülerin des Oberpriesters, die für bedeutende Aufgaben bestimmt war, hatten ihn eingeschüchtert.

Ein einziges Mal nur hatten sich ihre Blicke gekreuzt.

Er hätte so gern mit ihr geredet, aber wie sollte er sie ansprechen? Und welche albernen Worte wären dann wahrscheinlich aus dem Mund des jungen Schreibers und Übersetzers gekommen? Nitis, ein köstlicher Traum, eine unerreichbare Erscheinung.

Und als er dann das Festmahl verließ, überkamen ihn plötzliche Schwindelanfälle.

Er musste sich ins Bett legen und dämmerte in einen unruhigen Schlaf, der immer wieder von dem kräfteraubenden Albtraum unterbrochen wurde, der für sein viel zu spätes Erwachen verantwortlich war.

Als er aus dem Haus lief, bemerkte er gerade noch rechtzeitig, dass er seinen kostbarsten Besitz vergessen hatte – seine Schreiber-Palette. Sie war aus Tamariskenholz und hatte mehrere Fächer für Pinsel und runde Näpfchen für die Tinte, die Kel selbst herstellte und um die ihn die anderen Schreiber beneideten, weil sie so gut war. Er lief zurück, schob das Schreibwerkzeug unter den Gürtel seines Lendenschurzes und befestigte daran noch ein kleines Gefäß mit Löschwasser, das mit einem Korken verschlossen war.

Der Schreiber trug, wie es seit Neuestem üblich war, keine Perücke, sondern die Haare kurz geschnitten. Duftwasser war allerdings für ihn auch weiterhin ein Zeichen guten Geschmacks. Es blieb keine Zeit, sich zurechtzumachen, und so stürzte Kel zu den Arbeitsräumen der Übersetzer von Sais, die sich mitten in der Stadt befanden, am Ende einer Sackgasse und in unmittelbarer Nähe der amtlichen Gebäude.

Dieser Amtsbereich erfüllte äußerst wichtige Aufgaben: Schriftstücke aus fremden Ländern, vor allem aus Griechenland und Persien, mussten übersetzt werden, für Pharao Amasis waren Zusammenfassungen davon anzufertigen, und die ägyptischen Schriftstücke aus der Verwaltung waren in verschiedenen Sprachen zu verbreiten. Angesichts der hohen Zahl an griechischen und libyschen Lohnarbeitern, die sich in Ägypten aufhielten und auch einen Großteil der Söldner ausmachten, waren diese Aufgaben von entscheidender Bedeutung.

Manchmal ergaben sich große Schwierigkeiten. So war es zum Beispiel gerade erst eine Woche her, dass sein Vorgesetzter Kel einen seltsamen verschlüsselten Papyrus anvertraut hatte, den bisher niemand entziffern konnte. In einer Mischung aus mehreren Sprachen verfasst, hatte er sich allen bekannten Entschlüsselungsmethoden widersetzt. Allzu begierig auf ein schnelles Ergebnis, mit dem er seinen Wert unter Beweis stellen könnte, stieß der junge Schreiber gegen eine schier unüberwindliche Wand. Aber er erwies sich als hartnäckig und ausdauernd und gab sich nicht so schnell geschlagen. Wenn man ihm genug Zeit ließ, würde er das Geheimnis ergründen.

Keine Wache an der Ecke der kleinen Straße.

Für gewöhnlich musste sich jeder Übersetzer ausweisen, und es wurde aufgeschrieben, wann er sich in dem Amt aufhielt. Offenbar war gerade Schichtwechsel, als Kel eintraf.

Er beschleunigte seinen Schritt und suchte dabei in Gedanken nach der besten Entschuldigung.

Die Eingangstür war nur angelehnt. Hier hätte ein weiterer Wachposten den Zutritt verwehren müssen.

Kel betrat das Haus und stieß gegen einen Körper.

Ein Soldat lag zusammengekrümmt auf dem Boden, mit den Händen griff er sich an den Magen. Er hatte sich übergeben. Das ganze Vorzimmer roch nach verdorbener Milch.

Der junge Schreiber packte den Mann an den Schultern und schüttelte ihn.

Er rührte sich nicht.

»Ich hole einen Arzt«, murmelte Kel.

Warum waren die anderen Schreiber diesem Unglücklichen nicht zu Hilfe geeilt?

Er durchquerte den Vorraum und betrat das große Arbeitszimmer, das er sich mit drei Schreibern teilte.

Vor Entsetzen blieb er wie angewurzelt stehen.

2

Drei Tote, zwei Männer und eine Frau.

Drei hochrangige Übersetzer, die dem jungen Kel das Leben schwer gemacht hatten, allerdings ohne dabei ungerecht zu werden. Er schätzte ihren Sachverstand und hatte Tag für Tag von ihnen gelernt.

Auch sie hatten sich erbrochen, ihre Gesichter trugen Spuren größter Schmerzen.

Der Schreiber wollte seinen Augen nicht trauen und beugte sich über die reglosen Körper.

»Wacht doch auf, ich flehe euch an!«

Neben der Frau lag ein zerbrochener Milchkrug auf dem Boden.

Der Krug mit der Milch, die Kel als jüngster Schreiber den anderen jeden Tag angeboten hatte, wenn sie geliefert worden war!

Entsetzt fragte sich der junge Mann, ob das alles wohl nur ein neuer Albtraum sei, führte dann aber seine Erkundung widerstrebend fort.

Im Zimmer nebenan vier weitere Leichen.

Dann drei, und noch einmal fünf… Die gesamte Besetzung des Schreiberamts war ausgelöscht worden.

Blieb nur noch das Zimmer ihres Vorgesetzten.

Kel zitterte am ganzen Körper, als er ihn an seinem Tisch sitzend mit gesenktem Kopf vorfand.

Einen kurzen Augenblick lang dachte der Schreiber, er sei am Leben.

Doch dem war nicht so. Der Leiter des Übersetzeramts hatte sich zwar nicht übergeben, aber auch er hatte von der tödlichen Milch getrunken, was der umgeworfene Becher neben ihm bewies.

Mit unsicherer Hand hatte er noch ein paar Worte auf ein Stück Papyrus geschrieben:

Entziffere das verschlüsselte Schriftstück und…

An wen sonst sollte dieser Befehl gerichtet sein, wenn nicht an Kel, dessen Fehlen dem hohen Beamten natürlich nicht entgangen war? Was aber, wenn es ihm gelänge, das Schriftstück zu entziffern?

Leergefegte Regale, entrollte und zerrissene Papyrusrollen, zerbrochene Holztafeln. Von der schönen, strengen Ordnung, auf die die Übersetzer so viel Wert legten, war nur noch ein Trümmerfeld übrig. Nicht ein einziger Winkel war verschont geblieben.

Offensichtlich hatten die Räuber nach einem Schriftstück gesucht. Ob sie es wohl gefunden hatten oder unverrichteter Dinge wieder abgezogen waren?

Und wenn sie nach dem seltsamen verschlüsselten Schriftstück gesucht hatten, das sein Vorgesetzter Kel anvertraut hatte? Zunächst verwarf der junge Mann diese Möglichkeit, doch dann kam er ins Grübeln. Als er sich dazu entschloss, verstieß sein Herr sowohl gegen die Gesetze der Rangfolge als auch gegen die übliche Vorgehensweise. Misstraute er der Obrigkeit, befürchtete er einen unbefugten Eingriff?

Vollkommen abwegige Vermutungen! Und dennoch … Es gab kein Übersetzeramt mehr, keinen einzigen Überlebenden!

Falsch.

Er, Kel, war dem Anschlag mit der vergifteten Milch entkommen, weil er verschlafen hatte. Und noch einer – sein Freund, der Grieche Demos, befand sich ebenfalls nicht unter den Opfern. Fassungslos untersuchte Kel noch einmal die Leichen.

Demos war nicht dabei.

Wie ließ sich dessen glückliche Abwesenheit erklären? Es gab zwei Möglichkeiten: Entweder hatte der Grieche nicht zur Arbeit erscheinen können, oder er war dem Anschlag entkommen. Die zweite Erklärung war äußerst unwahrscheinlich. Kel vermutete eher Unpässlichkeit oder, mit anderen Worten, einen zu reichlich begossenen Abend.

Fieberhaft auf der Suche nach der Lösung ging Kel in den Waschraum. Laut Anweisung ihres Vorgesetzten mussten sich die Schreiber mehrmals während der Arbeit die Hände waschen.

Unter dem Behälter mit der wohlriechenden Pflanzenseife hatte Kel ein Versteck eingerichtet, von dessen Existenz nur sein Herr und er wussten.

Aufgeregt entfernte er die kleine Steinplatte.

Die Rolle mit der verschlüsselten Schrift war verschnürt und unversehrt.

Sollte er sie hierlassen oder doch lieber mitnehmen und den Wachen übergeben?

Das Geräusch von Schritten ließ Kel hochfahren. Jemand hatte das Gebäude betreten.

Der Schreiber griff nach dem Papyrus und schob die Steinplatte wieder an ihren Platz. Dann lief er durch einen Gang zu einer Tür, die in einen kleinen Garten führte. Ein geflochtenes Palmblätterdach bot den Übersetzern angenehmen Schatten, wenn sie hier in der Pause ein wenig schwatzten und sich mit kühlem Bier erfrischten. Hier hatte Demos seinen Freund Kel ermutigt durchzuhalten, nichts auf den Tadel seiner Neider zu geben und zu arbeiten, ohne auf die Zeit zu achten. Ein hervorragender Übersetzer wie er musste einfach königlicher Schreiber werden und gehörte damit früher oder später zur herrschenden Schicht.

Kels größter Wunsch aber war es, Ägypten zu dienen, dem Land, das die Götter liebten. War die Lehre von der Sprache nicht auch die von Thot, dem Schutzherrn der

Schreiber? Indem er sein Wissen Tag für Tag vertiefte, hoffte der junge Mann, eines Tages die Weisheit zu erlangen, die Imhotep, der Erbauer der Stufenpyramide, gelehrt hatte. Schreiben war eine ernste Angelegenheit. Es ging nicht darum, seine Gefühle oder jeweiligen Vorlieben niederzuschreiben, sondern darum, Hieroglyphen, die »göttlichen Worte« zu zeichnen und im täglichen Leben zu verkörpern, indem man sich an die Gesetze von Maat, der Göttin der Gerechtigkeit, hielt.

Jetzt ging es aber zunächst einmal darum, den Angreifern zu entkommen, die vermutlich an den Schauplatz ihrer Untat zurückgekehrt waren.

Kel nahm Anlauf, und es gelang ihm, nach der Oberkante einer kleinen Mauer zu greifen und sich hochzuschwingen.

Auf der anderen Seite wäre er in Sicherheit!

3

Doch da täuschte sich Kel.

Die Männer, die in das Gebäude drangen, waren weder Mörder noch Räuber, sondern Soldaten, die sich Sorgen machten, weil ihr Kamerad am Eingang der Sackgasse nicht auf seinem Posten stand. Sie mussten nicht lange suchen, bis sie seinen Leichnam unter Palmzweigen versteckt entdeckten.

Der Anblick der vielen Leichen machte sie sprachlos.

Schließlich raffte sich einer von ihnen auf und ging zu seinem Vorgesetzten.

Nicht einmal eine Stunde später hatte ein Trupp Soldaten das Viertel abgeriegelt und vier ranghohe Persönlichkeiten machten sich nun ihrerseits mit dem Ausmaß der Tragödie bekannt.

»Das ist ja unglaublich«, erklärte Richter Gem, ein älterer Mann, den der Pharao an die Spitze des Gerichtswesens gestellt hatte. »Was für eine Untat! Ich werde die Untersuchung persönlich leiten.«

»Worum ich Euch sonst gebeten hätte«, ergänzte der stattliche Udja, oberster Befehlshaber über Sais und königlicher Siegelbewahrer, Aufseher der Gerichtsschreiber, oberster Gefängnisschreiber und Admiral der königlichen Flotte. Obwohl noch immer medizinischer Leiter der angesehenen Schule von Sais, gab er keine Gutachten mehr ab und beschränkte sich darauf, die Bibliothek, die Pflegemittel und die Ernennung neuer Ärzte zu beaufsichtigen. Udja war ein enger Vertrauter von Pharao Amasis und sozusagen sein Erster Minister – kein wichtiges Schriftstück blieb ihm verborgen.

»Was haltet Ihr davon, lieber Freund?«, fragte er Horkheb, den Palast-Oberarzt, der die Opfer bereits flüchtig untersucht hatte.

»Die Todesursache ist eindeutig: eine blitzschnelle Vergiftung. Schon eine winzige Menge der Milch hat wohl gereicht. Das konnte keiner überleben.«

Horkheb, ein gut aussehender Mann, rühmte sich, die königliche Familie ärztlich zu betreuen. Mit der Aussicht auf ein kleines Vermögen hütete er sich, Udja in den Schatten zu stellen, und mischte sich nicht in Reichsangelegenheiten ein.

»Werdet Ihr herausfinden, um welches Gift es sich handelt?«, wollte Richter Gem wissen.

»Ich werde es versuchen, aber ich mache mir keine großen Hoffnungen.«

»Müssen die Leichname verbrannt werden?«

»Nein, es besteht nicht die Gefahr einer Seuche. Trotzdem wäre es gut, wenn diese Unglücklichen möglichst bald begraben werden könnten.«

Der Richter erteilte seine Zustimmung.

Henat, der vierte Würdenträger, ein Mann mit schwarzen Haaren, prüfendem Blick und derart unauffälligem Benehmen, dass man ihn häufig übersah, war von Amts wegen Oberritualist, Diener des Gottes Thot und Palastverwalter. Vor allem aber musste er das »Ohr des Königs« spielen, das heißt, er war Leiter des Geheimdienstes.

Seine Anwesenheit bereitete Gem Kopfzerbrechen.

»Gibt es irgendwelche Einzelheiten, die Ihr mir mitteilen solltet, Henat?«

»Nicht eine einzige.«

»Untersteht das Übersetzeramt eigentlich nicht direkt Euch?«

»Doch, ja.«

»Sollte also der Grund für diesen Massenmord … eine Reichsangelegenheit sein?«

»Das weiß ich nicht.«

»Darf ich auf Eure uneingeschränkte Zusammenarbeit rechnen?«

»Natürlich, sofern sie nicht die Grenzen überschreitet, die mir Seine Majestät vorschreibt.«

»Ich wundere mich, dass Ihr hier seid.«

»Ihr habt es doch gerade selbst erwähnt – ich bin hier in meiner Funktion als Leiter des Übersetzeramtes.«

Oberarzt Horkheb bat darum, entschuldigt zu werden. »Nachdem man mich hier nicht mehr braucht, muss ich zurück in den Palast. Seine Majestät leidet an starken Kopfschmerzen.«

»Lasst ihm die beste Pflege zuteilwerden«, bat Udja zum Abschied.

Der oberste Befehlshaber über Sais, der Leiter des Geheimdienstes und der Richter beugten sich nachdenklich über den Leichnam vom Leiter des Übersetzeramtes.

»Er war ein hervorragender Mann mit überragenden Fähigkeiten«, sagte Udja. »Es wird alles andere als einfach sein, ihn zu ersetzen.«

»Richtig.«

»Ihr standet ständig in Verbindung, nehme ich an?«

»Er lieferte mir einen monatlichen Bericht ab.«

»Hat er Euch denn in letzter Zeit von ungewöhnlichen Vorfällen berichtet?«

Henat dachte kurz nach.

»Nein, es gab nichts Beunruhigendes.«

»Wurden denn in diesem Amt nicht auch äußerst schwierige Fälle behandelt?«

»Der Urkundenbote unterstand Seiner Majestät. Er ordnete die erforderlichen Änderungen an, die die Übersetzer lediglich ausführen mussten.«

»Mal ganz ehrlich, Henat, könnt Ihr Euch irgendeinen Grund für dieses Gemetzel vorstellen? Habt Ihr irgendeine Idee?«

»Nein, tut mir leid.«

Der Richter hatte ein Stück Papyrus entdeckt.

»*Entziffere das verschlüsselte Schriftstück und…* Was soll das bedeuten?«

»Das ist eine ganz normale Dienstanweisung. In diesem Amt werden Monat für Monat Dutzende von verschlüsselten Nachrichten untersucht und entziffert. Sie stammen aus unseren Gesandtschaften oder von unseren Leuten im Ausland.«

»Leider hatte der Verstorbene nicht mehr die Zeit, genauere Anweisungen zu erteilen oder den Adressaten zu nennen. Seine letzten Worte nützen uns deshalb nichts. Aber ich nehme doch an, dass Ihr eine Liste der Schreiber habt, die in diesem Amt gearbeitet haben?«

»Ja, natürlich«, murmelte Henat, »hier ist sie.«

Udja zählte die Beamten und kam auf achtzehn.

»Wir haben aber nur sechzehn Leichen gefunden! Ich verlange, dass alles noch einmal gründlich durchsucht wird.«

Aber die Suche blieb erfolglos.

Zwei Männer waren verschont geblieben.

»Ob sie wohl hatten fliehen können?«, überlegte Udja.

»Das kann ich mir nicht vorstellen«, meinte Gem. »Da sie nicht von der vergifteten Milch getrunken haben, halte ich sie eher für verdächtig.«

»Was, wenn sie keine Milch mögen oder aus irgendwelchen anderen Gründen nicht davon getrunken haben? Als sie den oder die Angreifer kommen sahen, haben sie es mit der Angst gekriegt.«

»Wieso sprecht Ihr von Angreifern?«

»Die Archive wurden verwüstet, oder besser gesagt geplündert. Erst hat man die Mitarbeiter vergiftet, dann Schriftstücke gestohlen. Fragt sich nur, welche.«

»Vielleicht haben wir es mit Spitzeln zu tun?«

»Nie und nimmer«, befand Henat. »Erstens kennen wir alle Übersetzer, außerdem würde es keiner wagen, ein solches Verbrechen zu begehen.«

»Dann war es also ein Fall von höherer Gewalt!«

»Ich wüsste nicht, von welcher«, entgegnete Richter Gem. »Ägypten lebt in Frieden, und jedes vorsätzlich begangene Verbrechen wird mit dem Tod bestraft. Ich glaube, dass nur ein Wahnsinniger so eine schreckliche Tat begehen konnte.«

»Und wenn es der Milchmann war?«, fragte Udja.

»Wie auch immer, das ist die erste Spur, die wir verfolgen müssen«, sagte Gem. »Die Wachen sollen sofort in der näheren Umgebung nachfragen und seinen Namen und seine Anschrift herausfinden.«

»Vielleicht müsste man nur in der Buchführung nachsehen – wenn sie nicht zerstört worden ist?«, schlug Henat vor.

»Darum kümmere ich mich. Die zweite Spur sind die beiden Schreiber, die fehlen. Wie können wir herausfinden, wer sie sind?«

»Kennst du außer dem Leiter des Übersetzeramts noch weitere Schreiber?«, fragte Udja Henat.

»Ja, sechs.«

Als ihre Namen aufgezählt wurden, strich sie Gem von seiner Liste – genau wie den Namen der Frau.

»Befragt die Wachen, die heute zu ihrem Glück frei hatten«, schlug der Leiter des Geheimdienstes vor. »Sie können uns sagen, wer die Toten sind; und dann erfahren wir die Namen der beiden Abgänger.«

4

Nachdem Kel lange gelaufen war, blieb er stehen und legte eine Verschnaufpause ein.

Männer standen Schlange, um sich von einem fahrenden Haarschneider den Bart rasieren zu lassen, Bauern trieben ihre Esel mit Körben voller Gemüse zum Markt, Frauen schwatzten vor ihren Häusern, ein alter Mann verspeiste im Schatten ein Stück frisches Brot … Das Leben nahm seinen Lauf, als wäre diese fürchterliche Geschichte nicht geschehen.

Kel konnte das Bild der Leichen vor seinem inneren Auge nicht verdrängen.

Um einen solchen Massenmord zu planen und auszuführen, bedurfte es genauester Vorbereitung. Ganz offensichtlich handelte es sich nicht um die Tat eines Wahnsinnigen, und es mussten mehrere Personen daran beteiligt gewesen sein. Allein konnte der junge Schreiber keine Nachforschungen anstellen, also wollte er gemeinsam mit Demos, der vielleicht mehr wusste, zu den Wachen gehen.

Sein griechischer Freund war bestimmt zu Hause, krank oder bewegungsunfähig. Oder er hatte die Angreifer gesehen und musste sich verstecken.

Kel beeilte sich, zu der Behausung von Demos zu gelangen, einem kleinen weißen Haus mitten in einem einfachen Stadtviertel. Von seinem Vorgesetzten und den erfahrenen Schreibern hochgeschätzt, hatte der Grieche bereits einen wichtigen Posten inne und sollte schon bald eine Abteilung des Übersetzeramts leiten. Außerdem war Demos ein leidenschaftlicher Verehrer der alten Schriften und schätzte Sais sehr – nicht zuletzt wegen seiner ausgezeichneten Weine. Manchmal konnte er sich nicht mäßigen und trank sich einen Rausch an. Hätte sein Vorgesetzter davon erfahren, hätte er ihn auf der Stelle entlassen.

Kel eilte durch den kleinen Innenhof. Links war die Küche, die sich zum Teil im Freien befand. Weil Demos meistens im Gasthaus aß, benutzte er sie kaum. Der Raum war aufgeräumt und vollkommen sauber. Rechts davon betrat man den Wohnraum.

Der junge Schreiber klopfte.

Keine Antwort.

Er klopfte noch einmal.

»Ich bin es, Kel. Du kannst ruhig aufmachen.«

Er wartete lange.

Dann stieß Kel die Tür auf. Der hölzerne Riegel war nicht vorgeschoben gewesen.

Plötzlich rechnete er mit dem Schlimmsten. Was, wenn die Mörder Demos bis hierher gefolgt waren?

Das kleine Wohnzimmer war leer. Kein Durcheinander. Nur drückende Stille.

Der junge Mann betrat das Zimmer. Da gab es ein gemachtes Bett, eine Wäschetruhe, ordentlich zusammengelegte Kleider auf einem niedrigen Tisch, zwei Öllampen, einen Papyrus mit dem Titel *Die Abenteuer von Sinuhe*. Demos las gern vor dem Einschlafen.

Kel öffnete die Truhe und schaute unter das Bett.

Nichts.

Jetzt blieb nur noch der Keller, in dem der Grieche guten Wein in Fässern gelagert hatte.

Sie waren unversehrt und schienen auf seine Rückkehr zu warten.

Schließlich nahm sich Kel die Wohnung ein zweites Mal vor in der Hoffnung, irgendeinen Hinweis auf Demos' Verbleib zu finden.

Doch die Mühe war vergeblich.

Als er das Haus gerade verlassen wollte, trat ihm ein kräftiger Mann in den Weg.

Kel fuhr zurück und versuchte sich einzusperren, aber eine starke Hand packte ihn am Handgelenk.

»Was treibst du hier, Bürschchen?«

»Ich … Ich wollte meinen Freund Demos besuchen.«

»Du bist doch nicht etwa ein Dieb?«

»Nein, ich schwöre es!«

»Wenn Demos dein Freund ist, musst du seinen Beruf kennen.«

»Er ist Schreiber, genau wie ich.«

»Schreiber, Schreiber, das reicht mir nicht. Von denen gibt es Tausende. Werde etwas genauer.«

»Das geht nicht.«

»Wie? Was soll das heißen?«

»Wir sind zum Schweigen verpflichtet.«

Der Mann verzog sein Gesicht zu einem spöttischen Grinsen.

»Geh vor, ich will mich selbst überzeugen, ob alles in Ordnung ist und du nichts gestohlen hast.«

Kel zögerte. Wollte ihn der Kerl vielleicht töten, vor neugierigen Blicken geschützt?

Nun stieß er ihn grob ins Haus zurück.

»Du kannst dich nicht wehren, stimmt's? Ein echter Schreiber eben, der mit dem Kopf lebt und seine Fäuste vergessen hat.«

»Deine Gewalt führt jedenfalls nur zu Ungerechtigkeit.«

»Ich halte nichts von großen Worten …«

Misstrauisch untersuchte der Mann die beiden Zimmer.

»Es fehlt nichts. Aber jetzt werde ich dich durchsuchen.«

Kel zeigte ihm seine Palette und den verschlüsselten Papyrus.

Das war der Augenblick der Wahrheit.

Gehörte der Kerl zu der Mörderbande, würde er sein Opfer töten, um an das Schriftstück zu gelangen.

»Behalte deine Schätze, Schreiberling. Ich kann nur ein paar Wörter lesen und schreibe nie.«

»Wer seid Ihr denn?«

»Ich bin der Wäscher von diesem Viertel. Die ägyptischen Frauen weigern sich, diese anstrengende Arbeit selbst zu machen. Das ist zwar nicht immer ein angenehmer Beruf, aber ich bin angesehen und verdiene gut. Demos hat mir seine Wäsche anvertraut. Ein anspruchsvoller Kerl, der immer gut gezahlt hat. So einen Kunden verliert man nicht gern.«

»Verlieren … Warum sagt Ihr das?«

»Weil er gestern Abend abgereist ist.«

»Gestern Abend … Wisst Ihr vielleicht, wohin?«

»Ich hab da so eine Ahnung.«

»Sagt es mir, ich bitte Euch!«

»Als ich ihm letzte Woche seine Wäsche gebracht hab, hat er mir einen Becher Wein angeboten. Der hat komisch geschmeckt, war irgendwie viel zu süß. ›Er kommt aus Naukratis, und ich mag ihn sehr gern‹, hat er gesagt. Vielleicht besucht Demos da unten ein paar Freunde, um mit ihnen einige Fässer zu leeren. Naukratis ist die Stadt der Griechen.«

5

Während die Wachen in der Masse der verstreuten Urkunden nach aussagekräftigen Schriftstücken suchten, untersuchte der Erste Wächter, der am Morgen des Mordanschlags gefehlt hatte, die Leichname.

Der Mann war den Tränen nahe und konnte seine Betroffenheit nur schlecht verbergen.

»Ich habe sie alle gekannt… Wer macht denn nur so etwas Entsetzliches?«

»Beherrscht Euch bitte«, ermahnte ihn der Richter. »Zwei Schreiber fehlen, ich will ihre Namen wissen.«

»Es gibt zwei Überlebende? Ach ja, Demos und Kel.«

»Erzählt mir von ihnen.«

»Demos ist Grieche und fünfundzwanzig Jahre alt. Er wird allseits hoch geschätzt und arbeitet hier bereits seit drei Jahren bei den Fachleuten für die Beziehungen zu den Nachbarländern. Höflich, freundlich und geschmackvoll wie er ist, wird er es bestimmt noch weit bringen.«

»Verheiratet?«

»Nein, er ist ledig.«

»Irgendetwas aus seinem häuslichen Leben?«

»Nein, ich weiß darüber nichts. Sein Dienstherr, Henat, hat aber vielleicht eine Akte über ihn.«

Gem wandte sich an Henat.

»War das üblich?«

»Ja, natürlich.«

»Besitzt Ihr davon eine Zweitschrift?«

»Die Vorschriften wollen es so.«

»Dann möchte ich dieses Schriftstück einsehen.«

»Dazu müssten wir erst eine Genehmigung aus dem Palast einholen.«

»Schon genehmigt«, bemerkte Udja knapp.

Der Herr über den Geheimdienst rief einen Untergebenen zu sich.

»Legt dem Richter alle Unterlagen vor, die die Übersetzer betreffen.«

Gem war überrascht. »Habt Ihr meine Bitte geahnt?«

»Als der Herrscher von Sais meine Anwesenheit bei der Untersuchung mehrerer Morde im Übersetzeramt verlangte, dachte ich mir gleich, dass der Leiter der Untersuchung diese Unterlagen bestimmt sehen will.«

Der Richter studierte die Akte über Demos.

Das Ebenbild eines vorbildlichen Beamten.

»Was ist mit dem anderen, diesem Kel?«, fragte er den obersten Wachen.

»Ein außergewöhnlicher junger Mann, mehr als begabt, der neueste Mitarbeiter in diesem Amt. Seine erstaunlichen Fähigkeiten haben Neid erweckt, aber er legte so viel Arbeitseifer an den Tag, dass seine Neider nur im Stillen maulen konnten. Und Demos hat ihn darin bestärkt, so weiterzumachen wie bisher und nichts auf die Sticheleien des einen oder anderen Schreibers zu geben.«

»Dann waren Demos und Kel also Freunde?«

»Sie hatten sich immer viel zu sagen.«

»Also steckten sie vielleicht eher unter einer Decke«, murmelte der Richter, während er Kels Unterlagen durchsah. Neunzehn Jahre alt, Bauernsohn, von einem hohen Beamten entdeckt, Ausbildungsunterstützung in Sais, Schreiberschule, ausgezeichnete Ergebnisse, sehr schnelle Fortschritte, Sprachbegabung, schnelle Anpassung im Amt, gewissenhaft, mutig, pflichtbewusst. Und laut den Anmerkungen seines Vorgesetzten stand eine Beförderung unmittelbar bevor. Kurz gesagt, ein zukünftiger königlicher Schreiber, der es würdig war, an der Führung des Landes Ägypten teilzuhaben.

»Habt Ihr schon einmal von diesem Kel gehört?«, wollte er von Henat wissen.

»Nein.«

»Und trotzdem konnte sein Vorgesetzter diesen jungen Mann gar nicht genug loben?«

»Er hat sich nur äußerst selten getäuscht und war immer sehr umsichtig. Vermutlich wollte er erst abwarten, ob sich seine Vermutungen bestätigten, ehe er mir seinen Fall ans Herz legte.«

Der Richter war verwirrt – das war nicht die Beschreibung von zwei Verbrechern, die zu einem derartigen Gemetzel fähig wären. Trotzdem blieben sie für ihn verdächtig.

In den Akten waren ihre Wohnorte, und er befahl den Wachen, sich unverzüglich dorthin zu begeben.

»Vielleicht sind sie ja krank?«, warf Udja ein.

»Dann werden sie bei ihrer Festnahme schonend behandelt.«

»Und wenn sie versuchen zu fliehen?«, wollte Henat wissen.

»Dann schonen wir sie natürlich nicht.«

»Richter Gem, wir müssen diese Männer lebend bekommen! Sollten sie irgendetwas mit diesen Mördern zu tun haben, wären ihre Aussagen sehr wichtig.«

»Für wen haltet Ihr mich? Wir sind schließlich keine Unmenschen, und ich halte mich an Maats Gesetz.«

»Daran zweifelt niemand.«

Gem warf dem obersten Wachhabenden, dessen Machenschaften manchmal sehr merkwürdig waren, einen wütenden Blick zu.

»Hier sind die Rechnungsbücher«, unterbrach sie ein Beamter, sichtlich erleichtert über diesen Fund.

Sämtliche Ausgaben waren sorgfältig verzeichnet – vom Einkauf von Papyrus verschiedener Güte bis hin zur Bestellung der täglichen Milchkrüge.

»Hier haben wir den Namen des Milchhändlers«, sagte der Richter. »Er heißt Starrkopf.«

»Den kenne ich«, sagte der Beamte. »Diesen Namen hat er wirklich verdient, aber er liefert ausgezeichnete Ware zu einem sehr guten Preis. Sein Stall ist in der Nähe des Neith-Tempels.«

»Bringt den Mann so schnell wie möglich zu mir«, befahl Gem.

6

Kel war ratlos und hatte das Gefühl, den Boden unter den Füßen zu verlieren. Und nun verdächtigte er auch noch Demos, seinen besten Freund!

Seinen besten Freund? Nein, das war der Schauspieler Bebon, sein Freund aus Kindheitstagen, der jetzt als Geschichtenerzähler durch Ägypten reiste. Überall schätzte man Bebons Kunst des Erzählens; bei der Vorführung bestimmter Mysterienspiele, zu denen auch Weltliche zugelassen waren, trug er manchmal auch eine Maske von Horus, Seth oder einer anderen Gottheit.

Er war ein großer Verführer, blickte bereits auf eine stattliche Reihe von Eroberungen zurück und genoss das Leben in vollen Zügen. Obwohl er immer bereit war, sein Glück aufs Spiel zu setzen und alles zu verlieren, behielt er doch stets seine gute Laune und seine Tatkraft.

Bebon konnte ihm einen Rat geben ... vorausgesetzt, er war gerade in Sais!

Weil ihm ein eigener Haushalt viel zu mühsam war, besaß der Schauspieler kein Haus, sondern lebte bei seiner jeweiligen Geliebten. Allerdings machte er den Frauen immer klar, dass die Tatsache, einige Zeit gemeinsam unter einem Dach zu leben, anders als es in Ägypten üblich war, keineswegs einer Ehe gleichkam. Vor jeder Ägypterin, die dann doch irgendwann die Ehe von ihm forderte, flüchtete Bebon und suchte sich eine neue Bleibe und ein Bett, das mit weniger Ansprüchen verbunden war.

Seine letzte Kel bekannte Bleibe: die Wohnung einer Sängerin, die im Neith-Tempel arbeitete. Sie hatte ein stattliches Erbe gemacht und genoss jetzt den Witz und die Leidenschaft ihres neuen Gefährten. Ihr geräumiges und angenehm eingerichtetes Stadthaus lag in einem Garten, in dem es sich die Geliebten gern gut gehen ließen.

Kel begrüßte den Gärtner.

»Ich möchte Bebon sprechen.«

»Wie ist Euer Name?«

Kel dachte kurz nach.

»Ich bin der Schwimmer. Sagt ihm bitte, dass es dringend ist.«

»Ich werde nachsehen, ob er da ist.«

Als Kinder hatten sich Bebon und Kel wilde Schwimmwettkämpfe geliefert. Weil Kel meistens gewann, hatte er diesen Spitznamen bekommen.

Der Schreiber musste lange warten.

Endlich erschien Bebon mit zerzausten Haaren und sichtlich ungehalten.

»Du bist es ja wirklich! Ich war ziemlich beschäftigt und …«

»Ich muss mit dir reden. Es geht um eine ernste Angelegenheit, eine sehr ernste Angelegenheit.«

»Oho, du siehst auch ganz schön ernst aus! Also bitte, komm rein.«

»Nein danke, ich möchte lieber ein paar Schritte gehen.«

»Ist mir auch recht, also los. Ich hatte sowieso vor, dieses Haus heute zu verlassen. Seine Besitzerin wird einfach zu vereinnahmend.«

»Was ist mit deinen Sachen?«

»Die habe ich schon zu meiner neuen Freundin bringen lassen, am anderen Ende der Stadt. Da werde ich mich drei, vier Wochen erholen, und dann breche ich in den Süden auf. Also, was ist das für eine ernste Angelegenheit?«

»Alle Schreiber im Übersetzeramt sind ermordet worden.«

Bebon blieb stehen.

»Wie bitte?«

»Sie wurden mit Milch vergiftet. Hätte ich nicht verschlafen, wäre ich jetzt auch tot.«

»Mein lieber Kel, Witze kannst du wirklich nicht gut erzählen.«

»Es ist die Wahrheit. Außerdem wurden alle Räume von oben bis unten durchsucht und alles auf den Kopf gestellt. Die Mörder müssen ein Schriftstück gesucht haben, und ich weiß nicht, ob sie es gefunden haben. Ich habe jedenfalls den verschlüsselten Papyrus gerettet, den mir mein Herr gerade erst anvertraut hatte.«

»Ist das vielleicht der kostbare Schatz, für den mehrere Morde geschehen sind?«

»Wenn ich das wüsste. Als die Mörder an den Tatort zurückkehrten, gelang es mir zu fliehen.«

»Wieso bist du nicht zu den Wachen gegangen und hast Hilfe geholt?«

»Weil einer der Schreiber, mein Freund, der Grieche Demos, sich nicht unter den Toten befand. Ich war ganz sicher, dass er krank sei und wollte mit ihm reden. Aber er ist verschwunden.«

»Allmählich dreht sich mir alles im Kopf!«, stöhnte Bebon.

»Ist der verschlüsselte Papyrus der Grund für den Mordanschlag oder nicht? Ist Demos Opfer oder Mittäter? ... Ich bin verloren.«

Die beiden Freunde gingen durch eine belebte Hauptstraße, in der Nähe war ein Markt.

»Da ist eine Kleinigkeit, die ich nicht verstehe«, meinte Bebon nach einer Weile. »Du und verschlafen! Warum denn?«

»Zu meiner großen Überraschung bin ich zu einem Festmahl mit lauter Würdenträgern eingeladen worden. Das war mir irgendwie unangenehm, weil meine Anwesenheit dort eigentlich mehr als unpassend war. Als ich nach Hause kam, war mir schwindlig, und ich musste mich hinlegen. Ich hatte einen Albtraum nach dem anderen und bin dann mitten am Vormittag erschrocken aufgewacht.«

»Hattest du viel getrunken?«

»Mäßig.«

»Und keinen seltsamen Geschmack im Mund?«

»Doch, schon ... Woran denkst du?«

»An ein Schlafmittel.«

»Als ob ausgerechnet mir jemand Rauschmittel verpassen würde! Du spinnst ja!«

»Wer waren denn diese ... Würdenträger?«

»Das weiß ich nicht.«

»Könnte dir ein anderer Gast dabei helfen, ihre Namen herauszufinden?«

Das wunderschöne Gesicht von Nitis tauchte vor Kel auf.

»Vielleicht ... Nein, das geht nicht.«

»Jetzt sag schon, wie heißt sie?«

»Nitis, sie ist Neith-Priesterin, aber ...«

»Mit meinen Beziehungen ist es für mich sehr einfach, sie zu finden. Man hat dich ganz eindeutig gezwungen, zu lange zu schlafen, Kel. Fragt sich nur, warum. Du bleibst jetzt erst mal bei meiner neuen Freundin, sie kommt erst an Neumond wieder nach Hause. Und ich rede mit Nedi, das ist so ziemlich der einzige wirklich anständige Wachmann von ganz Sais, den ich kenne. Er kann mir bestimmt sagen, an wen du dich wenden musst, damit du dich mit einer Aussage nicht in Schwierigkeiten bringst und diese schreckliche Geschichte möglichst schnell los bist. Aber jetzt ruhst du dich erst einmal aus.«

7

Pharao Amasis herrschte seit einundvierzig Jahren. Mit seinen weit über sechzig Jahren erinnerte er kaum noch an den stolzen und gefürchteten Feldherrn, der sich, getragen von der Begeisterung seiner Männer, des ägyptischen Thrones bemächtigt hatte – zum Schaden von Pharao Apries, der mit dem libyschen Prinzen von Kyrene verbündet war und Krieg gegen die Griechen geführt hatte.

Der Feldherr war in Siuph in der Provinz Sais geboren und erfreute sich großer Beliebtheit. Jeden Tag erinnerte er sich daran, als die Armee sich gegen Apries erhoben und ihn zum neuen Pharao erkoren hatte.

Sollte er annehmen und einen Bürgerkrieg auslösen? Jedenfalls konnte Amasis niemand vorwerfen, er hätte seinen unglücklichen Gegner schlecht behandelt. Nachdem er Apries in der Nähe von Memphis besiegt und getötet hatte, gestand er ihm das Anrecht auf ein königliches Begräbnis zu.

Auf diesen harten Kampf folgten Frieden und Wohlstand. Trotzdem hatte Amasis, der Thronräuber aus dem Volk, lange Zeit unter der Verachtung der Oberschicht zu leiden. Der König musste noch immer lachen, wenn er an die Götterstatue aus Gold dachte, vor der sich die Menschen verneigten. Vergnügt erläuterte er ihren Ursprung: Es waren die Reste eines Beckens, das dazu gedacht war, die Füße zu waschen. »Ich wurde genauso verwandelt wie dieser Gegenstand«, hatte er erklärt. »Erst war ich nur ein kleiner Mensch, jetzt bin ich Euer König. Deshalb sollt Ihr mich achten.«

Geachtet, ja sogar verehrt, herrschte Amasis nun uneingeschränkt über ein mächtiges Land, das mehr als drei Millionen Einwohner zählte. Priester und Schreiber, Handwerker, Bauern und Soldaten interessierten sich nicht mehr für die Herkunft ihres obersten Herrn und auch nicht dafür, wie er an die Macht gekommen war.

Einige hochrangige Beamte hielten zwar nicht viel von seinem Herrschaftsstil, mussten aber einsehen, dass er sich in seinem Alter wohl kaum noch ändern würde. Früh am Morgen, wenn die Märkte zu neuem Leben erwachten, ging er in aller Eile die Unterlagen durch, traf die notwendigen Entscheidungen und begab sich anschließend zu seinen Gästen, um mit ihnen ein üppiges, reichlich begossenes Mahl einzunehmen. Amasis vergaß die Sorgen, die die Macht mit sich bringt, und ließ es sich so gut wie möglich gehen. Denen, die sein Verhalten unangemessen fanden und ihn wegen seiner Unbekümmertheit tadelten, hielt er entgegen: »Gebraucht man einen Bogen, spannt man ihn; nach dem Gebrauch muss man ihn entspannen. Wäre er ständig gespannt, würde er brechen. Genauso verhält es sich mit einem König, der ständig arbeitete, er würde verdummen. Deshalb teile ich meine Zeit in Arbeit und Vergnügen.«

Und diese Einstellung zeitigte hervorragende Ergebnisse. Den Ägyptern fehlte es an nichts, und dank der klugen Außenpolitik ihres Pharaos genossen sie dauerhaften Frieden. Um einen Überfall auf sein Land zu verhindern, stützte sich Amasis auf ein solides Bündnis mit den Griechen und ließ keine Gelegenheit verstreichen, ihnen seine Fürsorge zu beweisen. So hatte der

Pharao, nachdem der Tempel von Delphi abgebrannt war, als Erster seine großzügige Unterstützung zum Wiederaufbau des Heiligtums angeboten. Rhodos, Samos, Sparta und andere Städte schätzten die Freigebigkeit des ägyptischen Herrschers, dessen Heer zum größten Teil aus griechischen Söldnern bestand, die gut untergebracht waren und anständig bezahlt wurden. Außerdem hatte der Pharao eine Prinzessin aus der königlichen Familie von Kyrene geheiratet, die die Urheberin eines beachtlichen Plans gewesen war: die Entwicklung der Küstenstadt Naukratis, in der sich die wichtigsten Handelsbeziehungen mit Griechenland abspielten.

Als der König sich gerade zu einer friedlichen Ausfahrt mit einer Barke auf einem Kanal in der Nähe seiner Residenz aufmachen wollte, bat Henat um eine dringende Unterredung. Amasis verabscheute derartige Störungen.

»Was ist denn schon wieder?«

»Es gibt zwei wichtige Neuigkeiten, Majestät.«

»Gute oder schlechte?«

»Ich würde sagen beunruhigende.«

Der Ausflug war verdorben. Allein die Vorstellung, gleich irgendwelche brennenden Schwierigkeiten lösen zu müssen, ermüdete Amasis, und er ließ sich in einen Lehnsessel sinken.

»Kyros, der Kaiser von Persien, ist tot. Sein Sohn Kambyses wird sein Nachfolger«, sagte Henat ernst.

Der Pharao war erschüttert.

Nachdem Kyros Krösus, einen Verbündeten der Ägypter ausgelöscht hatte, hatte er ein gewaltiges Reich begründet, das vom Indus, dem Kaspischen Meer, dem

Schwarzen Meer, dem Mittelmeer, dem Roten Meer und dem Persischen Golf begrenzt war. Ohne Unterlass vergrößerte er seine Kriegsflotte, sein Heer und seine berittenen Soldaten, wagte aber trotzdem nicht, Ägypten anzugreifen, das militärisch sehr stark war. Wie Amasis vermutet hatte, begnügte sich Kyros mit seinem riesigen Herrschaftsgebiet und hatte die kriegerischen Auseinandersetzungen eingestellt.

»Was weiß man von Kambyses?«

»Er hat Babylonien mit starker Hand geführt und versprochen, in die Fußstapfen seines Vaters zu treten.«

»Dann können wir ja unbesorgt sein.«

»Vielleicht handelte es sich bei dieser Rede um eine Lügengeschichte.«

»Hat denn nicht Kambyses unseren guten Freund Krösus bei seinen Aufgaben in Persien unterstützt?«

»Ja, das hat er.«

»Dann will der neue Kaiser den Frieden.«

Das Schicksal von Krösus, dem König von Lydien, war ohne Beispiel. Als Urheber einer neuen Währung, die ihn reich gemacht hatte, betätigte sich Krösus als großzügiger Gönner von Tempeln, Denkern und Künstlern und glaubte, für immer das friedliche Dasein eines begüterten Herrschers führen zu können. Bis die Perser ihn angriffen.

Obwohl Babylon durch einen Bündnisvertrag zur Unterstützung Lydiens verpflichtet war, machte es keinerlei Anstalten dazu. Und die ägyptischen Truppen trafen zu spät ein. Zu aller Überraschung verschonte Kyros aber den reichen Krösus und überließ ihm sogar einen kleinen Landbesitz. Damit nicht genug, ernannte er ihn auch noch zum obersten Beamten für nachbarschaftliche Beziehungen! Krösus wurde zum getreuen Diener seines Bezwingers, erging sich alsbald in Lobesliedern über das große Persien und gewährleistete Ägypten für immer ein friedliches Zusammenleben mit Persien.

»Muss ich Euch daran erinnern, dass Krösus Mitetis geheiratet hat, die Tochter von Apries, dem Pharao, dessen Nachfolger Ihr seid?«

»Das ist lange her und längst vergessen.«

»Glaubt Ihr nicht, dass der junge Kambyses ehrgeizig und eroberungslustig auftreten wird?«

»Krösus wird ihn schon beruhigen. Er kennt mein Netz von Bündnissen und weiß, dass die Griechen Ägypten immer gegen Persien verteidigen werden. Uns anzugreifen, käme einem Selbstmord gleich.«

»Majestät, trotzdem möchte ich unterstreichen, wie gefährlich …«

»Die Sache ist erledigt, Henat. Was ist mit der zweiten Geschichte?«

»Soeben wurde ein grauenhafter Massenmord begangen.«

Die Miene des Königs verdüsterte sich.

»Ein Aufstand?«

»Nein, aber alle Leute, die im Übersetzeramt gearbeitet haben, wurden ermordet. Vielmehr fast alle. Zwei von ihnen blieben verschont. Wir suchen gerade nach ihnen.«

»Ist der Leiter des Amts unter den Opfern?«

»Leider ja.«

Amasis wirkte niedergeschlagen.

»Ich habe ihn sehr geschätzt. Er war unbestechlich,

immer in der Lage, die besten Schreiber zu finden, und leistete tadellose Arbeit. Mit ihm verlieren wir einen wertvollen Mann, einen sehr wertvollen Mann sogar. Wer hat diese schrecklichen Verbrechen begangen und warum?«

»Richter Gem selbst kümmert sich um die Ermittlungen.«

Jetzt wurde Amasis ärgerlich.

»Ich habe ihn wegen seiner Unbescholtenheit zum Leiter des Richteramts ernannt, aber er ist alt, und sein Verstand arbeitet nur noch langsam. Ist er mit einer derart wichtigen Angelegenheit nicht überfordert?«

»Das müsst Ihr entscheiden, Majestät.«

»Spiel mir jetzt nicht den Schmeichler, Henat! Ich will deine Meinung hören.«

»Noch nie zuvor haben wir ein Unglück dieser Tragweite erlebt. Handelt es sich dabei um die Tat eines Irren, geht es um Rache oder ist es ein Angriff auf die Sicherheit des Landes? Bis jetzt habe ich nicht die geringste Ahnung. Richter Gem wird auf seine Art ermitteln, ich tue es auf meine Art. Wir sollten alle Kräfte sammeln, um die Wahrheit ans Licht zu bringen.«

8

Verärgert leerte Amasis zwei Kelche Süßwein, ehe er sich zur Königin begab, einer eindrucksvollen Frau, die sehr viel jünger war als er. Die frühere Ladike aus Kyrene hatte den Namen Tanit angenommen, der auf ihre hethitische Herkunft hinweisen sollte. Von liebenswürdigem Wesen, zierlich und vornehm, verzieh sie ihrem Mann seine gelegentlichen Seitensprünge großzügig und gestaltete den vergnüglichen Teil des Hoflebens mit großem Geschick.

»Kyros ist tot«, berichtete ihr der König.

»Nun, ein Tyrann weniger! Wer wird sein Nachfolger?«

»Kambyses, sein Sohn.«

»Das ist eine schlechte Nachricht.«

»Warum seht Ihr da so schwarz, Tanit?«

»Er ist jung, ehrgeizig, ein Krieger … Wird er nicht auf den Gedanken kommen, uns zu überfallen?«

»Er kennt unsere kriegerische Stärke und wagt es nicht, uns anzugreifen.«

»Seid Ihr sicher, dass Ihr Euch auf unser Verteidigungsnetz verlassen könnt?«

»Phanes von Halikarnassos ist ein hervorragender Heerführer, das könnt Ihr mir glauben! Und unsere Flotte ist den Persern weit überlegen, sie lässt sie nicht bis an unsere Küsten kommen.«

»Was ist mit dem Landweg?«

»Unsere Truppen aus erfahrenen griechischen Söldnern werden ihnen den Zugang versperren. Ich versichere Euch: Kein einziger Perser wird auch nur einen Fuß ins Delta setzen! Außerdem ist unser Bündnis mit den griechischen Königtümern und Fürstentümern besser denn je. Ägypten steht keine Gefahr bevor, und Kambyses wird sich damit begnügen, sein großes Reich zu verwalten. Die schwierigen inneren Angelegenheiten werden seine ganze Zeit in Anspruch nehmen. Und dann haben wir ja auch noch unseren lieben Krösus! Er setzt sich bestimmt unermüdlich für unsere

Belange ein und wird dem Kaiser eine maßvolle Handlungsweise empfehlen. Ein Krieg ist immer verheerend, Frieden gereicht uns allen zum Vorteil. Oder habe ich dieses Land etwa nicht reich und glücklich gemacht?«

»Wir alle sind Euch dafür dankbar, Amasis, und kein Mensch will dieses Glück aufs Spiel setzen. Warum aber macht Ihr einen so besorgten Eindruck, wenn Ihr von den Persern nichts zu befürchten habt?«

»Die amtlichen Übersetzer wurden ermordet.«

Tanit wollte nicht glauben, was sie gehört hatte.

»Mörder, hier bei uns, in Sais?«

»Ja, es handelt sich um einen richtigen Massenmord. Der alte Gem leitet die Untersuchungen.«

»Ist er denn dazu überhaupt noch in der Lage?«

»Henat steht ihm zur Seite und ist mit Sicherheit sehr tüchtig. Ich fürchte, es handelt sich um Spitzelei. Wer unsere besten Übersetzer aus dem Weg räumt, stört unsere friedlichen Verhandlungen mit den Nachbarländern. Eine Vielzahl geheimer Schriftstücke ist durch die Hände unseres ersten Übersetzers gegangen, einem überaus fähigen und ergebenen Diener. Jetzt muss ich einen neuen Leiter für dieses wichtige Amt finden, und das ermüdet mich.«

»Verschiebt das doch auf morgen, heute wollen wir den Zauber der Natur genießen. Lass uns gemeinsam in einer Pergola speisen, fernab vom Trubel des Palastes.«

Amasis umarmte und küsste seine Gattin.

»Ihr seid die Einzige, die mich versteht.«

Vergnügt begab sich der König in den Keller, um höchstpersönlich einige große Gewächse auszuwählen. Dieser Ausflug würde ihn eine Zeit lang seine Sorgen vergessen lassen.

»Wie heißt du?«, fragte Richter Gem.

»Ich bin Starrkopf.«

»Beruf?«

»Milchmann.«

»Familienstand?«

»Geschieden, zwei Söhne, eine Tochter.«

»Und du bist der, der die Milch für das Übersetzeramt liefert?«

»Ja, gleich früh am Morgen eines jeden Arbeitstags. Weil das meine beste Kundschaft ist, erledige ich das auch selbst. Wenn Ihr beim Starrkopf kauft, bekommt Ihr immer die besten Milchwaren zum besten Preis.«

»Hast du deine Milch heute Morgen wie üblich ausgeliefert?«

»Aber ja! Bei mir gibt's keine Verspätung und keine Fehler. Und das können die anderen Milchhändler nicht gerade von sich behaupten.«

»Dann war also alles wie immer?«

»Ja, alles ... Aber wozu eigentlich die ganze Fragerei? Hat sich jemand über mich beschwert? Wenn das so ist, will ich denjenigen sofort sehen, und wir werden die Sache klären!«

»Beruhige dich«, mahnte der Richter. »Wem hast du die Milchkrüge ausgehändigt?«

»Immer demselben Schreiber, seit der in dem Amt angefangen hat. Ein höflicher junger Mann, der die anderen bedienen musste. Und der mir gesagt hat, dass ihnen meine Milch sehr gut schmeckt! Es ist die beste in ganz Sais. Nehmt es mir nicht übel, aber Ihr solltet sie mal kosten, dann wisst Ihr, dass ich nicht lüge.«

»Weißt du, wie dieser junge Schreiber heißt?«

Starrkopf wirkte verlegen.

»Na ja … eigentlich darf ich das ja nicht. Aber eine Wache hat mir seinen Namen gesagt: Er heißt Kel. Soll sehr begabt sein.«

»Und ihm hast du heute Morgen deine Krüge anvertraut?«

»Ja, so wie immer!«

Gem ließ einen Zeichner kommen und forderte Starrkopf auf, den Mörder zu beschreiben.

Eine halbe Stunde später hielt der Richter eine ziemlich gut getroffenes Bild in der Hand.

9

Auf der Wache herrschte so ein reger Betrieb, dass Bebon lange warten musste, ehe er seinen Freund Nedi zu Gesicht bekam.

Untersetzt, raubeinig und mit traurigem Blick, war der Offizier äußerst gewissenhaft und anständig. Als Mann der Tat lag ihm nicht viel an höflichen Verhandlungen, und er wollte auch so wenig wie möglich mit seinen Vorgesetzten zu tun haben, obwohl er zugeben musste, dass sie sehr fähig waren.

Bebon erfreute sein Herz. Und da der Schauspieler viel auf Reisen war, vertraute ihm Nedi gelegentlich kleine Erkundungsaufträge an. Ein hoher Mitarbeiter der Wachtruppen konnte gar nicht gut genug unterrichtet sein.

Endlich verließ Nedi die Wache.

»Gehen wir ein Bier trinken«, schlug er Bebon vor, als er ihn entdeckt hatte.

Die Sonne ging gerade unter, als sie sich vor ein Gasthaus setzten.

»Hast du etwa Ärger?«

»Nein, ich nicht. Aber ein Freund.«

»Hat er etwas verbrochen?«

»Nein, eben nicht!«

»Was hat er dann zu befürchten?«

»Eigentlich nichts«, versicherte Bebon, »aber er muss eine Aussage machen.«

»Dann soll er sich zur nächsten Wache begeben und dort seine Aussage aufnehmen lassen.«

»Mein Freund ist aber nicht irgendwer, und die Sache, in die er unfreiwillig verwickelt wurde, dürfte viel Aufsehen erregen, sehr viel sogar. Deshalb muss er sich mit einem hochrangigen Wachmann treffen, der vollkommen unbestechlich ist.«

»Du machst mich neugierig«, gab Nedi zu. »Worum geht es denn?«

»Um den Anschlag auf die Übersetzer.«

Nedi blieb beinahe die Stimme weg.

»Was weißt du darüber?«

»Mein Freund ist dem Massenmord entkommen.«

»Sein Name?«

»Kel, ein ganz besonderer Mensch.«

»Ganz besonders, ja… und des Mordes angeklagt.«

Bebon wurde bleich.

»Das muss ein Irrtum sein… Ich sagte doch, er ist dem Anschlag nur knapp entkommen.«

»Laut Richter Gem ist dein Freund ein grauenvoller Mörder.«

»Völlig unmöglich!«

»Wo befindet sich dieser Kel?«

»Das weiß ich eben nicht«, antwortete Bebon. »Er ist wie vom Erdboden verschwunden, und ich mache mir große Sorgen. Vermutlich ist ihm der wahre Mörder auf den Fersen.«

»Begib dich nicht auf eine falsche Fährte. Alle Wachmannschaften haben den Befehl erhalten, ein Ungeheuer zu jagen. Wer ihm Beistand leistet, wird in der Mordsache als Mittäter angeklagt.«

Der Schauspieler ließ den Kopf hängen.

»Kel hat mich also angelogen … Wie konnte ich nur so dumm sein?«

»Vertraue auf deinen guten Stern, dann kannst du das Schlimmste verhindern. Wo wohnst du zurzeit?«

»In einem schönen Stadtviertel, bei einer Sängerin aus dem Neith-Tempel.«

»Du darfst Sais nicht verlassen, vielleicht ist deine Aussage bald wichtig.«

Die Wohnung von Bebons neuer Geliebten war sehr angenehm. Sie erstreckte sich über die gesamte zweite Etage eines neuen Hauses und hatte eine große Terrasse mit Matten und Sonnenschirmen. Kel war hellwach und betrachtete den Sonnenuntergang, er war von dem magischen Schauspiel so überwältigt, dass er die schrecklichen Ereignisse eine Weile vergessen konnte.

Warum war seine bisher so ruhige Welt mit der Aussicht auf eine sichere Zukunft auf einmal ins Wanken geraten? Zum Glück hatte ihn seine Freundschaft mit Bebon aus diesem Albtraum geweckt. Gleich am nächsten Morgen wollte er vor einem Richter erscheinen, um von jedem Verdacht reingewaschen zu werden.

Beruhigt nickte er ein.

Als eine Tür mit lautem Krach ins Schloss fiel, wurde er aus dem Schlaf gerissen.

»Ich bin's, Bebon!«

Kel lief die Treppe hinunter, die von der Terrasse in die Wohnung führte.

»Hast du deinen Freund getroffen?«

»Du wirst eines Verbrechens beschuldigt«, teilte ihm der Schauspieler mit.

Kel erstarrte.

»Du willst dich wohl über mich lustig machen?«

»Nein, natürlich nicht. Richter Gem besitzt unwiderlegbare Beweise.«

Der Schreiber packte seinen Freund an den Schultern.

»Das stimmt nicht! Ich bin unschuldig, das schwöre ich dir!«

»Daran zweifle ich auch nicht, aber die Obrigkeit ist anderer Ansicht.«

Kel schwankte.

»Was geht da vor?«

»Auf jeden Fall dürfen wir nicht den Überblick verlieren.«

»Ich lasse mich gefangen nehmen und werde alles erklären. Dabei wird sich erweisen, dass ich unschuldig bin.«

»Mach dir nichts vor«, riet ihm Bebon.

»Was soll das heißen? Hast du etwa kein Vertrauen in die Rechtsprechung?«

»Der Vorfall ist so folgenschwer, dass man ganz schnell einen Schuldigen brauchen wird. Du läufst Gefahr, geopfert zu werden.«

»Ich bin aber unschuldig!«, wiederholte Kel.

»Dein Wort wird ihnen nicht genügen.«
»Und was soll ich dann machen?«
»Den wahren Mörder finden, wäre mein Vorschlag.«
Der Schreiber versuchte sich zu beruhigen, um einen klaren Gedanken fassen zu können.
»Natürlich – der Milchverkäufer! Entweder hat er die Milch vergiftet, oder aber er ist ein Helfershelfer.«
»Weißt du, wo er wohnt?«
»Sein Kuhstall ist in der Nähe des Neith-Tempels.«
»Dann werden wir den guten Mann mal zum Reden bringen.«

10

Dank der gründlichen Arbeit des Zeichners hatte Richter Gem mittlerweile etwa dreißig Bilder des Schreibers Kel, die an die verschiedenen Wachen in Sais verteilt werden sollten.

Udja, der Stadtvorsteher, war wie üblich mit tausendundeiner Verpflichtung überlastet, die seine vielen Ämter mit sich brachten, unterbrach aber seine Arbeit, um den Richter zu empfangen.

Bei jedem ihrer Treffen war der Richter aufs Neue von Udjas Statur und seinen breiten Schultern beeindruckt. Kaum ein anderer verfügte über seine Arbeitskraft, sein Ansehen und sein Einfluss wurden nicht in Frage gestellt. Das Alter schien bei ihm keine Spuren hinterlassen zu haben. Obwohl er noch König Apries, den Vorgänger von Amasis gekannt hatte, wirkte der Stadtvorsteher und königliche Minister unverändert jugendlich.

»Habt Ihr gute Nachrichten, Richter Gem?«

»Sehr gute sogar! Wir wissen nun, wer der Mörder ist: der junge Schreiber Kel. Leider haben wir ihn nicht zu Hause angetroffen. Die Wachen suchen aber nach ihm.«

»Habt Ihr einen unwiderlegbaren Beweis?«

»Ja, die Aussage des Milchhändlers. Starrkopf hat vor zwei Zeugen ausgesagt. Gestern Morgen hat er die Milchkrüge an Kel ausgehändigt. Der hat die Milch wie immer seinem Herrn und den anderen Schreibern persönlich gebracht. Allerdings hat er sie diesmal vorher vergiftet.«

Udja schien nicht ganz überzeugt.

»Das klingt ja ganz einleuchtend ... Aber wieso hätte er ein so schreckliches Verbrechen begehen sollen?«

»Bestimmt in einem Anfall von wahnsinniger Mordlust. Sollte er einen anderen Grund gehabt haben, wird er ihn uns im Verhör gestehen.«

»Behandelt die Angelegenheit mit äußerster Verschwiegenheit«, verlangte der Stadtvorsteher. »Noch können wir nicht ausschließen, dass es sich bei dem Anschlag um eine Verschwörung handelt, mit der die Übersetzer ausgeschaltet werden sollten. In diesem Fall wäre Kel nur ein ahnungsloser Helfershelfer.«

»Ist dieser Massenmord ein schwerer Schlag gegen das Land?«, fragte Gem besorgt.

»So schlimm ist es vielleicht nicht, wir müssen aber auf jeden Fall so schnell wie möglich die Toten durch zuverlässige und erfahrene Fachkräfte ersetzen, und das wird nicht einfach sein.«

»Auch wenn es sich um einen Fall von Spitzelei handeln sollte, habe ich den Schuldigen gefunden, ich werde ihn festnehmen und nach dem Gesetz verurteilen lassen – wenn mir Henat keine Steine in den Weg legt.«

»Was ist mit dem zweiten Verdächtigen?«, wollte Udja wissen.

»Demos hat ebenfalls seinen Wohnsitz verlassen. Die Befragung der Nachbarn in seinem Viertel ist ergebnislos geblieben. Aber auch dieser Sachverhalt scheint mir ganz eindeutig zu sein: Kel und Demos waren Freunde, also stecken sie unter einer Decke, und der Grieche hat dem Ägypter irgendwie geholfen. Vielleicht haben sie sich auch gemeinsam aus dem Staub gemacht. Mithilfe des Bilds, das wir von Kel haben, werden wir ihn aber bestimmt bald finden.«

»Wie wäre es, wenn Ihr auch von Demos ein Bild anfertigen lasst?«

»Das ist ein sehr guter Vorschlag. Beihilfe zum Mord ist ein schweres Verbrechen, und dieser Grieche wird mit Sicherheit die Wahrheit sagen, um der Höchststrafe zu entgehen.«

Kel kannte Starrkopf sehr gut. Jeden Morgen kurz nach Sonnenaufgang brachte er ihm die Krüge mit der Milch, die bei den Übersetzern so beliebt war. Die Menge wurde genau festgehalten, und alle zehn Tage zahlte der Buchhalter den Milchmann aus.

Der Händler und der Schreiber hielten dabei immer gern einen kleinen Schwatz. Als ehemaliger Söldner hatte sich der Starrkopf eine Rücklage zusammengespart und damit in der Nähe der Verwaltungsgebäude einen schönen Stall gekauft und sich dann erfolgreich an diesem einträglichen Geschäftszweig versucht. Natürlich beklagte er sich über seine täglichen Sorgen und jammerte ein bisschen, dass er nur so wenig verdiente, sein ausgezeichneter Ruf und seine hervorragende Ware sicherten ihm aber einen stattlichen Kundenstamm. Wegen der hohen Steuern, die er zu zahlen hatte, spielte er immer wieder mit dem Gedanken, den Beruf zu wechseln, dennoch ging es ihm in erster Linie darum, sein Geschäft mit der Milch voranzubringen.

Tatsächlich war es ein Leichtes, Gift in die Krüge zu geben. Wer aber hatte dieses Verbrechen begangen? Der Milchhändler natürlich!

Und irgendjemand hatte ihm das tödliche Mittel besorgt. Wer hatte den aber bezahlt?

Kel war vom Ausmaß dieser Verschwörung wie benommen. Hatten die Mörder tatsächlich nach dem verschlüsselten Papyrus gesucht, waren sie gescheitert, und Kel schwebte in Lebensgefahr? Und die Wachen wollten ihn nicht festnehmen, sondern verschwinden lassen. Der Inhalt des Papyrus musste fürchterlich sein, wenn er Grund für diesen Massenmord war.

Starrkopf musste zum Reden gebracht werden.

»Das schaffen wir schon«, meinte Bebon zuversichtlich.

»Der Alte wird sich wehren.«

»Dann kriegt er meinen Knüppel zu spüren.«

»Ich will aber keine Gewalt«, wandte Kel ein.

»Jetzt komm aber mal auf den Teppich, mein Freund! Du wirst des mehrfachen Mordes beschuldigt, und dieser Milchhändler kann dich als Einziger entlasten. Da solltest du deine überholten Vorstellungen von Sitte und Anstand vergessen und dich deiner Haut wehren. Der gute Mann gehört schließlich zu der Mörderbande, den müssen wir wirklich nicht schonen.«

Der junge Schreiber stolperte in eine finstere Welt, in der die Gesetze von Frieden und Eintracht keine Gültigkeit mehr besaßen.

Beim Milchhändler schien alles in Ordnung zu sein. Ein Rothaariger war gerade dabei, eine prächtige Kuh mit sanften Augen und weißbraunem Fell zu melken.

»Halt dich im Hintergrund«, riet Bebon seinem Freund.

Der Schauspieler ging auf den Melker zu.

»Was für prächtige Tiere!«, rief er bewundernd. »Und so ein schöner Stall! Bist du der Besitzer?«

»Ich wollt, ich wär's. Was willst du denn von ihm?«

»Ich suche Arbeit.«

»Und ich bin mir nicht mal sicher, ob ich meine behalten kann.«

»Hat der Starrkopf Schwierigkeiten?«

»Er hat eben seinen Stall und die Kühe verkauft.«

»Ich dachte, das Geschäft geht sehr gut?«

»Er hat immer gejammert, dass er zu wenig verdient, und jetzt ist er wieder bei seinem alten Beruf als Söldner. In Naukratis dient er dann als Offizier.«

11

Naukratis!«, stieß Kel aus. »Dorthin ist Demos laut Auskunft seines Wäschers gegangen.«

»Erst beschuldigt dich der Milchhändler, und dann verschwindet er!«, schimpfte Bebon.

»Das ist doch nur eine Vermutung.«

»Sei doch nicht so blind! Du steckst mitten in üblen

Machenschaften. Die wahren Schuldigen machen sich aus dem Staub, und du spielst hier die willkommene Zielscheibe.«

Und damit hatte Bebon recht.

Demos und Starrkopf waren in die Sache verwickelt und untergetaucht, und die Wachen würden nie auf die Spur desjenigen kommen, der sich das Ganze ausgedacht hatte.

»Man beobachtet uns«, sagte Bebon leise. »Wir nehmen die kleine Gasse nach links, und halte Abstand, tu so, als würden wir uns nicht kennen.«

»Da ist der Mörder!«, schrie ein Wachmann und zeigte auf Kel.

Er und die beiden anderen Beamten wollten sich auf den Schreiber stürzen, aber Bebon stellte sich ihnen in den Weg.

»Hau ab!«, brüllte er Kel zu.

Mit Holzfesseln und Blut auf der Stirn wurde Bebon vor Richter Gem geschleppt.

»Dieser Gauner steckt mit dem Mörder unter einer Decke«, berichtete einer der Wachmänner. »Er hat ihm zur Flucht verholfen.«

»Bevor ich ihn verhöre, soll er von einem Arzt versorgt werden. Und schreibt mir einen Bericht über den Vorfall.«

Als ihm der Schauspieler wenig später vorgeführt wurde, sah er wieder etwas menschlicher aus.

»Dein Name?«

»Bebon.«

»Beruf?«

»Ich ziehe durch Ägypten und erzähle den Leuten

die alten Sagen. In den Mysterienspielen übernehme ich vor Publikum die Rolle der Götter.«

»Hast du Familie?«

»Nein, nicht mehr, ich bin auch nicht verheiratet.«

»Dem Bericht zufolge, der mir hier vorliegt, hast du die Wachen daran gehindert, einen Verbrecher zu fassen.«

»Ich? Das stimmt überhaupt nicht! Erstens wusste ich gar nicht, dass es sich bei den Männern um Beamte gehandelt hat; außerdem haben sie mich über den Haufen gerannt, ich bin gefallen, und dann haben sie mich auch noch halb totgeschlagen.«

»Du hast aber ›hau ab‹ geschrien, um deinen Freund zu warnen.«

»Nein, nein, ich habe um Hilfe geschrien, weil ich solche Angst hatte. Außerdem habe ich keinen Freund.«

»Kennst du einen Schreiber namens Kel?«

Bebon tat so, als würde er überlegen.

»Mit denen habe ich nicht gerade viel zu tun. Und dieser Name sagt mir nichts.«

Der Richter war irritiert.

Was der Verdächtige da aussagte, war durchaus glaubwürdig, und er sah auch nicht aus wie ein gefährlicher Verschwörer.

»Einer meiner Leute befragt dich später noch einmal und wird deine Aussage aufschreiben.«

»Wird er mich etwa auch wieder schlagen?«, fragte Bebon zitternd vor Angst.

»Ganz bestimmt nicht!«, antwortete Gem ungehalten. »Diesen Vorfall lasse ich übrigens untersuchen, und falls die Gewaltanwendung ungerechtfertigt war, werden diese Beamten bestraft.«

Der Schauspieler ließ den Kopf hängen.

»Ich weiß gar nicht, wie mir geschieht … Ich habe wirklich nichts Böses getan.«

»Solltest du unschuldig sein, hast du nichts zu befürchten. Sag einfach die Wahrheit, dann wird alles wieder gut.«

»Ich habe euch zusammengerufen, um mich über den Stand der Ermittlungen zu erkundigen«, erklärte Udja. »Anschließend will ich Seine Majestät davon unterrichten. Weiß man inzwischen, welches Gift verwendet wurde, Horkheb?«

»Leider nein«, antwortete der Oberarzt. »Aber es handelt sich um einen äußerst seltenen Wirkstoff, der bei den Asiaten sehr beliebt ist.«

»Also zum Beispiel bei den Persern?«

»Ja, zum Beispiel.«

»Dieser Hinweis könnte auf Spitzelei deuten«, meinte der Stadtvorsteher von Sais.

»Bitte keine voreiligen Schlüsse«, riet Richter Gem. »Mit dem, was wir bisher haben, können wir Kel nicht der Spitzelei für die Perser anklagen.«

»Was meinst du, Henat?«

Der oberste Sicherheitsbeamte verzog sein Gesicht. »Ich stimme dem Richter zu.«

»Wir wissen, wer der Schuldige ist«, fuhr Gem zufrieden fort. »Und es kann sich nur noch um Stunden handeln, bis wir ihn festgenommen haben. Jetzt bleibt nur noch die Frage nach seinen Beweggründen. Ich selbst werde ihn verhören, und er wird die Wahrheit sagen.«

»Ich bin mir nicht sicher, ob eine öffentliche Verhandlung angeraten ist«, bemerkte Henat.

»Das habe ich allein zu entscheiden«, schnitt ihm der Richter das Wort ab, »und nicht einmal der Pharao selbst wird sich da einmischen. Jeder in diesem Land muss wissen, dass sich unsere Rechtsprechung nach dem Gesetz von Maat richtet und nicht nach irgendwelchen persönlichen Vorstellungen. Arm und Reich vertrauen ihr gleichermaßen und dürfen auf keinen Fall enttäuscht werden.«

»Ja, natürlich«, gab Henat zu, »wenn aber dieser Massenmord mit geheimen Reichsangelegenheiten in Verbindung stehen sollte …«

»… werde ich es mitteilen.«

»Bisher wurde diese furchtbare Geschichte noch nicht unter die Leute gebracht«, sagte der Stadtvorsteher von Sais. »Ich hoffe, dass die Wachmannschaften nicht nur wirkungsvoll, sondern zugleich auch sehr verschwiegen arbeiten.«

»Meine Anweisungen gehen in diese Richtung«, beruhigte ihn Gem. »Eine derartige Untersuchung ist kein öffentliches Schauspiel; was zählt, ist allein ihr Erfolg und die Einhaltung der Gesetze.«

12

Erschöpft und halb verhungert blieb Kel schließlich stehen.

Als er aus Sais weggelaufen war, hatte ihm sein Gefühl geraten, sich in sein Heimatdorf zu flüchten, das nicht weit weg war von der Stadt. Jetzt, nachdem Bebon festgenommen, ins Gefängnis geworfen oder vielleicht sogar von Wachleuten umgebracht worden war, die mit den Mördern unter einer Decke steckten, war er ganz allein und ohne Verbündeten.

Wohin sonst hätte er fliehen sollen, wenn nicht zu seinem alten Onkel, dem letzten Verwandten, den er noch hatte? Der Onkel hatte eine kleine Landwirtschaft und würde ihn vielleicht wenigstens für ein paar Tage bei sich aufnehmen. Kel würde zwar seine Lage erklären müssen, war aber zuversichtlich, den Onkel zu überzeugen.

Der altbekannte Anblick der grünen Landschaft mit ihren Palmenhainen und gepflegten Gemüsegärten stimmte ihn etwas heiterer. Er begegnete Bauern und ihren Eseln, die mit Körben voller Gemüse bepackt waren, und grüßte die Arbeiter auf dem Feld. Unter einer sanft wärmenden Sonne verlief das Leben in ruhigen, friedlichen Bahnen.

Befand er sich nicht vielleicht nur in einem schrecklichen Albtraum, aus dem er gleich aufwachen würde? Leider nein – die Augen schließen, einschlafen und wieder aufwachen reichte nicht. Die grausame Wirklichkeit schnürte ihm weiter die Kehle zu.

Als er endlich zu seinem Dorf kam, traf er auf einen Menschenauflauf.

Männer und Frauen redeten aufgeregt durcheinander, ein langer dünner Kerl zeigte zum Himmel, eine alte Frau beschimpfte ihn.

Als sie ihn entdeckten, senkten sie die Stimmen und verschwanden einer nach dem anderen.

Im Schatten einer Palme wartete Kel, bis es endlich wieder ruhig war, dann ging er auf die kleinen weißen Häuser zu, die sich in den Schatten einiger Sykomoren duckten. Hier hatten seine Eltern glücklich gelebt. Nun lebten ihre Seelen neben den Gerechten weiter. Kel erinnerte sich an Kinderspiele, an Plantschen im Wasser, lautes Gelächter, wilde Wettrennen. Bei der Ernte zu helfen war keine Strafe, sondern ein Vergnügen. Und wie gern hatte er sich um die Schweine und die Gänse gekümmert. Er hatte immer bewundert, wie klug sie waren, und sich stundenlang mit ihnen beschäftigt. Alles deutete darauf hin, dass er einmal Bauer werden würde.

Auf einem Fest zeigte ihm dann der Schreiber, der die Ernte beaufsichtigte, ein paar Schriftzeilen.

Da tat sich ihm plötzlich eine neue Welt auf.

Und mit einem Mal war nichts mehr wichtig außer diesen Schriftzeichen, dem Pinsel, mit dem man sie malte, und den Tintenfässchen.

Gegen den Willen seiner Eltern und ohne irgendeine Empfehlung hatte sich Kel in der Schreiberschule im nächsten Tempel vorgestellt. Der Schulleiter kümmerte sich nicht um die Einwände der anderen Lehrer und nahm ihn unter seinen Bedingungen in die Schule auf.

Fleißig, lernbegierig und unermüdlich wie er war, wurde Kel schon bald sein bester Schüler. Weil er diese große Begabung weiter fördern wollte, schickte der Schulleiter Kel zu einem angesehenen Lehrer nach Sais. Der Knabe bestand die Aufnahmeprüfung und erwies sich als über die Maßen begabt.

Und obwohl er wie von einem Strudel mitgerissen wurde, vergaß Kel doch nie sein Dorf.

Jetzt gab es ein Wiedersehen mit seiner Heimat – musste er da sein Schicksal beklagen? Nein, er wollte sein großes Ziel verwirklichen und es allen Widrigkeiten zum Trotz erreichen.

Der lange Kerl stellte sich ihm in den Weg.

»Du bist wohl nicht von hier?«

»Da täuschst du dich aber.«

»Hat man dich vielleicht als Spitzel geschickt?«

Da musste Kel lachen.

»Mach dir keine Gedanken, ich will nur meinen Onkel besuchen.«

Der Lange runzelte die Stirn.

»Wie heißt denn dein Onkel?«

»Der Ausdauernde.«

»Ah… Du scheinst nicht auf dem Laufenden zu sein.«

»Wieso, was müsste ich wissen?«

»Hast du vielleicht Hunger?«

»Mir knurrt schon der Magen.«

»Dann komm zu mir zum Essen mit. Meine Frau kocht den besten Eintopf weit und breit.«

Der Lange hatte nicht übertrieben. Es gab ein köstliches Mahl aus gebratenem Schaffleisch, gefüllten Auberginen und Kreuzkümmelsauce. Und der einfache Wein aus der Gegend, ein spritziger Roter, verdarb dieses Festmahl auch nicht.

Nachdem man einige Höflichkeiten ausgetauscht hatte, kam Kel zur Sache.

»Was wolltet Ihr mir sagen? Hat mein Onkel vielleicht Schwierigkeiten?«

Auf einmal herrschte bedrücktes Schweigen.

»Du musst ihm die Wahrheit sagen«, verlangte die Frau des Langen.

»Sein Haus hat gebrannt, und er ist in dem Feuer verbrannt. Die meisten Dorfbewohner glauben, dass es ein Unfall war; ich habe aber gesehen, wie ein Fremder das

Feuer gelegt hat. Und unsere Dorfälteste erlaubt mir nicht, die Sache zu melden.«

»Und sie hat recht«, sagte seine Frau. »Da kriegen wir nur Ärger. Solche Geschichten gehen uns nichts an. Kümmere dich um deine Familie und halt deinen Mund.«

»Wann hat sich dieses Unglück denn ereignet?«, wollte Kel wissen.

»Das ist erst zwei Tage her.«

Auf einmal war ihm alles klar.

Es gab keinen Zufall.

Die Mörder hatten sich Kel als Opfer ausgesucht und mit seinem Onkel seinen einzigen möglichen Rückhalt umgebracht. Bei der Einladung zu dem Festessen am Abend vor dem Mord hatte man ihn, wie Bebon richtig vermutete, betäubt, damit er erst am Vormittag aufwachen und zu spät zur Arbeit kommen würde.

Weil man ihn zum Mörder bestimmt hatte, konnte Kel unter keinen Umständen dem Gericht entkommen. Und wer die wahren Schuldigen waren, sollte nie ans Licht kommen.

»Ich danke euch für eure Gastfreundschaft, jetzt muss ich aber weiter.«

»Möchtest du nicht noch etwas von dem Auflauf?«

»Vielen Dank, er schmeckt ausgezeichnet, aber mir bleibt nicht mehr viel Zeit.«

Dann war also die Einladung zu dem Festmahl der letzte Schritt eines Plans gewesen, den einer oder mehrere einflussreiche Leute ausgeheckt hatten, die im Machtgefolge weit genug oben standen, um zu wissen, welch große Bedeutung das Übersetzeramt hatte.

Wer könnte Kel helfen, die Namen der Würdenträger herauszufinden, die an diesem Abend anwesend waren?

Das Gesicht von Nitis, der hübschen Priesterin, tauchte vor ihm auf.

13

Die achtzehnjährige Nitis mit ihren beinahe unwirklich tiefblauen Augen war bereits als junges Mädchen in den Dienst von Neith getreten. Als Sängerin und Leinenweberin hatte sie herausgefunden, welch einzigartiges Wesen die Göttin verkörperte – sie war zugleich »Mutter aller Mütter« und »Vater aller Väter«. Als schöpferische Woge und Ursprung aller Energie webte Neith ohne Unterlass am Universum. Leben und Tod lagen in ihrer Hand, und die Eingeweihten setzten ihr Werk fort, wenn sie die rituellen Stoffe webten.

Die junge Frau wohnte in der bescheidenen Unterkunft der Familie, ganz in der Nähe des großen Neith-Tempels. Ihre Mutter war nach einem langen Witwenleben gerade gestorben. Sie hatte den Tod ihres Mannes nie verwunden; er war Zimmermann gewesen und bei einem Unfall ums Leben gekommen.

Sollte sie sich der großen Mysterien würdig erweisen, würde Nitis eines Tages im Herzen des heiligen Bezirks wohnen. Vorher musste sie sich aber noch bewähren, gewissenhaft und ausdauernd arbeiten und zeigen, dass sie ihrem Wunschbild nahe kam.

Nachdem sie die Tempelmauern hinter sich gelassen hatte, wollte sie nach Hause gehen. Sie dachte gerade an eine Schrift voller Symbole, in der die beiden überkreuzten Pfeile von Neith – ein Erkennungsmerkmal der Göttin – erwähnt wurden, als sie ein junger Mann ansprach.

»Bitte entschuldigt, dass ich Euch störe. Mein Name ist Kel, und ich muss Euch in einer sehr ernsten Angelegenheit sprechen.«

Nitis hatte diesen eindringlichen Blick nicht vergessen.

»Ihr wart auch zu dem Festmahl vom Großen Schatzmeister Pef geladen, habe ich recht?«

»Ja, und ich fürchte, dass all mein Unglück dort seinen Anfang nahm. Ohne Eure Hilfe droht mir der Tod!«

Kel verstand seinen Mut selbst nicht. Wie konnte er es wagen, sich so an eine Neith-Priesterin zu wenden, deren Schönheit und Zauber ihn geradezu überwältigten.

»Ihr wirkt sehr erschüttert«, sagte sie.

»Im Namen des Pharaos – ich schwöre Euch, dass ich die Verbrechen nicht begangen habe, deren man mich beschuldigt.«

Kel hatte alles aufs Spiel gesetzt. Entweder war Nitis jetzt bereit, ihn anzuhören, oder sie wies ihn ab. Und wie hätte er es ihr übel nehmen können, wenn sie einem Unbekannten nicht vertrauen wollte, der sich so merkwürdig benahm und solch beunruhigende Äußerungen machte.

»Kommt mit zu mir.«

Am liebsten hätte er sie in den Arm genommen und geküsst, konnte diesen ungestümen Wunsch, den er noch nie so verspürt hatte, aber gerade noch unterdrücken.

In dem Viertel, in dem sie wohnte, war es sehr ruhig. Hier und da wurden Öllampen angezündet, und man machte sich ans Abendessen.

Kein Mensch sah, wie Kel die Wohnung von Nitis betrat, die sehr schlicht eingerichtet war.

»Wir sollten uns vor den Urahnen verneigen und um ihren weisen Rat flehen«, verlangte Nitis.

Also knieten die beiden jungen Leute nebeneinander vor zwei Kalkbüsten nieder, die einen Mann und eine Frau darstellten. Sie erhoben ihre Hände zum Zeichen der Anbetung, und Nitis sprach den Ritualspruch, der das Licht aus dem Jenseits feierte, damit es den Weg der Lebenden erleuchtete.

Das Duftwasser, das die Priesterin trug, berauschte Kel. Es war eine köstliche Mischung aus Jasmin und tausenderlei anderen Düften – sanft und feurig zugleich.

»Habt Ihr Hunger?«, fragte sie ihn jetzt.

»Ich kann nicht bei Euch bleiben, ich muss …«

»Bei einem guten Essen müsst Ihr mir alles erzählen. Ich sehe, wie müde Ihr seid – also keine Widerrede!«

»Aber ich will Eurem Ruf nicht schaden und …«

»Ich lebe allein, und kein Mensch weiß, dass Ihr hier seid.«

»Dann – dann glaubt Ihr mir also?«

Nitis musste lächeln.

»Ich kenne ja noch gar keine Einzelheiten von Eurer Geschichte.«

Sie begaben sich in das Empfangszimmer, das mit Sesseln und einem sehr schönen niedrigen Tisch eingerichtet war. Nitis mochte Möbel im Stil des Alten Reichs, die einige Handwerker nachbauten.

Sie trug verschiedene kleine Gerichte auf: süße Zwiebeln, Gurken, überbackene Auberginen, getrockneten Fisch, Feigen, frisches Brot und Rotwein aus der Oase.

Kel versuchte seinen Heißhunger zu beherrschen und nicht alles zu verschlingen.

Nitis aß, sprach und bewegte sich mit der gleichen Anmut, wunderbar weiblich und bezaubernd. Am liebsten hätte er sie stundenlang angeschaut, am liebsten wäre er ihr Schatten geworden, um sie keinen Augenblick mehr verlassen zu müssen.

»Jetzt erzählt doch, was ist Euch geschehen, Kel?«

Er leerte noch einen Becher Wein und nahm dann seinen ganzen Mut zusammen.

»Ich wurde als Letzter im Übersetzeramt von Sais angestellt.«

»Obwohl Ihr noch so jung seid?«

Der Schreiber wurde rot.

»Die Arbeit ist meine einzige Leidenschaft – und ich hatte Glück.«

»Sollte man nicht eher von sehr frühen, außergewöhnlichen Fähigkeiten sprechen?«

»Ich habe jedenfalls versucht, mich des Vertrauens würdig zu erweisen, das mir mein Vorgesetzter geschenkt hat. Er hat mir vor Kurzem einen seltsamen verschlüsselten Papyrus anvertraut, der sich bisher nicht entziffern ließ. Ich habe ihn hier.«

Kel holte das Schriftstück aus einer Tasche seines Gewands. Nitis warf einen Blick darauf, konnte aber kein Wort lesen, obwohl sie äußerst gebildet war.

»Möglicherweise wurden alle anderen Schreiber und Übersetzer wegen dieses Schriftstücks ermordet.«

»Sie wurden ermordet?«

»Ja, sie wurden mit vergifteter Milch getötet – alle außer meinem Freund, dem Griechen Demos, der seitdem verschwunden ist, genau wie der Milchmann. Und zwei Tage vor diesem Unglück kam das letzte Mitglied meiner Familie in den Flammen seines Hauses um – ein Verbrecher hatte das Feuer gelegt. Und einen Tag davor hat man mir, bei diesem Festmahl, zu dem Ihr auch geladen wart, ein Betäubungsmittel verabreicht. Deshalb kam ich am nächsten Tag zu spät zur Arbeit – und bin so der willkommene Schuldige!«

Die Priesterin musterte den Schreiber lange.

Sein Schicksal hing allein von ihrer Entscheidung ab.

»Ich glaube an Eure Unschuld, Kel.«

14

Ein paar Sekunden lang schloss Kel die Augen.

Sie hatte ihm geglaubt, ihm blieb doch noch eine Zukunft!

»Ein Versprechen ist etwas Heiliges, man bricht sein Wort nicht«, erinnerte sie ihn. »Mit Eurem Schwur seid Ihr den Göttern und den Menschen zugleich verpflichtet. Nur ein durch und durch verdorbener Mensch könnte so lügen.«

»Ich habe Euch die Wahrheit gesagt. Wenn mich die Wachen festnehmen, werden sie mich töten. Bestimmt wird es wie ein bedauerlicher Unfall aussehen, damit es zu keiner Verhandlung kommt.«

»Das hieße ja, wir hätten es mit einer unglaublichen Verschwörung zu tun!«

»Ich weiß, Nitis, aber eine andere Erklärung habe ich nicht.«

Kel wiederholte seinen Bericht noch einmal Punkt für Punkt. Und er verschwieg auch nicht den Einsatz seines Freundes Bebon, der heute verhaftet worden war.

»Die Übersetzer hatten immer mit heiklen Fällen zu tun«, erzählte er. »Und mein Herr stand in ständiger Verbindung zum Palast. Der Pharao braucht unsere Arbeit für Ägyptens Beziehungen zu den Nachbarländern. Ein solcher Massenmord kann nicht das Werk eines Verrückten sein. Er war genauestens geplant, und seine Urheber wollten mich zum Sündenbock machen. Ist meine Flucht nicht schon Beweis genug? Ein Unschuldiger hätte sich den Wachen gestellt und sein gutes Recht gefordert. Diese Menschenjagd wird mit aller Kraft betrieben, man wird Beweise sammeln und die Untersuchung schleunigst abschließen.«

»Kann die Gerichtsbarkeit denn nicht zwischen wahr und falsch unterscheiden?«

»Die Umstände sprechen gegen mich. Und sollte der Richter mit den Mördern unter einer Decke stecken, wird er mich gar nicht erst anhören.«

Nitis' friedliches Weltbild brach mit einem Mal zusammen.

Plötzlich herrschten Verbrechen und Gewalt, Lüge und Unrecht – die Wesensmerkmale von Isefet, der Macht der Zerstörung und Gegenspielerin zum heiteren Einklang von Maat, der Göttin der Gerechtigkeit.

Warum eigentlich glaubte sie den Worten dieses jungen Mannes, warum hörte sie sich diese schrecklichen Geschichten an, die ihr bisher so ruhiges und überschaubares Dasein bedrohten?

Kel ahnte ihre Nöte.

»Verzeiht mir bitte, dass ich Euch solche Schwierigkeiten mache. Mein Standpunkt ist unhaltbar, das weiß ich, und ich will Euch unter gar keinen Umständen mit in den Abgrund reißen. Darf ich Euch aber nach den Namen der Gäste fragen, die bei dem Festmahl anwesend waren, bei dem man mich betäubt hat?«

Die Priesterin nahm sich zusammen und sagte mit fester Stimme: »Also, da war zunächst der Besitzer des Hauses, in dem gefeiert wurde, der Große Schatzmeister und Vorsteher der Felder, Pef. Er war ein guter Bekannter meiner Eltern und hat mir den Eintritt in den Tempel sehr erleichtert. Er ist ein rechtschaffener und sehr arbeitsamer Mann, der die Zwei Häuser von Gold und Silber ausgezeichnet verwaltet und über den Wohlstand unseres Landes wacht. Als Herr über die Felder und überschwemmbaren Ufer hat er den Posten eines Planers geschaffen, damit wir in Zukunft nicht mehr so sehr dem Zufall ausgeliefert sind. Außerdem ist er in die Großen Mysterien von Osiris eingeweiht und leitet die Ritualfeiern in Abydos, dessen Anliegen er oft vor dem Pharao vertritt. Wegen des Aufbaus von Sais und anderen Städten im Nil-Delta wird seiner Meinung nach die heilige Stadt, die dem Herrn der Auferstehung gehört, viel zu sehr vernachlässigt.«

»Er ist also eine der wichtigsten Persönlichkeiten unseres Landes. Warum hat er dann ausgerechnet mich – einen kleinen Schreiber – eingeladen?«

»Vermutlich hat er von Eurem erstaunlichen Einstieg in die berufliche Laufbahn vernommen und wollte Euch kennenlernen.«

»Dann hätte er doch wenigstens einmal das Wort an mich gerichtet!«

»Da liegt Ihr vollkommen falsch, und Pef ist niemals Urheber einer mörderischen Verschwörung.«

»Er wäre aber doch dazu in der Lage?«

»Da folgt Ihr der falschen Fährte, ganz sicher.«

»Wer waren die anderen Würdenträger, Nitis?«

»Menk war dabei, er veranstaltet die Feste von Sais. Er sorgt dafür, dass die Barken der Göttin Neith immer in gutem Zustand sind, überprüft die Vorräte an Weihrauch, Schminke und Ölen und überwacht den reibungslosen Ablauf der Feierlichkeiten. Er ist freundlich und hat ein sehr angenehmes Wesen – als Mörder kann man ihn sich wirklich nicht vorstellen.«

»Nimmt er Einfluss auf die Angelegenheiten der Herrschenden?«

»Nein, in keiner Weise.«

»Trotzdem kennt er den König und verkehrt mit seinen Ministern.«

»Das schon, aber er hat dabei nur die ordnungsgemäße Durchführung der Ritualfeiern im Sinn!«

»Und wenn er sich nur den Anschein gäbe?«

Nitis sah ihn hilflos an.

»Natürlich kann ich mich irren«, gab Kel zu. »Aber versucht mich doch bitte zu verstehen. Ich war der Meinung, unsere Welt bewege sich in festen Bahnen, geregelt nach dem Gesetz von Maat – und jetzt bin ich mehrerer Morde angeklagt!«

»Ja, ich verstehe Euch«, sagte sie leise. »Nur die Wahrheit kann den Einklang wiederherstellen.«

Da kam ihr plötzlich etwas Beunruhigendes in den Sinn.

»Bei dem Festmahl war noch eine dritte hochrangige Persönlichkeit geladen«, sagte die Priesterin, »Horkheb, der Oberarzt aus dem Palast.«

»Ein Mediziner… Ihm stehen alle Betäubungsmittel zur Verfügung.«

»Horkheb ist der Leibarzt der königlichen Familie«, fuhr Nitis fort. »Er gilt als ausgezeichneter Fachmann, klug, aber auch überheblich. Er fehlt bei keinem großen Empfang, legt großen Wert auf sein gutes Ansehen, mischt sich aber nicht in Regierungsangelegenheiten ein, sondern ist vorwiegend damit beschäftigt, ein riesiges Vermögen anzuhäufen. Warum sollte er sich an einer derartigen Verschwörung beteiligen?«

»Weil man ihn wahrscheinlich stattlich dafür bezahlt hat!«

»Das sind doch nur Vermutungen.«

»Aber immerhin eine erste Spur – dank Eurer Hilfe! Ihr habt mir wirklich sehr geholfen, Nitis, und ich danke Euch von ganzem Herzen. Jetzt muss ich aber los.«

»Mitten in der Nacht? Das wäre der reine Wahnsinn! Ihr schlaft hier.«

»Auf keinen Fall, ich darf Euch nicht in Gefahr bringen. Euer guter Ruf…«

»Kein Mensch weiß, dass Ihr hier bei mir seid. Und ich kann Euch unter diesen Umständen auf keinen Fall im Stich lassen. Mein Meister, der Oberpriester aus dem Neith-Tempel, ist ein einflussreicher und angesehener Mann, der Pharao gibt viel auf seine Meinung. Ich habe beschlossen, ihm von Euch zu erzählen und ihn um seinen Rat zu bitten.«

15

Wahibra, der Oberpriester der Neith, feierte jeden Morgen den Kult zur Anbetung der Göttin mit noch größerer Ehrerbietung.

Kurz vor Tagesanbruch reinigte er sich im heiligen See, legte ein weißes Gewand an und vollzog im Herzen des Heiligtums das friedliche Erwachen der Großen Mutter, aus der das geheime Licht hervorging – die Quelle vielfältiger Lebensformen.

Diese tägliche Pflicht war ihm keine Last, ganz im Gegenteil. In dem Bewusstsein, an der Aufrechterhaltung des irdischen Einklangs und dem Kampf gegen die zerstörerischen Kräfte teilnehmen zu dürfen, dankte der Oberpriester dem Schicksal für so viel Glück. Deshalb zählte für ihn jede Kleinigkeit, damit die Ritualfeier jeden Tag zu einem möglichst vollkommenen Kunstwerk geriet.

In seinen Augen kam nichts der spirituellen Macht der Pyramiden aus dem Alten Reich gleich. Trotzdem schätzte er auch den Glanz des Ersten Tempels des antiken Sais, das erst zur Hauptstadt geadelt worden war. Genau im Mittelpunkt der westlichen Delta-Hälfte gelegen, verfügte es über eine strategisch günstige Lage, die für seinen beachtlichen Aufschwung in den letzten Jahrzehnten verantwortlich war. Im Hafen von Sais, den die Milesische Mauer – benannt nach der griechischen Stadt Milet – schützte, lagen beeindruckende Kriegsschiffe, die von der Verteidigungskraft Ägyptens zeugten.

Der Oberpriester vertraute darauf, dass Pharao Amasis den Schutz der Zwei Länder gewährleistete. Als erfahrener Herrscher, geschickter Verwalter und ein Mann, der als ehemaliger Heerführer den Krieg kannte und mittlerweile verabscheute, hatte der König einen immer wieder bedrohten Frieden begründet. Trotz ihres kriegerischen Wesens und ihres unstillbaren Eroberungsdrangs würden es die Perser nicht wagen, einen so beherzten Gegner anzugreifen.

Wahibra wollte nicht länger an diese Dinge denken und beglückwünschte sich für die Aufmerksamkeit, die der Herrscher dem Neith-Tempel schenkte. In seiner gesamten Anordnung dem Himmel ähnlich, beherbergte er die Götter und Göttinnen und hatte in letzter Zeit zahlreiche Verschönerungen erleben dürfen: einen Propylon, einen auf beiden Seiten von Sphingen gesäumten Gang, kolossale Standbilder der Könige, einen heiligen See von achtundsechzig Ellen Länge und fünfundsechzig Ellen Breite, zwei Ställe, die Horus und Neith gewidmet waren, einen Ruheraum für die heilige Kuh der Göttin und zahlreiche Wiederaufbauten, die mit gewaltigen Granitblöcken von Elephantine ausgeführt worden waren.

Im Tempelinneren standen mehrere Neith-Statuen, die die Göttin mit der roten Krone von Unterägypten zeigten – dem Zeichen für Geburt und Wachsen des schöpferischen Urgesetzes. Sie trug zwei Zepter, für Leben und für Macht. Unterstützt von den Bildern ihrer Söhne Osiris, Horus, Thot und Sobek sowie ihrer Töchter Nechhbet, Wadjet, Sechmet und Bastet öffnete die Herrin über die großen Mysterien den Eingeweihten die Himmelspforten.

Ihre Aufgabe bestand nicht darin, eine Lehre zu verbreiten oder zu verändern, sondern Maats Werk fortzusetzen in der vorschriftsmäßigen Durchführung der Rituale des Ersten Mals, dieses fortwährend erneuerten Augenblicks, in dem sich das Licht des Worts gezeigt hatte. Seine Kraft bündelte sich in dem Heiligtum, und nur Fachleute durften mit äußerster Vorsicht damit umgehen.

Nach dem Morgengottesdienst begab sich Wahibra in die Weberei. Dort fertigten Priesterinnen die Stoffe an, die für die Ritualfeiern zu Ehren von Osiris benötigt wurden, und die jüngste unter ihnen, Nitis, war nicht etwa die am wenigsten geschickte. Indem sie eine innere Freude und ein Leuchten ausstrahlte, die die Ärgerlichen besänftigten und den Klagenden neue Kraft verliehen, vollbrachte Nitis eine Art Wunder: Die gesamte Schwesternschaft stimmte einmütig zu ihren Gunsten.

Beim Anblick des Hohepriesters erhoben sich die Weberinnen und verneigten sich vor ihm.

»Komm mit, Nitis, ich muss mit dir sprechen.«

Die junge Frau folgte Wahibra bis zu einem Gebäude, das den Namen »Haus des Lebens« trug. Es war von hohen Mauern umgeben und durfte nur von denjenigen betreten werden, die in die Mysterien von Isis und Osiris eingeweiht waren.

»Die Zeit ist gekommen, dass du durch diese Tür gehst«, sagte der Hohepriester.

Beinahe hätte Nitis einen Schritt zurück gemacht.

»Ich bin zu jung, ich …«

»Hiermit ernenne ich dich zur Obersängerin und Oberweberin der Neith. Im Inneren vom Haus des Lebens wirst du die heiligen alten Schriften finden, die dort seit der Geburt des Lichts gesammelt und aufbewahrt werden, und die feierlichen Ritualsprüche, die wir ohne Unterlass wiederholen sollen. Ich bin alt und krank und muss mein Wissen jetzt weiterreichen. Deshalb will ich deine Ausbildung abschließen, damit du meine Nachfolge antreten kannst.«

Auf einmal drückte das ganze Gewicht des Tempels auf die Schultern der zierlichen jungen Frau.

»Herr, ich …«

»Nicht einmal tausend Einsprüche können etwas dagegen ausrichten. Mit deinem Zauber und deinem Sinn für Begriffliches hast du selbst diese unwiderrufliche Entscheidung herbeigeführt. Ich war damals genauso wenig wie du auf ein hohes Amt aus. Dazu musst du allen Ehrgeiz verlieren, du musst den Göttern dienen, nicht den Menschen. Nur wenn du dich mit aller Strenge daran hältst, kannst du deine schwere Last ertragen.«

Die Tür zum Haus des Lebens öffnete sich.

Ein kahler Priester empfing Nitis und führte sie zum Mittelpunkt des Gebäudes, einem gepflasterten Innenhof, wo sie das Bild des auferstandenen Osiris betrachten durfte.

Dann zeigte ihr Wahibra die Schriften, die die alten Seher verfasst hatten und aus denen sich die ägyptische Spiritualität entwickelt hatte. Nitis nahm diese Worte der Macht begierig in dem Bewusstsein in sich auf, dass sie deren Bedeutung nie ganz ergründen würde.

16

Obwohl sie von all dem Neuen noch immer wie geblendet war, konnte Nitis ihrem Lehrmeister die Sorgen nicht verschweigen, die ihre gewohnte Heiterkeit trübten. Als sie sich beim gemeinsamen Essen gegenübersaßen, vertraute sie sich ihm an.

»Es tut mir sehr leid, aber ich muss Euch mit den Qualen der Welt da draußen belästigen«, sagte sie bedauernd. »Angesichts der äußerst schwierigen Lage brauche ich Euren Rat.«

Nitis' ernste Miene beunruhigte den Oberpriester.

»Ich habe einen Schreiber kennengelernt, der auch Übersetzer ist«, begann sie. »Er heißt Kel. Man beschuldigt ihn, alle anderen Übersetzer ermordet zu haben, er aber beteuert seine Unschuld – und ich glaube ihm.«

Wahibra war entsetzt.

»Das Übersetzeramt ist für die Sicherheit unseres Landes unerlässlich«, erklärte er. »Ohne diese Fachleute wären wir in den Beziehungen zu unseren Nachbarländern taub und blind. Da mich niemand von diesem Unglück unterrichtet hat, wurde die Sache offenbar streng geheim gehalten.«

»Kel hält sich für das Opfer unglaublicher Machenschaften. Sollte es sich tatsächlich um eine Verschwörung handeln, sind mit Sicherheit hochrangige Persönlichkeiten in die Sache verwickelt.«

»Ein Verbrechen von derartiger Tragweite – ist dieser Schreiber nicht vielleicht nur ein einfallsreicher Geschichtenerzähler?«

»Mich hat seine ehrliche Art überzeugt. Als jüngster Übersetzer im Amt, der im Laufe eines Festmahls betäubt wird, damit er am nächsten Tag verschläft und nicht von der Milch vergiftet wird, die er den anderen Schreibern für gewöhnlich gereicht hat, hat er es leider, aber verständlicherweise, mit der Angst zu tun bekommen und ist mit einem verschlüsselten Schriftstück geflohen, nach dem die wahren Mörder vermutlich gesucht hatten.«

»Hat er es denn entziffert?«

»Nein, noch nicht.«

»Hat er es dir gezeigt?«

»Ja, aber ich konnte kein Wort lesen.«

»Warum stellt er sich nicht den Wachen?«

»Weil er fürchtet, beseitigt zu werden, ehe er Gelegenheit findet, sich zu erklären.«

»Die Ordnungshüter sollen mit den Verbrechern unter einer Decke stecken? Unvorstellbar!«

»Wenn Kel nicht lügt, ist dieser Verdacht nicht unbegründet.«

»Seit wann kennst du diesen Schreiber?«

»Seit … seit besagtem Abend.«

»Und du stellst seine Worte nicht in Frage?«

»Er schwört, dass er die Wahrheit sagt, redet ohne Umschweife und kann einem offen ins Auge sehen. Zuerst wollte ich es ja auch nicht glauben, aber jetzt bin ich voll und ganz von seiner Unschuld überzeugt.«

Der Oberpriester schwieg lange.

»Hat dieser Schreiber einen anderen verdächtigt?«

»Der Oberarzt aus dem Palast, Horkheb, könnte ihm das Betäubungsmittel verabreicht haben.«

»Glaubst du nicht eher, dass Kel sich da nur eine ziemlich verrückte Geschichte ausgedacht hat?«

Quälende Zweifel überkamen die Priesterin. Hatte sich der junge Mann etwa über sie lustig gemacht?

»Studiere den Papyrus, der den sieben Worten von Neith gewidmet ist«, befahl der Priester. »Ich begebe mich jetzt in den Palast und hoffe, diesem Albtraum ein Ende machen zu können.«

»Der Palastverwalter wird Euch sofort empfangen«, sagte Henats persönlicher Sekretär zu dem Oberpriester.

Der Herr über den Geheimdienst hatte ein über die Maßen nüchternes Arbeitszimmer – es gab keinen Schmuck, nur einige schlichte Möbel.

Kaum hatte der Besucher den Raum betreten, fühlte er sich äußerst unwohl in seiner Haut.

»Was gibt es, mein Freund, habt Ihr Ärger?«

»Stimmt es, dass die Schreiber aus dem Übersetzeramt ermordet wurden?«

Henat wich dem Blick des alten Mannes aus.

»Das ist eine ziemlich schlimme Frage!«

»Ist es wahr oder nicht, ja oder nein?«

»Ihr bringt mich in Verlegenheit.«

»Hat man Euch verboten, den Oberpriester der Neith von der Sache zu unterrichten?«

»Nein, bestimmt nicht! Aber angesichts der ernsten Lage …«

»Dann hat das Unglück also tatsächlich stattgefunden.«

»Ich fürchte ja. Zum Glück wurde die Untersuchung aber sehr schnell zu Ende geführt, und wir wissen, wer der Schuldige ist.«

»Sein Name?«

»Bitte versteht, dass ich keinen Namen nennen darf...«

»Muss ich Euch erst daran erinnern, wer ich bin?«

»Darf ich Euch denn um größtmögliche Verschwiegenheit bitten?«

Wahibra nickte ungeduldig.

»Es handelt sich um den Schreiber Kel, der als Letzter im Übersetzeramt eingestellt wurde.«

»Ist das sicher, oder handelt es sich nur um Vermutungen?«

»Richter Gem, dessen Unbescholtenheit und Sachverstand außer Frage stehen, verfügt über erdrückende Beweise. Kel hat einen Helfershelfer, den Griechen Demos, der ebenfalls flüchtig ist. Die Wachen werden die beiden mit Sicherheit bald ergreifen und festnehmen.«

»Warum haben sie die anderen Schreiber getötet?«

»Das wissen wir nicht, und wir können es nicht erwarten, sie zu verhören.«

»Habt Ihr den Verdacht, dass es sich um eine Verschwörung handelt?«

»Dieser Verdacht lässt sich zurzeit nicht völlig ausschließen, es gibt aber auch keine Hinweise, die ihn erhärten.«

»Stehen wir ohne unsere fähigen Übersetzer nicht vor großen Schwierigkeiten?«

»Seine Majestät ist dabei, diese Schwierigkeiten zu lösen.«

Wohlgemerkt führte Henat in der Sache eine eigene Untersuchung, die er mit keinem Wort erwähnte. Richter Gem hielt sich an die gesetzlichen Vorgaben, der Herr über den Geheimdienst handelte im Verborgenen. Und trotz seiner üblichen Zurückhaltung war er fest davon überzeugt, dass die Übersetzerriege nicht von einem Verrückten oder einem gemeinen Verbrecher ausgelöscht worden war.

»Seid unbesorgt, Henat. Ich gelte wirklich nicht als Schwätzer.«

»Das hätte ich auch niemals behauptet, Oberpriester! Aber es ist besser, die Bevölkerung nicht unnötig zu beunruhigen und dieses abscheuliche Verbrechen verschwiegen zu behandeln. Richter Gem ist damit einverstanden und arbeitet ohne Aufsehen. Schließlich geht es doch vor allem darum, den Mörder zu bestrafen und das Übersetzeramt wieder aufzubauen – habe ich recht?«

17

Zwei Tage und zwei Nächte waren vergangen, ohne dass Nitis zurückgekommen wäre.

Da Kel die Möglichkeit ausschloss, die sanfte und aufmerksame junge Frau könnte ihn verraten haben, musste er den Tatsachen ins Auge sehen: Man hatte sie auf Befehl des Oberpriesters verhaftet.

Mutig wie Nitis war, würde sie ihn aber auf keinen Fall anzeigen. Außerdem wären sonst auch schon die Ordnungshüter aufgetaucht.

Kel bewunderte sie rückhaltlos und machte sich schlimme Vorwürfe, dass er die Priesterin in dieses verheerende Abenteuer verwickelt und damit ihre Laufbahn zerstört hatte. Und wegen ihm widerfuhr wahrscheinlich auch seinem Freund Bebon das gleiche Schicksal. War er geschlagen und gefoltert worden? Hatte er überlebt? Und welchen Qualen setzte man wohl Nitis aus?

Er musste dieses Haus verlassen und ihr auf der Stelle zu Hilfe eilen.

Aber wie sollte er sie befreien, wenn nicht indem er sich den Wachtruppen stellte und behauptete, Nitis hätte nichts mit ihm zu tun? Aber sie hatte ihm schließlich Unterschlupf gewährt! Wenn sie das beide hartnäckig leugnen würden, ließ der Richter vielleicht Nachsicht walten.

Der Richter … War er auf der Suche nach der Wahrheit, oder musste er handeln, wie ihm andere befahlen?

Die Tür ging auf.

Die Ordnungshüter – oder die Mörder?

Es gab keine Fluchtmöglichkeit.

Kel bewaffnete sich mit einem Hocker und wollte kämpfen.

Doch dann tauchte Nitis in der Tür auf und strahlte ihn an.

»Ich bin allein, beruhigt Euch. Der Oberpriester Wahibra wünscht, Euch zu sehen. Diese Unterredung wird entscheidend sein.«

»Warum wart Ihr so lange weg?«

»Ich wurde zur obersten Sängerin und Weberin ernannt und musste meine vielfältigen neuen Aufgaben erfüllen. Und ich hatte gehofft, Ihr würdet ruhig Blut bewahren, bis der Hohepriester im Palast Eure Aussagen überprüft hat.«

»Ihr dürft mir nicht mehr helfen, Nitis. Das wäre sehr unvernünftig. Setzt Euch wegen mir keiner weiteren Gefahr aus!«

»Beeilt Euch, Wahibra erwartet uns. Im Palast wird man nicht nach Euch suchen.«

Ehrfürchtig betrat Kel das gewaltige Reich der Göttin Neith. Nitis führte ihn zu einer Kapelle im Norden, vor der eine Akazie stand, unter die sich der Oberpriester gesetzt hatte.

Seine ernsthafte Art beeindruckte den jungen Mann. Würde er den mürrischen Alten überzeugen können?

»Was bedeuten dir die Hieroglyphen?«, fragte ihn der Priester geradeheraus.

»Ich trenne sie streng von der weltlichen Schrift, die für den Alltagsgebrauch bestimmt ist. Die Hieroglyphen sind die Worte der Götter und den Tempeln vorbehalten. Sie bergen die Geheimnisse und die Formen der Schöpfung, in der sich der wahrhafte Gedanke verkörpert – jenseits aller menschlichen Grenzen. Sie bilden eine heilige Sprache, sie sind der Grundstock unserer Gesellschaft, und bis vor Kurzem, als ich noch nicht in dieses Unglück verwickelt war, hatte ich gehofft, einen kleinen Teil ihrer Geheimnisse kennenzulernen.«

»Richter Gem, der mit der Untersuchung beauftragt ist, verfügt angeblich über erdrückende Beweise für deine Schuld. Behauptest du noch immer, kein Mörder zu sein?«

»Im Namen des Pharaos, ich bleibe dabei, dass ich vollkommen unschuldig bin.«

»Ein falscher Schwur zerstört deine Seele.«

»Das ist mir bewusst. Aber ich bleibe bei meiner Erklärung. Das ist die einzige Freiheit, die mir bleibt.«

»Du beharrst also trotz der Beweise auf deiner Unschuld?«

»Sie müssen gefälscht sein! Ich habe keinen Menschen getötet, man hat mich als Zielscheibe ausgesucht, weil ich jetzt nicht in der Lage bin, mich zu verteidigen.«

»Beschuldigst du deinen Freund Demos?«

»Nein, aber ich verstehe nicht, warum er verschwunden ist, und ich möchte ihn endlich wiedersehen, damit er es mir erklären kann.«

»Du hast beim Namen des Pharaos geschworen. Wie siehst du die Rangfolge der Macht?«

»Ganz oben befindet sich das schöpferische Urgesetz, Eins in Zwei, zugleich männlich und weiblich. Danach kommen die Gottheiten, die Urheber des Lebens und von Maats Ordnung, die der Pharao hier unten bei uns ausführen muss, indem er Tempel erbaut, die Rituale feiert und Gerechtigkeit walten lässt. Werden diese Aufgaben nicht ordnungsgemäß erfüllt, versinkt das Land im Chaos. Als Besitzer des göttlichen Vermächtnisses und als Diener der Schöpferkraft wehrt der Pharao die Mächte der Finsternis ab und sorgt für Eintracht und Wohlstand.«

»Kommt es nicht auch vor, dass Könige irren?«

»Unsere Geschichte beweist es.«

»Erweist sich der König als unzuverlässig, versündigt sich das Volk, und die Sittenlosigkeit übernimmt die Macht. Der Pharao hat sich zuallererst um die Götter zu kümmern, nicht um die Menschen. Verkennt er diese Reihenfolge, führt er uns ins Verderben.«

Kel glaubte seinen Ohren nicht zu trauen: Hatte Wahibra nicht eben behauptet, Amasis sei ein schlechter Herrscher?

Der Oberpriester erhob sich und sah dem jungen Schreiber lange in die Augen.

»Ich glaube an deine Unschuld, mein Junge, weil ich dein Herz erforscht habe. Das bedeutet, dass wir uns in einer äußerst ernsten Lage für unser Land befinden. Die Machthaber lassen zu, dass eine falsche Anklage erhoben wird, hohe Würdenträger sind in eine Verschwörung verwickelt, und man ist nicht davor zurückgeschreckt, abscheuliche Morde zu begehen.«

»Vielleicht habe ich den Grund dafür hier in der Hand«, meinte Kel und zeigte dem Priester den verschlüsselten Papyrus.

Trotz all seines Wissens und seiner Gelehrsamkeit war Wahibra nicht in der Lage, die Schrift zu entziffern.

»Das Übersetzeramt steht mit dem Geheimdienst in enger Verbindung«, erinnerte er. »Henat leitet beide Ämter und ist dem König Rechenschaft schuldig, der den Griechen gewogen ist. Bestechlichkeit und der Verlust einiger Werte bedeuten ihm wenig, solange sich nur seine Verbündeten in Naukratis, in Memphis und in anderen Städten im Nil-Delta ansiedeln.«

»Soll das heißen, Amasis könnte für dieses große Unglück verantwortlich sein?«, fragte Nitis.

»Wir können es jedenfalls nicht ausschließen.«

»Wenn es so wäre, würden Ordnungshüter und Gerichtsbarkeit in seinem Auftrag handeln, ohne sich um die Wahrheit zu scheren!«

»Kel wird sich weiter hier verstecken«, entschied Wahibra. »Er hat genug gelernt, um die Aufgaben eines reinen Priesters erfüllen zu können. Du und ich, Nitis, wir stellen jeder für sich Nachforschungen an und sammeln alles, was Kel entlasten könnte. Sollten die Mörder tatsächlich Würdenträger sein, werde ich Mittel und Wege finden, ihre finsteren Pläne zu durchkreuzen.«

18

Die Neuigkeiten sprechen sich schnell herum«, sagte der liebenswürdige Menk, Leiter der Feste in Sais, zu Nitis. »Es freut mich zu hören, dass Ihr zur Ersten Sängerin und Weberin ernannt worden seid. Gemeinsam werden wir ausgezeichnete Arbeit leisten. Darf ich mir die Bemerkung erlauben, dass ich Euch großartig finde?«

»Wenn man bedenkt, wie unerfahren ich bin, wird mir Eure Hilfe bestimmt sehr nützlich sein.«

»Vor allem dürft Ihr niemand vor den Kopf stoßen. Wollt Ihr älteren Priesterinnen Befehle erteilen, solltet Ihr das äußerst behutsam und auf ihre Vorrechte bedacht tun. Verletzt Ihr sie, werden sie Eure Feinde und machen Euch Ärger ohne Unterlass. Versucht, sie in Euren Bann zu schlagen, macht Euch Euren Zauber zunutze, dann werden sie alle hinter Euch stehen. Und was die Schwierigkeiten mit den Ritualen anbelangt, so werde ich Euch diese Aufgabe in jedem Fall erleichtern. Sobald Ihr mich braucht, ruft nach mir, und ich eile herbei.«

»Ich danke Euch schon mal im Voraus ganz herzlich.«

»Der Hohepriester hat recht daran getan, Euch zu seiner Schülerin zu machen, Nitis. Euch haben wir es zu verdanken, wenn die Zukunft fröhlich wird.«

»Ich werde mich bemühen, der Göttin Neith so gut wie irgend möglich zu dienen.«

»Bei den Gegenständen, die für die Zeremonien verwendet werden, müsst Ihr unnachsichtig auf erstklassige

Ware bestehen. Der Oberpriester erwartet den besten Weihrauch, die besten Öle und die feinsten Duftwasser. Und auch die Gegenstände, die in unseren Werkstätten angefertigt würden, müssen makellos sein. Bleibt noch eine etwas heikle Geschichte: die Stimmen der Sängerinnen. Manche vergessen nämlich, an ihnen zu arbeiten, andere halten sich irrtümlich für begabt. Ihre Stimmen zu verbessern, wird Euch viel Mühe kosten.«

»Nachdem wir mit unserem Gesang die Götter verehren wollen und nicht die Menschen, werde ich mich dabei nicht verausgaben.«

»Das nächste Fest findet in einer Woche statt. Alles ist bereit, mit Ausnahme der Barke für die Prozession, die die Tempelschreiner gerade erst instand gesetzt haben. Wir sehen sie uns morgen früh an.«

Die junge Frau wirkte verstimmt.

»Angesichts des Ausmaßes an Arbeit, das auf mich zukommt, werde ich wohl kaum weiter an Festmählern wie dem teilnehmen können, das der Große Schatzmeister kürzlich veranstaltet hat.«

»O nein, ganz im Gegenteil – Ihr müsst Euch auch entspannen! Wenn Ihr zu viel arbeitet, geht Euch Eure Hellsicht verloren. Außerdem seid Ihr durch Eure Stellung verpflichtet, solche Feste zu besuchen, auf denen sich die Würdenträger an Eurer Gegenwart erfreuen können. Sie gelegentlich zu treffen und ihr Wohlwollen zu genießen, ist unerlässlich.«

»Die Anwesenheit eines Gastes hat mich an dem Abend sehr überrascht.«

»Oh … Wen meint Ihr denn?«

»Einen jungen Schreiber und Übersetzer. Habt Ihr ihn nicht bemerkt?«

»Er ist mir nicht aufgefallen.«

»Warum hat ihn denn der Minister zu diesem Essen eingeladen?«

»Das weiß ich nicht«, gestand Menk.

»Wenn es stimmt, was geredet wird, soll dieser Kel, wenn er denn so heißt, schreckliche Verbrechen begangen haben.«

Menk machte mit einem Mal den Eindruck, als fühle er sich nicht wohl.

»Wisst Ihr mehr darüber?«

»Er soll fast alle anderen Schreiber ermordet haben.«

»Solch ein Verbrechen in Sais? Undenkbar!«

»Ihr habt also nichts davon gehört?«

»Nein, nichts.«

»Und Ihr kennt auch diesen jungen Schreiber nicht?«

»Ich höre soeben zum ersten Mal von ihm.«

»Ich rufe die Sängerinnen am späten Nachmittag zusammen. Wollt Ihr Euch die Probe anhören?«

»Es tut mir leid, aber ich bin bereits vergeben. Nächstes Mal gerne. Alles Gute, Nitis.«

Menk verließ den heiligen Bezirk und eilte zu seinem Vorgesetzten, Udja, dem Stadtvorsteher.

Die Arbeitszimmer von Udjas Verwaltungsbereich beanspruchten einen ganzen Flügel des Palastes. Er war ein großer Arbeiter und besprach sich jeden Tag mit dem Herrscher und unterbreitete ihm eine Zusammenfassung der wichtigen Fälle, die aufzuarbeiten waren. Amasis traf schnelle Entscheidungen, Udja führte sie aus.

Menk musste sich eine lange Stunde gedulden, ehe ihn der königliche Siegelbewahrer empfing. Er stand vor einem großen Fenster und blickte bewundernd auf Sais.

»Ist das nicht eine herrliche Stadt? Bei Sonnenaufgang und Sonnenuntergang gönne ich mir das nicht enden wollende Vergnügen ihres Anblicks. Und wir machen sie immer noch schöner.«

»Ja, Herr, gewiss.«

Udja wandte sich um und musterte den Festveranstalter.

»Du scheinst sehr erregt zu sein, das kenne ich von dir gar nicht. Gibt es Ärger?«

»Nein, aber Gerüchte… Ein schreckliches Gerücht!«

»Ich höre.«

»In Sais, hier bei uns, sollen Morde geschehen sein.«

»Die Opfer?«

»Die Schreiber aus dem Übersetzeramt. Und der Mörder soll einer von ihnen sein, ein sogenannter Kel, den ich erst vor Kurzem bei einem Festmahl getroffen habe. Mir läuft es jetzt noch kalt den Rücken hinunter… Aber das alles ist doch wohl hoffentlich falsch?«

»Wer verbreitet denn diese Gerüchte?«

»Eine Freundin… Eine gute Freundin, die ich sehr schätze und der ich vertraue. Deshalb bin ich auch so in Aufruhr. Ich will sie eines Besseren belehren, und Ihr seid der Einzige, der mir dabei helfen kann.«

»Wie heißt sie?«

»Das kann ich Euch nicht sagen.«

»Ich will ihren Namen wissen.«

»Wenn es sich aber doch nur um ein falsches Gerücht handelt!«

»Kel hat in der Tat die Schreiber aus dem Übersetzeramt ermordet«, versetzte der Siegelbewahrer. »Man wird ihn verhaften, richten und verurteilen. Da es sich um eine Angelegenheit handelt, bei der es um die Sicherheit unseres Landes geht, wünscht Seine Majestät größte Verschwiegenheit, die Würdenträger sind zum Schweigen verpflichtet. Also – wie heißt deine Freundin?«

»Nitis, sie ist die neue Oberpriesterin der Sängerinnen und Weberinnen von Neith.«

»Im Vertrauen, unser Geheimdienst untersucht diese Angelegenheit, deren mögliche Folgen uns noch nicht alle bekannt sind. Ich gebe dir einen guten Rat: Halte dich von dieser furchtbaren Sache fern!«

»Ich schweige wie ein Grab«, versprach Menk. »Und ich will kein einziges Wort mehr von diesen Verbrechen hören.«

»Empfehle deiner Freundin Nitis, äußerst vorsichtig zu sein. Heißt es nicht, dass zu viel reden schadet?«

»Ich werde ihr den guten Rat geben.«

»Und bereite uns ein schönes Fest vor, Menk. Unsere Stadt soll fröhlich bleiben.«

19

Pef, der Große Schatzmeister und Vorsteher der Felder, war außer sich. Erneut hatte ihm Amasis das erforderliche Geld für die Wiederherstellung des Tempels von Abydos verweigert. Für ihn ging es einzig und allein um die Verschönerungsmaßnahmen der Hauptstadt Sais.

»Der Oberpriester der Neith wünscht Euch zu sprechen«, meldete ihm jetzt sein Sekretär.

»Er soll sofort hereinkommen! Ich hoffe, du hast ihn nicht warten lassen.«

Der Diener verbeugte sich und murmelte irgendetwas Unverständliches.

Pef und Wahibra umarmten sich.

»Wie schön, Euch endlich wiederzusehen!«, rief der Minister. »In unserem Alter sollte man nicht so lange warten, bis man wieder die guten alten Zeiten aufleben lässt.«

»Deine vielen Aufgaben beanspruchen dich so, dass dir nicht viel freie Zeit bleibt.«

»Und bei dir ist es auch nicht anders! Ich sage mein Mittagessen mit dem Leiter der Steuerbehörde ab, und wir lassen uns ein paar in Wein geschmorte Wachteln schmecken.«

Der Koch des Ministers war genauso gut wie der des Pharaos. Und das große Gewächs, der Wein, der aus dem Jahr zehn von Amasis stammte, war schlicht vollkommen.

»Der König vernachlässigt Abydos«, sagte Pef verärgert. »Auch wenn es nur noch ein kleiner Fleck ohne wirtschaftliche Bedeutung ist, bleibt es doch immer ein wichtiger Ort, an dem der Zauber von Osiris das Gleichgewicht der Zwei Länder gewährleistet. Wer den Norden auf Kosten des Südens fördert, droht dieses Gleichgewicht zu zerstören.«

»Ist die Gottesdienerin von Theben nicht König und Königin von Oberägypten in einer Person?«

»Ihre spirituelle und weltliche Macht ist auf die heilige Stadt des Gottes Amon beschränkt, die sie zur großen Zufriedenheit von Amasis verwaltet. Ich selbst verwende mein eigenes Vermögen, um den Tempel von Abydos zu erneuern, um Bäume und Weinstöcke zu pflanzen, eine Umfassungsmauer aus Ziegeln zu bauen, den heiligen See zu reinigen, Opfertische aus Gold, Silber und Granit anfertigen zu lassen und den Betrieb vom Haus des Lebens zu gewährleisten, in dem unschätzbar wertvolle Schriftstücke lagern. Diese Sorgen hast du doch wohl nicht, mein Freund!«

»Der König gesteht mir alles zu, was ich zum bestmöglichen Erhalt des Neith-Tempels benötige, da gebe ich dir recht. Doch das Unglück, das eben geschehen ist, hat mich um mein inneres Gleichgewicht gebracht.«

Pef zog die Augenbrauen hoch und fragte: »Welches Unglück?«

»Die Ermordung der Übersetzer.«

»Du gehörst eigentlich nicht zu den Leuten, die sich durch schlechte Witze hervortun. Was soll das heißen?«

»Hat dich der König denn nicht unterrichtet?«

»Ich weiß von nichts!«

»Der Schreiber Kel wird beschuldigt, die Schreiber aus dem Übersetzeramt vergiftet zu haben.«

»Alle?«

»Ja, alle, einschließlich ihres Vorgesetzten. Kel soll einen Helfershelfer haben, den Griechen Demos. Richter Gem leitet die Untersuchung. Und Henat steht ihm zur Seite.«

Pef war entsetzt.

»Das ist aber noch nicht alles«, warnte ihn der Oberpriester.

»Was könnte es noch Schlimmeres geben?«

»Du hast den Mörder zu deinem letzten Festmahl eingeladen.«

»Ich? Niemals!«

»Jedenfalls war er unter den Gästen. Obwohl er zweifellos ein herausragender Schreiber ist, rechtfertigt das nicht eine solche Ehre.«

»Diese Angelegenheit werden wir auf der Stelle klären!«

Der Minister ließ seinen Hausverwalter vorsprechen, einen Mann, der seinen Dienst tadellos versah.

»Hast du zu dem Festessen letzte Woche einen Übersetzer namens Kel eingeladen?«

Der Haushofmeister wich dem Blick seines Herrn aus.

»Verzeiht mir, aber ich war krank. Deshalb habe ich die Gästeliste meinem Stellvertreter anvertraut und gehofft, er würde diese Aufgabe zu Eurer Zufriedenheit erledigen. Den Namen dieses Schreibers habe ich noch nie gehört.«

»Könnte es sein, dass dein Stellvertreter ihn eingeladen hat?«

»Leider ja. Fieber und Schwächeanfälle hinderten mich daran, die Arbeit wie sonst zu überprüfen. Es gibt einen Haufen Hungerleider, die sich bei solchen Anlässen satt essen wollen.«

»Wer hat Euch behandelt?«, wollte der Oberpriester wissen.

»Horkheb, der Palastarzt. Er hat mich innerhalb von zwei Tagen wieder auf die Beine gebracht.«

Der Verwalter zog sich zurück, der Minister kaute unruhig auf einem Stück Brot herum.

»Wieso hält mich der König aus einer derart wichtigen Angelegenheit heraus? Seine Liebe zu den Griechen steigt ihm allmählich zu Kopf! Dabei sollten ihn der Tod von Kyros und sein Nachfolger Kambyses, ein junger, eroberungswütiger Herrscher, eher beunruhigen.«

»Ist unser Heer denn nicht in der Lage, die Perser zurückzuschlagen?«

»Jeder Überfall kann eigentlich nur zum Scheitern verurteilt sein«, meinte Pef. »Udja hat eine hervorragende Kriegsschifffahrt aufgebaut, und der Heerführer über unsere Truppen, Phanes von Halikarnassos, ist überaus erfahren. Trotzdem brauchen wir die kluge und tatkräftige Vermittlung zwischen unseren Ländern. Und um die hat man uns durch die Auslöschung des Übersetzeramts beraubt!«

»Wird dieses Amt denn nicht schleunigst wieder aufgebaut?«

»Das ist leichter gesagt als getan! Der Leiter war ein ausgezeichneter Fachmann, in der Lage, Schwierigkeiten ohne Fehler zu handhaben. Es könnte lange dauern, bis ein echter Ersatz für ihn gefunden wird.«

»Wer könnte sich denn etwas davon versprechen, einen solchen Massenmord zu begehen?«

»Auf den ersten Blick vermutlich ein Spitzel im Dienste der Perser«, mutmaßte der Minister. »Wenn man uns unserer Augen und Ohren beraubt, kann der Feind ohne unser Wissen ein neues Vorhaben in die Wege leiten.«

»Der junge Schreiber, der erst vor Kurzem eingestellt wurde, Kel… Hältst du es für wahrscheinlich, dass er der Täter ist?«

»Jugend ist nicht gleich Unschuld!«

»Wenn du ehrlich bist, wahren die Untersuchungen von Richter Gem nur den Augenschein. Henat ist der Einzige, der die Wahrheit herausfinden kann.«

»Mich hat man genug an der Nase herumgeführt«, erklärte Pef. »Diesmal wird sich Henat nicht wieder hinter seinen Berichten verstecken.«

20

Mit wütender Miene platzte der Große Schatzmeister beim Palastverwalter Henat herein, der gerade seinem Schreiber eine dringende Botschaft aufsetzen ließ.

»Ich will dich unter vier Augen sprechen!«

Ohne auf die Anweisungen seines Herrn zu warten, verschwand der Schreiber.

»Was ist denn los?«, fragte Henat erstaunt.

»Jetzt bloß kein albernes Getue, bitte! Warum wurde ich nicht über den Mord an den Übersetzern unterrichtet?«

Der Herr über den Geheimdienst machte eine hilflose Geste.

»Es ging alles so schnell! Der Schuldige, ein Schreiber namens Kel, wird in Kürze festgenommen, und Richter Gem wird ihm eine gerechte Verhandlung machen.«

»Und was ist mit deinen eigenen Untersuchungen?«

»Nur Richter Gem ist beauftragt …«

»Behandle mich nicht länger wie einen Dummkopf!«, donnerte Pef. »Ich will die Wahrheit wissen – und zwar sofort.«

»Es handelt sich um ein furchtbares Verbrechen, dessen Hintergründe bald aufgeklärt sein werden.«

»Das gesamte Übersetzeramt auszulöschen, bedeutet eine Verschwörung von ungekanntem Ausmaß. Den verlängerten Arm der Täter dafür zu bestrafen, genügt nicht. Was weißt du im Einzelnen, Henat?«

»Die Untersuchungen sind in vollem Gange.«

»Und du hast vor, mich weiterhin nicht einzubeziehen?«

»Seine Majestät verlangt äußerste Geheimhaltung. Die Bevölkerung soll nicht unnötig beunruhigt werden. Der König kümmert sich persönlich um den Wiederaufbau des Übersetzeramts und sorgt für die guten Beziehungen zu unseren Nachbarländern. Sieh du zu, dass es der Wirtschaft an nichts fehlt.«

»Soll das etwa eine Drohung sein?«

»Jetzt hör aber auf! Jeder weiß, welche Verantwortung du trägst und wie gut du arbeitest. Nächste Woche feiert Sais ein großes Fest, und ich verspreche dir, wir werden weiter Frieden und Wohlstand genießen.«

Als Verantwortlicher für die Vorbereitungen der Feste von Sais durfte Menk den Proben der Sängerinnen der Göttin Neith beiwohnen, die mit sanfter Bestimmtheit von der schönen Nitis geleitet wurden.

Was für eine bezaubernde Frau! Eines Tages musste sie ihm gehören. Schon arbeiteten sie zusammen, aber bald würden sie die Freuden der Liebe gemeinsam genießen. Er durfte sie nur auf keinen Fall verschrecken, sondern musste sie nach und nach erobern. Und sie außerdem daran hindern, bedauerliche Fehler zu begehen.

Menk hatte die Sängerinnen ganz vergessen und nur Augen für ihre vornehme Oberin.

Als die Probe beendet war, verschwanden die Priesterinnen.

»Ich freue mich, dass Ihr Euch die Zeit nehmen konntet«, sagte Nitis. »Kam Euch der Chorgesang diesmal gelungener vor?«

»Ja, dank Eurer Leitung ist er besser – viel besser!«

»Ihr wirkt erschüttert. Ist die Musik für das kommende Fest vielleicht zu anrührend?«

»Nein, ich habe Udja, den königlichen Siegelbewahrer, getroffen, der mir von dem Mord an den Übersetzern berichtet hat. Ein furchtbares Unglück, das niemand zu Ohren kommen darf! Oberrichter Gem und der Geheimdienst kümmern sich um die Angelegenheit. Der Täter ist sehr wahrscheinlich dieser junge Schreiber Kel, dem wir kürzlich auf dem Festmahl des Ministers begegnet sind. Bei dem Gedanken daran läuft es mir jetzt noch kalt den Rücken hinunter! Dieser Wahnsinnige hätte ja auch alle Gäste dieser Einladung umbringen können. Ich hoffe nur, er mordet nicht weiter, ehe man ihn gefangen nehmen kann!«

»Glaubt man denn, dass es sich um die Tat eines Wahnsinnigen handelt?«

»Das weiß ich nicht und will es auch gar nicht wissen! Wir sollten uns von diesen abscheulichen Vorgängen fernhalten, meine liebe Nitis, und uns um unsere Pflichten kümmern. Schließlich gehören weder Ihr noch ich zu den Ordnungskräften. Aber da ist doch noch eine Frage, die mir auf den Lippen brennt: Wie habt Ihr von diesem schrecklichen Unglück erfahren?«

»Durch Gerüchte«, beruhigte sie ihn.

»Hört nicht darauf und verbreitet es vor allem nicht weiter! Udja verlangt von uns Stillschweigen, wir sollten ihm gehorchen. Im Übrigen – wenn Ihr einen schweren Fehler begeht, würde das nicht Eurer Zukunft schaden?«

»Ich danke Euch für Euren weisen Rat«, sagte Nitis nur.

Menk entspannte sich.

»Ihr seid nicht nur sehr schön, sondern auch ebenso klug. Wer weiß, wo sein Platz ist, und die Mächtigen nicht beleidigt, dem erweist sich das Schicksal als günstig. Und wir beide haben so viel Arbeit vor uns!«

»Es ist und bleibt unsere vornehmste Aufgabe, der Göttin zu dienen, so gut wir es können«, stimmte ihm die Oberpriesterin zu. »Dann bis morgen, zur nächsten Probe.«

»Henat nimmt mich nicht für voll«, beklagte sich der Große Schatzmeister beim Hohepriester Wahibra. »Er weigert sich, mir zu sagen, was er weiß. Und nachdem er mit dieser schrecklichen Angelegenheit betraut ist, handelt es sich dabei bestimmt nicht um die Tat eines Irren. Ich bin überzeugt, es geht um einen gefährlichen Angriff auf unser Land – mit unabsehbaren Folgen!«

»Sagtest du gerade ›Verschwörung‹?«

»Daran bin ich auf jeden Fall nicht beteiligt! Ich denke eher an die üblen Machenschaften persischer Spitzel, die den Auftrag haben, unsere Beziehungen zu den Nachbarstaaten zu zerstören, indem sie uns unserer Übersetzer berauben.«

»Mit anderen Worten: Kambyses hat vor, Ägypten zu überfallen«, mutmaßte der Oberpriester.

»Äußerst unwahrscheinlich«, meinte Pef. »Er denkt aber vermutlich schon daran, Palästina in seine Hand zu bekommen und dort Spitzel, Händler und Mitstreiter einzuschleusen. Ohne unsere Übersetzer werden wir eine Zeit lang nichts davon erfahren. Ich kann dir jedenfalls nur raten, dich aus dieser Sache herauszuhalten, mein Freund. Henat pflegt keine Witze zu machen.«

»Glaubst du etwa, er würde es wagen, sich am Oberpriester von Sais zu vergreifen?«

»Mittlerweile weiß man nicht mehr, wie vielen Leuten der Geheimdienst den Hals umgedreht hat! Außerdem darfst du nicht vergessen, dass Amasis mit Gewalt an die Herrschaft gekommen ist und dass er keine Einschränkung seiner Machtbefugnis dulden wird. Wir verdanken ihm zwar Frieden und Wohlstand, aber werden sie auch von Dauer sein?«

»Du scheinst mir ja ein rechter Schwarzseher zu sein, Pef!«

»Wenn Amasis das Übersetzeramt schnell wieder aufbaut und die Mörder angemessen für ihr Verbrechen bestraft werden, glaube ich an eine strahlende Zukunft.«

21

Kel widmete sich mit großer Hingabe seiner neuen Aufgabe als Priester. Noch vor Tagesanbruch begab er sich zum heiligen See und füllte zwei Alabasterschalen mit Wasser, die er einem Ritualisten überreichte. Anschließend überprüfte er die Liste der frischen Ware, die für den Tempel bestimmt war, und verglich die Bestätigung der Lieferanten. Er verhielt sich unauffällig und unterschied sich in nichts von den anderen Schreibern, die im Dienst der Herrin über die Sängerinnen und Weberinnen standen.

Angesichts seiner letzten Stellung fiel es ihm nicht schwer, die notwendigen Arbeiten auszuführen: die Paletten reinigen, die Tintenfässchen auswaschen, Papyrus aufrollen. Weil Sauberkeit oberstes Gebot war, fegte er täglich den Raum, der den reinen Priestern vorbehalten war, und brachte die Lendenschurze zum Waschen.

Er war zwar mit diesem neuen Dasein vollends zufrieden, bekam aber immer wieder Angstanfälle, die ihn in die Wirklichkeit zurückholten: Schließlich war er nur ein Beschuldigter auf der Flucht, der vorübergehend Unterschlupf gefunden hatte! Vergessen die strahlende Zukunft, der Beruf, in dem er Erfolg haben wollte und die sichere Stellung eines guten Schreibers.

Dieses wunderbare Trugbild würde sich bald in Luft auflösen.

»Die Oberpriesterin will dich sehen«, meldete ihm einer der Schreiber.

Kel ging zum Haus der Weberinnen, wo ihn Nitis und Wahibra erwarteten.

Die junge Frau verriegelte hinter ihm die Tür.

»Irgendwelche Zwischenfälle?«, wollte sie von ihm wissen.

»Nein, man hat mir keine unangenehmen Fragen gestellt.«

»Da sich die reinen Priester nur kurzfristig im Tempel aufhalten, ist man an neue Gesichter gewöhnt«, erinnerte Wahibra. »Wenn Kel seine Arbeit anstandslos erledigt, wird er kaum auffallen.«

»Habt Ihr schlechte Neuigkeiten?«, fragte der Schreiber ängstlich.

»Ich dachte zunächst, Menk hätte mit der ganzen Sache nichts zu tun«, sagte Nitis, »aber er benimmt sich irgendwie verdächtig. Er behauptet steif und fest, nicht unterrichtet worden zu sein, und will auch nichts von diesem Unglück wissen. Andererseits ist er aber sofort zu Udja, dem Siegelbewahrer, geeilt, um ihm zu berichten, dass ich ihm von der Ermordung der Übersetzer erzählt habe. Und auf mich hat er heftig eingeredet, ich solle mich nur um meine neue Aufgabe kümmern und die Ordnungshüter ihre Arbeit machen lassen.«

»Menk ist in dich verliebt«, gab der Hohepriester zu bedenken. »Er will dich davor bewahren, einen Fehler zu begehen.«

»Ist das denn kein Beweis für seine Mitwisserschaft? Er kennt einen oder sogar mehrere Täter und versucht, mich von der Wahrheit abzulenken.«

Kel war mit einem Mal sehr traurig.

Menk, der Herr über die Feste von Sais, war in Nitis verliebt! Und wahrscheinlich war er nicht der Einzige, der sie begehrte. Eines Tages würde sie einen Würdenträger seines Rangs mit einem tadellosen Ruf heiraten.

»Menk scheint sehr erschrocken zu sein«, fuhr Nitis fort, »aber spielt er nicht nur den Angsthasen? Zu geschickt und zu verführerisch – vermischt er dabei nicht vielleicht Wahrheit und Lüge? Man darf ihm auf keinen Fall trauen.«

»Immerhin hat er dir gegenüber zugegeben, dass er

sich mit Udja getroffen hatte«, gab der Priester zu bedenken.

»Vielleicht gehört das aber nur zu einem ausgeklügelten Plan?«, meinte Kel. »Menk, der Mann für niedere Dienste, tut so, als gehorche er den Befehlen des königlichen Siegelbewahrers und unterwerfe sich seiner Macht, um Nitis schützen zu können.«

»Warum sollte man an so viel Falschheit glauben?«

»Weil so viele Morde begangen wurden.«

»Und du giltst als der einzige Mörder«, sagte Wahibra. »Was mit deinem Freund Demos ist, scheint niemand zu kümmern. Mag sein, dass er dein Helfershelfer ist, aber er ist nicht der Täter. Richter Gems Meinung steht fest: Man wird dich bald festnehmen, und dann wirst du die Hintergründe dieses Verbrechens enthüllen.«

Kel war verzweifelt.

Mit wenigen Worten hatte der Hohepriester die Lage gerade äußerst treffend geschildert. Und ihm blieb keine Möglichkeit, diesem Schicksal zu entkommen.

Wahibra legte dem jungen Mann seine mächtige Hand auf die Schulter.

»Sei nicht so hoffnungslos, ich glaube an deine Unschuld.«

Nitis' Lächeln tröstete ihn auch ein wenig.

»Der Hohepriester und ich wissen, dass die wahren Urheber dieser Morde Euch zum Sündenbock bestimmt haben. Und wir sind und bleiben entschlossen, sie zu finden.«

»Mein Freund Pef konnte mir auch nicht viel helfen«, bedauerte Wahibra. »Angeblich hatte man ihn nicht unterrichtet, und der Herr über den Geheimdienst hätte sich auch noch ausdrücklich geweigert, dies zu tun.«

»Ist es denkbar, dass man so mit dem Minister umgeht?«, fragte Nitis erstaunt.

»Bisher hat mich Pef jedenfalls noch nicht ein Mal belogen.«

»Seid Ihr sicher, dass er nicht etwa sein eigenes Spiel spielt?«, fragte Kel.

»Er ist Maats Gesetz verpflichtet und hat noch nie etwas Schlechtes getan.«

»Nun gut, aber er führt die Befehle des Königs aus.«

»Das ist richtig, aber dabei bleibt er hellsichtig und zieht in Erwägung, dass die Tat von nach Ägypten eingeschleusten persischen Spitzeln stammt, die uns in den Beziehungen zu den Nachbarländern blind und taub machen wollen. Seiner Meinung nach versucht Kambyses, seinen Einflussbereich zu vergrößern, ohne Ägypten anzugreifen. Sein Ziel soll Palästina sein. Weil Amasis auf keinen Fall einen neuen Krieg will, wird er nicht eingreifen.«

»Warum hat er mich zu dem Festmahl eingeladen?«

»Diese Frage scheint geklärt zu sein«, sagte der Hohepriester. »Für gewöhnlich bereitet Pefs Verwalter eine Gästeliste vor, nach der er dann zu dem Empfang einlädt. Weil er krank war, hat er diese Aufgabe seinem Stellvertreter übertragen. Da dich der Minister ja nicht kannte, wurde er wohl selbst benutzt. Da wäre noch eine wichtige Einzelheit: Oberarzt Horkheb hat den Verwalter persönlich behandelt. Im Allgemeinen kümmert er sich sonst nur um Kranke von Rang.«

»Das ist doch endlich ein handfester Beweis!«, rief Kel. »Horkheb hat den Verwalter betäubt und einen Stellvertreter für ihn ausgesucht, der mich in die Falle locken sollte.«

»Der Palastarzt hat sich aber bisher immer ganz und gar aus allen Staatsgeschäften herausgehalten«, wandte der Hohepriester ein.

»Er verkehrt mit den Würdenträgern und ist der Leibarzt des Pharaos«, beharrte Kel.

»Horkheb hat vor allem eins im Sinn: sein Vermögen und seine bereits äußerst beachtlichen Besitztümer zu vermehren. Für eine hohe Belohnung hätte er sich möglicherweise zu einer Tat hinreißen lassen, deren wahres Ausmaß ihm nicht bekannt war.«

»Das ist doch eine überzeugende Spur«, fand Nitis. »Wir müssen Horkheb zum Reden bringen, seine Aussage könnte Kels Unschuld beweisen und der ganzen Untersuchung eine neue Richtung geben.«

»Richter Gem ist aber leider ein alter Sturkopf und will nichts anderes als Kels Verhaftung. Sich direkt an ihn zu wenden, erscheint mir sehr gefährlich.«

»Da fällt mir etwas ein«, sagte der Schreiber.

22

Weil man dringend nach ihm gerufen hatte, eilte Horkheb mit langen Schritten über die Rampe, die in den Königspalast führte. Hier herrschte geschäftiges Treiben – Bäcker und Metzger, Brauer und viele andere Handwerker waren bei ihrer Arbeit, für die sie gut bezahlt wurden und die sie auf keinen Fall verlieren wollten. Weil das Gebäude sehr groß war und viele Zimmer hatte, gab es ständig etwas für die Maurer und Bildhauer, die Schreiner und Maler zu tun. Dem Haus des

Pharaos durfte es an nichts fehlen. Dort erhob er sich schließlich jeden Morgen wie die aufgehende Sonne, um Licht und Leben zu spenden.

Der Teil des Gebäudes, der aus Ziegeln war, sollte an das irdische und vergängliche Wesen des Königs erinnern, der Teil aus Stein erinnerte an seinen göttlichen Ursprung. Im Herzen des Palastes befanden sich eine riesengroße Säulenhalle und Kapellen mit Granitboden, wo der Pharao mit den Gottheiten in Verbindung treten konnte.

Horkheb genoss den Prunk und die Schönheit im Palast von Amasis. Alles war farbenfroh, überall fanden sich Blumenmuster und wunderschöne Bilder von Vögeln, die über Lotosblüten tanzten … Man konnte sich gar nicht sattsehen an dieser Pracht.

An jedem Eingang standen Leibwächter des Königs. Sie waren schwer bewaffnet und hielten sich strikt an alle Anweisungen. Amasis hatte schließlich nicht vergessen, dass er durch einen Putsch auf den Thron gekommen war und erst einen Bürgerkrieg führen musste, ehe er sich ganz Ägypten unterwerfen konnte.

Obwohl er der Arzt der königlichen Familie war, machte auch Horkheb gute Miene zu der Regel, nach der ausnahmslos jeder, der die Gemächer des Pharaos betrat, durchsucht werden musste. So öffnete er sogar seine große Ledertasche mit den kostbaren Heilmitteln.

Königin Tanit kam dem Arzt entgegen.

»Mein Gatte fühlt sich nicht wohl«, sagte sie leise. »Ich mache mir große Sorgen.«

Ausgestreckt auf einem Bett mit Füßen in Form von Stierhufen lag Amasis mit halb geschlossenen Augen.

»Hier bin ich«, sagte Horkheb, »was ist geschehen?«

»Ich bekam plötzlich fürchterliche Kopfschmerzen und Schwindelanfälle«, berichtete der König. »Ich habe geglaubt, ich würde ohnmächtig und kann mich auch jetzt nicht auf den Beinen halten.«

Der Oberarzt tastete Nacken, Brust, Handgelenke und Beine seines erlauchten Patienten ab.

»Keine Sorge, es ist nichts Ernstes«, stellte er schließlich fest. »Die Kanäle arbeiten mit dem Herz zusammen, so kann die Kraft ungehindert fließen. Ich verschreibe Euch aber einen Trank aus einem Achtel Feige, einem Achtel Anis, einem Achtel gemahlenem Ocker und zweiunddreißig Teilen Honig. Den nehmt Ihr vier Tage zu Euch, danach ist Euer Körper wie verjüngt.«

Die Königin lächelte beruhigt und verließ den Raum.

»Einen Teil der Behandlung könnt aber nur Ihr allein durchführen, Majestät«, murmelte Horkheb nun.

Amasis richtete sich auf.

»Was soll ich denn noch machen?«

»Das Übermaß an Wein und Bier, das Ihr zu Euch nehmt, scheint Eurer Gesundheit sehr abträglich zu sein. Gewiss, Ihr habt eine widerstandsfähige Veranlagung, aber diese Ausschweifungen …«

»Das lass mal meine Sorge sein.«

»Majestät, bitte erlaubt, dass ich darauf bestehe.«

»Das erlaube ich dir nicht. Mach deine Arbeit und spare dir solche überflüssigen Bemerkungen.«

Also kehrte Horkheb in sein prunkvolles Haus in der Stadtmitte zurück, wo er vermögende Patienten empfing. Dank eines hervorragenden Zeugnisses von der medizinischen Schule von Sais hatte er es inzwischen nicht mehr nötig, einfache oder auch etwas besser gestellte Leute zu behandeln. Er war mittlerweile Besitzer von zwei Landhäusern – einem in der Nähe der Hauptstadt und einem anderen in Oberägypten – und arbeitete nur noch drei Tage die Woche. Als Allgemeinarzt, wenn auch an der Spitze der ärztlichen Rangfolge, überwies er schwierige Fälle an die entsprechenden Fachärzte.

»Ein Notfall«, teilte ihm sein Helfer mit.

»Wer ist es denn?«

»Die Oberste Sängerin und Weberin der Göttin Neith.«

»Also wohl eine hässliche Alte?«

»Nein, ganz im Gegenteil, sie ist jung und sehr hübsch.«

»Ah, dann entschuldige mich bei meinem nächsten Patienten und bitte sie in das Untersuchungszimmer.«

Der Angestellte hatte nicht gelogen: Nitis war wirklich bezaubernd.

»Ich glaube, wir sind uns neulich beim Festmahl des Großen Schatzmeisters begegnet, wenn ich nicht irre?«

»Ja, das ist richtig.«

»Ich wusste gar nicht, dass Ihr befördert wurdet.«

»Das ist auch noch nicht lange her.«

»Erlaubt, dass ich Euch dazu beglückwünsche und Euch eine erfolgreiche Zukunft wünsche. Was fehlt Euch denn?«

»Ich erfreue mich bester Gesundheit, aber ein Priester aus dem Tempel von Sais hatte einen schweren Unfall.«

Horkheb hüstelte gereizt.

»Für solche Notfälle bin ich nicht zuständig.«

»Ja, ich weiß, aber der Hohepriester Wahibra wäre Euch unendlich dankbar, wenn Ihr eine Ausnahme machen könntet. Außerdem könnt Ihr Eure Bezahlung selbst festlegen, und er würde dem König von Eurem großzügigen Einsatz berichten.«

»Als Arzt bin ich zum Helfen verpflichtet«, fügte sich Horkheb schließlich.

Dann befahl er seinem Helfer, alle Patienten auf den nächsten Tag zu vertrösten, und folgte der schönen jungen Frau, die so köstlich nach Jasmin duftete, dass ihm ganz schwindlig davon wurde.

»Was für ein Unfall war es denn?«

»Ein schwerer Sturz.«

»Ist der Patient bewusstlos?«

»Nein, der Verletzte ist bei Bewusstsein.«

»Das ist ein gutes Zeichen! Habt Ihr ihn bewegt?«

»Wir haben lediglich etwas Balsam auf seine Wunden gegeben.«

Nitis führte den Arzt zu einem Anbau außerhalb des Tempels, in dem die diensthabenden reinen Priester untergebracht waren.

In Gedanken bei der besonders hohen Summe, die er für diesen Einsatz verlangen wollte, betrat Horkheb guter Dinge den Raum, in den man ihn führte – und blieb plötzlich wie versteinert stehen.

Vor ihm stand der Schreiber und Übersetzer Kel.

»Warum habt Ihr mir Betäubungsmittel verabreicht, und wer hat Euch das befohlen?«

Die jungen Leute hatten nicht damit gerechnet, dass der Doktor so heftig reagieren würde.

Er ließ seine Tasche los, stieß Nitis um und stürzte so schnell er konnte davon.

Kel machte sich sofort an seine Verfolgung.

Gab es ein besseres Geständnis? Indem Horkheb sein Opfer und den angeblichen Mörder erkannte, bewies er seine Mittäterschaft an der Verschwörung. Natürlich hatte man ihm hoch und heilig versprochen, dass er diesen Schreiber nie wiedersehen und überhaupt von der ganzen Geschichte nie wieder etwas hören würde.

Horkheb bereute das viele reichliche Essen, das er sich gönnte, weil er schon bald außer Atem war und nicht mehr lange so würde weiterlaufen können. Als er in eine überfüllte Gasse bog, stieß er in vollem Lauf mit einem Mann zusammen, der eine Herde Esel, die mit Getreidesäcken beladen waren, anführte, und fand sich am Boden wieder.

Einige Tiere bockten, andere schlugen aus und ein paar Esel schrien empört. Die Ladung von dem Leittier löste sich von dessen Rücken und landete auf dem Arzt. Außer sich vor Wut verpasste der Eselstreiber dem vermeintlichen Dieb, der ihm seine Ware rauben wollte, mehrere heftige Stockschläge. Und zwei Vierbeiner, die sich losgerissen hatten, trampelten mit ihren harten Hufen auf dem Angreifer herum.

»Aufhören! Hört sofort auf!«, brüllte Kel.

Das Gesicht voller Blut und mit gebrochenen Gliedmaßen konnte Horkheb nur noch jämmerliche Klagelaute von sich geben.

»Das geschieht dem Kerl ganz recht«, fand der Eselstreiber.

»Ich muss ihn aber befragen.«

»Wieso, bist du von den Wachen?«

»Sieht man das denn nicht?«

Der Bauer schob die Esel zurück, die sich endlich beruhigt hatten, und lud den schweren Getreidesack wieder auf.

Jetzt wandte sich Kel an den Verletzten.

»Rede, Horkheb! Wer hat dich gekauft? Warum wurden die Übersetzer ermordet?«

Da kamen mit Knüppeln und Kurzschwertern bewaffnete echte Ordnungshüter angelaufen.

»Bitte rede doch!«, flehte ihn der Schreiber an.

Aber Horkheb wurde ohnmächtig, und Kel machte sich aus dem Staub.

23

Horkhebs Zustand war aussichtslos, es schien nur mehr eine Frage der Zeit, bis er sterben würde. Er hatte einen Schädelbruch, konnte nicht mehr sprechen und atmete nur noch schwach. Drei herausragende Fachärzte der Schule von Sais waren zu demselben Schluss gekommen: »Da ist nichts mehr zu machen.«

Ein schweres Betäubungsmittel linderte die Schmerzen des Sterbenden.

Obwohl er kaum noch bei Bewusstsein war, erkannte er, wer gerade sein Zimmer betreten hatte – der Anführer und eigentliche Urheber der Verschwörung.

Dieser Besuch geschah durchaus nicht aus Mitleid. Der Mann wollte nur diesen dummen Horkheb aushorchen, der sich so leicht benutzen ließ. Im Grunde hatte der Unfall alles erledigt. Seine Mitverschworenen hatten beschlossen, den lästigen Arzt loszuwerden, ein paar Esel hatten die Arbeit für sie getan.

»Kannst du wirklich nicht sprechen?«

Der Sterbende hob mühsam die rechte Hand.

»Soweit ich in Erfahrung bringen konnte, hat dich ein Eselstreiber für einen Räuber gehalten, und seine Tiere sollen dich zertrampelt haben. War das wirklich ein Unfall?«

Unter schrecklichen Schmerzen schüttelte Horkheb den Kopf.

»Wer hat dich dann getötet?«

Wieder hob er die rechte Hand.

Der Mann half seinem Helfershelfer, einen Pinsel zu nehmen, und legte ihm ein Stück Papyrus unter die Finger. Horkheb kritzelte drei beinahe unleserliche Schriftzeichen auf das Papier: K – e – l.

»Kel! Dann versteckt er sich also noch immer in Sais. Weißt du mehr darüber?«

Steif und ungeschickt griffen die Finger des Arztes noch einmal nach dem Pinsel und versuchten, ein Wort zu schreiben, das sich kaum entziffern ließ.

Dem Mann gelang es, das Wort »Tempel« zu erkennen, dann folgte wohl ein Name.

»Streng dich doch an! Wer schützt den Schreiber?«

Der Pinsel fiel auf den Papyrus.

Horkheb war gestorben.

Diese Neuigkeit wollte der Anführer seinen Leuten nicht verschweigen.

»Dieser verdammte Kel ist noch am Leben, die Wachen haben ihn noch immer nicht gefasst, und er hat auch noch die richtige Spur bis zu Horkheb verfolgt! Zum Glück wurde er dort aufgehalten, und weiter wird er auch nicht kommen.«

»Bestimmt hat der Schreiber den verschlüsselten Papyrus.«

»Niemals hätte dieses Schriftstück in die Hände vom Leiter des Übersetzeramts gelangen dürfen. Dieser Fehler zwang uns, gnadenlos zu handeln – was ich bedaure. Trotzdem müssen wir in Anbetracht der Lage unser Vorhaben weiterverfolgen.«

Die anderen stimmten zu.

»Seid unbesorgt, unser Geheimschlüssel ist nicht zu knacken. Aber Kel scheint ärgerlicherweise Beschützer zu haben.«

»Weiß man, wer sie sind?«

»Ehe Horkheb starb, hat er mir noch einen Hinweis gegeben. Dem werden wir nachgehen.«

Pharao Amasis tobte vor Wut.

»Ich kann unmöglich auf Horkheb verzichten!«

»Bedaure, Majestät, aber mein hochverehrter Mitbruder hat soeben das Zeitliche gesegnet«, erklärte der Siegelbewahrer Udja. »Er wird bestens mumifiziert und in einem prächtigen Grab bestattet.«

»Die Todesursache?«

»Ein dummer Unfall. Das Schicksal erweist sich manchmal als grausam.«

»Mein Entschluss steht fest: Du wirst seine Aufgabe übernehmen.«

»Aber Majestät, ich übe den Arztberuf schon lange nicht mehr aus, und meine anderen Aufgaben …«

»Genug! Jeder kann bestätigen, dass du der beste Oberarzt der Schule von Sais gewesen bist. Ich werde dein einziger Patient sein, und wenn es nötig ist, hast du mir zu Hilfe zu eilen.«

Udja verneigte sich gehorsam.

Er kannte die Vorliebe des Königs für schwere Weine und starkes Bier und wollte versuchen, ihn trotz dieser Ausschweifungen bei guter Gesundheit zu halten.

»Da ist noch etwas, Majestät«, erklärte Henat sichtlich beunruhigt. »Meine Leute haben ein Schreiben ohne Absender erhalten, in dem es heißt, der Schreiber Kel – also der flüchtige Mörder – hat im Tempel von Sais Unterschlupf gefunden.«

»Ausgeschlossen!«, entfuhr es Udja.

»Nehmen wir einmal an, dieses Ungeheuer nützt die Gutgläubigkeit eines Priesters aus«, entgegnete Henat. »Ein derart gefährlicher Mensch ist zu allem fähig! Und da er weiß, dass er verloren hat, wird er auch nicht vor Gewalt zurückschrecken.«

»Dann erteile ich Richter Gem den Befehl, den Tempel umstellen und durchsuchen zu lassen. Sollte sich der Mörder dort aufhalten, wird er verhaftet.«

»Wird dieses schonungslose Vorgehen nicht das Missfallen des Hohepriesters erregen?«

»Er steht weder diesem Land noch dieser Ermittlung vor! Muss ich dich immer wieder daran erinnern, dass ich die Tempelgerichte abgeschafft habe und sie jetzt der königlichen Gerichtsbarkeit unterstehen? Kein Heiligtum darf einem Gesetzlosen Zuflucht bieten. Und hat meine Verwaltung etwa nicht die Einkünfte der Tempel auf Vordermann gebracht, indem sie ihnen steuerliche Vorteile und einträgliche Ländereien einräumte? Trotz seiner Machtbefugnis und seines hohen Ansehens muss mir der Hohepriester gehorchen und meinen Richtern und Ordnungskräften den Weg freigeben.«

»Ich wäre für mehr Fingerspitzengefühl«, beharrte

der Siegelbewahrer. »Glaubt Ihr nicht auch, dass ein derart auffälliges Vorgehen die Bevölkerung in Unruhe versetzen könnte?«

»Gestattet, dass ich Udja zustimme«, bat Henat, der Herr über den Geheimdienst. »Man stelle sich nur vor, es könnte Geiseln geben! Kel würde Angst und Schrecken verbreiten, wenn er sie tötete, und der Frieden unserer Hauptstadt wäre ernsthaft in Gefahr.«

»Wir sollten diesem Schreiben ohne Absender nicht trauen«, betonte der Siegelbewahrer und sah dabei Henat so an, als hätte der es verfasst. »Vielleicht ist das alles auch nur eine üble Verleumdung.«

»Gegen wen sollte die sich denn richten?«, fragte Henat verwundert.

»Die spirituelle Kraft des Hohepriesters macht ihm nicht nur Freunde, und viele Neider wollen seinen Platz einnehmen.«

»Vergessen wir das«, schnitt ihnen Amasis das Wort ab. »Jetzt müssen wir erst einmal herausfinden, ob sich der Mörder im Tempel versteckt hält. Udja, lass sofort Richter Gem holen. Ich werde ihm selbst die erforderlichen Anweisungen erteilen.«

24

Horkheb verlor das Bewusstsein, ehe er meine Fragen beantworten konnte«, berichtete Kel Nitis und dem Hohepriester. »Angesichts der Schwere seiner Verletzungen wird er wohl kaum überleben. Und mit seinem Verhalten hat er bewiesen, dass er schuldig ist! Bei meinem Anblick war ihm schlagartig klar, dass ich die Wahrheit entdeckt hatte.«

»Offenbar spielte der Oberarzt aber nur den Handlanger«, meinte Wahibra. »Dass er vermutlich von der Bildfläche abtreten wird, kann seinem Auftraggeber doch eigentlich nur sehr gelegen kommen? Wenn er stirbt, schweigt er für immer, und unsere einzige Spur endet in einer Sackgasse.«

»Der Meinung bin ich durchaus nicht«, widersprach ihm Nitis. »Der Leiter der Feste von Sais, Menk, war auch bei dem Festmahl des Großen Schatzmeisters zu Gast. Und den Leiter des Geheimdienstes können wir genauso wenig von der Liste der Verdächtigen streichen wie den mächtigen Stadtvorsteher von Sais.«

»Und auch nicht den Pharao selbst«, ergänzte Kel mit ernster Miene.

»Bitte keine Übertreibungen«, empfahl Wahibra. »Wieso sollte Amasis sein wichtigstes Werkzeug für die Beziehungen zu den Nachbarländern zerstören – sein Übersetzeramt?«

»Es macht mich schier wahnsinnig, dass ich das verschlüsselte Schriftstück nicht entziffern kann! Bestimmt ließen sich dort die entscheidenden Antworten finden.«

Nitis warf dem Hohepriester einen fragenden Blick zu, und Wahibra durchschaute sofort ihre Absicht.

»Im Haus des Lebens gibt es einige nützliche Hilfsmittel zum Entschlüsseln von Texten. Gib den Papyrus Nitis, sie wird versuchen ihn zu lesen.«

Und wenn das nun eine hinterhältige Falle war? Schließlich war auch die Priesterin bei dem Festmahl zu Gast gewesen. Vielleicht hatte ihr ganzes Vorhaben darin bestanden, ihn genau bis hierhin zu bringen? Wenn man Kel dieses kostbare Schriftstück nahm, hätte er nichts mehr zu seiner Verteidigung in der Hand und seine Verfolger müssten ihn auch nicht mehr lebend kriegen.

Nitis war Schülerin des Hohepriesters, und der Oberpriester gehorchte dem Pharao. War es möglich, dass Kel, der sich von aufrichtigen Verbündeten beschützt glaubte, weiteren Verschwörern in die Hände zu fallen drohte?

Kel sah Nitis lange und eindringlich an und entdeckte solch ein Leuchten in ihrem Blick, dass er sich für seinen Verdacht schämte.

»Ich wünsche Euch viel Erfolg, Nitis.«

Es klopfte an der Tür.

Kel versteckte sich, Wahibra öffnete die Tür einen Spalt breit und redete lange mit seinem Diener, der für den Empfang von Besuchern zuständig war.

»Richter Gem will den Tempel samt sämtlichen Anbauten durchsuchen lassen«, berichtete er den beiden jungen Leuten. »Kel kann nicht in seine Wohnung zurück.«

»Wir müssen sofort hier weg«, sagte Nitis. »Versucht den Richter aufzuhalten, bis wir die Tempelmauern hinter uns gelassen haben.«

»Wo wollt Ihr denn hin?«, fragte Wahibra besorgt.

»Sie werden Kel nicht gefangen nehmen, seid unbesorgt.«

»Die Tür zum Archiv ist offen, von dort aus müsst Ihr an der Mauer entlang bis zum ersten Wachposten. Er darf die Oberpriesterin in Begleitung eines reinen Priesters nicht aufhalten.«

Wieder packte Kel die Angst.

Er zweifelte nicht mehr an Nitis' Aufrichtigkeit, aber wollte ihn der Hohepriester nicht gerade den Wachen in die Arme treiben?

»Kommt schnell«, drängte Nitis.

Wahibra ging Richter Gem entgegen, der in Begleitung von zwei kraftstrotzenden Soldaten erschienen war.

»Was gibt es denn?«, fragte der Oberpriester.

»Um es ganz klar zu sagen: Kel, der Mörder der Übersetzer, soll sich hier versteckt halten.«

»Welchen Grund gibt es für diese äußerst unwahrscheinliche Vermutung?«

»Eine Anzeige von unbekannt.«

»Der Ihr, ein so erfahrener Richter, Glauben schenkt?«

»Ich muss alles überprüfen.«

»Ich dulde keine Durchsuchung des Tempels der Neith!«

»Das ist ein Befehl des Pharaos. Zwingt mich nicht, Gewalt anzuwenden und die Hundertschaft loszuschicken, die mich begleitet. Ab sofort stehen die Zugänge zum Reich der Neith unter unserer Bewachung.«

»Ihr entweiht heiliges Gelände!«

»Wie Ihr wisst, haben die Tempel keine eigene Gerichtsbarkeit mehr«, erinnerte ihn Gem, »und wir sind auf der Jagd nach einem Raubtier, das jeden Augenblick erneut zuschlagen kann. Ihr solltet mir Eure Hilfe nicht verweigern, Hohepriester. Führt mich lieber durch die Tempelanlage, damit wir die Ruhe dieses Ortes so wenig wie möglich stören.«

»Einverstanden, aber unter einer Bedingung: Ihr betretet weder das Allerheiligste, das dem Pharao und seinem irdischen Stellvertreter, dem Hohepriester, vorbehalten ist, noch das Haus des Lebens mit seinen heiligen Archiven, die nur denjenigen offenstehen, die in die Mysterien von Isis und Osiris eingeweiht sind.«

»Schwört im Namen des Königs, dass sich der Mörder dort nicht aufhält!«

»Wie könnt Ihr es wagen, eine derartige Ungeheuerlichkeit auszusprechen? Ich bin hier, um die Heiligkeit dieser reinen Orte zu gewährleisten und leiste Euch gern den verlangten Schwur. Sollen mich die Götter auf der Stelle tot umfallen lassen, wenn meine Zunge lügt!«

Der kalte Zorn des Hohepriesters ließ den Richter nicht unbeeindruckt.

»Bitte versteht, ich bin in einem schwierigen Auftrag unterwegs.«

»Begleitet mich«, forderte Wahibra ihn auf. »Gemeinsam werden wir jeden Winkel im Reich der Göttin durchsuchen. Und Ihr könnt befragen, wen Ihr wollt.«

Im Grunde glaubte Gem auch gar nicht, dass die Anzeige einen wahren Hintergrund hatte. Für gewöhnlich zerriss er solche Fetzen und ließ sie auch in Verhandlungen nicht als Beweismittel gelten. Aber diesmal hatte der König darauf bestanden, dass er den Hinweis überprüfte. Zwar hätte sich der Richter weigern können, hatte es dann aber doch vorgezogen, angesichts der ernsten Lage keine noch so unwahrscheinliche Spur zu vernachlässigen.

Also machte er sich in Begleitung des Hohepriesters und eines Trupps erfahrener Ordnungshüter an die Durchsuchung der heiligen und weltlichen Orte:

vom Saal des Feuersteins, in dem sehr alte Ritualgegenstände aus Stein gelagert wurden, bis zu den Kammern der reinen Priester. Er ließ weder die vier Kapellen, die nach den Himmelsrichtungen gelegen waren, aus noch das Schloss für die Leinenstoffe oder die vielen Werkstätten und besuchte sogar die Kapellen über den Gräbern, in denen die Könige ganz in der Nähe des Heiligtums der Göttin Neith bestattet waren.

Als er den Tempel der Biene betreten wollte, stellte sich ihm Wahibra in den Weg.

»Nur Ihr allein dürft ihn betreten, als Diener von Maat – kein Weltlicher.«

Weil er von dem Hohepriester nichts zu befürchten hatte, war der Richter einverstanden.

Der Tempel der Biene diente der Verehrung von Osiris und der der Ahnen. Dort feierte man die Rituale, die die Göttin Neith mit dem Gott der Auferstehung und den »Gerechten der Stimme« verband. Hier thronte auch die geheimnisvolle Truhe, die den lichten Körper von Osiris barg.

Gem war tief beeindruckt von dem majestätischen Gebäude, dessen Fassade an die der Häuser des Nordens und des Südens in Sakkara erinnerte, die aus der Herrschaftszeit von Djoser stammten. Beinahe hätte er darüber seinen Auftrag vergessen.

Am Tempelausgang holte ihn ein Soldat unsanft in die Wirklichkeit zurück.

25

Seid Ihr nun zufrieden?«, fragte der Hohepriester den Richter Gem.

»Meine Wachmänner hätten jeden daran gehindert, das heilige Gelände zu verlassen, ehe die Durchsuchung beendet war. Allerdings hat sich ein Zwischenfall ereignet. Einer Priesterin in Begleitung eines Mannes gelang es, an dem ersten Wachposten vorbeizukommen, weil sie sich auf ihr Amt als Oberste der Sängerinnen und Weberinnen berief. Wer war die Frau?«

»Nitis.«

»Eine ältere und sehr erfahrene Frau, nehme ich an?«

»Nein, eine junge Priesterin, deren Befähigung allseits anerkannt ist. Ihrer Ernennung wurde einstimmig zugestimmt.«

»Habt Ihr sie vorgeschlagen?«

»Ja.«

»Warum ist sie geflohen?«

»Warum denn geflohen? Was bildet Ihr Euch ein!«

»Wo wohnt sie?«

»Die Instandsetzung ihrer Dienstwohnung wird morgen abgeschlossen sein.«

Der Tonfall des Richters wurde härter.

»Ich will wissen, wo sie jetzt wohnt.«

»In ihrem Elternhaus, in der Nähe des Tempels.«

»Würdet Ihr mich dorthin führen?«

»Und wenn ich mich weigere?«

»Dann werde ich Euer Verhalten dem König melden und ein strenges Verhör verlangen, um die Wahrheit zu erfahren. Dass Ihr Oberpriester der Neith seid, erhebt Euch nicht über die Gesetze. Solltet Ihr diesem Verbrecher Unterschlupf gewährt haben und sollte besagte Nitis mit ihm geflüchtet sein, um ihn bei sich zu verstecken, werdet Ihr beide nach dem Gesetz bestraft. Und ich warne Euch – das Gericht wird keine Nachsicht walten lassen.«

»Eure Anschuldigungen sind beleidigend und aberwitzig. Ich selbst werde mich beim König darüber beschweren, wie Ihr ermittelt und dabei Unschuldige verdächtigt.«

»Bringt Ihr mich nun zu Nitis oder nicht?«

»Das ist das letzte Mal, dass ich mich Euren Befehlen beuge.«

Wahibra machte sich gemächlich auf den Weg und ließ sich nicht das geringste Anzeichen von Unruhe anmerken.

Wie wollte sich Nitis rechtfertigen? War sie womöglich so unvorsichtig gewesen, Kel mit zu sich zu nehmen? Falls man sie festnehmen sollte, würden der Hohepriester und sein Schützling der Mittäterschaft an einem Mord schuldig gesprochen, aus ihren Ämtern entlassen und ins Gefängnis geworfen. Kein Mensch würde an die Unschuld des jungen Schreibers glauben.

Die Tür von Nitis' bescheidener Bleibe war geschlossen.

Einer von Gems Leuten klopfte.

»Macht die Tür auf, Richter Gem will Euch sprechen!«

Nitis erschien an der Tür.

»Richter Gem … Und Ihr, Wahibra!«

»Warum seid Ihr geflohen?«, fragte der Richter unvermittelt.

»Wovor soll ich geflohen sein?«

»Ihr habt den Tempel zusammen mit einem Mann verlassen und dabei gegen meine Anweisungen einen Wachposten daran gehindert, Euch aufzuhalten.«

»Ja, das stimmt. Aber es war ein Notfall.«

»Aha, was für ein Notfall denn?«

»Ein großes Leck in meiner Terrasse. Beim nächsten Unwetter wäre mein Zimmer überflutet worden. Deshalb bat ich einen Maurer aus dem Tempel, mir auf der Stelle zu helfen.«

Richter Gem lächelte boshaft.

»Und dieser Maurer ist bei der Arbeit, nehme ich an?«

»Ja, natürlich.«

»Das will ich sehen.«

Wahibra war entsetzt. Wie konnte Nitis so dumm sein und sich zu Hause in Sicherheit wähnen? Sie hatte den Kampfgeist des Gegners offenbar unterschätzt. Selbst wenn es Kel zunächst gelingen sollte, über die Dächer zu fliehen, würden ihn die Ordnungshüter früher oder später einholen.

»Ihr rührt Euch nicht von der Stelle«, befahl der Richter.

Zwei stämmige Kerle gingen voraus.

Sie rannten die Treppe hinauf, stürzten sich auf den Arbeiter und warfen ihn zu Boden.

»Nun, Schreiber Kel!«, rief der Richter hochzufrieden. »Man wähnte sich wohl in Sicherheit, aber jetzt ist die Jagd zu Ende.«

Der Maurer, ein kleiner Mann mit dunklem Haar und einer Narbe quer über der Stirn, hatte keine Ähnlichkeit mit dem Bild des Mörders.

»Ich bin kein Schreiber!«, wehrte er sich erschrocken. »Ich arbeite als Maurer im Neith-Tempel und bin hier, um eine Lücke im Mauerwerk zu verputzen – auf Wunsch der Oberpriesterin.«

»Lasst ihn los«, befahl der Richter enttäuscht. »Wir durchsuchen das Haus.«

An Gems Gesichtsausdruck konnte der Hohepriester ablesen, dass sich die Sache zu seinen Gunsten entwickelte. Als der Richter wieder aus dem Keller kam, rief er nach Nitis.

»Der Schreiber und Übersetzer Kel ist ein gefährlicher Verbrecher auf der Flucht. Wollte er irgendwie mit Euch in Verbindung treten?«

»Warum sollte sich ein Mörder ausgerechnet an mich wenden?«, fragte Nitis entrüstet.

Der Richter zeigte ihr das Bild.

»Seht Euch sein Gesicht ganz genau an. Solltet Ihr ihm begegnen, müsst Ihr mich sofort verständigen.«

»Nachdem ich ab morgen im Tempel wohne, werde ich wohl kaum Gelegenheit haben, ihm über den Weg zu laufen.«

»Das weiß Richter Gem sehr wohl«, beruhigte sie der Hohepriester. »Wenn er uns jetzt nicht mehr braucht, können wir gehen und unser Abendritual feiern. Ich hoffe doch, dass Ordnungshüter und Soldaten in ihre Unterkünfte zurückkehren.«

»Zu Eurer eigenen Sicherheit lasse ich diese Wache einige Zeit hier«, kündigte Gem an. »Nachdem Ihr Euch nichts vorzuwerfen habt, dürfte Euch das nicht weiter stören.«

»Ich bedaure diesen sinnlosen Einsatz von Gewalt und werde den König davon unterrichten.«

Wahibra und Nitis machten sich auf den Rückweg.

»Wo versteckt sich Kel?«, wollte der Priester wissen.

»Er hat den Tempel gar nicht verlassen. Als ich die vielen Wachen bemerkt habe, riet ich ihm, Euch Schritt auf Tritt zu folgen und so ständig seinen Aufenthaltsort zu wechseln. Als ich den Gipser mitnahm, war ich mir sicher, die Aufmerksamkeit des Richters auf mich zu lenken und ihm so unsere Unschuld beweisen zu können. Kel ist jetzt wieder im Tempel-Archiv und erwartet uns dort. Nach dieser peinlichen Niederlage wagt es der Richter bestimmt nicht, das Reich der Göttin Neith noch einmal zu durchsuchen.«

26

Wahibra hatte keine Zweifel mehr: Richter Gem gehorchte den Mördern, die den Schreiber Kel zum Schuldigen machen wollten. Die Art, wie er die Ermittlungen führte, bewies seine Voreingenommenheit, und die verleumderische Anzeige hatte er nur als Vorwand gebraucht, um eingreifen zu können. Als reiner Befehlsausführer warnte Gem die Diener des Tempels der Neith vor jeder Anwandlung, dem Verdächtigen zu helfen.

Der Hohepriester hoffte auf die Unschuld des Königs und sah sich gezwungen, ihm von den Machenschaften dieses Richters zu berichten. Er wollte Amasis bitten, Gem die Ermittlungen zu entziehen und einem unbestechlichen Richter zu übertragen, der Kel ohne Vorbehalte anhören würde.

Noch nie zuvor hatte Wahibra so viele Soldaten in

der Umgebung des Palastes gesehen. Sie versperrten den Haupteingang, der über die Rampe führte, und verscheuchten die Gaffer.

Ein Wachposten hielt den Besucher auf.

»Hier darf niemand rein.«

»Ich nehme doch an, dass der König den Hohepriester der Neith empfangen wird.«

»Wartet hier.«

Nach einer Weile kam der Wachmann mit seinem Vorgesetzten zurück.

»Kommt mit mir, ich zeige Euch den Weg.«

»Ist etwa ein Unglück geschehen?«

»Das weiß ich nicht. Ich habe lediglich den Befehl, wichtige Besucher zum Siegelbewahrer zu bringen.«

Udja hatte gerade einen hohen Würdenträger abgefertigt, und seine ernste Miene verhieß nichts Gutes.

»Ich wünsche Seine Majestät zu sprechen«, erklärte Wahibra.

»Bedaure, aber das ist leider unmöglich.«

»Warum?«

»Das kann ich Euch nicht sagen.«

»Wollt Ihr Euch etwa über mich lustig machen, Siegelbewahrer? Jagt mich doch fort, wenn Ihr es wagt!«

»Bitte habt doch Verständnis! Die Lage ist …«

»Ich will den Pharao auf der Stelle sehen.«

»Ausgeschlossen, ich kann mich nur wiederholen.«

»Es handelt sich aber um eine äußerst wichtige Angelegenheit, die keinen Aufschub duldet, Siegelbewahrer.«

Udja schien am Ende seiner Widerstandskraft.

»Vielleicht empfängt Euch ja die Königin.«

»Ich warte, aber beeilt Euch bitte.«

Der Oberpriester musste nicht lange warten. Ein Kammerdiener brachte ihn in den Empfangssaal der Königin, der mit griechischer Malerei und typisch ägyptischen Blumenmustern ausgeschmückt war.

Tanit trug ein langes grünes Kleid und um den Hals eine fünfreihige Kette mit bunten Perlen, und sie bewegte sich wie immer sehr anmutig.

»Ist der König krank?«, wollte Wahibra wissen.

»Nun ja, sagen wir … unpässlich.«

»Es tut mir leid, dass ich Euch damit belästige, aber ich muss Seine Majestät unbedingt sprechen.«

»Ist das denn wirklich so dringend?«

»Ja.«

»Ich werde sehen, ob ich den Pharao überreden kann.«

Diesmal musste Wahibra sehr viel länger warten.

Dann begleitete die Königin ihn persönlich zum Arbeitszimmer von Amasis.

»Lass uns allein«, befahl er ihr. »Nun, Wahibra, was gibt es denn so Dringendes?«

»Richter Gem hat es auf den Tempel der Göttin Neith abgesehen, Majestät. Er führt die Ermittlungen auf unerträgliche Art und Weise. Die Suche nach einem Mörder ist keine Rechtfertigung, um Unschuldige in den Schmutz zu ziehen.«

»Dieser Fall hat gerade ganz neue Ausmaße angenommen«, erklärte der König, »und nur ein erfahrener und unbescholtener Richter wie Gem kann die Wahrheit entdecken, ohne dabei irgendjemand zu schonen.«

»Erlaubt, dass ich Euch widerspreche!«

»Ihr wisst doch gar nicht, wovon Ihr redet. Man hat mir meinen Helm gestohlen.«

»Euren Helm … soll das heißen …«

»Ja, den Helm, den mir ein Soldat vor meinem Heer aufgesetzt hat, um mich zum Pharao zu krönen, als mein Vorgänger Apries das Land ins Verderben stürzte. Zuerst hatte ich mich gegen diese drückende Verantwortung und die Art und Weise gewehrt, wie ich an die Macht gekommen war. Doch dann habe ich mein Schicksal und den Willen der Götter angenommen. Dieser Helm war Zeichen meiner Stellung und erklärte wie durch einen Zauber meinen rechtmäßigen Anspruch darauf. Ohne den Helm werde ich meine Macht verlieren.«

»Die Feier der Rituale wird sie Euch erhalten, Majestät. Und wenn Ihr die Krone von Osiris tragt, seid Ihr nicht mehr nur ein siegreicher Feldherr, sondern der Pharao, der das Licht des Jenseits über die Zwei Länder verströmt.«

»Man will mich vernichten«, klagte Amasis. »Der Mord an den Übersetzern und der Raub des Helms hängen zusammen.«

»Inwiefern?«

»Das weiß ich noch nicht. Aber Henat und seine Leute werden es herausfinden.«

»Ihr Vorgehen, Majestät …«

»Sie haben volle Handlungsfreiheit!«

»Wer gegen Maats Gesetz verstößt, beschwört das Unglück herauf.«

»Schuld daran ist ja wohl vor allem der Schreiber Kel, der die Übersetzer ermordet hat. Obwohl er noch so jung ist, halte ich ihn für den Kopf der Verschwörung, die mich stürzen will. Was reden wir von der Bedrohung durch die Perser! Hier, mitten in Ägypten, verschwört man sich gegen mich. Aber meine Feinde irren sich, wenn sie glauben, ich hätte bereits aufgegeben. Ich bin ein Krieger und werde auch aus dieser neuen Schlacht siegreich hervorgehen. Was Euch betrifft, Hohepriester, feiert die Rituale und erbittet die Gunst der Götter für mich. Und unternehmt ja nichts auf eigene Faust. Diese Sache ist nichts für Euch, und Ihr verfügt nicht über die Mittel, die man zu ihrer Lösung braucht. Jedes eigenmächtige Vorgehen, das den Erfolg der Ermittlungen gefährden könnte, wird streng bestraft.«

Wahibra war ratlos und verzweifelt, als er den Pharao verließ.

War Amasis ihm gegenüber ehrlich gewesen, oder hatte er ihm etwas vorgespielt? Welches Ziel konnte er damit verfolgen, dem Hohepriester der Neith alle Handlungsfreiheit zu entziehen? Auf alle Fälle brachte sich der Pharao damit um seine Hilfe und seinen Rat und war ganz auf sich allein angewiesen, ja er machte sich geradezu selbst handlungsunfähig, indem er auf seine Feinde hörte.

Sicher war nur eins: Das Schicksal des unschuldigen jungen Schreibers war besiegelt, nichts und niemand konnte ihm jetzt noch helfen, Gerechtigkeit zu finden.

27

Als sich die Tür zu den Archiven des Hohepriesters Wahibra öffnete, fuhr Kel hoch.

Waren es die Arme der Obrigkeit, die ihn verhaften wollten?

Seine Unschuld zu beteuern, wäre sinnlos. Da wollte er sich doch lieber mit aller Kraft zur Wehr setzen und Opfer ihrer Schläge werden, als im Gefängnis zu verfaulen.

»Ich bin's«, meldete sich die klangvolle Stimme der Priesterin Nitis.

Erleichtert verließ Kel sein Versteck.

»Die Geschichte hat eine neue Wendung genommen«, berichtete sie ihm. »Der Palastschatz wurde geraubt, der berühmte Helm, den ein Soldat Amasis aufgesetzt hatte, um ihn zum Pharao zu ernennen. Die Hauptstadt wird an allen Ecken und Enden überwacht, es wimmelt nur so von Soldaten und Wachleuten. Und der Hohepriester hat uns angewiesen, die Tempeldienste vorübergehend einzuschränken.«

»Amasis befürchtet, dass ihn ein Thronräuber nachahmen könnte, dass er den Helm aufsetzen und sich an die Spitze der Aufrührer stellen könnte, indem er sich zum neuen König erklärt.«

»Die Heerführer, allen voran Phanes von Halikarnassos, sind treue Anhänger von Pharao Amasis, dem sie alles verdanken!«, widersprach Nitis. »Wie sollten die Aufständischen denn die Ordnungskräfte überwältigen?«

»Was Ihr sagt, klingt überzeugend, aber jemand hat den Helm gestohlen und Amasis damit das Zeichen seiner Macht geraubt. Wie durch einen Zauber wird der König immer schwächer. Und der Räuber will selbstverständlich seinen Platz einnehmen. Nur ein hoher Würdenträger kann ein solches Vorhaben ausgeheckt haben.«

»Der König vertraut Gem voll und ganz«, fuhr Nitis fort. »Er ist nicht bereit, ihm die Leitung der Ermittlungen zu entziehen und ist überzeugt, dass der Raub des Helms und die Ermordung der Übersetzer zusammenhängen.«

»Inwiefern?«, fragte der Schreiber verwundert.

»Das Verbindungsglied seid Ihr, der Mörder und der Kopf der aufrührerischen Gruppe, die den Pharao stürzen will.«

Kel war entsetzt und ließ sich auf einen Hocker sinken.

»Dann muss ich fliehen, Nitis! Warum nur dieser wahnsinnige Hass?«

»Er ist alles andere als wahnsinnig und gehört zu einem ausgeklügelten Vorhaben, in dem Ihr den Sündenbock spielt.«

»Und der Pharao selbst verlangt meinen Tod! Vielleicht hat er ja auch beschlossen, dass die Übersetzer sterben mussten?«

»Amasis scheint heute eher das Opfer zu sein«, erinnerte Nitis.

Kel vergrub den Kopf in den Händen.

»In meinem Kopf tobt ein Sandsturm, ich kann keine zwei Schritte weit sehen! Alles ist auf einmal düster und unbegreiflich. Ich bin verloren, Nitis.«

Als sie zu ihm kam, umfing ihn ihr Duft.

»Man will Euch um den Verstand bringen, damit Ihr mutlos werdet, und dem Hohepriester hat man verboten, etwas zu unternehmen. Trotzdem bleiben wir nicht untätig. Außerdem weiß niemand, dass ich Euch zur Seite stehe.«

Irgendwie hatte er das Gefühl, die schöne Frau lächelte ihn nicht nur wie eine Freundin oder Vertraute an, verbot sich aber solche Träumereien.

»Ihr nehmt viel zu viele Gefahren auf Euch.«

»Bei uns in Ägypten hat die Frau die Freiheit zu entscheiden, was sie tut. Ist das nicht eine der schönsten Errungenschaften unserer Gesellschaft?«

»Für mich gibt es keine Zukunft, Nitis, im Gegenteil.«

»Und wenn Ihr diesen Helm wiederfinden würdet?«

Kel sah sie verblüfft an.

»Amasis zufolge hängen Raub und Mord zusammen«, sagte Nitis. »Verfügt er vielleicht über geheime Botschaften, die dies bestätigen? Wir sollten uns nicht irgendwelchen unbestimmten Vermutungen hingeben, sondern uns auf Tatsachen beschränken, um dieses Unwetter zu überstehen.«

»Mein bester Freund, der Schauspieler Bebon, wurde wegen mir eingesperrt. Vielleicht ist er bereits gestorben, im besten Fall wurde er zu Strafarbeit in einer Oase verurteilt.«

»Ich werde sehen, ob ich etwas in Erfahrung bringen kann«, versprach Nitis. »Am wichtigsten ist und bleibt aber der verschlüsselte Papyrus. Ich glaube, die Mörder waren hinter ihm her. Und dass sie ihn noch immer suchen. Ich habe in den Archiven vom Haus des Lebens damit begonnen, ihn zu erforschen. Aber ich fürchte, das wird eine langwierige und schwierige Aufgabe.«

»Und der Erfolg ist Euch nicht sicher!«, klagte Kel. »Schließlich haben wir den Schlüssel nicht.«

»Den es aber mit Sicherheit gibt. Verlasst Euch auf meine Ausdauer und meine Entschlossenheit.«

Wie gern hätte er sie in die Arme genommen und an sich gedrückt! Aber sie war die Oberpriesterin der Sängerinnen und Weberinnen der Göttin Neith, eine überaus schöne und kluge Frau, die einmal die Nachfolge des Hohepriesters antreten sollte. Bestimmt heiratete sie eines Tages einen hohen Würdenträger.

»Wir sollten zwei Abschriften von dem verschlüsselten Text machen und das Original verstecken«, meinte Nitis.

»Du hast recht, aber wo?«

»Dort wo ihn kein Mensch suchen wird: in der Grabkapelle für Pharao Amasis, hinter seiner Statue. Meine Abschrift nehmt Ihr, und ich behalte Eure. So schlingen sich unsere Schicksale ineinander, und wir können zu jeder Zeit an der Entschlüsselung arbeiten.«

Kel war einverstanden, und die beiden jungen Leute machten sich an die Arbeit.

Von diesen wenigen Zeichen in einer unverständlichen Abfolge hing die Zukunft ab.

»Wir dürfen den Milchhändler und Demos nicht außer Acht lassen«, sagte der Schreiber. »Der Milchmann hat den tödlichen Trank geliefert und vielleicht auch selbst vergiftet. Und was den Griechen betrifft, seine Rolle in dem Spiel bleibt weiter im Dunkeln. Ist er Helfershelfer oder Opfer?«

»Jedenfalls war er nicht unter den Toten«, meinte Nitis.

»Wahrscheinlich musste er so wie ich fliehen, aus Angst, zu Unrecht beschuldigt zu werden.«

»Und warum hat er nicht von der vergifteten Milch getrunken?«

»Zufall …«

»Ich glaube nicht recht an die Unschuld Eures früheren Freundes.«

»Seine Aussage könnte von entscheidender Bedeutung sein, genau wie die des Milchhändlers! Aber sie halten sich beide in Naukratis auf, der griechischen Stadt im Nil-Delta, die dank Pharao Amasis' Wohlwollen wächst und gedeiht. Ich muss dorthin und sie treffen.«

»Wenn sie schuldig sind, töten sie Euch.«

»Ich werde sehr vorsichtig sein.«

»Aber Ihr kennt dort doch keinen Menschen«, wandte die junge Frau besorgt ein.

»Doch – meinen Griechischlehrer, der inzwischen im Ruhestand ist. Er wird mir helfen.«

»Habt Ihr keine Angst, dass er Euch verraten könnte?«

»Nein, das glaube ich nicht.«

»Der Plan ist viel zu gefährlich!«

»Aber ich habe keine andere Wahl, Nitis.«

»Seid vorsichtig, ich bitte Euch. Und kommt vor allem heil wieder.«

28

Der Hohe Rat war vollzählig: Udja, königlicher Siegelbewahrer und Stadtvorsteher von Sais; Henat, Palastvorsteher und Leiter des Geheimdienstes; Pef, Großer Schatzmeister und Vorsteher der Felder; Richter Gem, vorsitzender Richter; Phanes von Halikarnassos, oberster Heerführer.

Wie üblich begann Pef mit einem Bericht über die wirtschaftliche Lage und beglückwünschte sich selbst zu den hervorragenden Ergebnissen.

»Allerdings muss ich mich über die wachsende Zahl von Beamten beklagen«, schloss er. »Bald sind es so viele, dass sie uns ganz schön auf dem Geldbeutel liegen.«

»Diese Leute sind mir treu ergebene Diener«, widersprach Amasis. »Ich will sogar noch mehr Steuerprüfer einstellen, um sie ein zuverlässiges Verzeichnis der Reichtümer unseres Landes aufstellen zu lassen. Es ist noch gar nicht lange her, da litten wir unter dem Wettkampf mit den Tempeln und ihrer Verwaltung. Heute sind sie zum Schweigen verurteilt, und wir haben diese Geschäfte wieder selbst in die Hand genommen. Außerdem verlange ich höhere Steuern auf Einfuhren und eine verbindliche Einkommenserklärung von jedem Bürger, nach der er ab sofort besteuert wird.«

»Aber es gibt genug Steuergelder, Majestät«, sagte Pef aufgebracht, »und …«

»Ich wünsche keine weiteren Einwände! Das Vorbild unserer griechischen Freunde gefällt mir sehr gut, und wenn wir es anwenden, kann ich meine Soldaten angemessen bezahlen. Die Gerichte sollen jeden versuchten Betrug streng ahnden.«

»Von der Insel Zypern gibt es gute Neuigkeiten«, ergriff jetzt Henat das Wort. »Aus ihren Werften werden wir schon bald neue Handelsschiffe bekommen, mit denen wir Phönizien und die griechischen Häfen viel schneller erreichen. Unsere militärische Schutzherrschaft bewährt sich ausgezeichnet. Und der Tyrann Polykrates von Samos sichert Euch nach wie vor seine Freundschaft zu. Außerdem haben alle griechischen Städte unsere Bündnisverträge bestätigt. Trotzdem erlaube ich mir, Eure Majestät noch einmal vor der

Machtgier von Kambyses, dem König von Persien, zu warnen.«

»Hast du dazu etwas Neues?«

»Nein, aber …«

»Dann vertrauen wir doch weiter meinem Freund Krösus, der für die guten Beziehungen Persiens zu seinen Nachbarn zuständig und eine treue Stütze Ägyptens ist. Hätte Kambyses kriegerische Absichten, wüssten wir das längst.«

»Es ist meine Pflicht, mein Misstrauen kundzutun«, beharrte Henat.

»Zweifelst du etwa immer noch an der Glaubwürdigkeit von Krösus?«

»In der Tat, Majestät. Glaubt Ihr nicht, dass der Gatte von Mitetis, der Tochter von Pharao Apries, den Ihr entmachtet habt, Rachegedanken hegt?«

»Dummes Geschwätz! Diese alten Geschichten sind doch längst vergessen, und die Welt hat sich verändert. Die persische und die ägyptische Bevölkerung werden nicht aufeinanderprallen, weil wir alle in Frieden leben wollen.«

»Im Gegensatz zu uns Ägyptern besitzen die Perser Kampfgeist und Eroberungslust«, erinnerte Udja, der Siegelbewahrer. »Kambyses könnte versuchen, sich in Palästina einzunisten und es zum Ausgangspunkt für einen Angriff auf Ägypten zu machen.«

»Das wäre der reine Wahnsinn! Verfügst du, als Herr der Kriegsflotte, denn etwa nicht über ein sehr überzeugendes Abschreckungsmittel?«

»Ja doch«, gab Udja zu, »und ich baue sie Tag für Tag aus. Die Perser können uns unmöglich besiegen.«

»Und auf dem Landweg kommen sie auch nicht weiter!«, donnerte Phanes von Halikarnassos. »Ich schlage vor, dass wir unsere Stärke zur Schau stellen, Majestät. Diese Warnung sollte genügen, um mögliche Gelüste von Kambyses im Keim zu ersticken.«

»Bereite das zusammen mit Udja vor«, befahl Amasis. »Zuverlässige Bündnisse und ein gut ausgerüstetes Heer aus kampfgewohnten Söldnern – das ist meine Antwort auf die Eroberungsgelüste eines jungen Königs, der andere Knochen zum Abnagen finden wird. Außerdem dürfte es Krösus gelingen, ihn zu überzeugen, dass er den Frieden sichern muss, anstatt sich in ein verhängnisvolles Abenteuer zu stürzen.«

»Ja, aber die Ereignisse der letzten Tage…«, murmelte Henat.

Der Pharao wandte sich jetzt an Pef.

»Ich hatte es nicht für nötig gehalten, dich von der Ermordung der Übersetzer zu unterrichten – damit wollte ich dich aber nicht übergehen. Der Ernst der Lage erfordert jedoch heute, dass ich den gesamten Hohen Rat warne. Nirgends anders als hier im Palast wurde mir mein Helm gestohlen, das Zeichen meiner Macht, das ich von einem Volk erhielt, das sich gegen einen schlechten König erhoben hatte. Mit anderen Worten: Ein Thronräuber hat die Absicht, meinen Helm aufzusetzen und sich zum Pharao zu erklären.«

»Ihr seid damals der oberste Heerführer gewesen«, erinnerte Phanes von Halikarnassos, »das gesamte Heer hat Euch zum König gewählt, und es wird Euch auch treu bleiben, kein einziger hochrangiger Offizier wird es wagen, Euch die Stirn zu bieten. Und dem ersten Aufrührer schlage ich höchstpersönlich den Kopf ab – wegen Hochverrats.«

»Ich bin für eine ordentliche Verhandlung«, protestierte Gem.

»Vielleicht geht die Gefahr aber von einem einfachen Ägypter aus«, sagte Amasis. »Ich meine den jungen Schreiber Kel, der die Übersetzer getötet hat. Ich habe den Eindruck, dass dieses Unglück mit dem Raub meines Helms zusammenhängt – den wir übrigens so schnell wie möglich wiederfinden müssen, ohne viel Aufhebens darum zu machen.«

»Meine Leute kümmern sich bereits darum«, beeilte sich Henat zu sagen.

»Abgesehen von den Mitgliedern dieses Rats wurde nur der Hohepriester der Neith von diesem Vorfall unterrichtet«, sagte der Pharao. »Er wird schweigen, sich auf die allerwichtigsten rituellen Dienste beschränken und die Ermittlungen nicht stören.«

»Soll ich mich dieser Sache ebenfalls annehmen?«, fragte Richter Gem.

»Sämtliche Ratsmitglieder müssen mit aller Kraft daran arbeiten«, verlangte der König. »Wann nimmst du endlich diesen Kel gefangen?«

»Die Durchsuchung von Neiths Reich hat nichts ergeben, Majestät, und keiner wagt sich vorzustellen, der Hohepriester könnte mit einem Verbrecher gemeinsame Sache machen. Der Hinweis von unbekannt war nichts weiter als eine Verleumdung. Nachdem wir das nun wissen, bleibt uns nur noch, den Schuldigen festzunehmen und zum Reden zu bringen. Doch weder dieser Schreiber Kel noch sein Freund Demos scheinen mir in der Lage, Euch wirklich zu schaden. Sie sind nur zwei gehetzte Flüchtlinge. Die Unterstützung von Heer und Geheimdienst ist uns aber willkommen.«

»An die Arbeit«, befahl Amasis.

Udja wartete, bis die anderen Ratsmitglieder gegangen waren.

»Kann ich Euch unter vier Augen sprechen, Majestät?«

»Ich höre.«

»Euer Henat ist ein fähiger Mann, aber steckt er seine Nase nicht doch in zu viele Angelegenheiten?«

»Rätst du mir etwa, ihm zu misstrauen?«

»So weit will ich nicht gehen, aber …«

»Hast du klare Beweise für deine Vermutung?«

»Nein, es ist nur so ein Gefühl, und wahrscheinlich irre ich mich ja. In Anbetracht der ernsten Lage wollte ich Euch meine Bedenken aber mitteilen, ehe es womöglich zu spät ist. Ihr entscheidet, was geschieht.«

»Ich werde deine Warnung nicht vergessen, Siegelbewahrer.«

29

Ein Kanal verband Sais mit der griechischen Stadt Naukratis, etwa zwanzig Kilometer westlich der Hauptstadt am Ostufer des kanopischen Nilarms gelegen. Amasis hatte beschlossen, den blühenden griechischen Handel in dieser Stadt zu konzentrieren. Naukratis – voller Leben und Treiben und mit Platz für Hellenen von überall her, war eine offene Stadt ohne Festungswerke. Es gab dort mehrere Tempel, vor allem den der Aphrodite, der Schutzpatronin der Seeleute und der Schifffahrt, die der ägyptischen Isis-Hathor entsprach.

Im Hafen wurde Griechisch gesprochen, und Kel war froh, dass er mehrere Dialekte bei seinem Lehrer gelernt hatte, der lange im Palast untergebracht war, um dem König und seinen Beratern diese Sprache beizubringen. Der Schreiber bog in eine schmale Gasse ein, die zum Handwerkerviertel führte, wo Töpfer, Goldschmiede, Hersteller von Amuletten und Skarabäen sowie Schmiede arbeiteten. Diese hatten die Erlaubnis, Klingen und Pfeilspitzen aus Eisen für die griechischen Söldner zu schmieden, aus denen Amasis' Truppen hauptsächlich bestanden.

Kel wandte sich an einen alten Mann, der vor seinem Haus saß.

»Ich suche den Lehrer Glaucos.«

»Da gehst du am besten zum Zollamt, dort kennen sie jeden Einwohner der Stadt.«

Amasis erhob Steuern und Abgaben auf alle Waren, und kein Händler entkam dem Heer seiner Zollbeamten.

Weil der Schreiber mit den Behörden lieber nichts zu tun haben wollte, befragte er nach und nach an die zehn Handwerker, bekam aber keine Antwort. Vielleicht würde er mehr Glück haben, wenn er einen öffentlichen Schreiber oder einen Priester aufsuchte. Also ging er zum Apollo-Tempel, der kaum zu übersehen war. Mit seiner Umfassungsmauer erinnerte er an eine Festung.

Ein Träger schwankte unter der Last der Silberschalen, die für das Heiligtum bestimmt waren, und kam kaum noch vorwärts.

»Darf ich Euch helfen?«

»Gern, bis ans Ende der Treppe! Die vielen Stufen sind eine Plage. Wohnst du hier in der Gegend?«

»Nein, ich bin auf der Suche nach Lehrer Glaucos.«

»Den Namen hab ich schon mal gehört... Letzten Monat musste ich ihm Schreibtafeln bringen. Wenn wir die Sachen im Tempel abgeliefert haben, bringe ich dich zu seinem Haus.«

Der Lehrer wohnte am Ende einer ruhigen kleinen Straße mit einigen bequemen Häusern für Würdenträger.

Ein Pförtner bewachte den Eingang.

»Was willst du, mein Junge?«

»Ich möchte Lehrer Glaucos sprechen.«

»Wen soll ich melden?«

»Einen ehemaligen Schüler.«

Der junge Mann war sauber und gut gekleidet und benahm sich anständig... Dieser Besucher schien kein lästiger Bettler zu sein. Also ging der Pförtner los, um seinem Herrn den Besuch zu melden.

»Glaucos erwartet dich.«

Wie es in Ägypten Brauch war, zog Kel seine Schuhe aus und wusch sich Hände und Füße, ehe er das schmucke Haus betrat, in dem es griechische Vasen mit Bildern aus der *Odyssee* in den unterschiedlichsten Formen und Größen gab.

Glaucos saß in einem schönen Sessel aus Ebenholz, in den Händen hatte er einen Stock.

»Ich bin fast blind und kann dein Gesicht nicht erkennen«, sagte der Lehrer. »Wie heißt du denn?«

»Könnt Ihr Euch an den Schreiber Kel erinnern?«

Der alte Mann lächelte erfreut.

»Mein bester Schüler, aber natürlich! Du warst der Einzige, der mehrere griechische Dialekte gesprochen hat, und du hast unglaublich schnell gelernt! Bist du mit deinem Beruf zufrieden?«

»Ich kann mich nicht beklagen.«

»Eines Tages wirst du ganz oben landen. Dem König kann diese große Begabung nicht verborgen bleiben, und am Schluss wirst du Minister.«

»Seid Ihr denn mit Eurem Ruhestand zufrieden?«

»Das Alter besteht leider nur aus Unannehmlichkeiten, aber ich habe zum Glück ergebene Diener. Mein Koch versorgt mich sehr gut, und ein Freund liest mir jeden Tag griechische Gedichte vor. Das Leben scheint langsamer zu verlaufen, und ich versuche immer wieder, mich an die guten alten Zeiten zu erinnern. Was führt dich nach Naukratis?«

»Das Essen ist angerichtet«, meldete der Koch.

»Hilf mir bitte auf«, bat Glaucos.

Der Schreiber und sein Lehrer begaben sich ins Esszimmer und ließen sich mit Knoblauch, Kreuzkümmel und Koriander geschmortes Rindfleisch schmecken. Gesteigert wurde der Genuss noch durch einen gewürzten Wein aus der Gegend.

»Ich muss einem griechischen Schreiber namens Demos ein Schriftstück übergeben. Er wohnt seit Kurzem in Naukratis. Habt Ihr vielleicht von ihm gehört?«

»Die Beförderung von Schreibern, die der König für die Stadt ernennt, kümmert mich nicht mehr. Naukratis wird immer größer, und jeden Tag tauchen neue Gesichter auf. Ehrlich gesagt glaube ich aber, dass Kaufleute und Soldaten den Löwenanteil unter sich ausmachen.«

»Das finde ich auch«, stimmte ihm Kel zu, »und ich suche außerdem noch nach einem Milchhändler aus Sais, der sich vor Kurzem in Naukratis als Söldner gemeldet haben soll.«

»Willst du das etwa auch machen?«

»Nein, ich habe nur ein paar Fragen an ihn.«

»Koste einmal diesen Kuchen mit gemahlenem Johannisbrot – eine Köstlichkeit, die ich leidenschaftlich gern esse!«

Der alte Mann nahm reichlich von dem schmackhaften Gebäck und trank einen Becher Wein.

»Wenn ich es richtig verstanden habe, bist du in geheimer Sache hier.«

»Es ist nur eine Verwaltungsangelegenheit.«

»Mein Freund Ares könnte dir helfen. Er wohnt ganz in der Nähe der Werkstatt für Skarabäen und kennt sich in den Soldatenunterkünften von Naukratis bestens aus.«

30

Ich suche die Wohnung von Ares«, fragte Kel einen bärtigen Mann, der bestimmt einen Kopf größer war als er und dessen rechter Arm von Narben übersät war.

Der Kerl sah ihn abschätzig an.

»Wer hätte das gedacht ... Na ja, jeder nach seinem Geschmack. Dich kann ich mir aber eher mit einem Pinsel in der Hand und in Schreiberhaltung vorstellen. Ares findest du in der nächsten Straße links. Stell dich hinten an, und warte, bis du an die Reihe kommst.«

Etwa zehn Männer standen vor dem Haus Schlange und warteten geduldig. Der Letzte drehte sich um.

»Du kommst mir ein bisschen schmächtig vor, Bürschchen! Ares hat lieber kräftige Kerle. Wer Söldner werden will, braucht starke Muskeln.«

Dann war ihn sein alter Lehrer also losgeworden, indem er ihn zu einem Mann schickte, der Söldner anwarb. Glaucos hatte kein Wort von seiner Geschichte geglaubt, wollte ihn aber auch nicht verraten, sondern zeigte ihm damit den seiner Meinung nach einzigen Ausweg. Wahrscheinlich befürchtete er, sein ehemaliger Schüler habe sich ernsthafter Vergehen schuldig gemacht, sei aus der Hauptverwaltung entlassen worden und wolle sich nun hier in Naukratis verstecken. Und das Heer war bestens geeignet, um unterzutauchen.

»Ich will trotzdem mein Glück versuchen.«

»Hast recht, warum auch nicht! Zurzeit nehmen sie fast jeden. Scheinen viele Leute für die neuen Schiffe zu brauchen, in der Nähe von Bubastis haben sie das befestigte Lager aufgestockt, und dann noch die Kasernen in Memphis und Marea, an der libyschen Grenze. Ich will aber lieber nach Daphnae, das ist bei Pelusium, an der Grenze nach Asien. Da soll man gut essen können, es gibt genug Mädchen, und die Bezahlung stimmt. Ja, und die griechischen Händler machen einem kleine Geschenke, wenn man sie beschützt. Was ist das für ein schönes Leben in Ägypten! Ich hab überhaupt kein Heimweh nach Ionien. Hier fehlt's einem an nichts, und wenn man alt ist, hat man seine Ruhe.«

»Und wenn du kämpfen musst?«

»Bei dem Heer, das wir haben, greift uns ganz bestimmt keiner an! Das war ein großartiger Schachzug von Pharao Amasis, dem früheren Feldherrn: überzeugende Abschreckung! Sogar einer, der ganz wild ist auf Krieg, verzieht sich da lieber. Außerdem weiß jeder, dass die griechischen Söldner die besten Krieger überhaupt sind. Deshalb vertraut ihnen Ägypten auch seine Sicherheit an.«

Etwas später kam der Mann mit zufriedener Miene aus dem Haus.

»Morgen geh ich nach Daphnae. Und dir wünsch ich viel Glück, mein Junge!«

Ares war untersetzt, eingebildet und sehr in Eile.

An den Wänden in seinem Arbeitszimmer hingen Landkarten, auf denen die Lager und Kasernen eingezeichnet waren.

Der Anblick des Schreibers überraschte ihn.

»Damit du Bescheid weißt: Ich kümmere mich nur um den augenblicklichen Bedarf. Wer seine Fähigkeiten vor Ort unter Beweis stellt, kann dann fest verpflichtet werden. Wo willst du hin?«

»Ich will hier in Naukratis bleiben.«

»Flotte, Reiterei oder Heer?«

»Ich will zu einem früheren Milchhändler, der sich vor Kurzem verpflichtet hat.«

»Wie heißt er?«

»Starrkopf.«

»Woher?«

»Aus Sais. Seiner militärischen Laufbahn nach zu urteilen, müsste er Offizier sein.«

Ares runzelte die Stirn.

»Und was willst du von diesem Starrkopf?«

»Ich will unter ihm dienen.«

»Kommst du auch aus Sais?«

»Aus einem Nachbardorf.«

»Kennst du dich mit Waffen aus?«

»Ich würde lieber in der Verwaltung eingesetzt werden.«

»Da bin ich nicht zuständig. Ich bin auf der Suche nach Söldnern, und das ist nichts für dich. Kein Lagerkommandant würde dich nehmen. Such dir einen anderen Beruf.«

»Ich muss aber unbedingt mit Starrkopf reden.«

»Kenn ich nicht. Und selbst wenn ich ihn kennen würde, würd ich es keinem Fremden sagen, der nicht einmal zu uns gehört.«

»Es ist aber wirklich wichtig!«

»Was geht das mich an? Ich stelle hier Söldner ein, für Auskünfte bin ich nicht zuständig.«

»Ich versichere Euch …«

»Raus mit dir, mein Junge, und komm nicht wieder – du würdest es nur bereuen.«

Enttäuscht von dem Fehlschlag verließ Kel das Haus von Ares.

Indem sich Demos und Starrkopf in Naukratis versteckt hielten, waren sie in der Nähe der Hauptstadt und doch außer Reichweite.

Ganz in Gedanken lief Kel einer Fußgängerin in die Arme – einer schönen, groß gewachsenen, etwa dreißigjährigen Frau, die ihr langes duftendes Haar zu einem Knoten hochgesteckt hatte und sehr viel Schmuck trug.

Die wartenden Männer waren auf einmal still. Jeder bewunderte diese wunderschöne und doch offensichtlich unerreichbare Frau.

»Entschuldigt, bitte«, stotterte Kel.

»Schon gut, wolltest du dich hier melden?«

»Ja und nein, ich …«

»In Naukratis haben wir schon mehr als genug Soldaten. Was wir wirklich bräuchten, sind gute Schreiber. Du kannst nicht zufällig lesen und schreiben?«

»Doch.«

»Ich heiße Zeke, aber man nennt mich hier nur die

Dame, weil ich die reichste Geschäftsfrau in dieser Stadt bin, ledig bin und frei lebe. Für die Griechen bedeutet das die reinste Unzucht. Sie können sich nicht daran gewöhnen, dass die Ägypterinnen viele Rechte genießen, und wollen vor allem nicht, dass diese Rechte auch für ihre Frauen gelten. Die meisten von ihnen würden uns gern verschleiern und zu Hause einsperren. Die sexuelle Sklavin ihres Gatten, seine Köchin und Haushälterin und gute Erzieherin seiner Söhne … Ich bin in Sparta geboren, genieße das Leben hier in Naukratis in vollen Zügen und verstecke mich nicht. Nachdem ich gerade Ländereien und Weinberge gekauft habe, brauche ich jetzt einen Verwalter. Wärst du in der Lage, diese Arbeit zu übernehmen?«

»Das glaube ich nicht.«

»Merkwürdig – irgendwie glaube ich genau das Gegenteil. Wollen wir nicht wenigstens einmal darüber sprechen?«

»Wenn Ihr unbedingt wollt.«

»Gut, dann gehen wir zu mir.«

Kel war wahrscheinlich der einzige Mann auf der Welt, der dem Zauber der betörenden Zeke nicht erlag. Er ging nur mit ihr mit, weil er von ihr irgendetwas zu erfahren hoffte, was ihn auf die Spur von Demos und dem ehemaligen Milchhändler bringen würde.

Die zukünftigen Söldner sahen zu, wie das Paar sich entfernte.

»Bei Aphrodite, der Knabe verblüfft mich!«, sagte einer von ihnen erstaunt. »Wie hat er es nur geschafft, dieses sagenhafte Weib zu verführen?«

»Den wird sie bald wieder vor die Tür setzen, wart's nur ab«, meinte sein Freund.

31

Das Haus der Dame Zeke lag mitten in der Stadt und hatte vier Stockwerke. Der Eingang wurde Tag und Nacht von einem Pförtner bewacht. Er verneigte sich tief vor seiner Herrin, als diese in Begleitung eines neuen Verehrers das Haus betrat, der wesentlich jünger als seine Vorgänger war. Die Lust der schwerreichen Frau auf Liebschaften schien unstillbar zu sein.

»Ich verabscheue das Landleben!«, gestand sie ihrem Schützling. »Da gibt es viel zu viele sonderbare Tierchen.«

Im Erdgeschoss versorgte eine Weberei die Schöne mit maßgeschneiderten Kleidern, Wäsche, Betttüchern und Kopfkissen. Bäcker und Brauer stellten jeden Tag frisches Brot und Bier her, und in einem Essraum konnten sich die Bediensteten stärken.

Im ersten und zweiten Stock waren die Wohnräume, Bäder und Toiletten untergebracht, im dritten die Arbeitszimmer, der vierte Stock diente als Speicher, wo Unterlagen und Lebensmittel gelagert wurden.

Die Einrichtung war über die Maßen prunkvoll: hohe Lehnsessel mit Armlehnen, niedrige Sitze aus Edelholz, mit floralen Mustern geschmückte Klapphocker, große rechteckige Tische und kleine runde Truhen und zahllose aufwendig verzierte Kissen. An den Wänden hingen schwere Leinenvorhänge in Grün, Rot und Blau.

»Jetzt essen wir eine Kleinigkeit«, beschloss Dame Zeke.

Sofort eilten zwei Diener herbei, richteten die Speisen auf großen Alabasterplatten an und schenkten Rotwein in gläserne Kelche.

»Heute gibt es eingemachtes Gänsefleisch«, erklärte der Oberkellner. »Es wurde sehr lange in einem Topf mit erstklassigem Fett gekocht. Danach gibt es in heißem Salzwasser hartgekochte Wachteleier. Der Koch hat fein gehackte Zwiebeln und Butter dazugegeben. Lasst es Euch schmecken.«

»Ich esse gern leicht«, sagte Zeke. »Das lange Verdauen stört meinen Arbeitsrhythmus, dafür habe ich viel zu viel zu tun. Und von diesem Wein hier kriegt man keinen schweren Kopf: Er enthält weder Honig noch Gewürze. Obwohl er etwa zwanzig Jahre gelagert wurde, ist er sehr leicht und erfrischt den Geist.«

Kel kostete den Göttertrank – die Griechin hatte nicht übertrieben.

»Es gibt wirklich kein besseres Land«, fuhr sie fort. »Schau dir nur mal die Griechen an, die nach Naukratis kommen! Sie ertragen den Gedanken nicht, dass eine Frau frei sein und heiraten kann, wen sie will, dass sie sich scheiden lassen und ihren Wohlstand genießen und vererben kann, an wen sie will, allein auf den Markt gehen, Geschäfte abschließen und einen Betrieb leiten kann. Die Überheblichkeit der Männer wird nur noch von ihrer Dummheit überboten. Es macht mir großen Spaß, mit anzusehen, wie diese Angeber Söldner im Dienst des Pharaos werden und für die Unabhängigkeit von Ägypten und den Ägyptern sorgen.«

»Ihr seid also nicht verheiratet?«, erlaubte sich Kel zu fragen.

»Zu meinem großen Glück bin ich geschieden! Kurz nachdem ich in Naukratis ankam, habe ich einen Reeder aus Milet geheiratet. Und ihn dann bald mit einer Dienerin im Bett überrascht. Die Scheidung wurde zu meinen Gunsten entschieden, und ich bekam eine nicht unerhebliche Abfindung, die ich sofort gewinnbringend angelegt habe. Mit einem Wort – Freiheit und Vermögen! Ein paar gute Einfälle, viel Arbeit und Erfolg. Die ägyptischen Händler wissen mich zu schätzen, ich führe hochwertige Waren ein und kaufe Ländereien, meine Leute werden stets gut bezahlt. Heute besitze ich mehrere Häuser in Naukratis, und die örtlichen Würdenträger schätzen sich glücklich, wenn sie meine Gäste sein dürfen. Du scheinst dich allerdings nicht besonders wohl bei mir zu fühlen!«

»So viel Ehre steht mir nicht zu.«

»Das habe ich zu entscheiden. Du machst mich neugierig, junger Mann, du scheinst anders als die andern zu sein. Wer bist du, und was suchst du in Naukratis?«

Was sollte er machen? Eine Ausrede suchen oder es wagen, einen Teil der Wahrheit preiszugeben? Diese Frau machte den Eindruck, als wäre sie so gefährlich wie eine Schlange.

Kel hatte keine Wahl. Als Fremder in dieser geschlossenen, wenn nicht sogar feindlichen Welt musste er den Sprung ins kalte Wasser wagen.

»Ich bin Schreiber und Übersetzer und stamme aus Sais. Ich bin auf der Suche nach zwei Männern, die sich hierhergeflüchtet haben. Der eine ist mein Freund Demos, der andere ein Milchhändler namens Starrkopf, der sich hier als Söldner verdingen will.«

Zeke schien überrascht.

»Warum sagst du, dass sie ›geflüchtet‹ sind?«

»Alle beide sind in ein Verbrechen verwickelt, und

ich vermute, dass sie sich in Naukratis versteckt halten.«

»In ein Verbrechen! Sind sie denn schuldig, oder werden sie zu Unrecht verfolgt?«

»Das weiß ich ehrlich gesagt nicht. Deshalb will ich sie ja auch sprechen, um zu erfahren, was sie dazu zu sagen haben.«

»Könnte es vielleicht sein, dass du der Hauptbetroffene bist?«, fragte Zeke und sah ihn herausfordernd an.

»Ich werde zu Unrecht beschuldigt.«

»Wie heißt du?«

»Kel.«

Die Geschäftsfrau verzog keine Miene. Die Ermordung der Übersetzer wurde also geheim gehalten, in Naukratis war man nicht davon unterrichtet.

Aber wie lange noch?

»Demos und Starrkopf«, sagte sie und betonte jede Silbe einzeln. »Willst du ihnen womöglich schaden?«

»Demos ist mein Freund!«, widersprach der Schreiber. »Und mit dem Milchmann habe ich immer gern geschwatzt, ich hielt ihn für einen anständigen Mann. Vielleicht sind sie geflohen, weil sie etwas wissen, womit ich meine Unschuld beweisen kann.«

»Ein Verbrechen, sagst du. Wer wurde getötet?«

»Die Übersetzer in Sais. Und es ist, glaube ich, eher ein Verbrechen auf höchster Ebene. Niemand will etwas damit zu tun haben!«

»Oh, ein wichtiger Hinweis! Ich muss jetzt wohl die Ordnungshüter verständigen.«

»Richtig.«

Dame Zeke lächelte geheimnisvoll.

»Irrtum, mein Lieber! Erstens bin ich kein Spitzel; außerdem kann es mir sehr nützlich sein, dass du gelernter Schreiber und Übersetzer bist. Da du Griechisch und Ägyptisch lesen kannst, kannst du Verwaltungsschreiben viel leichter beurteilen und ihren wesentlichen Inhalt viel schneller zusammenfassen als meine anderen Schreiber. Und du bist auf meine Hilfe angewiesen und hast keine Zeit zu verlieren.«

»Glaubt Ihr denn, Ihr könnt Demos und den Milchhändler aufspüren?«

»Wenn sie hier in Naukratis hausen, werden sie mir nicht entwischen. Ich mache dir jetzt einen Vorschlag, du kannst ihn annehmen oder nicht: Ich biete dir freie Kost und Unterkunft, du arbeitest für mich so viel ich will, im Gegenzug bekommst du von mir die gewünschten Auskünfte. Solltest du nicht einverstanden sein, hast du Naukratis auf der Stelle zu verlassen.«

»Ich bleibe«, entschied sich Kel.

32

Zwei der Heiligtümer im heiligen Reich der Göttin Neith waren zum Weben der vielen Stoffe bestimmt, die für die feierlichen Feste und Rituale benötigt wurden. Nachdem sie alle Stufen der Rangordnung erklommen und alle Bereiche dieses Berufs bewältigt hatte, würde sich die junge Oberpriesterin bestimmt nicht von einer faulen Untergebenen täuschen lassen.

Da aber alle mit ihrer Ernennung einverstanden waren und jede sich dafür beglückwünschte, dass diese große Verantwortung nicht auf ihr lastete, arbeiteten die Priesterinnen mit großem Eifer und Fleiß. Die Älteste zeigte Nitis die Leinengewänder, die am Vorabend fertiggestellt worden waren, und die Bänder, die für die Mumifizierung eines heiligen Krokodils bestimmt waren. Sie sollte ihm eine glückliche Seele schenken und ihm dabei helfen, die Pforten zum himmlischen Dasein zu durchschreiten.

»Die Zeit ist gekommen, das Horus-Auge zu weben«, verkündete die Oberpriesterin.

Zugleich Sonne und Mond, Tageslicht und Licht der Nacht, nahm dieses Auge in einem strahlend weißen Stoff von herausragender Güte Gestalt an. Mit sicherer Hand musterte Nitis das erste Bündel, während ihre Gehilfinnen Fasern aufdrehten und rollten. Dann stimmten die Spindeln ihren Gesang an.

Dieses gewebte Auge sollte auch das Leichentuch von Osiris darstellen, das Kleid für die Auferstehung des lichten Körpers, der über den Tod hinaus strahlte. Nur wenige Weberinnen waren in die Mysterien eingeweiht, aber die Gemeinschaft der Schwestern wusste, was sie zu tun hatte. Indem sie diese Opfergabe schufen und dabei nach Vollkommenheit strebten, hatten sie teil an der göttlichen Unsterblichkeit.

Beim Anblick ihrer Schwestern fühlte sich Nitis beruhigt: Die Arbeit ging ausgezeichnet vonstatten. Nicht Neid, sondern der Wunsch nach hervorragender Leistung und große Begabung zeichneten sie aus. Neiths Stärke erfüllte die Herzen ihrer Priesterinnen.

Bei Einbruch der Nacht wurden die Werkstätten geschlossen. Eine Wächterin überprüfte alle Riegel, dann gingen die Priesterinnen.

Als sich Nitis auf den Weg zu ihrer Dienstwohnung machte, sprach Menk sie an.

»Nun – zufrieden mit diesem ersten harten Arbeitstag?«

»Die Weberinnen haben sich ihrer schwierigen Aufgabe würdig erwiesen.«

»Ihr scheint auch die Widerspenstigsten zähmen zu können!«

»Dieses Wunder schreibe ich der Zauberkraft des Horus-Auges zu. Es führt zusammen, was verstreut war.«

»Seid nicht zu bescheiden, was Eure persönliche Wirkung betrifft«, riet ihr Menk. »Der Hohepriester tat recht daran, Euch für diese Aufgabe auszuwählen.«

»Ich hoffe, ich werde ihn nicht enttäuschen.«

»Für den reibungslosen Ablauf in einem so großen Tempel zu sorgen, ist mit vielen Schwierigkeiten verbunden«, sagte Menk. »Jeden Morgen müssen alle, die im Heiligtum eine Arbeit verrichten, der Regel gemäß gereinigt werden – und nicht etwa nach den eigenen Vorstellungen. Es müssen ausreichend Leinengewänder und Sandalen vorhanden sein, die Brunnenbecken müssen gereinigt und täglich mit frischem Wasser gefüllt werden, nichts darf vergessen werden, schon gar nicht das Wohlbefinden der Gottheiten, die in ihren Kapellen dargestellt sind. Von den Festen ganz zu schweigen!«

»Ihr seid doch nicht etwa entmutigt?«

»Nein, gewiss nicht, aber ich würde gern einige der vielen Schwierigkeiten, mit denen wir umgehen müssen, mit Euch besprechen. Zu zweit könnten wir sie wirkungsvoller angehen.«

»Schreibt die Regel denn nicht den Rahmen unserer Zusammenarbeit vor?«, fragte Nitis verwundert.

»Schon, aber sie verbietet uns auch keine... sagen wir außerdienstlichen Treffen. Auf jeden Fall solltet Ihr Euch vor gewissen Schreibern und Verwaltungsbeamten hüten, denen es nur um ihren eigenen beruflichen Erfolg und die Vermehrung ihres Vermögens geht. Sie versuchen, Euer Wohlwollen zu gewinnen und Euch dann Fallen zu stellen.«

»Ich danke Euch für Eure guten Ratschläge, Menk, und werde sie beherzigen.«

»Ihr könnt mich jederzeit um Rat fragen. Ich kenne alle Würdenträger und bin immer bestens darüber unterrichtet, was sich in Sais so tut.«

»Außer bei dem furchtbaren Mord an den Übersetzern, nicht wahr?«

»Reden wir nicht mehr von dieser schrecklichen Geschichte!«, antwortete Menk gereizt.

»Mir fällt es aber sehr schwer, nicht daran zu denken!«

»Wir haben beide nichts mit dieser Sache zu tun. Die Ordnungshüter kümmern sich darum, man wird den Mörder festnehmen und verurteilen. Zum Glück wahren die Behörden Stillschweigen, sodass die Stadt nicht in unbegründeten Aufruhr gerät.«

»Was, wenn es nur darum ginge, die Wahrheit zu verschleiern?«

»Diese Angelegenheit betrifft uns nicht, meine liebe Nitis. Es ist Sache der Obrigkeit, sie zu bereinigen. Bitte hört auf die Stimme der Vernunft und bleibt bei Euren Aufgaben.«

»Das habe ich auch vor.«

»Dann bin ich ja beruhigt! Wann essen wir zusammen zu Abend?«

»Nicht in den nächsten Tagen. Ich habe sehr viel zu tun. Ich muss in verschiedenen Archiven forschen, um einige Rituale neu zu gestalten und ihnen die Ausdruckskraft des Alten Reichs zurückzuverleihen.«

»Das ist eine wunderbare Arbeit«, sagte Menk anerkennend, »darüber dürft Ihr aber nicht vergessen zu leben. Diese alten Schriftstücke können Eure Schönheit nicht angemessen würdigen.«

»Ich wünsche Euch eine gute Nacht, Menk.«

»Ich Euch auch, Nitis.«

Der Leiter der Feste von Sais machte sich auf den Heimweg.

Die junge Frau blieb ratlos zurück und konnte zu keinem Schluss kommen. War Menk einfach nur ein ganz gewöhnlicher Verführer, hatte er ihr mit zweideutigen Worten drohen wollen, oder gehörte er auch irgendwie zu der Verschwörung? Er kannte jeden in Sais, ging im Palast ein und aus und verkehrte mit den mächtigsten Männern. Da er einen ausgezeichneten Ruf genoss, hatte er nur Freunde.

Nitis las im Haus des Lebens die Papyrusrollen, die sich mit der Mathematik beschäftigten, in der Hoffnung, dort den Schlüssel für das geheime Schriftstück zu finden. Tatsächlich hatte es einmal Zeichenspiele gegeben, mit denen sich die wahre Bedeutung von Schriftstücken verschleiern ließ, die das Wesen der Götter betrafen.

Doch diese Nachforschungen waren schwierig und langwierig, und es war keinesfalls sicher, dass Nitis die Aufgabe lösen konnte. Inzwischen setzte Kel in

Naukratis sein Leben aufs Spiel. Dass er Griechisch beherrschte, war natürlich ein großer Vorteil, aber würden Demos und Starrkopf nicht vielleicht versuchen, ihm eine tödliche Falle zu stellen?

Bei der Vorstellung, der junge Schreiber könnte aus ihrem Leben verschwinden, verlor Nitis die Fassung: Ihn nicht mehr sehen, nicht mehr seine Stimme hören, nicht mehr Hoffnungen und Ängste mit ihm teilen zu können … Sie konnte nicht weiterarbeiten, rollte den Papyrus langsam zusammen und legte ihn in das Regal zurück.

»Was ist denn mit dir los?«, fragte Wahibra besorgt.

Die junge Frau fuhr hoch.

»Ach so – Ihr seid es! Was wollt Ihr denn?«

»Ich habe dich gesucht, weil ich dir jemand vorstellen möchte, einen Fremden – er ist Grieche und auf der Suche nach Wissen, das er in seiner Heimat nicht finden konnte. Er bittet um unseren Rat, und ich wüsste gern, was du von ihm hältst.«

»Wie heißt er?«

»Pythagoras.«

33

Pythagoras, ein Mann mit hoher Stirn und ernster Miene, trug ein langes weißes Gewand und verneigte sich ehrerbietig vor dem Hohepriester und Nitis.

»Ich danke Euch, dass Ihr mich empfangt. Ich komme aus dem Palast von Pharao Amasis, der mir eine lange Unterredung gewährt hat, weil er wissen wollte, ob ich ihm gehorcht habe. Ich war tatsächlich in Heliopolis, der heiligen Stadt von Re, dem Gott des himmlischen Lichts, und dann in Memphis, der Stadt von Ptah, dem Herrn des Wortes und der Handwerker.«

»Seid Ihr auf die Probe gestellt worden?«, fragte Wahibra.

»O ja, ich wurde nicht geschont, aber das bedaure ich nicht.«

»Ihr Griechen seid noch immer wie die Kinder! In Euren Tempeln gibt es keine Greise, und Ihr wisst nichts von der echten alten Überlieferung. Deshalb besteht Eure Weltendeutung auch nur aus dem Lärm von leeren Worten.«

»Ich weiß, Hohepriester, und ich habe – wie auch einige meiner Landsleute – begriffen, dass Ägypten die Wiege der Weisheit ist. Ich wurde lange abgelehnt, und man hat mir immer wieder geraten, nach Hause zu gehen. Nur meiner Hartnäckigkeit ist es zu verdanken, dass ich die Priester von der Glaubwürdigkeit meiner Suche überzeugen konnte. Hier und nirgendwo anders unterrichtet man die Wissenschaft von der Seele und unterscheidet Erkenntnis von Wissen, indem man Letzteres Ersterer unterordnet.«

»Was habt Ihr in Heliopolis und Memphis gelernt?«

»Geometrie, Astronomie und die Lehre von den Symbolen führen zum Begreifen der Mysterien. Nicht im Lauf und nicht in der Zerstreuung, sondern während verschiedener Einweihungsrituale wurde mein Geist zur Macht der Götter erweckt.«

»Habt Ihr die Akazie gesehen?«, wollte Nitis wissen.

»Ich bin ein Sohn der Witwe und ein Diener von Osiris, dem ewig wiederbelebten Wesen«, antwortete Pythagoras richtig.

»Ihr habt schon ein beträchtliches Stück Wegs zurückgelegt«, sagte der Hohepriester anerkennend.

»Ich war auch in Theben, wo mich die Gottesdienerin, nachdem sie mich ausgiebig geprüft hatte, in die Mysterien von Isis und Osiris eingeweiht hat.«

»Da gehorcht ein Mann einer Frau«, sagte Nitis. »Ist das aus griechischer Sicht nicht sehr anstößig?«

»Auch in dieser Hinsicht haben wir noch sehr viel zu lernen. Wenn ich nach Griechenland zurückkehre, um dort eine Gemeinschaft von Eingeweihten zu gründen, werde ich ihre Türen auch den Frauen öffnen und ihnen – wie in Ägypten – Zugang zu den Mysterien gewähren. Wer sie nicht zu den hohen geistlichen Ämtern zulässt, stürzt die Welt in Gewalt und Chaos. Es ist vor allem eine Frau, Dame Zeke aus Naukratis, die mir mein Vorhaben sehr erleichtert hat. Sie schätzt die Freiheit, die sie in Ägypten genießt, und wünscht diese überall verbreitet zu sehen.«

»Dann wollt Ihr also in Griechenland einen Orden der Eingeweihten gründen und dort die ägyptische Geheimlehre verbreiten, wie Ihr sie hier kennengelernt habt?«, fragte Wahibra.

»Diese Aufgabe scheint mir vordringlich. Selbstverständlich könnte ich auch hierbleiben und den Weg der Erkenntnis weitergehen, bis meine letzte Stunde schlägt. Aber wäre das nicht sehr selbstsüchtig? Ich glaube, ich bin dazu berufen, den Griechen die Schätze zu enthüllen, die ich in Euren Tempeln entdeckt habe, und so ihre Seelen zu erheben. Sie müssen lernen, die Götter und Maats Gesetz mehr zu achten und Ehrfurcht vor dem gegebenen Wort, der Mäßigung und der Eintracht zu haben, indem sie die Rituale befolgen, mit denen sie zu den Inseln der Glückseligkeit gelangen können, also zu Sonne und Mond, den beiden Teilen, aus denen sich das Horus-Auge zusammensetzt.«

»Was ist Eurer Meinung nach das Wesentliche?«, fragte Wahibra.

»Die Zahl«, antwortete Pythagoras. »Jedes Wesen besitzt seine eigene Zahl, und sie zu kennen führt zur Weisheit. Zugleich Einheit und Vielfalt enthält die Zahl lebenswichtige Kräfte. An uns ist es, sie zu entdecken, um das Universum zu erkennen, in dem wir ein kleines Rädchen sind. Ist unser Ursprung und unser Ziel nicht der Himmel der Fixsterne, der Aufenthaltsort der Gottheiten, an dem die befreiten Seelen leben?«

»Was erwartet Ihr von mir, Pythagoras?«

»Meinen Orden kann ich nur mit der einhelligen Zustimmung der Hohepriester gründen, die mir ihr Wissen geschenkt haben und mich für würdig hielten, es weiterzureichen. Wenn Ihr mir Eure Zustimmung verweigert, kann ich meinen Weg nicht weitergehen.«

»Würdet Ihr darauf verzichten?«

»Ich würde versuchen, Euch zu überzeugen, weil ich glaube, dass dieser Auftrag sehr wichtig ist.«

»Ich mache es genau so wie die anderen Hohepriester«, entschied Wahibra, »ich werde Euch auf die Probe stellen. Nitis, die Oberpriesterin der Neith, führt Euch gleich morgen früh zu einem unserer größten Ritualisten. Er wird Euch einige Aufgaben stellen, die Ihr erfüllen müsst. Danach sehen wir uns wieder.«

Pythagoras verneigte sich erneut und ging zurück zum königlichen Palast, wo er untergebracht war.

»Ein kluger und entschlossener Mann«, fand Nitis.

»Aber auch ein Grieche und ein Schützling von König Amasis«, erinnerte sie Wahibra.

»Habt Ihr etwa den Verdacht, Pythagoras könnte ein Spitzel sein, der uns aushorchen soll?«

»Ich schließe keine Möglichkeit aus. Sein Wissensdurst scheint keine Grenzen zu kennen, und schlau genug wäre er auch.«

»Immerhin hat ihn die Gottesdienerin in die Mysterien des Osiris eingeweiht«, bemerkte Nitis. »Man sagt, dass sie von beispielloser Strenge sei! Kein Heuchler könnte sie täuschen.«

»Da hast du allerdings recht«, gab Wahibra zu. »Dennoch sollten wir wachsam bleiben.«

»Wenn es stimmt, dass Pythagoras über mathematisches und geometrisches Geschick verfügt, könnte er uns doch vielleicht bei der Entschlüsselung der Schrift helfen?«

»Eins nach dem anderen, Nitis! Ehe wir ihm ein so wichtiges und gefährliches Schriftstück zeigen dürfen, müssen wir uns erst von seiner Glaubwürdigkeit überzeugen.«

»Ja, aber die Zeit läuft uns davon!«

»Das weiß ich wohl, aber ein falscher Schritt von uns wäre tödlich und würde Kel ins Verderben stürzen.«

»Ich gehe ins Haus des Lebens zurück«, sagte Nitis. »Es gibt dort zahllose Papyrusrollen, die sich mit der Mathematik befassen. Und ich habe bereits einige wichtige Einzelheiten entdeckt.«

»Tu das, aber vergiss darüber nicht zu schlafen«, riet ihr der Hohepriester. »Dein Amt bringt viele Aufgaben mit sich, für die du deine ganze Kraft brauchen wirst.«

34

Richter Gem, der eine altertümliche Perücke und einen Anhänger mit dem Bild von Maat trug, der Göttin der Gerechtigkeit, hatte den Vorsitz über das Gericht, das vor dem Haupteingang des Neith-Tempels abgehalten wurde. Ohne einen Unterschied zwischen einem hohen Herrn und seinem Diener, einer Dienerin und ihrer Herrin zu machen, hörte er sich verschiedene Klagen an, die die Zuständigkeit der kleineren Landgerichte überschritten. Der Dorfrat konnte die meisten Auseinandersetzungen bereinigen, die Gerichte der Nachbarstädte kümmerten sich um die schwierigeren Fälle. Wenn aber gar keine zufriedenstellende Lösung gefunden werden konnte, wandten sich Kläger und Angeklagte an den obersten Richter.

Gem berührte die Gestalt der Maat und eröffnete mit dieser Geste die Sitzung. Dreißig Richter hörten sich an, was die Schreiber verlasen: ausführliche Klagen samt Höhe der gewünschten Entschädigung und die Antworten der Verteidiger. Weil die Erbstreitigkeiten so verwickelt waren, wurde auch noch die Widerlegung dieser Argumente und der letzte Gegenangriff der Gegner gehört.

Gem hätte die beiden Parteien vorladen können, aber die schriftlichen Beweismittel reichten zur Wahrheitsfindung vollkommen aus. Also legte er einfach die kleine Figur der Maat auf die Unterlagen der Kläger. Eine Mutter hatte ihre Kinder, die undankbar und schlecht waren, rechtmäßig zugunsten einer beherzten Hausangestellten enterbt, die die Horde der Verbitterten zu verunglimpfen suchte. Weil sie dazu sogar Falschaussagen gemacht hatten, wurden sie zu hohen Geldstrafen verurteilt.

Nachdem er im Namen von Maat und dem Pharao Gerechtigkeit hatte walten lassen, kehrte Gem in sein Arbeitszimmer zurück, wo ihn die neuesten Berichte in der Sache Kel erwarteten.

Es gab keine Spur von dem flüchtigen Mörder.

Dabei waren alle Spitzel auf der Suche, und auch die Ordnungskräfte gaben sich alle erdenkliche Mühe.

Also musste Kel Sais verlassen haben.

Wenn er sich nicht doch noch in Neiths Tempel verbarg … Nein, die Durchsuchung war vorschriftsmäßig durchgeführt worden, und der Richter durfte nicht an der Glaubwürdigkeit des Hohepriesters zweifeln.

Das hieß, alle Städte im Delta mussten gewarnt werden. Hatte der Täter Helfer, hielt er sich vielleicht auf dem Land auf. Und wenn er wirklich ein Netz von Verschwörern aufgebaut hatte, würden die ihm dann nicht helfen, Ägypten zu verlassen?

Vielleicht kannte Henat die Antwort auf diese Fragen. Doch der blieb stumm, obwohl der König eingegriffen hatte.

»Was geschieht mit besagtem Bebon?«, wollte der Gerichtsschreiber wissen.

»Führt ihn zu mir.«

Der Richter öffnete die Akte des fahrenden Schauspielers – sie war leer. Und die Ordnungshüter wurden nicht müde, Unschuldige festzunehmen, deren einziges Vergehen darin bestand, dass sie Kel ähnlich sahen! Weil Gem unter diesen sinnlosen Aktenbergen beinahe erstickte, beschloss er, diesen Fall loszuwerden.

Der Kerl war zermürbt und zeigte keinen Widerstandsgeist mehr.

»Und, Bebon, hast du nachgedacht?«

»Worüber denn?«

»Gibt es nichts, was du mir wegen des Schreibers Kel sagen musst?«

»Ich? Nein, wirklich nicht! Ich wollte gerade aus dem Gefängnis und mich wieder an die Arbeit machen.«

»Willst du auf Reisen gehen?«

»Das ist mein Beruf.«

»Solltest du mir nicht die ganze Wahrheit gesagt haben, wäre das ein großer Fehler.«

»Eben deshalb habe ich Euch auch alles gesagt.«

»Bei deiner Verhaftung ist man gewalttätig vorgegangen. Willst du die Wachen deswegen verklagen?«

Bebon machte große Augen.

»Diese Klage wäre zulässig«, erklärte Gem, »und als Unschuldiger wäre es dein gutes Recht.«

»Ich hab so schon genug Ärger gehabt.«

»Wie du meinst.«

»Heißt das … ich bin frei?«

»Es gibt keine Anschuldigungen gegen dich.«

»Dann gibt es doch noch eine Gerechtigkeit in diesem Land!«

Bebon bekam einen Laib frisches Brot, einen Wasserschlauch und ein Paar neue Sandalen. Sobald er das Gerichtsgebäude verlassen hatte, begrüßte er die Sonne und den blauen Himmel.

Sein erstes Ziel: ein Gasthaus. Endlich ein starkes Bier, ohne das man keinen klaren Gedanken fassen konnte.

Wie sollte er Kel finden, dessen einziger Freund er

war? Wohin könnte der Schreiber geflohen sein? Eine winzige Spur gab es vielleicht …

Als er gehen wollte, merkte Bebon, dass man ihn beobachtete.

Da lief er ziellos durch die Straßen, änderte mehrmals die Richtung, überquerte einen Marktplatz, unterhielt sich mit einigen Händlern und entdeckte schließlich wieder seinen Verfolger.

Dann war seine Freilassung also nur ein geschickter Schachzug! Richter Gem glaubte, dass der Schauspieler mit Kel gemeinsame Sache machte und ihn zu seinem Freund führen würde.

Den lästigen Kerl aus dem Weg zu räumen, käme einem Schuldbekenntnis gleich. Deshalb tat Bebon so, als würde er ein Zimmer im zweiten Stock eines Gasthauses mieten, in dem viele fahrende Händler verkehrten. Kaum angekommen, kletterte er aufs Dach und sah, wie sich sein Verfolger vor dem Haus einen Beobachtungsposten suchte. Von Dach zu Dach springend, gelangte Bebon zurück in die Stadtmitte, kletterte zu Boden und bog in eine kleine Straße, die zum Neith-Tempel führte.

Nitis, die Priesterin, die Kel bei dem Festmahl am Abend vor der Ermordung der Übersetzer getroffen hatte, wusste vielleicht mehr.

Sie musste mit ihm reden – wohl oder übel.

Dem Brief zufolge, den ihr der Bote gerade gebracht hatte, sollte Nitis dringend zu ihrem Haus kommen, weil es irgendwelche Schwierigkeiten mit Baumaterial gäbe. Obwohl sie eigentlich keine Zeit hatte, beschloss sie, die Angelegenheit sofort zu regeln.

Sie hatte das Haus kaum betreten, als ihr jemand den Mund zuhielt.

»Nicht schreien! Und versuch ja nicht wegzulaufen.«

Die Tür wurde hinter ihr geschlossen.

Dann schob der Angreifer die Priesterin in ein Zimmer.

»Ich heiße Bebon und bin der einzige Freund des Schreibers Kel. Entweder beantwortest du mir meine Fragen, oder ich muss dich erwürgen.«

»Frage.«

»Oberpriesterin der Sängerinnen und Weberinnen von Neith... Du warst nicht schwer zu finden! Die reinen Priesterinnen reden nur noch von deiner Beförderung und deiner strahlenden Zukunft. Gibst du zu, dass du Kel kennst?«

»Ja, ich gebe es zu.«

»Hast du ihm bei dem Festmahl die Falle gestellt?«

»Ich bin für diese üblen Machenschaften nicht verantwortlich.«

»Beweise es mir!«

»Und was ist mit dir, bist du wirklich sein Freund oder aber ein Spitzel, der Kel finden soll?«

Bebon brach in Gelächter aus.

»Ich – ein Spitzel? Das ist ja wirklich unerhört. Ebenso gut könnte man mich beschuldigen, ein verheirateter Familienvater zu sein.«

Mit dieser Behauptung wirkte der Schauspieler sehr überzeugend.

»Ich glaube an Kels Unschuld und habe ihm geholfen, sich zu verstecken«, sagte Nitis.

Bebon seufzte erleichtert.

»Dann bist du also eine Verbündete … Den Göttern sei Dank! Wo hält er sich versteckt?«

»Er ist nach Naukratis gereist. Demos und Starrkopf, die etwas mit der Ermordung der Übersetzer zu tun haben, wollten sich dort niederlassen. Kel will sie suchen und befragen.«

»Wenn sie schuldig sind, werden sie ihn töten!«

»Ich konnte ihm sein Vorhaben nicht ausreden«, klagte Nitis. »Er meint, ihm bliebe kein anderer Ausweg. Schließlich hält man ihn für einen flüchtigen Mörder.«

»Ich werde ihm zu Hilfe eilen«, versprach Bebon.

Der Schauspieler machte ein verlegenes Gesicht.

»Bitte entschuldigt, dass ich so grob war, aber ich dachte, Ihr steckt mit den Verbrechern unter einer Decke.«

Nitis lächelte freundlich.

»Ich hätte es nicht anders gemacht.«

»Wenn Ihr Kel helft, könnt Ihr in große Schwierigkeiten geraten.«

»Ist es nicht Pflicht einer Priesterin, nach der Wahrheit zu suchen und die Lüge zu bekämpfen?«

»Es ist mir eine Ehre, Euch kennengelernt zu haben.«

»Bring mir Kel wohlbehalten zurück. Gemeinsam werden wir seine Unschuld beweisen.«

35

An einem einzigen Tag hatte Kel mehr Arbeit erledigt als die drei anderen Schreiber der Dame Zeke in einer ganzen Woche. Einige Verwaltungsfragen waren geklärt worden, der Betrieb der Ländereien musste grundlegend erneuert und die Einträge daraus beträchtlich gesteigert werden.

»Ausgezeichnete Arbeit«, sagte die schöne Geschäftsfrau anerkennend. »Ich habe mich nicht geirrt. Es gibt zwar noch viel zu tun, aber ich halte Wort. Da du so wirkungsvoll mit mir zusammenarbeitest, hast du es verdient, einen wichtigen Mann zu treffen, der dir zuverlässige Auskünfte erteilen kann. Einzige Bedingung: Er redet nur in meiner Gegenwart.«

»Wann werde ich ihn sehen?«

»Noch heute Nacht.«

Der Befehlshaber der Söldner von Naukratis verschlang Zeke förmlich mit seinen Blicken.

»Ich möchte dir einen Freund vorstellen«, sagte sie. »Er braucht deine Hilfe.«

»Das hat doch wohl alles seine Richtigkeit, hoffe ich?«

»Ich verbürge mich für ihn, du kannst ihm ohne Umschweife antworten. Und dieses Gespräch hat niemals stattgefunden.«

»Was will denn dieser unbekannte Freund wissen?«

»Hast du in letzter Zeit einen jungen griechischen Übersetzer namens Demos angeworben?«, fragte Kel.

Der Mann sah seine Listen durch.

»Nein.«

»Vielleicht handelt es sich um Arbeit in der Verwaltung, kannst du das auch feststellen?«

»Natürlich, er ist nirgends vermerkt.«

»Dann suche ich noch einen älteren Mann namens Starrkopf.«

Der Befehlshaber runzelte die Stirn.

»Ein ehemaliger Soldat, der in Sais Milchhändler war?«

»Ja, genau den.«

»Er hat sich letzte Woche eintragen lassen.«

»Ich muss ihn sprechen.«

»Ausgeschlossen.«

»Ich bestehe darauf!«

»Bei seiner ersten Übung ist Starrkopf einem tödlichen Unfall zum Opfer gefallen.«

»Was ist geschehen?«

»Er ist auf dem feuchten Boden ausgerutscht und seinem Gegenüber in die Lanze gestürzt – er hat sich aufgespießt. Bei diesen Übungen haben wir oft Verluste zu beklagen. Das ist der Preis, wenn wir richtige Söldner haben wollen und keine Schwächlinge.«

Kel konnte sich nicht auf seine Arbeit konzentrieren.

Offenbar hatte man Starrkopf töten lassen. Nachdem diese Spur also endgültig im Sand verlaufen war, blieb ihm nur noch Demos. Da sich der Grieche im Unterschied zu dem ehemaligen Milchhändler, der offensichtlich ein Helfershelfer war, versteckt hielt, musste er eigentlich unschuldig sein. Wie sollte er ihn aber finden?

Da kam ihm plötzlich ein erstaunliches Schriftstück unter die Augen.

Weil er nicht glauben wollte, was er da sah, zweifelte er sogar an seinen Griechischkenntnissen. Aber auch beim zweiten Lesen gab es keine Zweifel.

Dame Zeke erschien, sie trug eine schwere achtreihige Halskette mit Perlen aus Karneol und Steingut, Ohrringe in Form von Lotosblüten und einen Gürtel aus Goldplättchen, die von fünf Reihen Perlen zusammengehalten wurden. Dieser Schmuck war ein Vermögen wert.

Aber diesmal nützte der ganze Aufwand nichts.

Kel schwenkte wütend das Schriftstück, das er gerade gelesen hatte.

»Ich kann es kaum glauben!«

»Worüber regst du dich denn so auf?«

»Ihr habt vor, Menschen zu kaufen?«

»In Griechenland nennt man sie Sklaven, und der Handel mit ihnen ist vollkommen rechtens.«

»In Ägypten verbietet Maats Gesetz den Sklavenhandel aber ausdrücklich!«

»Ägypten muss allmählich dazulernen, es muss begreifen, dass die Sklaverei wichtiger Bestandteil der wirtschaftlichen Entwicklung eines Landes ist.«

»Wenn der Preis so hoch ist, muss man eben darauf verzichten! Kein Pharao würde etwas Derartiges dulden.«

»Das bildest du dir ein, mein Junge. Je mehr die Bevölkerung wächst, umso mehr zählen die Gesetze der Wirtschaftlichkeit. Und mit eurer alten Spiritualität, so schön sie auch sein mag, wird gründlich aufgeräumt werden. In unseren demokratischen Städten gibt es längst mehr Sklaven als freie Bürger. Und das wird sich überall durchsetzen.«

»Dann möchte ich nicht länger für Euch arbeiten, Dame Zeke.«

»Kommt gar nicht in Frage! Wo willst du denn hin? Hier bei mir bist du in Sicherheit und kannst deine Suche in Ruhe fortsetzen.«

Das betörende Lächeln der schönen Frau konnte Kel nicht verführen. Er versuchte, sich zu beherrschen, und brachte etwas Neues in das gefährliche Spiel, indem er sich der Griechin widersetzte.

»Dann will ich in keiner Weise mit Schriftstücken zu tun haben, die sich mit der Einführung des Sklavenhandels in Naukratis befassen.«

»Einverstanden, ich dulde deine überholten sittlichen Einwände, hoffe allerdings, dass du dich bald eines Besseren belehren lässt.«

»Helft Ihr mir dann trotzdem, Demos zu finden?«

»Wenn er sich in dieser Stadt versteckt, werde ich ihn ausfindig machen.«

»Ich bin noch nach etwas anderem auf der Suche«, gestand der junge Mann, »ich suche einen unvorstellbar wertvollen Schatz.«

Zeke wurde neugierig.

»Um was für einen Schatz handelt es sich denn?«

»Wisst Ihr, wie Pharao Amasis an die Macht gekommen ist?«

»Mit einem Militärstreich, seine Männer haben ihm einen Helm aufgesetzt, der einer Krone gleichkam.«

»Und dieser kostbare Helm ist nun verschwunden. Jemand hat die berühmte Kopfbedeckung aus dem Palast gestohlen, und ich bin überzeugt, dass dieses Verbrechen mit der Ermordung der Übersetzer in Verbindung steht.«

»Mit anderen Worten – eine neue Machtübernahme steht bevor«, folgerte Dame Zeke ganz richtig.

»Wenn ich dem Pharao diesen Helm zurückbringe, wird er an meine Unschuld glauben«, sagte Kel.

»Ganz ohne Zweifel«, sagte die Geschäftsfrau leise und gab sich ihren eigenen Überlegungen hin.

Solch ein Unterfangen musste einen jungen Schreiber überfordern, wie verführerisch er auch immer sein mochte. Er sollte ihr helfen, den Schatz in die Hand zu bekommen, aber nicht zu seinem Vorteil.

Sie allein besaß ausreichend Größe, um mit einem König zu verhandeln und ihm Ehrentitel und Vermögen abzunötigen. Angesehen und steinreich sollte Zeke zu einer der einflussreichsten Gestalten am königlichen Hof werden und zahlreiche Neuerungen durchsetzen, die ein von der griechischen Kultur begeisterter Pharao nur begrüßen würde.

Zeke stand gerade erst am Beginn ihrer strahlenden Laufbahn.

36

Amasis hatte schlecht geschlafen. Seine Frau machte ihm guten Mut und bat ihn, einige Handelsvertreter aus verschiedenen griechischen Städten zu empfangen, die ihre Beziehung zu Ägypten weiter stärken wollten. Obwohl er diese undankbare Arbeit verabscheute, beugte sich der König der Vernunft der Königin.

Nach der Anhörung empfing Amasis Menk, den Veranstalter der Feste von Sais. Der Pharao verließ sich darauf, dass sein treuer Diener den Hohepriester beaufsichtigte und dafür sorgte, dass Bau und Erneuerung der Tempel in Unter- und Oberägypten zügig vonstattengingen.

»Macht unser großes Vorhaben Fortschritte, Menk?«

»Schon bald schmückt sich die Insel Philae mit einem prachtvollen Heiligtum, das der Göttin Isis geweiht ist, Majestät! Sie wird diesen einsamen und wunderschönen Ort lieben, der bislang von Menschenhand unberührt war.«

»Wir sollten die große Zauberin nie vergessen«, meinte Amasis. »Steht nicht eigentlich ihr der Name Re zu – für das göttliche Licht und das Geheimnis der Schöpfungskraft? Philae wird das größte Denkmal meiner Herrschaftszeit bleiben. Achte darauf, dass die Arbeiten ungestört und zügig vorangehen.«

»Das werde ich tun, Majestät.«

»Was ist mit meiner ewigen Ruhestätte, im Herzen des heiligen Tempelbereichs der Göttin Neith – ist sie fertig gestellt?«

»Die Handwerker haben sich genau an Eure Anweisungen gehalten. Der große Saal, der hinter einem Pylon aus palmenförmigen Säulen liegt und von zwei Toren verschlossen wird, hinter denen der Sarkophag steht, ist ein wahres Wunderwerk.«

»Hat sich der Hohepriester angemessen um meine ewige Ruhestätte gekümmert?«

»Tag für Tag, und mit der größten Aufmerksamkeit. Zwei Bildhauer, die ihm nicht gut genug schienen, hat er weggeschickt, und er selbst hat die Ruhmessprüche ausgewählt, die in den Stein geschnitten werden, damit Eure Seele weiterlebt.«

»Wurden irgendwelche Beschwerden gegen meinen Herrschaftsstil vorgetragen?«

»Nein, keine einzige. Kühl und zurückhaltend wie der Hohepriester ist, zeigt er sich wenig empfänglich für plumpe Vertraulichkeiten. Ich habe jedenfalls nichts gehört, was Euren Machtanspruch in Frage stellen würde. Der Tempel der Neith ist in einem ausgezeichneten Zustand, und es wird nicht leicht sein, einen Nachfolger für Wahibra zu finden.«

»Beobachte ihn weiter und sage mir sofort, wenn es irgendwelche Zwischenfälle gibt«, befahl Amasis.

Der König kehrte in seine Wohnräume zurück und genehmigte sich ein großes Gewächs aus Bubastis. Die Weinberge der Katzengöttin Bastet lieferten einen ausgezeichneten leichten Wein. Amasis brauchte diese Stärkung, ehe er in aller Abgeschiedenheit den Leiter des Geheimdienstes empfing.

Als Thot-Priester war Henat eigentlich dafür zuständig, nach dem Tod des Pharaos das Gedächtnis an Amasis zu wahren, es fehlte ihm aber an Größe, um selbst Pharao zu werden. Er kannte seinen Platz, hielt sich lieber im Hintergrund und war mit seiner Stellung zufrieden.

Aber ist es nicht so, dass Ehrgeiz manchmal wie eine zerstörerische Flut daherkommt, ohne sich um Alter oder Rang zu kümmern? Diesen bescheidenen Mann, dessen große Fähigkeiten einhellig gerühmt wurden, konnte kein Mensch durchschauen.

»Feldherr Phanes von Halikarnassos bereitet eine große Heerschau vor, Majestät. Diese Veranstaltung ist dazu gedacht, mögliche Feinde wirkungsvoll abzuschrecken.«

»Hast du unseren Freund Krösus eingeladen?«

»Der Perser ist auf Reisen, aber unsere Boten konnten ihn ausfindig machen. Ich bin überzeugt, dass er sich diese beeindruckende Darstellung der ägyptischen Kriegsmacht nicht entgehen lassen wird.«

»Was ist mit meinem Helm?«

»Bis jetzt gibt es keinen einzigen Hinweis, aber ich lasse noch verschiedene Verdächtige verhören. Der Diebstahl wurde vermutlich von einem Zimmermädchen aus Lesbos begangen.«

»Wie kommst du zu diesem Verdacht?«

»Weil sie Zugang zu dem Palastflügel hatte, in dem das wertvolle Stück aufbewahrt wurde, und weil sie ebenfalls verschwunden ist. Falls sie ein Schiff nach Griechenland genommen haben sollte, werden wir sie nicht mehr finden können.«

»Bestimmt hatte sie Helfershelfer!«

Das schien Henat zu bezweifeln.

»Eines ist sicher, Majestät: Kein Würdenträger und auch kein ranghoher Offizier würde es wagen, sich Euren Helm aufzusetzen und zum Pharao erklären zu lassen.«

»Dennoch – der Diebstahl wurde schließlich begangen!«

»Vielleicht ist es ein Wahnsinniger, der Euch unter Einsatz seines Lebens nachahmen will, vielleicht ein Räuber, der ein Vermögen damit machen will, dass er uns den Helm zum Kauf anbietet.«

»Du glaubst, es handelt sich einfach um eine üble Geschichte?«

»Zum jetzigen Zeitpunkt kann ich nichts ausschließen.«

»Und was ist mit dem Mörder der Übersetzer?«

»Leider ist er noch immer auf freiem Fuß! Manchmal frage ich mich ernsthaft, ob ihn nicht vielleicht ein Krokodil gefressen hat oder Räuber unterwegs überfallen und getötet haben. Ein Mann, der gehetzt wird, kann nicht lange überleben.«

»Dehne deine Nachforschungen aufs ganze Land aus.«

»Meint Ihr etwa bis Elephantine?«

»Dieser Kel könnte schließlich Richtung Süden geflohen sein.«

»Das glaube ich kaum, Majestät. Trotzdem werde ich sofort die erforderlichen Maßnahmen treffen.«

»Hast du bereits neue Übersetzer gefunden?«

»Bisher schienen mir nur drei Bewerber, die die notwendigen Kenntnisse besitzen, vertrauenswürdig. Das Übersetzeramt wieder zu seiner alten Leistungskraft zu bringen, wird einige Zeit erfordern.«

»Inzwischen übernimmst du den Schriftverkehr mit den Nachbarländern und legst mir die wichtigsten Schreiben vor.«

Wie immer hatte der Anführer der Verschwörer den anderen wieder Mut gemacht.

Trotz der zu erwartenden Gefahren gab er ihnen mit seiner Ruhe ein Gefühl der Sicherheit. Die Ermordung der Übersetzer hatte zwar ursprünglich nicht zu ihrem Vorhaben gehört, und sie hatten allen Grund zu befürchten, dieser schreckliche Vorfall könne sie ins Verderben stürzen.

Doch das Schicksal war ihnen gewogen.

»Noch sind wir weit weg von unserem Ziel, aber unsere verborgene Arbeit trägt erste Früchte«, sagte der Anführer. »Und der Stand der Dinge gibt uns Recht: Wir mussten die Übersetzer beseitigen und den Schreiber Kel zum Schuldigen machen.«

»Wir hätten uns aber gewünscht, dass er schnell verhaftet wird«, beklagte ein Zweifler. »Und sollte er im Besitz des verschlüsselten Papyrus sein, stellt er eine ernste Gefahr für uns dar!«

»Mitnichten«, widersprach der Wortführer, »weil er ihn niemals wird entziffern können.«

»Hoffen wir einfach, dass er tot und das Schriftstück vernichtet ist!«

»Hat denn nun angesichts dieses kleinen Zwischenfalls einer von euch vor aufzugeben?«

Aber keiner wollte einen Rückzieher machen.

37

Kel hatte mehrere Öllampen angezündet und versuchte weiter, den verschlüsselten Papyrus zu entziffern, indem er diesmal verschiedene Lesemuster anwandte, die er von griechischen Dialekten her kannte.

Aber die ganze Mühe war umsonst.

Er hatte ägyptische Schriftzeichen vor sich, die sich einfach nicht zu sinnvollen Worten zusammenfügen ließen. Der Urheber dieser Arbeit musste ein wahres Ungeheuer sein.

»Du schläfst ja noch nicht?«, fragte ihn Zeke mit sanfter Stimme und ihr betörender Duft erfüllte den ganzen Raum.

»Ich lese gern lange. Hattet Ihr einen schönen Abend?«

»Langweilig, aber sehr nützlich. Der Hafenamtsmeister von Naukratis hat überall damit geprahlt, wie treu er seiner ältlichen Frau sei, einer sterbenslangweiligen Bauerntochter. Ich musste ihm beweisen, dass er lügt. Jetzt liegt er mir zu Füßen.«

»Habt Ihr ihn nach Demos gefragt?«

»Ja, ihn und andere Würdenträger – ich gab vor, ich wolle noch einen jungen Schreiber und Übersetzer einstellen.«

»Und?«

»Ich habe nichts erfahren. Dein Freund scheint ein wahrer Versteckkünstler zu sein. Aber ich bin hartnäckig und gebe nie auf. Morgen treffen wir einen hochrangigen Offizier, der mir keine Wahrheit verschweigen kann. Er wird uns auf die Spur des Helms führen, wenn sich dieser wertvolle Gegenstand wirklich in Naukratis befindet. Sag mal, junger Schreiber, bist du vielleicht verliebt?«

»Muss ich Euch diese Frage beantworten?«

»Nein, schon gut – und schlaf schön.«

Kel machte sich wieder an die Arbeit.

Zeke stattete den Goldschmieden einen Besuch ab, die für sie arbeiteten, und Kel zählte, wie viele Stücke sie in einem Monat angefertigt hatten. Die Griechin war eine strenge Auftraggeberin, die Fleißigen wurden von ihr belohnt, die Faulen verjagt. Zufrieden mit der Leistung ihrer Leute verließ sie das Schmiedeviertel und ging zu einem zweistöckigen, ziemlich verfallenen Haus.

Mit einem Fußtritt weckte sie einen Krüppel, der auf

der Türschwelle geschlafen hatte. Der arme Kerl jammerte laut.

»Euch schickt der Himmel, gute Frau! Habt Erbarmen und gebt mir etwas Brot.«

»In meiner Bäckerei in der nächsten Straße brauchen sie einen Gehilfen. Geh arbeiten, dann hast du auch zu essen.«

Aus Angst vor weiteren Fußtritten machte sich der Bettler davon.

Zeke stieg über eine wacklige Treppe ins obere Stockwerk, und Kel folgte ihr.

»Nun, Aristoteles, mal wieder betrunken?«

»Wie immer, meine Liebe. Ist der Rausch etwa nicht ein göttliches Vergnügen?«

»Wenn die Götter dir ähnlich sein sollten, glaube ich ab sofort nichts mehr! Hat dich dein Hauptmann nicht wieder eingestellt?«

»Doch, doch, aber mein letzter Wutanfall hat ihm nicht geschmeckt. Dabei hatte ich recht! Man hat uns saures Bier gegeben, und das hab ich dem Verantwortlichen in der Verwaltung ins Gesicht gekippt. Wegen so was hat man mich rausgeschmissen – stell dir das vor! Einen der besten Söldner überhaupt!«

Der bärtige Mann warf sich in die Brust. Muskulös wie er war, konnte er bestimmt noch gut kämpfen.

»Unserer alten Freundschaft zuliebe kannst du meinen dummen Hauptmann doch bestimmt überreden, mich wieder zu nehmen«, bat er Zeke. »Ohne mich ist das griechische Heer verloren!«

»Du bist inzwischen ein schwieriger Fall.«

»Aber du bist doch so verführerisch, meine Liebe. Ein Wort von dir, und die Sache ist erledigt.«

»Vielleicht«, sagte Zeke nur. »Was bietest du mir dafür?«

Aristoteles versuchte nachzudenken, aber sein Kopf dröhnte.

»Wie wäre es mit einem Ruhmesgedicht für dich?«

»Denk dir was Besseres aus.«

»Eine Liebesnacht …«

»Ich hasse aufgewärmte Geschichten.«

»Fällt dir vielleicht selbst etwas ein?«

»Dein Scharfblick überrascht mich, Aristoteles.«

Der Söldner wurde langsam unruhig.

»Du verlangst doch wohl hoffentlich nichts Unmögliches von mir?«

»Nur eine Auskunft.«

»Dienstgeheimnis …«

»Außerdem hasse ich schlechte Scherze.« Zeke wurde deutlicher. »Entweder ich kriege diese Auskunft, oder ich gehe auf der Stelle. Dann kannst du sehen, wo du mit deinem Hauptmann bleibst.«

»Nein, bitte bleib, liebste Freundin.«

Der Söldner setzte sich auf.

»Aristoteles ist bereit zu antworten.«

»Nachdem du dich ständig in den Gasthäusern von Naukratis herumtreibst, entgeht dir doch wahrscheinlich kein Gerücht?«

»Richtig!«

»Hast du in letzter Zeit von einem Schatz gehört, der in die Stadt gebracht worden sein soll, ohne dass die Behörden davon erfahren haben?«

Aristoteles riss verblüfft die Augen auf.

»Woher weißt du das?«

Zeke lächelte durchtrieben.

»Ich höre, mein Freund.«

»Ehrlich gesagt, ist die Sache ziemlich unklar.«

»Mag sein, aber du drückst dich bitte klar aus!«

»Ja, ja, schon gut. Eine von meinen kleinen Freundinnen, ein Mädchen mit vernünftigen Preisen, hatte einen angeheiterten Kunden, der etwas ausgeplaudert hat.«

»Wie heißt er?«

»Das weiß ich nicht. Aber ich weiß, dass er Hafenarbeiter ist. Er und seine Freunde wollen diesen sagenhaften Schatz heimlich angeliefert haben, ohne dass der Zoll oder das Hafenamt etwas bemerkt hätten. Aber ich warne dich, mein Schatz, das ist bestimmt ein Märchen. Und ich möchte dir nicht raten, dich mit den Hafenarbeitern anzulegen. Diese Kerle sind leicht reizbar und gewalttätig. Die schrecken so schnell vor keiner Gemeinheit zurück!«

»Vielen Dank für deine weisen Ratschläge, Aristoteles. Gibt es noch was?«

»Vergiss die Sache und bring dich nicht unnötig in Gefahr. Ich brauche dich noch! Denkst du an meinen Hauptmann?«

»Geh morgen früh in die Kaserne.«

38

Da muss ich allein hin«, beschloss Kel.

»Aristoteles hat nicht übertrieben«, sagte Zeke. »Sogar die Söldner fürchten die Hafenarbeiter. Sie können kämpfen und schrecken auch nicht vor Schlägen unter die Gürtellinie zurück. Sie halten sehr zusammen und können Fremde nicht ausstehen.«

»Ich spreche Griechisch, es gibt also keinen Grund, weshalb sie misstrauisch werden müssten. Und erst recht nicht, wenn Ihr mir erlaubt, dass ich ihnen eine hohe Belohnung für den Helm anbiete.«

»Das klingt überzeugend.«

»Eure Anwesenheit würde die Verhandlungen nur behindern, was meint Ihr? Diese Männer sind nicht zimperlich und könnten Euch etwas antun.«

Da hatte Kel recht. In den Augen der griechischen Hafenarbeiter war eine Frau weniger wert als ein Ballen Leinen. Und Zekes Schönheit war in diesem Fall auch kein Vorteil.

Blieb allerdings eine Sorge: Sobald Kel im Besitz des Helms war, würde er Naukratis dann nicht sofort verlassen? Zeke wollte diesen sagenhaften Schatz unbedingt in ihre Hände bekommen, auch wenn sie dafür dann irgendwie diesen lästigen Schreiber loswerden musste.

»Ich bin die Einzige, die dich beschützen kann«, sagte sie zärtlich. »Du bist auf der Flucht – vergiss das nicht! Man wird dich verhaften, ehe du dem Pharao seinen Helm zurückbringen kannst. Und dann wird deine Unschuld niemals bewiesen.«

»Würdet Ihr denn die Sache für mich verhandeln?«

»Ich will dich retten, mein Junge.«

»Wie kann ich Euch nur danken?«

»Hol den Helm, und sei nicht knauserig, wenn es um die Belohnung geht. Wenn du ihn hast, reisen wir zusammen nach Sais.«

Kels Gutgläubigkeit war wirklich rührend. Dass er der Glaubwürdigkeit der anderen vertraute und an

Versprechen glaubte, würde seinem Leben ein baldiges Ende bereiten.

Zeke begleitete Kel zum Hafen und zeigte ihm das Zollgebäude. Die Hafenarbeiter entluden gerade Handelsschiffe, die aus Griechenland eingetroffen waren.

»Warte, bis die Sonne untergegangen ist«, riet sie ihm, »und dann geh langsam bis zum Ende der Mole. Dort treffen sich die Arbeiter zum Abendessen. Sollte dich ein Zollbeamter ansprechen, sagst du einfach, dass du Arbeit suchst. Die Götter werden dir beistehen, da bin ich mir ganz sicher – und dann bist du bald wieder ein ehrenhafter Mann.«

Als Kel schließlich die gepflasterte Mole betrat, stieg die Angst in ihm hoch.

Eigentlich war er überhaupt nicht auf diese Begegnung vorbereitet. Wie gern wäre er jetzt wieder im Übersetzeramt, um ein schwieriges Schriftstück zu bearbeiten und dann mit seinem Freund Bebon zu Abend zu essen! Würde er diese kleinen Freuden noch einmal erleben? Sah er die Priesterin Nitis je wieder?

Die Zollbeamten hatten Feierabend, sie würfelten und kümmerten sich nicht um ihn.

Am Ende der Mole leuchtete die Glut von einem Kohlefeuer.

Am liebsten hätte Kel die Arme unter die Beine geklemmt und wäre davongelaufen. Plötzlich kam es ihm vollkommen unmöglich vor, dass er die Hafenarbeiter dazu bringen könnte, ihm den Helm von Amasis zu verkaufen. Außer vielleicht, wenn sie nicht wussten, welchen unschätzbaren Wert dieser kostbare Gegenstand hatte.

Etwa zwanzig kräftige Kerle waren dabei, Fische zu

braten, die sie mit Salz, Zwiebeln und Rosinen gefüllt hatten. Und das Bier floss in Strömen.

Kel biss die Zähne zusammen und ging weiter.

»Oho, wir haben einen Gast!«, rief einer laut. »Wen suchst du denn, mein Junge?«

»Ich suche Arbeit.«

»Danach schaust du aber nicht aus ... Was willst du in Wirklichkeit?«

»Ich will deinem Anführer einen Handel vorschlagen.«

Die Hafenarbeiter stellten das Essen und Trinken ein, und in der plötzlichen Stille hörte man nur noch das Knistern des Feuers.

»Der Anführer bin ich selber«, sagte der Mann. »Und ich mag es nicht besonders, wenn mich ein Schnüffler beim Abendessen stört.«

»Ich bin keiner von den Ordnungskräften – im Gegenteil.«

»Was soll das nun wieder heißen?«

»Dass mich die Stockschläger sehr gern kriegen würden.«

»Du willst ein Verbrecher sein?«

»Das geht dich nichts an. Was hältst du von einem kleinen Vermögen?«

Der Anführer war neugierig geworden und sah sich den jungen Mann genauer an. Er machte einen überzeugenden und selbstbewussten Eindruck.

»Was willst du dafür?«

»Einen Schatz, den du hast und der mir gehört. Sag mir den Preis.«

»Was für einen Schatz ... Ich glaube, du spinnst.«

»Lügen kannst du dir sparen.«

Mit einem Mal bereute es der Mann, dass er sich auf einen fragwürdigen, aber sehr einträglichen Handel eingelassen hatte. Aber ihm blieb keine Wahl. Jetzt hatte er es mit einem Abgesandten der Obrigkeit zu tun, den er möglichst unauffällig loswerden musste.

Es gab nur eine Lösung.

»Wir spielen hier nur die Vermittler. Die Hafenarbeiter in Pegouti haben den Schatz. Sie allein entscheiden, was damit geschieht.«

»Diese Auskunft will ich dir bezahlen.«

»Das sehen wir später. Du schläfst hier, morgen früh bringen wir dich nach Pegouti, zur Sicherheit.«

Die Hafenarbeiter bildeten einen Kreis um Kel.

An Flucht war nicht zu denken.

Kel wurde streng bewacht und musste sich auf eine abgewetzte Schlafmatte legen. Keiner bot ihm zu essen oder zu trinken an.

Sollte er dennoch versuchen zu fliehen, würden ihm die Arbeiter sicher sofort den Schädel einschlagen.

Der Schreiber konnte Zeke nicht verständigen, niemand würde ihm zu Hilfe kommen. Von dieser Reise kehrte er bestimmt nicht zurück.

39

Ein starker Wind wehte, und die Wellen zeigten sich angriffslustig. Die unwirtliche und gefährliche Küste lag am Ende eines sumpfigen Gebiets, das sich nur schwer überwinden ließ.

Am Horizont tauchte ein Schiff auf.

Wie die meisten Ägypter wusste Kel, dass das Meer von einem schrecklichen Ungeheuer bewohnt wurde und seine zerstörerischen Wutanfälle daran ausließ. Er beneidete die Seeleute nicht, die ihm trotzen mussten.

»Hier ist doch nicht Pegouti?«, fragte der Schreiber schließlich erstaunt.

»Ich hab's mir anders überlegt«, erklärte der Anführer der Hafenarbeiter. »Wenn man einen Schnüffler loswerden will, muss man besonders vorsichtig sein.«

»Ich bin aber keiner von denen, und …«

»Erzähl mir nichts, mein Junge, ich bin ein guter Menschenkenner. Dein Herr hat dich in schmutzige Sachen gesteckt und dir diesen unmöglichen Auftrag gegeben. Ardys, der Seeräuber, kauft dich bestimmt zu einem guten Preis. Wenn er gute Laune hat, erzählt er dir vielleicht noch was von dem Schatz, den du suchst, bevor er dich versklavt. Wenn du Pech hast, wirst du gleich gefoltert, und deine Reste werden den Fischen zum Fraß vorgeworfen. Ardys hasst die Ägypter.«

Selbst wenn er so schnell wie der Wind gewesen wäre, hätte Kel den Männern nicht entkommen können, die mit Wurfstöcken und Dolchen bewaffnet waren.

Einige brachen in schallendes Gelächter aus, als sie sahen, wie verzweifelt ihre Geisel war.

Das Schiff ging in gehörigem Abstand zur Küste vor Anker. Die Seeräuber ließen ein Beiboot zu Wasser und ruderten auf das Feuer zu, das die Hafenarbeiter angezündet hatten.

»Dann hat also Ardys den Schatz«, sagte Kel leise.

»Genau, mein Junge. Irgendwie kommst du schon noch ans Ziel. Nur dass der Erfolg tödlich ist und die Wachen nichts davon erfahren.«

Der junge Mann hielt es für zwecklos, um Mitleid zu flehen. Für den Hafenarbeiter war er weiter nichts als eine Ware, die er möglichst schnell und zu einem guten Preis loswerden wollte.

Als das Boot anlegte, fiel Kel plötzlich ein, dass er Nitis nie wiedersehen würde.

Da merkte er auf einmal, dass er sie leidenschaftlich liebte. Sein bevorstehender Tod verhinderte, dass er ihr seine Liebe gestehen konnte und beraubte ihn ihrer Blicke, ihrer Schönheit und ihres Strahlens.

Fünf Seeräuber waren mit dem Boot gekommen, angeführt von einem bärtigen Riesen. Im Gürtel seines kurzen Umhangs steckten zwei Schwerter.

»Guten Tag, Ardys«, sagte der Wortführer der Hafenarbeiter unbehaglich.

»Was hast du denn heute für mich?«

»Den da«, antwortete der Gefragte und zeigte auf Kel.

Die beiden Männer unterhielten sich in einem ionischen Dialekt, den der Übersetzer verstand.

»Wo kommt der Bengel her?«

»Er ist ein Spitzel und soll deinen Schatz finden.«

Der Riese brach in schallendes Gelächter aus.

»Du machst mir Spaß, Freundchen! Wie viel willst du?«

»Einen guten Preis.«

»Sagen wir drei Fässer alten Wein.«

»Fünf – und eine wertvolle Vase.«

»Ist mir zu teuer.«

»Hör mal, ein junger Schnüffler … Das wird doch ein verdammtes Vergnügen für dich.«

Ardys knurrte.

»Meinetwegen vier Fässer und eine kleine Vase aus Kreta, die man dir in Sais aus der Hand reißen wird.«

»Abgemacht.«

Die beiden Männer besiegelten das Geschäft per Handschlag.

»Du und deine Leute, ihr verschwindet jetzt!«, befahl der Riese. »Wir brauchen euer Feuer, weil wir Fische braten wollen. An Neumond sehen wir uns wieder. Bring mir Kleidung und Waffen mit.«

»Wird gemacht.«

Zwei Seeräuber gaben den Hafenarbeitern die Weinfässer und die kretische Vase, die aus der Beute von einem Überfall auf ein Handelsschiff stammten. Ardys hatte damit gerechnet, mehr bezahlen zu müssen, und war mit dem Handel sehr zufrieden.

Dann fiel sein Blick auf Kel.

»Ein Ordnungshüter gibt keinen guten Sklaven, und Muskeln hast du auch viel zu wenig. Außerdem haben wir keine Zeit, dir beizubringen, wie man tagelang rudert. Schade, dass du mich nicht verstehst, Ägypter! Meine Männer und ich, wir werden dich zu unserer Unterhaltung am Spieß braten, während wir essen. Das Geschrei von einem Spitzel ist bestimmt eine schöne Tischmusik.«

»Ihr seid ein richtiger Fremder, weil Ihr nicht Ägyptisch sprecht«, sagte Kel. »Warum hasst Ihr mein Land nur so?«

»Was denn … Du sprichst meine Sprache!«

»Und ich bin kein Spitzel, sondern Schreiber und Übersetzer. Ich arbeite in Naukratis im Dienst von Dame Zeke.«

Ardys blieb vor Staunen der Mund offen stehen.

»Dame Zeke«, wiederholte er so ehrfürchtig, als spräche er von einer furchterregenden Göttin. »Was suchst du eigentlich genau?«

»Einen Schatz, den die Hafenarbeiter vor Kurzem umgeladen haben sollen und der in deinem Besitz sein soll.«

Der Seeräuber schlug sich mit der Faust an die Stirn. »Ich glaub es nicht! Warum ich dein verfluchtes Land nicht leiden kann? Wegen seiner Zöllner, seiner Beamten und seiner Steuern! Ein anständiger Kaufmann kann hier nicht mal mehr das Nötigste zum Leben verdienen. Keine Ladung entgeht den Steuereintreibern. Ich hab das jetzt anders geregelt. Bei allen Schiffen, die aus Kleinasien kommen, krieg ich einen Anteil an Wein, Öl, Wolle, Holz und Metallen, den die tapferen Hafenarbeiter vor den Augen der Behörden abzweigen. Die Käufer müssen so auch weniger zahlen, und alle sind zufrieden.«

»Der Schatz, von dem ich rede, ist aber keine gewöhnliche Ware.«

»Das musst du mir nicht erklären!«, donnerte Ardys. »Traut man mir etwa nicht?«

»Doch, doch«, beruhigte ihn Kel und wunderte sich über die Wendung, die das Gespräch genommen hatte.

Der Seeräuber sah ihn auf einmal misstrauisch an.

»Du willst dich noch einmal selbst überzeugen, stimmt's? Hast ja recht, so führt man Krieg! Ehe man zum Angriff bläst, schaut man sich lieber noch mal die Truppen an.«

Ardys nahm Kel beiseite.

Hatte er es sich jetzt auch anders überlegt, und wollte er ihn nun lieber erdolchen als am Spieß braten?

Aus einer Tasche seines Umhangs holte er einen kleinen runden Gegenstand hervor. So etwas hatte Kel noch nie gesehen.

»Schön, was? In einer Truhe, die ich auf dem Schiff versteckt habe, sind rund hundert solcher Silberstücke, alle in Griechenland geschlagen. Bald ist unser Geld in ganz Ägypten in Umlauf! Dann ist Schluss mit eurer veralteten Wirtschaft. Die Barren in den Tempeln, die das Land nicht in Umlauf bringt, werden neben diesen kleinen Dingern in Vergessenheit geraten. Jeder kann sie haben, sie werden die Welt verändern!«

»Das lässt der Pharao bestimmt nicht zu«, widersprach Kel.

»Er wird's schon müssen, verliebt wie er in Griechenland ist! Da ich die Münzen als Erster einführe, werde ich ein steinreicher Mann – ich, der ehemalige Seeräuber! Kannst du dir das vorstellen? Schon gut, man sollte vorsichtig sein, bis sich dieser herrliche Fortschritt durchgesetzt hat. Aber dann fahren wir die Ernte ein. Du hast den richtigen Weg gewählt, mein Junge. Ein kluger Ägypter, das ist eine echte Seltenheit. Sag unserer Herrin, sie soll sich bloß keine Sorgen machen. Ardys hütet den Schatz wie seinen Augapfel, niemand wird ihn uns wegnehmen. Und wenn's so weit ist, erobert das griechische Geld Ägypten.«

»Unsere Herrin …«

Auf einmal machte der Seeräuber schlüpfrige Andeutungen.

»Die ist schon verdammt ausgefuchst! Sogar einem Kerl wie mir bleibt nichts anderes übrig, als ihr zu gehorchen. Und im Bett soll sie ja … Weißt du da vielleicht mehr?«

»Habt Ihr vielleicht einen Helm, der König Amasis gehört?«, fragte ihn Kel.

Ardys' Überraschung war nicht gespielt.

»Ich kämpfe immer barhäuptig, und mein Schwert spaltet einen Helm aus Bronze wie nichts! Geh zurück nach Naukratis, Schreiber, und beruhige Dame Zeke. Ardys wird sie nicht verraten.«

40

Er hatte also doch überlebt!

Bevor er aber etwas mit dem anfangen konnte, was er gerade erfahren hatte, musste er ein großes Sumpfgebiet durchqueren, in dem der Tod in vielen Gestalten auf ihn lauerte – angefangen bei den Krokodilen und Schlangen.

Im Grunde war dem Seeräuber das Schicksal des Gesandten der Dame Zeke – ihrer allmächtigen Herrin – völlig gleichgültig. Sollte er unterwegs sterben, fand sie bestimmt ohne Weiteres einen neuen Unterhändler.

Die vielen Vögel, die Kel hier beobachten konnte, beruhigten ihn ein wenig. Ibisse, Schnepfen, Enten, Reiher, Kraniche und Pelikane hielten sich gern in diesem riesengroßen Sumpfgebiet auf, in dem sie Nahrung im Überfluss fanden. Er bewunderte ihre Flugkünste und ihre Spiele voller natürlicher Anmut. Hier wirkte das Leben so unbeschwert wie am Morgen des ersten Schöpfungstags.

Kel zog einen jungen Papyrushalm aus dem Boden, entfernte die äußere Hülle und zerkaute das Innere. Das war eine einfache Nahrung, die ihm genug Kraft gab, stundenlang im gleichen Rhythmus zu gehen, ohne dabei unachtsam zu werden.

Zum Glück begegnete er am Abend einigen Fischern, die einen harten Arbeitstag hinter sich hatten. Sie nahmen ihn in ihr Dorf mit, luden ihn zum Abendessen ein und gaben ihm eine Schlafmatte. Früh am nächsten Morgen erklärten sie Kel, wie er am besten zu einem kleinen Ort kam, von dem aus ein Weg nach Naukratis führte.

In Kels Kopf wimmelte es nur so von Fragen, die Zeke wohl oder übel würde beantworten müssen. Hatte sie ihn in den sicheren Tod geschickt, oder nahm sie tatsächlich an, die Hafenarbeiter seien im Besitz von Amasis' Helm? Die Ermordung des Schreibers wäre ein Schuldeingeständnis gewesen. Offenbar diente er wirklich nur als Lockvogel ohne irgendeine Aussicht auf Rückkehr!

»Halt, stehen bleiben!«

Drei mit Knüppeln bewaffnete Männer waren plötzlich aus einem Papyrusdickicht aufgetaucht und umringten den jungen Mann.

»Wir sind vom Zoll«, erklärte ihr Anführer, ein etwa vierzigjähriger Mann mit schmalen Lippen und niedriger Stirn. »Du schnappst wohl grade ein bisschen frische Luft, mein Junge?«

»Ich bin auf dem Weg nach Naukratis.«

»Wo kommst du her?«

»Aus dem Reiher-Dorf, zwei Stunden von hier.«

»Wohnst du da?«

»Ich habe Freunde besucht.«

»Ich kenne den Ort, hab dich da aber noch nie gesehen.«

»Kein Wunder, ich war ja auch das erste Mal dort.«

»Wer sind denn deine Freunde?«

»Die Leute, denen der Backofen gehört.«

»Das werden wir überprüfen. Wie heißt du, und was hast du für einen Beruf?«

»Ich bin Hausdiener in Naukratis.«

»Ich hab deinen Namen nicht verstanden.«

»Bak.«

»Bak, ›der Diener‹ … Das trifft sich ja gut. Bei wem arbeitest du?«

Die Dame Zeke zu erwähnen, war bestimmt keine gute Idee.

»Was sollen die ganzen Fragen?«, fragte Kel verärgert. »Ich habe nichts bei mir, was ich hätte angeben müssen.«

»Eben, das ist ja das Merkwürdige!«, entgegnete der Zöllner. »Wir erwischen ziemlich oft fliegende Händler, die sich mehr oder weniger an die Vorschriften halten, aber mit leeren Händen läuft hier eigentlich keiner rum. Also – wer ist dein Arbeitgeber?«

»Ein griechischer Kaufmann.«

»Das werden wir auch überprüfen, wenn wir dich nach Naukratis zurückbringen.«

»Ich würde aber lieber allein weitergehen.«

»Warum, fühlst du dich bei uns nicht sicher?«

»Was werft Ihr mir vor?«

Ein Zöllner flüsterte einem anderen etwas ins Ohr.

»Zurzeit suchen wir nicht nur Räuber und Diebe, sondern auch einen Mörder. Einen Schreiber namens Kel, der von Dorf zu Dorf zieht und sich vielleicht in den Sümpfen versteckt, um so den Häschern zu entkommen. Mein Freund hier ist ein ausgezeichneter

Menschenkenner; er meint, du siehst dem Bild von diesem gefährlichen Verbrecher sehr ähnlich, das man uns aus Sais geschickt hat. Du kommst jetzt also mit, und mach keine Geschichten, wir werden alles überprüfen.«

Die Zollbeamten träumten schon von der schönen Belohnung.

»Ihr irrt euch«, wehrte sich der Beschuldigte, »ich bin kein Mörder.«

»Dann bist du also wirklich dieser Kel!«

»Hört mich doch erst mal an!«

»Nein, wir wollen dich nur festnehmen. Deine Geschichte kannst du dann dem Richter erzählen.«

Mit dem Kopf voraus stürmte Kel los und rammte ihn in den Bauch des Zöllners. Die anderen beiden waren so überrascht, dass sie viel zu langsam reagierten. Der Schreiber lief davon so schnell er konnte.

»Den kriegen wir schon!«

In solchen Verfolgungsrennen geübt, holten sie bald auf. Der Schnellste bekam den Flüchtigen am Gürtel zu fassen und warf ihn zu Boden.

»Jetzt lernst du gehorchen, Bürschchen, halt schön still.«

Der Gefangene duckte sich in Erwartung der Schläge.

Da stieß der Zöllner plötzlich einen Schmerzensschrei aus und wälzte sich neben dem Schreiber auf dem Boden.

»Los, steh auf, Kel, wir müssen hier weg.«

Diese Stimme kannte er doch – war das etwa Bebon?

»Bist du es wirklich?«

»Hab ich mich etwa so verändert?«

»Was ist mit den anderen Zöllnern?«

»Den Anführer habe ich mit einem Schlag in den Nacken außer Gefecht gesetzt, seinen Knüppel genommen, den ersten Verfolger erledigt und dich soeben von dem zweiten befreit.«

»Hat man deine Unschuld nachgewiesen?«

»Ich wurde aus Mangel an Beweisen freigelassen. Die übereifrigen Ordnungshüter schleppen derart viele Unschuldige an, die dir ähnlich sehen, dass Richter Gem nicht mehr weiß, wo ihm der Kopf steht.«

»Wie hast du mich gefunden?«

»Deine Freundin, die Priesterin Nitis, hat mir erzählt, dass du nach Naukratis wolltest. In einem Gasthaus in der Nähe vom Zollamt hab ich den Schnüffler gespielt. Und ein richtiger Spitzel hat mir dann von zwei Trupps erzählt, die sich gerade auf die Suche nach einem gefährlichen Verbrecher machten. Zum Glück bin ich dem richtigen Trupp gefolgt!«

»Nitis … Sie vertraut mir also noch immer?«

»Sie ist eine kostbare Verbündete – und dazu noch so hübsch! Ich glaube, du bist ihr nicht ganz gleichgültig. Man stelle sich vor: eine Priesterin und ein flüchtiger Mörder. Klingt ziemlich ungewöhnlich.«

»Rede nicht solchen Unsinn!«

»Warum, wir müssen uns etwas entspannen. Schließlich schlage ich nicht jeden Tag drei Zollbeamte bewusstlos. Wenn sie wieder zu sich kommen, dürften sie nicht besonders gut gelaunt sein. Mich haben sie nicht gesehen, aber sie wissen, wo sie dich suchen müssen.«

»Wir müssen sofort nach Naukratis gehen und mit jemandem reden, der mehr darüber weiß.«

»Hoffentlich kein bis an die Zähne bewaffneter Söldner?«

»Nein, eine sehr schöne griechische Geschäftsfrau.«

Aha, die hübsche Priesterin ist bereits vergessen, dachte Bebon.

»Lass dich ja nicht von ihr verführen«, warnte ihn Kel. »Die Dame Zeke ist gefährlicher als eine Klapperschlange. Komm jetzt, ich erzähl unterwegs weiter.«

41

Als Nitis das Haus der Leinenstoffe verließ, in dem die Priesterinnen fleißig arbeiteten, musste sie an Kel denken. Ob er wohl lebendig mit seinem Freund Bebon aus Naukratis zurückkommen würde? Brachte er den Beweis seiner Unschuld mit?

Sie litt sehr unter seiner Abwesenheit. Kel hatte ihr neue Aussichten eröffnet, ein Wunschbild, das nur er allein verkörperte. Würde die magische Kraft der Göttin Neith die Angriffe des Schicksals von ihm abwenden können und einen lichten Weg schaffen, den die Priesterin und der Schreiber gemeinsam gehen konnten?

»Schlechte Neuigkeiten«, meldete der Hohepriester.

Nitis schnürte es das Herz zusammen.

»Ist es wegen Kel ...«

»Nein, keine Sorge, Richter Gem kommt mit seiner Untersuchung nicht von der Stelle. Es gibt keine Spur von dem flüchtigen Mörder.«

»Kel hat niemand getötet!«

»Ja, das weiß ich doch, aber wir müssen uns an die amtliche Ausdrucksweise halten. Der Richter beklagt sich über die untätigen Ordnungshüter und das Schweigen von Henat. Gem glaubt, dass Henat ihm nicht die Wahrheit sagt und ihn nicht in den Stand der Ermittlungen einweiht.«

»Ist das auch Eure Meinung?«

»Ich glaube jedenfalls, es wäre besser, wenn der Richter Kel fände. Henat würde sich wahrscheinlich nicht mit langwierigen Verhandlungen aufhalten und den angeblichen Verbrecher sofort hinrichten lassen. In den Berichten seiner Männer hieße das dann Notwehr, und damit wäre die Sache erledigt.«

»Gem wird niemals bei diesem falschen Spiel mitmachen!«

»Außer er steckt mit den Mördern unter einer Decke.«

»In dem Fall wäre unser Land in allergrößter Gefahr.«

»Und das bestätigt auch die schlechte Neuigkeit, Nitis: Der König hat angeordnet, dass wir einen Teil unserer Arbeitskraft in den weltlichen Dienst stellen müssen.«

Die Priesterin war starr vor Entsetzen.

»Will der König etwa die Tempel zerstören?«

»Eine neue Wirtschaftsweise ist im Entstehen begriffen – ihr müssen wir uns anpassen.«

»Seit dem Zeitalter der Pyramiden beherrscht der Tempel die Wirtschaft! Die Menschen müssen sich an Maats Gesetz halten, es kann nicht sein, dass sich Maat den Schandtaten der Menschheit beugen soll.«

»Amasis hat entschieden, die Vorrechte der Tempel

aufzuheben, die er für übertrieben hält. Ab sofort sind sie seiner Verwaltung unterstellt und dürfen, mit Ausnahme des sehr alten Heiligtums von Heliopolis und des von Memphis, nicht mehr an die Einkünfte aus ihren Ländereien rühren. Allein der König wird Steuern erheben, Priester, Bauern und Handwerker einstellen, ihnen ein Gehalt zahlen und für ihre Unterbringung sorgen. Unsere Werkstätten werden Stoffe für die Weltlichen herstellen und so zum Wohlstand des Landes beitragen.«

»Diesen Wahnsinn wird die Gottesdienerin niemals dulden!«

»Theben ist weit weg«, erinnerte sie der Hohepriester, »und sie herrscht nur über ein kleines Reich. Hier im Delta wird die neue Welt geboren.«

»Habt Ihr nicht selbst die Rückkehr zu den Werten aus dem Alten Reich gerühmt? Habt Ihr mir nicht die Aufgabe anvertraut, die Rituale der Urzeit wiederzubeleben? Richten sich unsere Bildhauer etwa nicht nach der Bildhauerkunst aus der Zeit des Pyramidenbaus?«

»An meiner Ansicht wird sich auch nichts ändern. Aber Amasis wendet seinen Blick auf Griechenland und seine hohe Beamtenschaft, der er die Ländereien unserer Tempel zuteilen will.«

»Werdet Ihr versuchen, dem König klarzumachen, dass er auf dem falschen Weg ist?«

»Sein Entschluss steht fest, Nitis, daran kann ich mit Worten nichts ändern. Erledigt Pythagoras sorgsam die rituellen Pflichten, die ihm anvertraut wurden?«

»Er verhält sich wie der vollkommene reine Priester.«

»Er als Grieche könnte vielleicht einen gewissen Einfluss auf den König ausüben. Zuvor sollten wir ihn aber noch weiter auf die Probe stellen und müssen vor allem das nächste Fest für die Göttin vorbereiten. Sie allein kann uns vor dem Schlimmsten bewahren, und unser Dienst an ihr duldet deshalb keinen Aufschub und keine Fehler.«

»Menk und ich arbeiten sehr gut zusammen«, versicherte ihm Nitis. »Er legt großen Wert auf seinen Ruf als ausgezeichneter Festveranstalter, weshalb er keine Kosten und Mühen scheut.«

»Bleibe trotzdem wachsam«, empfahl ihr Wahibra. »Noch wissen wir nicht, welche Rolle dieser Inbegriff von Höfling spielt.«

»Da ich nicht ein einziges Wort der verschlüsselten Schrift entziffern konnte, bitte ich um Eure Erlaubnis, dem verstorbenen Leiter des Übersetzeramts einen Brief zu schreiben und ihn um seine Hilfe zu bitten«, sagte Nitis.

»Du willst einem Toten schreiben?«

»Ich hoffe, dass er bereit sein wird, uns zu antworten.«

»Überlege dir gut, was du schreibst, Nitis. Wollen wir hoffen, dass du ihn mit deinem Zauber überzeugen kannst.«

Nitis betrat die kleine Kapelle mit dem Grab des Übersetzers. Auf den Opfertisch legte sie ein Brot aus Stein und schenkte frisches Wasser ein.

Das sanfte Abendlicht erhellte den zugänglichen Teil der ewigen Ruhestätte. Hier konnten die Lebenden mit den Toten Verbindung aufnehmen.

Mit erhobenen Hände betete die Priesterin nun die

kleine Statue des *Ka* an, der Lebenskraft, die dem Tod entrinnt, nachdem sie einem Wesen für die Zeit seines irdischen Daseins mineralisches, pflanzliches, tierisches und menschliches Leben geschenkt hat.

»Friede sei mit dir, mögest du mit dem Licht des Ursprungs vereint sein«, wünschte sie dem *Ka*.

Dann befestigte Nitis einen kleinen Papyrus am Hals der Statue. In ihrem Brief an den Toten bat sie ihn, ihr zu helfen, die wahren Schuldigen zu finden, um das Leben eines Unschuldigen, des Schreibers Kel, zu retten. Wenn die Seele sich von der Sonne genährt hatte und die *Ka*-Statue belebte, konnte sie dann eine Antwort aus dem Jenseits bringen?

In der Morgendämmerung begab sich Nitis vor die Tür der Kapelle.

Sie trug ein langes Ruhmesgedicht über die Wiedergeburt der Helligkeit nach einem erbitterten Kampf mit den Schatten vor, trat über die Schwelle und blieb in der Mitte des bescheidenen Heiligtums stehen.

Irgendwie hatte die Priesterin das Gefühl, nicht allein zu sein.

War ein gefährliches Ungeheuer oder ein freundlicher Geist in ihrer Nähe?

Der Papyrus war entrollt und lag zu Füßen der kleinen Statue. Zögernd nahm ihn Nitis in die Hand.

Mit roter Tinte hatte die Hand des Toten eine Antwort darauf geschrieben:

Die Ahnen besitzen den Schlüssel.

42

Da bist du ja endlich wieder!«, rief Dame Zeke. »Was ist denn geschehen?«

»Ihr habt ein falsches Spiel mit mir gespielt, und ich war dumm genug, darauf hereinzufallen«, antwortete Kel. »Aber das Schicksal hat Euer Vorhaben durchkreuzt.«

Die Griechin heuchelte Unverständnis.

»Ich weiß nicht, wovon du redest.«

»Hört doch mit diesem albernen Schauspiel auf, Dame Zeke. Ich weiß jetzt, was Ihr wirklich wollt.«

»Dann sag es mir!«

»Ich habe Euch vertraut, aber Ihr habt mich in den Tod geschickt.«

»Du hast gewusst, dass die Hafenarbeiter gewalttätig und unberechenbar sind.«

»Arbeitet der Seeräuber Ardys nicht für Euch?«

Zeke lächelte hintergründig.

»Hast du ihn etwa getroffen?«

»Habt Ihr ihm nicht befohlen, mich zu töten?«

»Du solltest den Schatz finden.«

»Ich habe ihn gefunden.«

»Wir sind jetzt also im Besitz des Helms von Amasis! Ardys ist wirklich der beste Dieb, den ich kenne. Dafür hat er eine großzügige Belohnung verdient.«

»Da bin ich mir nicht so sicher.«

»Warum, weigert er sich etwa, uns den Helm zu verkaufen?«

»Es handelt sich um einen anderen Schatz, den Ihr ihm anvertraut habt.«

Zeke sah Kel wütend an.

»Der Dummkopf wird doch nicht geplaudert haben?«

»Mit der Einführung von griechischem Geld in Ägypten wollt Ihr unsere Wirtschaft und unsere Gesellschaftsform zerstören«, sagte Kel. »Hättet Ihr den Helm von Amasis in Eurem Besitz, wäre das für Euch eine entscheidende Waffe, um an die Macht zu kommen. Bestimmt habt Ihr schon den Söldner ausgesucht, der ihn aufsetzen und sich zum neuen Pharao erklären wird. Und in diesem waghalsigen Spiel war ich nichts weiter als eine kleine Figur, die verschwinden muss.«

»Dank deines erstaunlichen Scharfsinns solltest du eigentlich begreifen, dass das Ende der Alten Welt bevorsteht«, sagte Zeke mit sanfter Stimme. »Der Blick der Ägypter ist auf die Vergangenheit und die alten Werte gerichtet. Manche wollen sogar das Zeitalter der Pyramiden aufleben lassen, das sich Eure Bildhauer noch heute zum Vorbild nehmen. Wir Griechen, wir sind die Zukunft!«

»Mit dieser Zukunft will ich nichts zu tun haben.«

»Ach, dieser kleine, rückständige und fortschrittsfeindliche Schreiber – du passt ja wirklich ausgezeichnet zu dieser, dem Verfall preisgegebenen Führungsschicht! Schau dir Naukratis an, Kel: So sieht die neue Welt aus! Und wer verteidigt dein altes Ägypten? Ja, die griechischen Söldner. Als Lohn für ihre Anstrengungen wollen sie aber besser bezahlt werden. Zwei Sack Gerste und fünf Sack Weizen im Monat sind nicht genug. Sie wollen richtiges Geld, schöne blanke Münzen. Und ich werde bald Tausende davon in Umlauf bringen …«

»Geld und Sklaverei – ist das Euer Fortschritt?«
»Das ist eine unausweichliche Entwicklung.«
»Ihr habt mit Sicherheit ganz oben Helfershelfer. Sonst wärt Ihr Euch Eurer Sache nicht so sicher.«
»Werde nicht zu neugierig, Kel. Nur mein Ehemann darf meine Geheimnisse teilen. Entweder heiratest du mich, oder du machst, dass du wegkommst. Solltest du dich für die falsche Möglichkeit entscheiden, darfst du nicht mehr auf meinen Schutz zählen.«
Kel wurde blass vor Zorn.
»Bei dieser widerwärtigen Erpressung mache ich nicht mit!«
»Sei doch nicht albern, mein Kleiner. Du begehrst mich, und ich begehre dich. Zu zweit werden wir sehr gute Arbeit machen. Ohne meine Hilfe bist du zum Tode verurteilt.«
»Ist der Tod nicht der beste Zufluchtsort?«
»In deinem Alter ist er eine furchtbare Strafe! Sei doch vernünftig, Kel. Ich bin die Einzige, die dir helfen kann, deinen Verfolgern zu entkommen. Jetzt sagst du mir aber erst mal, wo sich der Helm von Amasis befindet.«
»Das weiß ich nicht.«
»Ardys hat mich verraten, und du steckst mit ihm unter einer Decke!«
»Nein, Dame Zeke.«
Die beiden maßen sich mit Blicken.
»Ich hatte mir mehr erhofft«, gab sie zu. »Ardys ist mir also treu geblieben und besitzt nichts anderes als einen Vorrat an griechischen Münzen?«
»Ja, so ist es.«
»Wie lautet deine Entscheidung, Kel?«

»Ich verlasse Naukratis.«

Zeke wandte dem jungen Mann den Rücken zu.

»Wie du willst. Ich erweise dir trotzdem einen letzten Dienst. Warte hier zwei, drei Stunden – ich finde heraus, wo die Wachen aufgestellt sind, und sage dir, wie du die Stadt am besten verlassen kannst.«

»Ich danke Euch.«

»Du rennst in dein Verderben!«

»Ich werde meine Unschuld beweisen.«

»Wirklich schade, Kel. Gemeinsam hätten wir deine überholte Welt neu aufgebaut.«

Zeke verließ den großen Empfangssaal, nur ihr beklemmend schwerer Duft schwebte noch eine Weile im Raum.

Unruhig lief der Schreiber auf und ab. Hoffentlich verriet ihn die geschäftstüchtige Frau nicht an die griechischen Söldner, die dann den Ordnungshütern seine sterbliche Hülle verkaufen würden.

Die Griechin war machtbesessen und wollte sich das ganze Land unterwerfen. War das größenwahnsinnig oder ein machbares Unterfangen? Nichts deutete bisher darauf hin, dass sie in die Ermordung der Übersetzer verwickelt war. Aber sie leugnete auch nicht, dass sie möglicherweise vertrauliche Beziehungen zu hohen Würdenträgern hatte.

Kel wusste nicht mehr, was er glauben sollte, und war erleichtert, als er sie zurückkommen sah.

»Das Tor der Handwerker wird noch nicht bewacht«, sagte sie. »Such das Nötigste zusammen und verschwinde.«

»Danke für Eure Hilfe.«

»Wenn du mich jetzt aufgibst, verlierst du alles.«

Kel lief zu seinem Zimmer. Er wollte seine Schreiberpalette, eine Schlafmatte, einen Wasserschlauch und einen Sack mit Lebensmitteln holen.

Als er die Tür öffnen wollte, stieß er gegen ein Hindernis.

Nur unter größter Anstrengung gelang es ihm, den schweren Gegenstand ein wenig wegzuschieben und das Zimmer zu betreten.

Vor ihm auf dem Boden lag eine Leiche.

Der Leichnam seines Freundes, des griechischen Übersetzers Demos.

Man hatte ihm die Kehle durchgeschnitten. Dicht neben seinem Kopf lag die Tatwaffe: eines der Messer, die kein Ägypter anrührte, weil man sie für unrein hielt. Verwendeten sie die Griechen nicht erneut, nachdem sie damit ein Tier getötet hatten? Solcherart vergiftete Gegenstände machten die Nahrung für Menschen ungenießbar.

Demos … Unschuldig oder nicht – er konnte nicht mehr aussagen.

Wie versteinert starrte Kel den misshandelten Körper an, als wolle er ihn anflehen, ihm die Wahrheit zu sagen. Aber Demos blieb stumm, ihm war das Schicksal der Sterblichen von nun an gleichgültig.

»Haltet den Mörder!«, ertönte eine heisere Stimme. »Her mit euch, wir müssen ihn kriegen!«

Jemand packte Kel an der Schulter.

»Raus hier!«, befahl Bebon.

»Aber sieh doch, die Leiche …«

»Der wacht nicht mehr auf. Aber wir müssen sehen, dass wir aus dieser Falle entkommen.«

Kel ließ sich mitziehen und fing an zu laufen.

Bebon mied den Hauseingang, wo Zekes Leute, mit Stöcken bewaffnet, auf sie warteten.

Unter den erschrockenen Blicken der Küchenjungen stürmten die beiden Flüchtigen durch Zekes große Küche.

»Jetzt wird geklettert!«, befahl der Schauspieler.

Ein alter Schreiber versuchte, ihnen den Weg zur Terrasse zu versperren. Mit einem Schlag wurde Bebon ihn los.

Die beiden Männer sprangen auf das darunterliegende Dach, gelangten von dort auf einen Speicher und über eine lange Leiter wieder auf festen Boden.

»Wir haben sie abgehängt«, sagte Bebon zufrieden.

43

Der Hauptschreiber, den die Verwaltung geschickt hatte, traf Nitis am späten Vormittag, nachdem die Oberpriesterin den Sängerinnen und Weberinnen ihre Anweisungen für den Tag erteilt hatte.

Der hohe Beamte machte einen angenehmen Eindruck auf sie.

»Dieser Tempel ist herrlich«, sagte er anerkennend. »Es tut mir wirklich sehr leid, dass ich Euch belästigen muss, aber Befehl ist Befehl. Ich habe den Auftrag, Eure Rechnungsbücher zu prüfen, einige Ausgaben zu kürzen und an anderer Stelle mehr einzusetzen. Der König legt großen Wert auf die Weiterentwicklung Eurer Werkstätten und den weltlichen Verkauf Eurer Waren.«

»Dazu sind wir aber nicht berufen«, wandte Nitis ein.

»Ich weiß, ich weiß! Trotzdem, wir haben keine Wahl – weder Ihr noch ich. Versuchen wir also, uns friedlich zu verständigen.«

Der Beamte hielt nichts von Feindseligkeiten und war über seinen Auftrag nicht besonders glücklich, weshalb er sich entgegenkommend zeigte und die Verpflichtungen des Neith-Tempels auf das erforderliche Mindestmaß begrenzte.

»Eigentlich sollte gleiches Recht für alle gelten«, schimpfte er. »Ich muss immer wieder an meinen armen Freund aus dem Übersetzeramt denken! Wenn es keine Gerechtigkeit mehr gibt, ist Ägypten verloren.«

»Was ist dem Mann denn geschehen?«

»Die Übersetzer wurden ermordet – und er mit ihnen«, sagte der hohe Beamte leise. »Es lohnt nicht, über diese schreckliche Geschichte zu reden. Die Wachen werden den Mörder fassen, und dann wächst Gras über die Sache. Trotzdem hätte man auf ihn hören müssen!«

»Hat er Unregelmäßigkeiten in der Führung des Amts bemerkt?«

»Nein, das bestimmt nicht. Der Amtsvorsteher war einer der strengsten Vorgesetzten, den man sich denken kann. Bei ihm war es völlig zwecklos, um eine Sondererlaubnis oder unverdiente Bevorzugung zu bitten. Aber mein Freund hatte ihm ein Schriftstück zugeleitet, in dem es um mögliche Veruntreuungen in der griechischen Stadt Naukratis ging. Da unten herrschen, glaube ich, eigene Gesetze!«

»Was ist denn aus diesem Schriftstück geworden?«, fragte Nitis, neugierig geworden.

»Nachdem er es gelesen hatte, gab er es an die oberste Behörde weiter.«

»An wen genau?«

»Das wusste mein Freund leider nicht.«

»Und was hatte das dann zur Folge?«

»Soweit mir bekannt ist – nichts. Deshalb rennen wir ja in unser Verderben. Keiner wagt es, den Mund aufzumachen. Mit dieser Art von Geschichten sind wir einfach überfordert. Mischt man sich ein, gibt es nichts als Ärger. Bis bald, Oberpriesterin.«

Nitis suchte sofort den Hohepriester auf, der gerade einen Plan für die verschiedenen Arbeiten erstellte, die bis zum nächsten Fest für die Göttin erledigt werden mussten.

»Was ist mit unserem Freund Pythagoras? Stellt er sich gut an?«, fragte er die junge Frau.

»Er benimmt sich tadellos und sehr verschwiegen. Ich wüsste nicht, was ich an ihm aussetzen sollte.«

»Beobachte ihn trotzdem weiter.«

»Man hat mir gerade erstaunliche Neuigkeiten anvertraut«, berichtete Nitis.

Aufmerksam hörte Wahibra der Priesterin zu.

Obwohl Pef, der Große Schatzmeister und Vorsteher der Felder, fast in Arbeit erstickte, gönnte er sich jetzt doch eine Pause im Schatten einer hundertjährigen Palme, die am Rande eines Teichs vor seinem stattlichen Haus in Sais wuchs. Um mehr Geld für das Heer zu erwirtschaften, hatte er gerade den Dienst im Zweifachen Haus von Gold und Silber, dessen Beamte keinen Wert auf Veränderungen legten, neu gestalten müssen.

Als »oberster Herr über die überflutbaren Ufer«

hatte er sich auch um die einträgliche Nutzung der Anbauflächen zu kümmern und empfing deshalb die Vertreter der wichtigsten landwirtschaftlichen Gebiete persönlich. Glücklicherweise hatten diese nichts Beunruhigendes zu berichten gehabt. Trotzdem durfte man auf keinen Fall laxen Sitten Vorschub leisten – das hätte schreckliche Folgen. Und Pef musste wieder einmal an Abydos denken, die heilige Stadt des Osiris, wohin er sich gern zurückgezogen hätte, um den Gott der Auferstandenen zu verehren.

Der Minister schloss die Augen und nickte ein – er träumte von einer friedlichen Welt ohne Betrüger und Faulenzer.

Sein Hausverwalter musste ihn wecken.

»Vergebt mir, aber der Hohepriester Wahibra wünscht Euch zu sprechen.«

Dieses Mittagsschläfchen war viel zu kurz gewesen.

Pef empfing den Freund in einem luftigen Raum seines Hauses, in dem man sich ungestört unterhalten konnte. Ein Diener reichte ihnen leichtes Bier und Honiggebäck.

»In diesen schweren Zeiten sollten wir die kleinen Freuden des Lebens genießen, mein Freund. Wer weiß schon, ob wir das morgen noch können?«

»Bist du jetzt etwa zum Schwarzseher geworden, Pef?«

»Alter und Müdigkeit steigern die Lebensfreude nicht gerade. Und ich befürchte, dein Besuch ist auch nicht dazu angetan, mich zum Lachen zu bringen.«

»Da hast du allerdings recht«, gab Wahibra zu.

»Ich hoffe nur, du willst mit mir nicht über die Ermordung der Übersetzer reden?«

»Doch, es gibt einen neuen, äußerst beunruhigenden Hinweis.«

»Mein Freund, mein lieber Freund! Kümmere dich nicht mehr darum. Henat baut mit Zustimmung des Königs unsere Außenbeziehungen neu auf. Und die Ordnungshüter werden in Kürze den Mörder gefasst haben. Vergiss endlich diese schreckliche Geschichte.«

»Weigerst du dich, mich anzuhören?«

Pef stieß einen Seufzer aus. »Nachdem ich weiß, wie hartnäckig du sein kannst, strecke ich die Waffen.«

»Unter den vielen schwierigen Schriftstücken, die der Leiter des Übersetzeramts zu bearbeiten hatte, befand sich auch ein Bericht über die Griechen in Naukratis. Da es um Beweise für erhebliche Veruntreuungen ging, soll er an die obersten Behörden weitergeleitet worden sein.«

Auf diese Erklärung folgte langes Schweigen.

»Das ist richtig«, gab der Minister endlich zu.

»Hattest du davon Kenntnis?«

»Der Leiter der Übersetzer hat das Schreiben an mich gerichtet.«

»Und wie lautete deine Schlussfolgerung?«

»Ganz offensichtliches Gemauschel! Naukratis beansprucht in der Tat eigene Gesetze, die mit denen im Reich des Pharaos reichlich wenig gemein haben.«

»Was gab es für Strafmaßnahmen?«

»Keine.«

»Was soll das heißen – keine?«

»Naukratis ist ein geschütztes Gebiet, das unmittelbar dem König untersteht.«

»Weiß er denn überhaupt, was die Griechen da treiben?«

»Er bekommt von mir regelmäßig ausführliche Berichte. Der, den du erwähnst, gehörte zu einer langen Liste.«

»Und Amasis sagt dazu nichts?«

»Doch, er verbietet mir einzugreifen! Er kümmert sich ganz allein um die griechische Stadt.«

»Ein Reich im Reich also!«

»Entweder gehorche ich, oder ich werde entlassen. Mir liegt aber sehr viel daran, für den Fortbestand von Abydos zu sorgen. Mein Nachfolger würde die Stadt des Osiris wohl bestimmt vernachlässigen.«

»Dieses Schriftstück ist möglicherweise einer der Gründe für die Ermordung der Übersetzer«, wagte sich der Hohepriester vor.

»Mit Sicherheit nicht! Ich sage es dir noch einmal, es gibt zahlreiche ähnliche Berichte, und die Tatsachen sind bekannt. Immerhin machen die Griechen die Sache unter sich aus und überschreiten ihre Grenzen nicht. Wäre es nicht angebracht, ihnen diese Freiheit weiterhin zu gewähren?«

44

Richter Gem hatte soeben mit einer seit dreißig Jahren bestehenden düsternen Besitzstreitigkeit kurzen Prozess gemacht. Aus Mangel an Beweisen hatten sich die Gegner schließlich auf einen Vergleich geeinigt. Das ohnehin hervorragende Ansehen des hohen Richters wurde dadurch noch bestärkt. Ihm war es zu verdanken, dass die Rechtsprechung auch schwierigste Fälle löste.

Allerdings mit einer Ausnahme: der Schreiber Kel, der noch immer flüchtige Mörder!

Verärgert stieß Gem die Tür zu Henats Arbeitszimmer auf.

Der hohe Beamte ordnete gerade kleine Papyrusrollen nach Namen, Tag und Sachverhalt. Diese Archivierung wollte er keinem anderen anvertrauen, weil er sich mit seinem erstaunlichen Gedächtnis dabei jede Einzelheit einprägte.

»So kann es einfach nicht weitergehen«, begann der Richter.

»Was gibt es denn?«

»Gegen den Befehl des Königs arbeitet Ihr nicht mit mir zusammen und haltet wichtige Hinweise vor mir zurück, die für meine Ermittlungen von großer Bedeutung sein können.«

»Da täuscht Ihr Euch.«

»Beweist es mir!«

»Das werde ich sofort tun, Richter Gem. Vor wenigen Minuten habe ich einen Bericht aus Naukratis erhalten, den ich gelesen habe und Euch umgehend aushändigen lassen wollte.«

»Was habt Ihr erfahren, Henat?«, fragte der Richter und tat recht wichtig.

»Wir haben die Spur des Mörders wiedergefunden. Kel hatte sich in den Sümpfen am Delta, nicht weit weg von Naukratis, versteckt. Zollbeamte hatten ihn aufgespürt und festgenommen, aber jemand hat ihm zur Flucht verholfen.«

»Weiß man, wer das war?«

»Leider nein. Wir können nicht einmal sagen, ob er zu Kels Leuten gehört oder zufällig des Wegs gekommen war. Das ist aber nur eine Kleinigkeit im Vergleich zu den anderen Neuigkeiten.«

»Nämlich?«

»Kel ist mit einer ganz bestimmten Absicht nach Naukratis gekommen: Er wollte Starrkopf, den Milchhändler, und seinen griechischen Freund Demos töten.«

»Ihr wollt Euch wohl über mich lustig machen?«

»Man hat die Leichen der beiden gefunden«, fuhr Henat fort. »Was den Milchmann betrifft, der sich als Söldner verdingt hatte, soll es sich um einen Unfall gehandelt haben.«

»Woran Ihr natürlich nicht glaubt?«

»Nicht eine Sekunde.«

»Und Demos?«

»Mehrere Zeugen, unter ihnen auch Dame Zeke, eine bekannte Persönlichkeit in Naukratis, haben ausgesagt, dass ihm Kel die Kehle durchgeschnitten hat. Die Frau wusste nichts über ihn und seine Untaten und hat ihn als Schreiber eingestellt, nicht ahnend, dass er sie zu seinen Zwecken missbrauchte. Mit ihrer Hilfe hat er Demos gefunden und aus dem Weg geräumt.«

»Wurden die Zeugenaussagen gesammelt?«, fragte der Richter besorgt.

»Hier sind sie.«

Gem wollte nicht glauben, was er da klar und übereinstimmend zu lesen bekam.

Diener der Dame Zeke hatten beobachtet, wie Demos Kels Zimmer betreten hatte. Dann hörten sie einen lautstarken Wortwechsel. Etwas später war der Schreiber mit einem blutverschmierten Messer in der Hand aus dem Raum gestürzt. Er wirkte wie von Sinnen, hatte seine Waffe weggeworfen und war geflohen.

»Dieser Kel scheint eine wahres Ungeheuer zu sein!«, rief der Richter entsetzt.

»Er hat seine beiden Helfer umgebracht, weil er Angst hatte, sie könnten ihn verraten. Er benimmt sich wie der Anführer einer Verbrecherbande«, meinte Henat.

»In wessen Dienst sollen die denn stehen?«

»Das müssen wir noch herausfinden. Vielleicht sind es ja auch weiter nichts als gemeine Mörder.«

Der Richter vergrub den Kopf in den Händen.

»Diese schreckliche Geschichte nimmt immer schlimmere Ausmaße an. Und wir wissen rein gar nichts über die Beweggründe des Mörders.«

»Die wird er uns schon noch mitteilen, wenn wir ihn erst verhören«, meinte Henat zuversichtlich.

»Falls es jemals dazu kommen sollte! Den Kerl kann man scheint's nicht kriegen.«

»Jedes gehetzte Tier geht einem irgendwann in die Falle, das gilt auch für Kel.«

»Angesichts seiner Mordlust muss ich besondere Vorkehrungen treffen. Wenn er sich in einer ausweglosen Lage sieht, wird er noch gewalttätiger handeln. Keiner von unseren Leuten darf sein Leben für ihn aufs Spiel setzen.«

»Ich glaube, ich verstehe Euch nicht richtig«, sagte Henat.

»Ich gebe den Befehl, ihn gegebenenfalls sofort zu töten«, erklärte der Richter. »Die Ordnungskräfte handeln dann in Notwehr, was nicht bestraft wird.«

Henat lief vor Zorn rot an.

»Wir müssen Kel unbedingt lebendig kriegen – sonst werden wir nie die Beweggründe für seine Verbrechen erfahren!«

»Niemand ist dazu verpflichtet, Unmögliches zu leisten. Und mir ist das Leben meiner Männer wichtiger als das dieses Wahnsinnigen.«

»Vermeidet diesen schweren Fehler«, bat Henat. »Der König würde Euch persönlich dafür haftbar machen.«

»Seid Ihr etwa sein Fürsprecher?«

»Ja, Richter Gem.«

»Sollte weiteres Unglück geschehen, nehmt Ihr mich dann in Schutz?«

»Das gestatten meine Amtspflichten nicht.«

»Dann werde ich die Untersuchung so führen, wie ich es für richtig halte.«

»Wagt Ihr es, Euch gegen Seine Majestät zu stellen?«

»Soll mir Seine Majestät einen ausdrücklichen Befehl erteilen, dann werde ich gehorchen. Euer Wort genügt mir nicht, Henat.«

»Es nützt Euch überhaupt nichts, wenn Ihr Euch gegen mich auflehnt, Richter Gem. Eure Aufgabe ist es, einen gefährlichen Mörder festzunehmen – und zwar lebendig, damit er reden kann. Danach, und erst dann, wird über ihn gerichtet, und er wird verurteilt.«

»Von Euch muss ich mir nicht sagen lassen, wie ich meine Arbeit zu tun habe. Ich erfülle seit vielen Jahren meine Pflicht.«

»Dann tretet sie auch jetzt nicht mit Füßen.«

»Euer Ton gefällt mir nicht, Henat, und ich bleibe dabei: Das Leben eines Ordnungshüters ist wichtiger als das eines verrückten Verbrechers. Jedenfalls solange Eure Leute nicht für brauchbare Hinweise sorgen, mit denen man den Flüchtigen ohne Gefahr festnehmen kann …«

»Seine Majestät hat mich gebeten, mit Euch zusammenzuarbeiten.«

»Dann macht das auch.«

45

Versteckt in einem Palmenhain kamen Kel und Bebon allmählich wieder zu Atem.

Weil er mit einer bösen Überraschung rechnete, hatte sich der Schauspieler für alle Fälle einen Fluchtplan zurechtgelegt, um möglichen Angreifern zu entkommen. Und diese Vorsichtsmaßnahme hatte sich als entscheidend erwiesen.

»Du musst dein Aussehen verändern«, sagte Bebon zu dem Schreiber. »Wenn du dir einen anderen Haarschnitt zulegst und dir ein Bärtchen wachsen lässt, wie manche Schreiber aus dem alten Reich, erkennt dich keiner mehr.«

»Dazu bräuchten wir aber ein Messer.«

»Ich habe eins.«

Kel glaubte seinen Augen nicht zu trauen.

»Du hast doch nicht etwa …«

»Ich habe die Tatwaffe mitgehen lassen, ein ausgezeichnetes griechisches Messer! Schau mal, was für Buchstaben in den Griff geritzt sind.«

»Zeke«, entzifferte der Schreiber.

»Dann hat deine Beschützerin wahrscheinlich selbst deinen Freund Demos umgebracht, den sie bei sich versteckt oder gefangen gehalten hatte. Aber wir können nichts beweisen.«

»Also steckt auch Zeke mit den Verschwörern unter einer Decke… Das war alles kein Zufall!«

»Hattest du daran noch Zweifel? Setz dich, Oberkörper schön aufrecht. Ich mache das Messer sauber und dann spiele ich den Haarschneider. Keine Angst, auf meinen Reisen bin ich da ganz geschickt geworden.«

»Zeke ist die Anführerin einer Mörder- und Schieberbande, die unsere Wirtschaft zerstören und die Macht in unserem Land übernehmen will«, dachte Kel laut nach. »Ich muss sofort einen Bericht schreiben und in den Palast schicken. König Amasis ist in Gefahr.«

»Ich glaube, du hast den Verstand verloren«, meinte der Schauspieler trocken.

»Willst du behaupten, dass das nicht stimmt?«

»Die Griechin hat bestimmt einen oder mehrere Helfershelfer im Palast, und du weißt nicht, wer sie sind. Solltest du dich zufällig an einen von ihnen wenden, wäre dein großartiger Bericht völlig sinnlos.«

Mit dieser Überlegung mochte Bebon durchaus recht haben.

»Dann müssen wir zurück nach Sais«, beschloss Kel. »Ich spreche mit dem Hohepriester der Neith, und er wird den Pharao von meinem Gespräch unterrichten.«

»Und du kannst die schöne Priesterin wiedersehen«, brummelte der Schauspieler.

»Was soll das nun wieder, wir befinden uns mitten in einer Verschwörung gegen unser Land«, sagte Kel aufgebracht.

»Hat man deswegen keine Gefühle? So, jetzt hast du einen anderen Kopf, und ich finde ihn sogar fast besser. Die nächste Frage ist, wie wir hier sicher wegkommen.

Dafür gibt es eigentlich nur eine Lösung: Wir tun so, als wären wir fliegende Händler.«

»Aber wir haben doch nichts zu verkaufen!«

»Das lässt sich schnell ändern.«

»Wie willst du das denn anstellen?«

»Hier ganz in der Nähe gibt es eine kleine Herberge, in der die fliegenden Händler gern übernachten. Die meisten von ihnen sind Griechen, die gern um hohe Einsätze würfeln. Irgendwie krieg ich das schon hin. Jedenfalls werde ich unser gesamtes Vermögen aufs Spiel setzen.«

»Unser gesamtes Vermögen … Wir besitzen doch nur das Messer!«

»Eben – wir haben nichts zu verlieren. Das macht uns unverwundbar.«

Ängstlich und ungläubig folgte Kel Bebon zu dem Treffpunkt der Händler, der ein gutes Stück von Naukratis entfernt war. Die Männer tranken dort Bier und Wein und aßen Fisch und geschmortes Fleisch; man schlief dort, tauschte Waren aus und verhandelte mehr oder weniger erlaubte Geschäfte. Vor allem aber wurden hier erbitterte Wettkämpfe ausgetragen.

An einem Tisch mitten im Gasthaus saßen vier Spieler, die von begeisterten Zuschauern beobachtet wurden. Bebon und Kel gesellten sich in einigem Abstand dazu.

Ein Verlierer sprang wutentbrannt auf und schrie den Gewinner an.

Sofort übernahm der Schauspieler seinen Platz.

»Ich habe Elfenbein, Töpferwaren und Weinkrüge dabei«, sagte er. »Und ich spiele nur mit anständigen Leuten, die mich auch auszahlen können. Einverstanden?«

Seine drei Gegner hatten nichts einzuwenden.

»Erster Einsatz«, schlug Bebon vor, »ein gesunder junger Esel. Drei Gewinnrunden. Ich hab einen. Und ihr?«

»Ich hab ein schönes fleißiges Grautier«, sagte ein bärtiger Mann aus Samos.

Bebon verlor die beiden ersten Runden, angesichts der drohenden Niederlage grinsten die Männer bereits spöttisch.

Doch dann war das Glück auf seiner Seite. Der Schauspieler gewann die nächste Runde, verlor wieder und siegte schließlich dreimal nacheinander.

»Der Esel gehört mir. Machen wir weiter?«

»Von mir aus«, knurrte einer der Verlierer. »Dein Elfenbein gegen meine Ölkrüge – wir spielen nur eine Runde.«

Die Würfel rollten auf dem Tisch.

»Ich gewinne«, stellte Bebon fest, »und du solltest besser aufgeben.«

Der Bärtige kochte vor Wut.

»Im Allgemeinen verliere ich nicht, schon gar nicht gegen einen Anfänger wie dich. Du bist es, der aufgeben muss, da bin ich mir ziemlich sicher! Ein richtiges Spiel stehst du gar nicht durch.«

»Ich setze alles ein – und noch fünf Krüge Wein. Zwei Runden.«

»Abgemacht.«

Der erste Wurf von Bebon verlor.

Kel schloss die Augen. Wie wollte sein Freund die Schulden bezahlen, wenn er verlor?

Aber die zweite Runde gewann der Schauspieler. Die dritte entschied also über das Spiel. Die Spannung erreichte ihren Höhepunkt, und der Bärtige war mit Würfeln an der Reihe.

Das Schicksal war ihm nicht gewogen.

Er sprang auf und sah den Sieger böse an. Kel befürchtete Handgreiflichkeiten, aber der Geschlagene begnügte sich damit, Bebon vor das Haus zu führen und ihm seinen Gewinn zu geben.

»Der Esel heißt Nordwind, und ich habe nur erstklassige Ware«, erklärte er. »Hättest du versucht, mich zu betrügen, hätte ich dir den Schädel eingeschlagen. Nachdem dir aber die Götter dieses Glück gegönnt haben, wirst du mein kleines Vermögen wohl verdient haben. Trotzdem solltest du mir besser nicht mehr über den Weg laufen.«

»Das nächste Mal gewinnst du«, versuchte ihn Bebon zu trösten.

Der Esel kam zu Kel und sah ihn zutraulich an. Sein Freund füllte zwei Körbe mit Öl- und Weinkrügen, die sich der Esel bereitwillig aufladen ließ.

Die Sonne schien angenehm, als sich die drei gemächlich auf den Weg nach Sais machten.

»Jetzt sind wir von echten Händlern nicht mehr zu unterscheiden«, stellte Bebon zufrieden fest, »und wir haben Waren, die sich leicht verkaufen lassen. Unser Überleben ist erst einmal gesichert. Und die Ordnungshüter können uns nichts vorwerfen, wenn sie uns überprüfen.«

»Das war aber ein sehr gefährliches Spiel!«

»Mehr oder weniger.«

»Wieso … Hast du doch geschummelt?«

»Ja und nein. Ich habe die Würfel ausgetauscht, weil die von meinen Gegnern gefälscht waren.«

»Und deine?«

»Nur ganz wenig. So wenig, dass sie es nicht bemerken konnten. Und ab und zu habe ich schließlich auch verloren.«

»Im entscheidenden Augenblick war der bärtige Grieche mit Würfeln an der Reihe. Wie konntest du dir da deines Gewinns so sicher sein?«

Bebon lächelte zufrieden.

»Ich hab mich einfach auf mein Glück verlassen. Wenn ich das Spiel entschieden hätte, wäre er bestimmt misstrauisch geworden.«

»Der reine Wahnsinn!«

»Wir haben gewonnen – nur darauf kommt es an, hab ich recht?«

46

Der reiche Krösus, ehemals König von Lydien, jetzt im Dienst der Perser, verneigte sich ehrerbietig vor Pharao Amasis, der eine Art Panzerhemd trug und einen ähnlichen Helm wie den, mit dem er einmal zum König gekrönt worden war.

»Steh auf, mein Freund, mein lieber, guter Freund. Welche Freude, dich zu sehen!«

»Deine Einladung ist mir eine Ehre, Pharao. Und meine Gattin Mitetis ist glücklich, dass sie ihrer Heimat einen Besuch abstatten kann.«

»Die Königin und ich sind hocherfreut über ihre Anwesenheit. Uns stehen schöne Empfänge bevor, zunächst aber müssen wir uns die Heerschau ansehen, die

Phanes von Halikarnassos vorbereitet hat, der Oberbefehlshaber meiner bewaffneten Truppen.«

»Sein Ruhm reicht weit über die Grenzen Ägyptens hinaus.«

»Du kannst dich selbst überzeugen, dass er ihn verdient.«

Amasis und Krösus nahmen in einem luftigen Holzpavillon Platz, in dem sie vor der Sonne geschützt waren.

Auf einer weiten Ebene nördlich von Sais marschierten die behelmten Fußsoldaten auf, die mit Schildern, Lanzen und Schwertern ausgerüstet waren. In Reih und Glied zogen die griechischen Söldner in tadelloser Haltung vorbei – dazu spielte eine mitreißende Musik, die auch den Zögerlichsten anfeuern musste.

Dann folgten die Reiter, die sich ihrer besonderen Stellung bewusst waren und wunderschöne schnelle und kraftstrotzende Pferde hatten.

Obwohl Krösus an die Pracht der persischen Reiterei gewöhnt war, konnte er seine Bewunderung nicht verhehlen.

»Die Kraft dieser Tiere verblüfft mich immer wieder, und die Reitkunst deiner Soldaten ist ohnegleichen!«

»Phanes ist ein strenger Herr«, sagte Amasis. »Er strebt immer nach dem Besten und duldet keinen Ungehorsam. Auf das kleinste Zeichen von ihm hin muss sich das gesamte Heer in Bewegung setzen. Und die Hauptsache hast du noch gar nicht gesehen.«

Ein von zwei weißen Pferden gezogener Wagen holte den König und seinen Gast ab und brachte sie zum Kriegskanal, auf dem Krösus einen eindrucksvollen Verband von Kriegsschiffen zu sehen bekam.

Die vielen Schiffe, ihre Größe, die Bewaffnung und die Besatzungen machten den Botschafter Persiens sprachlos.

»Ich habe nicht geahnt, welche Macht ihr auf dem Wasser habt«, musste er schließlich eingestehen.

»Die Vorherrschaft auf dem Meer gewährleistet Ägyptens Sicherheit«, bestätigte Amasis. »Dank der unermüdlichen Anstrengungen von Udja, der für den Ausbau meiner Kriegsflotte verantwortlich ist, bauen unsere Werften ein zuverlässiges und schnelles Schiff nach dem anderen.«

»Darf ich einmal an Bord des Flaggschiffs gehen?«, fragte Krösus.

»Selbstverständlich!«

Seite an Seite empfingen Oberbefehlshaber Phanes von Halikarnassos und Udja, der Herr über die Kriegsflotte, den hohen Gast und erläuterten ihm in allen Einzelheiten die beachtliche Ausstattung der Flotte des Pharaos.

Krösus befühlte die Seile und Segel, prüfte den guten Zustand der Masten und bestätigte die große Bedeutung der Waffen.

»Äußerst beeindruckend«, sagte er anerkennend. »Sind alle Verbände ähnlich ausgestattet?«

»Das ist unser ganzer Stolz«, erklärte Udja. »Möchtet Ihr vielleicht an einer Flottenübung teilnehmen?«

Krösus war einverstanden.

Dann stand der Abgesandte des Kaisers von Persien am Bug des Flaggschiffs und bewunderte die Seemänner von Amasis.

»Das Mittelmeer gehört dir«, sagte er zum Pharao.

»Nein, das habe ich nicht im Sinn! Diese Flotte ist

nur zu unserer Verteidigung da. Ägypten will niemand angreifen, kann sich aber gegen jeden Feind wehren.«

»Wer sollte es denn wagen, angesichts dieser überzeugenden Abschreckung das Land der Pharaonen anzugreifen?«

Ganz in Gedanken versunken genoss Krösus den sanften Nordwind und den friedlichen Sonnenuntergang. Die Schönheit der Palmenhaine, der silbrige Glanz des Kanals und der orangerote Himmel übten einen derartigen Zauber auf ihn aus, dass er beinahe den kriegerischen Charakter dieser Vorstellung vergessen hätte.

Das Festmahl, das der König und die Königin von Ägypten ausrichteten, sollte unvergesslich werden. An die tausend Gäste erfreuten sich an den köstlichen Speisen und den erlesenen Weinen und genossen die Aufmerksamkeit der Diener, die den Geladenen jeden Wunsch erfüllten.

Dem königlichen Paar zur Linken saß Krösus, auf der rechten Seite Mitetis, die Tochter des Vorgängers von Amasis.

Kühl und abweisend kostete sie nur von den angebotenen Speisen.

»Lassen wir die Vergangenheit ruhen«, sagte Amasis zu ihr. »Ich habe Euren Vater bewundert und hatte nie die Absicht, ihn zu stürzen. Nur durch das Zusammentreffen verschiedener Umstände bin ich an die Macht gekommen. Heute möchte ich Euch bitten, diese schmerzhafte Vergangenheit zu vergessen.«

Die Gattin von Krösus sah den Pharao an.

»Ihr verlangt viel von mir.«

»Das ist mir bewusst, Mitetis, aber Eure Gegenwart ist Balsam für meine Seele. So viele Jahre sind seither vergangen. Kann das Wiedersehen mit Ägypten Euren Kummer nicht lindern?«

»Meine Trauer geht zu Ende, Majestät.«

»Ich danke Euch, dass Ihr mir dieses Glück gewährt.«

Nach dem Festmahl lud die Königin von Ägypten Mitetis ein, sich von ihrer Masseurin mit ätherischen Ölen verwöhnen zu lassen.

Amasis und Krösus begaben sich allein auf eine Terrasse, von der aus sie einen Garten mit Sykomoren, Jujuben, Oleandern und Tamarisken bewundern konnten.

»Was für ein wunderbares Land«, meinte Krösus, »hier duftet es nach Ewigkeit.«

»Einer sehr vergänglichen Ewigkeit ...«

»Warum so ängstlich, mein Freund?«

»Ist es denn nicht so, dass Kambyses, der neue Kaiser von Persien, von Eroberungen träumt?«

Krösus sog die laue Nachtluft in vollen Zügen ein.

»Lassen wir die Förmlichkeiten beiseite und seien wir aufrichtig, Majestät. Ja, Kambyses träumte davon, dieses Land mit seinen unerschöpflichen Reichtümern zu erobern. Als weitsichtiger Herrscher hast du seine Absichten erkannt und eine Verteidigungsmacht aufgebaut, die ihn aufhalten soll. Und mit deiner Einladung wolltest du mir zeigen, dass ich ihn besser von einem Vorhaben abhalten sollte, das zum Scheitern verurteilt ist.«

»Ist mir das gelungen, Krösus?«

»Besser als du es dir je erhofft hättest! Ich habe mich

bereits vorher bemüht, Kambyses von den Vorteilen eines dauerhaften Friedens zu überzeugen – und er hört mir immerhin zu. Nach meiner Rückkehr werde ich ihm von den Tatsachen berichten, die ihn endgültig überzeugen dürften. Vor meiner Reise hatte ich es nur vermutet – jetzt weiß ich es. Der Pharao hat sich nicht in falscher Sicherheit ausgeruht, wofür ich ihm sehr dankbar bin. Indem er seine Verteidigungskräfte und vor allem seine Flotte vergrößert und verstärkt hat, erspart er uns allen einen blutigen Krieg.«

»Plant Kambyses weitere Eroberungen?«

»Die Herrschaft über sein Reich wird ihn voll und ganz beschäftigen, und er wird sich ein Beispiel an seinem Vater Kyros nehmen. Die Zeit der Kriege ist vorbei, Majestät, nun beginnt die der friedlichen Verhandlungen.«

»Deine Worte erfreuen mein Herz, Krösus.«

»Jetzt sollten wir erst mal – zum Wohle unserer beider Länder – unsere Handelsbeziehungen ausbauen. Deshalb würde ich gerne den berühmten Leiter deines Übersetzeramtes treffen und ihm Namen und Titel der Berichterstatter mitteilen, mit denen er sich in Zukunft austauschen soll.«

»Er ist leider kürzlich verstorben«, gestand Amasis.

»War er denn krank?«

»Nein, es handelt sich um einen traurigen Unfall. Henat, mein Palastverwalter, wird ihn ersetzen. Er ist ein erfahrener und vertrauenswürdiger Mann, der dir zu Diensten steht und zu deiner größten Zufriedenheit für dich arbeiten wird.«

»Ausgezeichnet, Majestät. Diese Reise ist mit Sicherheit die wichtigste in meinem Leben.«

47

Am Vorabend hatte Pharao Amasis die Kuh mit dem schwarzen Fell, die die Göttin Neith verkörperte, gereinigt, geschmückt und gekrönt. Dann hatte er mitten auf dem Hauptplatz Pfeile in alle vier Himmelsrichtungen geschossen, um die Kräfte des Bösen daran zu hindern, sich der Zwei Länder zu bemächtigen.

Der erste Zug für das Neith-Fest formierte sich. Ein Ritualist ging vor dem König, ein anderer sprach die feierlichen Worte, mit denen der strahlenden Mutter aller Mütter gehuldigt wurde. Priester und Priesterinnen verteilten sich um den heiligen See und halfen beim Segeln der göttlichen Barke – dem Sinnbild für die Schöpfungsmächte, die Leben in all seinen Erscheinungsformen entstehen lassen.

Nun begannen auch außerhalb der heiligen Umfriedung die Lustbarkeiten. Aus den Dörfern und Weilern rund um Sais kamen Dutzende von Familien mit dem Boot in die Stadt, um die Gottheit zu feiern und sie um ihren Schutz zu bitten. Man spielte Flöte und klapperte laut mit Holzschälchen, um die bösen Geister zu vertreiben. Auf Einladung des Herrschers flossen Wein und Bier in Strömen. Überall in Sais wurde getanzt, und im Schutz der Nacht bildeten sich immer neue Paare.

Bebon hätte es den Verliebten gern nachgetan, aber er hatte einen schwierigen Auftrag auszuführen. Deshalb bahnte er sich einen Weg durch die Menschenmenge und arbeitete sich langsam zum Großen Tempel vor. Er lief durch den von Sphingen gesäumten Weg und warf einen kurzen Blick auf die beiden Obelisken von Amasis.

Manche Gäste durften mit einer besonderen Erlaubnis den Hof vor dem Pylon des Haupttempels betreten. Bebon mischte sich unauffällig unter eine Gruppe von Getreidespeicherbeamten, von denen er sich dann wieder trennte, um einen weiß gekleideten Priester mit kahl rasiertem Schädel anzusprechen.

»Ich habe eine Botschaft für die Oberpriesterin der Sängerinnen und Weberinnen von Neith. Sie ist sehr dringend, und ich kann sie ihr nur selbst überbringen.«

»Warte hier.«

Bebon musste schier endlos warten.

Würde Nitis an diesem Abend, an dem überall gefeiert wurde, überhaupt persönlich kommen können? Wahrscheinlich beaufsichtigte sie die Rituale und konnte das Heiligtum nicht verlassen. Vermutlich schickte sie ihm eine andere Priesterin, mit der der Schauspieler aber nicht sprechen wollte.

Außerhalb der Tempelmauern erreichte die Feierlaune allmählich ihren Höhepunkt. Auf jeder Terrasse und vor jeder Tür in Sais wie in allen anderen ägyptischen Siedlungen hatte man Lampen angezündet. Mithilfe dieses Lichts sollte Isis die verstreuten Körperteile von Osiris wiederfinden können, den sein Bruder Seth getötet hatte. Wenn die Suche beendet war, brachte die heilige Barke den Körper der Auferstehung zum Heiligtum der Göttin Neith. Dort sollten dann die letzten rituellen Worte zur Erweckung des Gottes gesprochen werden – des Siegers über den Tod.

Endlich kam Nitis.

Wie hätte man sich in diese wunderschöne Frau nicht verlieben sollen?

»Bebon! Wie geht es Kel?«

»Seid unbesorgt.«

»Hier können wir nicht bleiben.«

Sie führte ihn zu einer kleinen Kapelle, die der Löwin Sechmet geweiht war.

»Kel ist unversehrt und befindet sich in Sais«, sagte Bebon. »Er will Euch sehen.«

»Während der Feste kann ich den Tempel auf keinen Fall verlassen. Seid ihr denn in Sicherheit?«

»Wir tun so, als wären wir fliegende Händler, und hatten bisher keine Schwierigkeiten.«

»Besteht denn nicht die Gefahr, dass man euch erkennt?«

»Ich habe Kels Aussehen verändert, und wir benehmen uns wie richtige Kaufleute.«

»Verkauft ihr auch Wein?«

»Ja, sehr guten sogar!«

»Dann kommt morgen ganz früh zum Eingang für die Händler. Ich werde die Ware selbst in Empfang nehmen.«

Erstaunt näherte sich Menk der langen Reihe von Kaufleuten, die vor dem Tempel Schlange standen. Vor dem Eingang hielten sich Aufseher und Schreiber auf, die die Waren prüften, schlechte zurückwiesen und die gewährte Bezahlung aufschrieben.

Warum kümmerte sich Nitis um diese Angelegenheiten?

»Habt Ihr Sorgen?«, fragte er sie.

»Nein, nein, es ist alles in Ordnung.«

»Hätten Eure Gehilfinnen Euch diese unangenehme Arbeit nicht abnehmen können?«

»Solange das Fest dauert, verlasse ich mich nur auf meine eigene Urteilskraft.«

Menk nickte.

»Ich halte es nicht anders! Es wäre zwar einfacher, einen Teil der Arbeit abzugeben, wenn ich dann aber die Fehler wiedergutmachen müsste, würde ich gar nicht mehr fertig werden. Seid Ihr mit dem Verlauf der Rituale zufrieden?«

»Ja, sehr, Ihr leistet wieder einmal erstaunliche Arbeit. Wie üblich werdet Ihr Eurem guten Ruf mehr als gerecht, Menk.«

Der Würdenträger fühlte sich sehr geschmeichelt.

»Wenn ich Euch irgendwie helfen kann …«

»Ich bin bald fertig. Aber könntet Ihr vielleicht die Anzahl der Krüge überprüfen, die für die Reinigung bestimmt sind?«

»Das mache ich auf der Stelle.«

Endlich entfernte sich Menk.

Nitis wandte sich einem Obsthändler zu, der hocherfreut war, dass er seine Früchte an den Tempel verkaufen durfte. Nach ihm warteten nur noch zwei fliegende Händler mit ihrem Esel, einem ungewöhnlich ruhigen und schönen Grautier.

Nitis erkannte Kel, und ihr Herz schlug schneller. Wie gern hätte sie ihm von ihrer Angst, ihn nie wiederzusehen, erzählt, und von der großen Freude, die sie jetzt bei seinem Anblick verspürte.

»Wir würden Euch gern einen erstklassigen Wein anbieten«, sagte Bebon. »Möchtet Ihr ihn vielleicht kosten?«

Nitis war einverstanden.

»Ich habe etwas sehr Wichtiges zu berichten«, murmelte Kel.

»Dann müsst Ihr mit dem Hohepriester sprechen.«

»Wie kann ich denn zu ihm kommen, ohne mich in Gefahr zu bringen?«

»Der Aufseher wird Eure Weinlieferung aufschreiben, dann folgt Ihr den anderen Händlern zum Hauptlager. Bebon soll dort mit dem Esel warten, ich bringe Euch das weiße Gewand für einen reinen Priester. Wenn Ihr es angezogen habt, geht Ihr in Wahibras Archiv.«

Die beiden Freunde machten, was sie ihnen aufgetragen hatten.

Aber Bebon war unruhig und blieb auf der Hut. Er zweifelte zwar nicht an Nitis' Glaubwürdigkeit, befürchtete aber, sie könnte überwacht werden oder sie sonst wie unfreiwillig in eine Falle locken.

Nachdem die Händler ihre Ware in das Lager geliefert hatten, wurden sie zu einer kleinen Mahlzeit auf Kosten des Tempels eingeladen. Bebon unterhielt sich mit einem Gemüsehändler, während Kel verschwand.

Was, wenn der Hohepriester vom Feind gekauft war, wenn er dem König und seinen Ordnungshütern gehorchte oder sich für die Auslieferung eines flüchtigen Verbrechers berufliche Vergünstigungen versprach?

48

Nitis versicherte sich, dass sie niemand beobachtete, und öffnete dann die sonst verschlossene Tür zu dem Papyruslager für die Archive des Hohepriesters. Hier war es angenehm kühl und dunkel.

Kel betrat den Raum und blieb erschrocken stehen.

Sollte es sich um eine Falle handeln, gab es keine Fluchtmöglichkeit. Aber Nitis konnte ihn doch nicht verraten!

»Was hast du mir zu sagen?«, fragte der Hohepriester mit ernster Stimme.

»Die beiden Männer, die meine Unschuld hätten bezeugen können, sind tot. Der Milchhändler Starrkopf ist bei den Söldnern in Naukratis angeblich bei einem Unfall ums Leben gekommen; meinem Freund Demos hat jemand die Kehle durchgeschnitten, ich fand seine Leiche in meinem Zimmer. Natürlich beschuldigt man mich, diesen Mord begangen zu haben. Nur mit der Hilfe meines Freundes Bebon ist mir die Flucht gelungen.«

»Das sind sehr schlechte Neuigkeiten«, fand der Hohepriester.

»Jetzt verstehe ich das Ganze besser. Ich habe zwar den Helm von König Amasis nicht wiedergefunden, habe aber einige wichtige Dinge erfahren. Zum Beispiel, dass eine griechische Geschäftsfrau namens Zeke die ägyptische Wirtschaft unterwandern will, indem sie Sklaverei und Geld bei uns einführt.«

»Diese haltlosen Pläne widersprechen Maats Gesetz. So etwas wird der Pharao niemals dulden.«

»Unterstützt er diese Bestrebungen denn nicht insgeheim?«, fragte Kel. »Er ist ein großer Verehrer der griechischen Kultur. Glaubt er nicht, diese Neuerungen wären ein Fortschritt für die Zwei Länder?«

Diese Frage bereitete dem Hohepriester Kopfzerbrechen.

»Sollte es sich tatsächlich so verhalten, wäre die Rache der Götter fürchterlich.«

»Die Übersetzer haben mit Sicherheit Schriftstücke abgefangen, die mit dieser Verschwörung in Zusammenhang standen«, fuhr Kel fort. »Deshalb mussten sie beseitigt werden. Und der verschlüsselte Papyrus enthält brennend wichtige Hinweise, die für die Verschwörer bestimmt sind.«

»Das sind doch alles nur bloße Vermutungen, Kel.«

»Aber die beiden neuen Morde sind Tatsachen! Und Dame Zeke hält mit ihren Absichten nicht hinterm Berg. Das heißt mit anderen Worten, sie hat Vertraute an höchster Stelle.«

»Leider konnte ich den Papyrus nicht entschlüsseln«, sagte Nitis enttäuscht. »Nur ein äußerst gebildeter Schreiber kann einen derart schwierigen Schlüssel verwendet haben.«

»Wir müssen den Palastarzt Horkheb befragen«, schlug Kel vor.

»Das ist unmöglich«, erklärte Wahibra, »er ist gestorben.«

»Eines natürlichen Todes?«

»Das wissen wir nicht.«

»Was für ein wunderbarer Zufall! Umso mehr bin ich die willkommene Zielscheibe. Kein Mensch kann mich entlasten, alle Spuren verlaufen im Sand.«

»Ich habe dem Leiter des Übersetzeramts geschrieben, und seine Seele hat mir geantwortet«, berichtete Nitis. »Er schrieb: *Die Ahnen besitzen den Schlüssel.*«

»Das hilft uns auch nicht weiter«, meinte der Hohepriester. »Ohne genauere Angaben können wir mit diesem Hinweis nichts anfangen.«

»Vielleicht bekommen wir die ja noch!«

»Und dann?«, fragte Kel besorgt.

»Wir müssen uns mit der Tatsache abfinden, dass Richter Gem der Einzige ist, der Kel retten kann«, sagte Wahibra. »Du musst dich stellen und ihm mitteilen, was du entdeckt hast. Gem ist ein unbescholtener Mann, und selbst der Pharao hält sich an die Gesetze. Man wird eine gründliche Untersuchung veranlassen, und dann kommt deine Unschuld zutage.«

»Ich habe überhaupt kein Vertrauen in diesen Beamten«, widersprach der Schreiber.

»Gem ist der oberste Herr über die ägyptische Rechtsprechung«, erinnerte ihn der Hohepriester. »Wenn er Maats Gesetz verraten würde, wäre unsere Gesellschaft längst dem Untergang geweiht. Aus seiner Sicht musst du ihm anhand der verheerenden Unterlagen über dich wie der schlimmste aller Verbrecher vorkommen. Wenn er dich erst sieht und hört, wird er seine Meinung ändern.«

»Schickt Ihr mich so nicht in den sicheren Tod?«

»Ich selbst werde dem Richter dein Vorgehen ankündigen und eine wichtige Zusage von ihm verlangen: keine Verhaftung, bevor du ausgesagt hast. Sollte er darauf nicht eingehen, wird dieses Treffen nicht stattfinden. Wenn doch, wirst du ihn überzeugen – da bin ich mir ganz sicher.«

Kel war im Archiv des Hohepriesters eingesperrt und versuchte wieder einmal, den Papyrus zu entschlüsseln, der Ursache all seines Unglücks war. Waren diese Hieroglyphen vielleicht umgedreht, die Worte durcheinandergeworfen, folgte die Leserichtung einem bestimmten Gedanken oder zusammengehörenden Zeichen?

Alle Versuche scheiterten.

Das Schriftstück machte sich über ihn lustig und war nicht zu entziffern.

Müde und verzweifelt dachte der junge Mann an Nitis. Das Wiedersehen mit ihr hatte ihn unbeschreiblich glücklich gemacht. Aber er kam sich dumm und ungeschickt vor, weil er nicht in der Lage war, ihr seine glühenden Gefühle zu gestehen. Das war also die Liebe – mit einem Mal wusste man, dass ein Wesen, das vollkommen anders schien als man selbst, fern und unerreichbar, für einen der wichtigste Grund zu leben war.

Die Tür öffnete sich, und Nitis kam herein.

»Ich bringe Euch Wasser und einen mit Bohnen und Käse gefüllten Fladen.«

Kel stand auf.

»Glaubt Ihr, der Hohepriester wird erreichen, was er will?«

»Der Richter hört ihn bestimmt an. Dann könnt Ihr Euch endlich verteidigen. Euer Freund Bebon hat den Tempel verlassen und ist mit seinem Esel in einem Stall in der Nähe des Nebeneingangs untergebracht.«

»Nitis …«

»Ich muss jetzt sofort zurück in die Weberei«, sagte sie und verschwand.

Er konnte sie nicht aufhalten. Sie, eine Priesterin der

Göttin Neith, der eine strahlende Laufbahn bevorstand – und er, ein flüchtiger Mörder! Das Schicksal konnte ihre Wege nur kurzfristig kreuzen.

Kel ließ sich sein bescheidenes Mahl schmecken und wollte sich erneut über den verschlüsselten Papyrus hermachen, aber der Gedanke an Nitis lenkte ihn beharrlich ab.

Auf sie verzichten müssen, würde unerträglich schmerzen. Das Glück vor Augen haben, aber nicht ergreifen können, kam einer Folter gleich. Aber noch mehr von ihr zu erbitten als diese begrenzte Hilfe, erschien ihm undenkbar. Schon jetzt hatte sie große Gefahren auf sich genommen.

Als es Nacht wurde, erschien Nitis wieder.

»Warum kommt der Hohepriester nicht zurück?«, fragte Kel sorgenvoll.

»Es handelt sich um eine schwierige Verhandlung.«

»Was, wenn der Richter ihn festnimmt?«

»Das würde Gem nie tun. Er will die Wahrheit wissen, und die kann er nur von Euch erfahren.«

»Bitte verzeiht, dass ich solchen Unfrieden in Euer Dasein bringe, Nitis. Ich fühle mich schuldig und …«

»Maats Gesetz ist das Einzige, was zählt«, unterbrach sie ihn. »Wie könnte ich untätig bleiben, wenn ich weiß, dass Ihr unschuldig angeklagt seid?«

»Euer Vertrauen in mich rührt mich zutiefst, und ich möchte Euch so viel sagen …«

Im Dämmerlicht sah er ihr Gesicht nur undeutlich.

»Was wollt Ihr mir denn sagen?«, fragte sie leise.

Da hörten sie Wahibra zurückkommen.

»Richter Gem ist einverstanden, er will dich treffen«, berichtete er. »Das ist ein außergewöhnlicher Gefallen, den er mir nicht noch einmal gewähren wird. Du wirst deine ganze Überzeugungskraft benötigen, Kel.«

49

Mit seinen Bartstoppeln, dem abgetragenen Gewand und den billigen Sandalen sah Kel wirklich nicht wie ein angesehener Schreiber aus dem Übersetzeramt aus.

Der Esel Nordwind freute sich über das Wiedersehen mit ihm und begrüßte ihn fröhlich. Kel streichelte das Grautier ausgiebig, während er Bebon erzählte, dass er sich mit Richter Gem treffen wollte.

»Bist du jetzt ganz verrückt geworden!«, schimpfte der Schauspieler. »Das ist mit Sicherheit eine Falle. Wie kannst du nur glauben, dass er allein kommen wird? Ehe du überhaupt etwas zu ihm gesagt hast, wird eine Horde von Häschern über dich herfallen.«

»Es gibt keine andere Möglichkeit, ihn von meiner Unschuld zu überzeugen.«

»Er hört dich doch gar nicht erst an!«

»Der Hohepriester hat mir aber das Gegenteil versprochen.«

»Und wenn der auch zu den Verschwörern gehört?«

»Ausgeschlossen.«

»Dass man dich eines Mordes verdächtigt – hättest du das nicht auch für ausgeschlossen gehalten? Wahibra will dich loswerden und seinen guten Ruf schützen. Deshalb verkauft er dich an das Gericht. Ein Gericht, das dich bereits verurteilt hat.«

»Ich werde sie eines Besseren belehren.«

»Das ist doch der reine Wahnsinn!«

»Hast du nicht selbst beim Würfeln gewonnen, als du das Schicksal um Hilfe bitten musstest?«

»Ich hatte wenigstens eine gewisse Aussicht darauf zu gewinnen! Mach dir doch nichts vor, Kel. Wenn du dich auf dieses Gespräch einlässt, begibst du dich in die Höhle des Löwen.«

»Ich habe keine Wahl, es gibt keinen anderen Ausweg. Richter Gem hat versprochen, dass er mich unter vier Augen treffen will, an einem Ort, den der Hohepriester vorschlägt, ohne irgendeinen Ordnungshüter, und dass er mich auf keinen Fall festnehmen lässt, ehe er mich angehört hat. Und meine Beweise und Neuigkeiten werden ihn so überzeugen, dass er seine Meinung ändert. Dann muss er neue Nachforschungen anstellen lassen. Sind diese erst in Gang, rettet mich die Wahrheit.«

Bebon war am Boden zerstört.

»Deine Gutgläubigkeit entsetzt mich!«

»Wenn die Sonne am höchsten steht, erwartet mich Richter Gem in einer Töpferwerkstatt, die zum Neith-Tempel gehört. Um diese Zeit sind die Handwerker beim Mittagessen.«

»Geh nicht hin, mein Freund, ich bitte dich.«

»Das kommt nicht in Frage.«

Bebon seufzte auf.

»Ich werde mich an Ort und Stelle umsehen. Sollte ich Schnüffler entdecken, stimme ich ein lustiges Lied an, dann unterhalte ich mich laut mit meinen nicht vorhandenen Freunden und hoffe darauf, dass Nordwind mich mit seinem Geschrei unterstützt. Dann läufst du davon, so schnell du kannst. Wir treffen uns am nördlichen Stadttor.«

»Und wenn du diesen Radau nicht veranstaltest, treffe ich mich mit Richter Gem.«

Die Handwerker saßen im Schatten einer Sykomore und aßen gemeinsam zu Mittag. Sie unterhielten sich über die letzte Bestellung aus dem Tempel und die neue Haltung des Königs, die immer griechenfreundlicher wurde. Nun – Ägypten war jedenfalls gut verteidigt, und man lebte in Sicherheit vor einem fremden Überfall.

Bebon und Nordwind zogen lange durch das Viertel. Der Schauspieler ging durch jede noch so enge Gasse und vergaß auch nicht, nach oben zu schauen, um Dächer und Terrassen zu untersuchen. Obwohl er sonst die Anwesenheit der Ordnungskräfte förmlich riechen konnte, fiel ihm nichts Ungewöhnliches auf.

Darüber wunderte er sich noch, als er einen älteren Herrn mit ernster Miene und herrischem Auftreten auf der Bildfläche erscheinen sah.

Dann betrat Richter Gem die Töpferwerkstatt. Bebon verdoppelte seine Aufmerksamkeit. Die Wachen konnten nicht mehr weit sein. Es vergingen einige Minuten, aber alles blieb ruhig.

Jetzt ging Kel auf das Haus zu. Da Bebon ihn nicht gewarnt hatte, hatte er wohl nichts zu befürchten.

Endlich standen sich der junge Schreiber und Richter Gem gegenüber und sahen sich lange an.

»Wäre Wahibra, dessen Rechtschaffenheit allseits bekannt ist, nicht so hartnäckig geblieben, hätte ich mich zu diesem wahnwitzigen Treffen nicht bereit erklärt«, sagte der Richter mit Zorn in der Stimme.

»Ich bin kein Mörder, sondern das Opfer übler Machenschaften«, entgegnete Kel.

»Solche Sprüche musste ich mir schon mehr als genug anhören. Damit habt Ihr vielleicht den Hohepriester genarrt, mich könnt Ihr aber mit solchen nichtssagenden Erklärungen nicht beeindrucken.«

»Das ist aber die Wahrheit!«

»Die kenne ich bereits.«

»Man versucht, Euch zu täuschen.«

»Wer ist ›man‹?«, fragte der Richter.

»Ich weiß nicht, wer der Anführer der Verschwörer ist, aber ich weiß, dass sie Amasis entthronen und die Macht ergreifen wollen.«

»Eure Hirngespinste könnt Ihr jemand anderem erzählen, junger Mann. Ihr habt die Übersetzer getötet, mit denen Ihr zusammengearbeitet hattet, und dann die Flucht ergriffen. Ein Unschuldiger hätte sich den Sicherheitskräften gestellt.«

»Das ging nicht, weil ...«

»Und Eure blutige Spur zieht sich noch weiter«, schnitt ihm Gem das Wort ab. »Nach den Morden in Sais seid Ihr nach Naukratis gegangen und habt dort zwei Helfershelfer ermordet, die Euch hätten verraten können.«

»Ich bin unschuldig!«, widersprach ihm Kel. »Diese Morde sind Teil der Machenschaften.«

»Ein guter Richter muss für das Leugnen der Schuldigen unempfänglich bleiben und sich an die unwiderlegbaren Beweise halten. Ich habe Zeugen, die in Eurem Fall ordnungsgemäß ausgesagt haben. Hausdiener haben Euch dabei beobachtet, wie Ihr Eurem Freund Demos die Kehle durchgeschnitten habt.«

»Sie lügen!«

»Der Wahrheit, die sich aus den erdrückenden Tatsachen ergibt, habt Ihr nichts als eine unwahrscheinliche Verschwörungsgeschichte entgegenzuhalten, die Ihr nicht beweisen könnt und deren angeblichen Anführer Ihr nicht kennt. Hört endlich auf, Euch wie ein dummes Kind zu benehmen …«

»Ich schwöre Euch …«

»Macht nicht noch einen weiteren Fehler, der strafbar ist! Wenn Ihr alles Mögliche dazu erfindet, um Eure Schuld zu verschleiern, macht Ihr die Sache nur noch schlimmer. Gesteht Eure Verbrechen und erklärt mir Eure Beweggründe.«

»Ich habe niemand getötet, und Ihr müsst die wahren Mörder suchen! Die Griechen …«

»Beendet diese lächerlichen und vollkommen sinnlosen Versuche, Euch zu verteidigen, und lasst mich Euch ins Gefängnis bringen. Ihr habt das Recht auf eine ordentliche Verhandlung.«

»Richter Gem, Ihr habt versprochen, mich anzuhören!«

»Die Beweise sind erdrückend, junger Mann. Ich habe mich nur auf dieses Gespräch eingelassen, um Euch möglicherweise zur Vernunft bringen zu können. Es hat schon viel zu viele Opfer gegeben, und ich will auf keinen Fall das Leben meiner Leute aufs Spiel setzen. Wenn Ihr Euch jetzt ergebt, wird man vielleicht ein wenig Nachsicht walten lassen. Dann könnt Ihr Euch ganz nach Belieben vor Gericht rechtfertigen.«

»Ihr täuscht Euch …«

»Schluss mit diesem albernen Spiel, wir gehen jetzt aus diesem Haus.«

Das Gesicht hinter einem Leinentuch verborgen, verschaffte sich Bebon Zutritt zu der Töpferei.

»Sie kommen von allen Seiten!«

Kel sah den Richter voller Verachtung an.

»Also habt Ihr Euer Versprechen gebrochen.«

»Jetzt ist Schluss mit dem Geschwätz. Ich nehme dich fest – dich und deinen Helfer.«

Mit dem rechten Arm packte Bebon den Richter von hinten an der Kehle.

»Nimm die erste kleine Straße nach rechts und lauf so schnell du kannst«, befahl er Kel.

»Und du?«

»Ich komme nach.«

Der Schreiber lief los, und Bebon sah sich den ersten Ordnungshütern gegenüber.

»Einen Schritt weiter, und ich breche dem Richter das Genick.«

An seiner Stimme konnten die Beamten erkennen, dass mit dem Geiselnehmer nicht zu scherzen war.

»Verschwindet!«, brüllte der Schauspieler und drückte sein Opfer fester an sich.

Ein Beamter nickte, und seine Leute zogen sich zurück.

Sobald ausreichend Abstand zwischen ihnen war, ließ Bebon den Richter los und machte sich davon.

Jetzt hatte Gem keinen Zweifel mehr: Dieser Kel war ein Mörder der schlimmsten Sorte.

50

Es tut mir sehr leid«, sagte Pythagoras zu Nitis, »aber der König hat mir befohlen, nach Naukratis zu gehen. Ich soll mich dort mit den Priestern von Apollo und Aphrodite beschäftigen und an sie weitergeben, was ich in den ägyptischen Tempeln lernen durfte. Amasis wünscht enge Beziehungen zwischen den einzelnen Denkungsarten und hat mir diesen schwierigen Auftrag erteilt, den ich erfüllen muss, ehe ich nach Griechenland zurückkehren kann. Dabei hätte ich sehr gern noch länger der Stimme von Neith gelauscht, deren Worte mich mit Begeisterung erfüllen. Sie, Vater aller Väter und Mutter aller Mütter, Mann, der die Frau erschafft und Frau, die den Mann erschafft, dieses geheimnisvolle Schöpferwesen, die Herrin über die himmlischen Sterne, deren Bleibe den Weltlichen immer und ewig verborgen bleibt und deren Schleier kein Sterblicher je lüften wird.«

Nitis hätte Pythagoras allzu gern ins Vertrauen gezogen und ihn gefragt, ob er ihr helfen könne, den Papyrus zu entschlüsseln. Er als Grieche würde doch bestimmt auf ganz besondere Art damit umgehen.

Doch die Priesterin schwieg.

War Pythagoras, als Freund und Schützling von König Amasis, nicht doch eher Feind als Verbündeter?

»Ich hoffe sehr, dass wir uns eines Tages wiedersehen, Nitis. Der Aufenthalt bei Euch in Sais gehört zu den wichtigsten Abschnitten meiner Reise.«

»Dieser Tempel steht Euch immer offen.«

»Ich danke Euch. Dann bis zum baldigen Wiedersehen – wenn es die große Göttin wünscht.«

Die Oberpriesterin der Sängerinnen und Weberinnen traf den Hohepriester am Eingang zum Heiligtum. Wahibra wirkte niedergeschlagen und schien um Jahre gealtert.

»Das Treffen hat eine schreckliche Wendung genommen«, sagte er. »Richter Gem hatte seine Leute dabei, die Kel gefangen nehmen wollten.«

»Wurde er verletzt?«, fragte Nitis voller Angst.

»Nein, dank der Hilfe seines Freundes Bebon konnte er entkommen. Bebon hat Richter Gem als Geisel genommen, bis er selbst fliehen konnte. Ich kann mir gut vorstellen, wie wütend Gem jetzt ist. Ab sofort werden die Bogenschützen den Befehl haben zu schießen, sobald sie Kel zu Gesicht bekommen.«

»Der Richter hat Euch verraten!«

»Nicht aus seiner Sicht. Weil er nur an die Beweise glaubt, hat er mir den Gefallen getan, um Kel so lebend in die Hand zu bekommen. Tun wir unsere Pflicht im Tempel, Nitis, im Augenblick sind wir machtlos.«

Nitis begab sich in die Kapelle mit der hölzernen Kuh, der ehrwürdigen Natur, Verkörperung der Göttin Neith, der »großen Schwimmerin«. In dieser Gestalt hatte sie zu Anbeginn der Zeit das Urmeer durchschwommen und das Universum geformt, in dem die Sternen-Seelen geboren und wiedergeboren werden.

Hie und da brannten Lampen und kleine Räucherfässer. Von der Kuh, die die Sonnenscheibe zwischen den Hörnern trug, waren nur der vergoldete Kopf und der Hals zu sehen – der Rest war unter einem purpurroten Schleier verborgen.

Nitis reichte ihr die sieben heiligen Öle, dann goss sie Wasser auf den Opfertisch, der mit frischem Brot,

Zwiebeln und Feigen geschmückt war. Jeden Tag wurden diese Lebensmittel erneuert, aus denen die Göttin den *Ka*, die Lebenskraft, schöpfte.

»Nitis, ich bin hier.«

Es war Kels Stimme.

Er stand auf und trat aus dem Halbdunkel.

»Ich habe kein anderes Versteck gefunden.«

»Kommt, gehen wir zum Hohepriester.«

»Bringe ich ihn damit nicht in Gefahr?«

»Das muss er selbst entscheiden. Wo ist Bebon?«

»Er wohnt zusammen mit einigen Händlern in der Nähe vom Markt. Richter Gem konnte ihn nicht erkennen. Ehe ich ihn wieder treffe und mit ihm verschwinde, wollte ich Euch noch einmal sehen.«

»Da Ihr frei und unverletzt seid, sollten wir noch nicht aufgeben!«

»Wenn Ihr wüsstet ...«

»Schnell, wir müssen uns beeilen, gleich kommen die Ritualisten mit den Opfergaben.«

Der Hohepriester begrüßte Kel sehr herzlich und umarmte ihn wie seinen eigenen Sohn.

»Verzeih mir, dass ich dich in diese Falle geschickt habe! Das wollte ich natürlich nicht. Mit seinem Verhalten hat sich der Richter unglaubwürdig gemacht. Aber er ist und bleibt der oberste Ermittler und hat jetzt nur noch im Sinn, dich zu töten.«

»Ich hatte keine Gelegenheit, mit ihm zu sprechen«, beklagte sich Kel.

»Wir brauchen Beweise, die so schlagend sind, dass sich selbst dieser starrköpfige Richter davon überzeugen lassen muss.«

»Fragt sich nur, ob er starrköpfig ist oder aber gegängelt wird«, meinte Nitis. »Sollte der Richter im Dienst der Verschwörer stehen, würde das sein Verhalten erklären.«

»An wen könnte ich mich im Palast wenden?«, fragte Kel. »Ich muss mit jemand sprechen, der vertrauenswürdig und einflussreich genug ist, den König sofort und eindringlich zu warnen.«

»Du musst dich an die Königin wenden«, sagte Wahibra. »Sie wird dich anhören.«

Dunkel gekleidet und mit Perücken, die des Alten Reichs würdig gewesen wären, meldeten sich Wahibra und sein Gehilfe am Palasteingang, der den Würdenträgern vorbehalten war. Ein griechischer Söldner überzeugte sich, dass die beiden keine Waffen bei sich hatten, und schickte nach einem Hausverwalter.

»Der Hohepriester der Neith wünscht dringend Ihre Majestät, die Königin, zu sehen«, erklärte Wahibra. »Ich kann warten.«

Wahibra befürchtete, Henat oder auch Siegelbewahrer Udja, die vermutlich beide über die jüngsten Entwicklungen im Fall Kel unterrichtet waren, könnten auftauchen.

Zum Glück mussten sie nicht lange warten.

Königin Tanit war eine reife, aber noch immer verführerische und vollendet geschminkte Frau. Mit einer goldenen Halskette, Karneolohrringen und silbernen Armreifen geschmückt, empfing sie ihre Besucher auf einem Thron aus Ebenholz.

»Was gibt es denn so Wichtiges?«, fragte sie.

»Habt Ihr von der Ermordung der Übersetzer gehört, Majestät?«

»Ja, man weiß, wer der Mörder ist, aber er bleibt unauffindbar.«

»Hier ist er.«

Kel verneigte sich vor der Königin.

Tanit fuhr erschreckt hoch.

»Was soll dieser schlechte Scherz?«

»Der Schreiber Kel ist unschuldig«, erklärte der Hohepriester, »aber keiner hört ihn an. Richter Gem, der die Untersuchung leitet, hat ihn bereits im Voraus verurteilt. Seid Ihr bereit, ihn anzuhören, damit keine schreckliche Ungerechtigkeit begangen wird und die Wahrheit endlich ans Tageslicht kommt?«

Die Königin erhob sich und hielt sich in sicherem Abstand zu ihren Besuchern.

»Ich sollte die Wache rufen und diesen Verbrecher festnehmen lassen.«

»Ich bin unschuldig, Majestät«, wiederholte Kel.

»Wie ich höre, sprechen die Beweise aber gegen dich.«

»Gegen den Pharao braut sich eine Verschwörung zusammen, die der Leiter der Übersetzer entdeckt hatte. Die Übersetzer wurden getötet, um sie zum Schweigen zu bringen. Und ich wurde zum Sündenbock auserkoren, um das Gericht in die Irre zu leiten.«

Die Königin sah Kel lange an. »Ihr macht einen glaubwürdigen Eindruck auf mich. Wer sollen denn diese Verschwörer sein?«

»Dame Zeke, eine Geschäftsfrau aus Naukratis, will in Ägypten griechisches Geld einführen und unsere ganze Wirtschaftsweise grundlegend verändern. Vermutlich hört sie auf einen hohen Würdenträger, der den berühmten Helm des Pharaos gestohlen hat. Wenn der richtige Augenblick gekommen ist, wird er ihn aufsetzen und sich zum Pharao erklären.«

Tanit schien beeindruckt.

»Der Diebstahl des Helms … Ihr wisst also davon!«

»Ein Schriftstück, das sich in meinem Besitz befindet, enthält wahrscheinlich wichtige Hinweise, ich konnte es aber bisher nicht entziffern. Im Namen des Königs, Majestät, ich schwöre Euch, dass ich kein Verbrechen begangen habe!«

Nachdenklich setzte sich die Königin wieder.

»Ich bitte Euch, warnt den Pharao und unterbreitet ihm den Fall dieses jungen Schreibers«, sagte der Hohepriester eindringlich.

Tanit nahm sich eine lange Bedenkzeit.

»Ich bin einverstanden«, antwortete sie schließlich.

»Erlaubt Ihr, dass ich ihn unter meinen persönlichen Schutz stelle und dass Ihr ihn nicht ins Gefängnis schickt – das wäre sein sicherer Tod?«

»Ich will Euch diesen Wunsch gewähren«, sagte die Königin zum Hohepriester.

Wahibra und Kel verneigten sich tief.

Es gab wieder Hoffnung.

51

Amasis leerte einen Becher neuen Wein, der ein bisschen sauer war, und musste plötzlich laut lachen bei dem Gedanken daran, wie er die leichtgläubigen oder scheinheiligen Priester behandelt hatte, die ihr ganzes Vertrauen in die Orakel setzten.

Ehe er König wurde, hatte Feldherr Amasis das Leben in vollen Zügen genossen und den Zorn der Sittenstrengen auf sich gelenkt. Weil sie sein Ansehen schädigen und ihn seines Amtes enthoben sehen wollten, hatten sie ihn des Diebstahls bezichtigt.

Da er die Tat entschieden leugnete und es keine Beweise gab, blieb nur ein Ausweg: Das Orakel musste befragt werden.

Also war Amasis in verschiedenen Heiligtümern vor verschiedene heilige Statuen getreten.

Die einen nickten bei schuldig, die anderen bei unschuldig!

Im Zweifel für den Angeklagten – diese Regel hatte man auch bei Amasis angewandt. Als er dann König war, hatte er sich ein Vergnügen daraus gemacht, die Priester zu sich zu rufen und ihnen seine Entscheidung mitzuteilen: Die Heiligtümer mit den Orakeln, die ihn verdammen wollten, würde er reich, die anderen, die ihn freigesprochen hatten, arm machen. Die ersten hatten die Wahrheit gesagt, die zweiten gelogen! Die wahren Götter wussten von seinem Diebstahl und verdienten, dafür geehrt zu werden, die falschen verdienten nur seine Verachtung.

Amasis kostete diese aufsehenerregende Tat noch lange aus. Kein Orakel war ihm mehr im Weg, und er herrschte mit eiserner Faust, um die Frömmler loszuwerden. Denker wie Pythagoras waren die Zukunft, fähig, die wesentlichen Bestandteile der alten ägyptischen Weisheit mit der griechischen Gedankenlehre anzureichern. Noch viele andere Weise sollten nach Sais kommen und die zukünftige Welt gestalten.

Weit weg vom Delta bewahrte die Gottesdienerin die

alten Überlieferungen. Aber ihr Reich Theben, die heilige Stadt des Gottes Amun, spielte nur eine untergeordnete Rolle und hatte keine wirtschaftliche Bedeutung. Die Riten, die die alte Dame feierte, machten sie einem Pharao ähnlich – zum Glück allerdings ohne wirkliche Macht. Sie widmete sich dem Dienst an den Gottheiten, hatte auf Ehe und andere Vergnügen verzichtet und strebte nicht nach weltlicher Macht. Deshalb duldete Amasis diese überholte Einrichtung gnädig, die so fern aller Wirklichkeit war.

Er hatte große Neuerungen in der Rechtsprechung und im Steuerwesen durchgesetzt, plädierte für eine leistungsstarke Wirtschaft, hatte eine abschreckende Verteidigungsmacht geschaffen und war mit den meisten griechischen Königtümern verbündet – Amasis wollte Ägypten den Weg in eine neue Gesellschaftsform bereiten. Hier im Norden von Ägypten, in der Nähe des Mittelmeers, war der Fortschritt in vollem Gange. Bald würde er auch den Süden aus seinem Tiefschlaf wecken.

»Ist die Sitzung des Hohen Rates gut verlaufen?«, wollte die Königin wissen.

»Tanit! Was für ein wunderschönes Kleid – da haben sich die Weberinnen von Sais ja selbst übertroffen.«

»Nicht wahr? Und ganz nach deinen Vorstellungen; das erste weltliche Kleid aus den Tempelwerkstätten.«

»Ich hatte also recht! Warum sollte man ihre Begabungen nur den Priestern vorbehalten?«

»Den Gerüchten zufolge werden die Götter nicht begeistert sein«, antwortete die Herrscherin.

»Ach was«, Amasis lachte, »das behaupten die Priester doch nur, um ihre Rechte zu verteidigen. Ihr werdet sehen, ich bin noch längst nicht mit der Abschaffung ihrer Vorrechte fertig.«

»Ich hatte gerade Besuch vom Hohepriester der Göttin Neith.«

»Wahibra?«

»Ja, er kam in Begleitung eines seltsamen Gastes, dem Schreiber Kel.«

Der Pharao fuhr hoch.

»Kel ... Der Übersetzer ... Der flüchtige Mörder?«

»Ja.«

Amasis sank in die Kissen zurück.

»Mir dreht sich alles ... Wollt Ihr Euch über mich lustig machen?«

»Dieser Schreiber beteuert seine Unschuld. Er behauptet, es gibt Verschwörer, die auf Euren Thron wollen. Ein Umstürzler, unterstützt von einer Dame Zeke, einer griechischen Geschäftsfrau aus Naukratis, die in Ägypten das Geld einführen will, wird sich bald Euren Helm aufsetzen. Die Übersetzer wurden getötet, weil sie belastende Schriftstücke entdeckt hatten. Und dann hat man diesen Kel zum Sündenbock gemacht.«

»Was hat er für Beweise?«

»Sein gutes Gewissen und einen verschlüsselten Papyrus, den er für ausschlaggebend hält.«

»Was steht darauf geschrieben?«

»Er konnte ihn noch nicht entziffern.«

Amasis wurde wütend. »Und da habt Ihr nicht die Wachen gerufen!«

»Dieser junge Mann scheint mir glaubwürdig zu sein. Außerdem bürgt der Hohepriester für ihn.«

»Wahibra ist wohl von allen guten Geistern verlassen! Wahrscheinlich kennt Ihr die jüngsten Taten Eures

›Unschuldigen‹ noch nicht: Nachdem er in Naukratis zwei weitere Morde begangen hat, bei einem davon wurde er gesehen, hat er Richter Gem als Geisel genommen.«

Die Königin wurde blass. »Ist er verletzt?«

»Zum Glück nicht, Kel und sein Helfershelfer haben ihn freigelassen.«

»Was ist mit dieser Dame Zeke?«

»Der Mörder hat sie hintergangen. Und die Hausdiener dieser Griechin, die in Naukratis hohes Ansehen genießt, haben beobachtet, wie Kel seinem früheren Freund Demos – der ebenfalls auf der Flucht war – die Kehle durchschnitt. Wir haben es hier mit einem Ungeheuer der übelsten Art zu tun. Ich habe dem Richter die Erlaubnis erteilt, ihn bei seiner Verhaftung zu töten, wenn Leben in Gefahr sind.«

»Das verstehe ich einfach nicht … Auf mich machte er weder den Eindruck, er sei ein Verbrecher, noch unmenschlich, noch …«

»Ihr seid einfach zu verständnisvoll, meine Liebe. Und dieser Kel scheint einige Verführungskünste zu besitzen.«

»Er wusste, dass der Helm gestohlen wurde und dass diese Verschwörung …«

»Daran ist dieser Verbrecher mit Sicherheit beteiligt! Er hoffte darauf, mit Eurer Unterstützung eine Gelegenheit herbeizuführen, bei der er mich dann hätte töten können.«

Zitternd vor Schreck umarmte die Königin ihren Gatten.

»Dann wäre ich die Ursache Eures Unglücks gewesen!«

»So beruhigt Euch doch, die Gefahr ist vorüber. Wisst Ihr denn, wo sich dieser Kel aufhält?«

»Nein, ich weiß es nicht. Aber der Hohepriester bat mich um die Erlaubnis, ihn unter seinen Schutz zu stellen.«

»Wahibra? – Ist er so gutgläubig, oder steckt er mit dem Verbrecher unter einer Decke?«

»Er hat Euch stets die Treue gehalten!«

»Und heute bringt er einen Mörder zu Euch, der Euer Handeln beeinflussen will. Schon eine seltsame Art, seinem König zu dienen, findet Ihr nicht?«

»Der Hohepriester soll an einer Verschwörung gegen Euch beteiligt sein? Das kann ich mir beim besten Willen nicht vorstellen.«

»Wie gesagt, Ihr seid einfach zu verständnisvoll. Wenn es um die Macht geht, sind die Menschen zu allem fähig.«

»Wir müssen den Helm wiederfinden und die Schuldigen bestrafen«, verlangte Tanit.

»Es war ein Fehler, mich und das Übersetzeramt anzugreifen«, sagte Amasis. »Und diesen Fehler werden sie teuer bezahlen.«

52

Königin Tanit hat uns aufmerksam zugehört«, erzählte Kel Nitis. »Wahibras Beistand war wohl ausschlaggebend, und ich hoffe, ich konnte sie von meiner Unschuld überzeugen. Jedenfalls hat sie mir versprochen, dass sie mit Pharao Amasis sprechen will.«

»Dann beginnt die Untersuchung jetzt ganz von vorn. Wahrscheinlich werdet Ihr schon morgen für unschuldig erklärt und seid frei.«

Die Freude der jungen Frau steckte den Schreiber an.

»Daran wage ich noch nicht zu glauben, Nitis.«

»Am Ende siegt eben doch die Wahrheit, und die Zukunft steht Euch offen. Wollt Ihr vielleicht im Tempel arbeiten?«

»Ich muss noch so viel lernen.«

»Möglicherweise dürft Ihr eines Tages ins Archiv vom Haus des Lebens. Dort lagern solche Reichtümer, dass ein einzelnes Leben nicht ausreicht, sie zu entdecken.«

»Wollt Ihr mir helfen, damit ich Fortschritte machen kann?«

Der Hohepriester unterbrach ihr Gespräch.

»Mir wurde gemeldet, dass Henat gekommen ist und mich auf der Stelle sprechen will.«

»Der König handelt sehr schnell«, stellte Kel fest.

»Ja, aber nicht so, wie wir es uns erhofft hätten. Er sollte mich zu sich rufen lassen, nicht mir den obersten Mann vom Geheimdienst schicken. Ich bin deshalb äußerst beunruhigt und halte es für angebracht, Vorsichtsmaßnahmen zu ergreifen. Verstecke Kel in der dritten Gruft, Nitis.«

Die Oberpriesterin führte den Schreiber in den Haupttempel. Nur wenige Lampen beleuchteten den Säulensaal, den Saal mit der heiligen Barke und den geheimen Gang, der zu den Kapellen führte, die um den Naos mit den geschlossenen Pforten angeordnet waren.

Mehrere Gruften verbargen sich im Inneren der gewaltigen Mauern unter den Steinplatten. Nur der Hohepriester und seine Gehilfen kannten ihre Lage und wussten, wie man hineingelangte. Das Geheimnis der dritten Gruft hatte er einzig und allein Nitis offenbart, als diese in die Mysterien vom Haus des Lebens eingeweiht wurde.

Die junge Frau überzeugte sich, dass nicht etwa gerade ein Ritualist dabei war, Opfergaben zu bringen. Als sie mit den Händen an zwei bestimmten Stellen auf die Steinplatten drückte, drehte sich ein schwerer Stein um die eigene Achse und gab den Blick auf eine schmale Öffnung frei.

»Nehmt eine Lampe und geht die Treppe hinunter«, wies sie den Schreiber an. »Ihr braucht keine Angst zu haben, es gibt genug Luft. Ich hole Euch wieder so schnell es geht.«

Kel gelangte in einen schmalen, länglichen Raum mit goldenen Schalen, die die Ritualisten zur Verehrung von Neith verwendeten. Die Wände waren mit Hieroglyphen und fremdartigen Szenen bedeckt – sie zeigten die Entstehung der Welt aus den Urwassern, die die Göttin mit der leuchtenden Kraft des Wortes beseelt hatte. Vor lauter Begeisterung vergaß der junge Mann seine Ängste und versuchte, diese erstaunlichen Bilder und Inschriften zu begreifen, die aus sich selbst lebten und ihre Macht zum Mittelpunkt von Stille und Geheimnis schicken konnten – fern aller menschlichen Blicke.

Der Hohepriester hatte ihm einen unschätzbaren Gefallen erwiesen, dessen er sich würdig erweisen musste, indem er sein Herz den Worten der Götter öffnete.

Verglichen mit den stattlichen Wohnungen der Würdenträger im königlichen Palast wirkte Wahibras Dienstwohnung eher bescheiden und schlicht. Die Einrichtung war im Stil des Alten Reichs gehalten, also sehr nüchtern.

Henat begnügte sich mit einem unbequemen Stuhl ohne Kissen.

»Angesichts Eures Amtes und Ansehens will der König kein Aufsehen erregen, obwohl Ihr soeben einen sehr schweren Fehler begangen habt«, erklärte Henat mit ernster Stimme.

»Was wirft man mir vor?«, fragte der Hohepriester.

»Dass Ihr den Lügengeschichten eines Verbrechers Glauben schenkt, ihm Unterschlupf gewährt und den Gang der Gerechtigkeit behindert. Es ist allein der Nachsicht Seiner Majestät zu verdanken, wenn Ihr dafür nicht strengstens bestraft werdet.«

»Das scheint Ihr zu bedauern?«

»Ich führe nur die Befehle aus.«

»Ihr täuscht Euch aber, Henat. Der Schreiber Kel hat kein Verbrechen begangen, und es gibt sehr wohl eine Verschwörung, die das Ziel hat, Amasis zu stürzen. Indem Euch die Aufrührer Kel als Schuldigen anbieten, lenken sie Eure und Richter Gems Aufmerksamkeit ab.«

»Die Beweise für Kels Schuld sind erdrückend, und sein Verhalten bestätigt dies noch – auch wenn das gar nicht notwendig wäre. Euch geht es nur um irgendwelche Eindrücke und Gefühle. Ich kenne meine Arbeit, und Richter Gem kennt seinen Beruf. Wir haben schon mehr als eine Verschwörung vereitelt, und auch diese wird scheitern wie die anderen. Dieser Schreiber, Mörder und Unruhestifter wird festgenommen, er bekommt sein ordentliches Verfahren und wird verurteilt.«

»Glaubt Ihr nicht, die Bogenschützen werden ihn töten, ehe er sich vor Gericht verteidigen kann?«

»Das hängt ganz von seinem Verhalten ab. Es hat bereits zu viele Tote gegeben, und Seine Majestät will unter keinen Umständen das Leben unserer Männer aufs Spiel setzen.«

»Mit anderen Worten, die Geschichte soll vertuscht werden.«

»Ihr solltet Euren Ton mäßigen und mir angemessen begegnen«, riet ihm Henat.

Wahibra erhob sich.

»Geht jetzt«, sagte er eisig.

»Der Helfershelfer eines Mörders hat keine Befehle zu erteilen. Ab sofort steht Ihr unter Hausarrest und dürft diesen Tempel nicht mehr verlassen.«

»Ich mache mich sofort auf den Weg zum Palast.«

»Ich glaube, Ihr verkennt Eure Lage. Ich spreche im Namen des Königs.«

»Wenn mich der König empfängt …«

»Das wird er nicht. Solltet Ihr die Mauern des Neith-Tempels verlassen, werdet Ihr sofort festgenommen. Seine Majestät wünscht, dass Ihr Euch Euren Tempeldiensten widmet – ausschließlich. Ein besonderes Entgegenkommen, ich sagte es bereits. Die Feiern zu Ehren der Göttin Neith sollen Eure einzige Sorge sein. Falls Ihr Ungehorsam zeigt, dürft Ihr nicht mit Milde rechnen.«

Wahibra wurde zum Gefangenen in seinem eigenen Tempel.

»Wo habt Ihr diesen Mörder versteckt?«, fragte Henat und durchbohrte sein Gegenüber mit Blicken.

»Kel wollte sich durchaus nicht im Inneren des heiligen Reichs verbergen.«

»Morgen wird hier alles noch einmal gründlich durchsucht.«

»Wie Ihr meint.«

»Nachdem Ihr ihn schützt, wisst Ihr auch, wo er sich aufhält!«

»Kel hat mir nicht mitgeteilt, wohin er flüchten wollte. Aber er wird sich morgen Mittag mit mir in Verbindung setzen, bei der kleinen Pforte in der nördlichen Mauer.«

Henat unterdrückte ein Lächeln. »Na also, es geht doch … Umso besser! Wir wissen, dass der Mörder Unterstützung von einem Helfershelfer bekommt. Wisst Ihr, wer das ist?«

»Ich bin ihm nie begegnet.«

»Lasst Euch nicht zu weiteren Fehlern hinreißen«, empfahl ihm Henat, »und begnügt Euch mit Euren geistlichen Aufgaben.«

Die beiden Männer trennten sich ohne Gruß.

Angesichts dieses mächtigen Feindes und weil der König ihm sein Vertrauen entzogen hatte, waren Wahibra die Hände gebunden.

Warum also hörte er nicht auf, einem zu Tode Verurteilten seine Hilfe anzubieten?

Weil er an Kels Unschuld glaubte und keine Ungerechtigkeit ertragen konnte. Sie zu dulden, musste unweigerlich zur Zerstörung einer jahrtausendealten Kultur führen.

Selbst wenn man ihn mundtot machte, würde der Hohepriester nicht aufgeben. Aber wie konnte Kel das Schlimmste verhindern?

53

Bebon war nicht mehr von einem fliegenden Händler zu unterscheiden – er musste sich keine Sorgen machen. Da ihn seine neuen Freunde schätzten, konnte der Schauspieler nicht untätig bleiben. Nach einem Tag mit ziemlich einträglichen Tauschgeschäften begab er sich nun in die Nähe der Soldatenunterkünfte, wo sein Freund Nedi arbeitete, der einzige anständige Ordnungshüter von ganz Sais.

Bei Sonnenuntergang verließ Nedi seinen Arbeitsplatz und machte sich gemächlich auf den Heimweg.

Bebon und Nordwind holten ihn ein.

»Lass mich in Ruhe«, sagte der Beamte ruppig. »Ich will nichts kaufen.«

»Erkennst du mich denn nicht?«

Nedi sah sich den Händler genauer an.

»Das kann doch nicht sein… Bebon! Hast du den Beruf gewechselt?«

»Mehr oder weniger. Kels Fall nimmt immer größere Ausmaße an, und ich brauche deine Hilfe.«

»Lass die Finger davon! Das ist allein Sache von Richter Gem. Uns wurde der Befehl erteilt, den Mörder zu töten, sobald wir ihn zu Gesicht bekommen.«

»Was ist das für eine Gerechtigkeit, frage ich dich?«

»Ich will gar nicht darüber nachdenken.«

»Werde bitte nicht wie die anderen, Nedi! Etwas ist faul an der Geschichte. Und ich weiß, dass Kel keinen Menschen getötet hat.«

»Kannst du das auch beweisen?«

»Noch nicht.«

»Dann vergiss es, und lass die Sache endlich bleiben!«

»Ich soll einen Freund im Stich lassen, der unschuldig angeklagt ist – kommt nicht in Frage!«

»Machst du dir da nicht was vor?«

»Am Hof braut sich eine Verschwörung gegen den Pharao zusammen. Und Kel dient nur zur willkommenen Ablenkung.«

»Solltest du damit recht haben, wird es dem Schreiber nicht gelingen, sich aus dieser ausweglosen Lage zu befreien. Er muss sich stellen und vor Gericht aussagen.«

»Richter Gem weigert sich, ihn anzuhören. Er möchte ihn am liebsten von seinen Bogenschützen töten lassen. Geh zu deinen Vorgesetzten, Nedi, und sag ihnen, dass die Mächtigen drauf und dran sind, einen Unschuldigen hinzurichten.«

»Sie werden mich genauso wenig anhören, und dann bin ich erledigt. Man wirft mir sowieso schon vor, ich würde zu viele Verdächtige verteidigen, aber der …«

Bebon gab es auf.

»Versuch wenigstens, mir ein paar Hinweise zu geben. Ich müsste wissen, was für Pläne sie haben, um Kel gefangen zu nehmen.«

»Vielleicht …«

»Verschaff dir Einblick in seine Unterlagen. Vielleicht finden sich andere Spuren, die man noch nicht verfolgt hat.«

»Das wird schwierig, sehr schwierig …«

»Sie wollen die Gerechtigkeit und die Wahrheit in den Dreck ziehen, Nedi. Hilf mir, sie zu verteidigen.«

Zur Mittagszeit meldete sich ein junger Mann am Nordeingang des Neith-Tempels.

Sofort stürzten sich etwa zehn Polizisten auf ihn und warfen ihn zu Boden. Weil er sich wehrte, schlug ihn einer mit einem Stock bewusstlos.

Henat befahl den Bogenschützen, die Waffen zu senken.

Dank der Mithilfe des Hohepriesters war die Festnahme ohne Schwierigkeiten verlaufen. Nach einem strengen Verhör wollte Henat den Mörder an Richter Gem übergeben, der ihm die Anklage verlesen würde, ehe er ins Gefängnis kam.

»Gute Arbeit«, sagte Henat zu seinen Männern. »Dafür gibt es eine Belohnung.«

Die Ordnungshüter machten sich auf den Rückweg.

Der Bewusstlose sah dem Bild von dem gesuchten Mörder, das an die Ordnungshüter verteilt worden war, überhaupt nicht ähnlich.

»Weckt ihn auf«, befahl Henat unruhig.

Ein Krug kalten Wassers weckte die Lebenskräfte des jungen Manns wieder.

»Oh, mein Kopf …«, jammerte er.

»Wer bist du?«

»Ich bin Schreiber und arbeite für Menk, der die Feste in Sais veranstaltet.«

»Was wolltest du hier?«

»Ich muss eine Liste mit Ritualgegenständen überprüfen. Warum hat man mich niedergeschlagen?«

»Das war wohl ein bedauerlicher Irrtum.«

Der Schreiber kratzte sich am Hinterkopf, wo ihm eine schöne Beule gewachsen war.

»Ein Irrtum? Ihr macht wohl Scherze! Ich werde Euch verklagen.«

»Bei den Ermittlungen eines schweren Verbrechens habe ich alle Handlungsfreiheit«, teilte ihm Henat mit. »Meine Entschuldigung muss dir reichen, und jetzt sieh zu, dass du verschwindest.«

Aus Angst, noch mehr Prügel einzustecken, gehorchte der junge Mann lieber.

Henat ging durch die kleine Tür in der nördlichen Tempelmauer.

Vor einem Säulengang stand der Hohepriester Wahibra.

»Und – war die Festnahme erfolgreich?«

Henat ballte die Hände zu Fäusten.

»Ihr solltet Euch nicht auch noch lustig machen.«

»Das verstehe ich nicht.«

»O doch, Ihr versteht mich sogar sehr gut! Der Mann, der an die Pforte kam, war nicht Kel, sondern ein Schreiber von Menk.«

»Dann sind Eure Leute wahrscheinlich nicht vorsichtig genug gewesen«, meinte der Hohepriester. »Ein flüchtiger Mörder ist bestimmt immer auf der Hut. Vermutlich hat er Eure Leute entdeckt und sich davongemacht.«

»Meint Ihr etwa, dass ich Euch diese Lügengeschichte glaube? In Wirklichkeit versteckt sich Kel hier im Tempel. Diesmal verlange ich eine vollständige Durchsuchung, das Haus des Lebens eingeschlossen.«

»Das ist unmöglich«, widersprach Wahibra.

»Ich handle im Auftrag des Königs. Widersetzt Ihr Euch, kommt Ihr ins Gefängnis.«

»Dann muss ich mich fügen, aber nur Ihr allein dürft

in meiner Begleitung die geheimen Orte des Tempels aufsuchen.«

»Einverstanden.«

»Habt Ihr gar keine Angst vor diesem gewalttätigen Mörder?«

»Dann gebt Ihr es also zu?«

»Durchaus nicht, Henat. Aber er könnte sich ja hier ohne mein Wissen versteckt halten.«

»Ich bin bewaffnet, und meine Männer stehen am Eingang jedes einzelnen Gebäudes Wache. Sobald ich nach ihnen rufe, kommen sie mir zu Hilfe. Außerdem sind wir ja zu zweit… Ihr würdet mir doch helfen, nehme ich an?«

»Gegen einen Verbrecher zu kämpfen, ängstigt mich nicht, trotz meines Alters.«

Dann begann die gründliche Durchsuchung von Neiths Reich, an der etwa hundert bewaffnete Männer beteiligt waren.

Henat sah zum ersten Mal das heilige und geheime Haus des Lebens, in dem die Auferstehung von Osiris vorbereitet wurde, und die gewaltige Bibliothek, in der die Eingeweihten an den Mysterien arbeiteten.

Als er vor dem Heiligtum stand, das nur der Pharao und sein Stellvertreter, der Hohepriester, betreten durften, machte er unwillkürlich einen Schritt zurück.

»Schwört Ihr mir, dass sich Kel hier nicht versteckt, Wahibra?«

»Ich schwöre es. Geht trotzdem durch den geheimnisvollen Gang und werft einen Blick in jede Kapelle.«

Aus Angst vor dem Zorn der Götter war Henat ganz übel, aber er schlug das Angebot nicht aus.

Nirgends eine Spur von Kel.

54

In Begleitung von einem guten Dutzend Flottenführern traf sich der königliche Siegelbewahrer Udja im Norden von Sais mit dem ägyptischen Heerführer Phanes von Halikarnassos. Der Grieche ließ Übungen von Reiterei und Fußsoldaten machen.

Die planmäßige Vereinigung der verschiedenen Einheiten war dazu gedacht, die Verteidigung im Falle eines feindlichen Angriffs besonders schlagkräftig zu machen.

Ein ranghoher Soldat äußerte seine Verwunderung.

»Wozu bietet Ihr diese ganzen Streitkräfte auf, Feldherr? Hat Botschafter Krösus uns nicht Frieden mit den Persern versprochen?«

»Die Botschafter erscheinen mir nicht immer vertrauenerweckend. Ich werde schließlich dafür bezahlt, Ägypten zu verteidigen. Also üben wir so lange, bis jeder Söldner in der Lage ist, jeden Befehl wie gewünscht auszuführen. Ich will schnelle, starke und schlagkräftige Männer.«

»Zwei neue Kriegsschiffe haben soeben unsere Werft verlassen«, berichtete ihm Udja, »und drei weitere werden ebenfalls bald fertig sein.«

»Ausgezeichnet«, sagte Phanes von Halikarnassos. »Ich habe Krösus bei seinem Besuch genau beobachtet: Er war überrascht und sehr beeindruckt. Wahrscheinlich hatte er geglaubt, unsere Verteidigung weise noch Lücken auf. Jetzt ist er vom Gegenteil überzeugt. Trotzdem möchte ich nicht, dass wir in unseren Anstrengungen nachlassen.«

»Das ist auch durchaus im Sinne Seiner Majestät«, bemerkte Udja. »Der Pharao wünscht eine Steigerung der Truppenstärke und eine Verbesserung der Bewaffnung.«

»Nachwuchs ist uns jederzeit willkommen! Und Ihr könnt mir glauben, Siegelbewahrer, sie werden ordentlich ausgebildet. Unter den griechischen Söldnern gibt es keine Weichlinge und keine Drückeberger. Eine Schwierigkeit sollten wir allerdings besprechen …«

»Nur zu!«

»Der Sold wurde nicht erhöht. Ein kleines Entgegenkommen scheint mir notwendig.«

Der Siegelbewahrer entspannte sich wieder.

»Der König hat mich beauftragt, die Steuern zu erhöhen, die von nun an alle erfasst. Dann werden die Söldner viel besser behandelt, und die Offiziere erhalten steuerfreies Land.«

»Damit dürfte die gute Stimmung in der Truppe gewahrt bleiben«, versprach Phanes. »Schauen wir uns jetzt unsere Verteidigungsmaßnahmen an.«

Zwei Schreiber breiteten eine große Karte vom Nil-Delta und den syrisch-palästinensischen Gebieten auf dem Boden aus.

»Es gibt zwei mögliche Angriffswege: über das Meer oder über Land. Die Mittelmeerküste ist sehr gefährlich und kann eine Flotte, die sich dort nicht auskennt, in viele Fallen locken. Sollte es aber tatsächlich einigen persischen Schiffen gelingen, vor die ägyptische Küste zu kommen, werden sie Eure überragenden Schiffe niemals anlegen lassen. Und wenn doch ausnahmsweise ein Schiff einen unserer Häfen erreichen sollte, würde es sofort eingeschlossen und zerstört.«

Udja und die Flottenführer nickten.

»Krösus ist sehr erfahren und hat es nicht versäumt, sich selbst Einblick zu verschaffen«, meinte einer. »Jeder Versuch, Ägypten vom Meer aus anzugreifen, käme einem Selbstmord gleich.«

»Deshalb dürfen wir aber nicht unaufmerksam werden und müssen unsere Stellung weiter stärken«, verlangte Udja.

»Der Landweg macht mir mehr Kopfzerbrechen«, gab Phanes von Halikarnassos zu, »und ich arbeite ständig daran, die letzten Breschen zu schließen. Unsere Fußsoldaten und unsere Verteidigungslinien sind so aufgestellt, dass dem Feind nur ein einziger Angriffsweg bleibt. An dessen Ende wird ihn unsere Reiterei erwarten und ihm schwere Verluste zufügen, während ihm gleichzeitig der Rückweg abgeschnitten wird.«

Manche Offiziere schlugen noch verschiedene Änderungen vor. Der oberste Feldherr hörte sich alles aufmerksam an und versprach, jeden sinnvollen Vorschlag in die Tat umzusetzen.

Es hatte den Anschein, als könne nicht einmal ein zweimal so großes Heer wie das ägyptische das Delta überfallen.

Nachdem sich Nitis im heiligen See gereinigt hatte, begab sie sich in den geschlossenen Tempel und reichte den Statuen der Göttin Neith, die die rote Krone und die Zepter Leben und Macht trug, Milch, Wein und Wasser als Opfergaben. Dann huldigte sie allen Gottheiten, die in den Kapellen dargestellt waren, und schritt durch die Himmelspforte – den Zugang zum geheimsten Teil des Tempels.

Die junge Oberpriesterin war in die Mysterien von Isis und Osiris eingeweiht und konnte in die Rolle des Hohepriesters schlüpfen, indem sie die rituellen Schriften beseelte, die für immer und ewig lebendig blieben.

Sie öffnete die verborgene Tür zur dritten Gruft.

»Ich bin es, Kel. Ihr könnt jetzt herauskommen.«

Sehr langsam verließ Kel diese Welt, in der er eine vollständige Wandlung durchgemacht hatte. Nachdem er jede Hieroglyphe in sich aufgenommen hatte, das Herz erfüllt von den Schöpfungsworten der Göttin Neith, den Geist dem Universum der sich ständig erneuernden Kräfte geöffnet, hatte er in wenigen Stunden Seelenwelten durchquert, die nur ganz wenigen Lebewesen zugänglich sind.

»Nitis … Bin ich noch am Leben?«

»Ja, mehr als zuvor.«

»Das hier war kein Versteck, sondern eine Prüfung. Vertraut Ihr mir jetzt?«

»Ich habe nie an Eurer Unschuld gezweifelt.«

»Kann ein Schreiber und Übersetzer, auch wenn er noch so ein guter Fachmann ist, die Macht der göttlichen Worte spüren und die Höhle der Verwandlungen unversehrt verlassen? Das habt Ihr Euch gefragt, Ihr und der Hohepriester.«

Nitis musste lächeln.

»Es war aber auch ein Versteck. Henats Männer haben Neiths Reich durchsucht, ohne Euch zu finden. Dafür habt Ihr Euch aber selbst entdeckt.«

Sie sahen sich mit neuer Hingabe an.

»Ich war drauf und dran aufzugeben, Nitis. Jetzt aber werde ich bis zum Schluss kämpfen. Und Ihr habt mir die Augen geöffnet, vorher war ich wie mit Blindheit geschlagen. Auch wenn ich Eurer noch immer unwürdig bin, verstehe ich jetzt doch besser, wie wichtig Eure Aufgabe ist.«

Sie reichte ihm die Hände, und er wagte sie zu nehmen.

»Euer Freund Bebon möchte Euch sprechen.«

55

Kel verließ den Tempel zusammen mit mehreren Gärtnern, die für die Bäume der Göttin Neith zu sorgen hatten. Dann trennte er sich von ihnen und wartete auf ein Zeichen von Bebon.

Ein weiches Eselsmaul stupste ihn an der Hand.

»Nordwind!«

Der Esel stellte seine Ohren auf und lief zu einem kleinen Platz, von dem mehrere Gassen abgingen.

Kel folgte ihm bis zu einem Stall. Hier trank Nordwind frisches Wasser und ließ sich eine köstliche Mischung aus Heu, Gemüse und Luzerne schmecken.

»Mir scheint, du bist gesund und munter«, stellte Bebon fest. »Neith passt wohl gut auf dich auf.«

»Der Hohepriester steht unter Hausarrest, der Pharao weigert sich, ihn zu empfangen. Henat hat das Reich der Göttin noch einmal durchsuchen lassen, und ich bin ihm nur dank Nitis' Hilfe entkommen.«

»Ich habe eine ganze Menge Späher um den Tempel herum bemerkt. Zum Glück suchen sie nach einem, der so aussieht wie auf dem Bild, das sie haben. Und ich habe einen wichtigen Verbündeten gewonnen, meinen alten Freund Nedi, dem ich schon einige Gefallen getan habe.«

»Wie kann er uns helfen?«

»Er kann uns zum Beispiel sagen, was tatsächlich in deinen Strafunterlagen steht. Sie müssen voller gefälschter Hinweise, falscher Aussagen und gekaufter Zeugen sein. Ich will vor allem von ihm wissen, wer sie unterzeichnet hat. Außerdem wird uns der gute Nedi ganz genau erklären, wie uns die Schnüffler zu fassen kriegen wollen. Dann sind wir schon mal im Vorteil.«

»Wann treffen wir ihn?«

»Noch heute Nacht, vor dem Geschäft des größten Krughändlers von Sais.«

Im silbernen Licht des Vollmonds wirkte die Stadt unendlich groß. Streunende Katzen waren auf der Jagd nach Mäusen, junge Paare redeten von der Liebe, und Handwerker und Schreiber arbeiteten noch im Lichtschein von Lampen.

Nordwind ging ziemlich schnell voraus.

»Weißt du eigentlich, dass er mich gefunden und zu dir gebracht hat?«, fragte Kel.

»Es ist wirklich unglaublich, wie klug dieser Esel ist! Eigentlich sind wir jetzt zu dritt. Und wir haben allen Grund, auf ihn zu hören.«

Alles schien ruhig.

Zwei riesengroße Krüge flankierten den Eingang zu der Werkstatt mitten im Töpferviertel.

Plötzlich blieb Nordwind stehen.

»Vorsicht!«, rief Bebon, misstrauisch geworden.

Der Schauspieler sah sich um, aber es gab keine Verfolger.

Der Esel lief zu einem der beiden großen Krüge, schlug kräftig aus und stieß ihn um. Ein Ordnungshüter schrie vor Schmerz, weil er sich an den Scherben verletzt hatte.

Den anderen Krug ereilte das gleiche Schicksal, und ein zweiter Wachmann wurde überwältigt.

»Lauf hinter Nordwind her!«, rief Bebon Kel zu, als drei mit Knüppeln bewaffnete Männer aus der Werkstatt stürmten.

Mit einem Tritt ins Gesicht konnte der Schauspieler einen der drei Angreifer erledigen. Dank seiner Beweglichkeit gelang es ihm, der Waffe auszuweichen, mit der der zweite Mann nach ihm schlagen wollte, und ihm einen harten Schlag ins Genick zu verpassen.

Dann drehte sich Bebon um, sah aber den anderen Knüppel zu spät. Schon schoss ihm das Blut aus der Nase.

Außer sich vor Wut riss er sich los, packte den Wachmann am Hals und würgte ihn.

Als sich ihm keiner mehr in den Weg stellen konnte, ergriff auch der Schauspieler die Flucht.

Nitis untersuchte Bebons Verletzungen.

»Du hast einen Nasenbeinbruch«, stellte sie fest, »aber da kann ich dir helfen.«

Nachdem sie die Wunde mit zwei Leinentupfern gereinigt hatte, schob sie zwei andere, die mit Fett, Honig und pflanzlichen Wirkstoffen getränkt waren, in die Nasenlöcher.

»Wenn die Schwellung zurückgegangen ist, führe ich

zwei leinenumwickelte Schienen in die Nase ein, um sie wieder gerade zu stellen. Bis alles vollständig verheilt ist, wechsle ich einmal am Tag den Verband. Es gibt keine Narben, und dank der betäubenden Wirkung der pflanzlichen Stoffe hast du auch keine Schmerzen. Du darfst ganz normal essen, musst aber das Bett hüten.«

»Ist es nicht viel zu gefährlich für Euch, wenn Ihr uns in Eurer Wohnung bleiben lasst?«, fragte Kel besorgt.

»Neiths Reich wurde bereits von vorn bis hinten durchsucht«, sagte die Priesterin, »und Henats Spürhunde überwachen vor allem den Hohepriester. Falls er versuchen sollte, den Tempelbereich zu verlassen, würden sie ihn sofort festnehmen.«

»Ihr müsst sehr vorsichtig sein«, ermahnte sie Kel.

»Macht Euch keine Sorgen, ich passe weiterhin gut auf.«

»Dein sogenannter Freund hat uns an die Ordnungshüter verraten«, warf Kel jetzt Bebon vor.

»Das glaube ich nicht.«

»Wie erklärst du dir dann diese Falle?«

»Ich kenne Nedi gut, er hat uns nicht verraten. Als er nach Hinweisen gesucht hat, die er uns übergeben wollte, hat man ihn wahrscheinlich ertappt. Das beweist noch einmal den Ernst der Lage! Die Obrigkeit nimmt einen ihrer eigenen Leute fest und bringt ihn zum Schweigen.«

»Du glaubst doch nicht etwa, dass Henat …«

»Wir werden Nedi nicht wiedersehen«, meinte Bebon traurig. »Vielleicht blieb ihm noch genug Zeit, eine Botschaft für uns zu hinterlassen.«

»Wie denn?«

»Er könnte zum Beispiel ein Schriftstück bei sich zu

Hause versteckt haben. Sobald es geht, werde ich nachsehen.«

»Ihr verlasst dieses Haus nicht ohne meine ausdrückliche Erlaubnis«, befahl Nitis.

Bebon streckte sich auf einer Matte aus. Wie seinen Freunden auch wurde ihm nach und nach das ganze Ausmaß der Verschwörung bewusst. Weil er aber nie die Hoffnung aufgab, fragte er sich auch jetzt noch, ob es für Kel und ihn einen Ausweg aus dieser verzweifelten Lage geben konnte.

»Ich habe Nedi in sein Verderben rennen lassen«, klagte er.

»Schließlich war er bereit, dir zu helfen«, wandte Kel ein.

»Schon, aber er wusste nicht, wie gefährlich das sein konnte. Ich fühle mich für seinen Tod verantwortlich.«

»Ich glaube, du siehst das zu düster.«

»Nein. Nachdem man uns eine Falle gestellt hat, muss Nedi unseren Treffpunkt verraten haben. Und wenn er geredet hat, dann nur, weil er gefoltert wurde.«

56

Henats kaltem Zorn zu begegnen, war alles andere als ein Vergnügen. Der Mann, der für den misslungenen Einsatz verantwortlich war, machte einen erbärmlichen Eindruck.

»Meine Leute mussten schwer einstecken«, gab er zu.

»Fünf erfahrene Leute gegen einen einzigen Mann!«, schimpfte Henat. »Willst du dich über mich lustig machen?«

»Kel war nicht allein. Den Berichten zufolge, die allerdings ziemlich wirr sind, hatte er mehrere Helfer.«

»Wie viele?«

»Zwei, drei oder vier. Überaus rachsüchtige und kampferfahrene Kerle.«

»Und sie hatten keine Verluste?«

»Vielleicht einen Leichtverletzten.«

»Und diese ganze schöne Gesellschaft konnte dann auch noch fliehen, obwohl wir diesen Hinterhalt äußerst sorgfältig vorbereitet hatten!«

»Mit diesem Widerstand haben wir nicht gerechnet. Außerdem hattet Ihr ja angeordnet, dass wir den Mörder ins Haus kommen lassen sollten, um ihn dann dort ohne größere Schwierigkeiten festnehmen zu können. Er und seine Bande haben uns aber derart wütend angegriffen, als hätten sie unsere Anwesenheit geahnt.«

Henat verzog sein Gesicht vor Ärger.

Wie konnte der Wachmann Nedi Kel nur warnen? Man hatte ihn wegen auffälliger Nachforschungen verhaftet, und er wurde einem strengen Verhör unterzogen. Aus Angst vor den Schmerzen entschloss er sich, einen geheimen Treffpunkt in der Sache Kel preiszugeben, ehe er einem plötzlichen Herzanfall erlag.

Dieser kleine Schreiber war zäher als erwartet.

Offenbar gab es genug Leute, die ihn bei sich versteckten und vor seinen Verfolgern in Schutz nahmen. Henat ging stets geduldig und planmäßig vor, konnte diese vorübergehende Niederlage aber nur schwer ertragen. Jetzt musste er aus diesem Vorfall lernen und den Flüchtigen in dem Glauben lassen, er könne ihm entkommen. Vertraute er erst einmal darauf, würde Kel irgendwann einen verhängnisvollen Fehler begehen.

»Du hättest nicht kommen dürfen«, sagte Wahibra zu Pef, dem Großen Schatzmeister.

»Ich wollte die Wahrheit aus deinem Mund hören. Stehst du wirklich unter Hausarrest?«

»Der König hat mir verboten, den Tempelbereich zu verlassen. Sollte ich dagegen verstoßen, werde ich ins Gefängnis geworfen.«

»Was wirft man dir vor?«

»Ich habe den Schreiber Kel zur Königin gebracht, damit sie ihn vor Amasis verteidigt.«

»Bist du denn verrückt geworden! Wie kann ein Priester der Göttin Neith so etwas tun?«

»Weil dieser junge Mann unschuldig ist.«

»Hast du dafür unwiderlegbare Beweise?«

»Er hat mich mit seiner Aufrichtigkeit überzeugt.«

»Das ist doch nicht zu fassen! Ein Würdenträger von deinem Alter und deiner Erfahrung – und so leichtgläubig.«

»Vielleicht haben mir ja Alter und Erfahrung bei der Wahrheitsfindung geholfen?«

Der Minister ließ diesen Einwand auf sich wirken.

»Gem ist ein erfahrener und gewissenhafter Richter. Und er behauptet nach wie vor, dass die Beweislast erdrückend ist.«

»Bestand nicht die erste Tat des wahren Mörders darin, den Untersuchungsrichter zu täuschen?«

Pef grummelte nur vor sich hin.

»Gibt es abgesehen von deiner Eingebung noch etwas Greifbares?«

»In Naukratis hat Kel beunruhigende Entdeckungen gemacht, die niemand wahrhaben will. Ganz im Gegensatz zu deinen beruhigenden Versicherungen haben die reichen griechischen Kaufleute dort durchaus nicht die Absicht, ihre Unternehmungen auf diese eine Stadt zu beschränken.«

Der Minister runzelte die Stirn.

»Erklär mir das bitte etwas genauer.«

»Sie wollen die Sklaverei in Ägypten einführen und uns ihr Geld aufdrängen, also ihre Münzen aus Metall nach und nach im ganzen Land in Umlauf bringen.«

»Das kommt überhaupt nicht in Frage!«

»Die ersten Geldstücke sind schon im Umlauf, und der königliche Palast scheint sich deshalb keine Sorgen zu machen. Muss man sich einer Entwicklung widersetzen, die unausweichlich scheint? Und du, der Hauptverantwortliche für die öffentlichen Gelder, weißt offenbar gar nichts darüber.«

Pef schwieg lange.

»Ich sehe keinen Zusammenhang mit dem Mord an den Übersetzern.«

»Glaubst du nicht, dass jemand dabei ist, unser Land zu verraten?«

»Du hast wohl den Verstand verloren, Wahibra! Mach nicht noch mehr Fehler und halte dich endlich aus dieser Sache raus. Ich fahre jetzt nach Abydos und überprüfe, ob die Arbeiten zum Erhalt des Tempels vorschriftsmäßig ausgeführt werden.«

»Soll das heißen, du sprichst nicht beim König vor?«

»Das hätte sowieso keinen Sinn. Er hört nur auf sich

selbst und auf Pythagoras, einen griechischen Denker, der ihn begeistert. Ich bitte dich, mein Freund: Vergiss diese schrecklichen Morde und warte, bis sich der Sturm gelegt hat, dann wird man dir deinen Fehltritt verzeihen.«

Obwohl sie es immer wieder versuchten, gelang es Kel und Nitis nicht, den verschlüsselten Papyrus zu entziffern. Und sie wussten auch nicht, wo sie die Vorfahren finden sollten, die ihnen den entscheidenden Hinweis geben könnten.

Zufrieden mit dem guten Wein und dem einfachen Essen trug Bebon die Mysterien des Horus vor, in deren Verlauf der Gott mit dem Falkenkopf, von seiner Mutter Isis ermutigt, Seths Nilpferd mit einem Wurfspeer durchbohrte und das Böse zur Machtlosigkeit verdammte.

»Möge uns dieser göttliche Zauber beschützen!«, bat der Schauspieler inständig.

Als Nitis zu ihnen zurückkam, schöpfte er neue Hoffnung. Allein durch ihre Gegenwart verjagte die Priesterin jede Angst.

»Der Hohepriester sagt, es gibt nur einen einzigen Menschen, der mit dem König sprechen darf und ihn bitten könnte, Kels Fall wohlwollend zu betrachten«, sagte sie.

»Wer soll dieser unbekannte Retter sein?«, fragte Bebon.

»Pythagoras, ein griechischer Denker, der auf der Suche nach der letzten Weisheit nach Ägypten gekommen ist. Er hat bereits mehrere Tempel besucht; wir hatten ihn auch schon hier bei uns. Die rituellen Pflichten, mit denen wir ihn beauftragt haben, hat er gewissenhaft erledigt. Zurzeit hält er sich in Naukratis auf – bei Dame Zeke.«

»Zekes Diener haben Richter Gem falsche Zeugenaussagen geliefert: Sie haben behauptet, ich hätte Demos die Kehle durchgeschnitten«, erinnerte sich Kel. »Trotzdem muss ich Pythagoras treffen und ihn von meiner Unschuld überzeugen. Ich werde sofort nach Naukratis aufbrechen.«

»Ich begleite dich«, erklärte Bebon.

»Auf keinen Fall«, widersprach Nitis. »Du bist noch nicht wiederhergestellt, und man sucht ganz eindeutig nach einem Mann mit gebrochener Nase.«

»Die Oberpriesterin hat recht«, pflichtete ihr Kel bei. »Mach dir keine Sorgen, in Naukratis kenne ich mich aus. Ich werde meinen Feinden nicht ins Netz gehen.«

»Hier habt Ihr ein Schreiben des Hohepriesters der Neith, das Euch berechtigt, bei Pythagoras vorzusprechen und ihn nach seiner Meinung zu den Planeten zu befragen. Darin heißt es, Ihr seid ein Grieche aus Samos.«

»Pythagoras, Zeke«, murmelte Bebon besorgt vor sich hin. »Was, wenn sie unter einer Decke stecken? Wenn es sich um eine neue Falle handelt? Sie locken Kel aus seinem Versteck, und er landet genau in dem weit aufgerissenen Maul des Krokodils! Warum nur ist der Hohepriester für diese Vorgehensweise?«

»Weil er einen vertraulichen Hinweis von seinem Freund Pef bekommen hat, dem Großen Schatzmeister.«

»Aha, ein hoher Würdenträger, der wahrscheinlich auch an der Verschwörung beteiligt ist!«

»Was zu beweisen wäre«, meinte Kel. »Ich bleibe jedenfalls nicht untätig.«

Und ich auch nicht, dachte sich Bebon.

57

Die kurze Reise war ohne Zwischenfälle verlaufen. An der Anlegestelle in Sais hatten die Wachposten einen jungen Mann aufgehalten, der Kel ähnlich sah. Während sie ihn verhörten, war der Schreiber an Bord des Schiffs nach Naukratis gegangen.

Im dortigen Hafen wurden wieder alle Ankömmlinge überprüft.

Ein Soldat zog Kels Bild zu Rate, der sich gerade auf Griechisch mit einem Mann unterhielt, der bunte Gewänder verkaufte, die bei den Söldnern sehr beliebt waren. Der Soldat kaufte ihm ein weites Gewand ab.

Die Wachen ließen sie in Ruhe, und die beiden Männer aßen in einem Gasthaus zu Mittag, in dem es hoch herging, weil kräftig gehandelt wurde.

Dann machte sich Kel auf den Weg zum Apollo-Tempel, der zwischen dem der Dioskuren, Castor und Pollux, und dem der Hera im Norden der Stadt lag.

Auf dem Tempelvorplatz unterhielten sich einige Priester.

»Bitte entschuldigt, wenn ich Euch unterbreche«, sagte Kel. »Ich bin auf der Suche nach einem Mann namens Pythagoras, weil ich ihm einen Brief aushändigen soll.«

»Den haben wir gestern gesehen«, antwortete einer der Ritualisten. »Er wollte aber nicht wiederkommen.«

»Wo könnte ich ihn denn finden?«

»Er wohnt bei der Dame Zeke, der reichsten Frau von Naukratis und unserer größten Gönnerin.«

Der Ritualist erklärte Kel, wie er zur Wohnung von Zeke gelangte. Der Schreiber hatte gehofft, Pythagoras möglichst weit weg von diesem Haus anzutreffen, aber jetzt blieb ihm nichts anderes übrig: Er musste das prunkvolle Haus betreten, auf die Gefahr hin, erkannt und verhaftet zu werden.

Auf den Straßen waren zahllose Händler unterwegs und drehten sich immer wieder nach den freizügigen Frauen um, die ihr Haar offen trugen. Die Männer, die erst vor Kurzem aus Griechenland gekommen waren, schimpften über so viel Schamlosigkeit und Unabhängigkeit. Sie waren entsetzt und hätten sich wahrscheinlich gewünscht, dass ihre Weibchen zu Hause eingesperrt wären, um jederzeit ihre Wünsche zu befriedigen. Da immer mehr Griechen in Naukratis und den anderen Städten im Nil-Delta lebten, hofften sie jedoch, hier griechische Verhältnisse einführen zu können.

Kel meldete sich bei Dame Zekes Pförtner, einem stämmigen Mann mit niedriger Stirn und finsterem Blick.

Sollte er ihn erkennen, würde der Schreiber kehrtmachen und weglaufen.

»Ich komme aus Sais«, begann er. »Der Hohepriester des Neith-Tempels hat mich beauftragt, Pythagoras einen Brief persönlich zu überreichen.«

»Warte hier.«

Die erste Hürde war genommen.

Die zweite würde eher einfach sein: Kel wollte Pythagoras bitten, ein paar Schritte mit ihm zu gehen, damit sie sich ungestört unterhalten konnten.

Die dritte Hürde würde die schwierigste sein: Er musste den Denker von seiner Unschuld überzeugen und ihn dazu überreden, sich bei Pharao Amasis für ihn zu verwenden.

Der Pförtner kam zurück.

»Komm herein. Ein Hausverwalter bringt dich in den Empfangsraum, wo dich Pythagoras erwartet.«

Jetzt gab es kein Zurück mehr.

»Geh mir nach«, sagte der Hausverwalter, der genauso unangenehm wie der Pförtner war.

»Nimm Platz und warte.«

Kel fühlte sich nicht wohl in seiner Haut und lief unruhig auf und ab. Nicht einmal die prächtigen Wandmalereien, auf denen griechische Landschaften zu sehen waren, konnten ihn ablenken.

Schließlich öffnete sich die Tür – und Dame Zeke erschien.

Sie war schöner denn je. Eine zierliche goldene Krone zierte ihr schwarz glänzendes Haar, sie trug eine dreireihige Perlenkette, silberne Armreifen und ein tief ausgeschnittenes rotes Kleid. Außerdem duftete sie verführerisch nach Jasmin.

»Ich wusste doch, dass du eines Tages wiederkommst«, sagte sie leise.

»Ich habe eine Botschaft für Pythagoras und …«

»Er hat Naukratis heute Morgen verlassen.«

»In welche Richtung?«

»Er ist auf dem Weg zum Ptah-Tempel in Memphis. Das ist ein Befehl des Königs.«

»Lasst mich gehen. Ich muss ihn sprechen.«

»Das kannst du vergessen, Kel. Jetzt gehörst du mir.«

»Ihr habt Demos getötet und versucht, mich zu beseitigen.«

»Nun, nachdem dich das Schicksal verschont und zu mir zurückgeführt hat, wirst du mich heiraten.«

»Niemals!«

»Dann willst du also lieber sterben?«

»Ich liebe Euch nicht, Zeke, und ich kann und will Euch auch nichts vormachen.«

Die erfolgreiche Frau sah auf einmal sehr traurig aus.

»Schönheit und Zauber meiner Nebenbuhlerin müssen unerhört sein, hab ich recht? Und dich könnte ich auch mit den schlimmsten Drohungen nicht dazu bringen, ihr untreu zu werden.«

»So ist es.«

»Du bist der Erste in meinem Leben, dem es gelingt, mich auf meine Begierde verzichten zu lassen, Kel. Weil du mich erniedrigst, müsstest du eigentlich meinen Zorn auf dich ziehen. Stattdessen bewundere ich dich. Ich habe immer geglaubt, dass es so durch und durch anständige Menschen wie dich nicht geben kann. Deshalb will ich dich schonen und dir die Freiheit schenken. Da wir uns aber nie wiedersehen werden, hörst du mir jetzt erst einmal ganz genau zu: Mit der Verschwörung auf höchster Ebene, deren Mittelpunkt du zu sein scheinst, habe ich rein gar nichts zu tun. Dass ich die Wirtschaft in diesem Land mit der Einführung von Sklaverei und Geld verändern will, geschieht nur zu meinem eigenen Vorteil! Reichtümer begeistern mich, und ehe ich sterbe, werde ich nicht aufhören, Geld anzuhäufen.«

»Habt Ihr nicht vielleicht einen oder mehrere Helfershelfer im Palast des Pharaos?«

»Die brauche ich gar nicht. Mein Reich ist hier in Naukratis. Ich habe hohe Würdenträger, ranghohe Offiziere und sogar Priester gekauft. Sie alle fressen mir aus der Hand, um ein Stück von dem Kuchen abzubekommen, der immer größer wird. Und meine Neuerungen werden sich bestimmt auch außerhalb der Grenzen dieser Stadt durchsetzen. Wir Griechen nennen das Fortschritt. Dazu seid Ihr Ägypter mit Eurer Hingabe für die Götter und die Vergangenheit gar nicht fähig.«

»Und was ist mit Amasis' Helm?«

»Ach ja! Wegen dieser Geschichte hatte ich angefangen, von Macht zu träumen. Was für ein Irrtum! Das Einzige, was zählt, ist Geld. Geld ist mächtiger als alle Herrschaftsformen und bricht jedem Kaiser, König oder Prinz das Genick. Ich lasse ihnen jetzt wieder ihre albernen Spielchen und kümmere mich ausschließlich um meine Geschäfte.«

»Dann wisst Ihr auch nicht, wie der Dieb heißt, der den Helm gestohlen hat – der zukünftige Thronräuber?«

»Von dieser Verschwörung und den Verbrechen, die man dir vorwirft, weiß ich nichts und will auch nichts davon wissen. Verlasse Naukratis, Kel, und versuche ja nicht, dich in mein Leben einzumischen. Das würde ich als einen Angriff verstehen und dich nicht noch einmal schonen.«

58

Kel bekam ein schnelles Schiff und gelangte in weniger als vier Tagen von Naukratis in Ägyptens größte Stadt, das alte Memphis. Auch wenn Memphis nicht Hauptstadt war, blieb es doch als Bindeglied zwischen Nil-Delta und Nil-Tal der wirtschaftliche Mittelpunkt des Landes.

Der Schreiber bezahlte die Reise, indem er für den Kapitän und seinen Steuermann Briefe an die Verwaltung schrieb.

Das Schiff legte im Hafen mit seinen beeindruckend langen Hafenmauern an. Die weltoffene Stadt Memphis wurde Tag für Tag mit großen Mengen an Waren aus dem Süden wie aus dem Norden beliefert.

Allein und fremd inmitten einer bunten Menschenmenge fragte Kel einen alten Mann, der sich gerade an diesem ständig wiederkehrenden Schauspiel erfreute, nach dem Weg. So fand er ohne Schwierigkeiten zu dem prächtigen Tempel des Ptah, dem Gott des Wortes und der Handwerkskunst. Der Tempel steht in der Nähe der Hochburg mit den weißen Mauern, die von Djoser erbaut wurde, dessen begnadeter Baumeister, Imhotep, auch die Stufenpyramide in Sakkara erbaut hat.

Ein von Sphingen gesäumter Weg führte zu dem kolossalen Pylon am Eingang, der mit Lilienbannern geschmückt die Gegenwart von Ptah verkündete.

Kel folgte einem reinen Priester, der sich an einem Seiteneingang vorstellte, wo Wächter seinen Namen auf eine Anwesenheitsliste schrieben.

»Hier ist meine Zulassung«, sagte der Schreiber und

legte den Brief vor, den der Hohepriester von Sais unterzeichnet hatte. »Ich möchte einen griechischen Denker namens Pythagoras sprechen, der hier vor Kurzem eingetroffen sein soll.«

Das Schreiben wurde genau untersucht.

»Komm herein. Ich gehe Pythagoras suchen.«

Der große Innenhof bot bei Festen Platz für Prozessionen und Würdenträger. Zusammen mit anderen Besuchern wartete Kel im Schatten eines Säulengangs.

Der Lärm von draußen drang nicht durch die wuchtige Umfassungsmauer. Ein Ritualist mit einem großen Teller voll frischem Obst überquerte den Hof in Richtung Tempel.

Endlich kam der Wächter in Begleitung eines Mannes zurück, der Kel abschätzig musterte.

»Ich bin Pythagoras. Wer fragt nach mir?«

»Wahibra gab mir den Auftrag, Euch ein vertrauliches Schreiben zu überbringen. Ich soll es Euch auch erklären – an einem Ort, wo uns niemand hören kann.«

Pythagoras versuchte, nicht zu zeigen, wie erstaunt er war.

»Gehen wir in die Wohnung, die mir die Priester des Ptah zur Verfügung gestellt haben. Dort können wir ungestört reden.«

Pythagoras hatte ein einfaches Schlafgemach, ein kleines Arbeitszimmer und ein Bad.

»Hier in Ägypten habe ich gelernt, die Ahnen zu verehren und Maat zu achten«, sagte er zu seinem Gast. »Der seit alters her überlieferte Initiationsritus gehört nicht der Vergangenheit an. Im Gegenteil, er allein sorgt für eine einvernehmliche Zukunft. In Sais war ich sehr dankbar für meinen Lehrer, den Hohepriester Wahibra, und die Feier der Rituale, an denen ich dank Nitis, der Oberpriesterin der Weberinnen, teilnehmen durfte.«

»Neith webte das Wort, und ihre sieben Worte erschufen die Welt«, sagte Kel.

Pythagoras betrachtete den Boten jetzt mit anderen Augen.

»Dann seid Ihr also auch in die Mysterien eingeweiht?«

»Nitis und der Hohepriester haben mir ihr Vertrauen geschenkt. Hier ist das Schriftstück, das ich Euch zeigen soll.«

Kel entrollte den verschlüsselten Papyrus.

Pythagoras sah ihn sich aufmerksam an und wirkte bestürzt.

»Meine Erfahrung mit Hieroglyphen reicht nicht aus, um dieses Schriftstück zu lesen«, bedauerte er. »Ich erkenne die Zeichen, aber ich könnte schwören, dass sie keine Wörter bilden.«

»Ja, so ist es, und wir sind einfach nicht in der Lage, den Schlüssel dazu zu finden. Ich hatte gehofft, ich könnte mir Eure Hellsicht zunutze machen. Wäre es möglich, dass es sich bei dem Schlüssel um einen griechischen Dialekt handelt?«

»Mal sehen …«

»Dieser Papyrus stammt aus dem Übersetzeramt, in dem auch ich als Schreiber gearbeitet habe«, erklärte Kel. »Man beschuldigt mich zu Unrecht, ich hätte die Übersetzer getötet, obwohl es sich in Wirklichkeit um eine Verschwörung gegen Amasis handelt. Ich weiß zwar nicht, wer der Schuldige ist, aber vermutlich eine der führenden Persönlichkeiten in diesem Land. Er hat den Helm des Pharaos geraubt und wird ihn eines Tages aufsetzen und sich zum König von Ägypten ausrufen lassen. Unglücklicherweise weigert sich der König, mich anzuhören, weil ihm der Untersuchungsrichter lauter erdrückende Beweise gegen mich vorgelegt hat, die allesamt gefälscht sind.«

Pythagoras musterte ihn misstrauisch.

»Wieso sollte ich Euch glauben?«

»Weil ich Euch die Wahrheit gesagt habe. Außerdem habe ich herausgefunden, dass die Griechen in Naukratis unsere Wirtschaft zerstören wollen, indem sie Sklaverei und Geld bei uns einführen. Ich weiß nicht, ob diese Dinge mit der Ermordung der Übersetzer in Zusammenhang stehen, aber ich befürchte ein schreckliches Unglück. Weil mir der Hohepriester Wahibra geholfen und mich zur Königin geführt hat, steht er jetzt unter Hausarrest. Und dieses Schreiben, das niemand entziffern kann, ist der einzige Beweis für meine Unschuld, weil es darin ganz bestimmt um die Verschwörung geht.«

»Dann wäre Ägypten also in großer Gefahr«, sagte Pythagoras leise und sah sein Gegenüber an.

»Irgendjemand beseitigt gnadenlos jeden, der ihm im Weg ist«, antwortete Kel. »So viel Gewalt heißt, da gibt es einen unbeugsamen Willen und eine Grausamkeit ohnegleichen.«

»Was erwartet Ihr von mir?«

»Der Pharao schätzt Euch und hört auf Euch. Ihr seid der Einzige, der ihm die drohende Gefahr vor Augen halten kann. Um mein Schicksal geht es dabei nur am Rande. Aber die Untersuchung muss neu begonnen und das Ungeheuer enttarnt werden, das sich im Dunklen verbirgt.«

»Wir haben tatsächlich lange Gespräche geführt«, räumte Pythagoras ein. »Amasis wünscht, den Frieden dauerhaft zu sichern und will jeder unnötigen Auseinandersetzung aus dem Weg gehen. Ich für mein Teil habe beschlossen, die ägyptische Lehre für die griechische Denkweise zu übernehmen und eine neue Schule zu gründen, die uns von einem zerstörerischen Vernunftglauben weg und näher hin zum Geheimnis des Lebens bringt. Nach meinem kurzen Aufenthalt in Memphis werde ich mich in Sais vom Pharao verabschieden und dann nach Griechenland zurückkehren.«

»Erklärt Ihr Euch bereit, ihm meine Äußerungen mitzuteilen und ihn zu überzeugen, dass er bisher schlecht beraten war?«

»Ich kann Euch nicht versprechen, dass es mir gelingt.«

»Ich bin Euch in jedem Fall überaus dankbar. Euer Eingreifen könnte verhindern, dass Ägypten ein unheilvolles Schicksal widerfährt.«

»Solange Ihr nicht wisst, was ich erreichen konnte, müsst Ihr sehr vorsichtig sein. Es gibt kein schrecklicheres Verbrechen als die Ermordung eines Unschuldigen. Wie wäre es, wenn wir heute Abend gemeinsam versuchen würden, den Papyrus zu entziffern?«

Die beiden Männer wollten sich gegenseitig in der meisterhaften Anwendung zahlloser Lesarten übertreffen, die alle von verschiedenen griechischen Dialekten ausgingen.

Obwohl es ihnen nicht gelang, das Schriftstück zu entziffern, verlor Kel nicht alle Hoffnung. Irgendwie glaubte er, dass sich Amasis für Pythagoras' Worte empfänglich zeigen würde.

59

Bebon fühlte sich wieder genesen, entfernte die letzten Verbände und bat Nitis, ihn gehen zu lassen. Er hielt es nicht länger im Haus aus und wollte sich unbedingt vergewissern, dass sein Freund Nedi nicht umsonst gestorben war.

Die Priesterin erlaubte es ihm nur ungern, und er musste ihr versprechen, dass er sich nicht in Gefahr bringen würde. Zu seiner eigenen Überraschung gab ihr der Schauspieler ernsthaft das Versprechen, er wolle vorsichtig sein.

Als es Nacht wurde, führte Nitis Bebon zu der kleinen Pforte an der Nordseite der Tempelmauer, die bei Sonnenuntergang verschlossen wurde. Sie besaß einen Schlüssel, den sie ihm gab. Zurück sollte er denselben Weg nehmen und darauf achten, dass ihn kein Wächter bemerkte.

Wie köstlich die Nachtluft war. In einem goldenen Käfig zu leben, war eindeutig nichts für ihn. Unsicherheit und Gefahr lockten und erregten ihn.

Er sollte in eine Verschwörung verwickelt sein? Seinetwegen! Die Verschwörer mochten sich nur an ihn halten. Wenn sie Kel angriffen, der zu keiner gemeinen Tat fähig war, traten sie die Grundwerte mit Füßen. Und das konnte Bebon, auch wenn ihm nicht viel an Sitte und Anstand gelegen war, nicht dulden. War die Gerechtigkeit etwa nicht die Grundlage jeder Gesellschaft, die diesen Namen verdiente?

Bebon erreichte den südlichen Stadtrand von Sais, auf den eine üppig grüne, von zahllosen Kanälen bewässerte Landschaft folgte. In diesem Viertel gab es schöne Landhäuser und eher bescheidene Behausungen, und immer wieder Verkaufsstände und Werkstätten.

Nedi hatte einen reichen Landwirt zum Nachbarn, der stolz auf sein Anwesen war, das inmitten eines Gartens mit Palmen und Brustbeerenbäumen lag.

Alles schien ruhig. Bebon befürchtete aber eine neue Falle und sah sich aufmerksam um.

Weit und breit war kein Aufpasser zu sehen.

Mehrere Male lief Bebon am Haus des Ordnungshüters vorbei.

Totenstille.

Er ging um das Haus herum, stieß den Laden von einem Fenster zum Gemüsegarten auf und schlüpfte ins Haus.

Ein großes Wohnzimmer, ein Schlafzimmer, eine Kammer und ein Bad. Nedi war Witwer und lebte nicht schlecht. Als Liebhaber guter Tropfen hatte er einen gepflegten Weinkeller, den Bebon jetzt aufsuchte.

Das Mondlicht schien schwach durch eine vergitterte Fensterluke – gerade so viel, dass man auf den Krügen Herkunft und Jahr lesen konnte.

Es dauerte nicht lange, bis Bebon entdeckt hatte, wonach er suchte: Ein Krug war entkorkt und wieder verschlossen worden. Bebon entfernte den Pfropfen aus Leinen und Stroh.

In dem Krug war kein Wein, sondern ein aufgerollter und versiegelter Papyrus – eine zierliche Schrift mit einer erstaunlichen Botschaft.

Mein lieber alter Gauner, hier meine erste Entdeckung: Die Ordnungshüter haben gerade einen Schieber fest-

genommen, der mit Waffen handelt, die in Naukratis gelagert waren. Weil er Schutz von höchster Stelle genießt, musste der gute Mann nur Strafe zahlen. Ich setze meine Untersuchung fort. Sollte mir etwas zustoßen, findest du bestimmt diesen Papyrus. Und vergiss nicht, auf meine Gesundheit zu trinken. Der Krug aus Imet aus dem Jahr drei von Amasis enthält einen wahren Göttertrank.

Bebon ließ sich das nicht zweimal sagen und erwies seinem Freund die letzte Ehre. Der Rotwein war sehr stark und versetzte ihn in einen Tiefschlaf, aus dem er erst spät am nächsten Vormittag erwachte.

Der Schauspieler vertrieb sich die Zeit mit etwas getrocknetem Fisch und wartete die Dämmerung ab, ehe er das Haus verließ.

Noch immer herrschte Totenstille.

Als Bebon den Gärtner des reichen Bauern entdeckte, steuerte er auf ihn zu.

»Mein Vetter Nedi ist nicht zu Hause«, sprach er ihn an, »weißt du vielleicht, wann er zurückkommt?«

»Dann hast du wohl nicht gehört, dass …«

»Was ist mit ihm?«

»Ein Herzanfall hat ihn das Leben gekostet.«

»Hier, in seinem Haus?«

»Nein, auf der Wache. Man hat ihn bereits begraben, und bald wird ein anderer Ordnungshüter sein Haus übernehmen.«

»Mein armer Vetter! Dabei dachte ich, er sei bei bester Gesundheit.«

»Ja, ja, keiner weiß den Tag und die Stunde. Er war ein anständiger Mann!«

»Die Sache ist ganz klar«, sagte Bebon zu Nitis und Wahibra, »eine griechische Aufrührerbande aus Naukratis versucht, sich mit Waffen einzudecken, um den König anzugreifen! Er muss so schnell wie möglich gewarnt werden.«

»Ich stehe unter Hausarrest«, erinnerte ihn der Hohepriester. »Und selbst wenn es mir gelänge, Amasis zu sehen, würde er mir nicht glauben.«

»Vielleicht gibt es doch eine Möglichkeit«, meinte Nitis.

»Ich benötige Eure Hilfe«, sagte die Priesterin zu Menk.

Menk war begeistert. Endlich machte sie den ersten Schritt!

»Ihr wisst bestimmt, dass der König den Hohepriester nicht sehen will.«

»Ja, was ich sehr bedaure, liebe Nitis. Und ich hoffe, dass sich diese unerfreuliche Lage bald ändert.«

»Wahibra ist im Besitz von Neuigkeiten, die für die Rettung des Königreichs von entscheidender Bedeutung sind. Nachdem er den Tempel nicht verlassen darf, sucht er einen vertrauenswürdigen Boten.«

Menks Freude wurde unsanft getrübt.

»Solche Geschäfte sind nicht meine Stärke, außerdem …«

»Der König hört auf Euch, weil er weiß, dass Ihr rechtschaffen und streng seid. Die Sache betrifft uns alle, weil es um die Zukunft Ägyptens geht. Diese Botschaft nicht weiterzugeben, wäre ein schwerer Fehler.«

»Das ist eine äußerst heikle Angelegenheit. Ich weiß nicht, ob …«

»Der Hohepriester vertraut Euch. Und ich auch. Aber wir sind beide machtlos. Ihr allein könnt die Zwei Länder retten!«

Wenn er sich nun auf die Sache einließ und damit den König verärgern sollte, war seine Laufbahn schlichtweg beendet; verweigerte er sich Nitis' Anliegen allerdings, so hatte ihre Beziehung keine Zukunft.

»Woher soll ich diese Neuigkeit denn haben?«

»Der Überbringer hat seinen Namen nicht genannt, ein Söldner, der sich Euch anvertraut hat. Ihr glaubt zwar nicht, dass das wirklich wahr ist, hieltet es aber für unerlässlich, Seine Majestät zu warnen.«

»Ihr verlangt viel von mir!«

Nitis lächelte ihn an.

»Ich habe nie an Eurem Mut gezweifelt, Menk. Euer Einsatz beweist dem König, dass Ihr unverbrüchlich zu ihm steht. Und das wird er Euch auch lohnen.«

Diese Aussicht beruhigte Menk ein wenig.

»Ich habe in vier Tagen ein Treffen unter vier Augen mit Seiner Majestät. Reicht Euch das?«

»Das ist ausgezeichnet, so erregt Ihr kein Aufsehen.«

»Ich hoffe sehr, dass nicht etwa hohe Würdenträger aus dem Palast beschuldigt werden.«

»Die Hinweise beziehen sich auf einen Waffenhandel.«

Das klang allerdings beunruhigend, und Menk hörte Nitis aufmerksam zu.

60

Da Pythagoras mittlerweile als wichtige Persönlichkeit galt, kam er in den Genuss von Amasis' Großzügigkeit. So hatte er zum Beispiel auch ein eigenes Boot, das sich mit ihm und seinem persönlichen Schreiber an Bord, den er in Memphis eingestellt hatte, auf den Weg Richtung Sais machte. So ging Kel allen Kontrollen aus dem Weg und hatte eine angenehme Reise.

Bald sollte er Nitis wiedersehen.

Und wenn es Pythagoras gelingen würde, den König zu überzeugen, wäre der junge Schreiber endlich wieder ein freier Mensch mit einer Zukunft.

Die beiden Männer saßen im Heck, das von einem zwischen vier Pfosten gespannten Segeltuch beschattet wurde, und genossen den friedlichen Anblick einer Landschaft aus Palmenhainen und gut bewässerten Feldern, die an ihnen vorüberzog. Ein schwarzer Ibis flog über sie hinweg.

»Der Vogel von Thot, Verwahrer der heiligen Wissenschaften und Schutzherr der Schreiber«, sagte Pythagoras. »Wir Griechen nennen ihn Hermes. Er hat mich gelehrt, dass unsere Welt nur eine kleine Insel ist, die mitten aus dem Urmeer der Kräfte aufgetaucht ist. Als der Schöpfer sein eigenes Licht betrachtete, schenkte er dem Leben, das aus dem Leben entstanden war, Leben. Und die Einweihung in die Mysterien von Isis und Osiris macht dieses Leben bewusst. Denn das wahre Leben ist nicht etwa unser armseliges Dasein, sondern der Zugang zum Licht.«

»Der Leiter des Übersetzeramts hat einmal zu mir

vom *Ka* der Welt gesprochen, den eben dieses großherzige Licht versinnbildlicht. Jeden Morgen huldige ich der aufgehenden Sonne, die die Auferstehung ankündigt.«

»Vertraue auf die Göttin Neith, mein Sohn. Männliche, die Weibliches schafft, weibliche, die Männliches schafft, endlos große Wasserfläche, die die Ewigkeit schafft, lebendige Vorfahrin, strahlender Stern, Vater und Mutter – sie wird dir die Tore zum Himmel öffnen.«

Das Schiff legte an der großen Hafenmauer von Sais an. Pythagoras begab sich in den Palast; Kel blieb an Bord und wartete, aber der Tag wollte und wollte nicht zu Ende gehen.

Erst kurz vor Sonnenuntergang kam der griechische Denker zurück und schlich über die Landebrücke.

»Ich habe vollkommen versagt«, erklärte er. »Amasis glaubt, ich sei haltlosen Gerüchten zum Opfer gefallen.«

»Habt Ihr denn auf Eurer Aussage beharrt?«

»So sehr, dass ich den Zorn des Königs auf mich gezogen habe.«

»Er will also nicht auf Euch hören?«

»Er allein herrscht. Und er hat mir befohlen, nach Griechenland zurückzukehren.«

»Das tut mir sehr leid. Ich wollte Euch nicht in Mitleidenschaft ziehen.«

»Meine Abreise stand ohnehin fest. Solltest du mich nicht begleiten, Kel? Deine Lage hier ist ziemlich aussichtslos. Gemeinsam könnten wir eine Bruderschaft gründen und versuchen, die Griechen dazu zu bringen, nicht immer nur an Gewinn und Nutzen zu denken.«

»Ich könnte es niemals ertragen, Ägypten zu verlassen. Außerdem will ich meine Unschuld beweisen.«

»Mögen die Götter dich schützen.«

Henat verneigte sich ehrerbietig vor dem König, der außer sich vor Zorn war.

»Ich wünsche eine Erklärung!«

»Wozu, Majestät?«

»Weißt du das etwa wirklich nicht?«

»Wir konnten diesen verfluchten Schreiber noch immer nicht festnehmen, und keiner bedauert das mehr als ich. Aber Richter Gem und ich unternehmen weiterhin alle Anstrengungen. Der Mörder hat offenbar mehr Durchhaltevermögen als erwartet.«

Amasis winkte verächtlich ab.

»Ich hatte eine andere, mindestens ebenso schwerwiegende Sache im Sinn!«

Henat schien nicht zu wissen, worum es ging. »Klärt mich auf, Majestät.«

»Pythagoras hat von einer Verschwörung erfahren, die einige Griechen in Naukratis angezettelt haben sollen. Und Menk hat mir noch eine wichtige Einzelheit berichtet: Händler aus Naukratis sollen heimlich Waffen eingeführt haben. Wenn nicht einmal du etwas davon weißt, was soll dann aus diesem Land werden? Schon morgen könnte sich ein Thronräuber meinen Helm aufsetzen, dann wären die Zwei Länder dem Untergang geweiht!«

»Ich weiß Bescheid.«

Der König sah Henat überrascht an.

»Was hast du gesagt?«

»Ich habe diese Waffen einführen lassen.«

Amasis war so verdutzt, dass er einen ganzen Becher Weißwein auf einen Zug leerte.

»Dann belügst und betrügst du mich also!«

»Nein, durchaus nicht, Majestät.«

»Erklär mir das.«

»Oberbefehlshaber Phanes von Halikarnassos verlangt schon seit Monaten nach mehr Ausrüstung, und zwar vor allem nach einer besseren Bewaffnung der Sondereinheiten. Seit Kambyses an der Macht ist, weist er immer wieder auf die drohende Gefahr eines persischen Überfalls hin. Deshalb habe ich einen neuen Handel zwischen Griechenland und Ägypten in die Wege geleitet, der ausschließlich für die Lieferung hochwertiger Waffen bestimmt ist. Es dauert nicht mehr lange, und unsere Ausrüstung ist der der Perser weitaus überlegen. Da es dabei um unsere Verteidigung ging, war dieses Unternehmen streng geheim.«

»Ich bin schließlich der Pharao und sollte auf dem Laufenden gehalten werden!«

»Das wart Ihr auch, Majestät.«

»Wie denn, wenn ich fragen darf?«

»Ich habe den Vorgang und die erforderliche Geheimhaltung in zwei Berichten genau erläutert.«

»Berichte, immer wieder Berichte! Ich habe nicht die Zeit, diese ganzen Sachen zu lesen, dieser Schreibkram macht mich noch ganz krank. In meinem Alter darf man nicht mehr zu viel arbeiten. Und wenn ich mir nicht ausreichend Zeit dafür nehme, mache ich auch noch Denkfehler.«

Amasis leerte einen zweiten Becher Wein.

»So ist es mir aber lieber, Henat. Ich hatte schon befürchtet, in Naukratis würde eine griechische Bande eine Verschwörung gegen mich anzetteln. Ausgerechnet die Griechen, denen ich so viele Vorrechte einräume, weil sie die Zukunft sind!«

»Die Waffenlieferungen werden strengstens bewacht, Majestät«, fuhr Henat fort. »Nicht ein einziges Schwert entgeht seiner Bestimmung.«

»Ich weiß schon, woher diese Gerüchte stammen – ganz bestimmt vom Hohepriester der Neith. Der mächtige Wahibra erträgt es nicht, erniedrigt worden zu sein, und will weiterhin eine wichtige Rolle spielen, indem er üble Gerüchte verbreitet. Er kann sich auf etwas gefasst machen!«

»Majestät, es steht über alle Zweifel …«

»Ich weiß, was ich zu tun habe, Henat. Schreibe du nur weiter deine ausführlichen Berichte.«

61

Mir scheint, Ihr seid verstimmt«, bemerkte Königin Tanit. »Schmecken Euch das geschmorte Rindfleisch und der Wein aus den Oasen nicht?«

»Doch, doch, aber ich habe keinen Hunger«, antwortete Amasis.

»Habt Ihr so viele Sorgen?«

»Eigentlich nur eine. Dieser verdammte Wahibra! Diesmal treibt er es wirklich zu weit. Ich will ihn endgültig loswerden. Er wird verhaftet und wegen Hochverrats außer Landes gebracht.«

Die Königin wischte sich den Mund sorgfältig mit einem Leinentuch ab.

»Da stehen uns ja aufsehenerregende Verhandlungen bevor! Verfügt Ihr denn über die erforderlichen Beweise?«

»Es wird keine Verhandlung geben.«

»Wahibra ist in jeder Hinsicht äußerst angesehen«, erlaubte sich Tanit zu bemerken. »Sollte seine Verurteilung nicht hieb- und stichfest sein, wird man sie Euch zum Vorwurf machen. Wenn Ihr Euch alle ägyptischen Tempel zum Gegner macht, kann Euch das nur schwächen.«

»Sie sind nicht unsere Zukunft.«

»Wahrscheinlich nicht, aber die Ägypter sind ihnen sehr verbunden, und die Tempel verbinden die Menschen mit den Göttern. Haben nicht sogar die Griechen eingeräumt, dass die Zwei Länder die Heimat der Götter und der Mittelpunkt der geistigen Welt sind?«

»Wahibra verabscheut mich!«

»Und – was macht das schon?«

»Er hat sich gegen mich verschworen.«

»Seid Ihr Euch da ganz sicher, und könntet Ihr diese Anschuldigung auch vor einem Gericht belegen?«

Amasis zögerte.

»Wenn Ihr den Hohepriester der Neith aus dem Weg räumt, werdet Ihr großen Ärger bekommen«, warnte die Königin. »Dann werden in Sais nicht mehr die Rituale und Feste zu Ehren der Götter gefeiert, und diese Entwicklung wird sich auf ganz Ägypten ausdehnen.«

Der König griff nach der Hand seiner Gattin.

»Ich will nicht, dass es so weit kommt. Ihr habt mich vor einem schrecklichen Irrtum bewahrt, meine Liebe.«

»Mit der Zeit habe ich gelernt, dieses Land zu lieben und zu verstehen. Da Euch dieser hohe Würdenträger bekämpft, bindet ihm die Hände und hindert ihn daran, Schaden anzurichten – ohne ihn in seinen religiösen Aufgaben einzuschränken. Sein Alter sollte ihn eigentlich wieder zur Vernunft bringen. Und wenn er den Tempelbereich verlässt, gestattet Euch das Gesetz einzugreifen.«

Der Kammerdiener erlaubte sich, die Mahlzeit zu unterbrechen.

»Siegelbewahrer Henat wünscht, Euch dringend zu sehen, Majestät.«

»Arbeit, nichts als Arbeit!«

Tanit lächelte.

»Geh nur, mein Lieber. Die Pflicht ruft.«

Mürrisch empfing der König den Mann, der für die Sicherheit des Landes zu sorgen hatte.

»Es gibt ausgezeichnete Neuigkeiten, Majestät! Wir haben soeben einen langen Brief erhalten, unterzeichnet von Kambyses. Ich habe ihn von drei Übersetzern bearbeiten lassen, damit uns auch nicht die kleinste Kleinigkeit entgeht. Unser Vorgehen war äußerst erfolgreich. Der Kaiser zeigt sich beeindruckt von unserer kriegerischen Stärke und gibt sich als friedliebender Mensch, der die freundschaftlichen Beziehungen und den Handel zwischen unseren beiden Ländern weiterentwickeln möchte.«

»Das heißt also, er will nicht angreifen.«

»Richtig. Ich bin allerdings dafür, dass wir nach wie vor auf der Hut sind und unsere Verteidigungskräfte auf Vordermann halten. Ein Perser ist und bleibt nun mal ein Perser und träumt immer von Eroberungen. Sollten wir die kleinsten Anzeichen von Schwäche zeigen, könnte Kambyses seine Haltung sofort ändern.«

»Mach dir keine Sorgen, ich habe nicht vor, die Ausgaben für die Verteidigung zu senken. Eine Steuererhöhung wird die weitere Entwicklung unseres Heeres gewährleisten.«

Der König hatte Menk aufmerksam angehört und ihm dann für seinen Einsatz gedankt. Als treuer Diener seines Herrn hatte er dem König einen wichtigen Hinweis überbracht. Dieser Mann, der die zahlreichen Feste in Sais zu aller Zufriedenheit vorbereitete, sollte bald noch wichtigere Aufgaben übernehmen.

Leichten Herzens begab sich Menk also zu dem Gespräch, zu dem ihn der Palastherr geladen hatte. Henat wollte ihm vermutlich neue und glanzvollere Aufgaben zuteilen.

Als er der mächtigen Person gegenüberstand, fühlte sich Menk aber auf einmal nicht mehr wohl in seiner Haut. Henat hatte das Geschick, jedem Gesprächspartner den Eindruck zu vermitteln, er sei ein Verbrecher.

»Seine Majestät hat mir den Inhalt Eurer Botschaft mitgeteilt«, begann Henat mit gedämpfter Stimme.

»Ich habe nur meine Pflicht getan.«

»Gerüchte und falsche Nachrichten zu verbreiten, halte ich eher für ein Vergehen.«

Menk war starr vor Entsetzen. »Ich verstehe nicht recht, was ...«

»Man hat Euch benutzt. Und ich will wissen, wer das war.«

»Es ist einfach nur ein Gerücht, ich weiß nicht, von wem es stammt.«

»Ich bin doch kein Dummkopf, Menk! Wahrscheinlich wolltet Ihr dem König wirklich einen Dienst erweisen, aber Ihr seid da in etwas hineingeraten, was Euch sehr teuer zu stehen kommen könnte. Ich will den Namen desjenigen, der Euch den Hinweis gegeben hat.«

Menk wusste nicht mehr weiter. Wie sollte er diesem erbarmungslosen Raubtier die Stirn bieten?

Anscheinend hatte man auch Nitis für irgendwelche Machenschaften missbraucht! Und wenn er den Hohepriester beschuldigte, bereitete er diesem unbescholtenen Mann große Schwierigkeiten. Es gab nur eine Lösung.

»Es ist der Schreiber Kel.«

Henat war wie versteinert.

»Wo habt Ihr ihn getroffen?«

»Er hat mich in der Nähe meines Hauses abgepasst und mit einem Messer bedroht. Ich hatte keine andere Wahl, als ihn anzuhören, aber er klang überzeugend. Er behauptet nach wie vor, unschuldig und zum Spielball von Waffenschiebern gemacht worden zu sein. Kel flehte mich an, ich müsse Seine Majestät unbedingt warnen.«

Henat schwieg lange, und Menk war vor Angst in Schweiß gebadet.

»Es gibt keine Waffenschiebereien«, erklärte Henat schließlich. »Die geheimen Lieferungen nach Naukratis sind für unsere Söldner bestimmt, deren Ausrüstung jeden möglichen Angreifer abschrecken soll. Dieser mordende Schreiber hat Euch belogen. Er selbst ist der Anführer einer Bande von Verschwörern und Verbrechern, die den Thron des Pharaos umstürzen wollen. Das muss Euch fürs Erste an Erklärungen genügen, Menk. Könnt Ihr Stillschweigen bewahren?«

»Ich schwöre es Euch!«

»Wisst Ihr, wo sich Kel versteckt?«

»Nein, das weiß ich nicht.«

»Indem Ihr ihm Euer Vertrauen geschenkt habt, habt Ihr einen großen Fehler begangen. Den müsst Ihr wiedergutmachen.«

Menk hatte das Gefühl, er würde gleich ohnmächtig.

»Der Hohepriester hat den gleichen Fehler gemacht wie Ihr«, fuhr Henat fort. »Damit hat er die Achtung Seiner Majestät verspielt. Ich wage mir nicht vorzustellen, er könnte noch immer einem flüchtigen Mörder helfen wollen. Trotzdem – sicher ist sicher. Ich will es genau wissen. Seid Ihr da meiner Meinung?«

»Ja, ja, selbstverständlich.«

»Nun, nachdem Ihr Euch ja regelmäßig im Tempel aufhaltet, haltet Ihr ab sofort dort Augen und Ohren für mich offen. Teilt mir unverzüglich alles bis hin zur kleinsten Kleinigkeit mit, was irgendwie in Zusammenhang mit Kel steht. Und nennt mir seine Helfershelfer.«

»Ich fürchte, das ist eine sehr schwierige Aufgabe ...«

»Ich bin sicher, Ihr werdet sie bestens bewältigen. Zum Dank vergesse ich dann auch Euren Fehltritt.«

62

Richter Gems Laune verschlechterte sich zusehends.

Trotz eines gewaltigen Aufgebots an Ordnungshütern und eines beträchtlichen Arbeitsaufwands trat die Untersuchung auf der Stelle, und der Schreiber und

Mörder Kel spielte noch immer Katz und Maus mit ihm.

Immerhin hatte der Richter inzwischen Gewissheit.

An Kels Schuld gab es keinen Zweifel mehr. Und auch nicht an seiner Beteiligung an einer Verschwörung, die den König stürzen wollte. Vielleicht war der Schreiber sogar der Anführer einer Bande von Aufrührern, deren erbittertste Kämpfer ihm bei der Flucht vor den Behörden zu Hilfe kamen.

Die Ehre und die Glaubwürdigkeit des Richters standen auf dem Spiel. Früher oder später musste er mit seinem Scheitern den Zorn von Amasis auf sich ziehen, wenn der seinen obersten Richter der Unfähigkeit bezichtigen würde. Ein Vorwurf, der im Übrigen mehr als gerechtfertigt wäre.

Wie konnte es so viele Schwierigkeiten geben, wenn nicht wegen der besonderen Schwere dieses Falls? Kel war kein gewöhnlicher Mörder, sondern ein gefährlicher Aufrührer, der bereit war, jeden zu töten, der sich ihm in den Weg stellte. So viel Gewaltbereitschaft entsetzte sogar den alten Richter, der mit den menschlichen Lastern wirklich mehr als vertraut war.

Gem musste immer wieder an die letzten Worte des Ersten Übersetzers denken: *Entziffere das verschlüsselte Schriftstück und…*

Aber dieser Papyrus war unauffindbar – genau wie Kel.

War der Schreiber im Besitz dieses Schriftstücks und wollte es gegen die jetzigen Machthaber einsetzen?

Der Richter verließ ganz in Gedanken sein Arbeitszimmer, als ihn Henat ansprach.

»Ihr scheint in großer Sorge zu sein!«

»Worüber sollte ich mich auch freuen?«

»Das Vertrauen, das Seine Majestät in Euch setzt, müsste Euch doch beruhigen.«

»Wird er es mir nicht bald entziehen?«

»Ganz bestimmt nicht. Der König weiß Eure Anstrengungen zu würdigen und hat durchaus nicht im Sinn, Euch zu ersetzen.«

»Ihr erstaunt mich, Henat.«

»Es herrscht Ordnung, Maats Gerechtigkeit wird geachtet: Das ist die Hauptsache. Und Ihr spielt als Vertreter des Gesetzes eine wichtige Rolle.«

Richter Gem gelang es dennoch nicht, seinen Verdruss zu verbergen. »Es ist geradezu peinlich, wie ich auf der Stelle trete! Dieser Kel ist kein gewöhnlicher Gegner.«

»Wir dürfen den Mut nicht sinken lassen. Ihr wisst genauso gut wie ich, dass auch der schrecklichste Verbrecher irgendwann einen Fehler macht. Außerdem haben wir einen neuen Verbündeten: Menk, der für die Vorbereitung der Feste in Sais zuständig ist.«

»Ist er im Besitz wichtiger Hinweise?«

»Er hat von mir den Auftrag erhalten, mich über jede Kleinigkeit, die sich im Reich der Neith ereignet, zu unterrichten.«

»Ein Spitzel mitten im Tempel!«

»Menk erweist der Gerechtigkeit einen Dienst.«

»Haltet Ihr es für möglich, der Hohepriester würde es wagen, einen flüchtigen Verbrecher zu verstecken?«

»Eine gründliche Durchsuchung des Tempels hat keinen Hinweis ergeben. In Anbetracht seiner schwierigen Lage dürfte Wahibra eine derartige Gefahr wohl kaum auf sich nehmen, aber er könnte einen seiner Getreuen bitten, dem Schreiber bei der Flucht zu helfen.«

»Mit anderen Worten – der Hohepriester gehört zu den Verschwörern!«

»Nicht unbedingt. Vielleicht glaubt er tatsächlich an Kels Unschuld. Wie auch immer, Menk ist ab sofort auf dem Lauschposten und wird uns nützliche Hinweise liefern. Euch halte ich natürlich auf dem Laufenden.«

Der Anführer der Verschwörer zog Bilanz.

»Die Dinge entwickeln sich zufriedenstellend. Natürlich konnten wir nicht ahnen, welchen Widerstand wir von Seiten dieses kleinen Schreibers erfahren würden. Aber im Grunde dient er unserer Sache, indem er die Aufmerksamkeit auf sich lenkt. Seid trotzdem weiterhin sehr, sehr vorsichtig und plaudert ja nichts aus – der Sieg ist noch in weiter Ferne.«

»Wird der König der Wahrheit nicht auf die Spur kommen?«

»Auch dieser denkbar schlimmste Fall darf nicht ausgeschlossen werden. Deshalb ist es gut, wenn wir seinen *Ka* schwächen, seine schöpferischen Kräfte, und ihn zum Spielball der Ereignisse machen.«

»Das wird nicht einfach sein! Obwohl er faul ist und zu viel trinkt, hält Amasis die Zügel der Macht fest in der Hand. Wie ein Raubtier wittert er jede Gefahr.«

»Wir werden ihn ja auch nicht unmittelbar angreifen, sondern seine von allen verehrte irdische Verkörperung«, schloss der Anführer.

Einer der Aufrührer war nicht einverstanden: »Unter der Bevölkerung wird das Entsetzen groß sein!«

»Das ist auch genau das, was wir damit erreichen wollen.«

Die Schönheit von Neiths Oberpriesterin raubte Menk den Atem. Bei jeder neuen Begegnung fühlte er sich noch mehr zu ihr hingezogen. Und eines Tages würde sie ihm gehören. Deshalb musste er sie jetzt beschützen.

»Hat Euch der König angehört?«, fragte ihn Nitis.

»Ja, sogar sehr aufmerksam. Ihr seid einem falschen Gerücht zum Opfer gefallen. Es gibt gar keine Waffenschiebereien.«

»Ist das ganz sicher?«

»Seine Majestät selbst hat es mir beweisen können«, erklärte Menk, wobei er die Wahrheit ein wenig färbte.

Den heiklen Auftrag, den er von Henat bekommen hatte, konnte er jedenfalls unmöglich ansprechen.

»Ihr müsst vernünftig sein, Nitis, ich flehe Euch an! Die Flucht des Mörders und die Schwierigkeiten mit den Waffen hängen mit einer Geschichte zusammen, die sich auf höchster Ebene abspielt und der wir nicht gewachsen sind – weder Ihr noch ich. Wer da hineingerät, kann nur zermalmt werden.«

»Ich danke Euch für Eure Ratschläge, Menk.«

»Versprecht Ihr mir denn, dass Ihr Euch daran haltet?«

»Das verspreche ich.«

»Da bin ich aber wirklich beruhigt, Nitis. Eine Angst quält mich aber noch: Der Hohepriester ist so gutherzig, könnte es nicht doch sein, dass er Kel deshalb helfen wollte, zum Beispiel indem er ihn zu einem Freund geschickt hat?«

»Wo denkt Ihr hin? Für den Hohepriester zählt einzig und allein das Gesetz der Maat. Niemals würde er einen Mörder unterstützen.«

Die Eröffnung einer neuen Werkstatt mit hervorragenden Webstühlen brachte die Schließung eines alten Gebäudes mit sich, das längere Zeit ungenutzt bleiben würde. Das richtige Versteck für Kel.

Bebon spielte sehr gekonnt den Verkäufer von Lebensmitteln, die der kräftige Esel Nordwind für ihn trug. So konnte sich der Schauspieler ungehindert in der Stadt bewegen.

Nitis gab ihm ein Zeichen, dass er ihr folgen solle.

Dann trafen sich die Priesterin, der Schreiber und der Schauspieler in der stillgelegten Werkstatt.

Sollte Gefahr drohen, würde der Esel sie warnen.

In dem Raum herrschte Dämmerlicht, und kein Laut war zu hören. Kel betrachtete Nitis. Sie erschien ihm wie der erste Strahl der Morgensonne, wie das Inbild der Hoffnung.

So nahe und doch unerreichbar!

»Wie weit sind wir?«, fragte Bebon und zerstörte diesen zugleich lustvollen und schmerzhaften Augenblick.

»Es ist Pythagoras nicht gelungen, den König zu überzeugen«, sagte Kel mit Bedauern in der Stimme. »Er sah sich gezwungen, nach Griechenland zurückzukehren.«

»Mit Menk verlief es nicht anders«, berichtete Nitis. »Angeblich behauptet der König selbst, dass es keine Waffenschiebereien gibt.«

»Das kann eigentlich nur bedeuten, dass Amasis die ganzen Verbrechen angeordnet hat«, meinte Bebon.

»Das glaube ich nicht!«, empörte sich Kel. »Noch nie hat ein Pharao sein Land und sein Volk verraten.«

»Die Zeiten ändern sich.«

63

Wie jede Woche stattete Nitis der heiligen Kuh einen Besuch ab; sie war die irdische Verkörperung der Göttin Neith und Mutter des Apis-Stiers, das lebendige Sinnbild für den königlichen *Ka*, die schöpferische Kraft des Pharaos. Sonst kam das friedliche Tier mit den sanften Augen immer zu der Priesterin, leckte ihr die Hand, und beide verbrachten einige glückliche Minuten.

Diesmal wirkte die Mutter von Apis niedergeschlagen.

Nitis war beunruhigt und ließ den Tierarzt rufen, der zu keinem guten Ergebnis kam.

»Apis' Mutter hat nicht mehr lange zu leben.«

Sofort eilte Nitis zum Hohepriester, der erschrocken war über ihre Angst.

»Ist Kel etwa in Gefahr?«

»Nein, ich habe ihn an einen sicheren Ort gebracht.«

»Was quält dich dann so?«

»Die Kuh der großen Göttin wird sterben.«

Wahibra war bestürzt über diese Nachricht.

»Ich muss sofort nach Memphis reisen und mich vergewissern, dass der Apis-Stier – ihr Sohn, der für Amasis' Lebenskraft sorgt – bei guter Gesundheit ist!«

»Ihr dürft den Tempel nicht verlassen«, erinnerte ihn Nitis. »Bitte erlaubt, dass ich an Eurer Stelle gehe.«

»Brich sofort auf. Unter den gegenwärtigen Umständen wäre der Tod von Apis ein schreckliches Unglück.«

Auf dem Schiff, das ausschließlich der Oberpriesterin der Neith zur Verfügung stand, achtete niemand auf einen Schreiber, einen Diener und einen Esel. Kel, Bebon und Nordwind konnten Nitis ganz ungestört begleiten.

Kel schrieb das Bordbuch, Bebon sorgte dafür, dass die Bierkrüge immer gefüllt waren, und Nordwind, der mit Disteln, Luzerne und Datteln gefüttert wurde, genoss sichtlich diesen Ausflug auf dem Nil, bei dem er sich gar nicht anstrengen musste.

Bei ihrer Ankunft in Memphis teilte die Priesterin dem Bootsführer mit, dass sie nur die Begleitung von zwei Dienern und einem Esel wünsche.

Im Norden der Festung der größten Stadt von Ägypten lag das stattliche Reich der Neith, der Tempel der »Wegeöffnerin«.

Nitis wurde von einer etwa vierzigjährigen Mitschwester begrüßt, die sie sehr herzlich empfing.

»Euer Besuch ist uns eine große Ehre.«

»Auch ich bin hocherfreut, Euch zu sehen. Leider schickt mich die Sorge zu Euch. Die Mutter von Apis ist gerade gestorben, und der Hohepriester befürchtet, dass auch ihr Sohn kränkeln könnte.«

Die Priesterin aus Memphis erschrak zutiefst.

»Konnte der verehrte Wahibra nicht selbst kommen?«

»Große Schwierigkeiten hindern ihn daran. Deshalb hat er mich als Stellvertreterin geschickt.«

»Gehen wir den Stier besuchen.«

Der Kult um den Apis-Stier stammte aus der Ersten Dynastie, in der unter der Herrschaft des Menes Ober- und Unterägypten vereinigt worden waren. Der Stier war Herold und Mittler der königlichen Macht und überhäufte den Tisch der Götter und Göttinnen mit unermesslichen Reichtümern. Als Verkörperung der Schöpfung, des Lichts und der Auferstehung wurde der Riese von einer Kuh geboren, die durch einen Blitz aus den Wolken erleuchtet war. Als Sinnbild für die Himmelsgöttin, die mit dem ersten Sonnenstrahl der Urzeit vereint ist, gebar sie nicht noch einmal. Ihr einziger Sohn, Apis, beschützte die Lebenskraft des Pharaos.

Der heilige Stier war einzigartig. Schwarz, mit einem weißen Dreieck auf der Stirn und dem Zeichen des wandelbaren Skarabäus auf der Zunge, bewohnte er ein Gehege südlich des Ptah-Tempels, ganz in der Nähe des königlichen Palastes. Dank der besonders guten Pflege verbrachte er lange und glückliche Jahre im Dienst für das Wohlergehen des Königreichs.

Bei seinem Tod hatte der Tempel von Sais für ein osirisches Leichentuch zu sorgen, das für seine Bestattung unerlässlich war. Aber die Geistlichen von Memphis hatten keine entsprechende Meldung nach Sais geschickt.

Das große und wohlgeordnete Reich von Apis zeugte von der Bedeutung, die man dem heiligen Stier beimaß.

Das Gehege war leer.

»Wo ist der Stier?«, wollte Nitis wissen.

Erschrocken rief die andere Priesterin nach dem Oberwärter.

»Er ist heute Morgen nicht aus dem Stall gekommen.«

»Ist er vielleicht krank?«

»Das weiß ich nicht, ich füttere ihn schließlich nur.«

»Öffnet den Zaun«, befahl ihm Nitis.
Mit diesen Frauen war nicht zu spaßen. Wenn sie zornig wurden, konnten sie leicht einen bösen Zauber über einen sprechen.
Die Priesterin durchquerte das Gehege und betrat das Haus des Apis. Das gewaltige Tier lag auf der Seite, seine Augen tränten.
Nitis kniete sich neben ihn. Die Frau und der Stier vertrauten einander vom ersten Augenblick. Sie berührte seine Stirn und stellte fest, dass sie sehr heiß war.
»Wir machen dich wieder gesund«, versprach sie ihm.
Mit großen Schritten lief Nitis aus dem Gehege.
»Apis ist schwer krank«, sagte sie. »Wir brauchen sofort einen Tierarzt.«
Weil der Amtsinhaber selbst krank war, schickte man seinen Stellvertreter.
Er untersuchte den Stier flüchtig und stellte dann fest: »Es ist nichts Gefährliches, nur ein harmloses Fieber, das bald vergeht.«
»Gestattet, dass ich das bezweifle«, sagte Nitis.
Der Mediziner warf sich in die Brust.
»Noch nie hat jemand meine Fähigkeit angezweifelt!«
»Sollten wir den Stier nicht mit Blättern abreiben, damit er schwitzt und die Gifte aus dem Körper getrieben werden?«
»Das ist vollkommen überflüssig. Er braucht lediglich etwas Ruhe. Dann ist er bald wieder auf der Höhe.«
»Aber ...«
»Ich bin für die Gesundheit des Stieres zuständig!«

Der Tierarzt bedachte Nitis mit einem verächtlichen Blick und ließ sie stehen.

64

Gleich am nächsten Morgen ging Nitis zurück zu den Stallungen, aber ein Wächter versperrte ihr den Weg.

»Hier darf niemand rein. Befehl vom Tierarzt.«

»Auch nicht die Gesandte des Hohepriesters der Neith?«

Dies ließ den Mann nicht unbeeindruckt, schließlich konnte sie ihn in irgendeinen abgelegenen Weiler auf dem flachen Land versetzen lassen.

»Also gut… Aber bleibt nicht so lange.«

Apis ging es inzwischen noch schlechter. Kurzer Atem, glühend heiße Schläfen, entzündete Zahnwurzeln. Sein Futter hatte er nicht angerührt; Nitis fand auch, dass es merkwürdig roch. Sie nahm etwas davon mit, brachte es in den Ptah-Tempel und bat dort darum, es auf seine Zusammensetzung untersuchen zu lassen.

Das Ergebnis war eindeutig: vergiftet.

Also ersuchte Nitis um ein Gespräch mit dem Hohepriester, der sie am späten Vormittag empfing.

»Jemand versucht, Apis zu töten«, sagte sie zu ihm und berichtete von ihren Beobachtungen.

»Ausgeschlossen! Unser Tierarzt ist ein anerkannter Mediziner. So eine Untat würde er niemals zulassen.«

»Weil er selbst sehr krank ist, hat er seinen Stellvertreter geschickt. Und der weigert sich, den Stier zu behandeln.«

»Ich lasse auf der Stelle nach ihm rufen.«

Nach langem Warten mussten sie erfahren, dass besagter Stellvertreter verschwunden war. Und da der richtige Arzt tatsächlich schwer krank war, konnte er nicht eingreifen. Schließlich rief man nach einem anderen Tierarzt, der zu einem hoffnungslosen Ergebnis kam.

Seiner Meinung nach hatte der Stier nur noch wenige Stunden zu leben.

Kel und Bebon wohnten bei der Dienerschaft und verbrachten ihre Zeit sehr unterschiedlich. Während der Schreiber nur selten ausging und trotz wiederholten Scheiterns immer wieder versuchte, den Papyrus zu entziffern, war der Schauspieler ständig mit Nordwind unterwegs und unterhielt sich gern mit den Leuten auf der Straße.

Endlich kam Nitis zurück.

»Apis liegt im Sterben«, erzählte sie ihnen.

»Das überrascht mich nicht«, sagte Bebon dazu nur.

»Wie konntest du davon erfahren? Das ist doch streng geheim.«

»Kommt drauf an, für wen! Ein Ritualist hat mir gesagt, dass man seit mehr als einer Woche seine Bestattung im Serapeum vorbereitet.«

»Dann wäre der Tod von Apis ja geplant«, meinte Kel.

»Genauer gesagt, handelte es sich um Mord.«

»Der Tod des heiligen Stiers würde den Pharao schwächen«, sagte Nitis. »Während der Begräbniszeit und bis zur Weihe eines neuen Apis wäre Amasis in Gefahr.«

»Was aber noch lange nicht seine Unschuld beweist?«, warf der Schreiber ein.

»Ich bin nach wie vor misstrauisch«, meinte Bebon. »Aber wir dürfen keine voreiligen Schlüsse ziehen.«

»Und wenn sich der Schlüssel zu dem Rätsel im Serapeum befände, der Totenstadt der Apis-Stiere? Vielleicht sind sie ja die Ahnen, die den Schlüssel besitzen.«

»Für gewöhnlich darf dort niemand hinein«, sagte Nitis.

»Aber die Ritualisten müssen die Bestattung vorbereiten! Und Bebon wird Mittel und Wege finden, um die Aufmerksamkeit der Wachen zu überlisten.«

»Meinetwegen können wir's versuchen. Bin ich dann der Retter der Menschheit?«

»Fang erst mal damit an, uns beide zu retten. Wenn dir das gelungen ist, sehen wir weiter.«

Der Apis-Stier starb im Morgengrauen. Der Hohepriester des Ptah betete vor dem Leichnam und übergab ihn dann den Einbalsamierern, die ihn in einen osirischen Körper verwandeln sollten. Dann rief er die Ritualisten zu sich, die an der Feier teilnehmen durften. Sie allein bekamen die Erlaubnis, das Serapeum zu betreten.

»Nitis, die Oberpriesterin der Sängerinnen und Weberinnen der Neith, wird uns unterstützen«, teilte er ihnen mit. »Die Zeit der Trauer, die Seine Majestät so kurz wie möglich halten will, beginnt in diesem Augenblick. Nachdem der Sarkophag für den verstorbenen Apis bereits vorbereitet ist, können wir die Bestattung sehr schnell durchführen.«

Das hieß also, dass die junge Priesterin das Serapeum

betreten durfte. Und die Eile des Königs zeugte von seiner Besorgtheit. Konnten die Verschwörer diese gefährliche Zeit nutzen, um die Macht zu ergreifen?

Der Leichnam des Apis wurde in den Einbalsamierungsraum gebracht, der in der südwestlichen Ecke der Umfassungsmauer des Ptah-Tempels lag, und dort auf einem Alabasterbett aufgebahrt.

Nun begann die Totenwache, begleitet von einem viertägigen Fasten, während dessen man nur Wasser, Brot und Gemüse zu sich nehmen durfte.

Bebon hatte in weiser Voraussicht zwei große Krüge guten Weins versteckt. »Ich mag Stiere gern«, meinte er, »aber ein guter Wein ist mir noch viel lieber. Er wird uns helfen, die Entbehrungen zu ertragen.«

Kel weigerte sich, davon zu trinken.

»Du wirst doch jetzt nicht etwa ein Betbruder!«

»Ich möchte mich nur an die Regeln halten.«

»Aber du bist kein Apis-Priester.«

»Die Kraft, die er verkörpert, verdient Anbetung.«

»Bitte, jetzt nur keine frommen Geschichten! Ich trinke jedenfalls den Wein und danke den Göttern, dass sie den Weinstock erschaffen haben.«

König Amasis leerte den nächsten Becher.

»Solltet Ihr Euch nicht ein wenig mäßigen?«, fragte Königin Tanit besorgt.

»Der Tod des Apis-Stiers macht mich ganz krank! Das Volk denkt, dass dadurch meine Kräfte schwinden. Und der Thronräuber, der meinen Helm gestohlen hat, ist drauf und dran, die Macht zu ergreifen.«

»Ist Richter Gem mit seiner Untersuchung weitergekommen?«

»Nicht einen Schritt! Der Schreiber Kel ist noch immer verschwunden. Vielleicht ist er längst tot und unter der Erde! Und von dem Helm keine Spur. Henat tritt ebenfalls auf der Stelle, sucht aber wenigstens nicht nach Entschuldigungen. Er hat mir eben seinen Rücktritt vorgeschlagen, und ich habe abgelehnt. Bis jetzt hat er immer hervorragende Arbeit geleistet, und seine Erfahrung ist uns unersetzlich. Wir haben es mit einem außergewöhnlich geschickten Gegner zu tun, Tanit. Er hat den Apis-Stier getötet, weil er damit meinen *Ka*, meine Lebenskraft, trifft.«

»Wie kann er besiegt werden?«

»Folgendermaßen: So schnell wie möglich muss ein Nachfolger für Apis gefunden und die Trauerzeit so kurz wie irgend möglich gehalten werden. Deshalb habe ich Boten ins ganze Land geschickt und dem Hohepriester von Ptah genaue Anweisungen erteilt.«

Tanit stellte sich zwischen ihren Mann und den Weinkrug.

»Ihr müsst jetzt klaren Kopf behalten, ich bitte Euch! Den werdet Ihr für diesen Kampf brauchen.«

65

Ein Zug aus Priestern und Priesterinnen, Gesandten des Pharaos und Soldaten hatte die Mumie des Apis-Stiers abgeholt und begleitete sie nun zum Zelt der Reinigung, das am Ufer des königlichen Sees aufgestellt war. Der Hohepriester des Ptah vergoss frisches Wasser, das vom Himmel stammte, über den osirischen Körper und sprach Auferstehungsgebete. Dann überquerte der verwandelte Tod in einer Barke den See – Sinnbild für das Urmeer, in dem alle Lebensformen geboren und wiedergeboren werden.

Der Weg, der zum Serapeum führte, war voller Hindernisse. Starke Winde hatten ihn kurz zuvor versanden lassen, und er endete in einer felsigen Rampe, auf der die Soldaten all ihre Kraft aufbieten mussten, um den Schlitten mit der schweren Mumie nach oben zu ziehen.

Kel trug ein Kästchen mit Amuletten und ging hinter Nitis, die den Zug anführte. Bebon und Nordwind, der mit Wasserkrügen bepackt war, hielten sich im Hintergrund. Zahlreiche Klageweiber sangen zu Ehren des Verstorbenen.

Die Totenreise dauerte rund zehn Stunden.

Schließlich tauchte der beiderseits von Sphingen gesäumte Weg auf, der in das Innere des Serapeums führte. Hier hielt der Zug an.

»Der Schöne Westen öffnet sich dem gerechten Apis«, erklärte der Hohepriester des Ptah. »Der König schenkt ihm einen Sarkophag aus rosa und schwarzem Granit, seine unwandelbare und unzerstörbare Barke der Auferstehung. Noch nie zuvor hat ein Pharao ein derartiges Werk vollbracht.«

Nitis öffnete das Kästchen, das ihr Kel reichte, nahm die Amulette heraus und legte sie auf die Mumie.

Die wichtigsten Ritualisten und ihre mit Opfergaben beladenen Gehilfen durchschritten den Eingang zur Nekropole der Stiere.

Von hier führten zwei lange Gänge zu den Auferstehungskammern des Apis. Der erste stammte aus dem

Neuen Reich und war achtundsechzig Meter lang; der zweite war unter der Herrschaft von Psammetich I. gegraben worden, annähernd zweihundert Meter lang und schnitt den ersten im rechten Winkel. Ritualisten, die an diesen Bestattungen teilnahmen, genossen ein besonderes Vorrecht: Sie durften hier Stelen mit ihrem Namen aufstellen und waren so bis in alle Ewigkeit mit Apis vereint.

Nitis war sehr beeindruckt von der Gruft für den toten Stier: Bis zur Decke war sie acht Meter hoch, und der riesige Sarkophag wog etwa sechzig Tonnen.

Der Hohepriester des Ptah schritt nun zur Mundöffnung von Apis, dem so die schöpferischen Worte zurückgegeben wurden. Dann befahl er den Soldaten, die Mumie in den Sarkophag zu legen und mit dem steinernen Deckel zu verschließen.

Glücklicherweise ging alles ohne Zwischenfälle vonstatten.

Während nun die Kammer der ewigen Ruhe zugemauert wurde, sah sich Kel um. Hastig entzifferte er die Inschriften auf den Stelen in der Hoffnung, eine Botschaft der Ahnen zu entdecken. Enttäuscht verließ er den langen Gang und wollte zu den Gruften, die im Dunklen lagen.

Ein Soldat versperrte ihm den Weg.

»Halt, wo willst du hin?«

»Ich soll hier eine Opfergabe ablegen.«

»Zutritt verboten.«

»Aber meine Opfergabe …«

»Du hast dich wohl verlaufen. Geh zurück.«

Der Schreiber gehorchte.

Am Ende der Feier wurden die Stelen der Würdenträger vor den zugemauerten Eingang zur Gruft gestellt, und die Ritualisten verließen schweigend die Totenstadt.

»Ein Soldat hat mir verboten, den einen Gang bis zum Ende zu gehen«, flüsterte Kel Nitis ins Ohr. »Er ist gerade gegangen. Jetzt ist niemand mehr im Serapeum. Ich muss meine Suche fortsetzen.«

»Das ist viel zu gefährlich! Die Wachen werden Euch aufhalten.«

»Bebon soll sie ablenken. Wenn ich jetzt nicht sofort etwas unternehme, erfahren wir die Wahrheit nie mehr. Schon morgen wird hier alles verschlossen sein.«

»Ich muss mit dem Hohepriester nach Memphis zurückkehren. Bitte seid vorsichtig!«

»Das bin ich, schließlich will ich Euch ja wiedersehen, Nitis.«

Ein Würdenträger rief nach ihr, und Kel entfernte sich.

Bebon ließ sich gerade einen Kuchen schmecken, und Nordwind hielt ein Nickerchen.

»Ich ahne schon, du hast mal wieder etwas Verrücktes im Sinn«, sagte der Schauspieler.

»Du lenkst die Wachen ab, ich gehe in das Serapeum zurück und sehe mich da um, dann verschwinden wir.«

»Ausgezeichnet! Widerrede zwecklos, habe ich recht?«

Es war mitten in der Nacht, und fünf der zehn Wächter schliefen tief und fest. Drei weitere dösten vor sich hin, und die beiden übrigen unterhielten sich über ihre

Frauen. Weil sie viel unterwegs waren, begannen sie allmählich, an der Treue ihrer Gattinnen zu zweifeln.

Als ein paar Wolken das fahle Licht des zunehmenden Monds verdunkelten, huschte Kel zum Eingang in das unterirdische Reich. Der sollte am nächsten Tag versperrt werden, bis der Nachfolger des eben verstorbenen Apis eines Tages bestattet wurde.

Der Schreiber schlich auf allen vieren hinein, stand auf und lief zu dem Gang, den er nicht hatte betreten dürfen.

Weil ihm nur wenig Zeit blieb, nahm Kel eine der Lampen, die brennend zurückgelassen worden waren, um die Stelen zu untersuchen.

Nur einfache Sprüche, mit denen der Apis-Stier angebetet wurde, nichts Außergewöhnliches, was auf eine fremde Sprache hätte schließen lassen.

Ganz hinten in dem Gang war eine kleine offene Gruft, in ihrem Inneren ein hölzerner Sarkophag ohne Deckel.

Ehrfürchtig betrachtete Kel seinen Inhalt. Und konnte sich lange nicht von seiner Verblüffung erholen.

Aus der Ferne hörte er Schreie, die ihn in die Wirklichkeit zurückriefen. Er griff nach dem Schatz und eilte aus dem Serapeum.

Das Feuer, das Bebon angezündet hatte, hatte die Wachen angelockt. Sehr schnell begriffen sie aber, dass es sich bei dem Feuer nur um einen Haufen Reisig und trockenes Gras handelte, das keine Gefahr für die Nekropole darstellte.

»Wir gehen Nordwind nach«, sagte Bebon, »er kennt einen guten Weg. Aber sag mal … hast du da etwa …«

Kel schwenkte den kostbaren Gegenstand.

»Ja, ich habe den Helm von Pharao Amasis gefunden!«

66

Udja, königlicher Siegelbewahrer, Stadtvorsteher von Sais und Befehlshaber der Kriegsflotte, war sichtlich verärgert. Er kannte keine Müdigkeit, und seine mächtige Gestalt wirkte Furcht einflößend.

»Ihr lauft doch sonst nicht vor Eurer Verantwortung davon«, sagte er zu Richter Gem und Henat. »Ich hätte mir wirklich andere Ergebnisse gewünscht.«

»Es gibt tatsächlich keine Spur vom Helm des Königs«, räumte Henat ein. »Der Dieb muss ihn gut versteckt haben und macht keinen Fehler. Zum Glück berichten meine Boten wenigstens nicht von irgendwelchen Unruhen. Die Söldner verhalten sich ruhig, keiner redet schlecht über Pharao Amasis. Weil ich in der Sache so kläglich gescheitert bin, habe ich Seiner Majestät bereits meinen Rücktritt angeboten.«

»Er tat gut daran, ihn nicht anzunehmen«, erwiderte Udja. »Du bist unser fähigster Mann – außerdem verlässt man sein Schiff nicht mitten im Sturm. Deine Schwierigkeiten zeigen, welches Ausmaß die Verschwörung haben muss, aber die Lage ist dennoch nicht aussichtslos. Der Feind wagt nicht, zu dem Großangriff überzugehen, den er im Verborgenen vorbereitet. Und wir wissen nicht, wer die Anführer sind, abgesehen von ihrem vermutlichen Oberanführer: dem Schreiber Kel.«

Der Richter machte einen niedergeschlagenen Eindruck.

»Diese Geschichte wächst mir über den Kopf. Weder Ordnungshüter noch Spitzel sind in der Lage, diesen Flüchtigen zu fassen. Auch ich habe um meine Entlassung gebeten.«

»Und auch bei dir hat der König gut daran getan, sie dir zu verweigern. Dieser Kel ist kein gewöhnlicher Verbrecher, und wir müssen ihm mit vereinten Kräften begegnen, um den Pharao und unser Land zu schützen. Vergessen wir alle Rangstreitigkeiten und kämpfen gemeinsam.«

Henat und Gem nickten.

»Wieso bleibt der Schreiber Kel unauffindbar?«, fragte der Siegelbewahrer. »Eine Möglichkeit: Er ist eines natürlichen Todes gestorben? Das wäre zu schön, um wahr zu sein. Oder er wurde von seinen eigenen Leuten getötet, weil er ihnen lästig geworden war? Möglich. In diesem Fall wären wir alle Sorgen los. Keiner würde sich zum König erklären lassen, und der Helm bliebe für immer verschwunden. Vielleicht haben es die Verschwörer mit der Angst bekommen und haben den Helm sogar vernichtet.«

»Das kann ich mir nicht vorstellen«, entgegnete Henat. »Die bisher verübten Verbrechen beweisen, dass Kel der Anführer ist. Ein gnadenloser und gerissener Gewaltmensch, der auch nicht davor zurückschreckt, missliebige Mitstreiter aus dem Weg zu räumen. Er wartet sicher nur darauf, dass wir in unserer Aufmerksamkeit nachlassen. Weil wir ihn nicht finden können, müssen wir ja zu dem Schluss kommen, dass es ihn nicht mehr gibt und die Nachforschungen einstellen.

Dann kann Kel in aller Ruhe sein Versteck verlassen und nach Belieben schalten und walten. Deshalb halten wir alle Sicherheitsmaßnahmen aufrecht und versuchen weiter, ihn zu finden.«

Der Siegelbewahrer und der Richter waren einverstanden.

»Da ist noch etwas, was mich stört«, sagte Gem. »Wenn man bedenkt, wie viele Bilder von Kel wir an die Ordnungskräfte und unsere Späher verteilt haben, hätten wir ihn eigentlich unbedingt erwischen müssen. Das heißt entweder, dass er in den Süden, also nach Nubien geflüchtet sein muss. Dann wäre er aber mehr oder weniger auf sich allein gestellt. Oder – er hat sein Aussehen verändert! Ein anderer Haarschnitt, kahl rasierter Kopf, Perücke, Bart, Arbeiterschurz, Kaufmannsgewand, bunte Kleider wie die Libyer oder die Syrer, griechische Gewänder … Es gibt schließlich zahllose Verkleidungsmöglichkeiten!«

»Das ist eine sehr kluge und äußerst beunruhigende Vermutung«, meinte Henat. »Und ich fürchte, sie klingt auch ziemlich überzeugend. Das bedeutet, unsere Bilder sind völlig sinnlos, und der Mörder wird so nie gefasst.«

»Nur hier – nicht im Süden – könnte ein Thronräuber den Versuch machen, die Macht an sich zu reißen«, überlegte der Siegelbewahrer. »Trotzdem sollten wir Elephantine besonders streng überwachen. Ein Aufstand dort wäre zwar zum Scheitern verurteilt und würde den Thron nicht gefährden, aber wir müssen dennoch wachsam bleiben.«

»Ich werde die Wachtruppen in Elephantine sofort verstärken lassen«, versprach Henat.

»Ich fürchte, Richter Gem hat die richtige Erklärung entdeckt«, fuhr Udja fort. »Daraus lässt sich aber auch noch folgern, dass der Mörder mächtige Helfer haben muss. Allein könnte er uns trotz seiner üblen Geschicke auf keinen Fall entkommen.«

»Es tut mir leid, aber an dieser Stelle muss ich den Namen Wahibra erwähnen«, sagte Henat in sachlichem Ton. »Ich ziehe die Gutgläubigkeit eines großzügigen und vertrauensseligen Mannes in Betracht. Sollte er von der Unschuld dieses Schreibers überzeugt sein, der ein gefährlicher Verführer ist, hat er ihm womöglich nach bestem Wissen und Gewissen geholfen.«

»Die erneute gründliche Durchsuchung des Neith-Tempels hat aber nichts ergeben«, erinnerte ihn der Richter. »Sollen wir das Reich des Hohepriesters noch einmal durchsuchen?«

»Nein, das hat keinen Zweck«, meinte Henat. »Der Hohepriester steht schon unter Hausarrest und darf den König nicht sprechen, da wird er nicht auch noch den Wahnsinn begehen, diesen Verbrecher bei sich zu verstecken. Außerdem haben wir dort jemand, der für uns arbeitet: Menk.«

»Aber Wahibra ist hartnäckig.« Der Siegelbewahrer gab nicht so schnell auf. »Sollte er Kel noch immer sein Vertrauen schenken, wird er ihn auch nicht im Stich lassen.«

»Dann droht dem Hohepriester Gefängnis!«, stellte Richter Gem fest.

»Er selbst wird nichts unternehmen, sondern einen oder mehrere Vertraute für sich handeln lassen. Und die müssen wir finden.«

»Wenig weltgewandt und gesellig wie Wahibra ist,

dürfte er kaum viele Freunde haben«, überlegte der Richter. »Und doch …« Gem war sich nicht sicher und überlegte. Zu diesem Zeitpunkt der Ermittlungen durfte nichts übersehen werden.

»Sein einziger enger Vertrauter ist Pef, der Große Schatzmeister.«

»Und der kommt ja wohl wirklich nicht in Frage«, schnitt ihm Udja das Wort ab. »Dieser treue Diener unseres Landes würde Amasis niemals verraten.«

»Pef liegt aber sehr viel an der heiligen Stadt Abydos«, gab Henat zu bedenken, »und er bemüht sich schon lange vergeblich um Mittel für die Wiederherstellungsarbeiten. Seine Beharrlichkeit in dieser Sache stört den Pharao, was wiederum Pef gründlich verärgern dürfte.«

»Weshalb er noch lange nicht zum Verschwörer wird!«, warf Udja ein.

»Wo hält sich Pef zurzeit auf?«, fragte der Richter.

»In Abydos«, antwortete Henat. »Er feiert dort die Mysterien des Osiris.«

»Ich spreche mit ihm, wenn er zurückkommt«, erklärte Gem, »und hoffe, es gibt keine böse Überraschung.«

»Da bin ich ganz unbesorgt«, meinte der Siegelbewahrer. »Pef ist alles andere als machtgierig und hält sich stets peinlich genau an die Anweisungen des Pharaos. Ägyptens Wohlstand ist der beste Beweis für seine gute Arbeit.«

»Die rechte Hand des Hohepriesters ist eine junge Frau«, sagte Henat. »Nitis verdankt ihm alles, weil er sie zur Oberpriesterin der Weberinnen und Sängerinnen von Neith ernannt hat. Klug und entschlossen wie sie ist, wird man sie bestimmt eines Tages zu seiner Nachfolgerin machen. Sie kennt Wahibras Meinung und wird sie mit Sicherheit teilen.«

»Würde sie denn so weit gehen und sich zu seiner Handlangerin machen lassen?«, fragte der Richter besorgt.

»Das kann ich leider nicht ausschließen.«

»Eine Frau, die Erfolg haben will, macht nicht solche Fehler«, widersprach Udja. »Warum sollte eine zukünftige Hohepriesterin einen Verbrecher in Schutz nehmen, mit dem sie nichts verbindet? Ich vermute vielmehr, dass sie Wahibra gut berät und ihm empfiehlt, dem König zu gehorchen und sich auf seine geistlichen Aufgaben zu beschränken.«

»Sollte Nitis doch auf Abwegen sein, wird mich unser Freund Menk davon unterrichten«, sagte Henat. »Seit seinem bedauerlichen Fehler steht er in meiner Schuld.«

»Ich möchte auch mit dieser Priesterin sprechen«, erklärte Gem.

»Sie hat Sais verlassen, um an der Totenfeier für den Apis-Stier teilzunehmen, wird aber bald zurück sein«, erklärte Henat.

»Hat man denn schon einen neuen heiligen Stier gefunden?«, fragte der Richter Udja.

»Nein, noch nicht. Alle großen Tempel in Ägypten wurden verständigt, und die Ritualisten ziehen durchs Land, um ihn möglichst schnell zu finden.«

»Mögen uns die Götter gewogen sein! Dieser Tod schwächt den Pharao, und das Volk beginnt bereits zu murren. Kann der König ohne die schützende Lebenskraft des Apis-Stiers alles Unglück und die Mächte der Finsternis besiegen?«

Henats Miene verdüsterte sich. »Die Dinge liegen günstig für den Helmdieb.«

»Was, wenn er sich auf der Totenfeier zum neuen König erklären ließe?«, fragte der Siegelbewahrer entsetzt.

»Die Söldner in Memphis dürfen bis zum Eintreffen des neuen Apis ihre Unterkünfte nicht verlassen, und die besten Truppen bewachen die Begräbnisfeiern. Im Grunde haben wir die Lage fest im Griff.«

67

Nitis, Kel und Bebon sahen sich den Helm ausgiebig an.

»Wie ist das jetzt also?«, sagte der Schauspieler. »Wenn ich Pharao werden will, muss ich nur den da aufsetzen?«

»Dazu würde ich dir nicht raten«, sagte die Priesterin. »Der Hohepriester von Ptah hat berichtet, dass Sondereinheiten, die König Amasis treu ergeben sind, ganz Memphis überwachen. Einen Thronräuber würde man auf der Stelle töten.«

»Und wenn diese Soldaten – wie schon früher einmal – ihn doch freudig begrüßen würden?«

»Damals haben die Söldner Amasis geholt. Wer heute Anspruch auf den Thron erhebt, muss erst einmal ihre Zustimmung erhalten. Memphis scheint mir dafür nicht besonders geeignet.«

»Immerhin haben die Verschwörer den Helm hier versteckt«, wandte Kel ein. »Vielleicht wollten sie auf dem Höhepunkt der Totenfeiern zum großen Schlag ausholen.«

Vorsichtig drehte und wendete Bebon den kostbaren Gegenstand.

»Wenn ich es mir recht überlege, verzichte ich lieber auf den Thron. Viel zu gefährlich und viel zu anstrengend. Ständig befehlen, entscheiden, für das Wohl der Menschen verantwortlich sein, Frieden stiften – dazu habe ich keine Lust! Da kann man ja nicht mehr ruhig schlafen.«

»Trotzdem befindest du dich mitten im Kampf gegen eine Verschwörung.«

»Vergessen wir's! Vielleicht am besten, indem wir diesen verfluchten Schatz loswerden. Dann kann Amasis weiter herrschen, und der Thronräuber versinkt in Selbstzweifeln, bis er schließlich auf sein mörderisches Verhalten verzichtet. Uns wäre es zu verdanken, wenn alles wieder in Ordnung käme!«

»Dieser Helm ist aber der einzige Beweis für Kels Unschuld«, sagte Nitis.

»Könnt Ihr mir das erklären?«

»Ihn zu vernichten, würde Amasis wirklich retten. Aber Kel wäre dann für immer der flüchtige Verbrecher.«

»Und was empfehlt Ihr nun? Soll er den Helm aufsetzen und sich zum König erklären lassen?«

»Ich rate ihm, dem Pharao seinen Helm zurückzubringen und ihm so seine Treue zu beweisen. Auf diese Weise kann er sehr eindrucksvoll den falschen Beschuldigungen gegen ihn ein Ende setzen. Wer wagte es dann noch, ihn zu verdächtigen?«

Bebon war von diesem Vorhaben entsetzt.

»So laufen wir sehenden Auges in unser Verderben! Kel gelangt niemals bis zum König!«

»Nitis hat recht«, entgegnete ihm der Schreiber. »Ich habe keine andere Möglichkeit, meine Unschuld zu beweisen.«

»Willst du Selbstmord begehen?«

»Lieber noch das, als weiter auf der Flucht zu sein und mich verstecken zu müssen. Früher oder später findet man mich doch, davor hättet ihr, du und Nitis, die ganze Zeit Angst. Mich würde man zum Tode verurteilen und euch zu langen Gefängnisstrafen. Das Glück hat uns geholfen, den Helm von Amasis zu finden. Jetzt müssen wir diese entscheidende Waffe auch einsetzen.«

»Ich wiederhole: Du bist tot, noch ehe du ihn dem König geben kannst!«

»Wir haben keine Wahl, Bebon. Fahren wir zurück nach Sais und sehen zu, ob es eine Gelegenheit gibt, zum Pharao zu gelangen.«

»Der reine Wahnsinn!«

»Ich verstehe deine Vorbehalte sehr gut und mache dir bestimmt keinen Vorwurf, wenn du da nicht mitmachen willst.«

Der Schauspieler wurde hochrot.

»Wie bitte?«

»Es tut mir leid, dass ich dich in diese Sache mit reingezogen habe und bitte dich um Entschuldigung. Du sollst dein Leben nicht wegen mir zerstören.«

»Bebon entscheidet ganz allein, Bebon lässt sich von keinem irgendwo reinziehen, und Bebon macht, was er will! Ich bin nämlich kein sittengestrenger Schreiber und Rechthaber, der den anderen Leuten sagt, was sie denken sollen. Wenn ich nach Sais zurückkehre und dir helfe, den König zu treffen, dann einzig und allein, weil ich Lust dazu habe! War das klar genug ausgedrückt?«

»Wir verneigen uns vor deiner Entscheidung«, sagte Nitis mit einem Lächeln. »Trotzdem gibt es noch eine Schwierigkeit: Wir müssen ein sicheres Versteck finden. Ich kann euch unmöglich im Tempel verstecken. Der Hohepriester kann uns nicht helfen, und ich werde vermutlich überwacht.«

»Macht Euch deshalb keine Sorgen«, sagte der Schauspieler stolz. »Bebon hat schließlich Beziehungen. Und wir schlüpfen einfach wieder in die Rolle von fliegenden Händlern, damit wir uns ungestört bewegen können. Mir kommt es allerdings sehr schwierig vor, den Zeitplan des Königs auszukundschaften.«

»Ich hoffe, dass ich diese Aufgabe übernehmen kann«, antwortete Nitis.

Dass Nitis so gelassen und gleichzeitig entschlossen wirkte, beruhigte Kel ein wenig. Allein hätte er sich schon längst aufgegeben. Nur wegen ihr glaubte er immer wieder, dass ihr aberwitziges Unternehmen glücken könnte. Nitis schien in der Lage, Berge zu versetzen und das Wasser bergauf fließen zu lassen.

»Der Helm, der Helm«, murmelte Bebon vor sich hin. »Ich verstehe einfach nicht, was er mit der Ermordung der Übersetzer zu tun hat.«

Dieselbe Frage beschäftigte den Schreiber und die Priesterin.

»Wahrscheinlich steht die Antwort auf diese Frage in dem verschlüsselten Papyrus«, meinte Kel. »Aber er lässt sich einfach nicht entziffern, und die Stelen, die den Ahnen von Apis geweiht sind, haben mir auch keinen Hinweis gegeben.«

Der Pharao stand auf der Terrasse seiner Wohnung im Palast und betrachtete die Hauptstadt, als Siegelbewahrer Udja um ein Gespräch bat.

»Ich habe gute Nachrichten, Majestät. Der Nachfolger für den Apis-Stier wurde in der Nähe von Bubastis gefunden. Mehrere Ritualisten haben ihn begutachtet, und ihr Urteil lässt keinen Zweifel zu: Er hat die erforderlichen Zeichen im Fell. Dieser neue Apis ist bereits auf dem Weg nach Memphis, wo er dem Hohepriester des Ptah vorgestellt werden soll.«

»Ich verlange, dass er täglich von drei Tierärzten untersucht wird, die darüber einen Bericht zu schreiben haben, den sie gegenseitig prüfen. Sollte es doch nicht der richtige Stier sein, muss er sofort zurückgeschickt werden.«

»Alles wird genau so gemacht, wie Ihr es wünscht. Die Trauerzeit ist zu Ende, wenn der neue Stier eintrifft, und dann wird seine Lebenskraft Euren *Ka* wieder stärken.«

»Irgendwelche Zwischenfälle bei den Truppen?«

»Nein, nichts, Majestät. Diese gefährliche Zeit ist bald vorbei, und kein Aufwiegler hat den öffentlichen Frieden gestört. Für die Bevölkerung seid Ihr weiterhin der Liebling der Götter.«

»Warum hat sich der Helmräuber diese für ihn günstigen Umstände wohl nicht zunutze gemacht?«

»Weil er vermutlich allein auf sich gestellt ist und es ihm an der nötigen Unterstützung fehlt. Henat und Richter Gem bleiben dennoch äußerst wachsam. Wenn wir glauben, der Schreiber Kel und seine Verbündeten seien endgültig gescheitert, könnten wir leicht zu ihren Opfern werden.«

»Ich will diesen Verbrecher – tot oder lebendig.«

»Ihr werdet ihn bekommen, Majestät.«

»Bis dahin lass uns erst einmal feiern, Siegelbewahrer. Mein Koch hat einige köstliche Überraschungen für uns zubereitet, und mein Mundschenk hat dazu hervorragende Weine ausgesucht. Gib allen bekannt, dass sich der Apis-Stier und Pharao Amasis bester Gesundheit erfreuen.«

68

Pef, der königliche Schatzmeister, war eben aus Abydos zurückgekommen, wo er an den Mysterienfeiern des Osiris teilgenommen hatte. Zu seiner Verwunderung betrat Richter Gem sein Arbeitszimmer, noch ehe ihn sein Schreiber auf den neuesten Stand der Dinge hatte bringen können.

»Was gibt es denn so Dringendes?«

»Ich muss Euch befragen.«

»In welcher Angelegenheit?«

»Es heißt, Ihr seid der beste Freund von Wahibra?«

»Richtig.«

»Das ist ärgerlich … sehr ärgerlich sogar.«

»Warum denn bitte?«

»Weil er verdächtigt wird, dem Mörder Kel geholfen zu haben, den wir nicht ausfindig machen können. Dieser Verbrecher genießt Schutz von ganz oben, anders hätte er nicht so lange überleben können. Da der Hohepriester unter Hausarrest steht, kann er nicht mehr selbst tätig werden. Aber Euch, seinem Freund, hat er sich gewiss anvertraut.«

»Da irrt Ihr Euch, Richter Gem.«

»Ich fordere Euch hiermit auf, meine Fragen zu beantworten. Denn ich habe wenig Lust, einen Minister anzuklagen und zu zwingen, vor dem Hohen Gericht zu erscheinen. Wenn nötig, würde ich davor allerdings nicht zurückschrecken.«

Diese Warnung nahm Pef nicht auf die leichte Schulter. Gem war wie ein Jagdhund, der seine Beute nicht mehr loslässt, wenn er sie erst mal in den Fängen hat.

»Möglicherweise hat Wahibra an Kels Unschuld geglaubt«, sagte der Schatzmeister. »Ihm war eine Art Verschwörung zu Ohren gekommen, angestiftet von den Griechen in Naukratis, die angeblich Sklaverei und Geld in Ägypten einführen wollten. Das käme einer grundlegenden Veränderung unserer Gesellschaft gleich und müsste unser Land in den Untergang führen, weil es das Gesetz der Maat aufheben würde. Ich kann in dieser Sache aber wenig unternehmen, da dieser griechische Fall dem Pharao vorbehalten ist.«

»Wollt Ihr damit etwa sagen, dass Seine Majestät unfähig und untätig ist?«

»Durchaus nicht, Richter Gem. Er besitzt das Vermächtnis der Götter und sorgt dafür, dass Maat auf unserer Erde ist – also wird er immer das Beste tun.«

»Helft Ihr dem Mörder dabei, uns zu entkommen?«

»Diese Frage betrachte ich als eine grobe Beleidigung. Würde ich nicht Euer Amt achten, hättet Ihr jetzt meine Faust im Gesicht.«

»Ich war gezwungen, Euch diese Frage zu stellen, Pef. Wir jagen eine reißende Bestie, fähig, schreckliche Verbrechen zu begehen, und entschlossen, als Anführer einer Bande von Aufständischen den Pharao zu entthronen. Sie sind nicht einmal davor zurückgeschreckt, den Apis-Stier zu töten, um den königlichen *Ka* zu schwächen und Unruhe unter der ägyptischen Bevölkerung zu stiften.«

Pef war entsetzt. »Hat man denn schon den neuen Apis gefunden?«

»Er wird streng bewacht und trifft wohl bald in Memphis ein. Das müsste den Thron des Pharaos eigentlich wieder stärken.«

»Den Göttern sei Dank!«

»Hat der Hohepriester noch andere enge Freunde?«, wollte der Richter wissen.

»Ich glaube nicht. Wahibra ist ein Einzelgänger, der wenig Vertrauen in die menschliche Art hat.«

»Trotzdem unterstützt er das Weiterkommen der Priesterin Nitis, seiner wichtigsten Mitarbeiterin.«

»Wahibra würdigt nur ihre Fähigkeiten.«

»Könnte er ihr befohlen haben, den Mörder zu verstecken?«

»Unvorstellbar! Wie kommt Ihr nur auf den Gedanken, ein Hohepriester der Neith könnte Gewalt und Verbrechen gutheißen?«

»Ihr wisst also nichts über Kel und seine Handlanger?«

»Nein, nichts.«

»Dann wünsche ich Euch einen guten Tag, Pef. Sollte Euch noch etwas Wichtiges einfallen, lasst es mich sofort wissen.«

»Ich gebe Euch mein Wort.«

Dann erstattete Richter Gem dem Siegelbewahrer und Henat Bericht über die mageren Ergebnisse seiner Befragung.

Eine Sache war ihm nicht geheuer: Pefs ziemlich abschätzige Wertung der Haltung des Königs den Griechen gegenüber. Der Schatzmeister war von der Entwicklung in Naukratis und den Vorhaben seiner Einwohner nicht angetan. Begnügte er sich damit, Amasis zu missbilligen, oder wollte er vielleicht als Anführer einer aufrührerischen Gruppe selbst dagegen tätig werden?

Und war diese Bande womöglich gewaltbereit und sicherte sich dazu die Dienste von Volksverhetzern wie dem Schreiber Kel?

Ein gefälliger Hohepriester, ein Minister, der seinem König feindlich gesonnen ist, ein Schreiber, der die niederen Arbeiten erledigt ... Allmählich nahm die Vermutung Gestalt an.

Doch wenn die Verschwörung tatsächlich so geplant war, blieb die vollständige Auslöschung des Übersetzeramts noch immer ein Rätsel.

Außer die Schreiber hätten Wind von Kels Plänen bekommen und sich geweigert, bei einem Umsturzversuch mitzumachen. *Alle* Schreiber, einschließlich ihr Vorgesetzter? Das war äußerst unwahrscheinlich.

Der Richter durfte keine voreiligen Schlüsse ziehen.

Jetzt konnte er eigentlich nur den Schatzmeister überwachen lassen. Keine einfache Aufgabe, weil der nach diesem Verhör bestimmt argwöhnisch war. Die Ordnungskräfte konnte Gem damit nicht beauftragen. Wie hätte er seine Beweggründe in einem Schreiben ausdrücken sollen, das der Schatzmeister gewiss zu sehen bekam? Pef würde mit Sicherheit zum Gegenangriff übergehen und selbst Anzeige erstatten.

Auch wenn es ihm schwerfiel, der Richter hatte keine andere Wahl: Er musste Henat bitten, seine Leute auf den Schatzmeister anzusetzen. Sie arbeiteten stets unauffällig, und Pef würde keinen Argwohn schöpfen.

Diese Lösung war unangenehm … und gefährlich. Henat pflegte nicht mitzuteilen, was er in Erfahrung bringen konnte. Wenn er die richtige Spur witterte, wollte er vielleicht auf eigene Faust handeln und Gewalt anwenden, um die Schuldigen dem Gericht zu entziehen.

Nach längerer Überlegung beschloss der Richter abzuwarten.

Der Thronräuber hatte den Tod des Apis-Stiers nicht ausgenützt, um sich Amasis' Helm aufzusetzen, und der neue heilige Stier würde dem König seine Stärke zurückgeben. Also hielten sich die Verschwörer wohl noch nicht für einsatzbereit, und es war auch kein anderes Verbrechen dieser Art begangen worden.

Angenommen, er wäre schuldig – würde Schatzmeister Pef dann nicht aberwitzige Vorhaben verweigern? Und müsste er nicht eigentlich die Ermordung des Schreibers befehlen, der zu lästig geworden war?

Der Richter ließ Henat wissen, dass die Befragung des Schatzmeisters nichts ergeben hatte. Und dass er die Ermittlungen auf seine Art fortsetzen würde – unter strenger Einhaltung der geltenden Gesetze.

69

Die Trennung von Nitis hatte für Kel einen schmerzhaften Einschnitt bedeutet. Auch wenn er es noch nicht wagte, ihr seine Gefühle zu gestehen, die stärker und stärker wurden, hatte er doch in ihrer Nähe wunderbare Stunden verbracht. Ihr Blick, ihre Stimme, ihr Lächeln, ihr Duft, ihr anmutiger Gang – für ihn waren das lauter kostbare Geschenke.

»Träumst du?«, fragte ihn Bebon.

»Ob ich träume? Ja, du hast recht, es war nur ein Traum.«

»Ich weiß nicht, wovon du redest. Jetzt ist jedenfalls hellllichter Tag. Komm wieder in die Wirklichkeit und geh weiter.«

Nitis war in den Neith-Tempel zurückgekehrt, und Kel würde sie vielleicht nie wiedersehen.

Der Schreiber und der Schauspieler hatten sich erneut als fliegende Händler verkleidet und folgten Nordwind. Bebon hatte dem Esel ihr Ziel genannt, wohin der jetzt gemächlichen Schritts auf dem kürzesten Weg ging.

»Wohin wollen wir eigentlich?«, fragte Kel.

Der Schauspieler wirkte unschlüssig.

»Mach dir da nur keine Sorgen! Ich weiß schon, was ich tue.«

»Hast du vielleicht vor, wieder zu würfeln?«

»Nein, nein, bestimmt nicht. Jedenfalls nicht so … Du weißt doch, Freunde bleiben so lange Freunde, bis sie sich zu sehr ärgern.«

»Das habe ich nicht gewusst.«

»Du und ich – wir beide sind mehr wie Brüder. Ein Freund hat ja auch noch sein eigenes Leben, und …«

»Könntest du dich bitte etwas deutlicher ausdrücken?«

»Dein übertriebenes Pflichtbewusstsein und dass du dich immer wie der tadellose, ordentliche Schreiber benimmst, langweilt mich ein bisschen. Um es kurz zu sagen, irgendwas musste geschehen! Mein Beruf bringt nicht viel ein, deshalb muss ich mich erfinderisch zeigen. Und nachdem die Obrigkeit so viel Steuern und Abgaben erhebt wie möglich, geht es erst mal darum, wie man die umschifft.«

»Du hast doch wohl nichts Ungesetzliches vor?«

»Ah, welch große Worte! Nur etwas Geschick und Fingerspitzengefühl, das ist alles. Sonst geht es mit uns bergab.«

»An welche Geschäfte denkst du denn?«

»Der König schätzt die großen Gewächse, im Hafen von Sais treffen immer die besten Weine ein. Jeder Krug wird beschriftet, verzeichnet und dann gelagert. Der Mann, der dafür zuständig ist, schuldet mir noch einen Gefallen. Ich hatte seiner Frau einmal bestätigt, dass wir zusammen beim Abendessen waren, als sie den Verdacht hatte, er sei mit einem Zimmermädchen aus dem Palast im Bett gewesen.«

»Und das hat gestimmt?«

»Es war jedenfalls nicht ganz falsch. Ich habe immerhin eine Ehe gerettet – und da haben wir einen guten Rotwein aus Bubastis getrunken, um unsere gelungene Zusammenarbeit zu feiern. Stell dir vor, wie erstaunt ich war: Wie wollte der Mann das Fehlen dieses Krugs erklären? Ganz einfach – der Krug muss wohl falsch beschriftet gewesen sein. Und da kam mir der Gedanke: Wenn ein kleiner Krug von hundert fehlen sollte, dürfte das am Tisch des Königs nicht weiter auffallen. Meinem Freund und mir würde er aber das Überleben sichern.«

»Ihr zweigt also Wein aus den königlichen Lagern ab?«

»Zugegeben, aber ganz, ganz wenig!«

»Das ist Diebstahl, Bebon.«

»Du darfst das nicht so streng sehen, Kel. Ich würde es einfach als Steuersenkung bezeichnen. Und unsere Kunden sind begeistert.«

»Bitte nimm zur Kenntnis, dass ich dies ausdrücklich verurteile.«

»Du klingst ja wie Richter Gem! In deiner jetzigen Lage solltest du dich besser auch nicht immer an die Regeln halten. Und das königliche Weinlager wird bestimmt unser bestes Versteck.«

»Vorausgesetzt, dein Freund kommt uns entgegen.«

»Bestimmt! Er hängt sehr an seiner Frau. Ihr gehört nämlich das Haus und ein kleiner Bauernhof südlich von Sais.«

Ordnungshüter hatten die beiden Händler mit ihrem Esel bemerkt und beobachteten sie misstrauisch. Jetzt würde sich zeigen, wie gut ihre Verkleidung war.

Und wenn sie aufgehalten wurden, sollte man dann verhandeln oder lieber gleich die Flucht ergreifen?

Nordwind wurde nicht langsamer, und seine beiden Gefährten folgten ihm schweigend.

»Gewonnen!«, sagte Bebon später zufrieden. »Das waren Schnüffler von der besten Sorte, sie bewachen den Palast. Und wir sind echte Händler!«

Allmählich atmete Kel wieder normal.

»Der Kellermeister ist ein ungehobelter Kerl aus Syrien«, erklärte Bebon. »Das sage ich nur, damit du dich nicht über ihn wunderst.«

Am Eingang zu den Lagern warteten zahlreiche Lieferanten und etwa hundert Esel, die Körbe mit den unterschiedlichsten Waren trugen.

Nordwind und die beiden Männer bogen in den breiten Weg, der zu den königlichen Weinkellern führte. Vor dem Haupteingang standen viele Weinkrüge, die ein großer bärtiger Glatzkopf mürrisch untersuchte.

»Da bin ich wieder, Syrer.«

»Du bist es, Bebon. Wo hast du so lange gesteckt?«

»Ich habe eine Reise durch den Süden gemacht.«

»Zufrieden?«

»Na ja, es geht so.«

»Dann hast du wohl Lust auf ein paar gute Geschäfte?«, fragte der Syrer und grinste breit.

»Könnte sein.«

»Umso besser, der Zeitpunkt ist günstig. Ich hab gerade eine hübsche Ladung aus den Oasen gekriegt, und Käufer hätte ich auch.«

»Ich kann sofort liefern.«

Der Syrer beäugte Kel argwöhnisch.

»Wer ist denn der da?«

»Mein Gehilfe.«

»Und der ist in Ordnung?«

»Ja, er ist ein gehorsamer Dummkopf. Er hat von nichts eine Ahnung und macht uns ganz bestimmt keine Schwierigkeiten.«

»Dein Esel gefällt mir, der schaut schön kräftig aus. Genau richtig zum Ausliefern.«

»Sag uns, wann wir anfangen sollen.«
»Gleich heute Abend?«
»Einverstanden.«
Der Syrer klopfte Bebon vertraulich auf die Schulter.
»Du bist wirklich ein richtiger Freund.«
»Stimmt, aber ich habe noch eine kleine Bitte.«
Der Blick des Syrers trübte sich ein.
»Hoffentlich keine großen Geschichten?«
»Nein, natürlich nicht. Mein Helfer und ich wollen nur ein paar Nächte hier im Lager schlafen. Und nachdem du abends die letzte Runde machst und morgens als Erster das Tor öffnest, sollten wir hier doch ungestört sein.«
»Ist schon wieder ein Mädchen hinter dir her?«, fragte der Mann und grinste.
Bebon nickte schuldbewusst.
»Aha, wahrscheinlich eine verheiratete Frau und vielleicht auch noch aus den besten Kreisen! Stimmt's?«, wollte der Bärtige wissen.
Der Schauspieler murmelte irgendetwas vor sich hin.
»Bebon, du alter Gauner! Irgendwann kriegst du noch richtig Ärger. Also meinetwegen. Aber nur ein paar Nächte.«
»Die Schöne wird mich bald vergessen.«
»Also los, kommt rein!«
Der Weinkeller war erstaunlich sauber und voller Regale. In drei Reihen standen die Henkelkrüge – ordentlich aufgereiht und mit Tonpfropfen verschlossen. Ein Schild auf jedem Krug gab seine Herkunft, das Alter und die Sorte des Weins an.
Süßer Wein, gezuckerter Wein, trockener Weißwein,

leichter Rotwein oder schwerer, außergewöhnliche Gewächse und vor allem der »Fluss des Westens« – ein wahrer Göttertrank!

»Dem Esel geb ich im Stall nebenan Futter«, sagte der Syrer. »Bis das Tor geschlossen wird, könnt ihr euch waschen und was essen. Dann ist Ruhe. Und rührt ja nichts an!«

»Keine Sorge, mein Freund. Für deine Hilfe kriegst du auch einen Teil meiner Einkünfte.«

Der Syrer umarmte Bebon und drückte ihn an sich.

»Das nenn ich Freundschaft, mein Junge.«

70

Als Nitis wieder in den Neith-Tempel zurückgekehrt war, schöpfte sie neue Hoffnung.

Langsam ging sie durch den von Sphingen gesäumten Weg, der Amasis gewidmet war, betrachtete seinen Obelisken, lief an der gewaltigen Stirnseite des Tempels vorbei und wandte sich dann zum heiligen See, über dem Dutzende Schwalben flogen.

Das warme Licht der untergehenden Sonne verbreitete eine heitere Stimmung, in der alle Ängste und Qualen sich auflösten.

Wie gern hätte die junge Priesterin die Welt da draußen vergessen und sich ganz ihren geistlichen Pflichten und der Forschung im Haus des Lebens hingegeben! Aber ein Unschuldiger wurde zu Unrecht angeklagt, und sie musste der Wahrheit zu ihrem Recht verhelfen.

Nitis versank in Gedanken und lauschte den Stimmen der Götter.

Bald ließ die letzte Gestalt der Sonne, der greise Atum, auf den Stock der Aufrichtigkeit gestützt, das sterbende Licht zurück, um sich auf der Barke der Verwandlungen den Mächten der Finsternis zu stellen. Geleitet von der schöpferischen Eingebung und dem Nährenden Wort durchquerte er gefährliche Gegenden und besänftigte die furchterregenden Wächter, deren Namen nur er kannte.

Und wieder einmal wurde mit dem Sonnenuntergang das Ende der Welt gespielt.

Würde es der riesengroßen Schlange Nichts gelingen, das Wasser des himmlischen Nils auszutrinken und die Reise der Barke aufzuhalten, musste die Welt untergehen, und diese kleine Insel kehrte für immer in die Fluten des Urmeers zurück. Durch die Feier der Rituale halfen die Eingeweihten dem Licht, die Hindernisse zu überwinden, die Schlange zu durchbohren und im Morgengrauen nach einem fürchterlichen Kampf in der Gestalt eines Skarabäus aufzuerstehen.

Auch Kel verbrachte eine schreckliche Nacht. Ungeheuer mit Menschengesichtern arbeiteten verbissen an seinem Untergang.

Nitis begab sich zur Wohnung des Hohepriesters. Sie ging durch die Tür, die in einen kleinen Innenhof führte, der vor den Wohnungen lag und den ein Diener gerade fegte.

»Ich freue mich, dass Ihr zurück seid, Oberpriesterin. Hattet Ihr eine gute Reise?«, fragte er.

»Ja, danke, eine sehr gute. Ich möchte zum Hohepriester.«

»Sein Gesundheitszustand verschlechtert sich, aber er erwartet Euch bereits.«

Wahibra war bettlägerig und abgemagert, hatte aber seine Würde behalten.

»Haben sie es tatsächlich gewagt, den Apis-Stier zu töten?«, wollte er wissen.

»Leider ja«, antwortete Nitis. »Aber der neue Apis stärkt bereits die Kraft des königlichen *Ka*, und Kel hat den Helm von König Amasis wiedergefunden. Der Thronräuber ist also zur Untätigkeit verurteilt.«

»Diese Nachricht verleiht mir neue Kraft.«

»Kel wird dem Pharao den Helm bringen und damit seine Unschuld beweisen.«

»Damit setzt er sich allergrößter Gefahr aus.«

»Seht Ihr eine andere Möglichkeit?«

Wahibra dachte nach.

»Du hast die richtige Wahl getroffen.«

»Kel muss allerdings eine günstige Gelegenheit abwarten.«

»Es ist noch nicht lange her, da habe ich genau gewusst, wie König Amasis seinen Tag verbringt«, klagte der Hohepriester. »Heute bin ich hier eingesperrt, und kein Würdenträger will etwas von mir wissen.«

»Ich werde mich darum kümmern«, beruhigte ihn Nitis. »Seht Ihr nur zu, dass Ihr wieder gesund werdet.«

»Ach was, das ist nur eine vorübergehende Müdigkeit. Kräftig wie ich bin, werde ich das bald hinter mir haben.«

»Habt Ihr den Tempelarzt aufgesucht?«

»Nicht nötig, ich muss mich nur ausruhen.«

»Darf ich darauf bestehen?«

Jetzt sah er sie an wie ein Vater, streng und zärtlich zugleich.

»Willst du wirklich, dass ich meine Wenigkeit so wichtig nehme?«

»Wir brauchen Euch! Ohne Eure Hilfe können wir diese harte Prüfung nicht bestehen.«

»Also gut, geh den Arzt holen.«

Der treue Diener der Göttin mit dem Skorpion, Selket, und der löwengestaltigen Göttin Sechmet, die die Krankheiten verbreiteten und die Heilmittel dagegen lieferten, blieb mehr als eine Stunde am Krankenbett des Hohepriesters und machte verschiedene Untersuchungen.

»Die Stimme seines Herzens ist nach wie vor ungebrochen«, stellte er schließlich fest, »und die Lebenskraft fließt ungehindert durch ihre Kanäle. Doch das Alter nagt an ihnen, und die tägliche Einnahme verschiedener Heilmittel wäre angebracht. Wird sich der Hohepriester denn an diese Verordnung halten?«

»Ich werde ihn überzeugen«, versprach Nitis, »und sein Diener wird die Einnahme streng überwachen.«

Nitis war beruhigt und ging zu ihrer Wohnung, vor der Menk auf sie wartete.

»Ich habe mir schon Sorgen gemacht«, begrüßte er sie. »Sind die Trauerfeiern für den Apis-Stier gut verlaufen?«

»Er wurde ordnungsgemäß bestattet, und sein *Ka* wird den neuen Apis beseelen. Die Kraftübertragung wird also nicht unterbrochen.«

»Sehr gut! Dann können wir mit den Vorbereitungen für das nächste Fest in Sais beginnen. Ich benötige besondere Stoffe für die Statue, die durch die Stadt getragen werden soll, und ich hätte gerne neue Lieder zu ihren Ehren. Ich weiß, es bleibt nicht viel Zeit. Können mir Eure Weberinnen und Sängerinnen meine Wünsche wohl trotzdem erfüllen?«

»Wir werden Tag und Nacht arbeiten.«

»Herzlichen Dank, Nitis! Seine Majestät wird begeistert sein, wenn die Bevölkerung feiert, um diese schwierigen Zeiten zu vergessen.«

»Nimmt der König an den Feierlichkeiten teil?«

»Begleitet von einer Schar von Würdenträgern will er den Beginn der öffentlichen Feiern leiten, den Rest überlässt er uns und lädt zu einem Festmahl mit rund zwanzig griechischen Botschaftern unter den Gästen. Die Woche ist voll von amtlichen Empfängen!«

»Hat Seine Majestät noch weitere Verpflichtungen?«

»Einweihung der neuen königlichen Stallungen, Verleihung der goldenen Wachsamkeitsmedaille an den Feldherrn Phanes von Halikarnassos, Ernennung neuer Offiziere, feierlicher Abschluss der Bündnisverträge mit den griechischen Städten – und, nicht zu vergessen, Erscheinen vor dem Hohen Gericht von Richter Gem. Das Oberste Gericht versammelt sich übermorgen vor dem Tempeleingang, und Richter Gem wird wie immer daran erinnern, dass Maats Gesetz stets Vorrecht haben muss. Zu diesem Anlass sollte der Pharao den Richtern sein Versprechen erneuern, dass er für die Durchsetzung dieses Gesetzes auf Erden sorgt und niemand erlauben wird, es zu verletzen.«

»Warum sagt Ihr ›sollte‹?«

Menk wurde leiser.

»Weil sich König Amasis nicht immer an die Vorgaben hält. Es könnte sein, dass ihm diese Veranstaltung zu viel wird, dann überträgt er seine Befugnis auf Richter Gem und weist ihn an, an seiner Stelle eine Rede zu halten. Sein Gefolge wird ihn aber inständig bitten, selbst vor Gericht zu erscheinen, weil es zu den Grundfesten unserer Gesellschaft gehört, Maat zu achten.«

Da war die Gelegenheit, auf die sie gewartet hatten!

Vor dem Pharao und dem Obersten Gericht sollte Kel den Beweis seiner Treue und seiner Unschuld vorlegen.

»Mir scheint, Ihr seid mit Euren Gedanken woanders«, bemerkte Menk.

»Ich bin nur ein wenig erschöpft und mache mir Sorgen um die Gesundheit des Hohepriesters.«

»Was hat der Arzt denn gesagt?«

»Er meint, es handle sich um eine bekannte Krankheit, die er heilen könne.«

»Dieser hervorragende Heiler übertreibt eigentlich nie. Wahibra hat noch viele Jahre zu leben, da bin ich mir ganz sicher.«

»Die Götter mögen ihn beschützen.«

»Und Euch auch, Nitis. Denkt immer an meine Ratschläge.«

»Das mache ich.«

»Darf ich Euch etwas fragen?«

»Aber natürlich.«

»Habt Ihr den Schreiber Kel, diesen Mörder, wirklich vergessen?«

»Ich glaube, ich würde ihn heute nicht einmal mehr erkennen. Aber jetzt bin ich müde, Menk, ich möchte zu Bett gehen.«

»Verzeiht, dass ich Euch aufgehalten habe. Ich wünsche Euch eine erholsame Nacht. Morgen machen wir uns dann gemeinsam an die Vorbereitungen für das bevorstehende Fest.«

Beruhigt machte er sich auf den Heimweg.

Kein Mensch schlich um das Haus von Nitis herum, der Hohepriester war außer Gefecht gesetzt, und die Ritualisten hatten genug mit ihren üblichen Pflichten zu tun. Weil Menk nichts Ungewöhnliches aufgefallen war, konnte er Henat einen beruhigenden Bericht abliefern.

Ganz offensichtlich hielt sich der Mörder nicht im Reich der Neith versteckt. Und Menk würde Henat niemals von Nitis' kleinen Dummheiten erzählen. Die schöne Priesterin war vernünftig geworden und widmete sich wieder ausschließlich ihren geistlichen Aufgaben.

71

Bebon und Nitis hatten vereinbart, dass sie sich einmal am Tag am Tempeleingang treffen wollten, der für die Händler bestimmt war. Entdeckte der Schauspieler irgendetwas Verdächtiges, würde er sie nicht ansprechen, und sie sollte es genauso machen.

Nordwind konnte Schnüffler gleich welcher Art nicht ausstehen und würde ihnen deshalb eine große Hilfe sein.

Die Priesterin begutachtete ein Stück Stoff.

»Morgen versammelt sich das Oberste Gericht vor dem Haupteingang zum Tempel«, sagte sie leise. »Da muss der König anwesend sein.«

»Das ist feinste Ware«, sagte Bebon laut, »etwas Besseres findet Ihr nirgends.«

»Ich nehme den Stoff. Lass dich beim Verwalter bezahlen.«

Als das Geschäft abgewickelt war, streunte der Schauspieler noch ziemlich lange auf dem Platz herum, auf dem das Gericht abgehalten werden sollte. Dann ging er zurück zu den königlichen Lagerhäusern.

Der Syrer war hochzufrieden, weil sich Kel für ein einfaches Essen bereit erklärt hatte, die Krüge aufzuräumen und das Lager zu fegen. Der Schreiber machte einen verschlossenen Eindruck und hielt den Mund.

»Dein Freund ist nicht besonders gesprächig«, sagte der Syrer zu Bebon, »aber er ist auch nicht teuer und arbeitet gar nicht mal so schlecht.«

»Ja, man muss eben wissen, wie man sich die Dummköpfe zieht.«

In einer Pause zogen sich der Schauspieler und der Schreiber zurück.

»Hast du Nitis gesprochen?«, wollte Kel wissen.

»Ja, morgen versammeln sich die Richter des Obersten Gerichtshofs vor dem Neith-Tempel. Und Amasis führt vermutlich den Vorsitz.«

»Ausgezeichnet! Eine bessere Gelegenheit kann man sich nicht denken.«

»Mir gefällt die Sache nicht.«

»Warum?«

»Stell dir mal vor, wie viele Wachen da sein werden. Da kommst du nicht durch.«

»Außer ich habe einen guten Grund! Ich werde einen Brief an Richter Gem schreiben, und zwar so, dass klar ist, es handelt sich um ein ernstes Anliegen. Dann lässt er mich vorladen, und ich gebe dem König seinen Helm zurück und mich zu erkennen.«

»Dieser Plan ist ja noch verrückter, er kann gar nicht gut gehen.«

»Im Gegenteil – wir haben richtig Glück. Wenn ich mich vor dem König, dem Obersten Richter und allen Richtern des Obersten Gerichtshofs rechtfertigen kann, wird dieser Albtraum endlich ein Ende haben.«

»Ich fürchte, das Ganze nimmt ein schreckliches Ende.«

»Ausgeschlossen, Bebon.«

»Wir brauchen auf alle Fälle einen Ausweg, irgendetwas, womit wir die Wachen – falls nötig – ablenken können.«

Mit dem Maul stupste Nordwind Bebon am Arm.

»Was ist? Hast du etwas im Sinn?« Und er las es dem Esel von den Augen ab. Das war tatsächlich die Lösung, aber ihm blieb nicht mehr viel Zeit, um ihren möglichen Rückzug vorzubereiten.

Kel war längst dabei, seine Eingabe an Richter Gem zu schreiben.

Nitis war mit der Arbeit der Weberinnen sehr zufrieden. Menk würde begeistert und das nächste Fest ebenso prunkvoll wie die vorhergehenden sein. Die Menschen machten den Göttern ihre Meisterwerke zum Geschenk und baten so um Frieden auf Erden.

»Richter Gem will Euch sprechen«, teilte ihr ein Priester mit. »Ich habe ihn in Eure Wohnung geführt.«

Die Oberpriesterin zeigte keine Regung.

Gem erwartete Nitis in dem kleinen Vorzimmer.

»Seid gegrüßt. Womit kann ich Euch dienen?«

»Ich muss Euch einige Fragen stellen. Seid Ihr einverstanden, wenn wir das hier, ganz ohne Förmlichkeiten machen?«

»Ja, natürlich.«

»Wir sind noch immer auf der Suche nach dem Schreiber Kel, einem Mörder und Verschwörer. Trotz größter Anstrengungen ist es uns bisher nicht gelungen, ihn zu finden. Es sieht fast so aus, als wäre er tot.«

»Sollte das der Fall sein, kann er niemand mehr schaden, und das göttliche Gericht übernähme seine gerechte Bestrafung.«

»Zu schön, um wahr zu sein! Ich fürchte, die Wahrheit ist weniger schön. Wahrscheinlich hat dieser Verbrecher seine äußere Erscheinung verändert, und außerdem hat er wohl auch mächtige Verbündete.«

»Eine ziemlich beunruhigende Vorstellung.«

»Allerdings«, gab der Richter zu. »Deshalb muss ich Euch jetzt zum Wohle unseres Landes um uneingeschränkte Offenheit bitten.«

Nitis hielt dem misstrauischen Blick des Richters stand.

»Wahibra hat einmal zugegeben, dass er Mitgefühl mit dem Mörder hat«, erinnerte Gem. »Nehmen wir einmal an, er hat diesen schweren Fehler gemacht, weil er gutmütig und zu gutgläubig war. Beharrt er darauf? Ihr müsst es schließlich wissen.«

»Die Ereignisse haben dem Hohepriester derart zugesetzt, dass seine Gesundheit schwer angegriffen ist. Er muss das Bett hüten und eine langwierige medizinische Behandlung über sich ergehen lassen.«

»Ich bin bestürzt. Trotzdem muss ich Euch die Frage noch einmal stellen.«

»Niemals würde der Hohepriester einem Verbrecher helfen.«

»Bestimmt nicht selbst, das glaube ich auch. Aber hat er vielleicht enge Freunde oder Vertraute, die er bitten könnte, dem flüchtigen Schreiber Unterschlupf zu gewähren?«

»Der Hohepriester widmet sich voll und ganz der Ausübung seiner geistlichen Aufgaben. Als erster Diener der Göttin Neith reicht er Tag für Tag deren Botschaft durch die Feier der Rituale und die Beseelung der Sinnbilder an uns weiter.«

»Das bezweifle ich nicht, Nitis. Aber Wahibra hat auch Stellungen bezogen, die …«

»Ist es nicht so, dass Ihr Neiths Reich von oben bis unten habt durchsuchen lassen – selbst auf die Gefahr hin, die Göttin zu verstimmen und den Frieden des Heiligtums zu stören? Hartnäckig einen alten, kranken Hohepriester zu verdächtigen, bringt Euch keinen Schritt weiter und schadet nur dem hohen Ansehen der Gerichtsbarkeit.«

»Ihr seid seine rechte Hand, Nitis. Hat er Euch befohlen, den Schreiber Kel zu schützen und Verbündete für ihn zu suchen?«

Sie wich seinem Blick nicht aus. »In keiner Weise. Außerdem muss ich Euch darauf hinweisen, dass ich vor Kurzem in Memphis war und dort an den Totenfeiern für den Apis-Stier teilgenommen habe. Das können zahlreiche Zeugen bestätigen. Heute muss ich einige Aufgaben des Hohepriesters übernehmen, wobei ich hoffe, dass er bald wiederhergestellt ist.«

»Würdet Ihr es dem Gericht mitteilen, wenn Ihr wichtige Hinweise in dieser Angelegenheit hättet?«

»Ich würde nicht einen Augenblick zögern.«

Das Selbstvertrauen der jungen Frau ernüchterte Richter Gem. Auch wenn er sie stundenlang verhören ließe, würde er nichts von ihr erfahren. Außerdem hatte er nichts gegen sie in der Hand. Vielleicht hatte Menk ja bei seinen Beobachtung etwas herausgefunden.

Warum nur sollte diese wunderbare Frau einem gefährlichen Mörder Beistand leisten, der von allen Ordnungshütern des Königreichs gejagt wurde?

72

Nicht ein Richter fehlte, als sich das Oberste Gericht zum Tempeleingang begab. Hier wurden seit alters her die Beschwerden der Kläger vorgelesen, um Recht von Ungerechtigkeit zu trennen und die Schwachen vor der Überlegenheit der Starken zu schützen. Hier bestimmte Maats Wahrheit, Lügen waren ausgeschlossen.

Eine kleine Herde Esel trug die Lederrollen mit den Gesetzen, die Stühle für die Richter und die Wasserkrüge.

Als alle ihre Plätze eingenommen hatten, hängte Richter Gem eine kleine Figur der Göttin Maat an die goldene Kette, die er um den Hals trug.

Vor ihm lagen die zweiundvierzig Lederrollen mit den Gesetzesschriften, nach denen in den zweiundvierzig ägyptischen Provinzen Recht gesprochen wurde.

Kel hatte sich unter die Menschenmenge gemischt, die sich dieses Schauspiel nicht entgehen lassen wollte, und war zutiefst enttäuscht. Pharao Amasis beehrte diese Ausrufung der allmächtigen Gerechtigkeit, die in den Augen der Bevölkerung so wichtig war, nicht mit seiner Gegenwart.

Dann war sein Vorhaben also gescheitert. Er musste nach einer anderen Gelegenheit suchen, um den Helm seinem rechtmäßigen Besitzer zurückgeben zu können.

Der Schreiber wollte gerade gehen, als die Leute zu murmeln begannen.

»Da ist der Pharao«, rief einer, »Amasis kommt!«

Umringt von den Soldaten seiner Leibwache bewies der Herrscher, dass ihm der neue Apis Kraft und Stärke verliehen hatte. Er war schlicht gekleidet und trug den Lendenschurz der Pharaonen des Alten Reichs sowie die blaue Krone, die seine Gedanken mit den himmlischen Mächten verband.

Er nahm auf einem bescheidenen Thron aus vergoldetem Holz Platz, der etwas abseits von der Runde der Richter stand. Der Pharao sollte ihre Beratung nicht behindern und ihre Entscheidungen nicht beeinflussen. Offensichtlich bestand er nicht einmal darauf, eine Eröffnungsrede zu halten.

Die Zuschauer waren beruhigt.

Der Pharao herrschte, und man ließ Gerechtigkeit walten – die Grundfeste von Wohlstand und Glück.

»Im Namen von Maat und dem König erkläre ich diese Zusammenkunft des Gerichts der Dreißig für eröffnet«, sagte Richter Gem mit lauter Stimme. »Beginnen wir mit der ersten Klage.«

Es handelte sich um einen eindeutigen Fall von Grenzverrücken. Ein Bauer hatte zu Recht behauptet, sein Land sei nicht so groß wie angenommen, weshalb er auch weniger Steuern zahlen müsse. Das Steueramt hatte ihn nicht anhören wollen und verlangte die geforderten Abgaben, einschließlich einer Strafe wegen verspäteter Zahlung.

Einstimmig gaben die Dreißig der Verwaltung die Schuld, die einen Landvermesser hätte hinzuziehen und den Grundbucheintrag hätte prüfen müssen. Obwohl dem Pharao sehr an seinem neuen Steuerrecht gelegen war, verweigerten die Richter diese Willkür. Und der grausame Steuerprüfer wurde dazu verurteilt, den Kläger selbst zu entschädigen.

Anschließend verlas Richter Gem die widersprüchlichen Briefe eines Handwerkers und dessen ehemaliger Frau, die sich gerade hatten scheiden lassen. Der Mann beschuldigte die Frau des Ehebruchs, weshalb er den gesamten Besitz und das Sorgerecht für die Kinder verlangte. Die Frau legte schriftliche Zeugenaussagen vor, die ihre Unschuld bewiesen. Darauf hatte der Mann in Gegenwart von zwei Zeugen mit Beleidigungen und versuchter Tätlichkeit geantwortet.

Eine Frau zu schlagen, galt in Ägypten als schweres Verbrechen. Deshalb wurde die Klage des Handwerkers abgewiesen, und er wurde zu zwei Jahren Gefängnis verurteilt. Seine frühere Frau bekam die Kinder und zusätzlich den Besitz des Ehepaars zugesprochen.

Der nächste Fall machte Richter Gem schier sprachlos.

Am liebsten hätte er ihn der Zuhörerschaft vorenthalten.

Einer der Dreißig bemerkte seine Not und bat ums Wort.

»Müssen nicht alle Stimmen gehört werden? Sollte

uns diese hier als nicht verhandelbar erscheinen, werden wir das zu begründen wissen. Den Fall von vornherein auszuschließen, widerspräche unserer Rechtsprechung.«

»Der Verfasser dieses Schreibens behauptet, die Lösung für eine Angelegenheit zu haben, die die Sicherheit unseres Landes bedroht, und will deshalb persönlich vor diesem Gericht erscheinen. Da ihm bewusst ist, wie ungewöhnlich diese Bitte ist, betont er die Wichtigkeit seines Anliegens und bittet untertänigst darum, angehört zu werden.«

Damit war Amasis' Neugier geweckt. Trotzdem hütete er sich einzugreifen. Die Dreißig, und niemand sonst, hatten zu entscheiden.

Nun lieferten sich die streng auf die Form Bedachten und jene ein heftiges Wortgefecht, die eher Wert auf den Inhalt legten. Dem höflichen Schlagabtausch machte Richter Gem schließlich ein Ende, indem er erklärte, dass die Sicherheitsbelange des Landes es erforderlich machten, den Verfasser dieses beunruhigenden Schreibens anzuhören.

Sollte der Antragsteller nur seinen Spott mit dem Gericht treiben wollen, würde er zu einer hohen Strafe verurteilt.

»Der Kläger möge vortreten und sich erklären«, verlangte Gem, worauf ein langes Schweigen folgte.

Jeder sah seinen Nachbarn an. Wer würde nach vorn gehen?

Schließlich erhob sich ein junger Mann, der eine Perücke alter Art und einen gestutzten Oberlippenbart trug, und trat vor. Mit den Händen hielt er sich einen Gegenstand vors Gesicht, der mit einem Leinentuch zugedeckt war, weshalb es Richter Gem nicht gelang, sein Gesicht zu sehen.

»Wer seid Ihr und was habt Ihr uns zu sagen?«

»Zu Unrecht schrecklicher Verbrechen angeklagt, bringe ich hier den Beweis meiner Unschuld und meiner Treue zu Pharao Amasis. Dank meines Eingreifens sind die Verschwörer zur Untätigkeit verurteilt.«

Richter Gem und der König waren starr vor Entsetzen. Keiner von beiden wollte verstehen, was er soeben gehört hatte.

Dann stellte Gem die brennende Frage: »Bist du etwa der Schreiber Kel?«

»Ja, der bin ich.«

Die Schützen spannten ihre Bogen, die Ordnungshüter griffen nach ihren Knüppeln.

Aber der Richter hob die Hand.

»Keine Gewalt vor Gericht! Wartet das Urteil und meine Befehle ab.«

Kel wandte sich an den König. »Ich habe niemand getötet, Majestät, ich bin das Opfer von Machenschaften, die Euch vom Thron und unser Land ins Verderben stürzen sollen. Die wahren Verbrecher haben sich von nie dagewesener Grausamkeit gezeigt, und ich fürchte, es kommt noch schlimmer. Ich aber habe ihr Vorhaben verhindert. Darf ich näher kommen?«

Der Anführer von Amasis' Leibwache zog sein Schwert aus der Scheide.

»Tritt näher, Schreiber Kel, für den Augenblick hast du nichts zu befürchten.«

Langsam ging der junge Mann auf den Thron zu. Er kniete vor dem Pharao nieder und entfernte das Leintuch von dem Gegenstand in seiner Hand.

»Hier habt Ihr den Helm zurück, der Euch aus dem Palast gestohlen wurde, Majestät. Jetzt kann ihn sich kein Thronräuber mehr auf den Kopf setzen.«

Und der Schreiber reichte dem König das kostbare Stück.

Amasis betrachtete den Helm lange, dann sagte er: »Schreiber Kel, du bist nicht nur ein Mörder, sondern auch noch ein Lügner und ein Aufwiegler. Dieser Helm gehört mir nicht.«

73

Nehmt den Mörder fest!«, befahl Richter Gem.

Unruhe in der Menschenmenge behinderte die Beamten mit ihren Knüppeln.

Kel nutzte die Gelegenheit, verließ den Gerichtsplatz und mischte sich unter die Schaulustigen. Die Bogenschützen konnten nicht schießen, ohne Unschuldige zu verletzen oder zu töten.

Genau diesen Augenblick hatte Bebon abgewartet – jetzt scheuchte er die Eselherde los, die das Geschrei von Nordwind, ihrem unumstrittenen Anführer, laut beantwortete. Damit sorgten die Vierbeiner für ein heilloses Durcheinander; einer stieß sogar einen Richter zu Boden, dem dann auch noch ein aufgeregter Beamter einen Stockschlag verpasste. Der heftige Protest der hilflosen Richter machte die Lage nur noch unübersichtlicher.

Als die Bogenschützen endlich freie Bahn hatten, waren Kel, Bebon und Nordwind verschwunden.

»Der König ist unverletzt, das ist die Hauptsache«, stellte Henat fest.

»Dieser Verbrecher hat das hohe Gericht der Lächerlichkeit preisgegeben«, tobte Gem außer sich vor Zorn.

»Konntet Ihr seine Helfershelfer erkennen?«

»Nicht einmal das! Er hat die Lage voll und ganz ausgenützt.«

»Wenigstens wissen wir jetzt, dass er noch lebt und sein Aussehen verändert hat.«

»Aber wir können kein vernünftiges Bild von ihm anfertigen lassen. Die zahlreichen Augenzeugen machen ganz unterschiedliche Angaben – das reicht von einem pausbäckigen Männchen bis hin zu einem bärtigen Riesen. Nicht einmal ich selbst könnte ihn genau beschreiben. Irgendwie hielt er sein Gesicht hinter dem falschen Helm versteckt.«

»Ich finde das Ganze sehr merkwürdig«, meinte Henat.

»Er wollte uns nur reizen! Und uns zeigen, wie sehr er Gericht und Ordnungskräfte verachtet.«

»Sehr merkwürdig«, wiederholte Henat. »Wenn man den Brief bedenkt und dass er ganz offensichtlich ein kluger Mann ist – wieso sollte sich dieser Schreiber wie ein Wahnsinniger gebärden? Glaubte er vielleicht, der Helm sei echt?«

Diese Frage störte den Richter.

»Dieser Kel ist ein tollwütiger Irrer, ein Mörder, der zu allem fähig ist. Er überlegt nicht wie ein vernünftiger Mensch.«

»Aber er hat nicht einmal den Versuch unternommen, den König zu töten«, fügte Henat hinzu.

»Er hatte nicht damit gerechnet, dass Seine Majestät die Echtheit des Helms prüfen würde! Dann wäre Kel in den Genuss der königlichen Gnade gekommen. Von allen Vorwürfen reingewaschen, hätte er wieder ein friedliches Dasein führen können.«

»Ein gut ausgeklügeltes Vorhaben, das auch hätte gelingen können«, gab Siegelbewahrer Udja zu.

»Wer ist denn nun im Besitz des echten Helms von Amasis?«, fragte Henat.

»Natürlich Kel selbst!«, antwortete ihm der Richter. »Nachdem er die Hoffnung, für unschuldig erklärt zu werden, für immer begraben muss, bleibt ihm nur noch ein Ausweg: Er muss einem Umstürzler erlauben, sich gegen den König zu erheben. Wir haben es hier mit einem zu allem entschlossenen grausamen Verbrecher zu tun. Und die Kunde von seiner Allmacht wird sich wie ein Lauffeuer unter der Bevölkerung verbreiten.«

»Er kann nicht siegen«, widersprach der Siegelbewahrer.

»Nach dieser Zurschaustellung seiner Macht bin ich mir da nicht mehr so sicher!«

»Der Schreiber hat sich die allgemeine Überraschung zunutze gemacht«, sagte Henat. »Hätte er viele bewaffnete Helfer dabeigehabt, wäre es zu einer regelrechten Schlacht gekommen.«

»Für mich ist es ein Unentschieden.«

»Wir haben alles im Griff, Richter Gem, und Seine Majestät herrscht weiter uneingeschränkt über unser Land. Diese verbrecherische Geschichte nimmt eine ungewöhnliche Wendung, ich gebe es zu, aber handelt es sich wirklich um mehr als nur einen kleinen Aufruhr?«

»Wie auch immer – wir sollten jedenfalls sehr wachsam bleiben«, riet der Siegelbewahrer.

»Ich schlage vor, dass wir noch einmal das Reich der Neith durchsuchen lassen«, sagte der Richter.

»Ist das nicht der letzte Ort, an dem sich dieser Kel verstecken würde?«

»Eben! Schließlich kann er nicht ahnen, dass die Wachen noch einmal zum Einsatz kommen. Ein besseres Versteck ließe sich eigentlich gar nicht finden.«

»Das würde aber bedeuten, dass er Verbündete hat«, meinte Henat.

»Sehr richtig. Etwas hat mich eben misstrauisch gemacht: die plötzliche Erkrankung des Hohepriesters. Man müsste schon sehr grausam sein, wollte man ihn in diesem schmerzlichen Augenblick belästigen. Seine rechte Hand, die Priesterin Nitis, hat mich sehr nachdrücklich auf diese unangenehme Lage hingewiesen – und meine Fragen nicht richtig beantwortet. Der Schreiber und Mörder Kel wird das Gericht nicht länger an der Nase herumführen. Diesmal hat er vielleicht endlich einen verhängnisvollen Fehler gemacht.«

Nitis sann über die sieben Worte der Neith nach, die die Welt in sieben Schritten erschuf. In der Nacht, während der man die verstreuten Teile des göttlichen Auges zusammensetzte, um die himmlische Erscheinung neu zu erschaffen, trugen die Worte der Göttin die goldene Waage des Gerichts. So befreite sie das Wort vom Tod und schenkte Leben, Zusammenhalt und gutes Gedeihen. Und diese sieben Worte schlugen den Meineidigen und den Feinden des Lichts den Kopf ab.

Der Priesterin schoss ein neuer Gedanke durch den Kopf: Vielleicht war das Gesetz der sieben der Schlüssel für die Schrift, die der Verfasser des unlesbaren Papyrus verwendet hatte? Vielleicht musste man die erste Hieroglyphe, dann die siebte, dann die vierzehnte Hieroglyphe und so weiter lesen, damit man den Sinn erfasste!

Was bedeuten würde, dass der Verfasser oder die Verfasserin in die Mysterien der Neith eingeweiht sein musste.

Voller Angst prüfte Nitis daraufhin noch einmal das Schreiben.

Nein, das war es nicht. Zum Glück.

Ein Schreiber aus dem Haus des Lebens wagte es, sie bei der Arbeit zu stören.

»Kommt schnell, Nitis! Richter Gem steht mit einer Hundertschaft vor dem Tempel und verlangt Einlass.«

Nitis eilte zum Eingang, wo sie auf den zornigen Richter traf.

»Was ist hier los?«, fragte sie ihn.

»Das wisst Ihr nicht?«

»Nein.«

»Der Schreiber Kel hat soeben Macht und Gericht herausgefordert. Leider konnte er fliehen, aber ich habe guten Grund anzunehmen, dass er sich hier verborgen hält.«

»Da täuscht Ihr Euch.«

»Davon möchte ich mich selbst überzeugen. Zwei Orte will ich vor allem sehen: nämlich Eure Wohnung und die des Hohepriesters Wahibra.«

»Das kommt überhaupt nicht in Frage. Der Hohepriester ist schwer krank und darf nicht gestört werden.«

»Das Gesetz verlangt es aber. Fangen wir mit Eurer

Wohnung an, während meine Leute die Unterkünfte der Priester und Priesterinnen umstellen. Auch sie werden alle durchsucht.«

An Nitis' ängstlicher Miene erkannte Richter Gem, dass er sich nicht getäuscht hatte. Der Schreiber war ihm von allein in die Falle gegangen.

Zehn Ordnungshüter verschafften sich Zutritt zu den Räumen der Oberpriesterin. Aus Angst vor dem Verteidigungswillen des Flüchtigen wollten sie gegebenenfalls sofort zuschlagen.

»Hier ist niemand«, meldeten sie.

»Dann durchsuchen wir jetzt das Haus des Hohepriesters«, befahl Gem.

»Das lasse ich nicht zu«, wiederholte Nitis.

»Geht aus dem Weg, sonst lasse ich Euch wegen Behinderung meiner Untersuchung festnehmen.«

Zwei Beamte nahmen die schöne Frau in die Mitte.

Ein Trupp öffnete gewaltsam die Tür zu Wahibras Haus, der noch immer krank im Bett lag.

»Was sucht Ihr hier?«, fragte der Hohepriester den Richter.

»Den Mörder Kel. Liefert ihn uns aus, dann lassen wir mildernde Umstände gelten.«

»Ihr habt wohl den Verstand verloren.«

»Vorwärts, an die Arbeit!«

Es gab nichts, was den Blicken der Männer verborgen blieb, selbst die kleinste Truhe wurde ausgeleert.

Beschämt musste der Richter seine Niederlage eingestehen.

»Ich bitte Euch um Entschuldigung«, sagte er zu dem Kranken, »bitte bedenkt, wie schwierig meine Arbeit ist.«

Aber der Hohepriester würdigte ihn keiner Antwort, drehte den Kopf zur Wand und schloss die Augen.

Vor dem Haus stand Nitis noch immer zwischen den beiden Polizisten, ohne sich vom Fleck zu rühren.

»Lasst sie los!«, befahl Gem und wich dem Blick der Priesterin aus.

74

In die königlichen Lager konnten sie auf keinen Fall zurück.

Und es war auch ausgeschlossen, Nitis um Unterschlupf im Tempel der Neith zu bitten. Kel war überzeugt, dass Richter Gem noch einmal alles durchsuchen lassen würde – insbesondere die Wohnungen von Wahibra und Nitis.

»Bestimmt überwachen sie einige Tage lang die Stadttore von Sais«, meinte Bebon, »und so lange werden sie sogar verdächtige Händler verhaften. Außerdem stehen Soldaten am Fluss und an den Ausfallwegen Wache. Auch wenn du dir den Bart abrasieren lässt, bist du nicht vor ihnen sicher. Also müssen wir uns irgendwo mitten in der Stadt verstecken, mit Nitis Verbindung aufnehmen und warten, bis sich das Gewitter verzogen hat.«

»Hast du denn noch einen Freund, bei dem wir sicher wären?«

»Ich glaube schon, aber das ist nicht ganz ungefährlich.«

»Mit anderen Worten, er könnte uns verraten.«

»Nein, ich finde, das passt nicht zu ihm.«

»Aber du bist dir nicht sicher.«

»Wir arbeiten schon seit einigen Jahren zusammen und verstehen uns sehr gut. Er könnte sich aber überrumpelt fühlen, wenn ich ihm einen flüchtigen Verbrecher ins Haus bringe. Und dein Auftritt vor dem Gericht der Dreißig hat deinem Ansehen nicht gerade gutgetan. Da du den König und den Obersten Richter zum Narren gehalten hast, sind dir jetzt alle Türen verschlossen.«

»Es wird höchste Zeit, dass wir getrennte Wege gehen, Bebon.«

»Das kann doch nicht wahr sein. Du willst mich doch nicht etwa im Stich lassen?«

»Nein, aber …«

»Dann hör endlich damit auf, mich so schlecht zu machen! Ich habe keinen Anstand, meinetwegen, und ich besitze auch nicht die Fähigkeiten eines Schreibers. Aber das musst du mir doch wirklich nicht ständig vorhalten.«

»Nein, ich …«

»Also los. Ich werde meinen Freund schon davon überzeugen, dass du kein Mörder bist.«

Nordwind ging voraus.

»Ich würde zu gern wissen, woher dieser Esel immer den besten Weg weiß«, wunderte sich der Schauspieler.

Außer sich vor Wut hatte Amasis den falschen Helm zertrampelt, ehe er in tiefe Niedergeschlagenheit versank und deswegen sein Zimmer nicht mehr verließ. Siegelbewahrer Udja kümmerte sich lediglich um die wichtigsten Geschäfte und ließ verlauten, dass der Pharao an einer vorübergehenden Unpässlichkeit leide.

Allein der Einfluss von Tanit erwies sich als heilsam. In einer Mischung aus Mitgefühl und Strenge erinnerte sie den Herrscher an seine Pflichten und brachte es fertig, ihn wachzurütteln.

»Wie konnte es dieser Mörder wagen, mir derart unverfroren gegenüberzutreten?«, fragte er mit schwacher Stimme.

»Mir scheint, es war eine List, mit der er seine Unschuld beweisen wollte.«

»Was für eine erbärmliche List! Er musste sich doch darüber im Klaren sein, dass ich mir den Helm genau ansehen würde, der mich zum König gemacht haben soll.«

»Zum Glück macht dieser Schreiber gelegentlich Fehler.«

»Und er ist immer noch auf freiem Fuß! Ruft meine engsten Berater zusammen und bringt mir etwas zu trinken.«

»Meint Ihr, dass das vernünftig ist?«

»Es ist jedenfalls unumgänglich.«

Da fügte sich die Königin.

Amasis nahm sie in die Arme.

»Ich danke Euch für Eure Hilfe. Wer mich am Ende meiner Kräfte wähnt, hat sich getäuscht. Dieser Zwischenfall war eine harte Prüfung, das muss ich zugeben. Aber jetzt nehme ich die Zügel wieder in die Hand. Lasst meinen Haarschneider und meinen Kammerdiener rufen.«

Siegelbewahrer Udja, Henat und Heeresführer Phanes von Halikarnassos trafen einen Herrscher in kampflustiger Stimmung an.

»Haben wir eine Spur von diesem Kel?«

»Leider nein«, bedauerte der Siegelbewahrer. »Er ist uns wieder einmal entkommen.«

»Hat man wenigstens seine Helfershelfer erkannt?«

»Auch das nicht. Sie haben ein solches Durcheinander angerichtet, dass es keine brauchbaren Zeugenaussagen gibt. Und auch die Befragung der Verdächtigen, die festgenommen wurden, hat nichts ergeben. Richter Gem hat strenge Wachen an allen Stadttoren angeordnet, und unsere Späher sind in höchster Bereitschaft. Mit Sicherheit wissen wir nur eins: Der Mörder hält sich nicht im Inneren von Neiths Reich versteckt. Der Hohepriester liegt krank im Bett und kann ihm nicht helfen.«

»Wie ist es nur möglich, dass wir diesen Mann nicht verhaften können?«, fragte der König verärgert.

»Weil er ein Einzelgänger ist«, mutmaßte Henat. »Diese vermeintliche Schwäche ist jetzt seine große Stärke.«

»Bestimmt hat er ein Netz von Helfern«, widersprach der Siegelbewahrer.

»Nicht unbedingt. Ich glaube eher an vorübergehende Rastplätze und gutgläubige Menschen, die sich von ihm ausnützen lassen. Dieser Mörder ist ständig auf der Hut und bleibt nirgends lange. Irgendwann werden ihn aber seine Kräfte verlassen.«

»Ich begreife nicht, warum Richter Gem nichts erreicht«, erklärte Amasis. »Am liebsten würde ich jemand anderen mit den Ermittlungen beauftragen.«

»Meiner Meinung nach wäre das falsch«, sagte Henat. »Gem ist nicht nur ein hervorragender Richter, hartnäckig und gewissenhaft, sondern er wurde auch zutiefst in seinem Stolz verletzt. Für ihn ist es Ehrensache, diesen Fall aufzuklären.«

Amasis nickte.

»Glaubst du denn, dass dieser Schreiber den richtigen Helm hat?«

»Dann hätte er, wenn er ein Thronräuber wäre, den Tod des Apis-Stiers als Gelegenheit genutzt. Selbst wenn er im Besitz dieses Schatzes sein sollte – Kel kann anscheinend nichts damit anfangen.«

»Gibt es irgendwelche Schwierigkeiten mit den griechischen Söldnern?«, fragte der Pharao nun Phanes von Halikarnassos.

»Nein, nichts, Majestät. Sie sind sehr erfreut über den höheren Sold, den Ihr ihnen zugestanden habt, und schwören nur auf Euch. Die Sondertruppen arbeiten hart, ich treffe mich jede Woche einmal mit den Offizieren und besuche die wichtigsten Lager, um mögliche Klagen entgegennehmen zu können. Sais, Memphis, Bubastis und Daphnae sind bestens gerüstet. Die Männer sind gut untergebracht und ernährt, und ihre Bewaffnung wird von Tag zu Tag besser.«

»Auch unsere Kriegsflotte wird noch weiter ausgebaut«, berichtete Udja. »Und unsere Flottenführer beherrschen diese Abschreckungswaffe ausgezeichnet.«

»Das kann mögliche Spitzel nur entmutigen«, fügte Henat hinzu. »Wenn sie dem Kaiser von Persien Bericht erstatten, muss sie der Weltschmerz überkommen. Uns anzugreifen, käme einem Selbstmord gleich.«

»Baust du das Übersetzeramt neu auf?«

»Schritt für Schritt, Majestät. Es arbeitet noch langsam und wird streng überwacht, aber der Schriftwechsel mit den Nachbarländern ist bereits wieder aufgenommen. Das heißt, der Mörder der Übersetzer ist mit seinem Vorhaben gescheitert. Niemand konnte diese unglückliche Lage ausnützen, und diese Prüfung hat uns im Grunde nur gestärkt und noch wachsamer gemacht.«

»Gibt es Neuigkeiten von Krösus?«

»Ja, gerade heute ist ein Schreiben von ihm eingetroffen. Er erkundigt sich nach Euch und Eurer königlichen Gemahlin und berichtet vom ausgezeichneten Gesundheitszustand des neuen persischen Kaisers. Dieser wünsche nach wie vor einen dauerhaften Frieden, den er durch enge Beziehungen zu Ägypten festigen will. Natürlich sind das schöne Worte, aber sie zeugen auch vom Umdenken des Kambyses.«

»Hatten unsere Spitzel etwas aus Persien zu berichten?«

»Der Kaiser soll ein mutiger Herrscher sein, dem besonders an der wirtschaftlichen Entwicklung seines Landes gelegen ist. Die unterschiedliche Abstammung seiner Untertanen und die zahlreichen aufrührerischen Gruppen bereiten ihm große Schwierigkeiten. Die Unabhängigkeitsbestrebungen einiger Provinzen dürften ihn vermutlich dazu zwingen, gewaltsam einzugreifen.«

»Das ist ausgezeichnet!«, meinte Amasis zufrieden. »Solange er sich um die Einheit seines Reichs kümmern muss, wird er alle Eroberungsträume vergessen.«

75

Nordwind blieb plötzlich stehen. Er richtete seine Ohren auf und scharrte mit dem linken Vorderhuf.

»Schnüffler«, flüsterte Bebon, »wir müssen umkehren.«

Aber der Esel weigerte sich.

Er ließ sich auf die Seite fallen und keuchte, dass ihm die Zunge heraushing.

Kel kniete sich neben ihn und strich ihm über die Stirn.

Da tauchte ein Dutzend bewaffneter Männer auf, die den Esel und die beiden Männer umringten.

»Was ist hier los?«

»Unser Esel ist krank geworden«, sagte Bebon verzweifelt. »Wir müssten unsere Ware in die königlichen Lager liefern, und jetzt sitzen wir hier fest.«

»Stellt das Tier wieder auf die Beine und macht, dass ihr fortkommt.«

»Seht Ihr nicht, wie schwer er ist? Ihr müsst uns helfen.«

Nordwind machte sich besonders schwer und tat so, als habe er große Schmerzen – vier Beamte mussten mit anpacken, um ihm auf die Beine zu helfen.

Dann hinkte er langsam davon.

»Gut gespielt«, flüsterte ihm Bebon ins Ohr.

Die drei machten einen großen Umweg. Das Grautier hatte aufgehört zu hinken, schien auch nicht mehr beunruhigt und blieb schließlich vor der Tür zu einer Werkstatt, mitten in einem Handwerkerviertel, stehen.

Wie immer hatte Nordwind den richtigen Weg gewusst.

Bebon stieß die Holztür auf, und Kel fuhr erschrocken zurück. Direkt vor seiner Nase befand sich der Kopf von Anubis, dem Gott, der die gerechten Toten ins Jenseits geleitet.

»Mein Freund macht Masken«, erklärte der Schauspieler. »Man braucht sie für die Mysterien und Ritualfeiern.«

Anubis, Horus, Hathor, Sechmet, Thot, Seth … Sämtliche Götter bewohnten diesen finsteren Ort.

»Komm schon«, forderte ihn Bebon auf. »Die beißen nicht.«

Nordwind hielt Wache.

Als sich Kel wieder beruhigt hatte, sah er sich jede Maske einzeln an, als stelle sie eine göttliche Gestalt dar, der man ehrfürchtig gegenübertreten musste.

»Bist du da, Lupin?«, rief Bebon.

»Ja, hier hinten«, antwortete jemand mit heiserer Stimme.

Der Künstler stellte gerade eine Maske der Nilpferdgöttin Taweret fertig, der Schutzgöttin der schwangeren Frauen.

Lupin war ein magerer Mann, der äußerst genau arbeitete. Weil er nicht auf die Zeit achtete, übersah er nicht die kleinste Kleinigkeit an seinen Kunstwerken.

»Was macht die Gesundheit, Lupin?«

»Hast du schon wieder Ärger, Bebon?«

»Mehr oder weniger.«

»Mehr mehr oder eher weniger?«

»Es könnte besser sein.«

»Mit den Ordnungshütern?«

»Du kennst sie doch: Verdächtigungen, nichts als Verdächtigungen.«

»Geht es diesmal um eine Frauengeschichte oder einen kleinen Diebstahl?«

»Nichts dergleichen. Ich bin wegen eines Freundes hier.«

Der Handwerker unterbrach seine Arbeit nicht.

»Hast du ihn mitgebracht?«

»Man verdächtigt ihn zu Unrecht.«

»Wegen was?«

»Willst du das wirklich wissen?«

»Ja, allerdings.«

»Manchmal ist es besser, wenn …«

»Was soll dein Freund verbrochen haben, Bebon?«

»Man hält ihn für einen Mörder.«

Mit großem Fingerspitzengefühl und ohne zu zittern malte der Künstler die Umrisse der Augen von Taweret.

»Ein Mord oder mehrere?«

»Alle Übersetzer von Sais.«

»Oh!« Lupins unterdrückter Ausruf zeugte von echter Empörung. Falls er seinem Zorn freien Lauf lassen sollte, war es besser, sich schnell aus dem Staub zu machen.

»Wer so einem Verbrecher hilft, muss sehr mutig sein«, meinte er aber nur.

»Ich bin fest davon überzeugt, dass er unschuldig ist. Der Schreiber Kel wurde Opfer übler Machenschaften.«

Endlich legte der Handwerker die Maske der Göttin beiseite und stand auf.

»Zeig ihn mir, deinen flüchtigen Schreiber.«

Kel trat zu ihm, und Lupin sah ihn sich gründlich an.

»Ich nehme an, ihr wollt hier schlafen?«

»Ja, wenn wir dich nicht stören.«

»Hinten beim Stall sind zwei Schlafmatten. Hunger habt ihr wahrscheinlich auch?«

»Na ja, wenn du ein Stück Brot übrig hast …«

»Ich habe gerade Lupinenbohnen gekocht. Das ist mein Leibgericht. Und das Bier ist auch nicht schlecht. Wie lange wollt ihr denn bei mir bleiben?«

»Das liegt an dir … und daran, ob du uns noch einen anderen Gefallen tun kannst.«

»Aha!«

»Keine Sorge, nichts Gefährliches«, beruhigte ihn der Schauspieler.

»Ich höre.«

»Wärst du bereit, mit Nitis, der Oberpriesterin der Göttin Neith, zu sprechen? Sie glaubt ebenfalls an Kels Unschuld, und wir brauchen unbedingt ihre Hilfe. Jetzt fragt sie sich vermutlich, ob er überhaupt noch am Leben ist. Vielleicht weiß sie auch einen sicheren Unterschlupf für uns.«

»Ich kenne diese Priesterin nicht.«

»Nordwind, unser Esel, wird dich zu ihr führen. Behaupte einfach, du müsstest ihr eine Maske bringen.«

Lupin sagte nicht nein.

»Jetzt essen wir erst mal, und dann wird geschlafen. Morgen geh ich dann zum Tempel.«

Konnte Kel sich aus dieser Falle befreien? Würde er Nitis je wiedersehen? Umgeben von so vielen göttlichen Gesichtern genoss er eine kleine Atempause, ehe er wieder fliehen musste.

Als sich Lupin mit Nordwind auf den Weg gemacht hatte, gestand er Bebon seine Bedenken.

»Glaubst du nicht, dass uns dein Freund verraten wird?«

»Kann schon sein.«

»Kennst du ihn wirklich gut, diesen Lupin?«

»Ich glaube schon.«

»Für meine Ergreifung gibt es bestimmt eine schöne Belohnung.«

»Ja, mit Sicherheit.«

»Also los, nichts wie weg!«

»Sobald wir hier rausgehen, werden wir aller Wahrscheinlichkeit nach verhaftet. Vielleicht hat mir Lupin geglaubt. Und wenn er Nitis sieht, wird sie ihn überzeugen.«

»Wenn er aber gleich zum nächsten Wachposten geht, werden wir bald umzingelt sein und keine Möglichkeit mehr zur Flucht haben.«

76

Mitten in der Nacht fuhr König Amasis aus dem Schlaf auf.

Sofort stand er auf und rief nach seinen Wachen, die ihn erschrocken grüßten.

»Holt mir den Siegelbewahrer Udja.«

Der ließ sich nicht lange bitten. Es musste einen ernsten Grund dafür geben, dass ihn der König mitten in der Nacht zu sich rief.

»Ich hatte einen Traum«, sagte der Pharao, »dessen

Bedeutung ich sofort in die Tat umsetzen muss. Wir verehren die Urahnen nicht genug, Siegelbewahrer. Unsere Handwerker und Künstler bilden zwar vieles aus dem goldenen Zeitalter der Pyramiden nach, aber wir haben nicht daran gedacht, die Denkmäler dieser ruhmreichen Zeit wiederherzustellen. Diese Nachlässigkeit muss auf der Stelle ein Ende haben. Wir fangen mit dem Tempel der großen Cheops-Pyramide an, zu dem meine Seele heute Nacht gereist ist und gesehen hat, in welchem Zustand des Verfalls sich manches befindet. Diese üble Vernachlässigung könnte den Fluch einiger verstorbener Pharaonen auf uns ziehen. Sobald der Tag anbricht, rufst du die besten Ritualisten und Steinmetze von Sais zusammen, damit sie noch am Abend nach Memphis aufbrechen können. Dort werden sie Unterstützung aus dem Ptah-Tempel bekommen. Ich erwarte, dass alle Männer, die als Arbeitskraft zur Verfügung stehen, eingesetzt werden und die Erneuerung so schnell wie möglich vonstatten geht. Anschließend kümmern wir uns um die anderen alten Denkmäler.«

Obwohl Udja sehr überrascht war, hielt er es für sinnlos, seinem Herrn zu widersprechen. So blieb ihm nichts anderes übrig, als seine Leute zu wecken und die Befehle des Pharaos auszuführen.

Kel konnte nicht einschlafen – das Benehmen des Maskenbauers machte ihm viel zu große Sorgen. War er nicht viel zu ruhig und verständnisvoll gewesen? Eigentlich hätten ihn die Enthüllungen seines Freunds Bebon doch fassungslos machen müssen.

Aber der Schauspieler hatte ihm erklärt, dass Lupin nie unbeherrscht wirkte. Er ließ sich die Dinge in aller

Ruhe durch den Kopf gehen und handelte dann nach seinem Gutdünken. Und es gab niemand, der Einfluss auf ihn nehmen konnte.

Und tatsächlich hatte der Handwerker keine Meinung geäußert, sondern sich damit begnügt, Bebon einen Gefallen zu tun – so als wäre nichts dabei.

Angesichts eines so gefährlichen Verbrechers wie dem Schreiber Kel, der von sämtlichen Ordnungshütern des Königreichs gejagt wurde, gab es dafür nur eine einzige Erklärung: so tun, als wolle man helfen. Sobald Lupin in Sicherheit war, würde er die Beamten verständigen und auch noch eine schöne Belohnung einstreichen.

Um sich die Zeit zu vertreiben, versuchte Kel wieder einmal, den Papyrus zu entziffern.

Weil er sich von den Göttermasken beobachtet fühlte, versuchte er es mit ihren Namen. Also verwendete er ein Lesemuster aus den drei Hieroglyphen, aus denen der Name von »Anubis« besteht, dem Gott, der die Seelen ins Jenseits führt.

Vergeblich.

Mit den Namen der übrigen Gottheiten kam er zu keinem anderen Ergebnis.

Die Stunden vergingen, und es wurde Morgen.

Lupin war nicht zurückgekommen.

Kel schüttelte Bebon. »Wach auf!«

»Ich bin noch müde«, brummte der Freund.

»Es wird schon hell, und Lupin ist nicht da.«

»Er wurde aufgehalten.«

»Verstehst du denn nicht? Er muss uns verraten haben!«

Diese hässliche Vermutung machte Bebon schließlich doch wach.

»Das würde aber gar nicht zu ihm passen.«

»Ich nehme an, du stellst ihm auch nicht oft flüchtige Verbrecher vor. Eine andere Möglichkeit, die ich noch schlimmer fände: Er und Nitis sind verhaftet worden, und dein Freund hat verraten, dass er uns bei sich versteckt. Unter der Folter redet jeder.«

»Das hieße, dass Nitis die ganze Zeit überwacht worden wäre, was ich für ziemlich unwahrscheinlich halte. Außerdem hätte Nordwind die Gefahr gewittert.«

»Dann müsste Lupin aber längst zurück sein.«

Ein Hund schlug an.

Dem Schreiber und dem Schauspieler sträubten sich die Haare.

»Da kommt jemand«, flüsterte Kel, »und das ist bestimmt nicht dein Freund.«

Obwohl Bebon von Natur aus eher zuversichtlich war, machte er sich nun doch ernsthafte Sorgen.

»Wie geben uns nicht kampflos geschlagen.«

»Das hat doch keinen Sinn«, widersprach Kel. »Sicher sind sie in der Überzahl, und uns bleibt keine Fluchtmöglichkeit.«

»Ich lasse mich jedenfalls nicht einfach wie ein Huhn einfangen!«

»Die suchen doch nur nach mir. Versteck dich hinten in der Werkstatt, vielleicht durchsuchen sie sie nicht, wenn sie so froh sind, dass sie mich haben.«

»Kommt überhaupt nicht in Frage!«

»Ich bitte dich, Bebon, opfere dich nicht unnötig für mich auf!«

»Glaubst du vielleicht, ich will als Feigling sterben?«

»Du sollst überhaupt nicht sterben, sondern überleben. Und auf mein Wohl trinken!«

»Ich sagte es bereits: Kommt nicht in Frage! Stell dir das mal vor – ich hocke da hinten in einer Ecke und schaue zu, wie sie dich festnehmen? Nein danke. Wir sollten als Erste zuschlagen und die Überraschung ausnützen. Wir stellen uns rechts und links neben die Tür, und wenn die ersten reinkommen, schlagen wir los! Mit etwas Glück machen wir sie fertig.«

Kel wollte nicht länger streiten. Bebon glaubte keinen Augenblick an den Erfolg seines Vorhabens, gab sich aber dennoch siegessicher. Und alles war besser, als kampflos zu sterben.

»Tut mir leid, dass ich dir so viel Ärger mache.«

»Ach was, mit dir ist es wenigstens nicht so langweilig wie mit irgendeinem anderen Schreiber. Nichts macht mir mehr Angst als die Vorstellung, alt zu werden. Dir habe ich es zu verdanken, wenn mir diese Strafe erspart bleibt.«

Der Hund hatte aufgehört zu bellen.

Wahrscheinlich hatten ihn die Wachen gerade getötet und waren nun angriffsbereit.

Die beiden Freunde sahen sich noch einmal an und gingen dann in Stellung.

Lähmendes Schweigen.

Die Häscher berieten sich wohl noch. Sollten sie ihren Opfern befehlen, die Tür zu öffnen oder sie aufbrechen und in die Werkstatt stürmen?

Bebon hatte sich mit einem Holzhammer bewaffnet und wollte mit aller Kraft zuschlagen. Kel hatte vor, zwischen den Männern durchzuschlüpfen und wegzulaufen.

Die Stille wurde immer drückender. Kein einziges Geräusch – es war, als stünde die Zeit still.

Da öffnete sich ganz langsam die Tür, aber der erste der Männer schien sich nicht hereinzuwagen.

Endlich trat er über die Schwelle.

Und es duftete … Ein Duft, der Kel betörte.

»Nitis!«, rief er.

77

Kel und Bebon kamen zum Vorschein.

»Da seid ihr ja!«, sagte Nitis erleichtert. »Eben noch habe ich mich gefragt, ob das hier keine Falle ist. Aber Nordwind hat mich irgendwie beruhigt. Er passt draußen auf, zusammen mit eurem Freund.«

»Wir haben Hundegebell gehört«, erinnerte sich Bebon.

»Ja, das ist ein aufmerksamer Wächter, der mich gemeldet hat. Ich habe ihm gut zugeredet, da ist er wieder eingeschlafen. Jetzt kommt aber schnell, wir verlassen die Stadt und fahren mit dem Schiff nach Memphis.«

»Ihr wollt uns begleiten?«, fragte Kel erstaunt.

»Der Pharao hat die Erneuerung des Tempels der Cheops-Pyramide beschlossen und braucht dafür Ritualisten und Handwerker. Bebon wird einen guten Hilfssteinmetz abgeben, und Ihr passt ausgezeichnet als *Ka*-Priester. Als Abgesandte des Neith-Tempels genießen wir den besonderen Schutz der Truppen.«

»Wieder eine neue Rolle«, meinte Bebon zufrieden. »Zum Glück hab ich schon einmal auf einer Baustelle gearbeitet.«

»Aber sobald wir in Memphis ankommen, müssen wir flüchten«, sagte Kel.

»Auf keinen Fall«, widersprach ihm die Priesterin. »Amasis hat diese Entscheidung getroffen, weil er einen Traum hatte, in dem ihm befohlen wurde, die Ahnen zu verehren und ihre alten Kultstätten wiederherzustellen.«

»Die Ahnen«, wiederholte der Schreiber nachdenklich. »Könnte es sich dabei um das erhoffte Zeichen handeln?«

»Die Götter werden uns nicht im Stich lassen«, beteuerte Nitis.

Ob sie nun endlich den Schlüssel finden würden, mit dem der Papyrus entziffert werden konnte?

Der Vorarbeiter der Steinmetze war ein grober, unangenehmer Mensch. Nur weil Bebon ständig gute Laune verbreitete und Nordwind den Handwerkern fleißig Essen und Trinken heranschleppte, konnten sie ihren Herrn ein wenig für sich einnehmen.

»Die meisten hier sind faule Dummköpfe«, erklärte er dem Schauspieler. »Sie haben nichts als Faulenzen und ihr Vergnügen im Kopf. Wenn ich nicht für Zucht und Ordnung sorgen würde, ginge die Arbeit überhaupt nicht voran. Aber der Pharao hat es eilig! Er verlangt von uns einige Dutzend Statuen im alten Stil und aus hartem Stein. Ich habe nichts dagegen, wenn wir wieder zum strengen Stil des Alten Reichs zurückkehren. Aber die Hände meiner Metze sind nicht immer sicher, und dann muss ich nacharbeiten. Basalt, Brekzie und Serpentin verlangen genauestes Arbeiten. Und ich erwarte, dass alles vollkommen glatt geschliffen wird.«

Unter den Augen von Bebon entstanden Statuen der verschiedenen Gottheiten und von wichtigen Persönlichkeiten, die in die Mysterien eingeweiht waren. Er selbst hatte die Aufgabe, die Werkstatt in Ordnung zu halten, das Werkzeug zu reinigen und jeden Abend alles aufzuräumen. Dabei blieb ihm genug Zeit, um die Inschriften abzuschreiben und Kel und Nitis zu geben.

Aber keine davon verriet ihnen, wie sie den verschlüsselten Papyrus lesen konnten.

Nitis und einige Eingeweihte aus dem Haus des Lebens verfassten sehr alte Rituale neu, die Pharao Cheops neue Kräfte verleihen sollten. Kel verrichtete seine bescheidenen Aufgaben als Diener des *Ka* nach den Anweisungen eines strengen Ritualisten, der die Tätigkeit der Geistlichen auf dem Pyramidenplateau leitete.

Indem sie den Tempel wieder in seinen Urzustand versetzten und Statuen anfertigten, erfüllten die Priester und Handwerker eine wichtige Aufgabe: Sie vereinten die Götter mit ihrem *Ka*, der unwandelbaren Schöpferkraft. Sie war in ihren heiligen Ruhestätten und ihren Abbildern aus Stein verkörpert und entzog sich so dem Verschleiß der Zeit und der Unberechenbarkeit der Menschen.

Mit seiner Hinwendung zu den gewaltigen Pharaonen des Alten Reichs, wie eben Cheops, stärkte Amasis seine eigene Kraft und bekräftigte seine Achtung vor den althergebrachten Werten. Würde er, der Wegbereiter der griechischen Kultur, die sich in Ägypten auf Kosten von Maats Gesetz auszubreiten begann, wirklich eine andere Richtung einschlagen?

Kel und Nitis konnten sich das nicht recht vorstellen.

Wegen dieses Traums, der dem König unmissverständlich mitgeteilt hatte, dass ihn sein Abweichen ins Unglück führen musste, versuchte er nun, seine Fehler wiedergutzumachen, indem er den Schutz großer Ahnen erflehte. Ob das genügen würde?

Dienstbeflissen kam der Schreiber seinen Pflichten nach und brachte Schalen und andere Gefäße mit Opfergaben. Die Seele des auferstandenen Königs nahm diese alles durchdringende Lebenskraft daraus auf und verwandelte sie in schöpferisches Strahlen.

Der Erste Ritualist des Pyramiden-Tempels war mit Kels Verhalten so zufrieden, dass er ihm mehr Verantwortung übertrug. Von nun an wählte Kel die Opfergaben nach den sinnbildlichen Vorgaben selbst aus und kümmerte sich um die Pflege der Ritualgegenstände. Außerdem erhielt er Zugang zu einigen Kapellen im geheimen Teil des Heiligtums – also dort, wo die Stimmen der Vorfahren zu vernehmen waren.

Der Zweite Ritualist war mit Kels Beförderung alles andere als einverstanden. Wenn er auch mit seinem dicken Bauch und den drallen Armen und Beinen keine besonders gute Figur machte, hoffte er doch, bald den Platz seines Herrn einzunehmen, der an starken Gelenkschmerzen litt.

Als Kel gerade eine Schale aus Alabaster mit Wein füllte, hatte er das unangenehme Gefühl, beobachtet zu werden.

Der Zweite Ritualist ließ ihn nicht aus den Augen.

»Sei bloß vorsichtig. Diese Schale ist sehr alt. Wenn du sie fallen lässt, wirst du hier sofort entlassen.«

Kel nickte.

»Die Priester des *Ka* blicken hier in Memphis auf

eine lange und glanzvolle Überlieferung zurück. Du bist aber nicht von hier.«

»Das ist richtig.«

»Woher kommst du denn?«

»Aus dem Norden.«

»Aus einer großen Stadt?«

»Nein, aus einem kleinen Dorf.«

Der stellvertretende Oberritualist sah ihn verächtlich an.

»Mach dir bloß keine falschen Hoffnungen, mein Junge! Und bilde dir ja nicht ein, wir hätten hier in Memphis nur auf dich gewartet. Nur Sprösslinge aus den besten Familien werden zu den höchsten Ämtern zugelassen. Wie bist du überhaupt bei uns gelandet?«

»Ich wurde zugeteilt.«

»Aha… also nur vorübergehend. Dann solltest du dich auf deine Arbeit beschränken und im Übrigen den Mund halten.«

»Ich habe den Befehlen des Oberritualisten zu gehorchen.«

»Die Krankheit trübt gelegentlich seinen Scharfblick. Meine Aufgabe besteht darin, ihn vor Störenfrieden von deiner Sorte zu warnen, damit er ihnen nicht auf den Leim geht. Mit anderen Worten – dich erwartet keine weitere Beförderung. Gib dich mit dieser zufrieden, es war deine letzte.«

Überzeugt von der nachhaltigen Wirkung seiner Worte, machte sich der mürrische Mensch von dannen.

Kel sollte sich vor ihm in Acht nehmen und auf keinen Fall gegen seine strikten Anweisungen verstoßen. Dabei gab es bisher noch keinen einzigen Hinweis, der zur Entschlüsselung des Papyrus hätte führen können.

Der Schreiber hütete sich außerdem davor, Bebon zu treffen. Liefen sie sich dennoch einmal über den Weg, genügte ein einfaches Kopfschütteln, um sich mitzuteilen, dass sie noch immer keinen Erfolg zu verzeichnen hatten. Auch mit Nitis konnte er keine Zeit verbringen. Ihr so nahe zu sein und doch nicht mit ihr sprechen zu können, war für Kel schrecklich. Doch immerhin hatte sie ihn nicht abgelehnt. Aber sie blieb ein Traum, unerreichbar wie der ferne Horizont.

Seine Arbeit als Priester des *Ka* sagte Kel dagegen von Tag zu Tag mehr zu. Seine Gedanken den Opfergaben zuzuwenden, die Ahnen zu verehren und das Unsichtbare wahrnehmen zu wollen, waren beglückende Herausforderungen. Warum konnte er sich nicht damit zufriedengeben und aufhören, einer unmöglichen Wahrheit hinterherzujagen?

Weil er früher oder später erkannt werden würde. Dann würde man ihn gefangen nehmen, richten und für Verbrechen verurteilen, die er nicht begangen hatte. Das Schicksal ließ ihm also gar keine Wahl: Solange er seine Unschuld nicht bewiesen hatte, konnte er keine Ruhe finden.

78

Früh am Morgen begann Kel seinen Dienst. Mit einer großen Platte voller Speisen als Opfergabe betrat er den Tempel der Pyramide von Pharao Cheops. Er war zutiefst beeindruckt von dem gewaltigen Bauwerk, das unter der Herrschaft dieses mächtigen Königs entstanden war. Die riesigen Steinblöcke, die nach einem komplizierten geometrischen System aufgeschichtet waren, zeugten von dem großen Wissen der Erbauer. Da die Baumeister von Sais nicht in der Lage waren, etwas Vergleichbares zu schaffen, begnügten sie sich damit, diese Pyramide zu erneuern, damit der Zauber des Goldenen Zeitalters nicht erlosch.

Im Inneren der Pyramide, das den Sterblichen verschlossen blieb, vollzog sich ohne Unterlass die Auferstehung. Im Rahmen seiner bescheidenen Möglichkeiten lieferte ein Priester des *Ka* seinen nährenden Beitrag dazu.

Kel legte seine Opfergaben auf einen steinernen Tisch in Gestalt der Hieroglyphe *hotep*, die »Friede, Fülle und Vollendung« bedeutet. In diesem Augenblick durchdrangen sich Diesseits und Jenseits. Der Schreiber konnte die Gegenwart des königlichen *Ka* förmlich spüren.

Auf beiden Seiten der in der Mitte gelegenen Kapelle befanden sich zwei kleine Räume zum Lagern der Ritualgegenstände. Den ersten davon kannte Kel, während er den zweiten noch nicht erkundet hatte.

Als er nun den Raum betrat, hatte er ein seltsames Gefühl.

Nein, das war nicht nur Zurückhaltung.

Mitten im Raum standen zwei Truhen aus Alabaster und ohne Inschrift. Da sie hervorragend poliert waren und der Alabaster einen ganz besonderen Glanz hatte, mussten sie aus der Zeit der Pyramiden stammen.

Sie hatten ihn erwartet.

Zögernd öffnete Kel den Deckel der ersten Truhe und fand vier goldene Amulette: den Djed-Pfeiler, das

Sinnbild für die Auferstehung des Osiris; Tit, den magischen Knoten der Göttin Isis; den Geier der Göttin Mut, die zugleich »Mutter und Tod« ist; und den großen Halskragen, den Usekh, der die Enneade darstellt, die Bruderschaft der Schöpfungsmächte.

Kel hütete sich, diese Meisterwerke der Goldschmiedekunst zu berühren, und öffnete den zweiten Deckel.

Ein Papyrus, dessen Siegel gebrochen war.

Ganz vorsichtig öffnete Kel den Papyrus, der von ausgezeichneter Qualität war, die Schrift sauber und genau … aber nicht zu entziffern!

Noch ein verschlüsseltes Schriftstück.

Und wenn die Amulette der Schlüssel zum Verständnis waren? Entweder brauchte man nur eines davon oder aber alle vier gleichzeitig.

Der zweite Gedanke erwies sich als der richtige. Wenn auch ihr Einsatz unglaublich schwierig war, so zeigten sie dem Schreiber schließlich doch die Zäsuren im Text, die Wörter, die weggelassen und die, die eingefügt werden mussten, und schließlich auch die, die zu ergänzen waren. Ohne Djed, Tit, Mut und Usekh hätte er die Schrift niemals lesen können.

Jetzt aber las Kel die Worte eines Propheten, der die Zukunft schilderte:

Was die Ahnen vorhergesagt haben, ist eingetroffen. Überall herrscht das Verbrechen, die Diebe sind reich geworden, man wendet sich ab vom Geistlichen, um weltliche Güter anzuhäufen, das Wort des Weisen ist verloren gegangen, das Land wird seiner Schwäche überlassen, allen Tieren bricht es das Herz, die Schriften der heiligen Kammer wurden geraubt, die Geheim-

nisse, die sie besitzen, wurden verraten, die magischen Sprüche wurden ausgeplaudert und unters Volk gebracht und sind ihrer Wirkung beraubt, seit die Weltlichen sie für sich beanspruchen. Die Gesetze aus dem Gerichtssaal wurden auf die Straße geworfen, wo sie die Leute mit Füßen treten. Wer Streit schürt, wird nicht zurückgewiesen, kein Amt ist mehr am rechten Platz. Und die Übermittlung von Botschaften ist nicht mehr möglich.

Kel hatte es jetzt eilig herauszufinden, ob er mit diesem Schlüssel auch den verfluchten Papyrus lesen konnte, der vielleicht Ursprung so vieler Morde war.

Hinter ihm meldete sich jemand in einem unangenehmen Ton.

»Was hast du hier verloren?«

Der Schreiber versuchte ruhig zu bleiben.

»Ich muss etwas aufräumen.«

»Diese Kapelle ist baufällig, niemand darf sie betreten«, erklärte der Zweite Ritualist.

»Das habe ich nicht gewusst.«

»Geh raus!«

Kel gehorchte.

»Ich würde mal sagen, du hast den Inhalt der beiden Truhen untersucht.«

Der Schreiber sagte nichts.

»Goldene Amulette, ein alter Papyrus ... Was für ein schöner kleiner Schatz! Wolltest du etwa diese wertvollen Gegenstände stehlen?«

»Natürlich nicht!«

»Du lügst doch.«

»Das ist eine gemeine Unterstellung.«

»Die Tatsachen sprechen für sich, und ich glaube, es handelt sich um einen besonders ernsten Fall. Ich werde Klage gegen dich erheben, und meine Aussage wiegt schwer. Jetzt begleitest du mich erst mal zum Wachposten, dann werde ich meinen Vorgesetzten verständigen.«

»Ihr irrt Euch. Es stimmt, ich habe diese Truhen geöffnet und ihren Inhalt gesehen. Aber ich wollte sie gerade wieder zudecken und die Kapelle verlassen.«

»Äußerst unwahrscheinlich! Wahrscheinlich findet man in deinem Zimmer noch anderes Diebesgut. Und dann wirst du zu einer hohen Strafe verurteilt.«

»Ihr wollt die Wahrheit gar nicht wissen und habt nichts anderes im Sinn, als mich aus dem Weg zu räumen.«

»Die Wahrheit liegt doch klar auf der Hand!«

»Ich habe wirklich nicht die Absicht, Euch Euren Platz streitig zu machen«, sagte Kel. »Lasst mich einfach diese Truhen wieder schließen, die Kapelle verlassen und meinen Aufgaben nachgehen.«

»Genug geschwätzt! Betrachte dich als verhaftet. Los jetzt, du gehst voraus.«

Obwohl der Schreiber kein Freund von Gewalttätigkeit war, blieb ihm jetzt nichts anderes übrig, als den Zweiten Ritualisten so grob anzurempeln, dass er auf den Rücken fiel.

Der dicke Mann war so benommen, dass er einige Augenblicke brauchte, bis er wieder auf die Beine kam und um Hilfe rufen konnte.

Kel lief durch den Tempel und über den Vorplatz und verschwand in Richtung Handwerkerdorf.

Die Ordnungshüter würden sich zuerst auf ihn stürzen und seine Kameraden ausfragen. Bestimmt wusste niemand, dass er Bebon kannte.

Zum Glück war der Schauspieler in der Werkstatt. Er war allein und damit beschäftigt, Kupfermeißel zu schärfen.

»Schnell, Bebon, wir müssen weg!«

»Hat man dich erkannt?«

»Das erklär ich dir später. Wo können wir uns verstecken?«

»Nachdem ich mir so etwas schon gedacht hatte, erwischst du mich nicht unvorbereitet.«

Die beiden Freunde rannten zu einem stillgelegten Ziegellager. Dort hatte Bebon in weiser Voraussicht Matten, warme Kleidung, Wasser und Lebensmittel bereitgestellt.

»Mein Herr hat gesagt, das Gebäude droht einzufallen und wird deshalb bald abgerissen. Hierher kommt kein Mensch.«

»Ich glaube, ich habe den Schlüssel gefunden, mit dem man den Papyrus lesen kann«, sagte Kel und erzählte von seiner Entdeckung. »Geh Nitis holen und sag ihr, dass sie ihre Abschrift des Papyrus mitbringen soll. Meine ist in meinem Zimmer, unter meiner Palette. Da kann ich nicht hin, die Beamten durchsuchen bestimmt längst meine Sachen.«

»Rühr dich vor allem nicht von der Stelle, mach dir keine Sorgen und verlier nicht die Geduld«, riet ihm Bebon. »Jeder weitere Zwischenfall würde uns nur zurückwerfen.«

79

Er sollte sich keine Sorgen machen … Das war leichter gesagt als getan! Kel wollte so schnell wie möglich die neu entdeckte Lesart an dem verschlüsselten Papyrus ausprobieren. Wenn sich die Stimme der Vorfahren im Herzen des Heiligtums aus der Zeit der Pyramiden zu Wort gemeldet hatte, wollte sie ihm doch bestimmt die Lösung anbieten.

Kel hörte Stimmen und Gelächter, die näher kamen.

Das konnten nicht Nitis und Bebon sein.

Also versteckte sich Kel ganz hinten in dem großen Gebäude, hinter den ausgedienten Ziegelformen. Von dort aus sah er einen kräftigen jungen Mann und ein hübsches Bauernmädchen hereinkommen.

»Hier sind wir ungestört«, sagte der Junge.

»Das ist doch die alte Ziegelei«, antwortete sie ängstlich.

»Genau. Gefällt es dir hier?«

»Hier ist ein Arbeiter gestorben, bei einem Unfall. Seitdem gibt es hier Gespenster.«

»Du glaubst doch nicht etwa solchen Unsinn. Komm her, lass dich umarmen.«

Sie schob ihn von sich. »Kommt überhaupt nicht in Frage, hier hab ich Angst.«

»Jetzt sei doch nicht so kindisch.«

Kel rückte ein wenig an den Ziegelformen.

Bei dem unheimlichen Geräusch erstarrten die beiden Verliebten vor Schreck.

»Hast du das eben gehört?«, fragte sie ihn. »Das ist der Geist!«

Sie rannte davon, und er hinter ihr her.

Kel war erleichtert und hoffte, die beiden würden von ihrem Erlebnis erzählen, damit er nicht noch einmal gestört wurde.

Die Zeit wollte und wollte nicht vergehen. Finstere Gedanken suchten den Schreiber heim: Bebon und Nitis festgenommen und im Gefängnis, ihr Unternehmen gescheitert, die Mörder siegreich. Endlich, kurz vor Sonnenuntergang, hörte er die lang ersehnte Stimme.

»Ich bin's, Bebon. Du kannst rauskommen, Kel.«

Und wenn man ihn zum Reden zwang, wenn er umringt war von Ordnungshütern? Nein, er hätte bestimmt Mittel und Wege gefunden, seinen Freund rechtzeitig zu warnen.

Kel verließ sein Versteck.

Neben Bebon stand Nitis, schöner denn je.

»Es wird überall nach dir gesucht«, erzählte der Schauspieler. »Man beschuldigt dich, Ritualgegenstände gestohlen und ein Heiligtum entweiht zu haben. Das bedeutet eine weitere Todesstrafe.«

»Ist euch auch wirklich niemand gefolgt?«

»Nordwind hätte uns schon gewarnt, wenn einer zu neugierig gewesen wäre.«

»Hier ist meine Abschrift des verschlüsselten Papyrus«, sagte Nitis mit ernster Miene und reichte sie Kel.

Sofort setzte sich Kel in Schreiberhaltung hin und versuchte den Amulett-Schlüssel an dem Schriftstück, das sie so lange nicht hatten lesen können. Und dieser Versuch war nun endlich von Erfolg gekrönt.

Die augenblickliche Lage ist verheerend, las er laut vor, *und wir können sie nicht länger ertragen. Deshalb haben wir beschlossen, zu handeln und dieses Land wieder auf den rechten Weg zu bringen, indem wir den neuen Umständen Rechnung tragen. Auf die vergangenen Werte zu beharren, wäre ein großer Irrtum. Allein Fortschritt und eine grundlegende Veränderung der Machtverhältnisse können das Land aus seinem Tiefschlaf wecken. Ihr, an die sich diese Erklärung wendet, seid in der Lage, uns zu helfen. Wir wollen uns dafür einsetzen, dass Ihr die notwendige Unterstützung erhaltet, damit wir unsere gemeinsamen Pläne verwirklichen können. Aber es gibt noch eine letzte, wenn auch winzige Schwierigkeit, die uns Sorgen macht: die Gottesdienerin. Ihre Macht ist zwar nicht unumschränkt, aber doch von Bedeutung. Wir sollten uns vor ihr in Acht nehmen und sie auf keinen Fall an den Ereignissen teilhaben lassen. Wir, das heißt …*

Kel hörte auf zu lesen.

»Lies weiter!«, forderte ihn Bebon auf. »Jetzt erfahren wir endlich, wer die Verschwörer sind.«

»Sie verwenden plötzlich einen anderen Schlüssel«, klagte der Schreiber. »Der Rest ist unverständlich.«

»Streng dich doch ein bisschen an!«

Kel versuchte es mit allen Möglichkeiten, die die vier Amulette boten, aber ohne Erfolg.

»Die Ahnen haben uns den Anfang dieses Papyrus erläutert«, sagte Nitis. »Die Gottesdienerin hat den Schlüssel zum zweiten Teil, in dem die Namen der Verschwörer und der Empfänger ihrer Botschaft erscheinen.«

»Dabei könnte es sich um König Amasis selbst handeln«, bemerkte Bebon. »Vielleicht stützt er sich auf einige seiner Ratgeber in der Hoffnung, die Rückschrittlichen aus dem Weg zu räumen und den Einfluss Griechenlands zu mehren.«

»Und wenn genau das Gegenteil der Fall wäre?«, wandte Kel ein. »Den Anhängern des Althergebrachten missfällt Amasis' Herrschaftsstil, deshalb wollen sie ihn stürzen und zu einer wahren Unabhängigkeit zurückfinden, indem sie die Griechen aus dem Land jagen.«

»Hirngespinste! Dann hätten wir kein Heer mehr.«

»Vielleicht könnte ein neuer Pharao die notwendigen Truppen im Land erheben. Zu Zeiten von Königin Ahotep ist es uns sogar gelungen, die Hyksos zu vertreiben!«

»Und wer sollte der Anführer sein? Siegelbewahrer Udja, Henat oder Richter Gem?«

»Verlieren wir keine Zeit mit nutzlosen Mutmaßungen«, empfahl Nitis. »Wir wissen lediglich, dass dieses Schriftstück nicht in die Hände der Übersetzer gelangen durfte. Sein Verfasser befürchtete, der Papyrus könnte entziffert werden und hat deshalb alle Schreiber getötet oder töten lassen.«

»Und mein Freund Demos ist ihr Helfershelfer und Spitzel gewesen«, erinnerte Kel.

»Womit wir wieder auf der griechischen Fährte wären!«, fügte Bebon hinzu.

»Demos konnte handeln, weil er auf Kosten eines ägyptischen Würdenträgers reichlich entlohnt wurde. Kaum hatte er den verbrecherischen Auftrag erfüllt, hat man ihn in Naukratis ermordet, um den Verdacht auf die Griechen zu lenken und Amasis zu schwächen.«

»In dem Schreiben wird der Helm des Königs nicht erwähnt«, sagte die Priesterin.

»Und die entscheidenden Hinweise finden sich in dem unlesbaren Teil des Schriftstücks«, ergänzte Bebon.

»Jetzt haben wir den Beweis für Kels Unschuld«, war Nitis überzeugt.

»Einen Beweis, mit dem man nichts anfangen kann!«

»Seid ihr nicht auch der Meinung, dass wir einen ersten Schritt geschafft haben? Wir sollten nach Theben reisen und die Gottesdienerin aufsuchen. Sie muss sich für Kel einsetzen.«

Bebon kratzte sich nachdenklich am Kopf.

»Das ist eine gefährliche Reise, eine sehr gefährliche Reise... Die Verschwörer werden bald herausfinden, dass es Kel gelungen ist, den ersten Teil des Papyrus zu entziffern und dass er auf dem Weg nach Karnak ist. Sie werden den Landweg und den Nil überwachen, sodass wir nicht in die Nähe der Gottesdienerin gelangen können.«

»Du kennst dich doch wie kein anderer im Nil-Tal aus«, fiel es Kel jetzt ein.

»Jetzt übertreib aber mal nicht!«

»Wir haben keine andere Wahl: Wir müssen mit der Herrin von Karnak sprechen. Sie wird den Rest des Papyrus entziffern und Ägypten retten.«

»Vorher sind wir längst tot«, gab der Schauspieler zu bedenken.

»Falls du glaubst, dass dieses Abenteuer zum Scheitern verurteilt ist, musst du nicht...«

»Nein, bitte nicht schon wieder! Ja, die Sache kann nur schiefgehen, na und? Ich kann machen, was ich will, und bin bestimmt nicht weniger mutig als ein Schreiber, der gerne Sitten predigt und des mehrfachen Mordes angeklagt ist.«

»Ich sehe zu, ob ich ein gastfreundliches Schiff finden kann«, beschloss Nitis, »und ob ich herausbringen kann, welche Sicherheitsvorkehrungen zwischen Memphis und Theben getroffen wurden.«

Kel nahm seinen ganzen Mut zusammen und griff zärtlich nach ihrer Hand.

»Seid aber bitte sehr, sehr vorsichtig.«

»Ihr bleibt hier, ich komme so schnell es geht zurück.«

80

Der Zweite Ritualist wurde nicht müde, über den üblen Kerl zu schimpfen, der ihn angegriffen und mehrere alte Amulette von unschätzbarem Wert gestohlen hatte.

»Richter Gem will Euch sehen«, meldete ihm ein Polizist.

»Der Oberrichter?«

»Ja, genau.«

»Ich dachte, der ist in Sais.«

»Er ist gerade in Memphis eingetroffen.«

Der Ritualist fühlte sich sehr geschmeichelt und begab sich eilends zum Amtssitz des hohen Würdenträgers.

Ein Bediensteter durchsuchte ihn und führte ihn dann zu Richter Gem.

»Erkennt Ihr diesen Mann«, fragte ihn der ohne Umschweife und zeigte ihm ein Bild.

»Ja, ich glaube ja.«

»Glaubt Ihr, dass Ihr ihn erkennt, oder seid Ihr Euch sicher?«

»Ich bin mir ziemlich sicher.«

»Ist das der Mann, der Euch angegriffen hat?«

»Ja, das ist er!«

»Sein Name?«

»Den kenne ich doch nicht.«

»Seltsam«, knurrte Gem. »Er hat für Euch gearbeitet und Ihr wisst nicht, wie er heißt.«

Als sich der Zweite Ritualist von dem griesgrämigen Richter auf einmal in die Rolle eines Beschuldigten gedrängt sah, verlor er die Fassung.

»Dieser Verbrecher war nur ein einfacher *Ka*-Priester, aber er hat meinem Vorgesetzten sehr gefallen und ...«

»Den habe ich bereits vernommen«, schnitt ihm der Richter das Wort ab. »Ich will nur wissen, was Ihr bezeugen könnt. Nach Eurer Aussage habt Ihr den Mann in einer Kapelle des Grabtempels von Cheops dabei überrascht, als er gerade Amulette und einen Papyrus stehlen wollte.«

»Richtig. Pflichtschuldig wie ich bin, wollte ich ihn daran hindern und zu einem Wachposten bringen. Aber er hat mich zusammengeschlagen und ist dann geflohen.«

»In den beiden Truhen in der Kapelle befanden sich noch der Papyrus und vier goldene Amulette. Was hat Euer Angreifer denn dann eigentlich gestohlen?«

»Oh, viele andere Amulette.«

»Wie viele denn?«

»Schwer zu sagen ...«

»Was für Amulette waren das denn?«

»Das weiß ich nicht.«

»Seid Ihr Euch ganz sicher, dass dieser Junge einen Ritualgegenstand gestohlen hat?«

»Es kann doch gar nicht anders sein …«

»Ihr seid also nicht sicher.«

Der Richter jagte dem Ritualisten mit seiner Hartnäckigkeit Angst ein.

»Nein, ganz sicher bin ich mir nicht.«

»Vielen Dank für Eure Hilfe. Ihr könnt gehen.«

Gem verfügte jetzt über neue Tatsachen.

Seinem Vorgesetzten zufolge war der Zweite Ritualist ein Neider, der jeden verleumdet hätte, wenn er sich davon eine Beförderung versprach. Seine Aussage war also mehr als zweifelhaft. Trotzdem – Kel hatte versucht, einen Schatz zu rauben, den die machtgierigen Verschwörer für ihr Vorhaben benötigten.

Und ebendieser Schatz lag vor dem Richter ausgebreitet.

Vier alte, magische Amulette, die man an ihrem Platz belassen hatte. Und ein Papyrus in einer verschlüsselten Sprache, die niemand entziffern konnte. Hatte dieser Papyrus etwas mit dem Schriftstück zu tun, das der Leiter des Übersetzeramts erwähnt hatte, kurz bevor er ermordet wurde?

Wenn der Schreiber Kel diese Gegenstände wirklich hätte mitnehmen wollen, warum hatte er den Ritualisten dann nicht getötet, als der ihn überraschte? Auf eine Leiche mehr oder weniger dürfte es ihm doch nicht ankommen!

Versuchte der Mörder nur zu verhindern, dass der Cheops-Tempel erneuert wurde, oder hatte er ein Schriftstück gefunden, das er unbedingt brauchte?

Alles sprach für die zweite Möglichkeit.

Dann war es Kel gelungen, den Papyrus zu lesen, und er hatte das Schriftstück zurückgelassen, weil er es nicht mehr brauchte. Der Richter musste verschiedene Gelehrte aufsuchen und befragen, um den Inhalt dieser rätselhaften Botschaft zu erfahren.

Die Verschwörer, die von ihrem Anführer in aller Eile zusammengerufen worden waren, machten finstere Mienen. Diesmal schien ihre Sache wirklich eine ungünstige Wendung zu nehmen.

»Dieser verfluchte Schreiber bietet uns immer noch die Stirn«, sagte einer von ihnen beunruhigt. »Und jetzt hat er auch noch den Schlüssel, um den Papyrus zu entziffern!«

»Das stimmt nicht ganz«, widersprach der Anführer. »Es könnte auch sein, dass er nicht einmal den Papyrus aus der Zeit von Cheops entziffert hat.«

»Machen wir uns doch nichts vor – er ist schließlich kein Dummkopf. Die Not macht diesen Jungen immer stärker. Wir hatten geglaubt, wir könnten mit ihm nach Belieben umspringen und den Gerichten den Schuldigen liefern, den sie sich wünschen. Jetzt aber haben wir es mit einem Gegner zu tun, der entschlossen ist, die Wahrheit herauszufinden – auch wenn es ihn das Leben kostet!«

»Wir sollten mit dem Schlimmsten rechnen«, schlug ein anderer Verschwörer vor. »Kel hat eine gefährliche Weissagung entdeckt und begriffen, dass das alte Ägypten in Gefahr ist. Er kennt weder unsere Namen noch unsere wahren Ziele oder unser Vorhaben. Aber in der Vergangenheit haben bereits mehrere Seher schreckliche Dinge für die Zukunft vorhergesagt. Dieses alte Schriftstück muss sich ja nicht unbedingt auf unsere Zeit beziehen. Könnte es nicht sein, dass ein gebildeter

Schreiber es lediglich für eine einfache Stilübung hält? Und wenn dieser Schreiberling der Schrift doch mehr Beachtung schenken sollte, wird er auf ein unüberwindliches Hindernis stoßen. Niemals findet er den Schlüssel, mit dem die Schrift entziffert werden kann.«

»Jedenfalls hat er schon mal an die richtige Tür geklopft!«

»Aber er kann sie nicht öffnen, und das weißt du ganz genau.«

»Da bin ich mir eben gar nicht so sicher!«

»Die Einzige, die Kel helfen könnte, ist die Gottesdienerin. Das müsste er aber erst einmal wissen; dann müsste er nach Theben reisen und von ihr angehört werden; und schließlich müsste er diese alte Priesterin davon überzeugen, dass sie ihn unterstützen und seine Verbündete werden soll. Auch wenn dieser Schreiber wirklich sehr hartnäckig ist und bisher unglaublich viel Glück hatte – das ist vollkommen unmöglich!«

»Dann sollten wir jetzt dafür sorgen, dass er Theben erst gar nicht erreicht«, beschloss der Anführer.

»Das kann er bereits nicht mehr. Land- und Wasserwege werden strengstens überwacht.«

»Das sind doch immer dieselben dummen Sprüche«, wandte der Mann ein, der seine Unruhe nicht verbergen konnte. »Weder in Sais noch im Nil-Delta ist es den Ordnungshütern gelungen, Kel festzunehmen. Und jetzt ist er in Memphis, wo man sich wirklich ohne Schwierigkeiten verstecken kann.«

»Soweit wir wissen, kennt er sich nicht aus. Sollte er es tatsächlich wagen, nach Theben zu fahren, wird man ihn schnell ausfindig machen.«

»Und wenn er Helfershelfer hat?«

»Kel ist nicht der Anführer einer aufständischen Bande, sondern ein einfacher Schreiber, der mitten in eine Geschichte geraten ist, aus der er nicht mehr herauskommt.«

»Heute stellt er für uns jedenfalls eine echte Bedrohung dar.«

»Bleiben wir doch dabei, dass wir mit dem Schlimmsten rechnen, und richten uns darauf ein, dass er versuchen wird, nach Theben zu gelangen. Ich bin überzeugt, dass wir ihn beseitigt haben, ehe er nur einen Fuß auf den Boden der heiligen Stadt gesetzt hat. Ist es nicht so, dass auch Ordnungshüter und Soldaten den Befehl haben, ihn zu töten?«

»Und wenn es ihm doch gelingt, allen zu entkommen und die Gottesdienerin von seiner Unschuld zu überzeugen?«

»Sehr unwahrscheinlich!«

»Wir haben diesen jungen Mann von Anfang an unterschätzt. Wenn wir damit weitermachen, könnte das unseren Untergang bedeuten.«

»Was schlägst du vor?«

»Einzig und allein ein Bündnis von Kel und der Gottesdienerin könnte uns an der Umsetzung unserer Ziele hindern. Entweder müssen wir ihn töten oder aber ...«

»Du willst doch nicht etwa die Gemahlin des Gottes Amon töten, die Herrscherin über sein heiliges Reich? Das ist doch nicht dein Ernst?«

»Sollte Kel ihr zu nahe kommen, bleibt uns keine andere Wahl«, schnitt ihm der Anführer das Wort ab.

81

Ganz Memphis war in Aufruhr. Der Besuch des königlichen Paares war nicht so ungewöhnlich, aber dass der gesamte Hofstaat von Sais nach Memphis gereist war, verursachte doch einige Unruhe unter den hohen Würdenträgern, die alles zur größten Zufriedenheit erledigen wollten.

Vor allem das strenge Auftreten von Siegelbewahrer Udja schreckte die verschlafenen Beamten auf, die sich nur allzu gern auf ihren behaglichen Posten ausruhten. Mit Unterstützung von Pef, dem königlichen Schatzmeister, prüfte dieser eindrucksvolle Mann die Rechnungsbücher verschiedener Reichsämter, vergewisserte sich, ob die Verwalter ihre Arbeit gewissenhaft erledigten und verfasste bittere Anmerkungen – als Vorspiel für spätere schmerzhafte Neuerungen.

Henat, von Natur aus schweigsam und genauso fordernd wie Udja, machte seine Beobachtungen und hielt sie fest. Bei einer Versammlung der oberen Polizeibeamten und der wichtigsten Gewährsmänner von Memphis hörte er zunächst nur zu, um dann ein scharfes Urteil abzugeben: Die Ergebnisse sind unbefriedigend. Mit anderen Worten – es muss sich etwas ändern.

Dann folgten die Anordnungen: Strengste und ständige Überwachung aller Verkehrswege, für sämtliche Ordnungskräfte keine freien Tage bis zur Festnahme des Mörders und eine hohe Belohnung für denjenigen, der den Flüchtigen nach Sais brachte.

Phanes von Halikarnassos, der oberste Heeresführer, nahm die Soldatenlager in Augenschein, wies die Offiziere und ihre Männer an und schärfte den griechischen Söldnern ein, wie wichtig ihre Aufgabe war. Die Ankündigung einer Solderhöhung trug noch zu einer Steigerung seiner Beliebtheit bei.

Obwohl Richter Gem von den ganzen Anstrengungen bereits ziemlich erschöpft war, fuhr er mit der Anhörung zahlreicher Zeugen fort, die alle der festen Überzeugung waren, den Schreiber Kel entdeckt zu haben. Sorgfältig verfolgte er jede noch so kleine Spur – aber vergeblich.

Leider hatte sich herausgestellt, dass die Aufgabe von Nitis schwieriger war als gedacht. Ein Schiff zu mieten, schien einfach, aber man musste Erklärungen über Ziel, Anzahl und Namen der Reisenden abgeben und nach einer Befragung durch die Ordnungshüter die Genehmigung der Reise erhalten.

Offenbar befürchtete Richter Gem, der Schreiber Kel könne sich Richtung Süden absetzen, genauer gesagt nach Nubien, um dann unter den dortigen Stämmen Verbündete für seine Sache zu suchen. Und die Maßnahmen, die er dagegen getroffen hatte, stellten ein beträchtliches Hindernis dar.

Nitis versuchte es jetzt bereits mit dem sechsten Schiffsführer, einem bärtigen Mann aus Elephantine. Er war der Besitzer eines stattlichen Handelsschiffs, das schwere Lasten laden konnte.

»Nehmt Ihr Reisende mit?«, fragte ihn Nitis.

»Kommt drauf an, wie viele und zu welchem Preis.«

»Drei Personen.«

»Männer?«

»Zwei Männer, eine Frau und ein Esel. Den Preis könnt Ihr bestimmen.«

Der Schiffsführer kratzte sich am Bart.

»Ist die Frau verheiratet?«

»Nein, aber nicht zu haben.«

»Schade. Aber das Angebot ist trotzdem recht verlockend.«

»Obwohl diese Reisenden nichts verbrochen haben, möchten sie an den Wachposten vorbeigeschleust werden.«

»Also das ist vollkommen unmöglich!«

»Da kann man nichts machen. Auf Wiedersehen.«

»Nicht so eilig, junge Frau! Die Erfahrung zeigt, dass sich fast immer eine Möglichkeit finden lässt. Und ich bin mehr als erfahren. Allerdings wird das teuer – sehr teuer sogar. Die Flusswachen sind zurzeit ziemlich lästig. Und ich will schließlich keinen Ärger haben.«

Der Schiffsführer nahm es mit den Vorschriften ganz offensichtlich nicht so genau.

»Wie viel?«, fragte die Priesterin.

Der Mann warf einen gierigen Blick auf den Hals von Nitis.

»Mindestens drei Ketten wie die, die Ihr da am Hals habt.«

»Einverstanden. Die erste Kette bei der Abfahrt, die anderen beiden bei der Ankunft. Und mehr gibt es nicht.«

Dieser Goldschmuck war ein kleines Vermögen wert!

»Kann ich mich auf Euch verlassen, schöne Frau?«

»Wann fahren wir ab?«

»Übermorgen, wenn das Schiff fertig beladen ist. Aber vorher bringst du mir die erste Halskette.«

»Wann und wo?«

»Morgen, zur fünften Stunde in der Nacht. Du gehst an Bord und kommst zu mir in meine Kabine. Ich werde die Wachen verständigen. Wenn du anständig bist, bin ich es auch.«

»Dann also bis morgen.«

Die Priesterin ließ sich ihre Genugtuung nicht anmerken und verließ den Hafen.

Als sie in die Nähe des Ptah-Tempels kam, in dem sie an verschiedenen Ritualen teilnehmen sollte, sprach sie jemand so unvermittelt an, dass sie erschrak.

»Nitis! Da seid Ihr ja, ich habe Euch schon überall gesucht.«

»Menk …«

»Seine Majestät hat mir befohlen, nach Memphis zu kommen und das große Fest zu Ehren von Hathor vorzubereiten. Der König glaubt, ich könnte den hiesigen Geistlichen mit meiner Erfahrung nützlich sein. Da Ihr einen ausgezeichneten Ruf habt, wollte ich Euch fragen, ob Ihr mich dabei unterstützen könntet?«

»Selbstverständlich.«

Menk hatte den Auftrag, auf Befehl des Königs niedere Dienste zu leisten? Diese Behauptung sollte man vielleicht genauer unter die Lupe nehmen. Zumindest, wenn es sich dabei nicht um eine Lüge handelte. In diesem Fall hätte der Mann, der die Vorbereitung aller Feste in Sais leitete, sich hinter einer Maske verborgen, um Nitis eine Falle zu stellen.

»Ich muss Euch leider etwas Schreckliches mitteilen«, sagte Menk jetzt leise, »und ich weiß gar nicht, wie ich es anfangen soll, damit ich Euch nicht allzu großen Kummer mache.«

»Sprecht nur, Menk.«

»Der Hohepriester Wahibra ist tot.«

Dieser Satz traf Nitis wie ein Schlag.

Der Verlust ihres geistigen Vaters, des weisen Mannes, von dem sie alles gelernt hatte, löste in ihr ein grausames Gefühl der Leere aus. Niemand würde ihn ihr je ersetzen können.

»Er ist im Schlaf gestorben«, erzählte Menk. »Weil er in Ungnade gefallen war, wurde er in aller Eile mumifiziert und ohne Aufsehen bestattet.«

»Aber die Totenrituale wurden doch ordnungsgemäß gefeiert?«

»Seid unbesorgt, Wahibras Seele ist friedlich auf die Reise gegangen. Ich verstehe Eure Trauer, und ich teile sie mit Euch. Leider habe ich Euch aber noch eine andere schlechte Neuigkeit mitzuteilen. Der Palast hat soeben einen neuen Hohepriester der Neith ernannt, einen sonderbaren Ritualisten, dessen Befähigung dazu viel geringer ist als Eure. Die Enttäuschung über diese Entscheidung ist einhellig, aber die Befehle des Pharaos werden nun einmal nicht in Frage gestellt.«

Das hieß also, dass sich die Tür zum heiligen Reich von Sais für die junge Oberpriesterin der Sängerinnen und Weberinnen geschlossen hatte. Der neue Hohepriester würde sie vermutlich umgehend ihres Amtes entheben und ihr eine langweilige Aufgabe zuteilen, bei der sie nichts zu sagen hätte.

War Wahibra vor Erschöpfung eines natürlichen Todes gestorben, oder hatte man ihn aus dem Weg geräumt? Ein Pharao konnte ein derartiges Verbrechen nicht begehen, sonst wäre er für alle Zeit verdammt. Blieben nur noch die Verschwörer – sie fürchteten die Rache der Götter nicht und töteten alle Gegner erbarmungslos.

»Ich werde Euren Fall vor der Obrigkeit zur Sprache bringen«, versprach Menk, »diese Ungerechtigkeit ist wirklich mehr als offensichtlich. Ich für mein Teil glaube, das ist nur vorübergehend. Eines Tages werdet Ihr die Hohepriesterin der Neith, Nitis, und jeder wird damit einverstanden sein.«

»Ach, was zählt jetzt schon meine Zukunft.«

»Versinkt nicht in Trauer, steht mir lieber bei den Festvorbereitungen zur Seite. Dann wird es Euch bestimmt wieder besser gehen.«

Menk deutete das Schweigen von Nitis als Zustimmung. Dabei dachte sie in Wirklichkeit nur an ihren verstorbenen Meister, an all das, was er sie gelehrt hatte, und an sein Vorbild. Aus dem Himmel der Gerechten sandte er ihr eine eindringliche Botschaft: Kämpfe weiter für Maats Gesetz, finde dich nicht mit dem Unrecht ab, verhilf der Wahrheit zu ihrem Recht.

82

Nordwinds lautes Geschrei weckte Bebon auf.

»Da kommt jemand«, sagte er zu Kel und versuchte, ihn wachzurütteln. »Wir brauchen unsere Knüppel.«

Nachdem der Esel aber kein zweites Mal schrie, war anscheinend keine Gefahr im Verzug.

Der Esel hatte Nitis angekündigt.

»Wahibra ist tot«, sagte sie traurig und musste immer wieder schluchzen.

»Dann haben sie ihn also getötet«, meinte der Schauspieler.

»Und sie verschließen dir die Pforten zum Tempel von Sais«, vermutete der Schreiber richtig.

»Ein neuer Hohepriester wurde soeben auf Befehl von höchster Stelle ernannt.«

»Der wird dann alles durchsuchen lassen, und dann finden sie den echten verschlüsselten Papyrus!«

»Wenn sie dieses Schriftstück zurückbekommen, das mit so viel Blut besudelt ist, sind sie vielleicht zufrieden und hören endlich auf, dich zu verfolgen«, meinte Bebon.

»Das ist äußerst unwahrscheinlich, ich muss verschwinden. Jetzt haben sie freie Bahn.«

»Ehren wir das Gedächtnis an Wahibra und flehen ihn um Hilfe an«, verlangte die Priesterin.

Nitis sprach einige Gebete zur Verwandlung in Licht, sagte die sieben Worte der Göttin Neith und empfahl der Vogel-Seele des Hohepriesters den Frieden der untergehenden Sonne. Diese steht mit allen Gestalten der Sonne in Verbindung und reist in Gesellschaft der Sterne und Planeten auf der immerwährenden Suche nach dem jenseitigen Himmel durchs All.

Dann teilten die Oberpriesterin und ihre beiden Gefährten ein bescheidenes Festmahl zu Ehren des Verstorbenen, und Nitis erzählte von den weisen Lehren, die er ihr geschenkt hatte. Auch wenn Bebon keinen großen Gefallen an frommen Höhenflügen fand, war er doch von den klaren, tiefgründigen Gedanken der jungen Frau beeindruckt.

»Ihr seid die rechtmäßige Nachfolgerin Eures Meisters«, fand er schließlich.

Damit entlockte er ihr immerhin ein Lächeln.

»Wahibra erwartet mehr von mir. Er hat an Kels Unschuld geglaubt, und gemeinsam werden wir der Wahrheit zu ihrem Recht verhelfen. Ich habe ein Schiff gefunden und kann unsere Reise auch bezahlen.«

Nitis berichtete ihnen von ihrer Begegnung mit dem Schiffsführer.

»Wie heißt das Schiff?«, wollte Bebon wissen.

»*Ibis*.«

»Zu dem ersten Treffen begleite ich Euch.«

»Auf keinen Fall! Ich muss sichergehen, dass der Kapitän sich voll und ganz auf unsere Bedingungen einlässt. Seine Männer überwachen die Anlegestelle, du wirst entdeckt, und unser Geschäft platzt.«

»Und wenn er Euch etwas antut?«

»Hat er sich erst einmal von dem Wert der Halskette überzeugt, wird er nur noch an die beiden anderen denken.«

»Es ist Euer Priesterinnen-Schmuck«, sagte Bebon bedauernd.

»Das ist nun einmal der Preis für unsere Reise. Die Gottesdienerin ist die Einzige, die noch das Schlimmste verhindern kann.«

»Glaubt Ihr denn, dass sie uns empfangen wird?«, fragte Kel voller Angst.

»Da müssen wir einfach zuversichtlich sein«, fand Bebon.

»Ich schlafe heute Nacht hier«, sagte Nitis. »Menk ist hinter mir her, und ich vermute, dass er mit den Verschwörern zu tun hat – wenn auch vielleicht ohne sein Wissen. Ihm möchte ich jetzt lieber nicht begegnen.«

Kel konnte nicht einschlafen.

Immer wieder überlegte er, wie er Nitis davon abbringen konnte, dieses waghalsige Abenteuer zu unternehmen, das zum Scheitern verurteilt war. Er hatte nichts mehr zu verlieren. Sie aber war für hohe Ämter vorgesehen. Ihr Schicksal mit dem seinen zu verknüpfen, war der reine Wahnsinn. Sie hatte bereits viel zu viel für ihn aufs Spiel gesetzt und durfte sich nicht in noch größere Schwierigkeiten bringen.

Ja, er liebte sie, wie man einen Menschen nur lieben konnte! Sie aber behandelte ihn nur als das Opfer, das er war. Also hatte er es nicht verdient, dass sie ihm ihr Leben opferte. Wahrscheinlich musste er in dem Gespräch sehr deutlich werden, wenn er sie vor diesem schrecklichen Fehler bewahren wollte.

Da hatte er plötzlich eine Erscheinung.

Nitis.

Der Schreiber schloss die Augen und öffnete sie wieder.

Aber da war sie noch immer.

»Nitis …«

»Schlaft Ihr gar nicht?«

»Ich … ich habe an Euch gedacht.«

»Ihr wollt bestimmt, dass ich mein Vorhaben aufgebe, habe ich recht?«

»Ja, und das müsst Ihr auch!«

»Wie geht Ihr denn mit meiner Freiheit um? Ich bin Ägypterin, keine Griechin.«

»Ich werde meinem traurigen Ende nicht entkommen, Nitis. Und ich habe kein Recht dazu, Euch mit mir in den Abgrund zu reißen.«

Ganz langsam kam sie auf ihn zu.

Kel sprang auf, und voller Zärtlichkeit nahm Nitis sein Gesicht in ihre Hände.

»Seit es das ägyptische Reich gibt, darf eine Frau lieben, wen sie will und wann sie will. An dem Tag, an dem dieses Recht verloren gehen sollte, wird die Menschheit wieder unterjocht.«

»Nitis …«

»Bist du dir ganz sicher, dass du mich liebst?«

»Nitis!«

Sie schob die schmalen Träger von ihrem Leinenkleid über die Schultern, und es fiel ihr zu Füßen.

Nackt ließ sie sich von einem Mann umarmen, der verrückt vor Liebe zu ihr war, Angst hatte, sich ungeschickt zu benehmen, aber unfähig war, sein Verlangen zu zügeln.

Dann versanken sie im Liebestaumel.

83

Bedaure, dass ich Euch wecken muss«, sagte Bebon, »aber die Sonne ist schon längst aufgegangen. Und hier habe ich ein freundschaftliches, wenn auch nicht gerade fürstliches Frühstück für Euch: altes Brot und lauwarmes Wasser.«

Kel glaubte seinen Augen nicht zu trauen: Nitis schmiegte sich an ihn – verliebt und hingebungsvoll. Er hatte also nicht geträumt.

»Eigentlich ist dem nichts hinzuzufügen«, erklärte der Schauspieler feierlich, »aber wenn Ihr gedenkt, weiterhin unter einem Dach zu leben, seid Ihr Mann und Frau.«

»Und du bist jetzt unser Zeuge«, sagte Nitis lächelnd. »Von nun an sind unsere Schicksale verbunden.«

Kel blieb stumm. In diesem Augenblick größten Glücks war all sein Unglück vergessen. Er versuchte, dieses Hochgefühl in seinem Herzen und seinem Bewusstsein einzuprägen, damit ihm nichts und niemand diese Wahrheit je wieder nehmen konnte.

Nitis, Kel und Bebon verbrachten einen herrlichen Tag, an dem sie alles um sich herum vergaßen.

Verbrechen, Verschwörung und Gefahr waren wie weggewischt. Die Sonne schien an einem vollkommen blauen Himmel, Schwalben und Falken segelten scheinbar schwerelos durch die Luft, und die jungen Leute machten mit ihrer Begeisterung die Angst vor der Zukunft vergessen.

»Geh nicht«, bat Kel und drückte Nitis an sich.

»Ohne die Hilfe der Gottesdienerin sind wir verloren«, sagte die Priesterin. »Es ist doch nur eine einfache Schiffsreise, und dann wird unsere Hoffnung wahr.«

»Das ist viel zu gefährlich für dich!«

»Der Schiffsführer der *Ibis* hält mich für einen unbedeutenden Mittelsmann. Und er denkt nur an seinen Gewinn aus der Sache. Für diese hohe Bezahlung wird er uns heil und sicher an unser Ziel bringen.«

»Nitis …«

»In Ägypten unterwirft sich eine Ehefrau nicht ihrem Mann. Erinnerst du dich nicht mehr an die Lehren des weisen Ani? Der Mann darf sich auf keinen Fall das Recht nehmen, ihr unberechtigte Vorwürfe zu machen, denn die Hausherrin wacht darüber, dass alles am rechten Platz ist.«

Sie umarmten und küssten sich leidenschaftlich.

Und Nitis verließ ihr Versteck und machte sich auf den Weg zum Hafen.

Kel rüttelte Bebon wach.

»Wach endlich auf!«

Der Schauspieler kam aus einem wunderbaren Traum, in dem Dornen nicht stachen und Schlangen nicht bissen.

»Wer greift uns an?«

»Nitis ist nicht zurückgekommen!«

Widerwillig machte Bebon die Augen auf.

»Nicht zurückgekommen …«

»Ihr ist etwas zugestoßen!«

»Immer mit der Ruhe, du musst nicht gleich mit dem Schlimmsten rechnen.«

»Ganz bestimmt ist ihr etwas zugestoßen«, wiederholte Kel verzweifelt.

»Nur keine voreiligen Schlüsse.«

»Wir müssen sofort zum Hafen.«

Bebon richtete sich auf.

»Schnüffler und Soldaten suchen nach dir.«

»Ich muss den Schiffsführer der *Ibis* suchen und Nitis finden.«

»Wie du meinst.«

Mit einem, der so verliebt ist, kann man doch nicht vernünftig reden, dachte er sich im Stillen.

»Lass mich das machen«, schlug Bebon vor. »Je weniger du dich zeigst, umso besser.«

Also blieb Kel im Hintergrund, während Bebon an Bord der *Ibis* ging.

Ein Seemann stellte sich ihm in den Weg.

»Wohin des Wegs, mein Junge?«

»Ich möchte den Schiffsführer sprechen.«

»Den stört man nicht einfach so. Wer bist du denn?«

»Sag ihm, es geht um die Halskette der Priesterin.«

Misstrauisch beäugte der Mann Bebon, ging dann langsam zur Kabine des Schiffsführers und klopfte an die Tür.

Es dauerte ziemlich lange, bis er zu Bebon zurückkam. »Der Schiffsführer will dich sehen.«

Diese Art von Bösewichten war Bebon bestens bekannt: schlecht gelaunt, betrunken und jederzeit bereit, Vater und Mutter zu verkaufen – der Schiffsführer der *Ibis* war bestimmt ein ausgemachter Lump.

»Hast du die Kette?«

»Meine Herrin hat sie Euch doch gebracht.«

»Schon, aber das war nur der erste Teil der Bezahlung. Ich habe auch die zweite verlangt, ehe ich die Fracht lade.«

»Für gewöhnlich zahlt man den Rest erst bei der Ankunft.«

»Mag sein – ich habe die Spielregeln geändert. Die Sache ist ziemlich gefährlich.«

»War meine Herrin einverstanden?«

»Na klar! Also, wo ist die Kette?«

»Ich habe keine Anweisungen erhalten«, sagte Bebon.

Die Miene des Schiffsführers verdüsterte sich.

»Was soll das heißen?«

»Ich habe meine Herrin nicht wiedergesehen.«

»Ach so … Das ist deine Sache. Ohne die versprochene Kette nehme ich euch jedenfalls nicht mit.«

»Du hast sie nicht zufällig getötet?«

Der Schiffsführer lief rot an.

»Was soll der Unsinn! Ich lebe von Geschäften. Und wenn die so gefährlich sind, müssen sie eben auch anständig bezahlt werden. Wenn ich meine Kunden umbringen würde, wäre ich schon längst verhungert.«

»Ich glaube aber nicht, dass sie einer Änderung der Abmachung zugestimmt hat.«

»Hat sie aber, da täuschst du dich wohl! In Anbetracht der besonderen Umstände war sie einverstanden. Deshalb wollte sie zum Ptah-Tempel, dort meinen Lohn holen und ihn mir heute Abend bringen. Das hat mich sehr beruhigt, muss ich zugeben. Anständige Leute verstehen sich eben.«

»Ja, so ist es.«

Der schwammige Kerl lächelte ihn an.

»Bezahlung heute Abend, Abfahrt morgen. Abgemacht?«

»Abgemacht«, antwortete Bebon.

Kel hielt es nicht länger aus. Nachdem er die ganze Zeit am Ufer auf und ab gelaufen war, wollte er gerade an Bord der *Ibis* gehen, als sein Freund wieder auftauchte.

Der Schreiber packte ihn an den Schultern.

»Wo ist sie?«

»Wenn man diesem Obergauner glauben soll, wollte sie zum Ptah-Tempel.«

84

»Jetzt siehst du wirklich wie ein richtiger Schreiber aus«, fand Bebon. »Wenn du dich auch noch gewählt ausdrückst, merkt man sofort, was du kannst, und alle Türen öffnen sich dir.«

Kel hätte die schwerste Säule aus dem Boden gerissen, um Nitis zu finden. Aber wenn der Schiffsführer nicht gelogen hatte, konnte er sie ja bald wieder in die Arme nehmen.

Der junge Mann meldete sich am Eingang zu dem heiligen Reich des Ptah.

»Ich möchte meinen Dienst antreten«, erklärte er dem Torposten.

»Welches Amt?«

»Reiner Priester, zuständig für den Opferwein.«

»Schreib deinen Namen in dieses Verzeichnis.«

Kel schrieb mit geschickter Hand *bak*, das Wort für Diener, mit schönen Hieroglyphen in die Liste.

Der Wächter war sehr beeindruckt und ließ ihn ein. Jetzt wandte sich Kel an einen Schreiber.

»Ich habe eine Nachricht für Nitis, die Oberpriesterin der Sängerinnen und Weberinnen aus dem Tempel von Sais.«

»Geh zum Ersten Ritualisten, der kann dir weiterhelfen.«

Dann zeigte ihm der Schreiber den Weg zur Wohnung des Würdenträgers.

Dort warteten bereits mehrere Priester darauf, vorgelassen zu werden. Kel bezwang seine Ungeduld und wartete, bis er an die Reihe kam.

Endlich forderte ihn ein Diener auf einzutreten.

Der Oberritualist des Ptah-Tempels war ein alter und strenger Mann, der den jungen Schreiber misstrauisch ansah.

»Ich kenne dich nicht. Wer bist du, und was willst du?«

»Ich komme aus Sais und habe eine Botschaft für Nitis, die …«

»Diese Priesterin ist mir bekannt. Sie hat sich einige Zeit bei uns aufgehalten und den Tempel vor drei Tagen verlassen.«

»Wo kann ich sie finden?«

»Vermutlich ist sie nach Sais zurückgekehrt. Dort erwartete sie eine neue Aufgabe.«

Der Schiffsführer der *Ibis* hatte also doch gelogen! Kel musste sofort zum Hafen und den Mann zum Reden bringen. Wahrscheinlich hielt er Nitis an Bord gefangen.

Kel berichtete Bebon, was er in Erfahrung gebracht hatte. Nordwind lief ihnen voraus und wählte den kürzesten Weg.

Im Hafen herrschte geschäftiges Treiben. Waren wurden auf- und abgeladen, und auf dem Markt machten die zahlreichen Käufer mit den Händlern den besten Preis aus.

An der Anlegestelle der *Ibis* lag jetzt ein anderes Schiff.

Bebon fragte einen Hafenarbeiter nach dem Schiff.

Die *Ibis* hatte am frühen Morgen Richtung Süden abgelegt.

»Hast du vielleicht eine junge Frau an Bord gesehen?«

»Nein, ich hab nur die Mannschaft gesehen«, antwortete der Hafenarbeiter.

Kel war außer sich vor Sorge, und Bebon versuchte, ihn zum Gehen zu bewegen.

»Komm jetzt, wir müssen zurück in unser Versteck.«

Sofort schlug der Esel den besten Weg ein, wobei er Begegnungen mit den Wachen vermied, die zu dritt oder zu viert durch die Stadt streiften.

»Wenn sie tot ist, will ich auch sterben«, sagte Kel leise.

»Na, na, so weit sind wir zum Glück noch nicht«, versuchte ihn Bebon zu beruhigen. »Es sieht so aus, als wäre Nitis entführt worden. Und natürlich kommt der Schiffsführer der *Ibis* als Täter in Frage.«

»Worauf warten wir dann noch? Wir müssen nach Süden und sie finden.«

»Und wenn es nur ein Hinterhalt wäre? Vielleicht hat der Schiffsführer Nitis den wahren Entführern übergeben, die sie nach Sais zurückbringen wollen. Richter Gem, die Ordnungshüter oder Henats Leute könnten durchaus mit der Sache zu tun haben. Und das sind noch nicht alle Möglichkeiten!«

»Meinetwegen können wir hier tausend Leute befragen, wenn es sein muss, Hauptsache, wir finden eine Spur von ihr.«

»Du hast wohl mal wieder vergessen, dass du wegen Mordes gesucht wirst. Wäre es nicht besser, wir würden nach Theben reisen und die Hilfe der Gottesdienerin erflehen?«

»Was kümmern mich jetzt noch der Papyrus oder die Verschwörung? Mir geht es nur um Nitis.«

»Alles hängt zusammen, mein Freund.«

Wie im Fieber und verrückt vor Angst versuchte sich Kel, gegen die lähmende Verzweiflung zu wehren.

Irgendwie spürte er aber die Nähe seiner Frau, ihren warmen Körper, ihre Zärtlichkeit... Nein, sie war nicht tot!

»Nitis ist in eine Falle gegangen, die ihr mehrere Personen gestellt haben«, dachte er laut. »Es muss Zeugen geben, vielleicht auch Helfershelfer, sogar hier in Memphis. Sie glauben wahrscheinlich, dass ich nichts unternehmen kann. Da täuschen sie sich aber.«

Eigentlich nicht, fand Bebon im Stillen und befürchtete, dass sie ein misslungenes Unternehmen endgültig an den Rand des Abgrunds führen musste.

Aber seinen Freund, ein Opfer von Unglück und Ungerechtigkeit, würde er niemals im Stich lassen. Natürlich war ihr Vorhaben wahnsinnig und die Aussicht auf Erfolg gleich null. Würden die Götter sie dennoch weiter beschützen? Vielleicht traf ihr Zorn ja endlich ihre Feinde!

Außerdem war Bebon ein Spieler. Für ihn konnte es nichts Schlimmeres geben als ein langweiliges, geregeltes Leben. Und das stand ihm – dank Kel – nun wirklich nicht bevor!

Nordwind drückte sich an Kel, er wollte gestreichelt werden. Der Esel machte zwar einen ernsten Eindruck, wirkte aber nicht verzweifelt. Im Gegenteil – er vermittelte dem jungen Mann große Kraft und unerschütterliche Entschlossenheit.

Ja, Kel war sich auf einmal ganz sicher, dass er Nitis wiederfinden und seine Unschuld beweisen würde. Und dann wollten sie gemeinsam eine friedliche und glückliche Zeit verbringen und im Schatten einer Pergola der untergehenden Sonne zusehen, wie sie die Welt in ihr goldenes Licht tauchte.

GÖTTERFLUCH

Die dunkle Priesterin

Roman

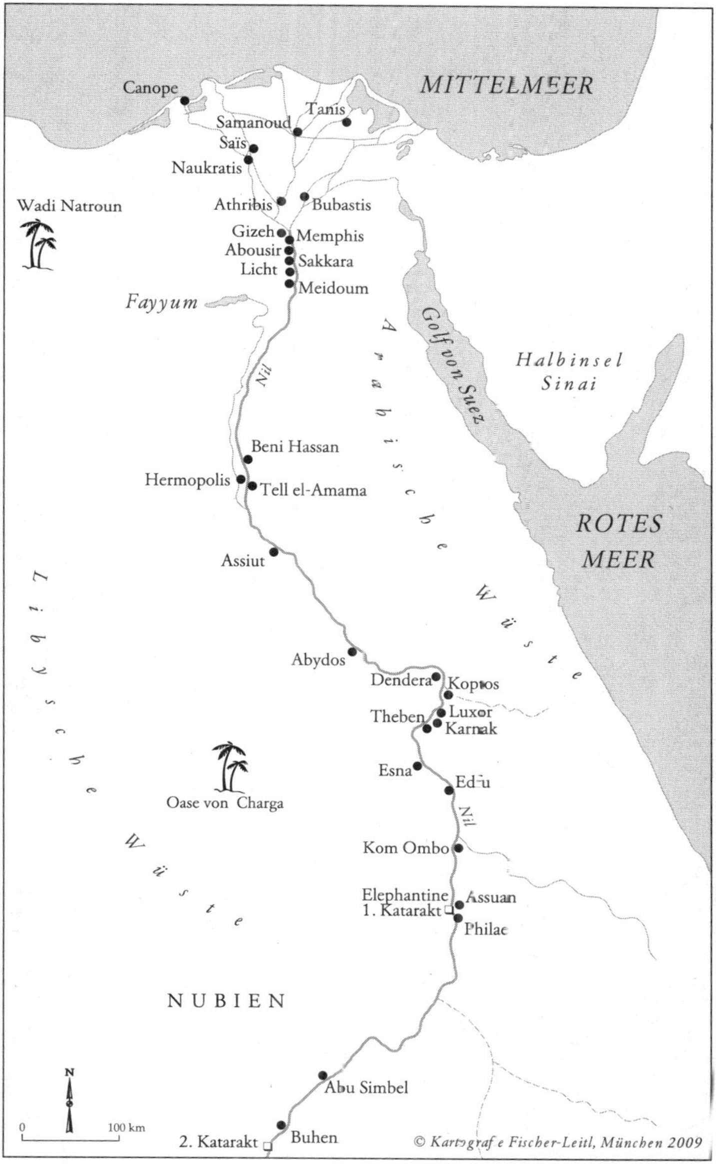
MITTELMEER
Canope
Tanis
Samanoud
Saïs
Naukratis
Athribis
Bubastis
Wadi Natroun
Gizeh
Memphis
Abousir
Sakkara
Licht
Meidoum
Fayyum
Nil
Arabische Wüste
Golf von Suez
Halbinsel
Sinai
Beni Hassan
Hermopolis
Tell el-Amama
ROTES
MEER
Assiut
Libysche Wüste
Abydos
Dendera
Koptos
Theben
Luxor
Karnak
Esna
Edfu
Nil
Oase von Charga
Kom Ombo
Elephantine
1. Katarakt
Assuan
Philae
NUBIEN
N
Abu Simbel
0
100 km
2. Katarakt
Buhen
© Kartografie Fischer-Leitl, München 2009

1

Auf Befehl von Richter Gem, einem gebieterischen und fleißigen alten Mann, gingen die Sicherheitskräfte in aller Stille in Stellung. Mit Knüppeln und Kurzschwertern bewaffnet, bereiteten sie sich auf die Festnahme eines Verbrechers vor, hinter dem sie bereits seit Wochen vergeblich her waren.

Hinter einem Ungeheuer, das beschuldigt wurde, alle seine Kameraden aus dem Übersetzeramt heimtückisch ermordet, dann seine Helfershelfer beseitigt und schließlich eine Verschwörung gegen Pharao Amasis angezettelt zu haben.

Dieser Schreiber namens Kel, dem man aufgrund seiner herausragenden Begabung eine glänzende Laufbahn prophezeit hatte, war nicht zu fassen; immer wieder gelang es ihm, durch das Netz zu schlüpfen, das die Sicherheitskräfte um ihn spannten. In seinem ganzen langen Berufsleben hatte es der oberste ägyptische Richter noch nie mit einem derart widerspenstigen Mörder zu tun gehabt.

Ehemals ein gebildeter Schreiber, war er jetzt erbarmungslos und gerissen – er hatte sich in ein wildes Raubtier verwandelt. Deshalb sollten die besten Bogenschützen auch auf ihn anlegen und ihn notfalls töten, sobald sie ihn zu Gesicht bekamen und er das Leben der Männer bedrohte, die ihn festnehmen mussten. Natürlich hätte ihn der Richter gern verhört, um die Beweggründe seiner Taten zu erfahren; aber würde dieser Kel überhaupt sprechen, und wenn ja, sagte er dann die Wahrheit? Ein Mensch, der zu solcher Grausamkeit fähig war, hatte vermutlich seinen Verstand nicht mehr beisammen.

Es war kurz vor Sonnenaufgang.

Das dichte, unwegsame Gestrüpp auf dem Gelände um die verlassene Ziegelei barg zahlreiche Gefahren: zerbrochene Gussformen, Scherben, Skorpione … Die Männer mussten ganz langsam vorrücken, um den Schläfer nicht zu wecken.

»Bist du dir ganz sicher, dass er sich hier versteckt?«, fragte der Richter noch einmal den Lagerverwalter aus dem Ptah-Tempel, der sich als Spitzel verdingte.

»Ganz sicher! Ich habe ihn in der Nähe des Tempels gesehen und dank der Beschreibung erkannt, die allerdings etwas ungenau ist. Und dann bin ich ihm nachgegangen.«

»Und er hat dich wirklich nicht bemerkt?«

»Nein, zu meinem Glück! Sobald er in der Ziegelei verschwunden ist, bin ich auf und davon und zurück in die Stadt gelaufen. Ich habe schreckliche Angst gehabt, dass er mich einholt und niedermetzelt! Als ich dann endlich bei der großen Kaserne war, musste ich erst mal verschnaufen, und meine Aussage war ziemlich wirr, weil ich solche Angst hatte. Wann kriege ich denn meine Belohnung?«

»Sofort nach der Festnahme«, versprach der Richter. »Hast du gesehen, ob er allein war?«

»Ich habe nur diesen Mörder gesehen«, sagte der Spitzel, »aber ich habe mich auch nicht weiter vorgewagt. Wenn er eine Wache gehabt hätte, wäre ich jetzt nicht mehr von dieser Welt! Wenn einer solche Gefahren auf sich nimmt, verdient er doch eine besonders hohe Belohnung, oder?«

»Mal sehen. Halte dich jetzt im Hintergrund und misch dich auf keinen Fall ein.«

»Ich schwöre es!«

Der Mann suchte sich ein Versteck hinter einem Dornenbusch. Die Vorstellung, an der Hinrichtung eines Ungeheuers teilzunehmen, fand er sehr aufregend.

Trotzdem befürchtete der Richter, dass einer oder mehrere Helfershelfer von Kel in der Nähe sein könnten. Es war unmöglich, sämtliche Übersetzer, die für Ägyptens Beziehungen zu den Nachbarländern von großer Bedeutung waren, zu töten, den sagenhaften Helm von Amasis zu stehlen, dem man ihm als Krone aufgesetzt hatte, als ihn seine Soldaten zum Pharao erklärten, und immer wieder seine Verfolger zum Narren zu halten – ohne die Verstärkung einer kampferprobten und entschlossenen Bande von Widerständischen.

Henat, der Leiter des Geheimdienstes, war da anderer Meinung. Dieser Mensch, der im Dunkeln und mit zweifelhaften Methoden arbeitete, glaubte, dass nur ein Mann, der allein war, seinen Verfolgern so lange entkommen konnte. Aber auch dieser Kel hatte jetzt einen verhängnisvollen Fehler begangen. Er hätte sich nicht in der Nähe des Ptah-Tempels herumtreiben dürfen.

War er auf der Suche nach neuen Verbündeten gewesen, wollte er Verbindung zu einem möglichen Zimmerwirt aufnehmen, oder hatte ihn einfach der Hunger dorthin getrieben?

Auch wenn er jetzt endlich kurz vor der Verhaftung von Kel stand, vergaß der Richter nicht die verschiedenen gescheiterten Festnahmen, die schließlich dazu geführt hatten, dass er den König um seine Entlassung gebeten hatte.

Der Pharao hatte seinem Wunsch nicht entsprochen und ihm weiter sein Vertrauen geschenkt. Und Gem war nicht nur ein treuer Diener seines Herrn, unbescholten und stets für Gerechtigkeit, sondern auch ein unerbittlicher Richter. Niemals würde er seine Beute aufgeben.

»Meine Leute sind in Stellung gegangen«, teilte ihm der Kommandant der Bogenschützen mit. »Der Verbrecher kann uns nicht entkommen.«

»Wenn er zu fliehen versucht, zielt auf seine Beine.«

»Und wenn er uns angreift?«

»Dann tötet ihn.«

So lautete der Befehl des Königs. Es hatte bereits zu viele Tote gegeben, und keiner seiner Männer durfte diesem entfesselten Raubtier zum Opfer fallen. Ein Raubtier, mit dem sich Richter Gem sogar außerhalb der vorgeschriebenen Wege getroffen hatte.

Selbstverständlich hatte ihm der Schreiber vorher versichert, dass er vollkommen unschuldig sei – trotz der erdrückenden Beweise gegen ihn. Wie sollte man auf eine derartige Lügengeschichte hereinfallen? Aber Kel war klug, redegewandt und geistreich und hätte ihn beinahe überzeugt. Beinahe, schließlich besaß der Richter genug Erfahrung, um diese Falle zu erkennen.

Kein Windhauch ging, kein Vogel sang. In dieser gespannten Stille warteten alle auf den Befehl zuzuschlagen.

»Auf zum Angriff!«, befahl der Richter endlich.

Der Überraschungsschlag war genau geplant. Erst verschafften sich zwei Männer Zutritt zu dem verlassenen Gebäude, dann folgten ihnen weitere fünf, die sich im Inneren verteilten.

»Da hinten!«, schrie einer von ihnen plötzlich.

Ein Bogenschütze sah die Umrisse von einem Mann mit einer Lanze und legte an. Obwohl es noch ziemlich dunkel war, verfehlte er sein Ziel nicht. Er schoss dem Mann mitten ins Herz.

Nichts rührte sich, kein Gefährte tauchte auf.

Kel war also allein.

Die Männer waren wie erstarrt. Mit diesem schnellen und einfachen Erfolg hatten sie nicht gerechnet.

Nun betrat der Richter das Gebäude. Ihm allein kam die Aufgabe zu, den Schreiber und Mörder zu identifizieren und die Verfolgung für beendet zu erklären.

»Er hat uns bedroht«, erklärte der Befehlshaber den tödlichen Schuss.

In Begleitung von zwei Bogenschützen näherte sich der Richter dem Leichnam, der ausgestreckt auf einem Haufen zerbrochener Ziegel lag.

Trotz des schwachen Lichts in der alten Ziegelei gab es keinen Zweifel: Bei dem Mann handelte es sich um eine Strohpuppe!

Eine Puppe aus Lumpen und Stroh mit einem spitzen Stock in der Hand.

»Dieser verdammte Schreiber hat sich also wieder auf unsere Kosten lustig gemacht!«, wetterte Gem.

Als er die Ziegelei verließ, kam der Spitzel auf den Richter zu.

»Und, habt Ihr ihn erledigt? Kriege ich jetzt meine Belohnung?«

»Nehmt den Kerl fest«, befahl Gem seinen Männern. »Ich will ihn verhören und herausfinden, ob er nicht vielleicht doch ein Helfershelfer des flüchtigen Mörders ist.«

2

Honigmund war eine dicke, herrschsüchtige Frau von Mitte dreißig, der eine der größten Bäckereien und Brauereien von Memphis gehörte – dem wirtschaftlichen Mittelpunkt Ägyptens. Sie stand täglich lange vor Sonnenaufgang auf, rief ihre Angestellten zusammen und erteilte ihnen genaue Anweisungen. Für den ersten Fehler gab es einen Tadel; für den zweiten wurde der Lohn gekürzt; beim dritten Fehler kam die Kündigung. Dagegen hatte aber niemand etwas einzuwenden, weil sie gerecht war und gut zahlte.

Tag für Tag überwachte sie die Getreidelieferungen und prüfte Menge und Güte. Wenn ein Händler den Versuch machte, sie zu übervorteilen, bekam er ihren Zorn mit solcher Gewalt zu spüren, dass er es nicht noch einmal versuchte.

War das Getreide geliefert, wurde es gesiebt, geschrotet, gestampft und geknetet. Erfahrene Bäcker erledigten diese verschiedenen Schritte, die zur Herstellung der Brote erforderlich waren. Honigmund selbst war für den schwierigsten Arbeitsgang verantwortlich: Sie gab die Hefe zum Teig. Dann mussten die Brote nur noch in den besten Backöfen der Stadt gebacken werden.

Wenn dann die warmen, knusprigen Brote aus dem Ofen geholt wurden, erfüllte sie das mit berechtigtem

Stolz. Die Kunden rissen sich um ihre Ware, das Geschäft blühte, und sie hatte sich ein stattliches Haus im Herzen dieser großen, weltoffenen Stadt gekauft, in der Ägypter, Griechen und Syrer, Libyer, Nubier und andere Fremde friedlich zusammenlebten.

Während nun die Laufjungen loseilten, um die Brote auszuliefern, ging die Meisterin in ihre Brauerei. Hier stellte sie ein wunderbar süßes Bier zu einem unschlagbaren Preis her. Und der Schlüssel zu ihrem Erfolg? Harte Arbeit und ständige Kontrolle. Stämmige Kerle stampften den Getreidebrei lange mit den Füßen, erfahrene und fleißige Frauen siebten ihn anschließend. Die Gärfässer waren eben erst verbessert worden, und die Brauerin hatte zahlreiche Krüge mit durchlöchertem Boden gekauft, die mit gestampftem Ton ausgelegt waren, um das Bier zu reinigen und zu klären.

Weil sie sich kaum vor Bestellungen retten konnte, erweiterte sie ihr Geschäft ständig und benötigte für die Buchführung die Hilfe von Schreibern, denen sie aber nicht über den Weg traute. Deshalb stellte sie gern junge Leute ein, die sie dann ganz nach Belieben formen konnte.

Nach einem anstrengenden Vormittag ging sie zum Mittagessen nach Hause. Und dort erwartete sie seit einigen Tagen eine köstliche Nachspeise: ihr neuer Liebhaber, ein Schauspieler mit unerschöpflicher Liebeskraft.

Die Bäckerin hatte sich vor einiger Zeit von ihrem kümmerlichen, ständig jammernden Ehemann getrennt und beschlossen, die Früchte ihrer Arbeit in Zukunft allein zu genießen. Sie war eine leidenschaftliche Frau und wollte keine Kinder, weshalb sie die Männer nur kostete, ohne sich an sie zu binden. Und dieser hier schien ihr ein wahres Festmahl zu sein.

»Da bist du ja, meine Liebe!«, begrüßte Bebon seine Geliebte erfreut und umarmte und küsste sie zärtlich. »Hattest du einen schönen Vormittag?«

Honigmund tat ihrem Namen alle Ehre. Ihr Kuss war köstlich.

»Ich habe so viel Arbeit, dass ich gar nicht merke, wie die Zeit vergeht. Und du, mein Schatz?«

»Deinem Wunsch gemäß habe ich mich ein wenig um deinen Hausstand gekümmert. Ich habe alles gründlich gereinigt und ausgeräuchert, wohlriechende Essenzen verteilt und duftende Blumen in die Vasen gestellt, Fleisch und Fisch eingekauft, die Wäsche aus der Wäscherei geholt und das Mittagessen zubereitet … Bist du zufrieden?«

»Du bist der vollkommene Hausmann!«

Keiner von beiden gab sich falschen Hoffnungen hin: Ihre Liebschaft würde nicht von Dauer sein. Aber solange Honigmund Vergnügen daran fand, ließen sie es sich gut gehen. Und der Schauspieler musste sich auch nützlich machen.

Dass Bebon diese häuslichen Aufgaben so bereitwillig erledigte, lag daran, dass er den Göttern für diesen unverhofften Zufluchtsort sehr dankbar war. Auch seinem Freund Kel, der seinen Diener spielte, und dem Esel Nordwind kam dieser günstige Zufall zugute.

Bebon hatte wieder einmal auf seine innere Stimme gehört, die ihm gesagt hatte, das Versteck in der verlassenen Ziegelei sei nicht mehr sicher. Zu leicht konnte ein Neugieriger den Wachtruppen ihre Anwesenheit melden, die dann bestimmt sofort zugegriffen hätten.

Besser sie kehrten nach Memphis zurück und mischten sich dort unter die Bevölkerung.

Als er ein Brot bei Honigmund kaufen wollte, waren sich ihre Blicke begegnet. Und es traf sie wie der Blitz – die Frau mit den großzügigen Rundungen und der Verführer mit seinem gewinnenden Lächeln begehrten einander sofort heftig. Sie wechselten ein paar belanglose Worte, unterhielten sich dann sehr vertraulich und gaben sich schließlich schon bald den vergnüglichsten und erfindungsreichsten Liebesspielen hin.

Als ihn seine neue Geliebte zu sich nach Hause einlud, tat Bebon zunächst so, als zögerte er. Überzeugende Zärtlichkeiten trugen schließlich den Sieg über seine Bedenken davon, und er hatte von seiner nächsten Reise erzählt, in deren Verlauf er die Masken der Götter Horus, Seth, Anubis oder Thot tragen und den Teil der Mysterien, der für die Öffentlichkeit bestimmt war, auf den Tempelvorplätzen aufführen wollte.

Zum Spielzeug der gierigen Bäckersfrau geworden, genoss Bebon immerhin die Annehmlichkeiten eines schönen Hauses: geräumiger Eingangsbereich, Wohnzimmer, vier Schlafräume, zwei Badezimmer, Küche, Keller und Terrasse – und alles sehr geschmackvoll eingerichtet. Allerdings musste er diese ganze Pracht auf Befehl seiner Herrin stets tadellos sauber halten. Oder war Reinlichkeit etwa nicht das Geheimnis guter Gesundheit?

Und auf ihre Gesundheit legte Honigmund großen Wert.

Als sie anfing, ihren Geliebten auszuziehen, wehrte der sich nicht.

»Heute bin ich viel zu hungrig, um bis zum Nachtisch zu warten«, gestand sie ihm.

Nachdem der erste Heißhunger besänftigt war, bat sie Bebon, ihnen zwei Kelche mit Weißwein aus dem Delta einzuschenken.

»Auf unser Vergnügen, mein Lieber!«

Der Schauspieler ließ sich nicht lange bitten. Aber seine Miene blieb ernst.

»Was ist denn mit dir los?«, fragte sie ihn. »Du bist ja so nachdenklich.«

»Memphis ist ein gefährliches Pflaster geworden.«

»Warum, was ist dir zugestoßen?«

»Mir nichts. Aber dein Küchenmädchen hat mir erzählt, dass eine junge Frau entführt wurde.«

»Wo denn?«

»Im Hafen.«

»Das glaube ich nicht!«

»Frag sie doch selbst. Die Leute reden nur noch über dieses schreckliche Ereignis, aber die Wachtruppen scheinen sich nicht darum zu scheren. Das ist doch wirklich äußerst beunruhigend. Also ich hab es lieber ruhig und sicher.«

»Mein Haus ist vollkommen sicher«, säuselte Honigmund.

»Mag sein, aber ich bin so gern zum Hafen gegangen, um den Leuten auf den kleinen Märkten vor den Schiffen bei ihren Geschäften zuzuschauen.«

Weil die Bäckerin Angst bekam, ihr Liebhaber könnte überstürzt abreisen, ergriff sie die Initiative.

»Memphis ist meine Stadt«, erklärte sie, »und ich weiß alles, was sich hier abspielt. Ich werde die Wahrheit sehr schnell erfahren, und dann kannst du wieder unbesorgt sein. Du glaubst gar nicht, was es alles für Gerüchte gibt! Lass uns inzwischen etwas essen.«

3

Kel wohnte im Stall, zusammen mit Nordwind, einem klugen und kräftigen Esel. Seine Artgenossen hatten ihn sofort als Anführer akzeptiert und ihm den besten Platz überlassen.

Seit die Priesterin Nitis verschwunden war, die Frau, die er liebte und mit der er bis ans Ende seines Lebens zusammen sein wollte, konnte der junge Schreiber nicht mehr schlafen. Ständig quälten ihn die Fragen, wer sie entführt hatte und ob sie überhaupt noch am Leben war.

Außer sich vor Angst dachte Kel kaum noch an seine eigenen Sorgen.

Man beschuldigte ihn fälschlich, seine Kameraden aus dem Übersetzeramt und seinen angeblichen Helfershelfer, den Griechen Demos, ermordet zu haben; und er wurde verdächtigt, eine Verschwörung gegen König Amasis angezettelt zu haben. Deshalb hätte er sich eigentlich sofort auf den Weg nach Theben machen und die Gottesdienerin um Unterstützung anflehen müssen, weil sie die Einzige war, die ihm noch helfen konnte – falls sie ihm Glauben schenkte.

Aber er würde Nitis auf keinen Fall im Stich lassen.

Hier in Memphis musste er ihre Spur finden, und niemand würde ihn dann daran hindern können, sie zu befreien.

Nordwind leckte Kel zärtlich über die Backe. Aus dem äußerst begabten Schreiber mit Aussicht auf hohe Ämter war ein schlecht rasierter, vorzeitig gealterter Mann geworden.

Die Aufmerksamkeit des Esels tröstete ihn ein wenig. Er musste an den verschlüsselten Papyrus denken, die Ursache für all sein Unglück, dessen zweiter Teil noch immer nicht entziffert werden konnte. Weil nur die Ahnen den Schlüssel besaßen, wie eine Stimme aus dem Jenseits gesagt hatte. Aber wo waren diese Ahnen?

Vielleicht kannte die Gottesdienerin ja die Antwort auf diese Frage … Eine Schrift, die Kel in einer Kapelle aus der Zeit der Pyramiden gefunden hatte, besagte, dass Verschwörer die überlieferten Werte ablehnten, die Machtverhältnisse ändern und den Fortschritt begünstigen wollten. Und das letzte Hindernis, das auf diesem Weg auszuräumen blieb, war eben die Gottesdienerin, die Hohepriesterin, die über Theben und die Einhaltung der alten Rituale herrschte.

Doch leider war es unmöglich, die Namen der Verschwörer zu entziffern und Genaueres über ihre Pläne zu erfahren. Sicher war nur, dass diese Mörderbande sich einen jungen, eben erst im Übersetzeramt angestellten Schreiber als Sündenbock ausgesucht hatte, um diese schrecklichen Verbrechen unerkannt begehen zu können. Allerdings hatten sie nicht mit dessen hartnäckigem Widerstand und seiner Entschlossenheit gerechnet, der Wahrheit zu ihrem Recht zu verhelfen.

Die Liebe zu Nitis hatte Kel neue Kräfte verliehen, und dank seiner unerschütterlichen Freundschaft mit Bebon war er immer wieder seinen Verfolgern entkommen. Ungerechtigkeit, Bestechung, verbrecherische Verschwörung – konnten sie drei, Nitis, Kel und Bebon, wirklich dieses Grauen besiegen?

Das Verschwinden der jungen Priesterin hatte ihre schwachen Hoffnungen zunichte gemacht.

Nordwind stellte seine Ohren auf, blieb aber still. Das hieß, wer da kam, stellte keine Bedrohung dar.

»Jetzt gibt's Abendessen!«, verkündete Bebon.

»Ich habe keinen Hunger.«

»Also – ich hätte da Linsensuppe und einen Zwiebel-Lauchbrei, fein abgeschmeckt mit Knoblauch, Anis und Koriander. Du musst nur einen Happen essen, dann schmeckt es dir bestimmt.«

Der Esel ließ sich jedenfalls nicht bitten und kaute genüsslich seine frische Luzerne.

»Mach es wie er«, riet der Schauspieler Kel. »Wenn wir unseren Kampf zu Ende führen wollen, brauchen wir viel Kraft.«

»Nitis ist nicht in den Ptah-Tempel zurückgekommen«, sagte Kel nur. »Der Kapitän der *Ibis* hat uns angelogen und ist geflohen. Wahrscheinlich hat er auf die Verschwörer gehört, und wir sind ihnen in die Falle gegangen.«

»Das ist aus und vorbei – vergiss es. Wichtig ist jetzt nur, dass wir einen Hinweis auf Nitis' Verbleib finden.«

»Und wenn man sie getötet hat?«

Bebon nahm seinen Freund bei den Schultern und sah ihn an.

»Liebst du sie?«

»Ja, natürlich! Wie kannst du daran zweifeln?«

»Dann müsstest du sie auch spüren. Du würdest es merken, wenn sie tot wäre.«

Kel schloss die Augen.

»Nein, sie lebt.«

»Bestimmt?«

»Ganz bestimmt.«

»Dann hör jetzt mit dem Gejammer auf, wir müssen weitersuchen. Und als Erstes wird gegessen: Die Köchin unserer Beschützerin ist nicht zu verachten. Das solltest du ausnützen, wir bleiben hier kaum lange. Wahrscheinlich müssen wir uns schon morgen mit trockenem Brot und einer Zwiebel begnügen.«

»Ich will noch einmal in den Hafen und alle Kapitäne befragen. Einer von ihnen muss doch den von der *Ibis* kennen und uns sagen können, wohin er gefahren ist.«

»Hast du noch einen besseren Plan, um dich gefangen nehmen zu lassen? Dank der unfreiwilligen Hilfe von Honigmund haben die Wachmannschaften unsere Spur verloren. Sie glauben aber, dass wir nach Theben wollen, und überprüfen jedes Schiff.«

»Kannst du dir vorstellen, wie verzweifelt Nitis sein muss?«

»Ihr starkes Wesen übertrifft uns beide bei Weitem! Sie wird niemals ihre Hoffnung in dich aufgeben. Und ich kümmere mich jetzt um die entscheidenden Hinweise.«

Der Schreiber wirkte auf einmal wieder etwas hoffnungsvoller.

»Wie willst du das anfangen?«

»Meine Gönnerin kennt sich in Memphis sehr gut aus, ihr entgeht nichts. Sie hat aber nichts von der Entführung einer jungen Frau gehört, obwohl das ein äußerst seltenes und schweres Verbrechen ist. Das bedeutet, die Obrigkeit versucht, diese unangenehme Geschichte in aller Verschwiegenheit zu behandeln.«

»Hat sie denn Freunde bei den Wachtruppen?«

»Sie hat überall Freunde, und vor allem unter den einfachen Leuten. Irgendwer hat bestimmt etwas gesehen. Nicht einmal mitten in der Nacht ist der Hafen wirklich menschenleer. Ich habe so getan, als hätte ich wegen dieser Ereignisse Angst um meine Sicherheit und wolle bald abreisen. Honigmund schätzt meine Liebeskünste – sie wird versuchen, die Wahrheit herauszufinden, damit ich noch länger bei ihr bleibe.«

»Es wird ihr nicht gelingen.«

»Mag sein, das ist nicht ganz unwahrscheinlich, aber einen Zeugen wird sie bestimmt auftreiben. Und dann können wir die Spur weiterverfolgen.«

Nordwind bedeutete ihm seine Zustimmung.

Dank seiner Überzeugungskunst gelang es dem Schauspieler, seinen Freund an den Erfolg dieses Plans glauben zu lassen.

»Ich hoffe, hier treiben sich nicht allzu viele Neugierige herum?«, fragte Bebon besorgt.

»Nein, die anderen Eselstreiber denken, ich bin dein Diener. Nordwind und ich erledigen die Einkäufe nach deinem Wunsch und verbringen den Rest des Tages mit Schlafen. So wie ich mich hier benehme, kommt bestimmt keiner darauf, dass ich eigentlich Schreiber bin.«

»Umso besser! Tut mir leid, aber jetzt muss ich zu meiner Freundin.«

Und Kel dachte mit halb geschlossenen Augen an die glückliche Zeit, als er sich als Schreiber und Übersetzer im Dienste des Pharaos emporarbeiten wollte. Sein Leben war friedlich, erfreulich und spannend. Doch dann hatte sich der Zorn der Götter über ihm entladen, seine Zukunft zerstört und ihn mitten in eine schreckliche Geschichte gestürzt.

Der Zorn der Götter … Trotzdem hatten sie ihn beschützt!

Zuerst hatten sie ihm geholfen, seinen Verfolgern zu entkommen, die ihn mittlerweile töten wollten, weil auch Richter Gem nicht mehr an seine Unschuld glaubte; dann hatten sie dafür gesorgt, dass er Nitis begegnet war! War diese große Liebe nicht ein kostbares Geschenk?

Mitten in all dem Unglück ging dieses große Glück nicht unter.

Und dieser winzige Hoffnungsschimmer sollte ihm auch weiter den Weg weisen.

4

Dass sich der gesamte Hofstaat in Memphis versammelt hatte, störte die Verschwörer nicht im Geringsten – ganz im Gegenteil. Indem sich der König für den Aufenthalt in der großen Stadt entschied – die wie eine Waage für das Gleichgewicht der Zwei Länder, von Nord und Süd sorgte –, kam er ihnen sogar entgegen.

Als sie ihr Anführer jetzt zusammenrief, war er sich über ihren Gemütszustand vollkommen im Klaren. Jeder wusste, dass sie eine langwierige und schwierige Aufgabe vor sich hatten, ehe sich der Erfolg einstellen konnte; und jeder bedauerte den schrecklichen Irrtum, der sie dazu gezwungen hatte, alle Übersetzer zu töten. Niemals hätte der verschlüsselte Papyrus in die Hände dieser hervorragenden Schreiber geraten dürfen, weil sie ihn hätten entziffern und damit die Namen der Verschwörer und ihren Plan hätten entdecken können. Indem sie den Verdacht auf den jungen Schreiber Kel lenkten, der erst seit kurzer Zeit im Übersetzeramt arbeitete, lieferten sie den Gerichten einen Sündenbock und hofften so, mit diesem unerfreulichen Zwischenfall nichts mehr zu tun zu haben.

Leider erwies sich dieser Schreiber aber als sehr hartnäckig! Obwohl sämtliche Wachtruppen hinter ihm her waren, befand er sich noch immer auf freiem Fuß und beteuerte nach wie vor seine Unschuld, allerdings ohne irgendjemand davon überzeugen zu können. Die Beweise und Aussagen, die ihn belasteten, ließen keinen Zweifel zu. Früher oder später musste Kel gefangen, gerichtet und zum Tode verurteilt werden.

Trotzdem spürte der Anführer eine gewisse Sorge unter seinen Verbündeten. Konnte es sein, dass dieser junge Mann den Schutz der Götter genoss, weil er sonst schon längst gestellt worden wäre? Dann wäre er gegen alle Nachstellungen gefeit und würde schließlich die Oberhand behalten?

»Wir sollten uns nicht zum Opfer solcher alten abergläubischen Ängste machen«, empfahl ihnen der Anführer. »Kel hatte viel Glück, dennoch ist er weiter nichts als ein Mensch in Not, der gejagt wird und ständig auf der Hut sein muss.«

»Meiner Meinung nach müssen wir ihn auf jeden Fall töten«, meinte einer der Verschwörer besorgt. »Um seine Unschuld zu beweisen, kommt er uns noch auf die Spur – und er hat nichts mehr zu verlieren.«

»Außerdem hat er bestimmt Helfershelfer«, meinte ein anderer. »Andernfalls wäre es ihm niemals gelungen, uns zu entkommen.«

»Das ist auch der Grund dafür, dass ich eine Entscheidung getroffen habe«, sagte der Anführer.

Die Verschwörer hingen an seinen Lippen.

»Offensichtlich hat Kel im Neith-Tempel in Saïs Hilfe gefunden – vor allem von Seiten des Hohepriesters Wahibra, der zum Glück mittlerweile verstorben ist. Als Nachfolgerin für den unbescholtenen Greis war seine Schülerin Nitis vorgesehen, die Oberpriesterin der Sängerinnen und Weberinnen, eine kluge, ehrliche und entschlossene Frau. Ich nehme an, dass sie Wahibras Einstellung gebilligt und selbst an die Unschuld des Schreibers Kel geglaubt hat. So wurde sie zu seiner wichtigsten Stütze. Deshalb haben wir unsere Beziehungen eingesetzt, um diese Priesterin von der Nachfolge auszuschließen; an ihrer Stelle wurde ein Strohmann als Nachfolger ernannt, der uns keine Schwierigkeiten machen wird. Da mir das noch nicht ausreichend erschien, beschloss ich, die Priesterin entführen zu lassen – und diese Aufgabe habe ich einem von euch anvertraut.«

»Der Auftrag wurde ausgeführt«, berichtete der Verantwortliche. »Alles verlief nach unseren Vorstellungen.«

»Keine Zeugen?«

»Vermutlich nein. Und wenn doch irgendjemand etwas gesehen haben sollte, wird er schweigen. Mögliche Ermittlungen der Wachtruppen werden im Sand verlaufen. Und außerdem – kein Mensch wird die Priesterin da suchen, wo sie sich jetzt befindet!«

»Glaubt ihr nicht, dass dieser verdammte Schreiber versucht, sie zu befreien?«, fragte der Mann, der sich am meisten Sorgen machte.

»Dazu müsste er schon haltlos in sie verliebt und dann noch nicht ganz bei Verstand sein. Aber selbst dann könnte er Nitis nicht finden.«

»Hat man sie schon verhört?«, wollte der Anführer wissen.

»Diese Priesterin ist sehr mutig. Bisher hat sie weder die Namen ihrer Gefährten noch das Versteck von Kel verraten. Aber wir werden sie schon noch zum Reden bringen.«

»Wenn nötig, foltert sie.«

»Eine Priesterin der Göttin Neith! Ihr wollt doch nicht etwa …«

»Jetzt hört aber auf! Diese Frau muss spurlos verschwinden, sobald wir überprüft haben, was sie uns verrät. Auf diese Weise beseitigen wir Kels letzte Unterstützung; dann ist er ganz auf sich allein gestellt und eine leichte Beute.«

Die Verschwörer waren entsetzt von der Grausamkeit ihres Anführers. Sie begriffen auf einmal, dass jetzt keiner mehr aussteigen konnte und dass sie alle bis zum Ende dabeibleiben mussten.

»Ich fürchte, der Schreiber versucht, nach Theben zu gelangen und die Gottesdienerin für seine Sache zu gewinnen – unsere ärgste Feindin«, meinte der Ängstliche. »Ich glaube, dass er Memphis verlassen hat.«

»Und wenn schon, das stört uns nicht«, entgegnete der Anführer. »Landwege und Nil werden strengstens überwacht, und wir können ihm noch genügend Fallen stellen.«

»Wir wissen doch alle längst, wie geschickt dieser Kel ist!«

»Er kommt auf keinen Fall bis nach Theben. Und selbst wenn es ihm wie durch ein Wunder doch gelänge, würde er niemals zur Gottesdienerin vorgelassen. Ich habe die erforderlichen Maßnahmen getroffen.«

Diesmal wagte einer der Verschwörer den Widerspruch.

»Wir haben schon einmal von einem schrecklichen Vorhaben gesprochen, in dem es um die Herrin von Theben geht. Und ich erkläre hiermit in aller Deutlichkeit, dass ich dagegen bin!«

Der Anführer lächelte nur.

»Glaubst du etwa, dass man sie ewig verschont? Mach dir keine Sorgen, wahrscheinlich müssen wir sie ja gar nicht beseitigen, weil der Schreiber Kel keine Gelegenheit finden wird, sie von seiner Unschuld zu überzeugen. Aber was auch immer geschieht, niemand darf sich unserem Erfolg in den Weg stellen. Ich wiederhole: niemand.«

Alle schwiegen lange, bis sich doch noch einer zu Wort meldete.

»Der Helm von Pharao Amasis ist nach wie vor unauffindbar. Wäre es nicht möglich, dass Kel den Helm in Verwahrung hat und hofft, er könnte ihn eines Tages aufsetzen und sich von seinen Anhängern zum neuen Pharao erklären lassen?«

»Was für ein lächerlicher Gedanke«, sagte der Anführer. »Kümmert euch nicht um diese Kleinigkeiten. Wir haben die Lage im Griff, und sie wird sich weiterhin zu unseren Gunsten entwickeln, vorausgesetzt, wir setzen unsere Anstrengungen fort und bewahren auch in Zukunft vollkommenes Stillschweigen.«

5

Menk, der die großen Feste in Saïs, der Hauptstadt dieser prächtigen Herrscherdynastie, veranstaltete, verging fast vor Sorge. Sonst stets entgegenkommend und leutselig, machte er jetzt eine düstere Miene. Dennoch erledigte er den Auftrag, den er vom Pharao erhalten hatte, zu dessen größter Zufriedenheit: Er sollte dafür sorgen, dass die großen Ritualfeiern in Memphis in Zusammenarbeit mit den Priestern von Ptah und Hathor seinen Vorstellungen gemäß stattfanden. Menk begegnete den Priestern voller Hochachtung, fand immer die richtigen Worte und gewann ihre Zuneigung. Gemeinsam setzten sie alles daran, die Götter und den Herrscher zufriedenzustellen. Mancher prophezeite ihm eine baldige Beförderung.

Unter anderen Umständen hätte dieser berufliche Erfolg Menk sehr glücklich gemacht. Aber das Verschwinden der bezaubernden Nitis, einer Priesterin, in die er sich verliebt hatte, und die er unbedingt heiraten wollte, verdarb ihm das Vergnügen.

Zwar hatte ihm die junge Frau noch nicht ihre Zustimmung gegeben, aber das dürfte nur eine Frage der Zeit sein. Früher oder später musste sie einsehen, dass sie einen Ehemann wie Menk nicht ablehnen konnte. Die Unabhängigkeit und Entscheidungsfreiheit der Ägypterinnen führte doch gelegentlich zu ernsten Schwierigkeiten. Da hatten es die Griechen einfacher – bei ihnen hatten die Männer das Sagen.

Klug und gebildet wie sie war, sollte Nitis die Nachfolge ihres verstorbenen Meisters antreten und Hohepriesterin des Neith-Tempels in Saïs werden. Aber Nitis hatte kein einfaches Wesen. Und der Herrscher entschied sich gegen sie und für einen nichtssagenden Höfling – wahrscheinlich wegen des unbesonnenen Handelns der schönen Ritualistin. Schließlich wurde sie verdächtigt, an die Unschuld des Schreibers Kel geglaubt zu haben, dieses Ungeheuers, das zahlreicher Verbrechen beschuldigt wurde.

Auf ihren Wunsch hin hatte Menk es gewagt, dem König von einem angeblichen Waffenhandel zu erzählen – eine Lügengeschichte, mit der die Unschuld des Mörders bewiesen werden sollte. Damit hätte er beinahe seine erfolgreiche Laufbahn als Höfling aufs Spiel gesetzt, was er aber der allzu leichtgläubigen Nitis nicht zum Vorwurf machen wollte. Eines Besseren belehrt, würde sie diesen gefährlichen Mörder nie wieder sehen oder ihn gar verteidigen.

Durch diesen bedauerlichen Fehler war die junge Frau nun aber vorübergehend in Ungnade gefallen. Doch über eine Heirat mit Menk wäre sie wieder angesehen und könnte erneut nach hohen Ämtern streben.

Doch dazu musste er sie erst einmal finden!

Wo konnte sie sich nur verstecken?

Menk machte sich auf den Weg zum Ptah-Tempel, wo er mehrere Ritualisten befragte. Schon seit Tagen hatte dort niemand mehr Nitis gesehen. Man bat ihn zu überprüfen, ob der kürzlich gelieferte Weihrauch gut und die Vorräte an heiligen Ölen ausreichend waren. Er kam diesem Wunsch nach, war aber mit seinen Gedanken nicht bei der Sache.

»Hier habe ich noch ein Schreiben für Euch«, sagte der Tempelbote und reichte ihm ein Schreiben aus Saïs.

Ungeduldig brach Menk das Siegel, mit dem der Papyrus verschlossen war. Der Inhalt des Schreibens erfüllte ihn mit Bestürzung.

Dem neuen Hohepriester zufolge war Nitis nicht in den Tempel von Saïs zurückgekehrt. Angeblich hatte sie kein Mensch in der Hauptstadt gesehen.

Menk war darüber so erschrocken, dass er einen Schwächeanfall vortäuschte, die Überprüfung abbrach und ins Amt des Wesirs eilte. Richter Gem, immer noch damit beauftragt, den Schreiber Kel dingfest zu machen und die ganze Angelegenheit gründlich zu untersuchen, hatte sich hier vorübergehend eingerichtet.

Der hohe Richter ließ den Würdenträger nicht warten.

»Was habt Ihr denn für einen Kummer, Menk?«

»Die Priesterin Nitis ist verschwunden.«

»Wie kommt Ihr denn darauf?«

»Sie ist weder in Memphis noch in Saïs, und es ist schon lange her, dass sie zuletzt jemand gesehen hat.«

»Das ist allerdings merkwürdig«, brummelte der Richter. »Vielleicht ist sie verreist?«

»Nein, Nitis hatte einen ganz bestimmten Auftrag«, sagte Menk. »Sie sollte mir bei der Vorbereitung der bevorstehenden Feste zu Ehren von Ptah und Hathor helfen. Sie weiß nämlich sehr viel über die alten Rituale. Deshalb gibt es keinen Grund, weshalb sie sich von hier hätte entfernen sollen, vor allem dann nicht, wenn sie das Vertrauen des Königs zurückgewinnen wollte.«

»Ihr glaubt also, sie sei geflüchtet?«

»Nein, auf keinen Fall. Ich befürchte, sie wurde entführt.«

Der Richter machte ein bestürztes Gesicht.

»Wer könnte das getan haben?«

»Ich weiß es nicht, aber ich fürchte …«

»Habt Ihr jemand im Verdacht?«

»Ja, vielleicht war es der Schreiber Kel. Es könnte doch sein, dass er sich an Nitis rächen wollte?«

»Wofür?«

»Dass sie ihm nicht geholfen hat.«

»Möglich … Gibt es dafür Beweise?«

»Nein, das ist nur eine Vermutung. Aber ich halte die Lage für sehr ernst.«

»Jetzt übertreibt aber mal nicht, Menk. Die Einbildung spielt uns manchmal böse Streiche.«

»Auf jeden Fall ist Nitis verschwunden! Bitte lasst diese Tatsachen nicht außer Acht.«

»Das ist eigentlich nicht meine Art.«

»Was wollt Ihr unternehmen?«

»Ich werde Leute damit beauftragen, in den Tempeln, bei den Schiffskapitänen und bei den Männern, die die Landwege überwachen, nach ihr zu fragen.«

»Das dauert doch viel zu lange!«

»Demjenigen, der mir einen Hinweis über den Verbleib der Priesterin liefern kann, verspreche ich eine hohe Belohnung. Und Amtsboten werden die hohen Richter aller anderen Provinzen unterrichten. So lange können wir nur hoffen und warten.«

»Hoffen ja, aber warten?«

»In Anbetracht der besonderen Umstände werde ich alle Mittel einsetzen, die mir zur Verfügung stehen.«

»Ich danke Euch, Richter Gem.«

»Handelt nur ja nicht unbesonnen, Menk. Sollte Nitis wirklich entführt worden und der Schreiber Kel für dieses Verbrechen verantwortlich sein, handelt es sich hier um eine gefährliche Sache. Wenn Ihr auf eigene Faust ermittelt, kann das verheerende Folgen haben. Überlasst die Sache meinen Fachleuten.«

»Ich verspreche es.«

Niedergeschlagen verließ Menk das Arbeitszimmer des Richters.

Richter Gem blieb ratlos zurück.

Zu dem Fall Kel, den er einfach nicht lösen konnte, kam jetzt auch noch das geheimnisvolle Verschwinden einer Neith-Priesterin hinzu – ein unglaubliches Ereignis, das den Zorn der Götter auf sie ziehen musste. Auch wenn er gelegentlich Schwierigkeiten hatte, eine gerechte Rechtsprechung durchzusetzen, war Gems Laufbahn als oberster Richter bislang ziemlich friedlich verlaufen. Doch jetzt, kurz vor seinem verdienten Ruhestand, bedrohte ein schrecklicher Mörder und Aufrührer, der entschlossen war, den Thron von Pharao Amasis zu stürzen, das Land und seine Gesetze! Und ihm, Richter Gem, kam die Aufgabe zu, diesen Verbrecher unschädlich zu machen.

Angesichts der neuesten Entwicklungen wollte Gem einen der wichtigsten Würdenträger des Königreichs aufsuchen, der vielleicht mehr darüber wusste.

6

Udja, der königliche Siegelbewahrer, wusste schon seit vielen Jahren nicht mehr, was Ruhe und Erholung eigentlich bedeuteten. Er war Oberarzt der angesehenen Medizinerschule von Saïs und seit einiger Zeit auch damit betraut, über die Gesundheit von Pharao Amasis zu wachen; dann war er Statthalter der Hauptstadt, Aufseher über die Gerichtsschreiber, Leiter der Gefängnisverwaltung und verantwortlich für den Ausbau der Kriegsflotte, einer hervorragenden Abschreckungswaffe, auf die der König großen Wert legte.

Breitschultrig, befehlsgewohnt und voller Tatendrang, beeindruckte Udja jeden mit seiner Kraft und erledigte seine vielfältigen Aufgaben, ohne sich jemals zu beklagen. Er hatte eine eiserne Gesundheit, brauchte kaum Schlaf, verlangte von seinen Untergebenen großen Einsatz und duldete weder Faulheit noch Unfähigkeit.

Durch den vorübergehenden Umzug des königlichen Hofes nach Memphis hatte er noch mehr Arbeit, weil der Siegelbewahrer hier erst alles überprüfen und gewisse Beamte aufwecken und wieder an die Arbeit schicken wollte. Der Pharao musste sich, wann immer er wollte, in jedem seiner Paläste einrichten können – und da sollte dann alles in bester Ordnung sein.

Obwohl sich Saïs zur Hauptstadt des Herrscherhauses entwickelt hatte, blieb die alte Stadt Memphis, die einst Djoser gegründet hatte, nach wie vor der Schlüssel für den Wohlstand der Zwei Länder. Udja genoss, zusammen mit dem Schatzmeister Pef, diesen Aufenthalt aber auch sehr, weil er es ihm ermöglichte, frischen Wind in die Stadtverwaltung zu bringen und so Handel, Handwerk und Landwirtschaft zu fördern.

Weil er sich sehr um die Sicherheit des Königs sorgte, hatte der Siegelbewahrer strenge Anweisungen erteilt: Jeder, der den Palast betreten wollte, wurde durchsucht, nur die besten Männer wurden als Palastwachen eingeteilt und alle drei Stunden abgelöst. Bitten um eine

Audienz wurden gründlich geprüft, die Namen der Besucher vermerkt; dann führte ein Sekretär noch ein Gespräch mit ihnen, bevor man sie das Arbeitszimmer des Pharaos betreten ließ. Solange Kel auf freiem Fuß war, musste ein Höchstmaß an Sicherheitsvorkehrungen eingehalten werden.

»Richter Gem wünscht Euch zu sprechen«, teilte ihm ein Beamter mit.

»Er soll eintreten.«

Udja erhob sich, um den Oberrichter zu empfangen.

»Ich hoffe, Ihr bringt gute Neuigkeiten.«

»Da muss ich Euch leider enttäuschen.«

»Hat dieser Kel etwa wieder etwas verbrochen?«

»Das kann ich jetzt noch nicht bestätigen, aber vielleicht ist er für die Entführung der Priesterin Nitis verantwortlich.«

»Der Schülerin von Wahibra, dem verstorbenen Hohepriester aus Saïs?«

»Ja.«

»Das ist ja ungeheuerlich!«

»Soll das heißen, Ihr wisst nichts von dieser schrecklichen Geschichte?«

»Ich erfahre sie soeben von Euch. In Ägypten wird für gewöhnlich niemand entführt, und schon gar nicht eine Ritualistin. Ist das denn schon ganz sicher?«

»Nein, Siegelbewahrer, aber es ist äußerst wahrscheinlich. Die Ermittlungen haben eben erst begonnen.«

»Ah … dann bestehen also noch Zweifel.«

»Ich hatte gehofft, Ihr könntet mir mehr zu der Sache sagen.«

Udja nahm eine abwehrende Haltung ein.

»Ich glaube, ich verstehe nicht recht.«

»Der König hat um enge Zusammenarbeit zwischen Henat und mir ersucht. In meinem Alter glaubt man nicht mehr an fromme Wünsche. Henat wird mir niemals alles mitteilen, was er weiß, und wenn ich es mir recht überlege, will ich ihm daraus keinen Vorwurf machen. Er muss sich um die Sicherheit unseres Landes kümmern, ich dagegen muss für die strenge Einhaltung der Gesetze sorgen. Im Falle Kel überschneiden sich aber unsere Einflussbereiche. Sollte dieser wahnsinnige Schreiber Nitis tatsächlich entführt haben, muss ich dieses Verbrechen der langen Liste seiner Vergehen hinzufügen und ihn vor allem endlich finden. Ist es nicht so, dass Henat über Wissen verfügt, das dafür unabdingbar ist?«

»Das weiß ich nicht.«

»Dann fragt ihn bitte danach.«

»Warum macht Ihr das nicht selbst?«

»Weil er mir nicht die Wahrheit sagen würde.«

»Richter Gem, mäßigt Euch bitte.«

»Ich mäßige mich, Siegelbewahrer. Hätten wir wirklich zusammengearbeitet, säße Kel längst im Gefängnis.«

»Ihr beschuldigt Henat doch nicht etwa, Eure Ermittlungen behindert zu haben?«

»Nein, selbstverständlich nicht! Wir stehen beide im Dienste dieses Landes und seiner Rechtsprechung. Doch unsere Vorgehensweisen unterscheiden sich nicht unerheblich, und das fehlende Einverständnis macht unsere Arbeit wirkungslos. Einer der schlimmsten Mörder aller Zeiten läuft nach wie vor frei herum, und ich befürchte, es wird noch weitere Verbrechen geben. Deshalb erscheint mir Euer Eingreifen unumgänglich.«

»Wozu sollte das denn gut sein?«

»Ihr sollt Henat überzeugen, mir Auskünfte zu erteilen, die er einem Richter eigentlich nicht geben will. Und ich will auch gar nicht wissen, woher er dieses Wissen hat, obwohl ich mit diesem Vorgehen gegen mein richterliches Gewissen verstoße. Kel ist ein gefährlicher Mörder. Noch wissen wir nicht, mit wem er unter einer Decke steckt, und was er eigentlich will. Sollte er nur ein Geistesgestörter sein, ist der Thron nicht wirklich in Gefahr. Ist dieser Schreiber, den wir nicht zu fassen kriegen, aber der Anführer einer Bande von Aufständischen, hat er es auf den Pharao abgesehen. Ich kann mir nicht vorstellen, dass Henat nichts davon weiß.«

»Das sind schwere Anschuldigungen, die Ihr da erhebt, Richter Gem.«

»Durchaus nicht. Ich mache mir lediglich Sorgen um die Sicherheit des Königreichs und flehe Euch an, mir dabei zu helfen, sie zu bewahren.«

Diese feierliche Erklärung ließ den Siegelbewahrer nicht unbeeindruckt.

»Da Euer Wunsch mit den Forderungen Seiner Majestät übereinstimmt, werde ich von Henat uneingeschränkte Zusammenarbeit verlangen«, versprach ihm Udja.

»Ich habe große Angst«, sagte der alte Richter leise. »Das hat es noch nie gegeben, dass jemand eine Priesterin entführt! Dieses Verbrechen werden uns die Götter nicht verzeihen.«

»Ihr solltet nicht allzu schwarzsehen und diesem Mörder vor allem nicht zu viele Kräfte zuschreiben.«

»Hat er denn nicht bereits zur Genüge bewiesen, wie viel Schaden er anzurichten vermag?«

Der Siegelbewahrer warf sich in die Brust.

»Das ist mir durchaus bewusst. Aber unser Land ist sehr sicher und hat schon schlimmere Angriffe als diesen überstanden. Wir bleiben weiterhin wachsam und werden den verbrecherischen Umtrieben dieses Schreibers über kurz oder lang ein Ende setzen.«

»Mögen Euch die Götter erhören, Udja.«

7

Henat kannte alle Geheimnisse des Königs, er war oberster Palastverwalter und Priester des Gottes Thot, außerdem Schutzherr der Schreiber und Gelehrten. Mit seinen gefährlich schwarzen Haaren und seinem forschenden Blick brachte er es fertig, dass sich jeder im Gespräch mit ihm unwohl und sofort irgendwie verdächtig fühlte.

Der erzwungene Aufenthalt in Memphis hatte ihm Gelegenheit gegeben, zwei neue Übersetzer einzustellen, die fünf Sprachen fließend beherrschten – darunter Griechisch und Persisch. Das Übersetzeramt wieder aufzubauen, das der Schreiber Kel ausgelöscht hatte, erforderte viel Zeit und Fingerspitzengefühl. Deshalb traf Henat auch keine Entscheidung ohne die ausdrückliche Zustimmung von Pharao Amasis. Nur ganz allmählich kehrte das Amt, das entscheidend war für die ägyptischen Beziehungen zu seinen Nachbarländern, zu seiner früheren Stärke zurück. Die Übersetzer übertrugen die Schreiben aus dem Ausland ins Ägyptische und antworteten den Verbündeten des Pharaos in deren eigener Sprache, weil die Hieroglyphen, der Inbegriff der göttlichen Worte, dort nicht verstanden wurden.

Verständlicherweise konnten die Übersetzer noch nicht wieder mit voller Kraft arbeiten. Aber das Amt wuchs von Tag zu Tag zahlenmäßig und an Güte, und Ägypten war nicht länger taub und stumm. Der Plan des Schreibers Kel, das Land von der Außenwelt abzuschneiden und zum Schweigen zu verdammen, war gescheitert.

Gewissenhaft und ordnungsliebend wie er war, sorgte Henat dafür, dass die Schriftstücke sich nicht ansammelten. Auf seinem Arbeitstisch lag immer nur ein einziger Vorgang, den er gründlich las und sich von vorn bis hinten einprägte. Jede noch so winzige Kleinigkeit konnte wichtig sein, und seine Arbeit erforderte die größtmögliche Gründlichkeit.

Als er sich zu dem Mittagessen begab, zu dem Siegelbewahrer Udja geladen hatte, lief Henat Menk über den Weg.

»Ihr seht mir aber sehr bedrückt aus, lieber Freund.«

»Habt Ihr noch nicht die schreckliche Neuigkeit vernommen? Die Priesterin Nitis ist verschwunden!«

»Verschwunden … Ist das nicht ein bisschen übertrieben?«

»Ich glaube sogar, dass sie entführt wurde.«

»Habt Ihr Beweise?«

»Nein, nur so eine Ahnung.«

»Das ist aber etwas wenig, mein lieber Menk.«

»Ich habe meine Befürchtungen bereits Richter Gem mitgeteilt.«

»Sehr gut. Er ist genau der Richtige.«

»Ihr aber auch, Henat.«

»Meine Tätigkeit erstreckt sich nicht auf derartige Fälle.«

»Aber Ihr seid doch über alles auf dem Laufenden!«

»Wir wollen nicht übertreiben.«

»Ihr selbst habt mir den Auftrag erteilt, die Würdenträger aus dem Neith-Tempel von Saïs auszuhorchen – insbesondere den Hohepriester und die Oberpriesterin der Sängerinnen und Weberinnen. Wahibra ist tot, und Nitis wurde entführt. Wir müssen sie wiederfinden.«

»Eure Berichte haben diese beiden in keiner Weise belastet; sie stellen keine Gefahr für die Sicherheit unseres Landes dar. Überlasst die Sache also Richter Gem, er hat die richtigen Leute dafür.«

Mit diesen Worten ließ Henat den ratlosen Menk stehen und ging in den Speisesaal, wo ihn Siegelbewahrer Udja, einige königliche Schreiber und Richter Gem bereits erwarteten.

Man reichte ihnen ein einfaches, aber gutes Mahl. Henat trank nur etwas leichtes Bier und aß nicht viel. Sie besprachen einige Fälle, die das Eingreifen des Siegelbewahrers und Palastverwalters erforderlich machten; dann zogen sich die Schreiber zurück.

»Wir konnten Kel wieder nicht festnehmen«, berichtete Gem.

»Das hatte ich befürchtet«, meinte Henat.

»Könnt Ihr das bitte erklären«, verlangte der Richter.

»Ich nehme an, dass sich tatsächlich jemand in der stillgelegten Ziegelei versteckt hat, aber war das wirklich dieser Mörder?«

»Niemand anderer als er hätte die Wachmannschaften

so narren und eine Strohpuppe an seiner Stelle zurücklassen können«, gab der Richter zu.

»Wenn das so ist, hat er von unserem Vorhaben gewusst.«

Nach dieser Äußerung schwiegen alle bedrückt.

»Machen wir uns doch nichts vor«, riet Udja. »Sollte Henat recht haben, hat Kel Verbündete und Spitzel unter den Wachtruppen. In dem Fall wäre es auch nicht weiter verwunderlich, dass er uns immer wieder entkommt.«

»Dann hätten wir es mit einer handfesten Verschwörung ungeahnten Ausmaßes zu tun«, meinte der Richter. »Dieser Kel will Ägypten an den Rand des Abgrunds bringen und unseren Herrscher stürzen. Der Palastverwalter muss unter allen Umständen dafür sorgen, dass alle Wachen, die für die Sicherheit des Königs zuständig sind, vollkommen zuverlässig sind.«

Henat lächelte ein wenig spöttisch.

»Auf Euren Befehl habe ich nicht erst gewartet, Richter Gem, und jeden Angestellten genau geprüft. Zwei Soldaten, die mir verdächtig erschienen, wurden bereits entlassen. Ihr könnt Euch darauf verlassen, dass mir nichts entgeht. Ich fühle mich persönlich und unter allen Umständen für die Sicherheit des Königs verantwortlich und werde ihn ausschließlich mit Männern umgeben, die vollkommen zuverlässig und jederzeit bereit sind, ihr Leben für ihn zu geben.«

Richter Gem machte ein finsteres Gesicht und leerte auf einen Zug einen Kelch mit Rotwein aus den Oasen.

»Wisst Ihr, dass die Priesterin Nitis verschwunden ist?«, fragte ihn der Siegelbewahrer.

»Einer meiner Zuträger hat mir gerade davon berichtet«, antwortete ihm Henat.

»Das war bestimmt Menk?«, vermutete Gem.

»Bitte erlaubt, dass ich meine Quellen nicht preisgebe.«

»Der König hat Euch befohlen, ohne Einschränkungen mit mir zusammenzuarbeiten!«

»Und ich gehorche seinen Befehlen.«

»Dann sagt mir jetzt, was Ihr über diese neue schreckliche Geschichte wisst.«

»Rein gar nichts.«

»Das kann nicht sein, Henat!«

»Ich bin schließlich nicht allwissend, Richter Gem. Sollte es sich wirklich um eine Entführung handeln, wurde sie sehr gut vorbereitet – und meine Leute haben nichts davon erfahren. Selbstverständlich werde ich in der Angelegenheit ermitteln und Euch auf dem Laufenden halten. Im Gegenzug erwarte ich ...«

Henat zögerte.

»Jetzt sagt schon, was Ihr wollt«, verlangte der Siegelbewahrer.

»Wir dürfen nicht ausschließen, dass es sich in dem Fall um die Flucht von einem Helfershelfer des Schreibers Kel handelt. Nitis hat an seine Unschuld geglaubt und sich für ihn eingesetzt. Vielleicht gehört sie zu seiner Bande.«

»Gibt es dafür Beweise oder wenigstens Anhaltspunkte?«, wollte der Richter wissen.

»Nein, ich habe nur die Vermutung«, gab Henat zu.

»Der Fall ist wesentlich ernster, als wir angenommen haben«, schloss Siegelbewahrer Udja. »Ein Feind bedroht unser Königreich von innen, und wir müssen ihn mit aller Kraft bekämpfen. Vergesst also Eure persönlichen Streitereien und die albernen Rangeleien unter den verschiedenen Behörden. Wir haben jetzt alle nur ein gemeinsames Ziel im Auge: Wir müssen den Schreiber Kel und seine Anhänger endlich ein für alle Mal ausschalten.«

Da unterbrach die Königin mit ihrem unerwarteten Erscheinen Udjas Rede.

Tanit machte einen verstörten Eindruck.

»Ich brauche sofort Ihre Hilfe!«

»Was ist denn geschehen, Majestät?«

»Der König ist verschwunden.«

8

Honigmund genoss Bebons Anwesenheit über die Maßen. Er las ihr jeden Wunsch von den Lippen ab, war nie schlecht gelaunt und immer zu Liebesspielen aufgelegt, bei denen er selbst ihre geheimsten Gelüste befriedigte – mit einem Wort, er war beinahe zu vollkommen. Eine Heirat kam natürlich trotzdem nicht in Frage, aber die Trennung würde ihr wehtun. Immerhin blieb ihr die köstliche Erinnerung an einen hingebungsvollen und aufmerksamen Liebhaber. Aber noch war der traurige Augenblick des Abschieds nicht gekommen …

Als sie sich gerade nackt und behaglich auf einem Haufen Kissen räkelten, machte Bebon plötzlich eine besorgte Miene.

»Wenn das so weitergeht, wage ich mich hier in Memphis bald nicht mehr auf die Straße«, sagte er. »Die Sache mit dieser Entführung macht mir wirklich Angst. Hast du denn noch immer nichts erfahren?«

»Doch, aber nichts Erfreuliches«, antwortete sie.

»Hat sich dieses Unglück tatsächlich ereignet?«

»Den hartnäckigen Gerüchte zufolge ja.«

»Und was unternehmen die Behörden?«

»Eben nichts. Man hat sich sogar geweigert, Zeugen zu vernehmen, weil sie angeblich nicht zuverlässig seien. Von amtlicher Seite wurde niemand als vermisst gemeldet.«

»Du weißt aber doch bestimmt mehr darüber!«

»Ich bin froh, wenn ich mit solchen schrecklichen Geschichten nichts zu tun habe. Am besten, jeder hält den Mund, dann ist der Zwischenfall bald vergessen.«

»Für mich gilt das aber nicht! Wer weiß, wann der Mörder wieder zuschlägt, dann sind vielleicht wir seine nächsten Opfer.«

Jetzt machte Honigmund doch ein ängstliches Gesicht.

»Ein Freund von mir arbeitet bei den Sicherheitskräften«, erzählte Bebon. »Mit ihm könnte ich reden. Aber dazu bräuchte ich handfeste Beweise. Gibt es vielleicht doch einen Zeugen, der mir sagen würde, was er gesehen hat?«

»Eine Krämerin, die ihren Laden am Hafen hat – sie erzählt dir bestimmt, was sie weiß. Aber lass sie in Ruhe, falls sie doch nicht reden will.«

»Versprochen«, sagte der Schauspieler und nahm sie in die Arme.

Bebon hatte beinahe ein schlechtes Gewissen, dass es ihm so gut ging, während sein Freund im Stall wohnen musste. Immerhin war der aber in Sicherheit, dank der Wachsamkeit von Nordwind.

»Jetzt habe ich eine Spur!«, verkündete Bebon. »Lass uns zum Hafen gehen.«

Honigmunds Äußerungen waren unzweideutig: Die Wachmannschaften hörten auf Befehle von ganz oben. Es hatte keine Entführung gegeben, also gab es auch keine Untersuchung. Die Macht der Verschwörer nahm immer größere Ausmaße an. Wie sollten zwei einzelne Menschen dagegen ankämpfen können? Bebon dachte lieber nicht länger über diese Frage nach und folgte einfach dem Esel und dem sehr aufgeregten Kel.

»Wir geben mal wieder fliegende Händler«, entschied er dann. »Halte dich im Hintergrund und bleib ganz ruhig.«

»Hat dir Honigmund beschrieben, wie die Krämerin aussieht?«

»Klein, rothaarig, schöner Busen.«

»Und was verkauft sie?«

»Salat und Zwiebeln aus Memphis und Schmalz.«

Am Hafen herrschte Hochbetrieb. Es gab Läden und Stände, die die Händler nur vorübergehend aufbauen durften, um auslaufende Schiffe mit frischer Ware zu versorgen.

Plötzlich blieb Nordwind stehen.

Zwei Wachmänner bahnten sich einen Weg durch die Menge. Der eine hatte einen Pavian an der Leine, der Diebe festhalten sollte, indem er ihnen in die Waden biss.

Die drei Freunde schlugen eine andere Richtung ein.

»Der Pavian könnte uns verdächtig finden«, sagte Bebon leise. »Wir sollten sofort ein Geschäft machen.«

Eine alte Dame beschimpfte einen Steinschneider und ließ ihn dann wütend stehen.

»Kann ich Euch irgendwie behilflich sein?«, fragte Bebon.

»Ich möchte eine Inschrift auf dieser Alabasterschale haben – zur Erinnerung an meinen Mann. Aber dieser Kerl wollte dafür einen unverschämten Preis!«

»Mein Freund kann sie Euch mit schwarzer Tinte schreiben, wenn Ihr wollt«, sagte Bebon. »Entscheidet selbst, was Euch das wert ist.«

»Zwei Paar gute Sandalen, wäre das in Ordnung?«

»Ja, ausgezeichnet.«

Kel holte sein Schreibwerkzeug aus einer der Ledertaschen, die der Esel für ihn trug. Dann zeichnete er in schwarzer Tinte mit schönen Hieroglyphen auf die Schale, was ihm die Frau diktierte.

»Sehr gut«, fand die alte Dame begeistert.

»Der Pavian ist weg«, flüsterte Bebon dem Schreiber ins Ohr. »Wir müssen uns beeilen, ehe er zurückkommt.«

Die fröhliche Stimmung, die auf dem ägyptischen Markt herrschte, vertrieb jedem alle Traurigkeit. Es wurde geschwatzt und nur zum Vergnügen gefeilscht, man erzählte sich die neuesten Familiengeschichten, schimpfte über die Steuereintreiber und hielt Ausschau nach einem guten Geschäft… Viele Frauen saßen auf niedrigen, dreibeinigen Schemeln und boten unter einem Dach, an dem Stoffe, Gürtel, Kleider und Lendenschurze baumelten, ihre Waren feil. Nach einem Kauf eilten die Leute zur nächsten Schenke, wo bezaubernde junge Mädchen, die nur spärlich bekleidet waren, frisches Bier ausschenkten.

Eine kleine Rothaarige mit schönem Busen hatte ihren Platz gegenüber von der Anlegestelle der *Ibis*, wo jetzt ein anderes Schiff festgemacht hatte.

»Schöner Salat, schöner Salat aus Memphis!«, rief sie immer wieder, um Kunden anzulocken, damit sie ihre verführerisch aussehende und wohlschmeckende Ware kauften.

»Euer Salat sieht wirklich köstlich aus«, säuselte Bebon, »und Ihr seid nicht weniger verlockend.«

Die Frau war sehr erfreut über diese Schmeichelei.

»Wollt Ihr Salat kaufen?«

»Selbstverständlich! Hier habt Ihr zwei Paar ungetragene Sandalen. Ihr bestimmt, was Ihr dafür für angemessen haltet.«

Die Rothaarige war ein bisschen verwirrt und suchte mehrere schöne Salatköpfe heraus.

»Ich bin ein guter Freund der Bäckersfrau Honigmund«, erzählte der Schauspieler ihr jetzt. »Könntet Ihr mir vielleicht helfen?«

»Wobei denn?«

»Vor Kurzem ist etwas Schreckliches geschehen. Ein Mitglied meiner Familie, eine sehr schöne junge Frau, ist spurlos verschwunden. Angeblich wurde sie entführt.«

Die Salatverkäuferin sah ihm nicht länger in die Augen.

»Da weiß ich nichts.«

»Das glaube ich Euch gern. Aber könnt Ihr Euch vorstellen, wie sehr ich mich ängstige? Diese junge Frau ist meine Schwester. Wir haben eine wunderschöne Kindheit zusammen verbracht und uns fast nie getrennt. Als unsere Mutter krank wurde und im Sterben lag, hat sie sich auf den Weg nach Memphis gemacht, um ihr in ihren letzten Stunden beizustehen. Und nun ist sie auf einmal verschwunden! Das Leben ist doch wirklich grausam, findet Ihr nicht auch?«

Die Rothaarige wischte sich eine Träne aus den Augenwinkeln.

»Es gibt jemand, der alles gesehen hat«, gestand sie.

»Ein Verwandter von Euch?«

»Nein, mein Schmalzlieferant.«

»Spuckt der nicht vielleicht nur große Töne?«

»Er trinkt sehr viel, in der Nacht schleicht er dann im Hafen herum, um sein Bier zu verdauen. Aber auch wenn er noch so betrunken ist, kriegt er doch alles ganz genau mit. Und was er mir da erzählt hat, war grauenhaft. Ich will es am liebsten wieder vergessen!«

»Und ich will meine arme Schwester wiederfinden! Wo kann ich diesen Händler finden?«

»Spät abends betrinkt er sich immer im Gasthaus *Zum Guten Glück*. Aber macht Euch keine Mühe: Er wird nicht reden.«

»Wovor hat er Angst?«

»Die Spitzel haben es überall herumerzählt: Kein Wort zu der Entführung. Wer seinen Mund doch nicht halten kann, kriegt großen Ärger.«

Bebon umarmte die rothaarige Frau herzlich.

»Ich danke Euch, Ihr habt mir sehr geholfen.«

9

Trotz seines unnachgiebigen, beinahe groben Wesens war Feldherr Phanes von Halikarnassos bei hohen Offizieren und einfachen Soldaten gleichermaßen beliebt. Er war ständig von einem Truppenstandort zum nächsten unterwegs, um sich von der Zufriedenheit der griechischen Söldner, von ihrer Kampfstärke und dem einwandfreien Zustand der Ausrüstung zu überzeugen.

Und diese Kontrollreisen beschränkten sich durchaus nicht auf reine Verwaltungsaufgaben. Zum Abschluss großer Truppenübungen, bei denen immer zahlreiche Unfähige umkamen, stellte er sich den besten Fußsoldaten und ging stets siegreich aus den Zweikämpfen hervor. Obwohl ihm sein Stab zu größerer Vorsicht riet, lag Phanes von Halikarnassos doch sehr daran, sich häufig auf den Übungsplätzen sehen zu lassen. Unter seinem Kommando kam es nicht in Frage, sich vor den militärischen Verpflichtungen zu drücken.

Nachdem er wusste, dass die Ägypter wenig Sinn für kriegerische Betätigung zeigten, hatte König Amasis die Verteidigung der Zwei Länder Männern aus Griechenland anvertraut. Mögliche Angreifer, wie zum Beispiel die Perser, kannten die Entschlossenheit von Phanes und die Einsatzbereitschaft seiner Soldaten. Zu den Bodentruppen und der Reiterei war – dank der unermüdlichen Anstrengungen von Wesir Udja – mittlerweile auch noch eine eindrucksvolle Kriegsflotte hinzugekommen.

Phanes von Halikarnassos schätzte die abschreckende Wirkung seiner Streitkräfte, legte aber Wert darauf, dass sie ständig weiterentwickelt wurden und vor allem immer einsatzbereit waren. Schon das kleinste Nachlassen konnte furchtbare Folgen haben. Die Ermordung der Übersetzer und die Flucht des Schreibers Kel, der als Mörder und mutmaßlicher Verschwörer gesucht wurde, waren schließlich tatsächliche Bedrohung genug. Außerdem gab es noch das bedauerliche Verschwinden des Helms von Amasis, dem Sinnbild seiner Machtergreifung. Zwar war der Feldherr überzeugt, dass kein Offizier die Absicht oder die Möglichkeit hatte, den Thron des Pharaos zu stürzen und einen Volksaufstand auszulösen. Trotzdem blieb er wachsam und jederzeit bereit, dem ersten Aufrührer, der sich zeigen sollte, den Hals durchzuschneiden.

Der Aufenthalt in Memphis erlaubte ihm, die große Kaserne in der Handelshauptstadt des Landes von Grund auf zu überprüfen und verschiedene Schlampereien zu beseitigen. Nebenbei entwickelte Phanes auch gleich noch, zusammen mit seinen Admirälen, einen Verteidigungsplan für die Stadt.

Als er gerade den Bogenschützen bei ihren Übungen zusah, kam ein Schreiber und forderte ihn auf, ihn sofort zum königlichen Palast zu begleiten. Dort wurde er vom Siegelbewahrer Udja empfangen, der ein ernstes Gesicht machte.

»Der König ist verschwunden. Versetzt Eure Leute in Bereitschaft.«

»Verschwunden… Wie ist das möglich?«

»Er scheint heute Nacht sein Zimmer verlassen zu haben. Als die Königin am Morgen nach ihm sehen wollte, war er nicht mehr da.«

»Haben die Wachen nichts bemerkt?«

»Keiner hat ihn gesehen.«

»Das ist doch nicht möglich! Ich will sie noch mal selbst befragen.«

»Wie Ihr wollt, General.«

»Meine besten Soldaten sollen Memphis von vorn bis hinten durchsuchen. Wir dürfen keine Zeit verlieren.«

Udja ging zu Königin Tanit, die völlig außer sich war.

»Habt Ihr etwas Neues erfahren?«

»Nein, Majestät, leider noch nicht. Wachtruppen und Soldaten machen sich jetzt aber auf die Suche.«

»Habt Ihr auch schon den Palast durchsucht?«

»Ich verspreche Euch, wir werden nichts übersehen.«

Henat unterbrach die beiden.

»Endlich gibt es einen glaubwürdigen Zeugen! Ein Gärtner hat den König gesehen – er war allein und ging durch die Tamariskenallee zum Kanal.«

Udja, Henat, die Pharaonin und ein ganzer Trupp bewaffneter Männer liefen ebenfalls diesen Weg.

Der Wachmann an der Anlegestelle schlief noch, aber der Siegelbewahrer weckte ihn unsanft.

»War Seine Majestät, der Pharao, hier?«

»Das weiß ich nicht… Da müsst Ihr meinen Vorgesetzten fragen.«

Der Mann war gerade dabei, eines der königlichen Vergnügungsschiffe zu reinigen, mit denen der Hof erholsame Ausfahrten auf dem Nil zu machen pflegte.

»Der König? Ja, er ist heute schon sehr früh ausgefahren.«

»Wie viele Männer hatte er bei sich?«

»Er hatte nur ein paar junge Mädchen bei sich, die ein bisschen frech waren. Und ich musste Seine Majestät noch mit einem Dutzend Krügen mit kräftigem

Wein versorgen. Aber seht selbst, da kommt das Schiff gerade zurück.«

Erstaunlich geschickt legte die weibliche Besatzung an.

Udja ging sofort an Bord.

»Befindet sich der König auf diesem Schiff?«

»Ja, in der Kabine«, antwortete eine schöne dunkelhaarige Frau.

Der Wesir stieß die Tür auf.

»Was machst du denn hier?«, rief Amasis erschrocken.

»Majestät, wir haben uns große Sorgen gemacht!«

»Darf ich mir nicht auch einmal ein wenig Unterhaltung gönnen? Oh, wie entsetzlich!«

Der Pharao hielt sich den Kopf mit beiden Händen.

»Ich habe furchtbare Kopfschmerzen ... Weil ich zu viel getrunken habe und zu starken Wein. Die Mädchen waren jedenfalls zufrieden. Und sie haben mich auch nicht zu Tode geschwatzt.«

Der Siegelbewahrer musste den König stützen, weil der sich nicht allein auf den Beinen halten konnte.

»Wünscht Ihr in den Palast zurückzukehren?«

»Du hast doch bestimmt wieder eine Ratssitzung einberufen?«

»Richtig, Phanes von Halikarnassos bittet um Eure Zustimmung zu einem neuen Verteidigungsplan für Memphis.«

Amasis richtete sich auf.

»Die Sicherheit unseres Landes steht stets an erster Stelle. Gehen wir!«

Am Ufer wurde er zärtlich von Königin Tanit in Empfang genommen.

»Ich war außer mir vor Angst um Euch.«

»Dabei habe ich doch nur eine kleine Ausfahrt gemacht. Ein König braucht auch etwas Zerstreuung, sonst wird er wunderlich und verliert den Sinn für die Tatsachen.«

»Wie fühlt Ihr Euch denn?«

»Abgesehen von dem Kopfweh sehr gut. Ich musste einfach einmal raus aus den Palastgemächern und andere Luft schnuppern.«

»Wollt Ihr jetzt nach Saïs zurückkehren?«

»Noch nicht, mein Herz. Zuerst will ich die große Kaserne besichtigen, meine griechischen Söldner besuchen, mir ihre Klagen anhören und nach Möglichkeit den Grund dafür beheben. Veranstaltet einige schöne Festmähler, meine liebe Tanit, damit wir die viele Arbeit und all die lästigen Verwaltungsaufgaben vergessen können. Und vor allem – mein Mundschenk soll nur die besten Weine dafür aussuchen!«

10

Im Gasthaus *Zum Guten Glück* ging dem Inhaber und Koch die Arbeit nicht aus. Von Natur aus nicht zart besaitet, machte es ihm nichts aus, den fetten Enten und Gänsen den Hals umzudrehen, sie zu rupfen und über einem Holzkohlefeuer aufzuspießen, das sein Gehilfe mit einem Wedel anfachte. Zum Schluss salzte er das Geflügel und füllte es mit duftenden Kräutern.

Berühmt für seine gute Küche, lockte das Wirtshaus viele Gäste an, die auch gern ein schönes großes

Stück von dem Rindfleisch bestellten, das stundenlang in einem riesigen Kessel gekocht wurde. Nachdem die Preise erschwinglich blieben, stritt man sich um einen Platz an den niedrigen Tischen.

Der Schmalzhändler, der regelmäßig zum Essen ins *Gute Glück* kam, konnte sich gar nicht satt essen an diesen reichhaltigen Gerichten und verspeiste jeden einzelnen Bissen mit Genuss. Für ihn war das Mittagessen die schönste Tageszeit – hier vergaß er seinen ganzen Ärger, die schlechte Laune seiner Gattin und die dummen Streiche seiner Kinder.

»Dürfen wir uns zu Euch setzen?«, fragte Bebon, der in Begleitung von Kel gekommen war.

»Die Plätze sind frei.«

»Hier duftet es so gut, dass man sofort Hunger bekommt«, fand Bebon. »Was könnt Ihr uns empfehlen: Gans, Ente oder Rind?«

»Die Gans am Spieß ist nicht zu überbieten; wenn Ihr das nächste Mal kommt, versucht Ihr die Ente. Und das Rindfleisch ist auch noch einen dritten Besuch wert.«

»Besten Dank für die Beratung! Dürfen wir Euch dafür zu einem Becher Rotwein einladen?«

»Da sage ich nicht Nein. Was seid Ihr von Beruf?«

»Fliegende Händler. Wir verkaufen Stoffe, Sandalen und Schlafmatten.«

»Ziemlich harte Arbeit, oder?«

»Wir können uns nicht beklagen, vor allem, weil wir gern unterwegs sind.«

»Ich verkaufe Rindertalg, Ziegen- und Gänseschmalz, außerdem zwei Sorten Butter: die eine zum alsbaldigen Verbrauch, die andere zum Lagern. Meine Schmalztöpfe sind nummeriert, und der Tag der Herstellung ist darauf verzeichnet – die wohlhabende Kundschaft reißt sich nur so darum. Ich beliefere auch die besten Gasthäuser von Memphis.«

»Alle Achtung«, sagte Bebon voller Bewunderung. »Dann arbeitet Ihr wohl jeden Tag bis zum Umfallen.«

»Wenn die Ware gut sein soll, darf man nicht faulenzen.«

»Das Gleiche sagt die Bäckerin Honigmund auch. Und wenn man ihr Brot gekostet hat, findet man alle anderen mittelmäßig. Zum Glück hält das Leben immer wieder solche Köstlichkeiten für uns bereit. Bei der zunehmenden Unsicherheit hier in Memphis traut man sich ja manchmal nicht mehr auf die Straße – besonders in der Hafengegend.«

Der Schmalzverkäufer hörte auf zu kauen.

»Habt Ihr Ärger gehabt?«

»Ich nicht, aber meine kleine Schwester ist vor Kurzem verschwunden.«

Kel beobachtete sein Gegenüber ganz genau: Seine gute Laune schien auf einmal wie weggewischt.

»Die Sicherheitskräfte finden sie bestimmt wieder.«

»Wohl kaum, sie weigern sich nämlich, nach ihr zu suchen. Ist doch seltsam, oder?«

»Das müssen schon die wissen.«

»Ihr dreht doch abends gern noch ein paar Runden am Hafen?«, fragte der Schreiber jetzt.

»Das ist richtig.«

»Habt Ihr da nicht zufällig gesehen, wie ein paar Männer eine junge Frau entführt haben?«

»Was faselt Ihr denn da!«

»Ich bin mir ganz sicher, dass Ihr die Geschichte beobachtet habt.«

»Jetzt habe ich aber genug von Euren Märchen!«

»Wir sind bestens unterrichtet«, behauptete Bebon. »Ich will meine kleine Schwester wiederfinden, und Ihr werdet mir dabei helfen.«

Der Mann sah sich vorsichtig um.

»Gehen wir nach draußen. Hier drin gibt es zu viele neugierige Ohren.«

Er führte sie zu einem großen Kessel, in dem unter einem Strohdach Speck ausgekocht wurde.

»Ihr seid doch nicht etwa zufällig Wachleute?«

»Keine Sorge«, beruhigte ihn Kel, »ganz bestimmt nicht.«

»Ich hab Euer Spiel schon begriffen: Wenn ich nicht den Mund halte, sperrt Ihr mich ein.«

»Ihr täuscht Euch, wir sind wirklich nicht von den Wachleuten. Wir wollen einfach nur einen lieben Menschen wiederfinden.«

»Lügner!«

Der Händler griff nach dem Kessel und wollte den Inhalt dem Schreiber über das Gesicht schütten.

Im letzten Augenblick konnte Bebon seinen Freund noch zur Seite stoßen.

Zum Glück bekamen sie nur ein paar Spritzer der siedend heißen Flüssigkeit ab, aber der Schmalzhändler hatte sich aus dem Staub gemacht.

Als er sich schon in Sicherheit wähnte, wurde er von Nordwind über den Haufen gerannt. Als er wieder zu sich kam und aufstehen wollte, hatten ihn Bebon und Kel bereits eingeholt und ließen ihn nicht mehr los.

»Du steckst wohl mit den Entführern unter einer Decke?«, sagte der Schauspieler wütend.

»Ihr seid ja verrückt!«

»Und was ist mit dir, wolltest du uns eben nicht verbrühen?«

»Ich habe nur so Angst vor dem Gefängnis!«

»Wie oft sollen wir es dir noch sagen? Wir sind keine Wachleute! Aber du hast alles gesehen, stimmt's? Rede endlich.«

»Und wenn ich nicht will?«

»Dann schlage ich dir den Schädel ein, und wir suchen uns einen anderen Zeugen. Wenn du uns sagst, was du gesehen hast, lassen wir dich gehen.«

Erschrocken starrte ihn der Händler an und gab dann zitternd vor Angst nach.

»Ich war ein bisschen betrunken und bin mir nicht sicher …«

»Beeilung, mein Freund! Unsere Geduld ist zu Ende.«

»Es war bei der *Ibis*, einem Handelsschiff. Die junge Frau wollte gerade von Bord gehen, als sie vier Kerle gepackt haben. Die Arme konnte sich unmöglich gegen sie wehren.«

»Kennst du diese Männer?«

Der Händler zögerte.

Kel spürte, dass es um einen entscheidenden Hinweis ging und griff nach einem großen Stein.

»Nein, lasst das – einen kenne ich.«

»Wie heißt er?«

»Palios.«

»Ein Grieche?«

»Ja, ein … ein …«

»Soldat?«

Der Schmalzverkäufer nickte.

»Also vier griechische Söldner?«, fragte Kel weiter. »Stimmt das?«

Wieder nickte der Mann.

»Wo finden wir ihn, deinen Palios?«, fragte Bebon drohend.

»Er wohnt in der großen Kaserne von Memphis, aber wenn er frei hat, geht er meistens in das Bierhaus in der Nähe vom Töpferviertel.«

»Hat er da auch eine Freundin?«

»Ja, Guigua, ein nettes Mädchen.«

»Du besuchst sie also auch manchmal?«

»Nur ganz selten. Ich bin schließlich verheiratet …«

»Wir sagen deiner Frau nichts. Aber denk dran: Falls du auf den Gedanken kommen solltest, Palios zu warnen oder die Wachtruppen zu verständigen, lebst du nicht mehr lange. Darauf kannst du dich verlassen!«

11

Immer wieder musste Pharao Amasis an den entscheidenden Augenblick denken, als er, damals noch General, sich den Helm hatte aufsetzen lassen, der sich dann dank des ägyptischen Heeres in eine Pharaonenkrone verwandelt hatte.

Obwohl er nicht hatte herrschen, sondern nur so schnell wie möglich den Bürgerkrieg zu seinen Gunsten beenden wollen, in dem er zum Gegner des verhassten und in Ungnade gefallenen Pharaos Apries geworden war, hatte er sich in sein Schicksal gefügt und die Geschicke der Zwei Länder in die Hand genommen – allerdings mit einem eindeutigen Ziel: Er wollte auf jeden Fall anders enden als sein Vorgänger.

Deshalb hatte er sich mit zuverlässigen Männern umgeben, treuen Dienern seines Landes, die er auch ihren Anstrengungen entsprechend entlohnte. Trotzdem blieb Amasis misstrauisch und überprüfte sie ständig. Und bis heute hielten sie sich streng an seine Vorschriften.

Was war nur aus diesem berühmten Helm geworden? Ein Thronräuber hätte bestimmt längst einen Gewaltstreich unternommen, wenn er in seinem Besitz wäre. Außer wenn es sich, wie die Wachtruppen andeuteten, um den Schreiber Kel handelte, einen Mörder und Dieb, der viel zu schwach war, um so etwas zu wagen.

Der Pharao hielt sich sehr gern in Memphis auf. Auch wenn ihm seine Hauptstadt Saïs am liebsten war, schätzte er doch sehr die Weltoffenheit dieser großen Stadt, die sich ohne Schwierigkeiten allen jeweiligen Erfordernissen anpasste.

Die Entwicklung begreifen und danach handeln: So ließe sich wohl die Kunst bezeichnen, mit der Amasis herrschte. Und Griechenland war der Schlüssel zur Zukunft. Dem alten Ägypten mangelte es an Sinn für Neuerungen, es beschränkte sich lieber auf die Verehrung der Ahnen. Da der König die Sicherheit seines Landes einem starken Heer gut ausgebildeter und gut bezahlter griechischer Söldner anvertraute, schreckte er mögliche Feinde von vornherein davon ab, die Zwei Länder zu überfallen, deren Reichtum viele Neider hatte. Außerdem war es ihm gelungen, eine wichtige Rechtsreform durch- und eine Einkommenssteuer einzuführen, die für jeden Ägypter galt. Der Unterhalt einer Kriegsmaschinerie mit abschreckender Wirkung war teuer; hier zu sparen, wäre aber ein folgenschwerer Fehler.

Noch immer traute Amasis Mitetis nicht – sie war die Tochter des verstorbenen Apries und jetzige Gattin des reichen Krösus, dem Ersten Botschafter Persiens. Auch wenn dieser als Freund Ägyptens galt und sich für friedliche Beziehungen einsetzte, hieß das noch lange nicht, dass dessen Frau keinen Hass gegen Amasis hegte, den sie für die Ermordung ihres Vaters verantwortlich machte. Allerdings hatte Mitetis bei ihrer letzten förmlichen Begegnung in Saïs versprochen, die Vergangenheit zu begraben. War das nun aber rührend ehrlich oder geschickt gelogen?

Am späten Vormittag brachte Henat dem König einen Stapel Schreiben, die dieser lesen sollte.

»Irgendetwas Wichtiges?«

»Nur ein Brief von Krösus.«

»Gute Nachrichten?«

»Er schlägt uns vor, einige Zölle zu senken, um die Entwicklung der Handelsbeziehungen zwischen Asien und Ägypten zu fördern. Der Gedanke ist nicht schlecht, muss aber noch genauer hinterfragt werden. Wir sollten uns unsere Vorrangstellung nicht nehmen und unsere entsprechenden Schutzmaßnahmen nicht zerstören lassen. Wenn Ihr einverstanden seid, könnten wir ihm ein paar Krümel hinwerfen, sehen, was dabei herauskommt und dann wieder von vorn anfangen.«

»Einverstanden«, sagte der König und überflog die vielen Schreiben.

Amasis war in der Lage, sich kurz, aber sehr eingehend zu konzentrieren, und wollte über alles auf dem Laufenden gehalten werden; ganz besonders über jeden noch so kleinen Vorschlag seiner Minister. Weil er sehr schnell lesen und dabei alles Wesentliche erfassen konnte, kümmerte sich der Herrscher eigentlich selbst um alles, auch wenn ihm nicht immer alle Einzelheiten bekannt waren.

»Wurden bereits ausreichend neue Übersetzer eingestellt?«

»Ich habe zwei neue Männer gefunden, die ich Euch vorstellen kann, Majestät. Beide sprechen mehrere asiatische Sprachen und haben sich längere Zeit in unseren Schutzgebieten aufgehalten. Trotz eingehender Prüfung ihrer Angaben konnte ich nichts Nachteiliges entdecken.«

»Hast du auch mit ihnen gesprochen?«

»Ja, sehr ausführlich.«

»Dann bring sie morgen zu mir, und ich teile dir anschließend meine Entscheidung mit. Gibt es neue Meldungen von unseren Leuten in Persien?«

»Ja, einige wie üblich verschlüsselte Botschaften.«

»Sind sie beruhigend?«

»Sie bekräftigen die Aussagen unseres guten Freundes, Krösus. Kaiser Kambyses scheint jede Lust an Krieg und Eroberung verloren zu haben und sich voll und ganz der Wirtschaft und dem Handel in seinem Land zu widmen.«

»Du scheinst aber Vorbehalte zu haben.«

»Das gehört zu meinem Beruf, Majestät.«

»Welche Anhaltspunkte machen dich misstrauisch?«

»Ehrlich gesagt keine. Trotzdem bin ich auf der Hut. Der Umfang unserer Handelsbeziehungen zu Persien hat sehr zugenommen, das Gleiche gilt auch für unseren nachbarschaftlichen Austausch allgemein.«

»Und ich hoffe, dass das erst der Anfang ist.«

In Begleitung einiger griechischer Gesandten, die mit

Geschenken beladen waren, erschien General Phanes von Halikarnassos und bat um ein Gespräch mit dem Pharao.

Der König empfing die Gesandtschaft in dem großen Säulensaal des Palastes von Memphis und begrüßte jeden Einzelnen sehr herzlich.

Nie waren die Beziehungen zwischen Ägypten und seinen griechischen Verbündeten besser gewesen. Die Königin gab ein prunkvolles Festmahl zu ihren Ehren, auf dem bis spät in die Nacht über Dichtung und Musik und ihre Unterschiede oder Gemeinsamkeiten in den beiden Ländern gesprochen wurde. Die Griechen waren so betrunken wie lange nicht mehr, weil Amasis ein Fass Wein bringen lassen hatte.

»Bitte erlaubt, dass ich diesen Wein als Erster koste«, sagte Phanes von Halikarnassos leise.

Der Pharao sah ihn überrascht an.

»Was befürchtest du?«

»Das Fest ist rundum gelungen, die Stimmung ist gelöst, alle sind Freunde… Vor solchen Augenblicken muss sich ein Krieger besonders hüten.«

»Glaubst du etwa…«

»Ich möchte mich nur vergewissern.«

»Du nicht.«

Amasis wandte sich an den ältesten der griechischen Gesandten.

»Würdet Ihr mir das Vergnügen machen, diesen erlesenen Wein als Erster zu verkosten?«

»Welche Ehre, Majestät!«

Der Mann war hingerissen.

»Ich verstehe etwas von Wein… Aber dieser hier ist wirklich ganz vorzüglich!«

Dann ließen sich die Gäste diesen Göttertrank schmecken, den der Pharao erst als Letzter kostete.

Am Ende dieses schönen Abends gab Amasis drei Dinge bekannt: Erstens ließ er Hunderte von neuen Posten für griechische Söldner an den Standorten im Nildelta und in Memphis einrichten; außerdem waren die griechischen Truppen ab sofort von allen Steuern befreit; und schließlich wurde ihr Lohn erneut erhöht.

Diese Beschlüsse riefen wahre Begeisterungsstürme hervor.

Und der Pharao ließ noch ein weiteres Fass aufmachen, um die verbesserten Beziehungen zwischen Ägypten und seinen griechischen Verbündeten angemessen zu feiern.

Die militärische Macht, die aus diesem Bündnis entstand, musste jedem möglichen Angreifer den Mut nehmen – allen voran den Persern.

12

Gemeinsam mit Nordwind, der mit Gemüse bepackt war, das sie auf einem Markt in der Altstadt gekauft hatten, machte sich Kel auf die Suche nach dem Gasthaus, in dem der griechische Söldner verkehrte, der an der Entführung von Nitis beteiligt gewesen sein sollte.

In der Gaststätte ging es lebhaft zu. Viele Gäste, in der Mehrzahl Griechen, kamen hierher, um starkes Bier zu trinken, nach Herzenslust zu scherzen und zu lachen; vor allem aber genossen sie die Gesellschaft der bezaubernden Mädchen aus Libyen, Syrien und Nubien, von denen einige tätowiert, eben keine anständigen Frauen waren.

Der Schreiber stellte fest, dass innerhalb kürzester Zeit zwei Streifen vorbeikamen. Schon bei der harmlosesten Rauferei würden die Ordnungshüter eingreifen und die Streithähne festnehmen.

Als er gerade wieder gehen wollte, marschierten zwanzig Wachleute, unterstützt von einem Trupp Bogenschützen, auf, um das Viertel zu durchsuchen.

Erschrocken unterbrachen die Hausfrauen ihren Klatsch, holten die Kinder von der Straße ins Haus und verschlossen Türen und Fenster. Die fliegenden Händler und die Streuner aber saßen in der Falle, genau wie die Gäste in den Wirtshäusern, den Tavernen und Freudenhäusern.

Kein einziges Viertel von Memphis durfte von der gewaltigen Durchsuchung verschont bleiben, die Richter Gem angeordnet hatte.

Vor lauter Angst, dass die Bogenschützen gleich auf ihn anlegen würden, entdeckte Kel keine Fluchtmöglichkeit. Da sich Nordwind nicht von der Stelle rührte und kein Ohr aufgestellt hatte, blieb er ebenfalls einfach stehen, obwohl seine Nerven zum Zerreißen angespannt waren.

Gleich war er ein Gefangener seiner Ankläger und verlor seine Freiheit für immer. Nitis entführt, er zum Tode verurteilt… ihr Glück war nur ein sehr kurzer Traum gewesen.

Ein Offizier kam mit bedrohlicher Miene auf Kel zu.

»Wie heißt du?«

»Bak.«

»Für wen arbeitest du?«

»Für Honigmund, die Bäckerin. Ich habe Lebensmittel für ihren Haushalt gekauft und muss sie ihrem Koch bringen.«

»Ich kaufe immer bei dieser Bäckerin Brot, aber dich habe ich in ihrem Laden noch nie gesehen.«

»Das ist kein Wunder, ich arbeite ja nur bei ihr zu Hause.«

»Und wo ist das?«

Kel erklärte den Weg.

»Kommst du gerade vom Markt?«, fragte der Mann, der noch immer misstrauisch war.

»Ja.«

»Dann ist dein Esel also mit Lebensmitteln beladen.«

»Genau.«

»Mach mal die Körbe auf.«

Kel gehorchte.

Als der Offizier das Gemüse sah, wirkte er ein wenig enttäuscht.

»Einer von meinen Leuten begleitet dich zu der Bäckerin und überprüft deine Aussage.«

Wie entsetzlich!

Kel war der Hausdiener von Bebon, nicht von Honigmund. Sie würde sagen, dass sie ihn nicht kenne und ihren Liebhaber erwähnen – und dann würden die Wachtruppen beide Freunde festnehmen.

»Also los, gehen wir«, sagte der kräftige Kerl, der zur Bewachung des Lieferanten bestimmt worden war.

Der Schreiber hatte keine Möglichkeit, ihm zu entkommen. Sein Gegner war mit einem dicken Knüppel und einem kurzen Schwert bewaffnet und konnte ihn jederzeit ohne Schwierigkeiten überwältigen.

Nordwind schien der Ernst der Lage bewusst zu sein, denn er hinkte trostlos hinter Kel her. Und immer wieder begegneten die drei Soldaten und Wachleuten, die sich in der ganzen Stadt verteilt hatten, um möglichst viele Verdächtige aufzutreiben.

Ob der Esel wohl die falsche Richtung einschlug und versuchte, ihren Wächter in die Irre zu leiten? Das würde der aber sicher merken und es sich bestimmt nicht gefallen lassen.

Während der Schreiber noch verzweifelt nach einem Ausweg suchte, gab es plötzlich lautes Geschrei.

Zwei Soldaten riefen seinen Bewacher zu sich.

»Einer versucht zu fliehen! Komm mit, wir müssen ihn kriegen.«

»Ich habe aber den Befehl …«

»Jetzt hast du eben einen anderen – die Sache geht vor!«

Der Mann gehorchte.

So waren Kel und der Esel unversehens wieder frei und beeilten sich, zum Haus von Honigmund zu kommen. Kel wollte Bebon so schnell wie möglich warnen, und dann mussten sie sofort diesen Unterschlupf verlassen, ehe er ihnen zur Falle wurde.

Richter Gem hatte tüchtig auf den Putz gehauen. Weil er es nicht ertragen konnte, mit anzusehen, wie ein flüchtiger Mörder seine Spielchen mit der Gerichtsbarkeit trieb, hatte er ein gewaltiges Aufgebot an Sicherheitskräften in Bewegung gesetzt – in der Hoffnung auf ein eindrucksvolles Ergebnis.

Sollten sich der Schreiber Kel und seine mutmaßlichen Helfershelfer tatsächlich noch in Memphis aufhalten, würden sie bei dieser Menschenjagd gefasst oder von den verängstigten Stadtbewohnern verraten werden. Irgendwann würden diese schon reden, und niemand konnte es wagen, einen Verbrecher zu schützen, nach dem mit solchem Aufwand gesucht wurde.

Am Ende dieses ereignisreichen Tages sprachen die Männer, die für die Durchsuchungen verantwortlich waren, bei Richter Gem vor. Sie hatten einen General zu ihrem Wortführer ernannt.

»Erfreuliche Ergebnisse: keine Zwischenfälle, aber zahlreiche Festnahmen. Etwa zwanzig Diebe, darunter fünf vorbestrafte, einige Fremde mit unklarer Herkunft, arbeitsscheue Streuner, gewissenlose Väter, die nicht für ihre Familien aufkommen wollen, und fliegende Händler, die keine Steuern zahlen. Einige der Aufgegriffenen haben vergebliche Fluchtversuche unternommen.«

»Gut, gut«, sagte der Richter mürrisch. »Habt Ihr den Schreiber Kel verhaftet?«

»Leider nein.«

»Gibt es irgendwelche Hinweise, wo er sich aufhält?«

»Nicht einen einzigen.«

»Was ist mit der Priesterin Nitis?«

»Das Gleiche. Trotzdem war Euer Unternehmen ein voller Erfolg, Richter Gem. Die Verbrecherwelt von Memphis wiegt sich nicht mehr in Sicherheit und weiß jetzt, dass wir jederzeit zuschlagen können. Euch ist es zu verdanken, dass die Sicherheitskräfte wieder Oberwasser haben.«

»Gebt den Dank an Eure Soldaten und Wachmannschaften weiter, General.«

Die Offiziere verabschiedeten sich.

Gem blieb allein zurück und überlegte, wie er Siegelbewahrer Udja diese schwere Schlappe erklären sollte. Da gab es nur eine Lösung: Er musste die Wahrheit sagen und gleichzeitig seinen Rücktritt einreichen. Nach diesem beispiellosen Fehlschlag durfte der alte Richter nicht länger im Amt bleiben.

So viele gelöste Fälle, so viele Verhandlungen, die er zu einem guten Ende geführt, so viele Schuldige, die er hinter Schloss und Riegel gebracht hatte… Und nun dieser Schreiber, der ihn zum Spott machte und ihm einen schmählichen Abgang zu bereiten schien! Nein, Gem wollte sich nicht entmutigen lassen.

Anstatt sich so zu erniedrigen, wollte er die erfreulichen Ergebnisse dieses Unternehmens herausarbeiten und daraus seine Schlüsse ziehen: Entweder hatte dieser Kel Memphis bereits wieder verlassen, oder aber er musste über ein riesiges Netz von Helfershelfern verfügen, das eine Bedrohung für das ganze Land darstellte.

Der verschlüsselte Papyrus, den man in der Cheops-Kapelle gefunden hatte, war nach wie vor nicht zu entziffern. Und der Helm von Amasis blieb weiterhin spurlos verschwunden.

Die Tatsache, dass es dieses verschlüsselte Schreiben gab, schien für den Schreiber zu sprechen … Aber vielleicht war das ja auch nur ein Köder!

Allzu viel lag noch im Dunkeln.

Dank seiner Erfahrung und Ausdauer würde der alte Richter diesen Kampf schließlich doch gewinnen. Das wäre dann mit Sicherheit sein letzter Kampf – jetzt aber wollte er unter Aufbietung aller Kräfte das Ungeheuer besiegen, das sein Land bedrohte.

13

Zu seinem Glück hielt sich Bebon gerade im Haus von seiner geliebten Honigmund auf. Nach einer ausgiebigen Siesta ahnte er nichts von dem gewaltigen Aufgebot an Wachen, mit dem nach seinem Freund gesucht wurde.

Kel brachte dem Koch das Gemüse.

»Ich habe eine Nachricht für den Gast deiner Herrin.«

»Richte ich ihm aus.«

Der Schauspieler ließ nicht lange auf sich warten, und Kel erklärte ihm den neuesten Stand der Dinge.

»Hast du denn das Bierhaus gefunden?«

»Ja, aber da können wir unmöglich rein.«

»Nur keine Aufregung, Wachtruppen und Soldaten gehen bestimmt bald in ihre Unterkünfte zurück. Und mitten in der Nacht unternehmen wir einen Versuch.«

»Ich kann hier nicht bleiben!«

»O doch, im Stall sucht dich keiner. Ich warte, bis Honigmund nach Hause kommt, dann essen wir beide, anschließend komme ich meinen Pflichten als Liebhaber nach, danach ziehe ich mich in mein Zimmer zurück, klettere übers Dach und hole dich ab.«

»Und wenn die Stadt noch immer streng überwacht wird?«

»Uns wird schon etwas einfallen.«

Und da Nordwind ganz unbesorgt wirkte, legte sich Kel ins Stroh und fasste sich in Geduld. Beim geringsten Anzeichen von Gefahr würde ihn der Esel warnen.

Nitis lebte noch, da war er sich ganz sicher. Er konnte

ihre Angst und ihre Hilferufe spüren, aber die Zeit arbeitete gegen sie.

Endlich kam Bebon.

»Nichts wie los. Honigmund glaubt, dass ich schlafe, und draußen scheint alles ruhig zu sein. Sollten doch noch zu viele Streifen unterwegs sein, ziehen wir uns wieder zurück.«

»Wohin sollen wir denn gehen?«

»Das wird sich schon zeigen. Sollten wir nicht vor allem Nitis befreien?«

Keine Frage, Kel stürzte aus dem Stall.

»Immer mit der Ruhe!«, riet ihm Bebon.

Nordwind war bereits in Richtung Bierhaus losgetrottet, wobei er wie immer den kürzesten Weg nahm.

Seinem Gang nach zu urteilen, drohte keine Gefahr.

Die Ordnungshüter und Soldaten hatten sich tatsächlich zurückgezogen und der Stadt ihre beschauliche Lebensfreude wiedergegeben. Erleichtert kamen die Bewohner aus ihren Häusern und unterhielten sich über diesen besonderen Tag. Jeder hatte etwas dazu zu sagen, und es wurde heftig gestritten.

Als sie in die Nähe des Gasthauses kamen, wurde der Esel langsamer.

Mit äußerster Wachsamkeit beobachteten Kel und Bebon die Umgebung, konnten aber keine Späher entdecken.

»Bleibt hier an der Ecke von dieser kleinen Straße«, sagte der Schauspieler, »ich sehe mich mal um.«

Bebon klopfte an die Tür des Bierhauses.

Sie wurde langsam geöffnet, und der Kopf eines Nubiers erschien im Rahmen.

»Was willst du?«

»Trinken und mich unterhalten.«

»Bist du allein?«

»Viel zu allein.«

»Kannst du zahlen?«

»Ich kenne die Preise.«

Der Nubier warf einen prüfenden Blick auf die Straße.

»Komm rein.«

Das Gastzimmer war voller Nichtsnutze, von denen die meisten betrunken waren.

»Ist Guigua gerade frei?«, fragte Bebon den Nubier.

»Nein, das kannst du vergessen, mein Lieber! Die Kleine befindet sich in guten Händen.«

»In denen von meinem Freund Palios, wetten wir?«

»Ah, du kennst ihn also?«

»Und ob, ein verfluchter Kerl, dieser Grieche! Bring mir was zu trinken, ich warte hier auf ihn. Zahlen tut dann übrigens er.«

»Willst du kein anderes Mädchen?«

»Mal sehen, vielleicht später.«

Bebon machte es sich bequem und trank sein Bier.

Eine halbe Stunde später tauchte ein Pärchen auf – sie eine hübsche Dunkelhaarige, er ein kräftiger Kerl mit verwegenem Gehabe. Der Mann küsste das Freudenmädchen, leerte einen Becher Dattelschnaps und ging zur Tür.

Sofort war Bebon neben ihm und bohrte ihm die Spitze von seinem Messer in die Rippen.

»Wir gehen zusammen raus, Palios. Wenn du dich weigerst, bring ich dich um.«

Der Grieche war viel zu müde, um sich zu wehren, und gehorchte.

Kaum waren sie draußen, ging ihm Kel an die Gurgel, und der Esel drückte ihn an die Wand des Bierhauses.

»Rede, du Dreckskerl! Wohin hast du die Priesterin Nitis gebracht?«

»Wir sollten lieber woanders hingehen«, empfahl Bebon.

Die drei brachten ihren Gefangenen in eine finstere Gasse.

»Ich glaube, Ihr verwechselt mich«, jammerte Palios.

»Bist du kein Söldner?«

»Doch, aber …«

»Und du hast zusammen mit anderen griechischen Söldnern eine Frau entführt?«

»Nein, ich bin unschuldig.«

Der Grieche versuchte zu fliehen.

Nordwind schlug aus und traf ihn so heftig, dass er bäuchlings auf dem Boden landete. Bebon hielt ihn fest und setzte ihm die Messerklinge an den Hals.

»Wenn du lügst, schneide ich dich kurz und klein! Und ich hab's eilig, sehr eilig sogar!«

»Das war ein Befehl, ich musste das machen.«

»Wer hat dir den Befehl gegeben?«

»Das weiß ich nicht. Ich hab nur gemacht, was der Anführer gesagt hat.«

»Und wie heißt der?«

»Das weiß ich auch nicht.«

»Du machst dich wohl über mich lustig, Palios!«

»Nein, ich schwöre es. Die anderen, die da mitgemacht haben, hab ich auch noch nie vorher gesehen.«

»Und was habt ihr dann gemacht?«

»Wir haben uns das Mädchen geschnappt, als sie gerade von der *Ibis* gehen wollte.

»Nitis ist kein Mädchen«, sagte Kel drohend, »sondern die Oberpriesterin der Sängerinnen und Weberinnen von Neith.«

»Meinetwegen, schon gut! Das hab ich ja nicht gewusst. Wir Söldner machen einfach, was man uns sagt, und fragen nicht lang, warum.«

»Wo habt ihr sie hingebracht?«

»In ein schönes großes Haus, im Süden der Stadt.«

»Nichts wie hin«, befahl Bebon.

»Das geht nicht, ich muss zurück in die Kaserne.«

Die Spitze des Messers bohrte sich etwas tiefer in den Hals des Griechen.

»Nichts wie hin, habe ich gesagt. Also los!«

14

Es war Vollmond, und der Vierbeiner hatte einen schnellen Gang eingelegt. Doch auf einmal blieb Nordwind stehen.

Kel verstand sofort, warum.

»Du zeigst uns einen falschen Weg, Palios! Noch so was, und du erlebst den morgigen Tag nicht.«

»Eins musst du nämlich wissen«, sagte Bebon, »uns kommt es auf einen Toten mehr oder weniger nicht an. Wenn du uns aber zum richtigen Haus führst, kannst du mit etwas Glück überleben.«

Mit hängendem Kopf schlug der Grieche den richtigen Weg ein.

Kein Wachmann weit und breit.

Am Ende einer verschlafenen kleinen Straße stießen sie auf ein stattliches Anwesen, das von hohen Mauern umgeben war. Uralte Palmen spendeten dem zweistöckigen Haus, das mitten in einem großen Garten stand, angenehmen Schatten.

Nordwind richtete seine Ohren auf und blieb stehen.

»Wer wohnt hier?«, wollte Kel von dem Söldner wissen.

»Das weiß ich nicht. Wir wurden am Eingang erwartet. Dann haben wir denen das Mädchen, äh … die Priesterin, übergeben und uns davongemacht.«

»Nachdem du nichts weißt, brauchen wir dich jetzt nicht mehr«, meinte Bebon.

»Ihr habt doch versprochen …«

Aus einem der Säcke, die der Esel trug, holte der Schauspieler ein Tuch, das er dem Söldner in den Mund stopfte, dann fesselte er den Entführer mit einem kräftigen Seil. Zusammen mit Kel schleppte er ihn in einen Lagerschuppen, wo sie ihn liegen ließen.

»Irgendwann findet dich jemand«, beruhigte ihn Bebon. »Aber halt ja den Mund. Wenn du etwas ausplauderst, schneidet dir einer von unseren Leuten den Hals durch. Verstanden?«

Der Grieche nickte.

»Und jetzt stürmen wir das Haus!«, drängte der Schreiber.

»Davon rate ich dir dringend ab«, widersprach ihm sein Freund. »Wenn du mich fragst, ist das hier eine Falle. Wir sollten uns auf alle Fälle erst einmal gründlich umsehen und dann überlegen, wie wir es machen wollen.«

Obwohl sich Kel vor lauter Ungeduld kaum noch zurückhalten konnte, fügte er sich. Er wollte nicht den kleinsten Fehler machen, wenn es um die Befreiung von Nitis ging.

Bebon, der überzeugt gewesen war, das Haus werde von Söldnern bewacht, musste zugeben, dass er sich geirrt hatte. Und in der Nähe gab es auch keine Wachtruppen oder Soldaten; nur einen Pförtner in einem Holzhäuschen mit einem Leinendach. Hier war der Mann vor den sengenden Strahlen der Sonne geschützt.

»Zu schön, um wahr zu sein«, meinte der Schauspieler, »drehen wir die Runde noch mal.«

Aber hier war es einfach vollkommen ruhig – ganz anders als in den viel begangenen Straßen in den belebten Vierteln.

»Das Haus ist als Gefängnis bestens geeignet«, fand Kel.

»Wie es aussieht, halten sich die Söldner im Inneren des Hauses auf«, überlegte Bebon. »Aber wie viele sind es?«

»Ich finde, wir sollten den Pförtner ausschalten und ins Haus gehen, dann wissen wir es.«

»Nein, dieser Kerl dient doch nur als Lockvogel. Sobald wir ihm zu nahe kommen, fällt eine Meute von Griechen über uns her.«

»Dann müssen wir eben versuchen, über die Mauern zu klettern.«

»Das wäre genauso falsch. Bestimmt gibt es dahinter Wächter. Und wir wissen nicht einmal, wohin wir wollen. Zuerst brauchen wir genaue Auskünfte.«

»Die kann uns der Türhüter geben.«

»Mit Sicherheit nicht!«

»Nitis hat schon lange genug gewartet!«

»Wenn man uns tötet, bleibt ihr keine Hoffnung mehr.«

Und noch einmal bezwang der Schreiber seine stürmische Ungeduld – am liebsten hätte er sich auf der Stelle und notfalls mit Gewalt Zutritt zu dem Haus verschafft.

Ob Nitis spürte, dass er in ihrer Nähe war, ob sie wohl noch an ihre Befreiung glaubte?

»Auch griechische Söldner müssen ab und zu etwas essen und trinken«, überlegte Bebon laut. »Mit anderen Worten: Eigentlich müssten sich Lieferanten am Hauseingang melden. Sie könnten uns wichtige Hinweise geben.«

»Und wenn sie nichts wissen?«

»Du dürftest ruhig etwas zuversichtlicher sein.«

Kels Geduld wurde auf eine harte Probe gestellt.

Schließlich erschien dann aber doch noch ein Wasserverkäufer.

Er wechselte ein paar Worte mit dem Pförtner, betrat das Anwesen und kam nach kurzer Zeit wieder heraus.

Kel und Bebon sprachen ihn einige Straßen weiter an, während Nordwind Wache stand.

»Wir haben Durst«, sagte der Schauspieler.

»Tut mir leid, ich hab gerade alles verkauft.«

»An die Leute in dem schönen großen Haus?«

»Ja, genau.«

»Das sind Griechen, hab ich recht?«

»Weiß ich nicht. Ich mache die Arbeit für meinen Herrn, der krank geworden ist, und kenn mich hier nicht gut aus.«

Der Schreiber und sein Freund bezogen wieder ihren Wachposten.

Etwas später kam ein Mann mit gefüllten warmen Teigfladen. Auch er durfte das Haus betreten.

Kel sprach ihn an, als er wieder auf der Straße und außer Sichtweite des Türhüters war. Bebon hielt sich im Hintergrund und vergewisserte sich, dass ihnen niemand folgte.

»Ich hätte gern einen von deinen Fladen.«

»Ich hab leider keinen mehr. Aber ganz in der Nähe gibt's mehrere Bäckereien.«

»Diese Griechen haben wirklich Glück!«

Der Händler sah ihn erstaunt an.

»Ich versteh nicht recht ...«

»Du hast ihnen gerade deine ganzen guten Fladen verkauft! Überhaupt müssen diese Griechen ziemlich reich sein, wenn sie in einem so schönen großen Haus wohnen.«

»Ach so, da täuschst du dich aber kräftig! Der Besitzer von diesem Haus ist kein Grieche.«

»Weißt du, wie er heißt?«

»Na klar, das Haus gehört Pef, dem königlichen Schatzmeister. Ich werde hier immer gut bezahlt. Du hast ja gesehen, wie viele Fladen ich verkauft hab; wenn man danach geht, hat er mindestens zehn Diener. Also dann, alles Gute, mein Freund.«

15

Königin Tanit veranstaltete noch am Abend der Rückkehr des Hofstaates nach Saïs, der großen Stadt im Nildelta, die Hauptstadt der XXVI. Pharaonendynastie geworden war, ein Festmahl. Pharao Amasis liebte diese entspannenden Stunden, die ihn die mühsamen Pflichten seines Amtes vergessen machten. Auch wenn er zu viel trank und sich gelegentlich bedauerlichen Launen hingab, hatte er doch nach wie vor das Ruder fest in der Hand und verwirklichte mit großem Erfolg seine Ziele: wirtschaftlicher Wohlstand, sichere Bündnisse mit den griechischen Königreichen und Fürstentümern und Ausbau der ägyptischen Militärmacht. Zu dem feierlichen Anlass trug die Königin, die immer noch sehr schön war, an Schmuck lediglich eine Halskette aus Lapislazuli und ein Paar goldene Ohrringe.

»Ihr seht bezaubernd aus«, stellte Amasis bewundernd fest. »Und ich habe mal wieder schreckliche Kopfschmerzen.«

»Habt Ihr vielleicht vergessen, die Medikamente einzunehmen, die Udja Euch verordnet hat?«

»Mag sein … Ich glaube, ich trinke lieber einen leichten, fruchtigen Weißwein, der bestimmt alle meine Schmerzen vertreibt.«

»Der Hof ist hocherfreut über unsere Rückkehr nach Saïs. Zugegeben, Memphis ist eine schöne Stadt, aber unsere Hauptstadt besitzt doch einfach einen unvergleichlichen Zauber.«

»Der noch zunehmen wird, das darf ich Euch versichern. Hier und nirgendwo anders spielt sich in Zukunft das Schicksal der Menschheit ab. Memphis kann trotzdem wirtschaftlicher Mittelpunkt des Landes bleiben, und Theben der Erhaltung überkommener Bräuche dienen.«

»Erfreut sich die Gottesdienerin nicht großer Beliebtheit?«

»Unser Volk verehrt die ruhmreiche Vergangenheit der Stadt des Gottes Amun und erinnert sich gern an die prunkvollen Zeiten unter Thutmosis, Amenhotep und Ramses. Aber die Zukunft liegt anderswo, meine liebe Tanit; heute müssen wir in Richtung Mittelmeer und Griechenland blicken. Mithilfe von Denkern wie Pythagoras stärken wir Griechenlands Beziehungen zu Ägypten und werden Teil des Fortschritts.«

»Heute Abend sind mehrere griechische Botschafter an Euren Tisch geladen.«

»Ausgezeichnet! Unsere Küche soll ihr Bestes geben.«

»Ihr könnt Euch darauf verlassen.«

Auch wenn die Bediensteten am königlichen Hof Tanit verehrten, wussten sie doch, wie streng sie war. Sie duldete keine Fehler und achtete genauestens auf die Einhaltung der Sitten. Schließlich ging es um Ägyptens Ansehen. Und Pharao Amasis beglückwünschte sich jeden Tag aufs Neue, dass er sie an seiner Seite hatte. War es nicht auch Tanit zu verdanken, dass sie Mitetis besänftigt hatten, die Gattin von Krösus, dem persischen Obergesandten, aber vor allem auch die Tochter von Amasis' unglücklichem Gegner Apries, den er entthront hatte?

Mit der Bändigung dieser zürnenden Löwin hatte Tanit ihre erstaunliche Vermittlungsgabe bewiesen.

»Ehe das Festmahl beginnt, muss ich noch einen Berg lästiger Arbeit erledigen«, klagte der König.

»Davon hängt das Wohlergehen der Zwei Länder ab, mein Lieber«, sagte Tanit lächelnd.

Dann ließ sie ihren Gatten allein, und Amasis empfing Richter Gem.

»Obwohl der große Einsatz der Wachmannschaften in Memphis einige beachtliche Ergebnisse erzielt hat, konnten wir den Schreiber Kel nicht ergreifen«, berichtete der Hohe Richter. »Die Stadt ist nun viel sicherer, und das Verbrechen wurde erfolgreich bekämpft. Ich konnte einige gefährliche Unruhestifter und Gauner hinter Schloss und Riegel bringen; und eines weiß ich jetzt mit Sicherheit: Kel hat die Stadt verlassen und ist auf dem Weg in den Süden des Landes. Sollte es ihm gelingen, die Grenze von Elephantine zu überwinden, wird er nach Nubien fliehen und dort versuchen, einen Stamm gegen Euch aufzuhetzen.«

»Hast du die erforderlichen Maßnahmen ergriffen?«

»Ja, ich habe General Phanes von Halikarnassos und Henat aufgefordert, ihre Leute zu höchster Wachsamkeit zu verpflichten. Ich meinerseits habe allen Wachtruppen des Königreichs befohlen, ihre Aufmerksamkeit zu verdoppeln. Noch nie zuvor wurden die Landwege und der Fluss so streng überwacht. Ich wüsste wirklich nicht, wie es unter diesen Umständen zu einem Aufstand kommen könnte, Majestät.«

»Und dennoch entwischt uns dieser verdammte Schreiber immer wieder, und mein Helm ist nach wie vor unauffindbar!«

»Da Ihr mir weiterhin Euer Vertrauen schenkt, werde ich alles unternehmen, was in meiner Macht steht, und

Euch diesen Mörder ausliefern – tot oder lebendig. Seine Geschicklichkeit wird meine Geduld nicht besiegen können.«

»Nachdem inzwischen ein neuer Hohepriester der Neith ernannt wurde, der nicht so widerspenstig wie sein Vorgänger ist, steht uns der Tempel nun weit offen«, erklärte Amasis. »Man wird dort nicht noch einmal Abweichlern Unterschlupf gewähren. Lass den Tempel noch einmal gründlich durchsuchen, Richter Gem. Vielleicht gibt es da noch Überraschungen für uns.«

»Ich soll ihn noch mal durchsuchen lassen … wirklich gründlich?«

»Kein Gebäude soll ausgenommen bleiben.«

»Auch nicht die Kapellen in den Königsgräbern?«

»Ich sagte doch: keines!«

Der Richter wirkte verlegen.

»Die Schülerin des verstorbenen Hohepriesters ist verschwunden, Majestät. Es gibt keine Hinweise, nicht einen Zeugen.«

»Verschwunden oder geflohen?«

»Wenn ich auch keine stichhaltigen Beweise habe, schien mir das Verhalten dieser Nitis, einer erstaunlichen jungen Frau mit einer strahlenden Zukunft, immer schon verdächtig. Bedenkt man, dass ihr Meister den Schreiber Kel doch irgendwie geschützt hat, muss sie ihm wohl blind gehorcht haben.«

»Du meinst, sie wurde Helfershelferin eines Verbrechers und hat sich ihm wieder angeschlossen?«

»Davon bin ich fest überzeugt, Majestät.«

»Das wäre aber äußerst merkwürdig. Sie ist doch Oberpriesterin der Sängerinnen und Weberinnen der Göttin Neith?«

»Ja, aber die Ernennung eines neuen Hohepriesters hat sie wohl überzeugt, dass sie bald ihres Amtes enthoben und wieder zu niederen Diensten verpflichtet würde. Meines Erachtens gibt es eine eindeutige Erklärung für ihr geheimnisvolles Verschwinden.«

»Nämlich, Richter Gem?«

»Eine unglückselige Liebesgeschichte, Majestät.«

»Nitis soll sich in den Schreiber Kel verliebt haben?«

»Und umgekehrt – falls der sie nicht nur als Verbündete benutzt. Schließlich suchen wir einen einzelnen Mann und kein Paar.«

»Das klingt alles sehr überzeugend«, meinte der König. »Du musst entsprechende neue Anweisungen erteilen.«

»Das ist bereits geschehen, Majestät. Kels glückliches Geschick beruht nicht auf Zufällen, sondern auf einer wirkungsvollen und verschwiegenen Unterstützung. Das ist zumindest einer der Gründe, weshalb wir ihn bisher nicht fassen konnten. Sollte es weitere geben, werde ich sie ebenfalls entdecken.«

»Ich sehe, du hast mein Vertrauen in dich nicht enttäuscht, Richter Gem.«

Der alte Richter fühlte sich wie verjüngt. Jetzt war er wieder der gnadenlose Jäger mit Geduld und Scharfblick, dem auch der gerissenste Verbrecher nicht entkommen konnte. Die Vorzüge eines behaglichen Ruhestands waren vergessen, mit einem Mal verfügte er wieder über die grimmige Kraft des jungen Richters, der dem Gesetz zu seinem Recht verhelfen und das Böse besiegen wollte. Amasis war angenehm überrascht und wusste jetzt, dass die Tage des flüchtigen Paares bald gezählt sein würden.

16

Kel und Bebon waren noch immer wie vor den Kopf geschlagen.

Nun wussten sie also, wie der Anführer der Verschwörung hieß, der Mann, der den Befehl erteilt hatte, alle Übersetzer zu töten und der vor keinem Mord zurückschreckte, wenn ihm dies für seine ehrgeizigen Pläne nötig erschien: Pef, der königliche Schatzmeister.

Der Verwalter der Zwei Häuser von Gold und Silber, der Vorsteher der Felder und Herr über die überflutbaren Ufer – dieser hohe Würdenträger leitete Handel und Gewerbe von Ägypten und arbeitete zur vollsten Zufriedenheit von König Amasis.

»Pef hat schon Apries gedient, dem Vorgänger unseres Pharaos«, erinnerte Bebon. »Vielleicht hat er ihm die Treue gehalten und will sich rächen, indem er die Macht ergreift. Hohes Alter und Reichtum müssen nicht unbedingt den Ehrgeiz verschwinden lassen.«

»Nitis hat erzählt, dass Minister Pef ihre Eltern gut gekannt hat«, sagte Kel. »Er hat ihr zum Eintritt in den Neith-Tempel verholfen. Sie hielt ihn immer für einen Beschützer und konnte so natürlich nicht die Falle erkennen, die er ihr gestellt hat! Und Pef war es auch, der mich zu dem Festmahl eingeladen hat, bei dem ich auf seine Anweisung hin Rauschmittel bekam, damit ich am nächsten Tag verschlafen, zu spät im Übersetzeramt erscheinen und so in den Augen der Richter zum Mörder werden sollte.«

»Noch eine kleine, aber wichtige Ergänzung: Pef hält sich häufig in Abydos auf – dort sind griechische Söldner untergebracht. Wahrscheinlich hat er sich da die Entführer geholt.«

Der junge Schreiber kochte vor Zorn.

»Dieses Ungeheuer hat aber nun einen folgenschweren Fehler begangen – er hätte Nitis nicht angreifen dürfen«, erklärte er. »Ich weiß jetzt, wie wir sie befreien können.«

Bebon rechnete mit dem Schlimmsten, biss sich aber auf die Unterlippe.

»In der Hoffnung, dass er sich noch in Memphis aufhält, müssen wir ihn erst einmal finden; dann entführen wir ihn und tauschen ihn gegen Nitis aus. Alles Weitere wird sich zeigen.«

»Nimm es mir nicht übel, aber dieser Plan scheint mir verrückt und nicht machbar.«

»Wir müssen jetzt sofort zum Palast.«

Wie üblich schlug Nordwind den kürzesten Weg ein und trabte angesichts der ernsten Lage ziemlich schnell vor den beiden Freunden her.

Kel meldete sich bei dem ersten Wachposten.

»Ich komme aus Abydos«, sagte er mit einer Ruhe, die ihn selbst überraschte, »und habe eine Botschaft für den Schatzmeister Pef, die ich ihm eigenhändig überreichen muss.«

Der Wachmann war von dem ernsthaften Auftreten des Schreibers beeindruckt und nahm die Angelegenheit nicht auf die leichte Schulter.

Nicht weit weg wartete Bebon und verging fast vor Sorge.

Kam dieses Unternehmen nicht einem Selbstmord gleich? Sollte einer der Soldaten Kel erkennen, würden sie sich alle auf ihn stürzen.

Nordwind kaute zufrieden Luzerne und schien unbesorgt.

Der Schauspieler beobachtete, wie ein Offizier auf Kel zuging. Die beiden unterhielten sich lange, aber offenbar ohne sich zu streiten. Dann entfernte sich der Schreiber ruhigen Schrittes vom Palast, und niemand hielt ihn auf.

»Wir gehen zum Hafen«, sagte er zu Bebon. »Das Schiff von Minister Pef ist zum Auslaufen nach Memphis bereit. Das ist die Gelegenheit, ihn abzufangen.«

»Unmöglich! Er wird bestimmt strengstens bewacht.«

»Das werden wir ja sehen.«

Der Esel war bereit, seine Mahlzeit zu unterbrechen, und wählte einen kurzen Weg.

Bebon hatte sich nicht getäuscht.

Der Zutritt zur Anlegestelle war verboten. Nur wer eine besondere Erlaubnis dazu hatte, durfte hinter die Absperrung durch die Soldaten.

Die Besatzung eines prächtigen Schiffs bereitete sein Auslaufen vor. Mitten auf dem Schiff befand sich eine große Kabine, die sehr schön mit Blumen und Schachbrettmustern verziert war.

»Das ist Pefs Schiff«, sagte Bebon. »Aber da kommen wir leider nicht rauf.«

»Gib mir das griechische Messer.«

»Was hast du dir jetzt wieder ausgedacht?«

»Hier im Hafen sind wirklich zu viele Soldaten, du hast recht. Aber schließlich gibt es auch noch den Fluss. Und ich bin ein ausgezeichneter Schwimmer.«

»Entweder du ertrinkst im Nil, oder die Bogenschützen töten dich, wenn sie sehen, dass du an Bord willst!«

»Kein Mensch beobachtet die rückwärtige Seite der Kabine; gib mir das Messer.«

»Das kannst du nicht machen, Kel, das ist der reine Wahnsinn!«

Kel machte einen so entschlossenen Eindruck, dass sich Bebon schließlich fügen musste.

»Du rührst dich hier nicht von der Stelle. Wir bringen Pef in sein Haus und befreien Nitis.«

Fassungslos sah Bebon seinen Freund weggehen und glaubte, ihn nicht lebend wiederzusehen. So weit zu tauchen, war schwierig, das Schiff des Ministers ungesehen zu erreichen, wäre ein Heldenstück, und an Bord klettern zu können, grenzte an ein Wunder. Was dann noch kommen mochte, dämmerte im Reich des Unmöglichen.

Bebon machte sich große Vorwürfe, dass er seinen Freund nicht aufgehalten hatte. Aber wie hätte er ihn umstimmen sollen? Durch seine heftige Liebe zu Nitis hatte er kein Gefühl mehr für Gefahr, und Kel wäre lieber bei dem Versuch, Nitis zu befreien, gestorben, als die Dinge so hinzunehmen, wie sie waren.

Dabei hatten sie beide wirklich nicht die Mittel, gegen einen Haufen griechischer Söldner und einen mächtigen Minister zu kämpfen.

Einen Augenblick lang überlegte Bebon, ob er durch unverständliches Gebrüll oder irgendwie anders Verwirrung stiften sollte. Dann mussten sich die Wachmänner um ihn kümmern, er würde verhaftet werden, und Kel könnte versuchen, seinen irrsinnigen Plan in die Tat umzusetzen. Das war schon ein seltsamer Kerl! Er wirkte so beherrscht und bedacht, wie geschaffen für ein hohes Verwaltungsamt – und doch war er fähig zu einer überwältigenden Liebe, die ihn in einen Abenteurer verwandelt hatte.

Da sah er ihn plötzlich.

Mit einem Hüftschwung, der eines griechischen Athleten würdig war, überwand Kel die hohe Schiffswand und kletterte an einem Seil auf die Brücke.

Und dann – nichts! Weder an Bord noch vom Hafen aus hatte jemand den Eindringling bemerkt.

Der junge Mann duckte sich und zögerte kurz. Er musste jetzt seine Deckung verlassen, über Deck laufen und die Tür einrennen in der Hoffnung, dass sie nicht von innen verriegelt war.

»Gib auf«, murmelte Bebon, »gib auf und komm zurück!«

Kel stürzte los und nutzte die Überraschung.

Die Seeleute und Soldaten sahen nur ganz kurz so etwas wie eine Raubkatze schneller als ein Schakal in die Kabine des Ministers stürmen.

Ehe sie hätten eingreifen können, war sie bereits wieder verschlossen.

Pef, der gerade einen Papyrus studierte, sprang erschrocken auf.

Der Schreiber zückte sein Messer.

»Wer … wer seid Ihr?«

»Meinen Namen solltet Ihr eigentlich kennen: Kel, der angebliche Mörder der Übersetzer.«

Draußen wurde gegen die Tür getrommelt.

»Sagt ihnen, sie sollen verschwinden, Pef. Sonst schneide ich Euch sofort die Kehle durch.«

»Nur keine Aufregung«, rief der Minister. »Es ist alles in Ordnung.«

»Seid Ihr ganz sicher?«, fragte der Kapitän besorgt.

»Ihr sollt gehorchen und auf meine Anweisungen warten.«

Der Lärm ließ nach.

»Was wollt Ihr?«, fragte Pef und sah Kel furchtlos an.

»Könnt Ihr Euch das nicht denken?«

»Sagt, was Ihr wollt.«

»Ich weiß inzwischen, welches Spiel Ihr spielt, Pef. Und Ihr werdet mir jetzt helfen, die Priesterin Nitis zu befreien. Wenn Ihr Euch weigert, töte ich Euch.«

17

Unerschütterlich hielt der königliche Schatzmeister dem Blick seines Angreifers stand.

»Dann seid Ihr ja wohl ein Mörder.«

»Ich habe noch kein Verbrechen begangen. Ihr hingegen habt einen Massenmord befohlen.«

»Was habt Ihr für Beweise?«

»Die Entführung und Gefangennahme der Priesterin Nitis.«

»Der Oberpriesterin der Sängerinnen und Weberinnen der Göttin Neith?«

»Ja, genau.«

»Da täuscht Ihr Euch aber, mein Junge.«

»Leugnen ist nutzlos, Pef. Ich bin den griechischen Söldnern auf die Spur gekommen, die sie entführen mussten, und ich weiß, dass sie in Eurem prächtigen Haus in Memphis gefangen gehalten wird.«

Der Schatzmeister wirkte verwirrt.

»Das kann nicht sein! Ich empfinde große Hochachtung für diese bemerkenswerte Frau und bin stolz, dass ich ihr helfen konnte, den Weg ihrer Berufung zu leben. Der verstorbene Hohepriester hatte sie sich als seine Nachfolgerin gewünscht, aber der König hat anders entschieden. Ein bedauerlicher Irrtum, wie ich finde, der aber mit Sicherheit früher oder später in Ordnung gebracht werden wird.«

»Genug der schönen Worte, Pef! Ihr habt doch nichts anderes im Sinn, als Amasis zu stürzen und seinen Thron zu besteigen. Deshalb habt Ihr ein gemeines Vorhaben ersonnen und mich zum Sündenbock bestimmt. Ihr wolltet, dass ich verhaftet, schnell gerichtet und zum Tode verurteilt werden sollte. Aber ich bin frei und stehe hier vor Euch. Nitis anzugreifen war ein schwerer Fehler. Ihr macht mich damit zu Eurem erbarmungslosen Feind.«

»Seid Ihr etwa in sie verliebt?«

»Wir sind verheiratet.«

»Nitis, die Frau eines Mörders! Außer … Außer Ihr seid tatsächlich unschuldig, und sie will das mit allen Mitteln beweisen.«

»Versucht ja nicht, mich zu überlisten! Wir begeben uns jetzt gemeinsam zu Eurem Haus, und Ihr befehlt den griechischen Söldnern, Nitis freizulassen. Wenn nicht, ich sage es noch einmal, töte ich Euch.«

»Ihr irrt Euch, Kel. Weder habe ich eine Verschwörung gegen den Pharao geschmiedet noch die Entführung von Nitis veranlasst.«

»Mit diesen Lügen hatte ich gerechnet. Zählt nicht auf meine Gutgläubigkeit, Pef. Als Ihr mich zum Festessen in Eurem Haus eingeladen habt, mich, einen jungen, kaum erfahrenen Schreiber, den ein Arzt auf Eure Anweisung hin mit Rauschmitteln betäuben musste, habt Ihr geglaubt, Ihr kämt so zu Eurem Ziel – weil Ihr nicht erwartet habt, dass ich Richter Gem, mit dem Ihr unter einer Decke steckt, entkommen würde.«

»Da kennt Ihr ihn aber schlecht! Er hat sein ganzes Leben der Suche nach der Wahrheit und der Bestrafung der Schuldigen gewidmet. Kein Mensch, nicht einmal der Pharao selbst, könnte Einfluss auf ihn ausüben.«

»Ihr scheint noch immer zu glauben, ich kann nicht bis drei zählen.«

»Im Gegenteil, aber ich überlege und suche nach einer Antwort. Seid Ihr vielleicht zum Opfer übler Machenschaften geworden?«

»Wirklich sehr geschickt, Minister Pef! Eure Zweifel und Euer Mitgefühl rühren mich zutiefst.«

»Denkt doch einmal nach, Kel. Ich bin alt, reich und angesehen, und ich habe viele Jahre lang dem Pharao treu gedient. Es wird nicht mehr lange dauern, und er schickt mich in den verdienten Ruhestand. Heute gilt meine einzige Sorge der Wiederherstellung des Tempels von Abydos und der Feier des Osiris-Kults. Das Haus des Todes, die ewige Ruhestätte – gehören sie nicht zum Leben? Die allzu griechenfreundliche Haltung von Amasis missfällt mir, und ich halte mit meiner Meinung nicht hinter dem Berg. Macht und Herrschen kümmern mich nicht mehr, aber Ägypten befindet sich auf dem falschen Weg, ohne dass ich etwas dagegen unternehmen könnte. Dank meiner Stellung und meines Vermögens kann ich aber die Künstler und Handwerker dazu ermuntern, sich das goldene Zeitalter der Pyramiden zum Vorbild zu nehmen und an der Überlieferung festzuhalten. Sollte mich der König nicht zum Rücktritt auffordern, werde ich ihn selbst einreichen und mich nach Abydos zurückziehen – in die Nähe von Osiris. Das ist es, was mir wirklich wichtig ist.«

Kel war jetzt auch verwirrt und hielt das Messer noch fester.

»Ihr wollt mich verführen, wie ein Magier redet Ihr auf mich ein! In Abydos gibt es aber eine Einrichtung mit griechischen Söldnern, die Ihr für die Entführung von Nitis verpflichtet habt.«

»Amasis verlangt, dass die Söldner an so vielen Orten wie möglich zur Stelle sind, kleinen wie großen. Seiner Meinung nach hängt die Sicherheit der Zwei Länder von diesen Männern ab.«

»Zweifelt Ihr etwa daran?«

»Ich bin Schatzmeister und Vorsteher der Felder, die Verteidigung Ägyptens fällt nicht in mein Aufgabengebiet.«

Der Minister erhob sich.

»Gehen wir zu meinem Haus, damit ich Euch meine Unschuld beweisen kann.«

»Ah, Ihr gebt es also endlich zu! Eine falsche Bewegung, ein Hilferuf, und ich bringe Euch um!«

»Ich gebe Euch eine Schreiberpalette, und Ihr geht zwei Schritte hinter mir. Im Namen des Pharaos, ich schwöre Euch, dass ich Euch nicht verraten werde.«

Diese Worte machten den jungen Mann betroffen. Pef wusste, was es für Folgen hatte, diesen Schwur zu brechen: Die Dämonen rissen die Seele in Fetzen und verdammten sie ins Nichts. War der Minister etwa so gewissenlos und verkommen, sich darüber hinwegzusetzen?

Pef reichte ihm eine Palette, und Kel nahm sie in die Hand.

»Während sich der Hof vorübergehend in Memphis aufgehalten hat, war ich nicht in meinem Haus und habe in einer Wohnung im Palast geschlafen«, erklärte der Schatzmeister. »Sollte sich inzwischen bei mir zu Hause etwas Ungewöhnliches ereignet haben, werden wir das gemeinsam herausfinden.«

Der Minister schien die Wahrheit zu sagen.

Oder war das wieder nur eine neue Falle?

»Also los, wir gehen!«, befahl Kel.

Pef öffnete die Tür.

Vor ihnen standen der Kapitän, die Besatzung und die Soldaten. Ein Wort nur, ein Zeichen von Pef hätte genügt, und sie hätten Kel überwältigt.

»Alles in Ordnung«, beruhigte der Schatzmeister.

»Was ist mit diesem Mann … Warum ist er in Eure Kabine gestürmt?«, wollte der Kapitän wissen.

»Er ist ein Gesandter aus Abydos, das von einer Verbrecherbande ernsthaft bedroht wird. Er wollte mich selbst über die dortigen Vorgänge unterrichten und hat befürchtet, er könnte vorher verhaftet werden. Ich nehme ihn mit nach Hause, wir müssen dort einige Schriftstücke überprüfen. Unsere Abreise verzögert sich dementsprechend.«

»Wann werdet Ihr zurück sein?«

»So bald wie möglich.«

»Wünscht Ihr Begleitschutz?«

»Das wird nicht nötig sein.«

Und Bebon beobachtete verblüfft, wie der königliche Schatzmeister gemächlich sein Schiff verließ, gefolgt von einem Schreiber mit einer Palette in der Hand.

Offenbar konnte sich Kel frei bewegen.

»Unglaublich«, murmelte der Schauspieler vor sich hin. »Er bedroht seine Geisel nicht einmal. Was kann Pef ihm nur erzählt haben?«

Aber Bebon blieb misstrauisch und erwartete noch immer das Eingreifen der Wachtruppen.

Der Minister und der Schreiber gingen ganz nah an Nordwind und ihm vorbei, wobei sich die beiden völlig unbeteiligt gaben.

Niemand folgte ihnen.

Da nahmen der Schauspieler und der Esel die Verfolgung auf – allerdings in gehörigem Abstand. Sollte doch jemand versuchen, Kel anzugreifen, würden sie das zu verhindern wissen.

Aber es kam zu keinerlei Zwischenfällen.

Und so erreichte der königliche Schatzmeister in Begleitung des Schreibers sein schönes Haus, in dem Nitis gefangen gehalten wurde.

18

Pef rüttelte den Türhüter wach, der eingeschlafen war.

»Herr! Ihr hier? Ich dachte, Ihr wärt abgereist.«

»Und da hast du gemeint, du kannst faulenzen und musst mein Haus nicht mehr bewachen.«

»Nein, nein, was denkt Ihr denn! Ich bin nur kurz eingenickt.«

»Hast du mir irgendetwas zu melden?«

»Nein, Herr, nichts.«

»Eine junge Frau wurde hier ins Haus gebracht«, fuhr

Kel ungeduldig dazwischen, »und griechische Söldner halten sie gefangen.«

Der Pförtner riss die Augen auf.

»Was erzählt Ihr denn da?«

»Lüg mich nicht an, ich weiß alles.«

Der Mann sah seinen Herrn hilfesuchend an.

»Herr, dieser Mann muss den Verstand verloren haben.«

»Du sagst also, dass niemand während meiner Abwesenheit in meinem Haus war.«

»Ja, niemand. Außer den Hausangestellten, die jeden Morgen nach Euren Anweisungen ihre Arbeit tun, und Eurem Verwalter, der immer nachsehen muss, ob alles in Ordnung ist.«

»Gehen wir hinein und fragen ihn«, schlug der Schatzmeister vor.

Der Hausverwalter, ein mageres Männchen mit schwarzen Augen, kam den Besuchern entgegen und verneigte sich vor seinem Herrn.

Kel fürchtete einen Hinterhalt und sah sich nach allen Seiten um.

»Ich freue mich, dass Ihr zurück seid, Herr. Werdet Ihr allein zu Abend essen, oder habt Ihr Gäste?«

»Das sehen wir später. Haben sich eine junge Frau und mehrere griechische Söldner in meinem Haus aufgehalten?«

Dem Verwalter blieb vor Staunen der Mund offen stehen.

»Ich verstehe nicht …«

»Hat man dich bedroht? Wenn ja, gib es zu.«

»Bedroht? … Nein, bestimmt nicht. Ich habe einfach meine Arbeit wie immer gemacht, und auch nicht vergessen, den Gärtnern auf die Finger zu schauen und neue Bierfässer zu bestellen.«

»Und es gab keinen ungewöhnlichen Besuch?«

»Keinen, Herr.«

Pef spürte, wie misstrauisch Kel weiterhin war, und lud ihn ein, das große Haus vom Keller bis zur Dachterrasse zu untersuchen. Der Schreiber ließ dabei nicht einmal die Schlafräume und Badezimmer aus.

Aber keine Spur von Nitis.

»Man hat Euch wohl eine Lügengeschichte aufgetischt, Kel.«

»Das kann nicht sein! Der griechische Söldner hatte viel zu viel Angst, um etwas zu erfinden.«

»Seht es doch endlich ein: Er hat sich einfach irgendetwas zusammengereimt, um Euch loszuwerden.«

»Nein, ich glaube ihm noch immer. Eure Hausangestellten stecken mit Euch unter einer Decke; Ihr seid es, der lügt!«

Der Schreiber zückte wieder sein Messer.

»Meine Geduld ist zu Ende, Pef. Wo haltet Ihr Nitis versteckt?«

»Ich habe sie nicht entführt.«

Kel kam drohend auf ihn zu, als er plötzlich den Esel schreien hörte.

»Das hier ist also doch eine Falle!«

»Ich habe Euch nicht verraten«, versicherte Pef.

Kel sah aus dem Fenster in den Garten.

Der Esel ging voraus, hinter ihm Bebon, der den Pförtner und den Hausverwalter am Wickel hatte, die beide sehr mitgenommen wirkten.

»Sie wollten fliehen«, rief ihm der Schauspieler zu. »Da mussten wir sie aufhalten.«

Mit fragendem Gesicht kam der Minister in Begleitung von Kel aus seinem Haus.

Eine schöne Beule zierte die Stirn des Pförtners, und der Verwalter blutete aus Nase und Mund.

»Das waren zwei ausgezeichnete Treffer von Nordwind«, erklärte Bebon. »Diese beiden Herren haben scheint's kein gutes Gewissen.«

Kel setzte dem Pförtner das Messer an den Hals.

»Rede, du Schuft! Man hat also doch eine junge Frau hierhergebracht?«

»Ja, ja … Aber ich bin unschuldig! Ich hab nur gemacht, was mir der Verwalter befohlen hat.«

Letzterer verdrehte die Augen und schien nicht ganz bei Bewusstsein. Bebon ohrfeigte ihn und zog ihn an den Haaren.

»Aufwachen, Freundchen! Und antworte auf unsere Fragen! Sonst verpasst dir unser Esel noch ein paar Tritte.«

Dem Hausverwalter wurde übel.

»Griechische Söldner haben mich gezwungen«, gab er zu. »Diesen Leuten verweigert man am besten nichts.«

»Gezwungen … und bezahlt?«

»Ein bisschen.«

»Wusste dein Herr von der Sache?«, fragte Kel und sah Pef an.

»Nein, sie haben seine Abwesenheit genutzt und eine Gefangene hierhergebracht und eine Nacht verhört.«

»Hat man sie gefoltert?«

»Das weiß ich nicht.«

Wie konntest du es wagen, mein Vertrauen so zu missbrauchen?«, mischte sich jetzt Pef ein, und in seinen Augen funkelte kalter Zorn.

»Aber, Herr, die Griechen haben mir keine Wahl gelassen!«

»Wie heißen diese Söldner?«

»Das weiß ich nicht.«

»Wohin haben sie ihre Geisel gebracht?«

»Das weiß ich auch nicht.«

»Du kennst dich aber wirklich sehr schlecht aus. Da müssen wohl die Hufe von diesem Esel deinem Gedächtnis auf die Sprünge helfen.«

Der Verwalter fiel vor ihm auf die Knie.

»Ich hab die Wahrheit gesagt, Herr!«

»Als die Söldner die Frau weggebracht haben, hat einer von ihnen von ihrem Lager in Sakkara geredet«, winselte der Pförtner.

»Was noch?«

Jetzt fiel auch der Pförtner auf die Knie.

»Ich hab alles gesagt, was ich weiß, Herr!«

»Verschwindet jetzt.«

»Wir … wir dürfen gehen?«

»Verschwindet endlich!«

Der Verwalter und der Pförtner machten sich eilends aus dem Staub.

»Hättet Ihr sie nicht den Wachmannschaften übergeben müssen?«, fragte Kel.

»Sie halten bestimmt den Mund. Und ich möchte nichts mit der Entführung einer Priesterin zu tun haben. Jetzt habt Ihr erfahren, was Ihr wissen wolltet, und könnt handeln.«

»Wenn wir Euch freilassen, lasst Ihr uns festnehmen«, dachte Bebon laut. »Ihr wisst zu viel.«

»Deshalb werde ich ebenfalls nichts sagen und mich hüten einzugreifen. Ich zweifle an Kels Schuld, aber ich habe nicht die Absicht, eigene Ermittlungen anzustellen und mich in eine Angelegenheit einzumischen, die mich nichts angeht. Richter Gem wird die Wahrheit schon ans Tageslicht bringen. Ich muss jetzt zurück nach Saïs und mich um Ägyptens Wohlergehen kümmern. Wenn es nach mir geht, sind wir uns nie begegnet.«

Kel und Bebon sahen sich fragend an.

»Einverstanden«, sagte der Schreiber.

Und der königliche Schatzmeister machte sich ohne Eile auf den Rückweg zu seinem Schiff.

»Da hast du gerade einen schweren Fehler gemacht«, meinte Bebon. »Ob er nun der Anführer der Verschwörer ist oder nicht – wir hätten ihn töten müssen.«

19

Der soeben von Pharao Amasis ernannte neue Hohepriester des Neith-Tempels öffnete Richter Gem und seinen Leuten bereitwillig Tür und Tor. Der Richter wollte eine gründliche Durchsuchung der verschiedenen Gebäude auf dem ausgedehnten Tempelbereich vornehmen – dem heiligen Mittelpunkt der Stadt Saïs.

Diesmal erhielt er ohne Schwierigkeiten Zugang zu den Orten, die den Weltlichen eigentlich verschlossen blieben, wie die Krypten im Haus des Lebens. Und er sah sich in seiner Ahnung bestätigt: Der verstorbene Hohepriester und seine Schülerin Nitis hatten dem Schreiber Kel Unterschlupf gewährt. Also hatte es sich tatsächlich um eine Verschwörung gehandelt, an der sogar ein hochrangiger geistlicher Würdenträger beteiligt gewesen war. War er der Kopf der Verschwörer gewesen? Hatte er Mitwisser im Palast? Wurde Kel sein Nachfolger? Viele Fragen blieben noch unbeantwortet.

Das erfreuliche Ergebnis: Der Tempel diente nicht länger als Nest für Verschwörer, und die Priester beschränkten sich jetzt auf ihre rituellen Pflichten.

Gem durchsuchte das »Haus des Morgens«, den Ort der Reinigungen, den Silex-Saal, in dem die Kultgegenstände aufbewahrt wurden, das »Schloss der Leinenstoffe«, die Kapellen von Neith, Re und Atum und das Heiligtum der Biene. Dort wurden die Mysterien der Auferstehung von Osiris gefeiert. Mitten im Naos stand der geheimnisvolle Sarkophag mit der göttlichen Mumie.

»Öffnet ihn«, befahl Gem dem Hohepriester.

Trotz all seiner Beflissenheit sah sich der nun zum Widerspruch genötigt.

»Da müssen wir auf die nächste Feier warten, weil …«

»Ich wurde dazu bevollmächtigt.«

Mit zitternden Händen öffnete der Priester den Sarkophag und trat ein paar Schritte zurück. Wer so das Geheimnis der Großen Mysterien verletzte, musste den Zorn der Götter auf sich ziehen.

Und ihre Rache würde fürchterlich sein.

Jetzt sah Gem, was er nie hätte sehen dürfen: Einen goldenen Sarkophag mit dem lichten Wesen von Osiris darin, eingehüllt in Leinen, das Isis und Nephtys gewebt hatten.

Aber kein Schriftstück, das ihm weitergeholfen hätte.

Der Hohepriester war sehr unruhig und bat um die Erlaubnis, sich zurückziehen zu dürfen. Dem Richter war zwar auch nicht wohl in seiner Haut, aber er setzte seine Durchsuchung fort. Schließlich ging es um die Sicherheit und die Zukunft des Königreichs.

Letzter Schritt: Die Gräber der Pharaonen, die Saïs zu ihrer Hauptstadt gemacht hatten. Sie befanden sich innerhalb der Tempelmauern und unterstanden dem besonderen Schutz der Göttin Neith. Kolonnaden, Säulen in Form von Palmen, vor der Kapelle eine Eingangshalle, ein Grabgewölbe: Die ewigen Ruhestätten der Herrscher waren in der Tat eindrucksvoll. Auch die von Amasis, die gerade erst fertiggestellt worden war, war prachtvoll. Richter Gem betrat sie andächtig, durchquerte den Innenhof und ging bis zum Oratorium.

Dort sah ihn die sehr lebendig wirkende Statue vom *Ka* des Monarchen an.

Der Bildhauer hatte sich von den Werken des Alten Reichs anregen lassen, und es war ihm gelungen, die machtvolle Schlichtheit der Herrscher des Goldenen Zeitalters einzufangen.

Der Richter trat näher.

Nach dem Tod von Amasis würde diese Kapelle mit Opfergaben überhäuft werden. Dann musste jeden Tag ein *Ka*-Priester das Andenken an den Verstorbenen feiern. Amasis' Seele, die in dieser Statue verkörpert war, sollte sich von hier zu ihrer Wiedergeburt aufschwingen und dann in seinen unveränderlichen steinernen Körper zurückkehren.

Der Richter wollte die Schriften auf dem hinteren Säulenpfeiler lesen, als er plötzlich, versteckt hinter der Statue, einen sorgfältig aufgerollten Papyrus entdeckte.

Neugierig nahm ihn Gem in die Hand – kein Siegel, nur eine einfache Schnur, die schnell entknotet war.

Aber eine vollkommen unverständliche Schrift! Hieroglyphen, die ganz offensichtlich eine kundige Hand geschrieben hatte, die aber keinerlei Sinn ergaben.

Der Richter musste an die letzten Worte denken, die der Oberste Übersetzer gestammelt hatte, als er im Sterben lag: »Entziffere das verschlüsselte Schriftstück!« Hatte er diese Schrift gerade entdeckt, und war dieser Papyrus der Grund für das Morden? Eines war ganz offensichtlich: Es handelte sich um das gleiche Schriftstück wie das, das sich bereits in seinem Besitz befand und dem Schreiber Kel gehört hatte. Wer also hatte hier das Original versteckt? Entweder der verstorbene Hohepriester oder seine Schülerin Nitis. Auf jeden Fall war sich derjenige sicher gewesen, dass es niemand wagen würde, diesen heiligen Ort zu durchsuchen. Nun hatte er den Beweis für ihre Schuld und ihre Mittäterschaft!

Vermutlich wurde der Papyrus hier für die Verschwörer bereitgehalten, vielleicht brauchten sie ihn, wenn sie die Macht übernehmen wollten. Doch was mochte wohl darin stehen?

»Habt Ihr etwas gefunden, Richter Gem?«, fragte jemand mit eisiger Stimme.

Der Richter fuhr herum.

»Ich habe von diesem Papyrus nichts gewusst«, versicherte Henat. »Aber Ihr könnt mir glauben, dass es sich dabei nicht um eine Opfergabe handelt.«

»Was macht Ihr hier?«

»Ich überwache die Fertigstellung der ewigen Ruhestätte des Pharaos. Es gibt noch einige Kleinigkeiten, die ihm nicht zusagen, und wir wollen alles zu seiner vollkommenen Zufriedenheit erledigen.«

»Seine Majestät hat mir befohlen, sämtliche Bereiche des Tempels zu durchsuchen, in der Hoffnung, wir könnten wenigstens einen kleinen Hinweis entdecken«, sagte der Richter.

»Ein schöner Erfolg«, meinte Henat anerkennend.

»Ja und nein. Die Schrift auf diesem Papyrus ist nicht zu entziffern.«

»Erlaubt Ihr, dass ich es versuche?«

Der Richter zögerte.

»Mein lieber Gem, der König hat uns befohlen zusammenzuarbeiten. Im Austausch für Euer Entgegenkommen hätte ich verschiedene wichtige Neuigkeiten für Euch.«

Der Richter überreichte ihm das Schriftstück.

Obwohl er sich redlich bemühte, musste Henat schließlich zugeben, dass auch er die Schrift nicht lesen konnte.

»Auf den ersten Blick scheint sie tatsächlich vollkommen unverständlich. Das Schriftstück ist verschlüsselt, wir sollten es den dafür besonders geschulten Übersetzern geben, falls Ihr einverstanden seid …«

»Wenn ich den Papyrus dem König gezeigt habe, bringe ich ihn selbst ins Übersetzeramt. Was gibt es denn für Neuigkeiten?«

»Soweit ich weiß, habt Ihr Minister Pef befragt, und Ihr zweifelt an seiner Unbescholtenheit. Ihr habt wirklich ein außerordentliches Gespür, Richter Gem. Dieser hervorragende Verwalter erhebt öffentlich Einwände gegen die Vorhaben unseres Königs, die ihm zu griechenfreundlich und fortschrittlich sind. Ich lasse ihn deshalb unauffällig überwachen.«

Gems Miene verzog sich.

»Das hättet Ihr vorher mit mir besprechen sollen.«

»Ich gebe es ja zu, mein Vorgehen ist nicht ganz einwandfrei. Aber sind wir nicht auf der Suche nach einem Verbrecher, der im Dienst gefährlicher Verschwörer steht?«

»Auch dann kann ich Euer Vorgehen nicht billigen, Henat. Sich nicht an die Regeln zu halten, kann zu schwerem Missbrauch führen.«

»Ihr wisst doch, wie beherrscht, bedacht und königstreu ich bin. Meiner Ansicht nach zählt im Falle drohender Gefahr nur das Ergebnis. Pef war also der Freund des verstorbenen Hohepriesters von Neith und vielleicht der Beschützer des Mörders Kel. Diese Vermutungen genügen, um ihn sich als möglichen Kopf einer Verschwörerbande vorzustellen.«

»Habt Ihr Beweise?«

Henat zögerte.

»Das wäre übertrieben. Dennoch – das Verhalten von Schatzmeister Pef lässt mir nach wie vor keine Ruhe. Gerade eben, kurz bevor er eigentlich nach Saïs zurückkehren sollte, hat er die Abfahrt seines Schiffs verschoben und in Begleitung eines Gesandten aus Abydos sein Haus aufgesucht. Anschließend wurde das Anwesen versperrt.«

»Soweit ich weiß, kommt Pef seinen Pflichten äußerst gewissenhaft nach.«

»Das ist richtig, aber streut er uns nicht nur Sand in die Augen? Ein vorbildlicher Beamter und vollkommener Schatzmeister, der vielleicht im Stillen an seinem wahren Aufstieg arbeitet?«

»Ich habe ihm rein gar nichts vorzuwerfen.«

»Das heißt, entweder haben wir es bei ihm wirklich

mit einem treuen Diener Seiner Majestät zu tun, oder aber er ist ein finsterer Geist, der vor keinem Verbrechen zurückschreckt, um seinen Ehrgeiz zu befriedigen. Ihr könnt nichts gegen ihn unternehmen; ich kann ihn jedoch beobachten und daran hindern, noch mehr Schaden anzurichten. Dafür benötige ich aber Eure geistige Unterstützung.«

»Bitten wir den Pharao um eine Unterredung«, entschied der Richter.

20

Trotz heftiger Kopfschmerzen hörte sich Pharao Amasis aufmerksam die Berichte von Richter Gem und Henat, dem Leiter des Geheimdienstes, an. An dieser Beratung im engsten Kreis nahmen außerdem Königin Tanit, der Siegelbewahrer Udja und General Phanes von Halikarnassos teil.

»Auf Henats Wunsch habe ich Pef, unseren Schatzmeister, nicht eingeladen«, erklärte der König. »Jetzt versteht Ihr wohl, warum er fehlt.«

»Henats Aufgabe ist es, alles und jeden in Frage zu stellen«, sagte der Siegelbewahrer, »und ich ermuntere ihn ausdrücklich, wachsam zu bleiben. Dennoch ist mir außer der Griechenfeindlichkeit Pefs nichts zu Ohren gekommen, was seine Beteiligung an einer Verschwörung nahelegen würde. In seinem Amt wird hervorragend gearbeitet, und Ägyptens Handel und Gewerbe blühen. Wieso sollte er einen Mörder unterstützen?«

»Weil er offen zugibt, den Griechen ablehnend ge-

genüberzustehen, schmiedet er vielleicht auch finstere Pläne«, meinte Henat.

»Könnte es sein, dass Pef den Helm des Pharaos hat?«, fragte die Königin.

»Das weiß ich nicht, Majestät. Es ist Richter Gems Aufgabe, ihn festzunehmen und zu verhören.«

»Dafür gibt es nicht ausreichend Gründe«, widersprach der Richter. »Eine Verhaftung würde große Unruhe in der Führung des Landes verursachen, vor allem, wenn sie ungerechtfertigt wäre. Deshalb will ich nichts unternehmen, solange ich mir nicht ganz sicher bin.«

»Da gebe ich dir recht«, erklärte Amasis.

»Erlaubt, dass ich Euch warne, Majestät.« Henat blieb beharrlich. »Wenn Ihr nichts dagegen habt, möchte ich den königlichen Schatzmeister überwachen lassen.«

»Einverstanden.«

»Pef ist soeben wieder in sein geliebtes Abydos gereist, und in Memphis wirkte er sehr verstört über das Eintreffen eines Abgesandten aus dieser Stadt. Wird Abydos bald zu einer Brutstätte der Aufständischen?«

»Das würde mich sehr wundern«, meinte General Phanes von Halikarnassos. »Abydos ist nur ein verschlafenes Nest, in dem sich alte Priester den Mysterien des Osiris widmen – fernab aller heutigen Entwicklungen. Und Söldner wachen dort über Ruhe und Ordnung.«

»Erhöhe die Bewachung und ordne noch strengere Sicherheitsmaßnahmen an«, befahl Amasis. »Beim geringsten Anzeichen von umstürzlerischen Gedanken unter den Osiris-Priestern, beim kleinsten verdächtigen Vorkommen, wünsche ich, sofort verständigt zu werden.«

»Zu Befehl, Majestät.«

»Ist es den Übersetzern mittlerweile gelungen, den Papyrus zu entschlüsseln, der hinter meiner *Ka*-Statue versteckt war?«, fragte der Pharao Richter Gem.

»Leider nein, Majestät. Ich habe ihn auch schon mehreren königlichen Schreibern vorgelegt, die aber trotz ihrer Gelehrsamkeit ebenfalls daran gescheitert sind. Genauso unbefriedigend verhält es sich bei dem entsprechenden Schriftstück, das in der Cheops-Kapelle gefunden wurde. Meiner Meinung nach gibt es nur einen, der den Schlüssel zu dieser Schrift besitzt: nämlich der Schreiber Kel. Über diese Schriften hat er sich vielleicht mit seinen Verbindungsleuten verständigt und sich, nachdem er mehrere Sprachen spricht, dafür ein unlösbares System ausgedacht, das nur aussieht, als wären es Hieroglyphen.«

»Als ich diesem Mörder begegnet bin«, sagte die Königin und war noch bei der Erinnerung an diese Begegnung gerührt, »erklärte er, im Besitz eines verschlüsselten Papyrus zu sein, der Grund für die Ermordung der Übersetzer gewesen sein soll. Er beteuerte außerdem, dass es Verschwörer gäbe, erklärte aber gleichzeitig seine Unschuld.«

»Ich habe diesen Kel ja auch gesehen, als er sich von allen Vorwürfen reinwaschen wollte, indem er mir einen falschen Helm überreichte«, sagte der König. »Offenbar führen alle Wege zu ihm. Weil er zugleich Vordenker und Vollstrecker ist, bleibt er ein gefährlicher Feind, der sicher versuchen wird, alle meine möglichen Gegner gegen mich zu verbünden. Hier meine Entscheidungen, um dieses Unglück zu verhindern: Du, Richter Gem, jagst weiter nach diesem Ungeheuer, und zwar mit einem Großaufgebot an Wachtruppen. Ein königlicher Erlass berechtigt dich zur Durchsuchung von Tempeln und gestattet dir, jeden hinter Schloss und Riegel zu bringen, der sich dir in den Weg stellt. Kel ist Richtung Süden unterwegs, davon bin ich inzwischen überzeugt. Deshalb stelle ich dir einige Kriegsschiffe zur Verfügung. Durchstreife alle unsere Provinzen auf der Jagd nach diesem Raubtier.«

»Ich breche schon morgen auf, Majestät.«

»General Phanes, du reist nach Elephantine«, fuhr der Pharao fort. »Unsere dortigen Truppen machen mir Kopfzerbrechen. Da sind zu viele Nubier und zu wenig Griechen. Kel und seine Verbündeten werden das auch wissen. Ernenne einen neuen Lagerkommandanten, sorge für eiserne Zucht und Ordnung, wirf alle Weichlinge raus und verpflichte nur die besten Söldner. Elephantine muss eine unüberwindliche Grenzfestung bleiben. Anschließend überprüfst du unsere Standorte im Süden, wobei du keinerlei Nachlässigkeit dulden darfst.«

»Ihr könnt Euch auf mich verlassen, Majestät.«

Nun wandte sich der König an Henat.

»Schon längst hätten wir eine Lösung für unsere Schwierigkeiten mit Theben finden sollen. Die Gottesdienerin missbilligt mein Vorgehen und schwächt damit meinen Führungsanspruch erheblich.«

»Ihr werdet doch nicht etwa an das Schlimmste denken«, warf Königin Tanit besorgt ein. »Die Hohepriesterin des Amun ist äußerst beliebt, ihrer Rechtschaffenheit und ihrer Achtung vor den alten Ritualen verdankt sie hohes Ansehen unter der Bevölkerung.«

Zärtlich nahm Amasis die Hände seiner Frau.

»Das weiß ich selbstverständlich, und obwohl ich verärgert bin, glaube ich doch, dass wir an dieser überkommenen Einrichtung festhalten sollten. Dennoch müssen wir die Gottesdienerin daran hindern, uns Schaden zuzufügen. Henat, du machst dich auf den Weg nach Theben und erklärst ihr die Lage.«

»Eine äußerst schwierige Aufgabe, Majestät!«

»Berichte ihr von der Verschwörung, und dass der Anführer, der Schreiber Kel, versuchen wird, mit ihr Verbindung aufzunehmen und sie gegen mich aufzuhetzen. Sie soll sich von diesem Mörder nicht benutzen lassen und der Krone treu bleiben. Dann darf sie ihr winziges Herrschaftsgebiet Theben meinetwegen behalten und weiterhin ihre alten Rituale feiern.«

Henat verneigte sich zum Zeichen seines Gehorsams.

Dann wandte sich Amasis an Siegelbewahrer Udja. »Dir lege ich die gesamte Verwaltung des Landes in die Hände«, sagte er. »Du bleibst hier bei mir in Saïs und baust unsere Abschreckungswaffen weiter aus – besonders unsere Kriegsflotte. Außerdem laufen alle Berichte dieses Hohen Rats bei dir zusammen, und du hast mich von jedem noch so kleinen Zwischenfall zu unterrichten.«

»Ich werde Euch nicht enttäuschen, Majestät.«

Die Würdenträger verabschiedeten sich.

Müde schenkte sich Amasis einen Becher Rotwein ein.

»Das Herrschen strengt mich sehr an«, gestand er seiner Gattin, »aber schließlich kann ich ja mein Land nicht im Stich lassen.«

»Seid unbesorgt«, sagte sie und sah ihn lächelnd an.

»Ganz im Gegenteil, gerade habt Ihr Euch neue Geltung verschafft.«

»Irgendein Minister glaubt immer, er sei der wahre Herrscher. Ich musste sie wieder einmal daran erinnern, wer hier das Sagen hat! Was Pef anbelangt, bin ich mir noch nicht im Klaren.«

»Er ist ein reicher Mann, alt, um das Wohlergehen der Bevölkerung besorgt, und will sich bald nach Abydos zurückziehen und dort den Mysterien des Osiris widmen … Sieht so der Anführer einer Verschwörerbande aus?«

»Vielleicht ist es eben eine ganz geschickt eingefädelte List? Der Schreiber Kel braucht Hilfe, und mein Schatzmeister könnte ihn sehr wirkungsvoll unterstützen, indem er mir angeblich weiter die Treue hält.«

Die Königin schien ratlos.

»Kann es sein, dass ein Mann, der so viel von den überlieferten Werten hält, dem Amt des Pharaos die Achtung verweigert?«

»Ehrgeiz macht alle Zurückhaltung vergessen, meine Liebe. Pef hat meinen Vorgänger gekannt, vielleicht bedauert er diese Entwicklung. Und sein Widerstand gegen die Art meiner Beziehungen zu den Nachbarländern spricht nicht gerade für ihn. Andererseits zeugt seine aufrichtige Haltung stets von ehrenhaftem, mutigem Verantwortungsbewusstsein.«

»Wie sollen wir eine Antwort auf diese Frage finden?«

»Henat wird die Wahrheit zutage fördern.«

21

Bebon machte sich keine falschen Hoffnungen: Sollten Kel, Nordwind und er auch nur den Versuch machen, sich dem Lager der griechischen Söldner in Sakkara zu nähern, würde man sie auf der Stelle festnehmen. Bestimmt hatte Schatzmeister Pef die Leute bereits gewarnt und wollte bald damit prahlen, den Mörder gefasst zu haben, der schon so lange auf der Flucht war.

»Ich vertraue ihm«, sagte Kel.

»Die Liebe macht dich blind! Dieser gute Mann hat uns in eine Falle geschickt. Und diesmal werden uns Nordwinds Hufe nicht daraus befreien können.«

»Pef hätte mich auf seinem Schiff für immer zum Schweigen bringen können. Er gehört nicht zu den Verschwörern.«

»Na klar, das wäre ja noch schöner! Der Herr Schatzmeister macht sich doch nicht die Hände schmutzig.«

»Sakkara ist unsere einzige Spur, Bebon, und …«

»Halt mir jetzt bitte keinen Vortrag! Ich weiß, dass ich dich nicht aufhalten kann; ich will nur einige Vorsichtsmaßnahmen treffen, ehe ich abgemurkst werde.«

»Sei ganz ruhig, ich habe nicht vor, zu dritt ein ganzes Feldlager anzugreifen.«

»Immerhin! Was schlägst du also vor?«

»Wir beobachten die Umgebung und versuchen den Söldner zu kriegen, der den Unrat wegbringen muss.«

»Und wenn es mehrere sind?«

»Du könntest ruhig etwas zuversichtlicher sein.«

»Und was hätten wir dann davon? Angenommen,

der Gute erzählt uns, dass Nitis in dem Lager ist, dann müssten wir doch eins gegen zwanzig kämpfen.«

»Die Götter werden uns helfen.«

Bebon verzichtete lieber auf eine Antwort.

Fliegenden Händlern zum Verwechseln ähnlich, näherten sich die beiden Freunde zusammen mit ihrem Esel, der mit Wasserschläuchen beladen war, dem Lager von Sakkara.

Sie begegneten anderen Händlern, mit denen sie ein paar Worte wechselten, und blieben schließlich vor einem Wachposten stehen.

»Guten Tag, Soldat. Braucht ihr vielleicht frisches Wasser, wohlschmeckend und gar nicht teuer?«, fragte Bebon betont fröhlich.

»Tut mir leid, mein Junge, aber wir haben unsere festen Lieferanten.«

»Ihr seid doch sicher eine Menge Leute, da könnte etwas mehr nicht schaden.«

»Wir sind nur etwa fünfzig, und uns fehlt es an nichts.«

»Das stell ich mir ja nicht so angenehm vor – die ganze Zeit die Totenstadt bewachen. Muss ziemlich langweilig sein! Du wärst bestimmt auch lieber in Memphis. Da gibt's jede Menge Zerstreuung.«

»Geh jetzt, mein Freund. Uns Wachen ist es verboten, mit Fremden zu reden.«

»Und mein Wasser?«

»Verkauf es woanders.«

Also machten sich die drei auf die Suche nach dem Platz, wo die Söldner ihren Unrat abluden. Ein Teil war verbrannt worden, der andere vergraben. Kel, Bebon und Nordwind versteckten sich in einem Palmenhain, in dem der Esel genug zu fressen fand. Die beiden Männer mussten sich mit Datteln begnügen.

Als es Abend wurde, tauchte ein Soldat mit schweren Körben auf.

Das war der Mann, der den Unrat beseitigen musste.

Der Söldner war allein und fluchte über die Drecksarbeit.

Als er die Spitze von Bebons Messer zwischen den Rippen spürte, ließ er seine Körbe fallen.

»Komm mit zu den Palmen«, befahl ihm der Schauspieler. »Wenn du schreist, spieß ich dich auf.«

Kel zwang den Griechen, sich rücklings auf den Boden zu legen, und Nordwind stellte ein Bein auf seine Brust.

»Unser Esel ist sehr angriffslustig«, erklärte Bebon. »Du wärst nicht der Erste, den er kurz und klein gehauen hat. Antworte auf unsere Fragen, dann ersparen wir dir das.«

Der Söldner rollte vor Angst mit den Augen.

»Fürs Wasser bin ich nicht zuständig! Ich muss mich nur um den Unrat kümmern und …«

»Vergiss das Wasser! In diesem Lager hat sich doch vor Kurzem etwas Ungewöhnliches ereignet?«

»Ich hab nichts gesehen …«

Der Esel verstärkte plötzlich den Druck mit dem Huf, und der Soldat stieß einen Klagelaut aus.

»Lügen hilft dir gar nichts«, fuhr ihn Kel an. »Oder willst du sterben, um deine Vorgesetzten zu schützen?«

Der Söldner fand, dass er dazu eigentlich wirklich nicht verpflichtet war. Im Übrigen schätzte er Letztere auch nicht besonders.

»Obwohl es laut Lagerordnung streng verboten ist, haben Kameraden eine Frau ins Lager gebracht«, berichtete er jetzt. »Eine junge, sehr schöne Frau, gefesselt und geknebelt. Der Kommandant hat lange mit ihnen geredet.«

»War sie verletzt?«, wollte Kel wissen.

»Ich glaub nicht.«

»Hast du sie noch mal gesehen?«

»Ja, als sie aus dem Zelt vom Kommandanten geholt wurde. Sie haben sich laut unterhalten, und ich hab gelauscht. Ein so hübsches Mädchen so schlecht behandeln, das hat mir gar nicht gefallen. Ich hätt was anderes mit ihr gemacht!«

Bebon befürchtete, Kel würde einen Wutanfall bekommen, aber der Schreiber beherrschte sich.

»Was hast du gehört?«

»Das Verhör hat nichts gebracht, die Kameraden wollten an einen sicheren Ort und weiter mit ihr reden. Der Kommandant hat gesagt, sie sollen mit ihr in einen Gang, der gerade in die Südseite der Stufenpyramide gegraben worden ist. Da stört sie bestimmt keiner.«

»Wie viele Folterknechte hat sie?«

»Drei. Und zwar ziemlich ungemütliche Kerle, glaub ich.«

»Hat sie zu essen und zu trinken bekommen?«

»Ja, bei Sonnenaufgang und -untergang.«

Nordwind hielt das Verhör für beendet und ging wieder fressen.

»Zieh dich aus«, befahl Kel. »Wir brauchen deine Kleider.«

»Werdet Ihr mich töten?«

»Wir verhindern nur, dass du dich hier wegrührst

und uns verrätst. Hier bist du jedenfalls an der frischen Luft. Und man wird dich bald finden. Aber ich gebe dir einen guten Rat: Vergiss uns!«

Die Nacht schien endlos. Der Söldner, den sie gründlich gefesselt hatten, dankte den Göttern, dass sie ihm das Leben geschenkt hatten, und schlief schließlich irgendwann ein.

Kel wäre am liebsten sofort aufgebrochen, aber Bebon riet ihm, sich zuerst ein wenig auszuruhen. Es würde schwierig werden, Nitis zu befreien. Und diesmal würde der Schreiber töten müssen.

22

Auch das Eintreffen ihres Anführers konnte die Verschwörer nicht beruhigen, die sich in größter Aufregung befanden.

Angesichts dieses Aufbegehrens sah er einen nach dem anderen an, wobei er ganz ruhig blieb.

Da schwiegen sie endlich und setzten sich.

»Wir haben uns heute versammelt, weil wir uns jetzt für lange Zeit trennen müssen«, sagte ihr Oberhaupt. »Deshalb müssen wir eine strenge Vorgehensweise ausarbeiten, an die sich jeder zu halten hat.«

»Der verschlüsselte Papyrus ist in die Hände der Ordnungshüter gefallen«, unterbrach ihn der Ängstlichste unter den Verschwörern. »Und ich meine nicht etwa den von Gizeh! Jetzt sind sie bereits im Besitz von zwei entscheidenden Schriftstücken.«

Der Anführer lächelte.

»Erst mal müssen sie sie entziffern. Und der Einzige, der dazu in der Lage gewesen wäre, war der Leiter des Übersetzeramts, den wir deshalb töten mussten. Gegenwärtig besteht keine Gefahr. Diese beiden Schriftrollen werden weiterhin stumm bleiben.«

»Was ist mit dem Schreiber Kel? Er könnte sie lesen«, fragte ein anderer Aufständischer.

»Mag sein, dass er den ersten Schlüssel gefunden und einige Zeilen gelesen hat. Das wäre ein kleiner Erfolg, der aber keine ernsten Folgen für uns hätte.«

»Und wenn es ihm gelingt, nach Theben zu kommen, wo der zweite Schlüssel versteckt ist? Dann wird er alles begreifen!«

»Eine völlig abwegige Vermutung«, meinte der Anführer. »Trotzdem werden wir sie auch weiterhin nicht außer Acht lassen und so viele Hindernisse zwischen ihm und der Gottesdienerin errichten, dass sie sich unmöglich begegnen können.«

»Die Götter scheinen diesen Schreiber zu beschützen.«

»Das Verschwinden seiner geliebten Nitis wird ihm das Genick brechen und ihn schier in den Wahnsinn treiben. Dann vergisst er jede Vorsicht und fällt seinen Verfolgern in die Hände.«

»Wenn er aber …«

»Wir tun alles, was nötig ist«, erklärte das Oberhaupt. »Niemals wird die Gottesdienerin die Hirngespinste eines Mörders zu hören bekommen.«

Die kaltblütige und entschlossene Art ihres Vordenkers beruhigte die Verschwörer. Außerdem hatten sie keine Wahl. Es gab keinen Weg mehr zurück.

Kaum war Menk, der Veranstalter der großen Feste, nach Saïs zurückgekehrt, wurde er mit Arbeit überhäuft. Der neu ernannte Hohepriester erwies sich als unfähig und verließ sich bei den Vorbereitungen für die großen Rituale zu Ehren der Göttin Neith voll und ganz auf ihn.

Als er die Oberpriesterin der Sängerinnen und Weberinnen zum ersten Mal sah, die anstelle von Neith in dieses Amt befördert worden war, hatte Menk wirklich an sich halten müssen. Eine alte Ziege, mürrisch und rechthaberisch, mit kreischender Stimme und fahrigen Bewegungen. Unter dieser schrecklichen Person konnte der Chor nur falsch singen und die Werkstatt nicht mehr arbeiten.

Angewidert vermied es Menk, ihr Anweisungen zu erteilen, die sie ohnehin nicht eingehalten hätte. In diesem Fall musste er, eigentlich ein Anhänger von Kompromissen und Verhandlungen, dem Hohepriester unbedingt sein Missfallen zu verstehen geben. Die unvermeidlichen Fehler würde man natürlich ihm zuschreiben, und damit wäre sein guter Ruf zerstört. Wollte ihn womöglich jemand damit ausstechen?

Schließlich war Menk so verärgert, dass er zu dem Gericht ging, das Richter Gem unterstand. Er ertrug die Abwesenheit von Nitis nicht länger und wollte endlich Klarheit haben.

Aber es war ein anderer Richter, der die Verhandlungen leitete.

»Ich möchte Richter Gem sprechen«, sagte Menk zu dem Schreibergehilfen.

»Er reist gerade ab. Sein Schiff muss jeden Augenblick den Hafen verlassen.«

Menk lief zur Anlegestelle, so schnell er konnte.

Dann nannte er dem Wachposten Titel und Namen. Der Richter wurde verständigt, und Menk durfte an Bord gehen.

Gem saß im Heck, trank Dünnbier und war in den Anblick der ägyptischen Hauptstadt versunken.

»Richter Gem, ich bin gekommen, um Neuigkeiten über das Verschwinden der Priesterin Nitis zu erfahren.«

»Das Gesetz verbietet mir, Euch diese Frage zu beantworten.«

»Sie war meine wichtigste Mitarbeiterin, und ihr Fehlen bereitet mir ernsthafte Sorgen.«

»Vergesst sie am besten, Menk.«

»Soll das etwa heißen, sie ist ...«

»Nein, Nitis wurde nicht entführt – sie ist geflohen.«

»Geflohen! Aber warum denn?«

»Diese Priesterin ist kein Opfer, sondern die Helfershelferin eines Mörders. Und ich werde alle beide festnehmen. Deshalb noch mal mein Rat: Vergesst sie.«

Menk war leichenblass und hätte sich beinahe übergeben. Als er von Bord ging, wäre er fast gefallen.

Also hatte der Schreiber Kel Nitis gezwungen, ihm zu folgen. War sie verliebt in einen Mörder? Nein, ausgeschlossen! Und angesichts eines derartigen Unglücks konnte er nicht untätig bleiben. Da dem betagten Richter durch die Gesetze die Hände gebunden waren und es ihm nicht gelang, das Ungeheuer zu finden, musste man eben anders vorgehen.

Menk begab sich zum Palast und bat um eine Unterredung mit Henat, der ebenfalls dabei war, Saïs zu verlassen.

»Ich habe keine Zeit, lieber Freund«, bedauerte Henat. »Was macht Ihr denn für ein trauriges Gesicht? Seid Ihr etwa krank?«

»Nitis soll mit Kel geflohen sein.«

Henat wirkte verlegen.

»Das sagt Richter Gem, habe ich recht?«

»Dieses Ungeheuer hat sie gezwungen, ihm zu folgen.«

»Möglich.«

»Mit Sicherheit! Der Richter täuscht sich, und sein Eingreifen könnte verheerende Folgen haben. Nitis könnte verletzt oder sogar getötet werden. Das muss ich unbedingt verhindern.«

»Wie wollt Ihr das anstellen?«

»Ich habe doch schon für Euch gearbeitet«, sagte Menk, »und den inzwischen verstorbenen Hohepriester der Neith beobachtet. Gebt mir einen neuen Auftrag: Nitis finden und befreien. Ich brauche nur ein paar erfahrene Söldner, ein schnelles Schiff und einen Hinweis, wo ich mit meiner Suche beginnen soll. Alles andere kann ich selbst bewältigen. Wenn jemand nach mir fragen sollte, bin ich krank. Meine Gehilfen werden die Arbeit für mich erledigen, und die neuen Tempelleiter sind ohnehin für die Ausrichtung der bevorstehenden Feste verantwortlich.«

»Ich kann Euch doch nicht einfach so zu meinem Mitarbeiter machen… Das halte ich für äußerst heikel.«

»Nitis soll meine Frau werden«, gestand Menk. »Versteht Ihr jetzt, dass ich zu allem entschlossen bin?«

Henat nickte.

»Ich bewundere Euren Mut, Menk. Sollte ich einverstanden sein, versprecht Ihr mir dann, sehr vorsichtig zu sein? Der Schreiber Kel ist ein gefährlicher Verbrecher.«

»Ich verspreche es.«

»Der Mörder hat Memphis Richtung Süden verlassen«, sagte Henat. »Er versucht vermutlich, nach Theben zu gelangen und die Gottesdienerin für seine Sache zu gewinnen; und er wird wohl einen Aufstand in Nubien anzetteln. Es ist äußerst schwierig, ihn ausfindig zu machen, aber vielleicht habt Ihr ja Glück. Falls Ihr ihn finden solltet, begnügt Euch damit, die entsprechenden Hinweise den Behörden zu melden.«

»Einverstanden.«

»Mein Sekretär kümmert sich um alles Erforderliche. Noch heute Abend wird alles bereit sein.«

»Ich danke Euch, Henat. Und ich werde mich dieses Auftrags würdig erweisen.«

»Das hoffe ich.«

Menk erwähnte allerdings nicht, dass er in Wahrheit nur ein Ziel hatte: den Schreiber Kel zu töten und Nitis zu befreien, um sie auf der Stelle zu heiraten.

Aber Henat war sich der wahren Beweggründe seines neuen Untergebenen durchaus bewusst. Und im Übrigen – vielleicht hatte er ja Anfängerglück.

23

Aber so schnell gab Bebon nicht klein bei. Hartnäckigen Gerüchten zufolge wachten angriffslustige Gesellen über Sakkara und die Seelenruhe von Pharao Djoser, dessen Stufenpyramide – Sinnbild einer Treppe, die Himmel und Erde miteinander verbindet – die Nekropole beherrschte. Kein Mensch wagte sich dort hin.

»Du als kluger Schreiber solltest eigentlich wirklich wissen, wie gefährlich das ist«, sagte er zu seinem Freund. »Die Mächte des Jenseits sind um uns, und wir sind nur zwei arme kleine Menschen, die dagegen nicht ankämpfen können.«

»Hast du etwa Angst?«

»Nein, natürlich nicht! Ich erinnere nur an den klugen Menschenverstand.«

»Bestimmt beschwören wir nicht den Zorn der Götter herauf, wenn wir Nitis befreien. Ohne deren Hilfe hätten wir die Wahrheit nie erfahren. Warum sollten sie uns jetzt aufgeben?«

Der Schauspieler hatte keine Lust, weiter zu streiten. Mit seinem Starrsinn machte Kel jeden Einwand von vornherein zunichte.

Mit andächtigen Schritten durchquerte Nordwind das heilige Reich des Djoser. Dabei nahm der Esel den gleichen Weg wie einst die Ritualisten, die das Fest der Auferstehung des *Ka* und der Vereinigung der Zwei Länder gefeiert hatten – der unerschütterlichen Grundfeste Ägyptens.

Kel dachte an die eindrucksvollen Augenblicke, die er in der Krypta im Neith-Tempel von Saïs erlebt hatte. In vollkommener Stille und Dunkelheit und umgeben von den göttlichen Mächten, hatte er sich seiner weltlichen Haut entledigt. Dank dieser neuen Einstellung fühlte er sich in der Lage, gegen die Dämonen zu kämpfen, die ihn vernichten wollten.

Bebon dagegen hatte Gänsehaut und hätte nur allzu

gern den Rückzug angetreten. Er spürte förmlich die Gegenwart der Geister, die um die Eindringlinge herumschlichen und noch zögerten, sie anzugreifen. Mit gesenkten Ohren bewegte sich Nordwind so lautlos und leicht, als wöge er nicht mehr als ein Vogel. Der Schauspieler ging in einer seltsamen Prozession mit, bei der sich das Sterbliche dem Unsichtbaren näherte.

Endlich hatten die drei den Eingang zur saitischen Galerie erreicht, der mit einer schweren Holztür verschlossen war.

Im Osten färbte sich der Himmel allmählich rot.

Bebon fiel das Atmen wieder leichter. Jetzt kehrten die Ungeheuer der Nacht in ihre Höhlen zurück; blieben nur noch drei griechische Söldner, die es zu überwinden galt.

Kel machte plötzlich einen niedergeschlagenen Eindruck.

»Was, wenn sie Nitis gefoltert und vergewaltigt haben … Darüber würde sie niemals hinwegkommen. Ich bin sicher, dann würde sie lieber sterben.«

»Willst du es wissen oder nicht? Noch können wir sie aufgeben.«

Der Schreiber warf ihm einen empörten Blick zu.

»Klopf an die Tür und bereite dich darauf vor, den ersten Teil unseres Vorhabens auszuführen.«

Bebon klopfte laut.

»Wer ist da?«, fragte jemand auf Griechisch.

»Ich bringe Wasser und warme Fladenbrote.«

Die Tür wurde einen Spalt breit geöffnet.

Zunächst schienen Kels Söldnergewand und der Esel mit den Lebensmitteln den stämmigen Mann in Sicherheit zu wiegen, doch dann erwachte sein Misstrauen.

»Du bist neu hier, oder?«

»Ja, ich bin gerade erst eingestellt worden.«

»Komisch. Solche Aufträge gibt man eigentlich keinem Neuling.«

»Ich habe sehr viel Erfahrung, und du wirst mich gleich besser kennen lernen.«

»Was soll denn das jetzt heißen?«

Bebons Knüppel aus Palmenholz zerschmetterte dem Söldner den Schädel …

»Einer weniger«, meinte er nur. »Aber mein Knüppel ist zerbrochen.«

Kel stellte die Kohlebecken auf den Boden, die sie von dem Abfallplatz in dem Feldlager mitgenommen hatten. Mit einem Stück Palmenholz machte er Feuer.

»Es brennt!«, schrie er dann auf Griechisch. »Wir müssen hier raus, Freunde, sonst ersticken wir!«

Gemeinsam stellten Bebon und der Esel den zweiten Söldner, der Hals über Kopf angerannt kam. Mit einem Tritt gegen den Hals setzte ihn Nordwind außer Gefecht.

Der dritte Söldner schließlich zog Nitis hinter sich her, die sich mit aller Kraft wehrte.

Außer sich vor Wut ging ihm Kel an die Gurgel, zwang ihn, sein Opfer loszulassen, und schlug mit wütenden Faustschlägen auf ihn ein, bis der Folterknecht bewusstlos zu Boden ging.

Kel hätte nie gedacht, dass er zu solcher Gewalt fähig wäre.

»Nitis!«

Sie weinte vor Freude und umarmte ihn so fest, dass er beinahe keine Luft bekam.

»Es ist vorbei, du bist frei!«

»Es war furchtbar!«, gestand sie ihm.

»Hat man dir Gewalt angetan?«

»Nein, sie haben es mir nur angedroht. Aber sie haben mir alles genommen, und ich musste jeden Augenblick mit dem Schlimmsten rechnen. Der Kapitän der *Ibis* hatte mich diesen drei griechischen Söldnern übergeben, die mich in ein schönes Haus in Memphis brachten, wo ich zum ersten Mal ausgefragt wurde.«

»Bist du Schatzmeister Pef begegnet?«

Die Frage erstaunte die junge Frau.

»Nein … Hat er denn etwas mit meiner Entführung und Gefangennahme zu tun?«

»Ich glaube nicht. Was wollten die Folterknechte von dir?«

»Sie wollten wissen, in welchem Verhältnis wir zueinander stehen, wo du dich versteckst, wer deine Verbündeten sind. Ich habe aber nur ungenau und widersprüchlich geantwortet. Irgendwann haben sie die Geduld verloren und wollten mich Folterknechten übergeben.«

»Wir sollten zusehen, dass wir wegkommen«, unterbrach sie Bebon. »Hier gefällt es mir gar nicht.«

»Gehen wir einmal ans Ende dieser Galerie«, schlug die Priesterin vor. »Dort befindet sich ein Schatz.«

»Ich bleibe hier und stehe Wache«, beschloss der Schauspieler. »Wenn ich schreie, lauft ihr sofort zurück.«

Der breite, etwa sechzig Meter lange, ebene Gang wurde in der Mitte von einer Reihe mächtiger Säulen getragen. Um ihn noch sicherer zu machen, hatten die Zimmerleute auch noch Holzpfeiler eingezogen.

»Wir befinden uns im Herzen der Pyramide«, sagte

Nitis. »Spürst du die Kräfte, die hier freigesetzt werden?«

Kel war zutiefst beeindruckt und empfand große Verehrung. Diese Reise zum Mittelpunkt des Steins erinnerte ihn überhaupt nicht an ein Gefängnis, sondern viel mehr an eine Befreiung.

»Sieh dir nur diese Schätze an.«

Der Schreiber betrachtete voller Bewunderung ein Heer von *Antwortenden*, kleinen blauen Tonfiguren, die in die Gräber gestellt wurden, um den Auferstandenen verschiedene Arbeiten abzunehmen. Die Gestalten trugen Perücken, kurze Gewänder mit langen Ärmeln, hatten die Arme über der Brust gekreuzt und hielten zwei Hacken in den Händen. Auf magische Weise führten sie aus, was ihnen die Schrift aufgetragen hatte: Sie kümmerten sich um die Aussaat auf dem fruchtbaren Boden, wässerten die Ufer und trugen den Dünger, der bei der Zersetzung des Nilschlamms entstand, von West nach Ost und von Ost nach West.

»Sie wurden Pharao Amasis geweiht«, stellte Kel erstaunt fest.

»Man hat sie bestimmt gestohlen«, meinte Nitis.

»Ich glaube eher, das ist der Lohn für die drei Söldner, die diese Figuren zu Gold machen könnten. Beweisen diese Wunderwerke nicht, dass der König unser Hauptgegner ist?«

»Wir sollten keine voreiligen Schlüsse ziehen. Nehmen wir einmal einen der Antwortenden und dieses Amulett: Zwei Finger aus Obsidian, die der Balsamierer bei der Mumifizierung in den Einschnitt im osirischen Körper geschoben hat. Er trennt Himmel und Erde und gestattet der Seele, in den Himmel zu gelangen, indem er die Wolken durchbohrt und sie vor dem bösen Blick bewahrt.«

Kel war tief beeindruckt von Nitis' Wissen. Nach langen Tagen der Angst hatte sie erstaunlich schnell ihre Lebensfreude und ihre Tatkraft wiedergewonnen.

»Wir haben beide unsere Abschrift des verschlüsselten Papyrus verloren«, sagte er bedauernd.

Sie lächelte ihn an.

»Die Abschrift, aber nicht unsere Erinnerung. Ich kenne diese unverständliche Aneinanderreihung von Hieroglyphen auswendig. Du doch sicher auch?«

In einer der Ledertaschen, die Nordwind trug, waren Palette und Schreibwerkzeug.

Gegen den Einspruch von Bebon, der es nicht erwarten konnte, diesen Ort zu verlassen, schrieben Nitis und Kel ihre jeweils eigene Fassung des verlorenen Schriftstücks auf und verglichen sie dann miteinander. Sie stimmten völlig überein.

»Lasst uns endlich aufbrechen«, mahnte Bebon eindringlich.

»Nur die Gottesdienerin kann uns noch retten«, wiederholte Nitis.

24

Der Mann, der Brot und Wasser bringen sollte, klopfte mehrmals laut an die Tür zum saitischen Gang. Als er keine Antwort bekam, drückte er dagegen, und sie öffnete sich knarrend.

Beißender Rauch drang ihm in Augen und Nase.

»Wo seid ihr?«, rief er beunruhigt.

Voller Angst ging er ein Stück weiter und stieß mit dem Fuß gegen den Körper eines leblosen Söldners. Die beiden anderen sah er weiter hinten liegen.

Entsetzt ließ der Mann alles stehen und liegen und lief ins Lager, um Hilfe zu holen. Der Kommandant kam in Begleitung von zwei Soldaten sofort mit ihm zum Tatort.

Einer der Verletzten hatte gerade das Bewusstsein wiedererlangt.

»Was ist geschehen?«

»Ein Überraschungsangriff.«

»Wie viele Gegner hattet ihr?«

»Ich weiß es nicht … Wegen dem Rauch haben wir nichts gesehen und konnten uns nicht verteidigen. Es ging alles so schnell.«

Der Kommandant untersuchte die Galerie. Der Schatz schien unversehrt, aber das Mädchen war verschwunden. Er wusste allerdings nicht, wer sie war, und wollte sie auch gar nicht erst kennen lernen, so sehr missfiel ihm dieser geheime Auftrag.

Der Offizier führte lediglich die Befehle aus, ohne nach Sinn und Zweck zu fragen. Bei den Söldnern wurde nicht lange hinterfragt.

Die drei Verletzten wurden versorgt und versetzt. Dort konnten sie den Zwischenfall vergessen und vor allem zusehen, dass sie den Mund hielten. Der Kommandant musste nun nur noch einen ausführlichen Bericht schreiben und an die Obrigkeit weiterleiten.

Alles Übrige ging ihn nichts an.

Als der Anführer der Verschwörer von der Befreiung von Nitis erfuhr, konnte er nicht umhin, so etwas wie Bewunderung für den Schreiber Kel zu empfinden. Kel war wirklich ein außergewöhnlicher Mann, dessen heftige Leidenschaft ihn Berge versetzen ließ.

Dabei hätte er sich nach dem, was man über ihn in Erfahrung gebracht hatte, wie ein ängstlicher kleiner Beamter benehmen sollen, der zu keiner eigenen Entscheidung fähig und leichte Beute war. Dieser Kampf hatte ihn aber in ein Raubtier verwandelt – lauernd und angriffslustig zugleich. Den Wachmannschaften zu entkommen und Nitis zu finden, um sie zu befreien, waren zwei erstaunliche Erfolge. Der Anführer der Verschwörer hätte Kel gern in seinen Diensten gehabt, wäre er doch bestimmt zu weiteren großen Taten fähig.

Zu spät. So wie die Dinge lagen, mussten Kel und Nitis jetzt irgendwie beseitigt werden. Einem der Verfolger, die er auf sie angesetzt hatte, würde das früher oder später auch gelingen.

Ob es Helfershelfer gab? Es sah ganz danach aus. An erster Stelle war da der frühere Hohepriester der Neith, der zum Glück mittlerweile verstorben war; er hatte offensichtlich mehrere Male eine Verbindung zwischen seiner Schülerin Nitis und Kel hergestellt. Das hieß, dass die Tempel den Flüchtigen vermutlich als Unterschlupf dienten und deshalb besonders streng überwacht werden mussten.

Und dann Theben und die Gottesdienerin: unerreichbare Ziele! Der Verschwörer verabscheute diese Stadt voller Tempel und diese alte Priesterin, die beinahe den Rang eines Pharaos besaß und sich dem Dienst an den Göttern verschrieben hatte. Das Volk war so einfältig, sie weiterhin zu verehren, weil es an ihre magischen Kräfte und ihre angebliche Fähigkeit glaubte, Unheil abwenden zu können! So viel Aberglaube war unerträglich, und sein entschlossenes Handeln würde damit aufräumen.

Ägypten hatte etwas Besseres verdient. Und diese Entwicklung würde der Schreiber Kel auch mit seinem Mut und seinem Glück nicht aufhalten können.

Gute Reise, der größte Hafen in Memphis, glich einem Ameisenhaufen. Schiffe wurden beladen und entladen, legten an und liefen aus, man suchte nach der besten Anlegestelle und überprüfte, ob an den Booten alles in Ordnung war, es wurde gehandelt, auf die übertriebenen Sicherheitsmaßnahmen geschimpft und über die Preise für Schiffspassagen gestritten. Und es gab immer mehr Griechen, die sich als ernst zu nehmende Geschäftsleute erwiesen.

Bebon mischte sich unter die Schaulustigen und entdeckte bald die Wachleute, die mit Pavianen auf Streife gingen, die Diebe dingfest machten, indem sie ihnen in die Waden bissen. Anschließend wurden die Täter ins Hauptgefängnis gebracht und zu harten Strafen verurteilt.

Schlecht rasiert und wie ein Mann in Trauer mit einem einfachen syrischen Umhang und billigen Sandalen gekleidet, sah Bebon aus wie die meisten Memphiter, weder arm noch reich und immer auf der Suche nach einem guten Geschäft.

Seit der beeindruckenden Anzahl an Wachtruppen, die Richter Gem aufgeboten hatte, verhielten sich die Übeltäter aus Angst vor Verhaftung unauffällig. Ladenbesitzer und fliegende Händler begrüßten diesen Zustand sehr, weil dadurch ihr Geschäft blühte.

Am Landesteg eines stattlichen Handelsschiffs standen fünf Soldaten und ein Offizier. Mit gesenktem Kopf ging Bebon langsam auf sie zu.

»Ich möchte einen Verantwortlichen sprechen«, sagte er zu dem Offizier.

»Verantwortlich wofür?«, fragte der.

»Für die Sicherheit unseres Landes.«

»Lass mich in Ruhe, mein Freund. Wir haben viel zu tun.«

»Es ist wirklich sehr wichtig. Hört mich an, Ihr werdet es nicht bereuen.«

Der Offizier seufzte.

»Hat dich deine Frau verlassen? Oder hast du deine Arbeit verloren? Kein Grund zum Verzweifeln, das kommt schon wieder in Ordnung.«

»Ich verfüge über Neuigkeiten, die der Pharao erfahren sollte.«

Jetzt lächelte der Offizier.

»Mir scheint, du bist übermüdet, guter Mann. Jetzt ist es auch gerade Zeit für ein Nachmittagsschläfchen.«

»Kel, der Mörder, wollt Ihr etwas über ihn wissen?«

Das Lächeln erstarb.

»Solche schlechten Scherze kann ich nicht ausstehen.«

»Ich will wissen, wie hoch die Belohnung ist.«

»Rühr dich nicht von der Stelle. Ich bin gleich wieder da.«

Wie alle anderen Soldaten auch hatte der Offizier den Befehl erhalten, sämtlichen Hinweisen nachzugehen – seien sie auch noch so unwahrscheinlich.

Kurz darauf erschien er wieder, und zwar in Begleitung eines Vorgesetzten, der eine Hasenscharte hatte.

»Eins gleich vorneweg, mein Junge: Ich hasse Schwätzer.«

»Wie hoch ist die Belohnung?«

»Ein schönes Haus, zwei Dienstboten, fünf Esel und jede Menge Lebensmittel, ganz zu schweigen vom Dank der Obrigkeit.«

»Lässt sich da auch noch Ackerland unterbringen?«

»Darüber können wir reden – wenn du zuverlässig bist.«

»Ob ich zuverlässig bin? Wenn es darum geht, ein Vermögen zu machen, erlaubt man sich keine Scherze.«

»Du hast vorher den Schreiber Kel erwähnt, stimmt das?«

»Er ist dabei, Memphis zu verlassen und nach Theben zu reisen – und ich weiß auch wie.«

Hasenscharte hielt die Luft an.

»Ehe ich mehr sage, will ich aber Sicherheiten«, fuhr Bebon fort. »Die Leute in den hohen Ämtern versprechen viel und halten wenig.«

»Was willst du?«

»Einen Beutel Edelsteine.«

»Jetzt übertreib aber mal nicht, mein Guter!«

»Das ist nur eine kleine Anzahlung«, meinte Bebon. »Später will ich dann den Rest der Belohnung. Aber ich habe wenig Zeit. Es gibt bestimmt noch andere Offiziere, die für diesen Hinweis dankbar wären.«

»Setz dich und hab etwas Geduld. Du kriegst gleich etwas zu trinken.«

Etwas später kam Hasenscharte mit einem Beutel voller Edelsteine zurück.

»Ist das in Ordnung?«

Bebon untersuchte die Steine sorgfältig.

»Na ja, so einigermaßen.«

»Raus mit der Sprache, was weißt du?«

»Der Schreiber Kel hat sich ein Bärtchen wachsen lassen und trägt eine seltsame Perücke. Übermorgen geht er an Bord eines Handelsschiffs, der *Zuverlässigkeit*, das nach Theben ausläuft. Das Schiff hat Stoffe, Weinfässer und Alabasterschalen geladen, die für die Gottesdienerin bestimmt sind. Ich weiß zwar nicht, wie viele Mann Besatzung es sind, die er gekauft hat, aber er wird sich als öffentlicher Schreiber ausgeben, der Briefe an die Verwaltung schreiben kann, und damit die Schiffsreise bezahlen.«

Hasenscharte war sehr bemüht, seine Begeisterung nicht zu zeigen.

»Du bleibst hier bei uns, Freundchen, das ist ja wohl klar.«

»Wenn ich nicht zurückkomme, geht Kel nicht auf das Schiff. Er glaubt, ich überprüfe noch einige wichtige Kleinigkeiten, und ich muss ihm einen Lagebericht abliefern. Und versucht bloß nicht, mir zu folgen: Man würde Euch auf alle Fälle entdecken und Kel warnen. Morgen, wenn Ihr ihn gefasst habt, komme ich wieder und hole den Rest meiner Belohnung ab.«

25

Bebon war sich ganz sicher: Er wurde verfolgt. Wenn der Offizier ihn und seine Kameraden in ihrem Versteck überraschen könnte, wäre die Ausbeute noch um einiges größer. Und dazu noch die Aussicht auf eine schöne Beförderung!

Bebon bog in eine kurvige Gasse, die etwa auf halbem Weg einen sehr schmalen Durchgang hatte, über den man auf die Hauptstraße gelangen konnte. Dort angekommen, lief er zu dem Geschäft eines Korbverkäufers, betrat es und verließ den Laden sofort wieder über den Hinterausgang.

Er hatte den Verfolger abgeschüttelt.

Zufrieden befühlte Bebon den Beutel mit den Edelsteinen. Ein hübsches kleines Vermögen! Und der Rest der Belohnung hätte ihn zu einem reichen Mann gemacht, der nichts weiter zu tun hätte, als sein Leben zu genießen. Sein Verrat wäre äußerst einträglich …

In aller Ruhe ging er zum Hafen und steuerte auf ein besonders schönes Schiff zu, das zum Auslaufen bereit war – der *Skarabäus*.

Ein Seemann versperrte ihm den Weg.

»Zutritt verboten, mein Junge. Die Mannschaft ist vollzählig, wir heuern keinen mehr an.«

»Ich bin der Sandalenträger von Nefertem.«

Der Wächter ging die Besagte fragen, und als sie die Aussage bestätigt hatte, erlaubte er dem Diener an Bord zu kommen.

Bebon verneigte sich vor Nitis.

»Ich habe die Wette gewonnen«, erklärte er, »und

hier das Ergebnis: Mit diesen Edelsteinen können wir eine ganze Weile auskommen!«

»Kel und ich wären vor Angst um dich beinahe gestorben«, sagte die junge Frau erleichtert. »Die Sache war viel zu gefährlich.«

»Ach, da hatten wir schon Schlimmeres, außerdem ist es noch nicht vorbei! Aber die Spürhunde wünschen sich dermaßen dringend einen entscheidenden Hinweis, dass sie wahrscheinlich alles schlucken würden.«

Der Kapitän gab den Befehl, den Anker zu lichten. Mit einem kräftigen Wind entfernten sie sich schnell von Memphis, während die Wachtruppen dort ihre Falle rund um die *Zuverlässigkeit* vorbereiteten, einem vollkommen harmlosen Handelsschiff.

Auf Anweisung seiner Herrin bezahlte Kel den Kapitän der *Skarabäus*, der stets nur wohlhabende Kundschaft annahm. Richter Gem ließ nach einem Paar suchen, das zu äußerster Geheimhaltung gezwungen war, und nicht nach der Herrin über ein weitläufiges und schönes Reich, die von zwei Dienern begleitet wurde. Dem Vernehmen nach wollte sie nach Khemenu in Mittelägypten, der Stadt des Thot, wo sie mehrere Ländereien besaß. Natürlich hätte sie auch ihr eigenes Schiff nehmen können, aber diese Reise in Gesellschaft einiger Personen ihres Standes bedeutete für sie eine angenehme Zerstreuung.

Fünf gut ausgestattete Kabinen waren vier edlen Damen und einem Deichaufseher vorbehalten. Jetzt saßen sie zusammen am Bug, schwatzten, tranken leichtes Bier und labten sich an fleischigen Feigen, ehe sie im Schatten eines großen Sonnenschirms in niedrigen Lehnsesseln ein köstliches Mahl genossen. Die einzelnen Gänge – über offenem Feuer gebratene Gans, getrocknetes, gesalzenes, geräuchertes und mit Honig eingeriebenes Rindfleisch, Fisch, der an Bord frisch zubereitet wurde – reichte man auf großen schalenförmigen Saubohnenblättern.

Die Diener waren nicht so anspruchsvoll und begnügten sich mit eingemachtem Geflügelfleisch, Dörrfisch, Salat aus Memphis und Datteln. Nordwind ließ sich zusammen mit zwei anderen Eseln frische Luzerne schmecken.

»Hin und wieder würde ich gern einen Reichen spielen«, gestand Bebon mit einem Seufzer. »Aber eigentlich ist die Verpflegung nicht schlecht und das Bier trinkbar.«

»Schatzmeister Pef hat uns also doch nicht verraten«, sagte Kel. »Sonst hätte man uns längst verhaftet. Das bedeutet, er gehört nicht zu den Verschwörern.«

»Vermutlich hast du recht. Ich befürchte aber noch immer eine Falle. Vielleicht liegt ihm daran, uns selbst gefangen zu nehmen, ohne Unterstützung von Wachleuten und Soldaten. Dann könnte er wie der große Retter in der Not auftreten. Wäre das nicht ein schöner Anfang für einen zukünftigen Pharao?«

»In diesem Fall würde Richter Gem gebraucht, wäre schlecht unterrichtet und unbestechlich.«

»Ausgeschlossen! Er breitet seinen großen Mantel der Gesetze über alles und hört auf die Befehle der Mächtigen.«

»Also auf die von Pharao Amasis«, wurde der Schreiber deutlicher. »Das zukünftige Opfer oder der Vordenker der Verschwörung?«

Bebon kratzte sich an der Wange.

»Der König zettelt eine Verschwörung an, um sich selbst zu stürzen … Irgendwas versteh ich da nicht ganz.«

»Vielleicht will er auf diese Weise einige Minister loswerden, die ihm lästig geworden sind, und stellt ihnen eine Falle? Eines ist jedenfalls sicher: Amasis verkauft das Land nach und nach an die Griechen, was manchen einflussreichen Würdenträgern, wie zum Beispiel Pef, nicht gefällt. Wenn er eine Verschwörung erfände, an der seine Gegner beteiligt wären, könnte sie der König in Ungnade fallen lassen und ausschalten.«

»Es gibt wirklich nichts Schlimmeres, als ein Land zu führen!«

»Doch, Ungerechtigkeit.«

»Das ist doch das Gleiche. Ich glaube, ich gönne mir jetzt ein Nickerchen. Die Verdorbenheit der menschlichen Seele erschöpft mich.«

Bebon konnte immer und überall auf der Stelle einschlafen. Kel ärgerte sich stattdessen über den Deichaufseher, der Nitis ganz offensichtlich den Hof machte. Sollte er sich auch nur ein klein wenig danebenbenehmen, würde Kel rücksichtslos dazwischengehen.

Zum Glück war das Essen jetzt beendet, und die junge Frau zog sich unter dem Vorwand zurück, mit ihrem Verwalter arbeiten zu müssen.

»Ich kann diesen Kerl nicht leiden.«

Nitis musste lächeln.

»Du bist doch nicht etwa eifersüchtig?«

»Was dachtest du denn?«

»Leider kann ich dich nicht küssen, aber ich sterbe fast vor Lust darauf.«

Sie nicht in die Arme nehmen zu dürfen, war eine

schreckliche Prüfung. Sie mussten sich damit begnügen, heimliche Blicke auszutauschen, in denen so viel Liebe lag, dass die Zeit sie nur noch stärker werden ließ.

Gemeinsam arbeiteten sie wieder einmal an dem verschlüsselten Papyrus, wobei sie die verschiedensten und zum Teil ganz unwahrscheinlichen Möglichkeiten versuchten.

Doch die Mühe blieb vergeblich.

»Wahrscheinlich findet sich der Schlüssel in Symbolen wie dem Amulett aus der Cheops-Kapelle«, überlegte der Schreiber. »Und sie müssen eigentlich in Theben bei der Gottesdienerin sein. Deshalb wird man alles unternehmen, damit wir nicht dorthin gelangen. Ich kann es einfach nicht ertragen mit anzusehen, wie du dein Leben aufs Spiel setzt, Nitis.«

»Es ist jetzt *unser* Leben. Und wir können es nur retten, wenn wir die Wahrheit herausfinden – und wenn uns die Götter nicht im Stich lassen.«

»Eine winzige Hoffnung.«

»Wir sind aber auch nicht unbewaffnet«, tröstete sie ihn. »Erstens haben wir Bebons Bekannte in Oberägypten; außerdem sind da noch die Orte, an denen sich die Macht der Göttin Neith zeigt, und die mir mein verstorbener Meister genannt hat. Dort bekommen wir bestimmt wertvolle Hilfe, und den ersten dieser Orte erreichen wir schon bald.«

Weil Nitis gezwungen war, wieder zu ihren Reisebekanntschaften zu gehen, und Bebon schlief, lehnte sich Kel an das Geländer und betrachtete den Nil – das irdische Spiegelbild des himmlischen Flusses, der die Lebenskraft ins Herz des Universums trägt. Indem er die Ufer überschwemmte, schenkte er den Menschen alles, was sie brauchten, um glücklich und in Frieden zu leben. Beging der König aber Unrecht, konnte es kein Glück geben.

Im Hafen von Faijum legte das Schiff an, und die Reisenden aßen an Land zu Mittag, während die Mannschaft das prächtige Schiff gründlich reinigte. Der Kapitän überwachte derweil die Lieferung von Bier und Wein, eingemachten und frischen Lebensmitteln. Fisch wurde täglich frisch von den Seeleuten gefangen. Seinen Gästen sollte es an nichts fehlen, damit sie sich auf ihrer Reise rundum wohlfühlten.

Zu seiner Überraschung sah er, wie der Diener der schönen Grundbesitzerin den Esel mit den Ledertaschen bepackte, als ob er sich mit ihm auf den Weg machen wollte. Und ihr Verwalter trug plötzlich einen Rucksack und hatte einen Wanderstock in der Hand.

Nun verließ auch die junge Frau ihre Kabine. Ihr vornehmes Kleid hatte sie gegen ein einfaches Gewand getauscht.

»Nefertem, wollt Ihr uns schon verlassen? Seid Ihr etwa nicht zufrieden mit meinem Schiff?«

»Ganz im Gegenteil, Kapitän, es ist alles in Ordnung. Aber mein Verwalter hat mir soeben von einem ungewöhnlichen Anliegen eines meiner Bauern, hier ganz in der Nähe, berichtet. Das möchte ich auf der Stelle klären, anschließend machen wir uns, nach einem kurzen Halt in einem Nachbardorf, wo ich einen Betrieb besitze, auf den Rückweg nach Memphis. Aber wenn ich das nächste Mal nach Khemenu will, nehme ich auf jeden Fall wieder die *Skarabäus*, so angenehm fand ich die Fahrt mit Eurem Schiff.«

»Ich muss Euch einen Teil des Fahrpreises zurückgeben…«

»Kommt nicht in Frage, Kapitän. Eure ausgezeichnete Bedienung und Bewirtung ist diese kleine Belohnung mit Sicherheit wert.«

Götter im Himmel, war das eine wunderbare Frau! Ein wenig wehmütig beaufsichtigte der Seemann das Ablegemanöver.

26

Phanes von Halikarnassos war vom Ersten Offizier, der für die Sicherheit im Hafen von Memphis verantwortlich war, unterrichtet worden und hatte sofort Siegelbewahrer Udja verständigt. Der seinerseits sprach bei Henat, dem Leiter des Geheimdienstes, vor und ließ Richter Gem zurückrufen, der die Stadt gerade verlassen hatte.

Die vier Würdenträger konnten es noch kaum glauben: Sollte es ihnen tatsächlich endlich dank eines glaubwürdigen Hinweises gelingen, den Schreiber Kel festzunehmen? Diese Meldung wäre wirklich Gold wert.

»Sollen wir den König verständigen?«, fragte Phanes die anderen.

»Falls das Unternehmen scheitert, wäre es für ihn nur eine weitere Enttäuschung«, meinte der Richter. »Ich weiß schon gar nicht mehr, wie viele falsche Gerüchte und ergebnislose Untersuchungen es in der Sache Kel gegeben hat.«

»Diesmal scheint es sich aber um einen zuverlässigen Hinweis zu handeln«, wandte Henat ein.

»Versuchen wir unser Bestes«, meinte der Richter. »Wir müssen doch nicht bereits im Voraus mit dem Ergebnis prahlen.«

»Dem Bericht des Wachmanns zufolge ist die *Zuverlässigkeit* ein älteres, regelmäßig überholtes Schiff, das schwere Lasten laden kann«, sagte Phanes. »Seine nächste Ladung ist dagegen eher leicht: Stoffe, Weinfässer und Edelmetalle.«

»Wohin geht die Fahrt?«, fragte Henat.

»In das Reich der Gottesdienerin – nach Theben.«

Alle hielten den Atem an.

»Das ist in der Tat ein wichtiger Hinweis«, gab der Siegelbewahrer zu. »Was wissen wir über den Kapitän?«

»Er ist Mitte fünfzig, erfahren, Vater von vier Kindern und ein sehr lebenslustiger Mann.«

»Irgendwelche Laster?«

»Er spielt.«

»Dann hat er also Schulden. Kel wird sich nicht besonders angestrengt haben müssen, ihn mit einer schönen Summe zu überzeugen, dass er ihn heimlich nach Theben bringt. Fragt sich nur noch, wer der Mann ist, der ihn verraten hat.«

»Über ihn wissen wir leider nicht viel«, bedauerte der General. »Kein Name, nur ungenaue Beschreibungen und, was besonders ärgerlich ist, er hat einen Mann abgeschüttelt, der ihn verfolgen sollte. Nachdem er einen Beutel mit Edelsteinen als Anzahlung auf seine Belohnung eingesackt hatte, hat der Kerl den Wachmann abgehängt, der ihn beschatten sollte.«

»Was nicht weiter verwunderlich ist«, sagte Richter Gem. »Er wollte ihn nicht zu dem Mörder führen, aus

Angst, dann mit ihm verhaftet zu werden und alles zu verlieren. Dieses Vorgehen deutet meines Erachtens darauf hin, dass wir es mit einem erfahrenen Mann zu tun haben, vielleicht einem Söldner, den es in Kels Dienst verschlagen hat. Weil er sich nicht länger verstecken will, hat er beschlossen, seinen Herrn zu verraten, um reich zu werden.«

»Zu schön, um wahr zu sein«, machte sich Henat lustig. »Wie kann ein Mann mit Eurer Erfahrung so gutgläubig sein?«

»Auf Verräter kann man sich immer verlassen«, erwiderte Gem.

»Wir haben jetzt keine Zeit für Streitereien«, schnitt ihnen Udja das Wort ab. »Wir müssen handeln. Übrigens – wird die *Zuverlässigkeit* bereits überwacht?«

»Selbstverständlich«, antwortete Phanes.

»Der Schreiber Kel ist ein besonders schlauer Verbrecher, der bestimmt vorgesorgt hat, dass er bei einem Überraschungsangriff fliehen kann. Wir müssen das Schiff so lückenlos bewachen, dass uns niemand entkommen kann.«

»Wir könnten die Seeleute gegen unsere Männer austauschen«, schlug Henat vor.

»Das ist viel zu gefährlich«, fand der Richter. »Er wird sie beobachten, ehe er an Bord geht. Wenn er bemerkt, dass es nicht die Männer sind, die er kennt, entfernt er sich bestimmt. Ich finde, wir sollten den Kapitän nicht vorwarnen, sondern ihn seine Rolle spielen lassen. Stattdessen versperren wir jeden möglichen Fluchtweg, auch den über den Fluss. Und dann sollten wir versuchen, den Mörder lebendig zu kriegen. Das gibt sehr wahrscheinlich ein spannendes Verhör.«

»Sollte er das Leben eines unserer Männer bedrohen, habt Ihr befohlen, ihn zu töten«, erinnerte Phanes von Halikarnassos.

»Und diesen Befehl wiederhole ich hiermit.«

Im Hafen von Memphis wurde es Tag, und die Hafenarbeiter machten sich ans Werk. Die kühlen Morgenstunden waren bald vorbei, besser man nutzte sie, um die Schiffe zu be- und entladen. Zwanzig sollten einlaufen, ebenso viele legten heute ab, und der restliche Tag versprach auch sehr viel Arbeit. Die ersten Händler kamen mit ihrem Obst und Gemüse, und schon wurde die Ware von den frühen Kunden begutachtet, ehe es ans Feilschen ging.

Etwa hundert Wachleute beobachteten heimlich den Landesteg der *Zuverlässigkeit*. Bei einigen lagen die Nerven blank, vor allem bei denen, die den Mörder gefangen nehmen sollten. Falls er seine Waffen nicht fallen ließ, würden die Bogenschützen auf ihn anlegen, die sich hinter einem Stapel Körben versteckt hielten. Sollte er ins Wasser springen, würden ihn mehrere Barken voller Soldaten umzingeln.

»Er kommt bestimmt nicht«, sagte Henat zu Richter Gem. »Das ist nur ein Köder.«

»Habt Ihr etwa noch weitere Hinweise, die Ihr mir vorenthaltet?«

»Leider nein.«

»Kel muss die Gottesdienerin sehen«, rief ihm der Richter in Erinnerung, »und dieses Schiff fährt nach Theben, um Waren dorthin zu liefern.«

»Und was ist mit der Priesterin Nitis? Glaubt Ihr, er will sie ihrem traurigen Schicksal überlassen?«

»Kel weiß inzwischen, dass wir nach einem Paar suchen, also haben sie sich getrennt. Ich mache mir keine falschen Hoffnungen: Hier im Hafen ist immer so viel los, dass man unmöglich alle Schiffe im Auge behalten kann.«

Am Ende des Hafendamms tauchte ein mittelgroßer junger Mann auf und näherte sich langsam. Er trug eine seltsame Perücke und ein gepflegtes Bärtchen und steuerte auf die *Zuverlässigkeit* zu.

»Unser Mann hat doch die Wahrheit gesagt«, murmelte Richter Gem.

Das Netz zog sich zusammen.

In aller Ruhe betrat der Mann den Landesteg.

Da stürzten sich fünf Wachmänner, die alle gut einen Kopf größer waren als er, auf ihre Beute und packten ihn an den Schultern, den Armen und den Beinen.

»Wir haben ihn!«, rief ein Beamter und wunderte sich über so wenig Widerstand.

Der Kapitän der *Zuverlässigkeit* und seine Mannschaft sahen sich die Szene verblüfft an.

»Keine Bewegung«, befahl ein Bogenschütze. »Ihr seid verhaftet.«

Als Richter Gem eintraf, übergaben ihm die Männer den Mörder, der an Händen und Füßen gefesselt war.

»Wer bist du?«

Der Gefangene zitterte vor Angst und brachte kaum einen Ton heraus.

»Ich bin Buchhalter der Speicherverwaltung von Memphis. Ich wollte überprüfen, wie viele Fässer dieses Schiff geladen hat, und dann eine Rechnung schreiben, wie das bei jeder Fahrt der Fall ist.«

Die Aussage wurde von dem Kapitän bestätigt.

»Ich breche jetzt nach Theben auf«, sagte Henat nur. »Hier haben wir bereits genug Zeit verschwendet.«

Richter Gem ließ den unglücklichen Buchhalter frei und verhörte selbst noch einmal die Soldaten, die mit dem angeblichen Verräter gesprochen hatten.

»Das ist ein großartiger Schauspieler«, meinte einer von ihnen. »Wir fanden ihn sehr überzeugend.«

»Schauspieler« – dieses Wort hatte einen seltsamen Nachhall. Hatte der Richter nicht einmal einen Schauspieler verhaftet wegen des Verdachts, ein Helfershelfer des Schreibers Kel zu sein, der dann aber mangels Beweisen wieder freigelassen wurde?

Richter Gem ging in sein Arbeitszimmer, suchte in seinen Unterlagen und fand schließlich auch den Namen dieses freundlichen Menschen: Bebon. Freundlich, aber mit allen Wassern gewaschen. Laut Bericht hatte er einen erfahrenen Verfolger abgehängt. Laut eines verspäteten Berichts, den Gem nicht weiter beachtet hatte.

Endlich war der Richter einen entscheidenden Schritt weitergekommen: Er kannte nun den Namen von einem der Helfershelfer des Schreibers, der vielleicht sein Verbindungsmann war oder sogar einer seiner wichtigsten Verbündeten.

Ein fahrender Schauspieler verfügte natürlich über zahlreiche Bekannte. So konnte dieser Bebon Kel eine echte Hilfe sein. Und endlich gab es auch eine Erklärung für Kels unverschämtes Glück, das in Wirklichkeit eine geschickte Vorgehensweise war, mit der er den Wachmannschaften immer wieder entkam.

Wenn er die Angaben zu Bebon gründlich studierte, konnte er dann einen Hinweis finden, mit dem er Kel auf die Spur kam?

Ab sofort war er jedenfalls auf der Jagd nach zwei Männern und einer Frau.

27

Das Faijum wurde von einem großen See bewässert, einer Art Binnenmeer, und war von üppigem Grün – bestens geeignet für die Jagd und zum Fischen. Gewaltige Anstrengungen, die im Mittleren Reich unternommen worden waren, hatten die Landschaft in eine Insel der Seligen verwandelt.

Den Eingang zum Faijum bewachte eine Pyramide von Pharao Amenemhet III., um die bösen Geister zu vertreiben und den Wohlstand dieser reichen Provinz zu sichern. Am Haupt des großen Kanals gelegen, der die Nilwasser abzweigte, erinnerte sie an den Glanz einer ehemals blühenden Epoche, der außerdem von einem riesengroßen Tempel bezeugt wurde, der dem *Ka* des Pharaos und dem Krokodilgott Sobek geweiht war. Die Anlage, die der von Djoser in Sakkara ähnelte, bestand aus zahlreichen Innenhöfen, die von Kapellen mit Dachgewölben gesäumt waren, Vorplätzen, Kreuzgängen und im Mauerwerk verborgenen Fluren. Sie wirkte dadurch wie ein wahrer Irrgarten, in dem allein die gerechte Seele des Pharaos den richtigen Weg finden konnte.

»Dies ist der erste Ort der Macht«, sagte Nitis. »Früher haben sich hier die großen Geister aller Provinzen versammelt, um den Körper von Osiris zusammenzusetzen, damit der König auferstehen konnte.«

»Sehr lobenswert«, fand Bebon. »Aber jetzt sieht es hier verlassen und wenig vertrauenerweckend aus.«

Kel ging durch das erste Eingangstor und trat übergangslos vom hellen Tag in Dämmerlicht. Er stieß gegen eine Mauer, musste sich durch einen schmalen Spalt zwängen und gelangte dann in den ersten Säulenhof.

Kein Laut war zu hören.

Nitis ging dicht neben Kel.

»Dieser Tempel scheint menschenleer zu sein.«

»Da! Seht doch!«, schrie Bebon.

Am Fuß einer Säule lag eine tintenschwarze Kobra mit einem kleinen glänzenden Kopf und einem furchterregend großen Maul.

»Ihr Biss ist tödlich«, sagte die Priesterin leise, »und es gibt keine Beschwörungsformel, mit der man sie festnageln könnte. Wir dürfen uns jetzt auf keinen Fall ruckartig bewegen.«

Das Tier fixierte seine Opfer.

»Das ist keine gewöhnliche Schlange«, meinte der Schreiber.

Tatsächlich funkelten die Augen der Schlange außerordentlich rot. Einen nach dem anderen sah sie die Eindringlinge lange an, so als zögerte sie noch, wer ihr Opfer werden sollte.

»Wir sollten sehen, dass wir hier wegkommen«, sagte Bebon.

»Nein, sie wartet nur darauf, dass einer zu fliehen versucht. Ich bitte dich, rühr dich nicht vom Fleck.«

Die Schlangenzunge hatte einen wütenden Tanz aufgeführt. Das Tier las die Gedanken der Menschen, fühlte ihre Angst und schlängelte sich langsam auf sie zu.

Nitis flehte ihren verstorbenen Meister um Hilfe an.

Die Götter durften sie doch nicht jetzt im Stich lassen – hier, mitten in einem Tempel – und ihre Suche nach der Wahrheit beenden!

Plötzlich tauchte eine Manguste zwischen den Säulen auf und stellte sich zwischen die drei Menschen und das Reptil. Weil sie ein großer Liebhaber von Kobraeiern war, hatte sich die *Ratte des Pharaos* in Schlamm gewälzt und den dann trocknen lassen, um sich mit diesem dicken Panzer vor der Schlange zu schützen.

Als sich die Kobra ihrem ärgsten Feind gegenübersah, erstarrte sie. Mangusten sind zwar sehr klein, aber überaus mutig und setzen auf ihre Schnelligkeit.

»Sie verkörpert den Gott Atum«, sagte Nitis. »Er wird ständig im Urmeer geboren und ist Sein und Nicht-Sein zugleich.«

Auf der Suche nach einem passenden Angriffswinkel umrundete die Manguste die Kobra. Beide Tiere wussten, dass sie nur ein einziges Mal zubeißen konnten – gezielt und tödlich.

Die Kobra schnellte los, Nitis schloss die Augen.

Tötete die Kobra die Manguste, hätten sie die Götter verlassen und die Lüge trüge den Sieg davon.

»Sie konnte ihr ausweichen«, sagte Bebon.

Jetzt ging das kleine Säugetier zum Angriff über und nutzte einen unachtsamen Augenblick der Schlange.

Mit einem irrwitzigen Sprung krallte es sich von hinten an ihren Kopf und bohrte ihr seine Fänge in den Hals.

Ein paar heftige Bewegungen, ein letztes Zucken, dann war die Schlange tot.

Die Manguste hatte gesiegt.

»Die Götter müssen Euch beschützen«, sagte ein alter Priester mit kahlem Schädel und einem altertümlichen weißen Leinengewand.

Bebon hatte nicht gesehen, woher der Mann so plötzlich gekommen war, und sah sich misstrauisch um. Aber da war niemand sonst.

»Seid Ihr der Tempelwächter?«, fragte Nitis.

»Ja, ich habe die Ehre.«

Die Manguste verschwand mit ihrer Beute.

»Ich heiße Nitis und bin die Oberpriesterin der Sängerinnen und Weberinnen der Göttin Neith in Saïs. Der verstorbene Priester Wahibra ist mein Meister gewesen.«

»Dann hat uns Wahibra also verlassen! Das ist ein schrecklicher Verlust. Er war ein weiser und aufrechter Mann, ein wahrer ›Gerechter der Stimme‹. Er kannte alle heiligen Schriften und besaß ein Wissen, das Imhotep würdig gewesen wäre. Warum hat er Euch hierhergeschickt?«

»Ich brauche die Hilfe von Neith, die mit der Macht des Krokodilgottes Sobek in Verbindung steht.«

Die Miene des Priesters verfinsterte sich.

»Dieser Tempel ist für den *Ka* und sonst nichts bestimmt. Die Sorgen der Menschen kümmern ihn nicht.«

»Atum hat eben die Schlange der Finsternis besiegt«, erinnerte Nitis. »Wollt Ihr dieses Himmelszeichen missachten?«

Der Hüter des Labyrinths dachte lange nach.

»Ich bin es nicht mehr gewohnt, Besuch zu empfangen. Dieser Ort ist der Stille, der Andacht und dem Gedenken gewidmet.«

»Meine Gefährten und ich sind auf der Suche nach

der Wahrheit. Ohne Eure Hilfe ist unser Unterfangen zum Scheitern verurteilt.«

»Da Euch die Götter zur Seite stehen, will auch ich mich nicht entziehen. Was Ihr sucht, befindet sich vielleicht in der Nähe von Medinet, der Hauptstadt des Faijum. Wohnt Sobek noch in seinem See? Ich weiß es nicht. Wenn ja, endet Euer Abenteuer dort. Niemand entkommt dem Maul des Krokodils. Es erhebt sich aus den unterirdischen Gewässern, verleiht der aufgehenden Sonne Gestalt und verschlingt alles Vergängliche. Leb wohl, Priesterin der Neith.«

28

Begleitet von fünf erfahrenen Söldnern, die mit sämtlichen Kampfarten vertraut waren, befragte Menk ausführlich die Hafenbeamten, die den Schiffsverkehr in Memphis beaufsichtigten. Er hatte nur eines im Sinn: Die schöne Nitis wiederzufinden und den Schreiber Kel zu töten. Die Obrigkeit würde ihn beglückwünschen, der Pharao würde ihm ein höheres Amt am Hof anbieten, und er würde eine wunderbare Frau heiraten, die ihn eines Tages schon lieben lernen würde.

Die ägyptischen Schreiber hatten ihren guten Ruf zu Recht. Die Verwaltungsunterlagen waren tadellos. Zu jedem Schiff waren Name, Zielort, Abfahrtszeit, Namen der Mannschaft, der Mitreisenden und des Offiziers vermerkt, der sie überprüfen musste, außerdem eine ausführliche Aufstellung der mitgeführten Waren und jeder Zwischenhalt.

Eine Sache kam Menk merkwürdig vor.

Ein Prunkschiff, die *Skarabäus*, schien ein Sonderrecht genossen zu haben.

»Hier fehlt der Name des Offiziers«, sagte Menk.

»Ja, tatsächlich«, gab der Beamte zu.

»Wurde er einfach vergessen?«

»So kann man das nicht sagen.«

»Erklärt mir das bitte.«

»Das ist eine heikle Angelegenheit ...«

»Ich führe diese Untersuchung auf Befehl des obersten Palastverwalters durch«, erinnerte ihn Menk, »und ich erwarte Eure uneingeschränkte Unterstützung.«

Da schien es wohl angeraten, die Abgesandten von Henat nicht zu verstimmen.

»Die *Skarabäus* hat diesmal nur bedeutende Gäste an Bord, und der Kapitän – selbst ein ehrenwerter Mann – hat sich persönlich für ihre Rechtschaffenheit verbürgt. Deshalb erschien eine amtliche Überprüfung unnötig. Die Aufstellung mit den Namen der Reisenden liegt Euch aber trotzdem vor. Es sind ein Deichaufseher und vier Damen der besten Gesellschaft; eine von ihnen ist Gutsbesitzerin und wird von ihrem Verwalter und einem Sandalenträger begleitet. Es scheint also alles in Ordnung zu sein. Außerdem fährt dieses Schiff nicht bis nach Theben.«

Menk bekam dennoch irgendwie Lust, den Kapitän der *Skarabäus* zu verhören.

Medinet, die Hauptstadt des Faijum, die die Griechen Krokodilopolis nannten, war eine große ländliche Marktstadt, in der man friedlich im Rhythmus der Jahreszeiten und Ernten lebte. Man konnte dort sehr gut essen, und es gab ausgezeichnetes Bier, was Bebon ein wenig tröstete, der die Begegnung mit der Kobra und dem Wächter des Labyrinths nicht besonders genossen hatte. Er fühlte sich eben in einem lebhaften Wirtshaus viel wohler als in einem abgeschiedenen Tempel. Trotzdem fiel es ihm auch hier nicht leicht, sich zu entspannen, weil er immer daran denken musste, dass Richter Gem weiter Jagd auf sie machte.

»Ich würde gern den See von Sobek sehen«, sagte er zum Wirt.

»Der ist nicht weit von hier, mein Junge, aber sei vorsichtig! Der Gott hat es nicht besonders gern, wenn man ihn stört. Er mag weder Eindringlinge noch Neuankömmlinge. Wir hier, die Leute von Medinet, begnügen uns damit, ihn zu schützen, und legen wenig Wert darauf, ihn aus der Nähe zu sehen.«

»Vielen Dank für deinen Rat.«

Nachdem man ihnen die Richtung gezeigt hatte, fanden Nitis, Kel und Bebon ohne Schwierigkeiten den Weg zum See von Sobek. Aber als sie das große, von Sykomoren, Akazien und Brustbeerenbäumen umstandene Gewässer erblickten, versperrte ihnen ein Priester den Weg.

»Wer seid Ihr – und was wollt Ihr?«

»Ich bin eine Priesterin der Göttin Neith aus Saïs, diese beiden Männer sind Ritualisten. Wir wollen Sobek, den sie gesäugt hat, damit er die Mächte des Ursprungs in sich aufnimmt, unsere Verehrung erweisen.«

Der Priester blieb misstrauisch und stellte der jungen Frau eine Reihe von geistlichen Fragen, die sie zu seiner Zufriedenheit beantworten konnte.

»Ihr müsst Euch gedulden. Der Gott ruht jetzt, und wir speisen ihn erst zur achten Stunde.«

Die Besucher setzten sich ans Ufer, Nordwind ließ sich frische Kräuter schmecken.

Inzwischen beriet sich der Priester mit seinen Kameraden.

»Eine Neith-Priesterin und zwei Männer… Einer der beiden ist womöglich der Schreiber Kel!«

»Dem neuesten Bericht zufolge suchen die Wachtruppen nach einem Paar«, wandte der Älteste ein.

»Dann haben sie eben einen Helfershelfer dabei! Diese Verbrecher sollen sehr gefährlich sein. Wir sind in größter Gefahr!«

»Wir müssen die Behörden verständigen.«

»Wenn sie bemerken, dass einer von uns flieht, werden sie ihn töten.«

»Was schlägst du vor?«

»Der Gott Sobek wird uns helfen.«

»Meinst du etwa…«

»Er nimmt uns zumindest einen von ihnen ab. Dann können wir die anderen beiden überrumpeln. Wir überwältigen sie mit Stöcken.«

Die anderen waren einverstanden.

»Bleibt hier versteckt, ich kümmere mich um unsere Gäste.«

Und der Priester brachte ihnen Fleisch, gefüllte Fladen, Brot und Wein.

»Es dauert nicht mehr lange, bis sich der Gott zeigt«, sagte er zu Nitis. »Wollt Ihr Dem-mit-dem-schönen-Gesicht zu essen geben und ihm im Namen der Göttin Neith die Ehre erweisen?«

Die junge Frau nahm die Platte mit den Opfergaben

und stellte sich an den Platz, den ihr der Diener von Sobek angewiesen hatte; er selbst sagte eine Litanei auf.

Als er bei der letzten Zeile angelangt war, tauchte ein gewaltiges Krokodil aus dem Wasser auf. Bebon war von seiner Größe beeindruckt, ließ sich aber von der schrecklichen Schönheit seines Kopfes mit den grausamen Augen nicht blenden.

Plötzlich öffneten sich seine riesigen Kiefer drohend.

»Geht ruhig näher hin, Ihr braucht keine Angst zu haben«, forderte der Priester Nitis auf. »Sprecht mit ihm und gebt ihm seine Nahrung ins Maul.«

Eine Kleinigkeit hatte der Mann allerdings vergessen zu erwähnen: Das Ungeheuer erkannte seine Wohltäter an ihrer Stimme und verschonte sie. Eindringlinge hingegen wurden zur willkommenen Beute.

Dass der Priester so unruhig war, gab Kel zu denken. Er konnte es anscheinend gar nicht erwarten, dass die Prozedur beendet war.

»Warte noch, Nitis!«

Aber zu spät, schon war sie in Sobeks Reichweite.

»Ich bin hier, weil ich dich um Hilfe bitten will«, sagte sie mit sanfter Stimme. »Dich hat Neith gesäugt – gib mir die Waffe, die ich brauche, damit ich meinen Weg fortsetzen kann.«

Der gewaltige Rachen öffnete sich noch weiter, gleich würden die Kiefer die Beine der Unbekannten packen.

Mit größter Anmut reichte Nitis dem Gott seine Speisen.

Erschrocken wollte der Priester Reißaus nehmen, lief aber Bebon in die Arme.

»Hiergeblieben«, befahl ihm der. »Wolltest du uns etwa eine Falle stellen, du kleiner Gauner?«

Satt und zufrieden verschwand das Krokodil in den Tiefen des Sees.

»Was sollte das denn werden?«, fragte der Schauspieler seinen Gefangenen, der vor Angst am ganzen Körper zitterte.

»Das versteh ich nicht … Das Krokodil … Es hätte doch …«

»Es hätte doch die Priesterin verschlingen müssen, ja? Dafür schlag ich dir den Schädel ein, mein Guter.«

Jetzt tauchten die anderen Priester auf, die sich mit Stöcken bewaffnet hatten.

»Aha, da haben wir ja den Rest der Bande!«

»Gebt auf«, verlangte der Älteste, »wir sind in der Überzahl.«

In einer Wasserfontäne tauchte das Krokodil wieder auf, kam zu Nitis, öffnete sein Maul und legte einen Bogen aus Akazienholz mit zwei Pfeilen, den Wahrzeichen der Göttin Neith, ans Ufer.

Die Priesterin nahm Pfeil und Bogen, spannte ihn und richtete ihn auf die Priester, die sich voller Angst davonmachten.

29

Ich bin Menk, Sonderbeauftragter des obersten Palastverwalters Henat, und habe einige Fragen an Euch.«

Der streitbare Ton dieses vornehmen, eigentlich angenehm wirkenden Mannes, überraschte den Kapitän der *Skarabäus*. Er machte gerade zwei Tagesreisen von Memphis entfernt einen Zwischenhalt und hatte nicht mit so einer unerwarteten Überprüfung gerechnet. Nachdem er seine erste Gruppe von Fahrgästen nach Mittelägypten gebracht und dort drei hohe Beamte an Bord genommen hatte, die es eilig hatten, nach Memphis zu kommen, dachte er bereits an seine nächste Fahrt.

»Ich höre.«

»Bei Eurer letzten Reise hattet Ihr mehrere Fahrgäste.«

»Richtig, einen Deichaufseher und vier vornehme Damen; eine von ihnen war eine reiche Gutsbesitzerin und hatte ihren Verwalter und ihren Sandalenträger bei sich.«

»Ihr Name?«

»Nefertem.«

»Kanntet Ihr sie?«

»Nein, ich habe sie zum ersten Mal gesehen. Sie besitzt selbst ein Schiff, wollte aber lieber in angenehmer Gesellschaft reisen.«

»Gab es irgendwelche Zwischenfälle?«

»Kaum …«

»Etwas genauer, bitte!«

»Nefertem und ihre Diener haben mein Schiff bei einem Zwischenhalt im Faijum vorzeitig verlassen.«

»Warum?«

»Es soll irgendwelche Schwierigkeiten mit der Verwaltung in Memphis gegeben haben. Nefertem wollte eine ihrer Ländereien in der Gegend besuchen.«

Jetzt war Menk überzeugt: Nitis reiste unter falschem

Namen, und der Schreiber Kel und ein Helfer begleiteten sie.

»In Zukunft haltet Ihr Euch an die geltenden Vorschriften, Kapitän. Sonst bekommt Ihr Ärger.«

Menk hoffte, in Medinet, der Hauptstadt der Provinz Faijum, die Spur der Flüchtigen zu finden. Er wurde nicht enttäuscht. Ganz Medinet sprach nur von dem ernsten Zwischenfall, der sich am See von Sobek ereignet hatte.

Menk ging zum Tempel, wo ihn der Hohepriester, der zu seiner Verwunderung irgendwie wie ein Reptil aussah, sehr höflich empfing.

»Ich bin im Auftrag des obersten Palastverwalters unterwegs und möchte Euch helfen. Was ist geschehen?«

»Die Ritualisten, die über das Wohlergehen des heiligen Krokodils wachen, wurden von einer Verbrecherbande überfallen. Ohne ihren Mut und den Schutz von Sobek wären sie dem Tod nicht entgangen.«

»Ich möchte ihnen ein paar Fragen stellen.«

»Sie sind noch sehr schwach und …«

»Ihre Aussagen sind von größter Bedeutung. Diese Verbrecher müssen so schnell wie möglich festgesetzt werden, ehe sie weitere unschuldige Menschen bedrohen können.«

Menk erhielt die Erlaubnis, sich ein peinliches Zusammenspiel aus Klagen und Gejammer anzuhören. Zum Glück hatte sich der Priester, der mit den Verbrechern zu tun gehabt hatte, inzwischen etwas beruhigt und konnte einige Angaben machen.

»Es war eine sehr schöne Frau, die behauptete, dass sie Neith-Priesterin sei. Sie wollte Sobek um Hilfe anflehen.«

»Habt Ihr ihr das gestattet?«

»Nein, selbstverständlich nicht! Nur wir allein füttern diesen großen Fisch. Kein Weltlicher darf in seine Nähe kommen.«

»Eine Neith-Priesterin ist aber keine Weltliche.«

»Ich weiß, ich weiß … Trotzdem wäre es unmöglich. Als diese besessene Frau einsehen musste, dass mein Widerstand nicht zu brechen ist, hat sie ihren Dienern befohlen, mich zu verprügeln.«

»Wie sahen diese Diener aus?«

»Wie zwei Riesen, aus dem Reich der Finsternis aufgetauchte Ungeheuer! Selbst wenn wir zwanzig gewesen wären, hätten wir sie nicht besiegen können.«

»Was mich wundert, ist, dass Ihr ganz unversehrt ausseht.«

»Der Gott hat das Schlimmste verhindert! Als mir das Krokodil zu Hilfe kam, sind die Angreifer geflüchtet.«

»Haben Eure Mitbrüder nicht versucht, sie aufzuhalten?«

»Schon, aber ohne Erfolg. Obwohl sie sich mutig auf sie gestürzt haben, haben sie die beiden Riesen überwältigt. Deshalb verlangen wir auch eine hohe Wiedergutmachung vom König. Unser Reich wurde verwüstet, und einige Priester werden noch lange an ihren Wunden leiden. Der Hohepriester von Medinet wird einen ausführlichen Bericht über diesen Vorfall anfertigen.«

»Den wir sehr genau lesen werden«, versprach ihm Menk.

Der Geschichtenerfinder faselte weiter, rühmte seine außergewöhnliche Tapferkeit und erzählte, wie viel Entschädigung ihm seines Erachtens zustünde.

Menk hörte nicht mehr zu – ihm war ganz klar, dass diese Neith-Priesterin Nitis war, die Kels Befehlen zu gehorchen hatte.

Ob sie sich wohl ins Faijum geflüchtet hatten? Eher unwahrscheinlich, weil sie so schnell wie möglich nach Theben gelangen und mit der Gottesdienerin sprechen mussten.

Also machte sich Menk auf den Weg in den Hafen und befragte Hafenarbeiter, Seemänner und Händler, die samt und sonders wenig Entgegenkommen zeigten. Er bekam keinen einzigen vernünftigen Hinweis. Das anmaßende Benehmen von dem Kapitän eines Handelsschiffs legte schließlich seine Nerven bloß.

»Ich merke doch, dass du mehr weißt, Bursche. Ergreift ihn«, befahl Menk den Söldnern.

»Das ist gegen das Gesetz! Ihr dürft nicht…«

»Ich darf alles.«

Der Seemann wurde gefesselt und zu Boden geworfen.

»Ich will die Wahrheit wissen«, verlangte Menk mit eisiger Miene. »Wenn du nicht redest, landest du auf dem Grund des Nils.«

Der Mann nahm die Drohung ernst.

»Also ja, ich hab eine Frau, zwei Männer und einen Esel gesehen.«

»Haben sie mit dir geredet?«

»Nur kurz.«

»Was wollten sie von dir?«

»Sie wollten nach Süden. Ich nehme aber nie Fahrgäste mit. Da war die Unterhaltung schnell zu Ende.«

Außer sich vor Wut ging Menk dem Kapitän an die Kehle.

»Du lügst doch! Natürlich hast du ihnen geholfen, hab ich recht?«

»Ja… Also… sie haben mir einen Lapislazuli angeboten. Da konnte ich doch nicht Nein sagen! Ich habe ihnen eine große Barke mit einem Segel verkauft. Groß, aber vermodert. Damit kommen sie nicht weit. Jetzt wisst Ihr aber alles.«

Vor lauter Angst lief dem Kapitän der Schweiß in Strömen.

Wollte dieser Verrückte seine Drohung wahr machen und ihn in den Nil werfen?

»Falls du mir nicht die Wahrheit gesagt hast, sehen wir uns wieder«, drohte Menk mit scharfer Stimme. »Und dann hast du mit Sicherheit das letzte Mal gelogen!«

30

Richter Gems Untergebene waren erstaunt von seiner neuen, jugendlichen Frische. Die Last des Alters, die schmerzenden Gelenke, die schweren Beine und die Sehnsucht nach dem verdienten Ruhestand schienen wie vergessen. Mit Klagen über Müdigkeit oder zu lange Arbeitszeiten brauchte man ihm gar nicht erst zu kommen. Das Einzige, was zählte, war die Jagd auf den Schreiber und seine Helfershelfer.

Ausgestattet mit einem königlichen Erlass, der ihm erlaubte, jeden Verdächtigen festzunehmen – und sei es ein Provinzoberhaupt –, besetzte er Oberägypten mit einem Aufgebot an Wachleuten, das von ungekannten

Ausmaßen war, damit es ständig überwacht werden konnte.

An Bord seines Schiffs waren die beiden Kabinen in Arbeitszimmer umgewandelt worden, in denen eine ganze Schar von Schreibern fleißig arbeitete. Bei jedem Zwischenhalt versorgte man den Richter mit neuen Hinweisen; und er erteilte neue Anweisungen.

Nachdem er noch einmal alles durchgegangen war, was man über Bebon wusste, fühlte er sich in seiner Meinung bestärkt: Dieser Schauspieler war genau der Richtige für die Aufrührerbande. Als erfahrener Reisender, der auf den Tempelvorplätzen bei den öffentlichen Feiern der Mysterien die Götter spielte, hatte Bebon mit Sicherheit überall im Land Freunde und Bekannte, die er nun in den Dienst des Verbrechens stellte.

Leider fanden sich keine Hinweise zu seiner Freundschaft mit dem Mörder Kel. Ohne festen Wohnsitz wohnte Bebon bei seinen häufig wechselnden Geliebten und schwindelte sich immer irgendwie durch, wenn er nicht gerade auf Reisen war. Offenbar hatte er sich von der Aussicht, einer Geheimbewegung anzugehören, die den Pharao stürzen wollte, verführen lassen.

Und auch Nitis, die Neith-Priesterin, trug ihren Teil zur Sache bei. Vermutlich hatte ihr ihr verstorbener Lehrer die Namen der Ritualisten verraten, die an der Verschwörung beteiligt waren und ihr helfen konnten. Deshalb gelang es Kel schon so lange, dem verlängerten Arm des Gesetzes zu entkommen.

Dem Richter kam ein schrecklicher Verdacht: War vielleicht die Gottesdienerin Seele und Haupt der Verschwörer? Sie konnte sich zwar nicht offenbaren, könnte die Sache aber von oben steuern und anheizen.

Täuschte sich Amasis womöglich in der Annahme, sie sei auf Theben beschränkt und ohne wirklichen Einfluss? Vielleicht war es ihr vielmehr gelungen, ein geheimes Heer von Untergrundkämpfern auf die Beine zu stellen, die entschlossen waren, ihr die Macht des Pharaos zu übergeben.

Eine unvoreingenommene Betrachtung der Lage machte diese Vermutung eher unwahrscheinlich. Amasis hatte die Oberaufsicht über das Heer, die Wachmannschaften und alle Reichsämter. Die Gottesdienerin dagegen feierte lediglich die Rituale zu Ehren von Amun und herrschte nur über eine kleine Zahl von Ritualisten und Dienern, die den Reichtum der Provinz Theben genossen.

Sollte Kel sie um Hilfe bitten wollen, gab er sich falschen Hoffnungen hin. Die Gottesdienerin musste ihn zurückweisen und wahrscheinlich sogar den Wachen ausliefern. Außer… Außer die verschlüsselten Papyrusrollen waren Bestandteil dieser schrecklichen Geschichte, und die Herrscherin über Theben besaß in ihrem unermesslichen Wissen den Schlüssel, um sie zu entziffern.

Bisher war es keinem gelungen, sie zu lesen. Wenn ihr Inhalt mit so viel Aufwand verschleiert worden war, musste er dann nicht sehr wichtig sein?

Einer von Richter Gems Schreibern unterbrach seine Überlegungen.

»Ich habe gerade mehrere Berichte aus den meisten großen Städten Oberägyptens bekommen.«

»Warum machst du dann so ein Gesicht? Ist vielleicht ein großes Unglück geschehen?«

»Der Ausdruck erscheint mir nicht unangemessen.«

»Sag, was du weißt.«

»Die Provinzoberhäupter und Stadtvorsteher von Oberägypten zeigen sich nicht sonderlich erpicht darauf, Eure Anweisungen in die Tat umzusetzen. Sie gehorchen zwar dem Pharao, teilen aber seine Liebe zu Griechenland nicht. Sie haben das Gefühl, Saïs ist weit weg und blickt fast ausschließlich Richtung Mittelmeer, weshalb es den tiefen Süden und sein überliefertes Brauchtum vergisst, das die Gottesdienerin verteidigt.«

»Ist das der Beginn einer Volkserhebung?«

»Das wäre wohl übertrieben. Die Behörden lassen die Dinge einfach schleifen.«

»Mit anderen Worten – die Überwachung ist nicht so streng wie angeordnet, und der Mörder kann uns wieder durch die Maschen gehen.«

»Ich fürchte ja, Richter Gem. Was die Tempel betrifft, ist die Lage sogar noch ernster. Sie sind verärgert über den Zugriff der Obrigkeit auf ihre Verwaltung und ihren Besitz und nicht einverstanden damit, dass die Hohepriester nunmehr von Saïs und ohne Mitspracherecht der Ortsgeistlichen ernannt werden. Weil sie sich missachtet und gebunden fühlen, geben uns die Priester des Südens keine Unterstützung.«

»Heißt das auch, dass sie vielleicht sogar Flüchtlingen Unterschlupf gewähren?«

»Das ist nicht ausgeschlossen. Zu unserem Glück haben wir aber einige Spitzel.«

Die Lage stellte sich wesentlich ungünstiger dar als erwartet, was sich der Schreiber Kel bestimmt zunutze machen würde. Der Richter verfasste einen ausführlichen Bericht an König Amasis, in dem er ihm die geheime und bedrohliche Wahrheit offenbarte. Unter diesen Umständen erwies sich der Auftrag von Phanes von Halikarnassos in Elephantine als entscheidend. Gab es dort tatsächlich einen Aufstand und womöglich ein Bündnis mit den Nubiern, war das Gleichgewicht des Landes in Gefahr.

Kaum hatte das Schiff des Richters im Haupthafen des Faijum angelegt, als auch schon ein Offizier an Bord kam und ihn dringend zu sprechen wünschte.

»Am See von Sobek ist es zu ernsten Zwischenfällen gekommen«, berichtete er Gem. »Die dortigen Priester wurden von drei Personen überfallen – zwei Männern und einer Frau. Dem heiligen Krokodil ist zum Glück nichts geschehen.«

»Bring sofort die Zeugen zu mir.«

»Auch den Hohepriester von Sobek?«

»*Alle* Zeugen, und zwar schnell.«

Über den Richter ergoss sich nun eine Flut von Klagen und Entrüstung. Die örtliche Geistlichkeit forderte von der Führung des Landes eine hohe Entschädigung für den Schaden, der ihr zugefügt worden war. Was die Beschreibung der Täter anbelangt, zeugte sie von großem Einfallsreichtum. Eindeutig war eigentlich nur eines: Die Frau war eine Neith-Priesterin und gekommen, weil sie Sobek um Hilfe bitten wollte. Und er hatte ihr einen gewaltigen Bogen und zwei riesengroße Pfeile geschenkt.

Gem nahm sich noch einmal den Priester vor, der direkt mit den Angreifern zu tun gehabt hatte und ganz offensichtlich einen Teil der Wahrheit verschwieg.

»Hat diese Frau mit dem Krokodil gesprochen?«

»Nein … Oder nur ganz kurz.«

»Wie hat sich das Krokodil benommen?«

»Wie immer.«

»Die Verkörperung von Sobek erkennt ihre Diener an der Stimme, hat der Hohepriester gesagt. Diese Priesterin gehörte aber nicht zu Sobeks Dienern. Als sie sich dem Gott näherte, hat sie sich in tödliche Gefahr gebracht. Hast du vielleicht versucht, sie loszuwerden?«

»Unser Schicksal liegt in der Hand der Götter, und …«

»Das war versuchter Mord, der wird dich teuer zu stehen kommen!«

»Man hat mir versprochen, dass mir nichts geschieht, und dass ich die versprochene Entschädigung bekomme. Warum quält Ihr mich so?«

Der Richter funkelte ihn wütend an.

»Wer ist ›man‹?«

»Das darf ich nicht sagen.«

»Entweder du redest, oder ich lasse dich ins Gefängnis werfen.«

Da überlegte der Priester nicht lange.

»Ein Sonderbeauftragter aus dem königlichen Palast hat mich lange verhört und mir unter Androhung von Vergeltungsmaßnahmen verboten, sein Eingreifen zu erwähnen.«

»Wie heißt der Mann?«

»Er hat seinen Namen nicht genannt. Aber er hatte mehrere Kerle dabei, die einen ziemlich ungemütlichen Eindruck auf mich gemacht haben.«

»Hast du ihnen vielleicht etwas gesagt, was du mir gegenüber vergessen hast?«

»Nein, nichts. Beschützt Ihr mich jetzt vor ihm?«

»Soldaten werden die Gegend überwachen.«

Der Priester verneigte sich und ging.

Richter Gem war ratlos; es gab zwei Möglichkeiten: Entweder führte Henat mit einem Sondertrupp Ermittlungen auf eigene Faust durch; oder aber Mitglieder aus Kels Verbrecherbande verbreiteten Angst und Schrecken.

In jedem Fall schien es ihm geraten, sich besser nicht mit Henat anzulegen. Er würde schon allein zurechtkommen.

31

Dank einer kräftigen Brise kam die Barke schnell voran. Nordwind hatte es sich bequem gemacht und gönnte sich ein paar Stunden Schlaf. Der Nil glitzerte in der Sonne und sah aus wie das blaue Ebenbild des Himmels. Bebon war ein ordentlicher Seemann, hielt das Ruder und beobachtete das Segel. Arm in Arm genossen Kel und Nitis diese friedlichen Stunden und bewunderten die üppig grünen Flussufer Mittelägyptens.

»Niemals hätte ich gedacht, dass man so glücklich sein kann«, sagte er leise. »Deine Liebe vertreibt alle dunklen Schatten.«

»Gemeinsam ein einziges Leben leben, das ist doch ein Geschenk der Götter?«

Ein hässliches Geräusch schreckte die Reisenden auf.

»Da ist ein Leck«, stellte Bebon fest. »Wir müssen Wasser schöpfen.«

Sofort machte sich Kel ans Werk. Doch so sehr er sich auch bemühte, die Öffnung wurde immer größer und das Boot ließ sich kaum noch steuern.

»Dieser Gauner hat uns einen völlig vermoderten Kahn angedreht«, schimpfte der Schauspieler. »Wir müssen zusehen, dass wir ans Ufer kommen.«

Die beiden Männer holten das Segel ein und ruderten das Boot im Takt ans Ufer.

Nordwind ging nur widerwillig an Land und schnaubte enttäuscht. Gepäck tragen machte ihm viel weniger Spaß als eine Reise auf dem Fluss.

Weit und breit war kein Mensch zu sehen.

»Ich weiß, wo wir sind«, sagte Bebon. »Wir müssen das Ackerland am Nilufer durchqueren und dann den Weg nehmen, der am Rande der Wüste entlangführt. Ich habe in jedem der Dörfer hier in der Gegend ein paar Freunde; da können wir ohne Schwierigkeiten etwas zu essen und einen Schlafplatz für die Nacht finden.«

»Das ist unser Glück«, fand Kel. »Der Bootsverkäufer hat uns nämlich bestimmt an die Flusswachen verraten, die uns jetzt verfolgen werden.«

»Unser nächstes großes Ziel ist Hermopolis. Dort habe ich einige Mysterienspiele aufgeführt, und der Oberritualist schätzt mich sehr. Er wird uns zeigen, wo die Wachleute stehen, sodass wir sie umgehen können.«

Nordwind übernahm wie immer die Führung. Der Weg war weit, und sie durften nicht trödeln.

Menk stampfte vor Zorn mit den Füßen.

Längst hätte sein Schiff die Barke mit Nitis einholen müssen. Aber bisher hatten sie nur ein paar Fischerboote und Lastkähne von Flussanwohnern überholt.

»Vielleicht haben die Flüchtigen ihr Boot versteckt oder sogar versenkt«, meinte einer der Söldner. »Wenn das der Fall ist, können wir sie nicht finden.«

»Das hieße, dass sie wieder an Land unterwegs sind«, überlegte Menk. »Aber an welchem Ufer? Nitis kann sich auf die Unterstützung einiger Priester verlassen, die ihren alten Meister verehrt haben. Hat der nicht im großen Thot-Tempel in Hermopolis gelernt? Dort werden die alten Rituale gehütet und die allerbesten Schreiber ausgebildet. Ja, Nitis ist auf dem Weg nach Hermopolis. Und wir werden sie dort erwarten.«

Der Söldner fand Menks Begeisterung reichlich übertrieben, würde die Befehle aber dennoch ausführen, weil er es nun mal gewohnt war zu gehorchen.

Der Kommandant der Festung Herakleopolis war auch der »Herr über die Schiffe« und in dieser Stellung für die Sicherheit der Schifffahrt in Mittel- und Oberägypten verantwortlich. Nicht weit weg vom Faijum döste die alte Stadt vor sich hin, und der Kommandant kümmerte sich in erster Linie um das Eintreiben der neuen Steuern bei denen, die bisher davon befreit waren. Ab sofort durfte ein Priester sogar im Inneren des Tempelbereichs verhaftet werden, sollte er sich weigern, diese für alle geltenden Zwangsabgaben zu entrichten. Dieses neue Verfahren, das aus Griechenland übernommen worden war, verärgerte die örtliche Geistlichkeit sehr, aber das letzte Wort hatten immer die Steuereintreiber, die sich auf das Heer stützen konnten.

Obwohl der Offizier diese Neuerungen von Amasis nicht schätzte, musste er sich doch fügen. Schwächte man denn nicht die überlieferten Grundfesten des Landes, wenn man die Tempel so angriff? Der griechische Einfluss nahm immer mehr zu und entfernte die Bevölkerung von ihren Göttern. Glücklicherweise feierte aber die Gottesdienerin in Theben noch die herkömmlichen Rituale, die Himmel und Erde verbanden.

Richter Gems Ankunft störte den Frieden in der Festung. Man sah dem hohen Beamten deutlich an, wie unzufrieden er war.

»Habt Ihr die neuesten Sicherheitsvorschriften aus der Hauptstadt erhalten, Kommandant?«

»Selbstverständlich.«

»Wisst Ihr, dass ich auf der Suche nach einem gefährlichen Verbrecher bin, der auf der Flucht Richtung Süden unterwegs ist?«

»Man hat uns alles ganz genau mitgeteilt.«

»Warum dann diese Schlamperei? Ich bin eben einem Fischerboot begegnet, das überhaupt nicht überprüft worden ist.«

»Man muss die Lage hier vor Ort verstehen, Richter Gem. Wir können nicht alle kleinen Boote aufhalten und den Lebensunterhalt der Menschen zerstören. Sie müssen sehr viel Steuern und Abgaben zahlen, und ihre Arbeit ist wirklich hart. Wenn sie dann auch noch die Soldaten ständig belästigen, wird die Stimmung nur noch schlechter.«

»Eure Erklärungen sind für mich nicht von Belang, Kommandant. Wie viele Barken habt Ihr in den letzten Tagen vergessen zu überprüfen?«

»Schwer zu sagen.«

»Ist Euch dieser Mangel an Wachsamkeit denn wenigstens bewusst?«

»Es geht nicht anders, ich kann mich nur wiederholen. Das habe ich auch bereits dem Abgesandten des obersten Palastverwalters erklärt, der in Begleitung von fünf Soldaten hier war. Mit einem schnellen Boot hat er sich eilends an die Verfolgung des Flüchtigen gemacht. Wenn der wirklich nur eine Barke hat, werden sie ihn bald eingeholt haben.«

Gem war sprachlos.

Henat sollte einen Sondertrupp zur Verfolgung des Schreibers Kel losgeschickt haben ... Möglich, aber sehr unwahrscheinlich – der Herr des Geheimdienstes hätte seinen Männern bestimmt nicht erlaubt, so offenkundig vorzugehen.

Die Wahrheit war eine andere.

Dieser Trupp, der sich auf Henat berief, um alle Hindernisse zu überwinden, unterstützte den Schreiber Kel, forschte die Überwachungsmaßnahmen von Soldaten und Wachmannschaften aus und beschützte ihn so äußerst wirkungsvoll.

Kel, Nitis, Bebon, sechs weitere Gefolgsleute ... Allmählich nahmen die Umrisse des Gegners klare Formen an.

Richter Gem sah den Kommandanten der Festung Herakleopolis streng an.

»Ich muss Euch wohl Eures Amtes entheben. Euer Verhalten bringt die Sicherheit unseres Landes in Gefahr. Ihr kommt vor Gericht und werdet verurteilt.«

Der Offizier war verzweifelt.

»Das verstehe ich nicht, ich ...«

»Es gibt nur eine einzige Möglichkeit, der verdienten Strafe zu entgehen: Ab sofort überprüft Ihr jeden, der sich auf dem Nil bewegt. Und Ihr schickt mir jeden Tag einen ausführlichen Bericht.«

»Einverstanden«, sagte der Offizier mit gesenktem Kopf.

32

Nachdem sie durch einige Dörfer gekommen waren, in denen sie Freunde von Bebon sehr herzlich empfangen und bewirtet hatten, näherten sich der Schauspieler, Nitis, Kel und Nordwind einem großen Markt. Von hier aus hatten sie noch zwei anstrengende Tagesmärsche nach Hermopolis vor sich, das über den Nil nicht mehr erreichbar war wegen der zahllosen Wachposten auf und am Fluss.

Kurz vor dem nächsten Ort begegneten sie einem jungen Bauern mit zwei Eseln, die Körbe mit Knoblauchknollen trugen.

Der Mann drehte sich plötzlich um und sagte: »Bebon! Bist du's wirklich?«

Der Schauspieler sah sich den großen Jungen mit dem schiefen Lächeln genauer an.

»Guck-in-die-Luft! Jetzt hätte ich dich beinahe nicht erkannt ... Du bist ja ein richtiger Mann geworden.«

Der Junge wirkte verlegen.

»Na ja, noch nicht ganz, aber es schaut nicht schlecht aus. Die Tochter vom Bäcker gefällt mir gut, und ich gefall ihr auch.«

»Das sind aber sehr gute Neuigkeiten!«

»Willst du deinen Freund, den Sandalenmacher, besuchen?«

»Ja, genau.«

»Der Arme… Er wurde stundenlang verhört, und dann haben sie ihn mitgenommen. Überall wimmelt es von Wachen, und sie sind ziemlich böse. Dabei hatten wir es hier so schön friedlich. In den anderen Dörfern um Hermopolis schaut es genauso aus. Sie verhören jeden und durchsuchen alle Häuser.«

»Und – haben sie dich auch geärgert?«

»Mich nicht, ich hab auf meinen Onkel gehört und gesagt, ich kenn dich nicht. Da haben sie mich in Ruhe gelassen. Außerdem hab ich ihnen meinen Knoblauch für einen guten Preis verkauft.«

»Wir sind uns nie begegnet, einverstanden?«

Guck-in-die-Luft nickte, und die vier machten sich wieder auf den Weg.

»Wir müssen uns trennen«, entschied Bebon nach einer Weile. »Nitis geht mit Nordwind und tut so, als wäre sie eine Bäuerin. Sie nimmt den Weg, der an der Wüste entlangführt, weit weg von den Dörfern. Kel und ich nehmen den Nil – wir schwimmen. Wir treffen uns nördlich von Hermopolis wieder, da, wo der Kanal ins Tamariskental beginnt.«

»Ich lasse Nitis auf keinen Fall allein«, widersprach Kel.

»Das musst du aber«, überzeugte sie ihn sanft. »Wenn wir zusammenbleiben, werden wir verhaftet. Neiths Pfeil und Bogen beschützen mich. Und du darfst dein Amulett nicht verlieren.«

»Nitis…«

Sie umarmte ihn so zärtlich, dass er nachgeben musste.

»Komm jetzt«, rief Bebon, »wir haben keine andere Wahl.«

Kel zerriss es fast das Herz, Nitis weggehen zu sehen.

»Nordwind zeigt ihr den kürzesten und sichersten Weg«, tröstete ihn der Schauspieler. »An die Arbeit, du Meister der Ausdauer! Aber pass auf, dass keine Krokodile in der Nähe herumschwimmen. Sie mögen es gar nicht, wenn man sie stört. Je näher wir Hermopolis kommen, umso mehr Schiffe werden unterwegs sein.«

»Was ist mit den Strömungen?«

»Ich kenne sie alle ganz genau, dank einem hübschen Mädchen, das einmal gern mit mir baden gegangen ist. Außer an einer Stelle schwimmen wir immer in Ufernähe.«

Das Wasser war herrlich, und beim Schwimmen verging Kel allmählich die Angst. Er schwamm einfach Bebon nach, der entschlossen und gut gelaunt wirkte. Die beiden Männer kraulten jeweils eine Weile, um sich dann auszuruhen und von der Strömung tragen zu lassen. So kamen sie zügig voran.

Kel musste die ganze Zeit an Nitis denken. Erst jetzt, wo er von ihr getrennt war, spürte er richtig, wie unentbehrlich sie für ihn war. Über ihre Liebe und das körperliche Begehren hinaus gab es zwischen ihnen ein Einverständnis, das aus einer anderen Welt stammte.

Bebon steuerte auf die Flussmitte zu. Die Strömung trug sie dahin, und ein riesengroßer Barsch glitt an ihnen vorbei. Dann tauchten sie, wurden noch schneller.

Als sie nach oben kamen, um Luft zu holen, sah Kel ein Boot der Flusswache direkt vor sich. Am Bug ein schussbereiter Bogenschütze.

Das war das Ende ihrer Reise, weit weg von ihr …

Er lächelte und winkte freundlich.

Der Bogenschütze winkte ihnen ebenfalls zu, und das Boot fuhr weiter.

Bebon tauchte neben dem Schreiber auf.

»Den Göttern sei Dank – das war knapp!«

»Bist du müde?«

»Du machst wohl Scherze!«, sagte der Schauspieler und kraulte wieder los.

Am Horizont tauchte das Tal der Tamarisken auf. Die Bäume standen in voller Blüte und verwandelten die Landschaft mit ihrer rosenroten Farbenpracht in ein verzaubertes Meer, aus dem sich der gewaltige Thot-Tempel erhob. Nordwind blieb stehen und atmete den köstlichen Duft ein, der über diesem herrlichen Ort lag. Nitis sah, wie Kel durch den Fluss schwamm und alle Hindernisse überwand. Gleich wären sie wieder vereint.

Da tauchten plötzlich etwa zehn Wachleute aus dem Wald auf.

»Wohin des Wegs, junge Frau?«, fragte der Offizier.

Nitis wich seinem Blick nicht aus.

»Ich liefere den Tempeln frisches Gemüse.«

»Begleitet dich dein Mann nicht?«

»Ich bewirtschafte meinen kleinen Bauernhof alleine.«

»Eine freie Frau …«

»Das stört Euch doch hoffentlich nicht?«

»Ich halte mich ans Gesetz. Wie heißt du?«

»Nefertem.«

»Ich muss überprüfen, was dein Esel geladen hat.«

»Seid vorsichtig, er ist sehr schreckhaft.«

»Wenn mir das Tier etwas tut, bist du verantwortlich.«

»Dann zeige ich Euch lieber selbst den Inhalt der Körbe.«

Die Männer kamen näher, wahrscheinlich dachten sie, Nitis würde gleich eine schreckliche Waffe zücken.

»Hier, bitte, Lauch, Salat, Zwiebeln ... Seid Ihr jetzt zufrieden?«

»Und was ist da in dem Sack, den dein Esel an der Seite trägt?«

Eine einfache Bäuerin besaß nicht so einen kostbaren Bogen ... der Offizier würde Nitis verhaften und zum nächsten Wachposten mitnehmen.

»Das sind nur persönliche Dinge.«

»Ich habe den Befehl, alles zu überprüfen. Zeig uns den Sack, sonst töten wir deinen Esel.«

Mit gesenktem Kopf und hängenden Ohren gab sich Nordwind alle Mühe, bloß nicht angriffslustig auf die Männer zu wirken. Im Gefängnis konnte sich die Priesterin schon irgendwie verteidigen. Und Kel und Bebon konnten weiter nach der Wahrheit suchen.

Ganz langsam holte sie den Bogen aus seinem Leinensack.

Die Männer starrten den fremden Gegenstand ängstlich an und waren wir versteinert, offenbar unfähig einzugreifen.

Das Akazienholz strahlte so hell wie die Sonne. Nur Nitis wurde nicht davon geblendet.

»Du kannst weitergehen«, sagte der Offizier nur.

33

Bist du müde?«, fragte Kel.

»Nein, überhaupt nicht«, antwortete Bebon außer Atem.

Ganz allmählich bekam er wieder Luft und fragte sich, wie er überhaupt so lange hatte schwimmen können. Das Ufer kam ihm unüberwindlich vor, sein Körper wog schwer. Ein erster Versuch, noch einer, dann zog er sich mit letzter Kraft hoch und lag endlich auf festem Boden.

»Siehst du, das hat jetzt richtig gut getan, findest du nicht auch?«, meinte Kel und half seinem Freund aufzustehen.

»Wir müssen uns beeilen, Nitis zu finden.«

»Ich bin überzeugt, dass sie es auch geschafft hat.«

Das Tempo, das Kel anschlug, bereitete Bebon Qualen.

Der Schatten der ersten Tamarisken war dagegen eine Wohltat. Auf einmal waren die Beine nicht mehr so schwer, und Bebon kam schnell wieder zu Kräften.

Nitis und Nordwind warteten bereits bei einem Brunnen.

Die Liebenden umarmten sich lange.

Sie erzählten sich von ihren Erlebnissen und beglückwünschten sich, dass ihnen die Götter wieder zur Seite gestanden hatten.

»Noch sind wir nicht im Tempel«, erinnerte Bebon. »Zusammen können wir uns nicht sehen lassen, das wäre viel zu gefährlich. Ich versuche, den Oberritualisten zu sprechen und hole euch dann ab.«

»Ich danke dir für deinen Mut«, sagte Nitis.

Der Schauspieler war so gerührt, dass er keinen Ton herausbrachte.

Der Mann sah ziemlich verdreckt aus.

»Ich hab Durst«, brummte er.

»Der Brunnen gehört mir nicht«, gab Kel zurück. »Trink so viel du magst.«

Während der Mann seinen Durst stillte, sah er Kel verstohlen an. Nitis und Nordwind ruhten sich im Schatten einer Tamariske aus.

»Bist du von hier?«

Der Schreiber nickte.

»Dann kennst du auch das Dorf *Zu den drei Palmen?*«

»Da komme ich gerade her.«

»Und den Sandalenmacher, kennst du den auch?«

»Ich war bei seiner Verhaftung dabei.«

Der Mann trat einen Schritt zurück.

»Dann bist du also einer von den Ordnungshütern?«

»Ich würde jedenfalls gern wissen, warum du all diese Fragen stellst. Bist du vielleicht zufällig ein Freund von den flüchtigen Verbrechern?«

»Nein, nein, ganz bestimmt nicht. Ich bin einer von den Gärtnern, die das Tamariskental pflegen, und die Wachtruppen wollten, dass ich ihnen jedes neue Gesicht und jeden Verdächtigen melde.«

»Sei weiter so wachsam, das zahlt sich bestimmt für dich aus.«

»Du kannst dich auf mich verlassen!«, verabschiedete sich der Gärtner.

»Wir müssen hier eigentlich weg«, sagte Kel zu Nitis,

»aber wenn Bebon uns nicht findet, denkt er, wir seien verhaftet worden. Außerdem könnten uns auch andere Spitzel entdecken. Und meine kleine Vorführung ist wahrscheinlich nicht immer so erfolgreich.«

»Uns bleibt nichts anderes übrig, als zu warten«, meinte Nitis.

»Was, wenn Bebon selbst verhaftet worden ist?«

»Mögen uns die Götter weiter beschützen.«

Nordwind war ganz friedlich, offenbar drohte ihnen keine Gefahr. Als es Nacht wurde, stand er plötzlich auf, richtete die Ohren auf und meldete seinen Freunden einen Besucher.

Jemand kam angelaufen.

»Bebon!«

»Wir sind gerettet. Ich konnte den Oberritualisten sprechen und habe ihm alles erzählt.«

»Das war aber sehr gefährlich!«, meinte Kel. »Er hätte dich ins Gefängnis bringen können.«

»Dieser Priester ist viel zu klug, als dass er das dumme Geschwätz der anderen glauben würde.«

Zu viert machten sie sich auf den Weg zum großen Tempel von Thot, dem Meister des Wissens und Schutzherrn der Schreiber. Kel hatte immer davon geträumt, eines Tages hierherzukommen und vielleicht sogar im Tempel zu arbeiten – aber unter vollkommen anderen Umständen.

Bebon führte die drei in ein Nebengebäude, in dem eine Bibliothek, ein Speisesaal, ein Vorratsraum für heilige Schalen, eine Werkstatt und ein Stall untergebracht waren.

Der Oberritualist hatte einen kahl rasierten Schädel, trug ein fleckenlos weißes Gewand und war wohlgenährt; er empfing seine Gäste vor seiner kleinen Wohnung.

»Du bist also Nitis, von der mir mein lieber Freund, der verstorbene Hohepriester der Neith, so viel erzählt hat.«

Die junge Frau verneigte sich vor ihm.

»Über Euch hat er in seinen Briefen am meisten geschrieben. Er betrachtete Euch als seine geistige Tochter und wollte, dass Ihr seine Nachfolge antretet. Dann gab es ernste Zwischenfälle, und er fürchtete, es könnte zu einem unheilvollen Einschreiten der Obrigkeit kommen. Schon damals hat er mich gebeten, Euch zu helfen, wenn nötig. Ich schätze mich glücklich, mein Versprechen heute einlösen zu können.«

Dann sah der Ritualist Kel lange an.

»Und das hier soll der schreckliche Mörder sein, nach dem im ganzen Königreich gesucht wird.«

»Er ist unschuldig«, beteuerte Nitis.

»Bebons Erklärungen haben mich überzeugt, und Eure Aussage für ihn bestärkt mich noch in meiner Meinung. Ihr seid in eine Geschichte verwickelt, die sich auf höchster Ebene abspielt, und es wird alles andere als einfach sein, die Wahrheit herauszufinden. Die Gottesdienerin ist die Einzige, die dazu in der Lage ist. Dieses Haus hier wird nächste Woche umgebaut; da könnt Ihr Euch ein paar Tage ausruhen. Bebon spielt den Stallknecht, und Nitis und Kel sind Priester, die vorübergehend in meinen Diensten stehen. Ich werde versuchen, ein Schiff zu finden, das Euch nach Theben mitnimmt.«

»Wir sind Euch unendlich dankbar«, sagte Nitis. »Darf ich Euch trotzdem noch um einen Gefallen bitten?«

»Ich höre.«

»Dürfen wir in der Bibliothek arbeiten? Vielleicht entdecken wir dort etwas, womit wir dem Geheimnis einer verschlüsselten Schrift auf die Spur kommen, die Auslöser dieser ganzen schrecklichen Geschichte ist.«

»Einverstanden. Aber sprecht so wenig wie möglich mit den anderen Priestern und zeigt Euch am besten nicht außerhalb der Tempelmauern. Wir haben den Befehl von oben erhalten, Euer Auftauchen zu melden. Und es schleichen noch immer genug Spitzel herum.«

»Dann nehmt Ihr aber große Gefahr auf Euch, wenn Ihr uns helft«, sagte Nitis.

»Eurem geistigen Vater verdanke ich alles, und ich halte wenig von den neuen Vorhaben von Pharao Amasis. Indem er uns Gesetze aufzwingt, die aus seinem geliebten Griechenland stammen, führt er das Land ins Verderben. Wenn die Bevölkerung von immer mehr Steuern und Abgaben erdrückt wird, verliert sie allen Mut. Und wer den Tempeln zugunsten der griechischen Söldner und Kaufleute in den Rücken fällt, zerstört die Seele der Zwei Länder. Und die Rache der Götter wird fürchterlich sein, wenn sie über uns kommt.«

Bei dieser Vorstellung fror Nitis und Kel das Blut in den Adern.

Der Oberritualist nahm Bebon bei den Schultern. »Es tut mir sehr leid, mein Freund, aber du musst im Stall schlafen. Diese Wohnung ist Priestern vorbehalten. Aber keine Sorge – das Stroh wird dich nicht enttäuschen.«

Zuerst war Bebon ein bisschen verärgert, dachte sich dann aber, dass das junge Paar mal wieder eine Liebesnacht verdient hatte.

34

Widerlich!«, schimpfte Pharao Amasis und schüttete den Weißwein aus, den ihm sein Mundschenk gerade eingegossen hatte. »Woher stammt das saure Zeug?«

»Das ist ein großes Gewächs aus den Oasen, das ausschließlich an den Palast geliefert wird, Majestät.«

»Vernichte alle Fässer mit diesem Wein! Und teile mir mit, welcher Weinbauer dafür verantwortlich ist. Seine Laufbahn als königlicher Weinhändler ist hiermit beendet.«

Der Mundschenk zog sich zurück.

Zärtlich legte die Königin ihre Hand auf den Arm ihres Gatten.

»So viel Zorn hat dieser Wein, glaube ich, nicht verdient.«

»Ja, ja, Ihr habt recht, Tanit. Zurzeit liegen meine Nerven blank. Manchmal habe ich das unerträgliche Gefühl, dass mir die Macht über das Land aus den Händen gleitet.«

»Gibt es dafür denn stichhaltige Hinweise?«

»Nein, eigentlich nur so eine Ahnung, ein Unbehagen.«

»Henat beansprucht einen wichtigen Platz ganz oben im Machtgefüge. Und man hört von verschiedener Seite mehr oder weniger nachdrückliche Einwände gegen ihn. Solltet Ihr nicht vielleicht seinem Ehrgeiz misstrauen?«

»Henat unterrichtet mich nur, er hat nichts zu entscheiden. Er geht sehr überlegt vor, ist äußerst fleißig und lässt sich nichts vormachen. Er ist genau der richtige Mann an der richtigen Stelle – und er kennt seine Grenzen.«

»Würdet Ihr das auch über Siegelbewahrer Udja sagen?«

»Er ist ein hervorragender Wesir, über die Maßen rechtschaffen und weitsichtig. Allerdings …«

»Ja, allerdings?«

»Will er vielleicht meine Nachfolge antreten? Das glaube ich eigentlich nicht. Das Gleiche gilt auch für den Schatzmeister Pef. Diese Würdenträger haben ihr ganzes Leben im Dienste unseres Landes gestanden und wissen, welche Last das königliche Amt bedeutet.«

»Seid nicht zu vertrauensselig«, riet ihm die Königin. »In einer alten Schrift der *Weisheit* heißt es, der Pharao hat weder Freunde noch Brüder.«

Amasis küsste Tanit auf die Stirn.

»Macht Euch keine Sorgen, meine Liebe. Wenn ich meine Ratgeber angehört habe, überprüfe ich den Wahrheitsgehalt ihrer Worte. Und ich alleine bestimme!«

Man meldete den Besuch von Siegelbewahrer Udja.

»Ich lasse Euch allein«, sagte die Königin.

»Nein, bleibt nur, vielleicht brauchen wir Euren Rat.«

Udja war noch immer ein stattlicher Mann von beeindruckender Gestalt. Jetzt verneigte er sich ehrerbietig vor dem königlichen Paar.

»Ich darf Euch mitteilen, dass unser neues Kriegsschiff vom Stapel gelaufen ist – das größte unserer Flotte. Ich habe es selbst bis hin zur kleinsten Kleinigkeit überprüft und kann Euch versichern, dass es seinesgleichen sucht. Kein Gegner ist ihm gewachsen. Jetzt müssen wir nur noch einen Kommandanten ernennen, der in der Lage ist, es bestmöglich zu steuern.«

»Hast du jemand, den du mir empfehlen kannst?«, fragte Amasis.

»Hier ist eine Liste erfahrener Offiziere, Majestät. Die beiden, die mir am geeignetsten erscheinen, habe ich mit einem roten Punkt gekennzeichnet, den Vorschlag von Phanes von Halikarnassos mit einem schwarzen. Zu jedem Bewerber habe ich ausführliche Unterlagen beigefügt.«

Amasis sah die Aufstellung mit den Namen und Dienstjahren der Bewerber schnell durch.

Er entschied sich für einen etwa vierzigjährigen Kapitän, dessen Name nicht gekennzeichnet war.

»Er soll seinen Dienst so schnell wie möglich antreten.«

»Ich werde ihm seine Ernennung noch heute überbringen«, versprach Udja. »In einem Monat werden zwei weitere Schiffe unsere Werft verlassen. Soll ich dann neue Schiffe in Auftrag geben?«

»Tu das, und stelle zusätzliche Schiffsbauer ein.«

Die Arme hinter dem Rücken verschränkt, ging Amasis im Sitzungssaal auf und ab.

»Solange das Übersetzeramt nicht wieder einwandfrei arbeiten kann, traue ich den Persern nicht. Diesem Volk liegt Kriegslust im Blut. Wir sollten uns noch besser bewaffnen, um sie abzuschrecken.«

Zum Zeichen ihrer Zustimmung nickte die Königin. »Gibt es Neuigkeiten von Krösus?«, wollte sie wissen.

»Nur den üblichen Austausch, Majestät. Ich habe Euch seinen letzten Brief mitgebracht: Er lässt Euch von Kaiser Kambyses, der sehr damit beschäftigt ist, Handel und Verkehr in seinem großen Reich neu aufzubauen, die besten Wünsche für Eure Gesundheit ausrichten.«

»Schreibe ihm eine entsprechende Antwort«, befahl Amasis. »Ist dir bekannt, ob Mitetis, die Gattin von Krösus, mir wirklich verziehen hat, dass ich ihren Vater gestürzt habe, um seine Nachfolge anzutreten?«

»Das lässt sich nur schwer sagen«, meinte die Königin. »In reiferem Alter wird sie diese schmerzhaften Erinnerungen mit anderen Augen sehen, wenn sie nicht schon ganz von Rachegefühlen zernagt ist. Wie auch immer – kann sie denn in Persien wirklich Einfluss nehmen?«

»Der Einzige, der zählt, ist Krösus«, behauptete der König.

»Soeben habe ich beunruhigende Nachrichten von Richter Gem erhalten«, sagte der Wesir mit ernster Stimme. »Seine Ermittlungen machen Fortschritte, und er ist mittlerweile überzeugt, dass der Schreiber Kel der Anführer einer Bande von zu allem entschlossenen Aufständischen ist. In diesem Fall handelte es sich nicht nur um Mord, sondern um eine Verschwörung gegen das Land und Euch selbst, an der auch die Priesterin Nitis beteiligt sein soll. Was erschwerend hinzukommt: Die Behörden in Oberägypten sträuben sich gegen die Anweisungen des Richters. So gibt es immer genügend Schlupflöcher, durch die uns die Aufrührer entkommen können.«

»Das ist der unselige Einfluss der Gottesdienerin!«, schimpfte der Pharao. »Sie widersetzt sich dem Fortschritt, den die Griechen verkörpern, und möchte Oberägypten sein völlig überkommenes Brauchtum bewahren. Hat der Richter denn eine vielversprechende Fährte?«

»Ja, Majestät, denn der Schreiber Kel hat Spuren hinterlassen, vor allem im Faijum. Richter Gem hofft ihn bald zu finden. Er stößt dabei allerdings auf den Widerstand der Tempel, die aus Verärgerung über Eure neuen Verordnungen zu keiner Zusammenarbeit bereit sind.«

»Die Tempel … Am liebsten würde ich ein paar von ihnen schleifen lassen!«

»Das wäre keine gute Vorgehensweise«, widersprach die Königin. »Auch wenn der Bevölkerung der Zutritt zu den Heiligtümern verwehrt ist, glaubt sie doch, dass die Tempel die göttlichen Heimstätten sind und das Überleben der Zwei Länder gewährleisten. Entscheidend war doch nur, dass man die Priester zur Vernunft rufen musste, und das ist Euch ja gelungen.«

»Scheinbar, nur scheinbar! Nitis verfügt mit Sicherheit über zahlreiche Helfer, die ihr und ihren Begleitern Unterschlupf gewähren und ihnen die Reise nach Theben ermöglichen.«

»Schon, schon, Majestät«, gab der Siegelbewahrer zu, »aber wir sind auf der Jagd nach Flüchtigen und können auf Gems Entschlossenheit zählen. Außerdem dürfte die Gottesdienerin Henats förmliche Zurechtweisung nicht unbeachtet lassen.«

»Diese alte Priesterin ist überaus starrköpfig. Sie wird nicht leicht zu überzeugen sein.«

Der Wesir machte eine betroffene Miene.

»Niemals würde es die Gottesdienerin wagen, einem flüchtigen Verbrecher und seiner Bande von Aufständischen zu helfen! Auch wenn sie der neuen Entwicklung in unserem Land ablehnend gegenübersteht, würde sie doch nie gegen das Gesetz verstoßen. Täte sie das doch, wäre ihr Ansehen dahin.«

»Gibt es einen Bericht von Phanes von Halikarnassos?«

»Noch nicht, Majestät. Minister Pef ist in Abydos eingetroffen, wo er die Aufbauarbeiten überwacht und die Mysterienfeier des Osiris vorbereitet. Er hat mir die laufenden Unterlagen übergeben, und seine Angestellten arbeiten ausgezeichnet mit mir zusammen. Seinen fleißigen Eintreibern ist es zu verdanken, dass die neuen Steuern ein voller Erfolg sind – die Einkünfte des Landes sind höher und gesicherter denn je.«

»Du kannst gehen, Udja.«

Amasis ließ sich auf seinen Thron sinken.

»Die Macht wird mir immer mehr zur Last«, gestand er seiner Gattin.

»Findet Ihr nicht, dass Eure Neuerungen ein großer Erfolg sind? Wenn Ihr sie mit starker Hand durchsetzt, werdet Ihr den Reichtum der Zwei Länder mehren.«

»Wir haben genug über die Arbeit gesprochen, meine Liebe. Jetzt heißt es Ausfahrt mit der Barke, kühler Wein und Essen mit musikalischer Begleitung!«

35

Voller Bewunderung betrachtete Kel seine Frau. Nitis hatte die schönsten Augen der Welt, einen Körper, der einer Göttin würdig war, und den Zauber einer Magierin.

Aber das konnte ja nur ein Traum sein. Sie war doch nicht wirklich hier, ganz nah bei ihm? Obwohl er Angst hatte, sie zu zerbrechen, küsste er sie.

Da wachte sie auf und strahlte ihn an.

»Nitis … Du! Bist du es wirklich?«

Mit ihrem Lächeln brachte sie ihn vollends aus der Fassung, und er drückte sie an sich.

»Bitte, nicht so fest«, bat sie ihn.

»Entschuldige bitte, aber ich bin so glücklich …«

»Die Götter beschützen uns, Kel, damit wir unseren Auftrag erfüllen können.«

Damit holte sie den jungen Mann sehr unsanft in die Wirklichkeit zurück. Sie waren eben kein gewöhnliches Paar, das bei sich zu Hause, in einem friedlichen Dorf, aufwachte. Kel ging nicht in sein Schreibzimmer, und Nitis machte sich nicht an die Hausarbeit, beide sprachen nicht von ihren zukünftigen Kindern.

Dieses Haus war nur ein vorübergehender Unterschlupf, vielleicht auch der letzte glückliche Augenblick, den sie erleben durften.

»Gib die Hoffnung nicht auf«, bat sie ihn. »Unsere Verbündeten werden uns helfen, die Gottesdienerin zu sehen, und wir werden sie von unserer gerechten Sache überzeugen. Für heute gehören wir zu den Dienern in diesem Tempel.«

Kel versuchte zu vergessen, dass das Heer und alle Wachtruppen von Pharao Amasis nach ihm suchten. An der Seite von Nitis und zusammen mit den anderen Priestern reinigte er sich im heiligen See und nahm dann die Anweisungen des Oberritualisten entgegen. Dass er so schweigsam und andächtig war, erstaunte hier niemand. Beim Gottesdienst wurde nicht laut gesprochen. Außerdem hielt Thot nichts von Schwätzern.

Die Bibliothek entpuppte sich als wahre Fundgrube. Tausende von Schriftstücken waren hier seit Anbeginn der Zeit gesammelt und sorgfältig geordnet worden – der Traum jedes Schreibers. Kel studierte die Papyrusrollen zur Mathematik, aber er hätte Monate, wenn nicht Jahre gebraucht, um ihren wesentlichen Inhalt herauszuarbeiten und ein möglicherweise vorhandenes Entschlüsslungsmuster zu entdecken. Nitis beschäftigte sich mit dem alten Schöpfungsritual der Welt, das die Ogdoade geschaffen hatte und das aus vier männlichen und vier weiblichen Mächten bestand.

Nachdem Bebon mit den Eselstreibern, die für den Tempel arbeiteten, gefrühstückt hatte, bekamen er und Nordwind von einem Verwalter, der mit dem Oberritualisten befreundet war, ihre Aufträge. Es galt, mehrere Wege zwischen der Brauerei und einem Schiff zu machen, das Richtung Süden auslaufen wollte. Der Kapitän hatte eine große Menge Bierfässer bestellt, um gegen den Durst vorzusorgen – aber vor allem war er auch bereit, Fahrgäste mitzunehmen, ohne sie den Wachleuten zu melden. Dafür verlangte er allerdings einen stattlichen Preis.

Das erste Treffen verlief äußerst unerfreulich, weil der verlangte Preis jedes Maß bei Weitem überschritt. Doch von einer Lieferung zur nächsten entwickelten sich die Verhandlungen immer günstiger, bis man sich schließlich einigte. Der Beutel mit den Edelsteinen erlaubte es Bebon, auch weiteren Ausgaben gelassen entgegenzusehen.

Nun mussten sie sich wieder zwei lange Tage gedulden, zwei Tage, die kein Ende zu nehmen schienen.

Der Schauspieler vertrieb sich die Zeit recht vergnüglich mit seinen Kameraden, während Nordwind den anderen Eseln ihr störrisches Wesen austrieb. Man trank starkes Bier, aß Zwiebeln und beglückwünschte sich gegenseitig zu dem Arbeitsplatz in einem freigebigen Tempel.

Bebon spielte seine Rolle sehr überzeugend. Dabei war er in Wirklichkeit immer auf der Hut, weil er jederzeit damit rechnete, dass Wachleute auftauchten.

Als er mitten in der Nacht zu dem Schiff kam, fiel ihm nichts Ungewöhnliches auf. Trotzdem beobachtete er die Anlegestelle misstrauisch.

»Wen suchst du denn?«, fragte jemand mit heiserer Stimme.

Ein kräftiger Kerl mit einem dicken Knüppel tauchte aus der Dunkelheit auf.

»Ein Mädchen. Hier soll es welche geben, hab ich gehört.«

»Da hast du aber falsch gehört.«

»Auch gut. Dann versuch ich mein Glück eben woanders.«

»Wo kommst du denn her?«

»Geh doch einfach wieder schlafen«, empfahl ihm Bebon.

»Nein, ich passe hier auf die Schiffe auf. Und ich kümmre mich um neugierige Kerle wie dich.«

»Dann gute Nacht, mein Freund.«

Die Ordnungshüter waren überall. Bebon wollte vor dem Auslaufen des Schiffs noch einmal kommen und sich vergewissern, dass keine Falle aufgestellt war.

Menk versuchte, so viel wie möglich aus seinen beiden Ämtern herauszuholen, um auf dem Gelände des Tempels von Hermopolis zu ermitteln: Mal gab er sich als

Veranstalter der Feste von Saïs, mal als Sondergesandter des Palastverwalters Henat aus. Je nachdem, mit wem er sprach, war er mal freundlich und mal einschüchternd. Trotz dieser äußerst geschickten Vorgehensweise hatte er nicht einen einzigen Hinweis entdecken können, der darauf hindeutete, dass sich Kel und Nitis im heiligen Reich des Gottes Thot aufhielten. Offensichtlich war nur die ablehnende Haltung mehrerer Priester gegenüber der Haltung von Amasis, die eine mögliche Mittäterschaft denkbar machte.

Als er sich bei einem Brunnen mitten im Tal der Tamarisken ein wenig ausruhte, bemerkte Menk einen sonderbaren Kerl, der sich hinter einem Baum versteckte und ihn beobachtete.

»Bringt ihn her«, befahl Menk zwei Söldnern.

»Ich bin ein anständiger Gärtner«, schimpfte der Schnüffler. »Ihr habt kein Recht, mich festzuhalten.«

»Der Palast hat mich mit allen Vollmachten ausgestattet«, antwortete Menk mit eisiger Stimme. »Eine Lüge, eine verweigerte Antwort, und du bist verschwunden. Warum schnüffelst du hinter mir her?«

Die Stimme des Gärtners zitterte.

»Das ist nur wegen dem anderem, diesem Beamten… Ich hatte Angst, dass alles wieder von vorn losgeht, wenn Ihr zusammengehört… Ich helfe doch den Wachtruppen! Ich sage ihnen, wenn irgendwelche verdächtigen Leute auftauchen, und dafür werde ich belohnt.«

»Hast du ihnen den auch gemeldet?«

»Nein, er hat ja zu ihnen gehört.«

»War er allein?«

»Nein, also, ich glaube jedenfalls nicht. Hier beim

Brunnen waren auch noch eine sehr hübsche Frau und ein Esel. Wahrscheinlich haben sie den Fremden begleitet.«

Kel und Nitis!, dachte Menk.

Dann war der Tempel von Thot also doch ihr Zufluchtsort.

»Hat dich mein Kamerad verhört?«, fragte Menk jetzt freundlich.

»Nein, er hat mir nur gesagt, dass er gerade aus dem Dorf *Zu den drei Palmen* kommt und an der Verhaftung eines Verbrechers beteiligt war. Mehr wollte ich dann auch nicht wissen.«

»Gut gemacht, mein Freund. Diese Untersuchung betrifft dich gar nicht. Wenn du den Mund hältst, geschieht dir nichts.«

Unter den drohenden Blicken der Söldner machte sich der Gärtner aus dem Staub.

Menk hätte Henat verständigen und um die Unterstützung seiner Leute bitten müssen. Aber er wollte es keinem anderen überlassen, den Schreiber Kel zu töten und Nitis zu retten. Bestimmt würde sie den Sinn dieser Geste verstehen und sich dafür erkenntlich zeigen.

Deshalb musste er sich eine noch schlauere Vorgehensweise überlegen, um seinen Nebenbuhler in eine tödliche Falle zu locken.

36

Der Hohepriester vom Tempel des Thot war schon sehr betagt und verließ deshalb seine bescheidene Wohnung in der Nähe des heiligen Sees nur noch selten. Trotzdem leitete er weiter das rituelle Leben in diesem gewaltigen Heiligtum und überwachte die Verwalter, die für das irdische Wohlergehen dieses großen Reiches zuständig waren, sehr streng. Jeden Morgen genoss er aufs Neue, wie die Sonne den Tempel in goldenes Licht tauchte, und dankte dem Gott der Erkenntnis, dass er ihm ein langes und glückliches Leben im Dienst der Heiligkeit geschenkt hatte.

Sein engster Vertrauter, der Oberritualist, erledigte seine vielfältigen Aufgaben zur vollsten Zufriedenheit. Er gehörte zu der seltenen Spezies von Gottesdienern, die nicht von Ehrgeiz angetrieben waren und nur im Sinn hatten, die rituellen Feiern so vollkommen wie möglich zu gestalten. Seine jüngste Unternehmung hatte ihn überrascht, aber er hatte den Hohepriester überzeugen können, der sehr viel von dem Recht auf Zuflucht hielt, das eine Bresche in das augenblickliche Machtgefüge schlug. Maats Gesetz hatte über der Rechtsprechung der Menschen zu stehen. Entfernten sich die beiden zu weit voneinander, wurde die Erde unbewohnbar.

Richter Gem empfangen zu müssen, war ihm lästig. Da der höchste Richter Ägyptens aber hartnäckig auf diesem Gespräch bestanden hatte, musste der Hohepriester doch einwilligen, um nicht Pharao Amasis' Unmut gegenüber Hermopolis hervorzurufen.

»Ich danke Euch, dass Ihr mich empfangen habt, Hohepriester«, sagte der Richter, der vom langen Warten gereizt war.

»Ich bin leider sehr sparsam eingerichtet. Kommt Ihr mit diesem dreibeinigen Hocker zurecht?«

»Unbedingt.«

»Welcher gute Wind führt Euch zu mir, Richter Gem?«

»Der Pharao hat mir alle Vollmachten erteilt, einen Mörder der schlimmsten Sorte, den Schreiber Kel, festzunehmen oder töten zu lassen. Er ist der Kopf von einem Haufen gefährlicher Verschwörer, zu denen auch eine Neith-Priesterin mit Namen Nitis und ein Schauspieler namens Bebon gehören. Er hat hier bei den heiligen Aufführungen auf dem Tempelvorplatz schon oft gespielt.«

»Bebon, ja, den kenne ich… Ein hervorragender Schauspieler, vielleicht ein bisschen wunderlich, aber sehr beliebt.«

»Ich muss mich wohl wiederholen, Hohepriester, er ist hier als Helfershelfer eines erbarmungslosen Verbrechers, der zahlloser Morde beschuldigt wird.«

»Warum sollte dieser Schreiber denn solche schrecklichen Taten begangen haben?«

»Das ist streng geheim.«

»Aha… Er hat also das Missfallen des Königs erregt.«

Der Richter musste sich beherrschen, um ruhig zu bleiben.

»So dürft Ihr nicht denken, Hohepriester. Unser Land wird bedroht, deshalb müssen wir eingreifen und verhindern, dass eine Horde Aufständischer den Thron stürzt.«

»Ist der Pharao denn nicht der erste Diener Maats? Als Tempelerbauer schenkt er den Göttern ihre irdische Bleibe und sichert sich mit dieser Gabe ihr Wohlwollen. Muss es deshalb nicht ein schwerer Fehler sein, sich an den Tempeln zu vergreifen und sie wie weltliche Bereiche zu behandeln? Sagt dem Herrscher, dass die Achtung vor der Überlieferung den Einklang bewahrt, und dass die zügellose Bewunderung des Fortschritts ins Verderben führt.«

»Hohepriester, ich bin nicht hier, um ein Denken und Handeln zu erörtern, für das ich nicht verantwortlich bin.«

»Trotzdem wendet Ihr es an, denn das Gesetz der Tempel hat keine Gültigkeit mehr.«

Jetzt bebte Gem vor Zorn.

»Im gegenwärtigen Augenblick zählt nur eine einzige Frage: Verbergen sich der Mörder und seine Helfershelfer in diesem Tempel?«

Der greise Mann dachte lange nach.

»Zunächst einmal müsstet Ihr mir unwiderlegbare Beweise für deren Schuld erbringen; ich kenne Bebon und kann mir kaum vorstellen, dass er an einer verbrecherischen Verschwörung gegen den Herrscher beteiligt sein soll. Im Übrigen habe ich keinen Überblick, wer alles im Tempel ein- und ausgeht. Ich verlasse mein kleines Haus nur noch selten und muss den Berichten meiner Untergebenen vertrauen. In meinem Alter ist man schon so nahe am Schönen Westen und beschäftigt sich immer weniger mit den weltlichen Schwierigkeiten; man versucht stattdessen, die Worte der Götter zu hören.«

»Wer überwacht denn die Angestellten?«

»Rund zwanzig Verwalter und Priester.«

»Ich möchte ihre Namen sehen.«

»Wie Ihr wünscht. Aber geht behutsam vor, man wird mit dieser Maßnahme nicht einverstanden sein.«

»Ein klarer Befehl von Euch würde mir die Arbeit sehr erleichtern.«

»Nachdem ich Euer Vorgehen nicht billige, kann ich diesen Befehl auch nicht erteilen. Gebt dem König den Rat, die wirtschaftliche und rechtliche Unabhängigkeit der Tempel wiederherzustellen. Indem er sie gewaltsam dem weltlichen Recht unterwirft und eine verheerende Gleichmacherei anordnet, beschwört er den Zorn der Götter. Ich muss mich jetzt ausruhen. Ich wünsche Euch eine gute Heimreise nach Saïs, Richter Gem.«

Diesem gebieterischen, eigensinnigen und hochverehrten Greis gegenüber fühlte sich der Richter hilflos. Würde er im Tempel die erforderlichen Unterlagen einfordern, bliebe dieses Unterfangen vermutlich wirkungslos. Abwesenheit der zuständigen Angestellten, fehlende Ordnung, unerklärliches Verschwinden bestimmter Papyrusrollen … Sicher kam man auf Hunderte von Ausreden, um seine Untersuchung zu vereiteln.

Amasis hatte die Macht der Tempel nur scheinbar gebrochen, und ihre Unterwerfung war nur gespielt. Da sie aber ab sofort gezwungen waren, hohe Steuern zu zahlen, fälschten sie wahrscheinlich ihre Erklärungen und widersetzten sich den amtlichen Nachforschungen. Diese Schwierigkeit mussten aber Wesir Udja und Schatzmeister Pef lösen.

Richter Gem kam die schwierige Aufgabe zu, den Mörder Kel und seine Helfershelfer zu fassen.

Den ausweichenden Erklärungen des Hohepriesters zufolge war zumindest eins gewiss: Sie hielten sich bestimmt in Hermopolis versteckt, wo die Priesterin und der Schauspieler mit tatkräftiger Hilfe rechnen konnten.

Die zweite Gewissheit: Dieser Tempel war nur ein Zwischenhalt auf ihrem Weg nach Theben. Aus Angst vor Neugier und Verrat würden sich die Flüchtigen hier vermutlich nicht allzu lange aufhalten. Und wie konnten sie ihre Reise am besten fortsetzen? Mit einem der Boote, die den Geistlichen gehörten.

Also musste er seine Männer in den Hafen schicken, die Kapitäne und alle Mannschaften verhören lassen… Nein, das war Unsinn! Sie würden nur lügen und ihre heimlichen Fahrgäste warnen.

Es genügte, wenn er den entscheidenden Hinweis bekam: die Aufstellung aller Schiffe, die in nächster Zeit Richtung Süden auslaufen sollten. Dann musste er diese Schiffe nur noch streng bewachen lassen und das Eintreffen von Kel, Nitis, Bebon und dem Rest der Bande abwarten.

Die Festnahme sollte dann nicht in Hermopolis stattfinden, sondern in ausreichender Entfernung von der Stadt, um nicht den Zorn des Hohepriesters hervorzurufen und um ihn aus der ganzen Angelegenheit herauszuhalten. Begegnete ihm die Gerichtsbarkeit mit Nachsicht, war er vielleicht den neuen Gesetzen gegenüber weniger feindlich gestimmt.

Richter Gem ließ ein Dutzend Offiziere zu sich kommen und besprach sein Vorhaben mit ihnen. Er war entschlossen, ausschließlich örtliche Spitzel und Hafenarbeiter einzusetzen, die für vernünftige Hinweise sorgen konnten. Wenn sie gut genug bezahlt wurden, strengten sie sich bestimmt an, um sich eine Belohnung zu verdienen.

Allen war bewusst, wie wichtig ihr Einsatz war.

Endlich stand die Menschenjagd kurz vor ihrem erfolgreichen Abschluss.

37

Phanes von Halikarnassos hatte sich zum ersten Mal auf den Weg nach Elephantine gemacht, der Hauptstadt Oberägyptens, und lernte dort eine zauberhafte Landschaft kennen. Mitten im Nil blühende kleine Inseln, der uralte Tempel des Widdergottes Chnum, steile Ufer mit den ewigen Ruhestätten der wichtigen Persönlichkeiten des Alten Reichs und eine Handelsstadt, in der Waren aus Nubien verkauft wurden, vor allem Elfenbein und Raubkatzenfelle.

Die Schönheit dieser Landschaft konnte die Aufmerksamkeit des Feldherrn allerdings nicht lange fesseln. Nun richtete er sein ganzes Augenmerk auf die eindrucksvolle Festung, die über die Sicherheit dieser Gegend wachte und den gefährlichen schwarzen Stämmen, die von den Reichtümern im Land der Pharaonen angelockt jederzeit zum Aufstand bereit waren, den Zugang zu Ägypten verwehrten.

Seit vielen Jahren hatte es nur kleinere Unruhen gegeben, und die Führung des Landes hatte auch jetzt keinerlei Grund zur Beunruhigung.

Vor dem Tor zur Festung dösten zwei Wachen.

Phanes verpasste dem ersten einen heftigen Schlag gegen den Hals. Der Soldat ging zu Boden, davon wurde sein Kamerad wach und richtete die Spitze seiner Lanze auf den General.

Der entriss ihm die Waffe, brach sie entzwei und schlug dem Mann mit der Faust den Schädel ein.

»Wollt ihr euch etwa nicht verteidigen, ihr Feiglinge!«, rief der Grieche.

Als ein Dutzend Soldaten auftauchte, schwenkte Phanes von Halikarnassos sein großes Schwert.

Starr vor Schreck blieben die Soldaten stehen; sie wagten es nicht, den Riesen anzugreifen.

»Ihr Angsthasen! Ich sollte euch allen die Kehle durchschneiden.«

Als er vor ihnen auf den Boden spuckte, flüchteten sie in die Festung.

In Begleitung seiner Leibwache, besonders ergebenen Soldaten, die ihr Leben für Phanes gegeben hätten, stürmte der Feldherr in den ersten Innenhof.

Es dauerte lange, bis sich ein Offizier vorwagte.

Er wirkte müde und unrasiert und schien gerade einen ausgiebigen Nachmittagsschlaf gemacht zu haben.

»Wer seid Ihr?«

»Ich bin Phanes von Halikarnassos.«

»Der … Unser …«

»Ja, der Oberbefehlshaber der ägyptischen Truppen.«

»Äh … Man hat uns Euren Besuch gar nicht angekündigt.«

»Alle ägyptischen Festungen unterstehen meinem Befehl – auch diese hier. Und ich habe es durchaus nicht nötig, mein Kommen anzukündigen. Die gesamte Festung muss zu jedem erdenklichen Augenblick in der Lage sein, einen feindlichen Angriff abzuwehren. Wenn ich mir dich und deine Leute anschaue, darf man sicher sein, dass euch das nicht gelingt.«

»Wir werden überhaupt nicht bedroht!«

»Hol den Kommandanten.«

Im Laufschritt rannte der Offizier die Treppe zur Wohnung seines Vorgesetzten hinauf.

Etwas später kam dieser – dickbäuchig, kurzatmig und mit Doppelkinn – gemächlich von seinem Nest herunter.

»Wer mischt sich hier in meine Angelegenheiten? Der Einzige, der hier etwas zu sagen hat, bin ich!«

Die Ohrfeige von Phanes brachte den Widerspenstigen zu Boden.

»Ich enthebe dich deiner Ämter, Unfähiger! Du bist eine Schande für meine Truppen und wirst den Rest deiner Laufbahn am hintersten Ende einer Oase zubringen und auf Sträflinge aufpassen. Geh mir sofort aus den Augen.«

Mit einer feuerroten Backe schlich der Kerl davon.

»Ruft sofort alle Soldaten zusammen!«, donnerte der General.

Der Befehl wurde umgehend ausgeführt.

»Ab sofort wird ein griechischer Kommandant diese Festung befehligen. Er wird euch zunächst Zucht und Ordnung beibringen und euch dann in der Kunst der Kriegsführung unterweisen. Dreimal am Tag wird angetreten. Feiglinge und Faulpelze kommen in den Kerker. Jetzt räumt ihr erst mal diesen Schweinestall auf. Heute Abend will ich eine saubere Festung sehen und nur gewaschene und rasierte Soldaten. An die Arbeit!«

Phanes ließ den Verbindungsoffizier kommen, der ihm über den Zustand der Festung berichten sollte. Er hatte immer wieder die gleichen beschönigenden Briefe geschickt.

»Warum hast du mir nichts von diesen verheerenden Zuständen gesagt?«

»Ich dachte, das sei nichts Besonderes, General. Hier in Elephantine ist es zu heiß, um viel zu arbeiten, die Gegend ist ruhig und …«

Mit einem Kopfstoß brach der Riese dem Schwätzer die Rippen.

»Bringt das hier weg«, befahl er zwei ägyptischen Soldaten, die ihn mit angstgeweiteten Augen ansahen.

Im Sturmschritt überprüfte Phanes sämtliche Räume in der Festung. Im Arbeitszimmer des ehemaligen Kommandanten war der amtliche Briefverkehr aufbewahrt; dort hielt er sich länger auf.

Anscheinend ging es nur um belanglose Verwaltungsangelegenheiten. Doch dann entdeckte Phanes eine hölzerne Schreibtafel mit zwei Schriften – einer ägyptischen und einer fremden.

Sofort wurde nach dem besten Übersetzer vor Ort gerufen.

»Das ist Nubisch«, stellte der fest.

»Also los, übersetz mir das!«

Stockend berichtete der Übersetzer von dem Gesuch eines Stammesanführers um bevorzugte Behandlung und Steuererleichterungen im Austausch gegen friedliches Verhalten.

Die Antwort des ehemaligen Kommandanten war positiv.

In einem zweiten Brief war davon die Rede, dass Lebensmittel, Pfeile, Bögen und Brustschilde von den Zöllnern unterschlagen wurden.

»Kein Wort darüber«, befahl Phanes von Halikarnassos dem Übersetzer. »Sollte ich erfahren, dass du irgendetwas ausgeplaudert hast, wirst du wegen Hochverrats hingerichtet.«

Der Übersetzer schwor auf den Namen des Pharaos und auf alle Götter.

Die tatsächliche Lage, die er hier angetroffen hatte, war also noch wesentlich beunruhigender, als er sie sich ohnehin vorgestellt hatte. Eine baufällige Festung, die Truppen in einem jämmerlichen Zustand, Bestechung, heimliche Absprachen mit dem Feind ... Im Falle eines Angriffs könnte Elephantine keinen Widerstand leisten.

»Bringt mir diesen Gauner, der behauptet hat, er wäre hier der Kommandant gewesen.«

Aber die griechischen Söldner suchten den Mann vergeblich. Er war in weiser Voraussicht geflohen.

»Dann verhören wir eben die Offiziere«, beschloss Phanes. »Und mit verhören meine ich *richtig* verhören. Ich will alles über diese heimlichen Geschäfte, ihre Hintergründe und das wahre Ausmaß erfahren.«

Noch am selben Abend wurde mit dem Foltern begonnen. Der General wusste, dass Maats Gesetz die Folter verbietet, setzte sich aber darüber hinweg. Die Sicherheit des Landes ging vor.

Und die Ergebnisse übertrafen noch seine ärgsten Befürchtungen.

Der ehemalige Kommandant der Festung von Elephantine, einige Priester aus dem Chnum-Tempel und mehrere nubische Stammeshäuptlinge wollten ein unabhängiges Gebiet schaffen und standen den Neuerungen von Amasis ablehnend gegenüber. Der Name des Schreibers Kel fiel zwar nicht; aber er war mit Sicherheit in diese groß angelegte Verschwörung verwickelt.

38

Heute Abend ist Euer Schiff zum Auslaufen bereit«, teilte der Oberritualist Nitis mit. »Eigentlich ist es ja verboten, nachts zu fahren; wegen der großen Hitze hat man sich aber auf eine Ausnahme eingelassen.«

»Wird uns der Kapitän nicht verraten?«

»Er ist zwar bestechlich, hält sich aber an die Abmachungen. Alles andere würde seinem Ruf schaden. Seid unbesorgt, er wird Euch sicher ans Ziel bringen.«

»Und was ist mit den Wachmannschaften?«

»Ich weiß, wann sie ihre Runden drehen. Und der Wachposten wird tief und fest schlafen. Wir verfügen hier im Tempel über sehr wirkungsvolle Mittel. Wenn es an der Zeit ist, wird Euch ein Seemann in Eurer Wohnung abholen kommen.«

»Wie kann ich Euch nur danken?«

»Indem Ihr der Wahrheit zum Sieg verhelft, Nitis, und die Gottesdienerin dazu bringt, ihre Macht spielen zu lassen. Andernfalls stürzt Amasis Ägypten in den Untergang. Ihr führt Euren Kampf nicht nur für Euch, den Schreiber Kel und den Schauspieler Bebon. Von seinem Ausgang hängt das Schicksal des ganzen Landes ab.«

Nitis kehrte in die Bibliothek zurück, wo Kel noch immer mathematische Schriften studierte. Aber nirgends fand sich der Schlüssel zum Entziffern der geheimen Schrift!

»Wir verlassen Hermopolis noch heute Nacht«, sagte sie leise zu ihm, ehe sie ihr Gespräch mit dem Oberritualisten fortsetzte.

»Ich muss Bebon verständigen.«

Obwohl man die Wachtruppen verstärkt hatte, verhielten sie sich unauffällig. Der Hohepriester hatte nicht zugelassen, dass sein Reich von Ordnungshütern überrannt wurde. Und in Anbetracht seiner herausragenden Stellung hielt man sich an seine Vorschriften.

Kel war sehr vorsichtig, machte einen großen Umweg und blieb mehrfach stehen, um sich umzusehen, ehe er sich den Stallungen näherte.

Nordwind ließ es sich gut gehen, und Bebon machte gerade ein Nickerchen.

Der Schreiber streichelte den Esel, der ganz ruhig und friedlich war.

»Ist's wieder so weit?«, fragte der Schauspieler sorgenvoll.

»Wir brechen heute Nacht nach Theben auf. Ein Seemann bringt uns zu unserem Schiff.«

»Ich werde euch mit einigem Abstand folgen. Falls irgendeine Gefahr droht, wird uns Nordwind warnen. Ich bin übrigens gerade noch einmal durch den Hafen geschlendert.«

»Und – ist dir irgendetwas aufgefallen?«

»Nein, offenbar ist alles in Ordnung. Bis auf den Wachmann, der die ganze Nacht Wache hält.«

»Der wird ausgeschaltet.«

»Das klingt ja fast zu schön, um wahr zu sein!«

»Traust du dem Oberpriester etwa nicht mehr?«

»Doch, doch«, Bebon nickte. »Er ist weder ein Lügner, noch ein Dieb, ein durch und durch sittenstrenger Mann... Er wird uns ganz sicher keine Falle stellen. Außerdem können wir sowieso nicht mehr lange in Hermopolis bleiben. Früher oder später wird man den Tempel durchsuchen lassen.«

»Wir sind bald in Theben, und dann sprechen wir mit der Gottesdienerin.«

»Du bist aber sehr zuversichtlich!«

»Glaubst du etwa nicht daran, mein Freund?«

Bebon war verlegen.

»Das ist einfach nicht mein Fall. Aber wir haben keine Wahl. Also los – springen wir ins kalte Wasser! Und verschone mich bitte mit deinen Entschuldigungen darüber, dass du mich wieder in Gefahr bringst. Ich könnte mich sonst vergessen.«

Kel setzte sich neben den Esel.

»Mein Schicksal kommt mir so seltsam vor! Ich liebe eine wunderbare Frau, die mir ihre Zuneigung schenkt; ich habe einen Freund, der vor keiner Gefahr zurückschreckt – dennoch kann ich jeden Augenblick Opfer von Ungerechtigkeit und Unglück werden.«

»Hör auf mit dieser sinnlosen Grübelei und mach einfach weiter. Das Nachdenken über einen selbst führt zu nichts... höchstens zu einem selbst! Schreckliche Langeweile inbegriffen. Morgen fängt das wahre Leben an.«

Nordwind stellte die Ohren auf, und Kel stand auf und ging ganz gemächlich weg.

Ein Eseltreiber trat zu Bebon und fragte ihn neugierig aus: »Was hat der Priester von dir gewollt?«

»Er wollte wissen, warum ich nicht arbeite. Bei dieser Hitze brauch ich aber einfach ein bisschen mehr Pausen! Den aufdringlichen Kerl hab ich einfach weggeschickt.«

»Der war bestimmt ein Ordnungshüter. Zurzeit wimmelt es hier nur so von denen!«

»Warum denn?«

»Hast du noch nichts von dem Schreiber gehört? Dem Mörder, der Hunderte arme Menschen getötet hat? Ein blutrünstiges Ungeheuer, das auch vor einem ganzen Heer nicht zurückschreckt!«

»Der wird sich wohl nicht ausgerechnet im Tempel von Hermopolis verstecken.«

»Das glaub ich auch, aber die Wachtruppen suchen ihn überall. Sag mal, wir müssen Fässer in den Hafen bringen. Du hast nicht zufällig Zeit?«

Bebon stand langsam auf.

Das war ja eine ausgezeichnete Gelegenheit, um sich dort noch einmal gründlich umzusehen.

»Ich tu dir gern einen Gefallen.«

»Beruht ganz auf Gegenseitigkeit, mein Freund.«

Bebon und Nordwind machten sich auf den Weg zur Brauerei, um die Fässer abzuholen, und gingen dann in den Hafen.

Ein Schiff lief gerade aus, ein anderes ein. Hafenarbeiter waren zur Stelle, um die Ladung zu löschen; Ordnungshüter drehten ihre Runden.

Die Wachen vor dem Lagerhaus waren nicht verstärkt worden.

Der Wächter schrieb die Anzahl der Bierfässer auf.

»Hier kann man sich wirklich sicher fühlen«, meinte Bebon zu ihm.

»Ja, wir hatten sogar schon hohen Besuch – Oberrichter Gem war mit einem ganzen Trupp von Wachleuten hier! Ich glaube, sie haben nach Mördern gesucht.«

»Und hat man sie gefunden?«

»Nein, er ist unverrichteter Dinge wieder abgezogen. Man sagt, der Hohepriester hat ihm nicht gestattet, die Tempelruhe zu stören. Obwohl er schon so alt ist, fürchtet er sich vor niemand! Na ja, zurück zur Tagesordnung. Die Streifen versuchen dauernd, kleine Gauner, die etwas klauen wollen, auf frischer Tat zu ertappen. Wenn sie erwischt werden, kriegen sie eine ziemliche Ladung Stockschläge ab, damit sie es nicht wieder machen! Diese Hitze! Willst du einen Schluck Bier?«

»Gern.«

So gestärkt, machte sich Bebon langsam wieder auf den Weg und sah sich gründlich um, ohne dass er etwas Auffälliges bemerkt hätte.

39

Es war schon längst tiefe Nacht, als der Seemann an die Tür von dem kleinen Haus klopfte, in dem Nitis und Kel untergebracht waren.

Kel sprang auf und öffnete ihm.

»Folgt mir.«

Nitis und Kel sahen sich an. Und wenn es doch eine Falle war?

Die junge Priesterin verließ das Haus als Erste. Kel

trug den Sack mit Pfeil und Bogen der Göttin Neith, die Sobeks Krokodil Nitis geschenkt hatte.

In Thots Reich schienen alle friedlich zu schlafen. Es war noch immer drückend heiß, und der Neumond ließ das meiste im Dunkeln.

Ihr Führer hatte es ziemlich eilig; auf dem kürzesten Weg führte er sie Richtung Hafen.

Kel rechnete jeden Augenblick mit dem Auftauchen der Wachmänner oder Soldaten, die bestimmt sehr erfreut sein würden, wenn sie so leichte Beute machen konnten.

Bebon und Nordwind bliebe keine Zeit einzugreifen – außerdem wären sie ihnen zahlenmäßig unterlegen. Ob die Angreifer wenigstens Nitis verschonen würden? Kel wollte sich dazwischenwerfen und sein Leben für sie geben, aber wie sollten sie einer Meute entkommen, die entschlossen war, sie zu töten?

Endlich – der Hafen!

Hier war es am gefährlichsten.

Bestimmt lauerte man ihnen hier auf.

Der Seemann blieb plötzlich stehen. Kel drückte Nitis an sich. Endlos lange Sekunden wollten nicht vergehen. Schließlich bedeutete ihnen ihr Führer, sie sollten zu einem stattlichen Frachtschiff mit zwei Kabinen gehen.

Der Hafendamm wirkte verlassen.

Als sie am Landesteg angekommen waren, drehte sich der Schreiber um und erklärte: »Wir warten noch auf Bebon und Nordwind.«

»Ausgeschlossen«, widersprach der Seemann. »Der Kapitän will Hermopolis auf der Stelle verlassen.«

»Dann soll er eben fahren!«

»Wie du willst. Ich hab meinen Auftrag jedenfalls erfüllt«, sagte der stämmige Mann und ging an Bord.

Die Ruderer hatten ihre Plätze eingenommen und waren bereit zur Abfahrt.

»Kommt jetzt endlich an Bord!«, schimpfte der Kapitän.

»Wir sind aber zu viert«, gab der Schreiber zurück.

»Euer Pech. Wir legen jetzt ab.«

»Wir sind aber zu viert«, wiederholte Kel.

Nitis spähte in die Dunkelheit und hoffte auf das Eintreffen ihrer Gefährten, während sie gleichzeitig ein gewaltsames Eingreifen der Ordnungshüter befürchtete.

Diese Verspätung deutete eine schreckliche Wahrheit an: Man hatte den Schauspieler und seinen Esel verhaftet.

Plötzlich war ein Gejammer zu hören und dann die ärgerliche Stimme von Bebon: »Jetzt geh schon weiter, verflixt noch mal! Wir sind doch gleich da!«

Nordwind hatte offenbar keine Lust, Schiff zu fahren.

Nitis streichelte ihm über den Kopf.

»Wir müssen uns wirklich beeilen.«

Der Esel sah sie traurig an. Obwohl er eigentlich nicht wollte, folgte er der Priesterin doch.

Der Landesteg wurde hochgezogen, die Ruder tauchten ins Wasser. Das schwere Schiff legte ab und ließ den Hafen von Hermopolis schnell hinter sich.

»Hier herein«, befahl der Kapitän seinen heimlichen Fahrgästen und öffnete eine der beiden Kabinen. »Der Esel wird an den Mast gebunden. Schlaft jetzt. Ich wecke euch morgen früh bei Sonnenaufgang.«

Er schloss die Tür hinter ihnen ab.

»Das gefällt mir aber gar nicht«, sagte Bebon. »Man könnte meinen, wir sind im Gefängnis.«

»In einem Gefängnis, das uns in die Freiheit bringt«, erinnerte Kel. »Hat uns jemand verfolgt?«

»Nein, niemand. Wir sollten abwechselnd Wache halten. Ich bin jedenfalls nicht müde.«

»Nordwinds Benehmen gefällt mir nicht«, gab Nitis zu bedenken. »Warum hat er sich nur so gesträubt?«

»Er hat es nicht gern, wenn man seine Nachtruhe stört«, meinte der Schauspieler. »Dieser nächtliche Ausflug hat ihm gar nicht gefallen.«

»Wenn uns der Kapitän verraten hätte, hätte man das Schiff nicht auslaufen lassen.«

Bebon streckte sich aus.

»Jetzt sollten wir erst mal was Schönes träumen! Stellt euch vor, wir sind in Theben, in einem prächtigen Palast, die Gottesdienerin hat uns empfangen, lauscht uns begeistert und sichert uns ihre uneingeschränkte Unterstützung zu. Herrliche Aussichten!«

Nitis musste lächeln. Wenn das der Wille der Götter war, wollte sie ihn gern erfüllen.

Plötzlich wurde die Tür aufgerissen.

Griechische Söldner überwältigten Kel und Bebon und drohten, ihnen bei der kleinsten Bewegung die Kehle durchzuschneiden.

Ein vornehmer Mann mit sanfter Stimme kam herein und nahm die junge Frau zärtlich an der Hand.

»Nitis, hier bin ich, ich werde Euch befreien.«

»Menk! Was macht Ihr denn hier?«

»Ich handle in geheimem Auftrag auf Befehl von Henat. Ich habe Anweisung erhalten, Euch zu finden und den Klauen des fürchterlichen Schreibers Kel zu entreißen.«

»Ihr irrt Euch. Er ist weder ein Verbrecher noch ein Ungeheuer.«

»Meine liebe, gutgläubige Nitis, er hat Euch hintergangen. Die Beweise für seine Schuld sind erdrückend.«

»Die hat man doch nur erfunden. In Wirklichkeit ist Kel das Opfer übler Machenschaften, die von ganz oben gesteuert werden.«

»Liebe Nitis, ich bitte Euch, glaubt diese Lügengeschichten doch nicht.«

»Es ist die Wahrheit, und die werden wir auch beweisen.«

»Die Gottesdienerin hätte Euch sowieso nicht empfangen. Auch wenn sie gegen Amasis' Zielsetzung ist, muss sie sich doch den Gesetzen fügen. Und Ihr seid weiter nichts als Verbrecher auf der Flucht. Kommt jetzt, wir gehen. Die Gefangenen sollen strengstens bewacht werden.«

Zögernd willigte Nitis ein.

»Euch kann ich von allen Beschuldigungen reinwaschen, Nitis. Selbstverständlich seid Ihr nicht die Helfershelferin dieses abscheulichen Mörders, sondern seine Geisel. Meine Zeugenaussage ist entscheidend, Richter Gem wird Euch freisprechen, und wir werden heiraten.«

»Ich will Euch aber gar nicht heiraten, Menk. Ich liebe Kel.«

»Das ist weiter nichts als eine vorübergehende Gefühlsverwirrung, meine süße, bezaubernde Nitis, und unter diesen Umständen durchaus zu verstehen! Aber wir werden überaus glücklich sein, und Ihr werdet diese ganzen unangenehmen Ereignisse bald vergessen haben.«

»Ich werde Kel niemals verlassen und alles dafür tun, um seine Unschuld zu beweisen.«

»Ein sinnloser Kampf, der von vornherein zum Scheitern verurteilt ist! Ich vergebe Euch Eure Irrtümer und verspreche, Euch zu einer der bedeutendsten Frauen von Saïs zu machen. Wegen meiner Verdienste wird mich der König zum Minister ernennen, und Ihr werdet doch noch die Hohepriesterin der Neith.«

»Es tut mir sehr leid, dass ich Euch enttäuschen muss, Menk, aber diese schönen Gedankenspiele solltet Ihr am besten gleich wieder vergessen.«

»Das ist aber Eure einzige Möglichkeit, dem Verderben zu entkommen, Nitis.«

»Vor dem Tod habe ich keine Angst. Das Einzige, was zählt, ist die Wahrheit.«

»Ich werde Euch vor Euch selbst schützen und Euch nicht reden lassen! Früher oder später kommt Ihr dann schon zur Vernunft.«

»Kel wird aber reden!«

Menks Stimme klang auf einmal gefährlich.

»Mit Sicherheit nicht, meine liebe zukünftige Gattin. Ich werde ihn nämlich töten.«

40

Nitis fuhr entsetzt zusammen.

Auf einen Schlag hatte sich der freundliche Menk in ein gefährliches Raubtier verwandelt, und seine Worte waren ernst zu nehmen.

»Ich flehe Euch an, verschont ihn bitte!«

»Das ist ganz ausgeschlossen, meine Liebe. Dieser elende Kerl muss verschwinden. Das ist der Preis für meinen Sieg und unser gemeinsames Glück.«

»Dann sollt Ihr mich auch töten!«

Menk war wie vor den Kopf geschlagen.

»Ich will Euch doch nichts Böses, Nitis! Im Gegenteil, ich werde Euch von diesem bösen Zauber befreien.«

Sie hielt seinem Blick stand.

»Was Ihr da vorhabt, ist Mord.«

»Ich handle im Auftrag. Und die oberste Gewalt wird mich dafür beglückwünschen, einen Mörder beseitigt zu haben, der ihr schon so lange entkommen ist. Es hat mich einige Überlegungen und viel Glück gekostet, Euch zu finden. Da der Hohepriester von Hermopolis Euch Unterschlupf gewährte, würde er es Euch vermutlich auch ermöglichen, nach Theben zu gelangen. Als ich erfuhr, dass ein Schiff ausnahmsweise die Erlaubnis erhalten hatte, nachts auszulaufen, war mir klar, dass Ihr an Bord sein würdet. Der Kapitän hat Euch übrigens nicht wirklich verraten, vielmehr hat er zum Wohl unseres Landes gehandelt.«

»Warum seid Ihr auf einmal so boshaft?«

»Der Zweck heiligt die Mittel.«

»Wie kann ich Euch nur davon überzeugen, dass Ihr

Euch irrt? Kel hat kein einziges Verbrechen begangen, Menk, helft uns im Kampf gegen die Ungerechtigkeit!«

»Recht und Wahrheit sind mir einerlei. Kel wird sterben, und dann gehört Ihr mir.«

»Seid Ihr wirklich so hartherzig?«

»Einer von meinen Männern hält Euch auf Abstand. Versucht bloß nicht einzugreifen, sonst müsste er Euch fesseln und knebeln.«

Dann übergab Menk die Frau einem griechischen Söldner und ging zu der verschlossenen Kabine.

»Holt die beiden Gefangenen«, befahl er seinen Leuten.

Menk musterte den Schreiber.

»Was für ein erbärmliches Ende für einen berühmten Übeltäter! Jetzt musst du verrecken wie ein böses Tier, und keiner wird dir nachtrauern.«

Kel blieb erstaunlich ruhig.

»Ich nehme an, es hat keinen Sinn, dir zu erklären, wie es wirklich war?«

»Richtig, das hat keinen Sinn. Das Urteil ist bereits gefallen, und ich werde es jetzt vollstrecken.«

»Was habt Ihr nur gegen uns?«, wehrte sich Bebon. »Wir haben nichts verbrochen.«

Menks Augen sprühten vor Hass.

»Dieser verdammte Schreiber hat versucht, die Frau zu stehlen, die für mich bestimmt ist. Alles andere zählt nicht. Ich schneide dir jetzt eigenhändig die Kehle durch, und dann endest du als Fischfutter im Nil.«

Menk zog sein Messer.

Zwei Söldner hielten Kel fest, zwei weitere Bebon und der fünfte Nitis.

Die Klinge berührte Kels Hals.

»Halt, Menk!«, schrie Nitis, »macht Euch doch nicht zu einem schrecklichen Mörder!«

»Das ist die Befreiung, Nitis, die Befreiung! Und die Aussicht auf ein langes und glückliches Leben, sobald dieser elende Schreiber endlich beseitigt ist.«

Ein letztes Mal begegneten sich Kels und Nitis' Blicke.

»Schiff in Sicht!«, schrie plötzlich der Kapitän. »Wir werden angegriffen!«

Der Söldner, der Nitis festgehalten hatte, schleuderte sie gegen die Reling, griff sich einen Bogen und schoss.

Sein Pfeil traf den Mann am Bug des Schiffs, das unter dem Kommando von Richter Gem fuhr, der den Einsatz angeordnet hatte.

Angesichts dieses Angriffs gingen Gems Bogenschützen zum Gegenangriff über. Wenn man bedenkt, wie dunkel es war, zielten sie ziemlich genau.

Menk selbst, der Kapitän, ein Söldner und zwei Seeleute wurden getroffen. Ein Pfeil streifte Bebons Schulter und hinterließ eine blutige Spur.

In der Annahme, die Verschwörerbande vollständig anzutreffen, befahl der Richter, das Schiff zu entern. Diesmal würde er Kel und seine Helfershelfer kriegen – tot oder lebendig. Ihrer heftigen Reaktion auf sein Auftauchen zufolge, würden sie sich wohl nicht ohne erbitterten Kampf geschlagen geben.

Nordwind riss sich von dem Mast los und trat einen Griechen zu Boden, der Bebon erdrosseln wollte. Der Schauspieler konnte sich befreien, dann bohrten sich zwei Pfeile in den Rücken seines Angreifers.

Nitis lief zu der Kabine und holte Neiths Bogen aus

dem Sack. Sie hatte ihn noch kaum gespannt, als ein Feuerstrahl die Nacht erhellte. Die Söldner ergaben sich.

Jetzt waren Kel und Bebon wieder frei – aber für wie lange? Es regnete Pfeile, es gab immer neue Opfer, und das Kriegsschiff kam näher und näher. Sollten sie den Angriff überleben, fielen sie Richter Gem in die Hände.

»Wir müssen in den Fluss springen«, entschied Nitis, »wir haben keine andere Wahl.«

Nordwind machte es ihr nach.

»Aber der Nil ist voller Krokodile!«, wandte Bebon ein.

Kel gab seinem Freund einen Stoß. Sie hatten keine Zeit zu verlieren.

»Sie fliehen!«, schrie der Mann im Ausguck des Kriegsschiffs.

Ein Dutzend Soldaten sprang ins Wasser, in dem es tatsächlich nur so vor Krokodilen wimmelte.

Die Ungeheuer fühlten sich in ihrer Ruhe gestört und stürzten sich auf diese unverhofft reiche Beute.

Wütende Schläge trafen die Nilwasser, während die übrigen Soldaten das Handelsschiff enterten, auf dem ihnen kein Widerstand mehr geleistet wurde.

Bei Fackelschein inspizierte Richter Gem das Deck. Der Anblick eines Leichnams überraschte ihn ganz besonders: der von Menk, dem Veranstalter der Feste von Saïs! Hatte dieser vornehme Würdenträger also zu den verbrecherischen Truppen des Schreibers Kel gehört, zu denen auch ein Kapitän und mehrere Söldner zählten.

Da hatte man eine schöne Menge Verbrecher auf einen Schlag beseitigt! Allerdings fehlten der Hauptschuldige, der Schreiber Kel, und seine wichtigsten Helfershelfer, die Priesterin Nitis und der Schauspieler Bebon.

Von den Schwimmern, die sie verfolgt hatten, hatten nur drei überlebt.

»Keiner der Flüchtigen konnte den Krokodilen entkommen«, meinte ein Offizier.

Ungeduldig erwartete der Richter den Morgen, um den Nil und seine Ufer absuchen zu können.

Aber obwohl sie lange und gründlich suchten, wurden sie nicht fündig.

»Die großen Fische mit ihren scharfen Zähnen haben nichts von diesen Übeltätern übrig gelassen«, war sich der Offizier ganz sicher. »Wenn sie hungrig sind, können sie unvorstellbar grausam sein. Und der Mörder und seine Helfershelfer sind ihre ersten Opfer gewesen.«

Aber Richter Gem war sich seiner Sache irgendwie nicht ganz sicher.

»Eines unserer Schiffe soll langsam Richtung Süden fahren und nach menschlichen Überresten Ausschau halten. Wir suchen noch einmal die Ufer ab und befragen die Fischer und Bauern aus der Gegend. Außerdem durchsuchen wir die Häuser in den umliegenden Dörfern.«

»Das ist doch verlorene Zeit«, meinte der Offizier. »Die Flüchtigen können nicht überlebt haben.«

»Hier treffe ich die Entscheidungen«, erinnerte ihn der Richter.

Gem musste wieder an den seltsamen Blitz denken, der gerade in dem Augenblick die Nacht erhellt hatte, als sie an dem anderen Schiff angelegt hatten. Dabei hatte es weit und breit keine Spur von einem Unwetter gegeben. Dann musste es wohl ein Zeichen der Götter gewesen sein. Aber was wollten sie damit sagen? Wahrscheinlich wollten sie mit ihrem gerechten Zorn den Mörder treffen und sein elendes Dasein zermalmen.

Nach einer letzten Durchsuchung sollte diese verhängnisvolle Angelegenheit endlich beendet sein, und das Reich des Pharaos könnte wieder aufatmen.

41

Weil er Tag und Nacht arbeitete, erzielte Phanes von Halikarnassos in erstaunlich kurzer Zeit hervorragende Ergebnisse. Die Soldaten in Elephantine fürchteten sich vor seiner Rücksichtslosigkeit und hatten die Festung von einem Tag auf den anderen grundlegend verwandelt: Plötzlich herrschte Zucht und Ordnung, jeder trug einwandfrei saubere Kleidung, die Waffen waren gewartet, die Unterkünfte gründlich geputzt, alle Übungen wurden streng nach Anweisung durchgeführt… Und schon bald sollten griechische Ausbilder die ehemals mittelmäßigen und faulen Soldaten in wilde Kämpfer verwandeln, die jedem Angriff nubischer Stämme standhalten konnten und ihnen den Zutritt zu Ägyptens Grund und Boden verwehren würden.

Nicht mal der Zauber dieser schläfrigen Stadt im Süden und die Schönheit der Landschaft vermochten den Feldherrn zu verführen. Er hatte nichts anderes im Sinn als die Stärke der Truppe und ihre Fähigkeit, den Feind in Stücke zu schneiden. Und so weit war man eben längst noch nicht!

»Versammelt euch!«, rief er jetzt.

Sofort kamen von allen Seiten die Soldaten herbeigelaufen und stellten sich auf dem großen Platz in einer Reihe auf.

Phanes wartete, bis es vollkommen still war. Manche Männer hielten sogar den Atem an.

»Ich bin sehr unzufrieden mit euch, Soldaten«, brüllte der Feldherr. »Der Offizier, der euch den Kampf Mann-gegen-Mann beibringen soll, hat mir von einigen Feiglingen berichtet, die sich gedrückt haben. Dieses Verhalten ist durch und durch unzulässig. Bei diesen Übungen gibt es nun einmal Verluste, und keiner von euch hat die Regeln in Frage zu stellen.«

Der Hüne deutete auf einen etwa dreißigjährigen Mann.

»Du da, komm her!«

Der Mann gehorchte.

»Besiege mich mit deinen bloßen Fäusten.«

»Aber, Feldherr ...«

»Ich bin dein Feind, vernichte mich. Wenn du es nicht tust, tue ich es.«

Phanes verpasste ihm einen Faustschlag in den ungeschützten Bauch. Der Mann war wütend, dass er sich so hatte überraschen lassen, und stürzte sich Kopf voraus auf seinen Gegner.

Aber der Hüne wich geschickt aus und brach dem Soldaten mit der Handkante das Genick.

»Ungeschickt und unfähig«, erklärte Phanes abschätzig und spuckte auf den Leichnam. »Sollten die Berichte der Ausbilder morgen ebenfalls schlecht ausfallen, gibt es morgen wieder einen Zweikampf. Ihr könnt jetzt gehen.«

Anschließend empfing der Feldherr ein Dutzend griechischer Söldner, die aus dem Norden eingetroffen waren. Sie sollten die Ägypter ausbilden und ihnen das Leben schwer machen.

Nun musste nur noch das laxe und bestechliche Zollamt von Elephantine grundlegend neu geordnet werden. Als er die Berichte und Rechnungsbücher durchgesehen hatte, waren ihm sofort die falschen Angaben, die absichtlichen Weglassungen und die manchmal allzu offensichtlichen Veränderungen aufgefallen.

Ein hoher Würdenträger wäre die Sache äußerst behutsam angegangen, hätte unendlich viele Vorsichtsmaßnahmen getroffen und immer wieder seine Vorgesetzten um Rat gefragt, um nur ja keinen Fehler zu machen. Diese Vorgehensweise kam aber für den Feldherrn nicht in Frage.

An der Spitze eines Trupps von etwa dreißig Soldaten verschaffte er sich unangemeldet Zutritt zu den Arbeitsräumen des Zollamts, in dem rund zwanzig Verwalter und Vorsteher beschäftigt waren.

»Ihr seid alle verhaftet!«, donnerte der Feldherr. »Wer Widerstand leistet, wird getötet.«

Der Vorgesetzte der Männer stand langsam auf und sagte erschrocken: »Ich verstehe nicht, wir …«

»Es geht um Unterschlagung öffentlicher Mittel und Angriffe auf die Sicherheit unseres Landes. Man wird euch zu vielen Jahren Zwangsarbeit verurteilen.«

»Ihr irrt Euch, ich schwöre …«

Phanes von Halikarnassos packte den Leiter des Zollamts am Kragen.

»Ich will auf der Stelle die ganze Wahrheit wissen. Andernfalls breche ich dir den Hals.«

Auf einmal gab der Beamte bereitwillig Auskunft und erläuterte in allen Einzelheiten, was dem Feldherrn für einen vollständigen Bericht an König Amasis fehlte.

Noch am selben Tag wurde das Zollamt neu mit Soldaten besetzt, die einem zivilen Aufseher unterstanden, der sich besonders gut auf Waren aus Nubien verstand. Dieser Aufseher musste dem Oberbefehlshaber der Festung täglich eine umfassende Aufstellung über alle Vorgänge vorlegen.

Dann besichtigte Phanes den ersten Katarakt, dessen Felsen teilweise wegen der Nilschwemme unter Wasser lagen, und fuhr einmal durch den Kanal, den die Kriegs- und Handelsschiffe benutzten.

Er war bestürzt darüber, wie wenig Wachposten es dort gab. Deshalb ordnete er umgehend den Bau kleiner Festungen in guter Lage an, um die natürliche Grenze zu befestigen und undurchlässig zu machen. Hier hätte man schon bald nicht mehr mit der drohenden Gefahr eines nubischen Angriffs zu rechnen.

Schließlich musste noch mit der obersten Verwaltungsebene von Elephantine aufgeräumt werden, die für diese Verhältnisse verantwortlich war. Im Haus des Stadtvorstehers war ein Treffen vereinbart worden – der letzte Schritt zur Wiedereroberung von Elephantine im Namen von Pharao Amasis.

Phanes wollte wie üblich tüchtig draufschlagen. Wahrscheinlich unterstützte der Stadtvorsteher heimlich die Gottesdienerin und bereitete sich vermutlich darauf vor, etwas zugunsten des Schreibers Kel und der anderen Aufrührer zu unternehmen. Wenn erst noch dieser Heuchler beseitigt war, konnte Elephantine wieder eine sichere, dem Pharao treu ergebene Stadt werden.

Ein griechischer Söldner lieferte seinem Herrn die Beweise für die Bestechlichkeit des Wichtigtuers, der außerdem der Unterschlagung von Waffen beschuldigt wurde, die für die Festung bestimmt waren.

Außer sich vor Zorn stürmte Phanes in das große, zweistöckige weiße Gebäude.

Da hörte er hinter seinem Rücken einen Schmerzensschrei.

Man hatte einen Mann aus seiner Leibwache erstochen, von der ihn ein Dutzend Angreifer überraschend getrennt hatten. An ihrer Spitze – der frühere Oberbefehlshaber der Festung!

Voller Wut packte der Feldherr zwei der Lanzen, die auf ihn gerichtet waren, entriss sie seinen Gegnern, wendete sie gegen sie und durchbohrte ihnen die Brust. Die anderen zogen sich entsetzt zurück. Aber Phanes zog sein großes zweischneidiges Schwert und richtete ein Blutbad unter ihnen an.

Den Rest der Arbeit erledigte seine Leibwache.

Der frühere Befehlshaber war als Letzter noch am Leben. Schwer verletzt rang er mit dem Tod.

»Wer hat dir befohlen, mich zu töten?«, fragte ihn Phanes.

»Der … der Stadtvorsteher.«

»Schafft sie fort«, wies der Feldherr seine Männer an.

Das Haus des Stadtvorstehers war leer, alle Beamten waren vor Schreck geflohen. Ihr Vorgesetzter hatte sich in sein prunkvolles Arbeitszimmer zurückgezogen und hoffte, dass der Grieche getötet worden war.

Als dann der Hüne vor ihm auftauchte, erging sich der Stadtvorsteher von Elephantine in flehentlichen Bitten.

»Für diesen Hochverrat verdienst du den Tod«, erklärte der Feldherr. »Es gibt nur eins, womit du dein Leben retten kannst.«

»Ich mache alles, was Ihr wollt!«

»Ich will die Wahrheit wissen. Du und der frühere Befehlshaber der Festung, ihr habt einen Waffenhandel geführt und wart an einer Verschwörung beteiligt – ist das richtig?«

»Vor allem er! Ich habe ihm eigentlich nur ein bisschen dabei geholfen.«

»Euer Ziel war es, den Pharao zu ermorden.«

»Nein, nein. Wir wollten uns nur bereichern und …«

Phanes von Halikarnassos drohte mit seinem Schwert.

»Ich frage noch einmal: War es euer Ziel, den Pharao zu ermorden?«

»Ja, schon, aber ich wollte das nicht, und …«

»Und euer Anführer war der Schreiber Kel.«

Der Stadtvorsteher zögerte kurz.

»Ja, so ist es, der Schreiber Kel! Er hat alles ausgeheckt. Er hat uns Angst eingejagt und uns mit dem Tod gedroht, falls wir ihm nicht gehorchen sollten.«

»Das schreibst du jetzt alles auf, unterzeichnest das Schreiben und setzt dein Siegel darauf.«

Der Stadtvorsteher gehorchte mit zitternder Hand.

Phanes las das Schreiben.

»Sehr gut. Jetzt muss ich nur noch die Aufräumarbeiten in dieser Stadt abschließen.«

Mit einem Schwerthieb schnitt er dem Lügner und Betrüger den Kopf ab. Später würde es heißen, der Stadtvorsteher hätte sich des Angriffs auf den Oberbefehlshaber der Truppen schuldig bekannt.

Phanes von Halikarnassos rollte den Papyrus auf, den er Richter Gem schicken wollte. So verfügte der Richter über einen neuen Beweis gegen Kel; der Grieche wollte nach den Säuberungsarbeiten in Elephantine und der Sicherung der südlichen Grenze nach Saïs zurückkehren und sich dort wieder selbst um seine Truppen kümmern. Ungeachtet seiner besonderen Befähigung war und blieb Siegelbewahrer Udja ein Ägypter und kein Soldat. Nur ein kriegserfahrener griechischer Offizier wie er war in der Lage, die Truppen so zu führen, dass sie jeden Angreifer überwältigen konnten – vor allem aber die Perser.

42

Nordwind wurde nicht müde. Wieder und wieder leckte der Esel die Stirn von Kel, der in einem Schilfdickicht auf dem Boden lag. Einige Male schon hatte der Esel mit den Hufen allzu neugierige Wasserschlangen verjagen müssen; von den Ibissen und Silberreihern hatten sie dagegen nichts zu befürchten.

Und endlich wurde die Mühe belohnt – der Schreiber öffnete die Augen.

Der Anblick des vertrauten Mauls tröstete ihn ein wenig.

»Nordwind! Du bist also auch gerettet?«

Zwei Arme, zwei Beine, er konnte aufstehen, nichts tat ihm weh … Offenbar war Kel unversehrt, wie auch der Esel.

»Ich kann es kaum glauben«, sagte Kel leise. »Dabei habe ich doch gesehen, wie sie ihre riesigen Rachen aufrissen und uns verschlingen wollten … Nitis, Bebon, wo versteckt ihr euch?«

Als er keine Antwort bekam, bahnte sich der Schreiber einen Weg durch das bis zu sechs Meter hohe Schilfdickicht.

Wenn er sie nicht wiederfand, wäre es eine unerträgliche Strafe, dem Tod entkommen zu sein. Ohne die geliebte Frau und seinen treuen Freund wollte er nicht weiterleben.

Am Ende des nahezu undurchdringlichen Dickichts wand sich ein schmaler Weg über das steiler werdende Ufer. Der Esel stellte die Ohren auf und bedeutete Kel, ihm zu folgen.

Er trabte bis zu einem Tamariskenwäldchen, etwas abseits von dem Pfad.

»Immer mit der Ruhe! Ich komme schon«, meinte eine bekannte Stimme.

»Bebon!«, rief der Schreiber.

Aber Nitis war schneller und kam als Erste aus ihrem grünen Versteck.

»Mein Geliebter! Du lebst also noch!«

Sie fielen sich in die Arme und drückten sich aneinander. Ihr Kuss kam dem Schauspieler schier endlos vor.

»Ich hab jetzt jedenfalls Hunger und will mir einen Fisch braten. Kommt und helft mir.«

Sie hockten sich im Kreis um ein Häufchen trockener Zweige. Bebon hatte eine kleine Mulde in ein Stück weiches Holz gebohrt und nahm jetzt einen langen, am Ende ausgebauchten Stock aus sehr hartem Akazienholz. Mit den Handflächen drehte er den Stock so schnell es ging in der Mulde – und bald gab es eine kleine Flamme.

»Gewonnen! Jetzt kriegen wir ein schönes warmes Essen.«

»Ich verstehe nicht, wie wir den Krokodilen entkommen konnten«, sagte Kel.

»Sie sind Neiths Söhne«, erklärte Nitis. »Ich bin vorausgeschwommen und hielt den Bogen der Göttin in den Händen. Er hat das Wasser erleuchtet, und die großen Fische haben das Licht erkannt, das uns alle vier eingehüllt hat. So waren wir für sie weder Feind noch Beute. Sie sind an uns vorbeigeschwommen und haben sich auf unsere Verfolger gestürzt.«

»Ich hab ja schon ziemlich viele unglaubliche Geschichten erzählt«, gab der Schauspieler zu, »aber die übertrifft alle bei Weitem.«

»Jedenfalls bist du gesund und unversehrt … Wenn man mal von dem Verband an deiner linken Schulter absieht!«

»Na endlich, ich dachte schon, du kümmerst dich überhaupt nicht mehr um mich! Der Pfeil von einem Soldaten hat mich gestreift.«

»Also eine leichte Verletzung?«

»Leichte Verletzung – du hast gut reden, dir fehlt ja nichts.«

»Ich habe die richtigen Kräuter für die Wunde gefunden«, unterbrach sie Nitis lächelnd. »Die Wunde wird gut verheilen, und ich glaube, dass Bebon reisefähig ist.«

»Aber nur, wenn ich ausreichend zu essen bekomme! Kostet einmal von diesem wunderbaren Fisch. Gibt es eigentlich etwas Schöneres als einen Ausflug aufs

Land? Man muss seine Nahrung selbst finden und sie dann auch selbst mit den Mitteln zubereiten, die einem die Natur zur Verfügung stellt. Ins Gasthaus gehen ist wirklich zu einfach. Das Stadtleben führt nur zu Verweichlichung und Sittenverfall. Zurück zum Leben in der Wildnis – so schaut die Zukunft aus!«

»Wir müssen aber leider nach Theben«, erinnerte ihn Kel. »Am Bug des Kriegsschiffs habe ich Richter Gem gesehen. Er wird nicht aufhören, uns zu verfolgen, ehe wir gefangen sind.«

»Vielleicht glaubt er ja, dass wir tot sind«, meinte Bebon. »Kein Mensch kann sich vorstellen, dass man den Krokodilen entkommen kann.«

»Wenn er nicht ein Stück von einem Leichnam findet, wird er an unserem Tod zweifeln und seine Suche fortsetzen.«

»Ich teile Kels Meinung«, sagte Nitis. »Der Oberrichter kennt die Macht der Götter und zieht sie in Betracht. Außerdem weiß er, dass mir mein Meister magische Sprüche beigebracht und gezeigt hat, wie man gegen ein Unglück ankämpfen kann.«

»Hast du eine Ahnung, wo wir hier eigentlich sind?«, fragte der Schreiber den Geschichtenerzähler.

»Unser Schiff hatte schon eine ziemliche Strecke zurückgelegt, und wir sind weit geschwommen. Ich vermute, wir befinden uns ganz in der Nähe von Lykopolis. Sobald wir das erste Dorf gesehen haben, weiß ich es genau.«

»Hast du hier in der Gegend irgendwelche Freunde?«

»Der Tempel dort ist nicht so gastfreundlich wie der in Hermopolis, aber wir kommen schon irgendwie zurecht. Lasst es euch schmecken.«

Der gebratene Barsch war ausgezeichnet.

Kel hatte keinen rechten Appetit.

»Wenn man so ein Wunder erlebt hat, sollte man eigentlich Berge verdrücken!«, maulte Bebon.

»Ich muss an Menk denken, dass er hier war und mich töten wollte ...«

»Er wollte, dass ich seine Frau werde«, erklärte Nitis. »Die Wahrheit war ihm völlig gleichgültig. Er dachte, wenn er dich umbringen würde, würde er dafür reich belohnt und befördert. Als Minister hätte er mich dann zur Hohepriesterin der Neith in Saïs ernannt, und wir hätten ein Leben in Saus und Braus geführt.«

»Und auf diesen Himmel auf Erden wolltest du verzichten, für einen armen Schreiber auf der Flucht, der ein Mörder sein soll?«, fragte Bebon verwundert. »An deiner Stelle hätte ich wenigstens kurz überlegt.«

Kel wollte ihnen lieber nicht zuhören.

»Menk war wie verrückt«, sagte die Priesterin. »Er ließ sich durch nichts von seiner Sache abbringen.«

»Verrückt, das sagt sich so leicht«, widersprach der Schauspieler. »Mehrere griechische Söldner haben unter ihm gedient, und man hatte ihm einen Auftrag anvertraut: Er sollte uns töten.«

»Wer könnte ihm denn diese traurige Rolle zugeteilt haben?«, fragte Kel. »Henat oder Udja, der Siegelbewahrer, oder Richter Gem? Oder etwa Amasis selbst?«

»Der verschlüsselte Papyrus birgt vermutlich die Antwort auf diese Frage«, meinte Nitis. »Jedenfalls hat Menk für irgendjemand den Handlanger gespielt und hätte damit beinahe Erfolg gehabt.«

Bebon starrte den Bogen von Neith ehrfürchtig an, wagte aber nicht, ihn zu berühren.

»Wir waren schon fast verloren, als ich plötzlich einen Feuerblitz am Himmel gesehen habe«, erinnerte er sich plötzlich. »Die Söldner waren geblendet und haben von uns abgelassen.«

»Der Bogen hat von ganz allein die beiden Pfeile der Göttin verschossen«, berichtete Nitis. »Jetzt müssen wir sie wiederfinden, sonst sind wir verwundbar.«

»Ich habe noch mein Amulett aus Obsidian mit den zwei Fingern«, warf der Schreiber ein. »Es wird uns vor dem bösen Blick schützen. Und nicht zu vergessen den *Antwortenden.*«

»Wie soll uns diese kleine Statue helfen können? Ein Segelboot wäre mir wesentlich lieber.«

»Vielleicht gibt es hier in der Nähe ein Heiligtum der Göttin Neith, in dem Pfeile aufbewahrt werden, die aus der Flamme von Sechmet, der Löwengöttin, stammen«, überlegte Nitis. »Wir sollten die Priester in Lykopolis danach fragen und hoffen, dass sie unsere Frage bejahen.«

»Ob wir wohl jemals nach Lykopolis kommen?«

»Was bist du nur für ein Schwarzseher?«, wunderte sich Kel. »Ist dir der Schutz der Götter nicht genug?«

»Iss jetzt von dem Fisch«, gab Bebon zurück. »Danach ruhen wir uns ein bisschen aus, ehe wir uns wieder auf den Weg machen. Allzu lange hier zu bleiben, wäre gefährlich, vor allem wenn dieser hartnäckige Richter weiter nach uns sucht.«

Nordwind hatte sich an würzigen Kräutern und süßem Schilf satt gegessen und schlief zufrieden.

»Die Götter sind schon nicht ohne«, musste Bebon zugeben, ehe er einschlief. »Als ich ihre Masken trug, hätte ich nicht gedacht, wie mächtig sie sind. Krokodile werden Freunde, Feuerpfeile, Freiheit … Mir kommt das Leben immer geheimnisvoller vor.«

43

Sie waren zu dritt – drei gemeine, dreckige und hinterhältige Kerle.

Der Ältestenrat hatte sie aus ihrem Dorf gejagt, jetzt schlugen sie sich mit kleinen Räubereien durch und versuchten Reisende auszuplündern.

Heute witterten sie eine unverhoffte Gelegenheit – anscheinend hielten sich Leute in der Gegend auf, die keine Ahnung hatten, wie gefährlich es hier war: Aus einem Tamariskenwäldchen in der Nähe des Flusses stieg Rauch auf.

Da kam sonst eigentlich nie jemand vorbei.

»Ob das Wachmänner sind?«, fragte Schiefmaul ängstlich.

»Würde mich wundern«, meinte Plattnase. »Die hätten wir doch mit dem Schiff kommen sehen. Ich glaube, da versteckt sich einer.«

»Wenn sie sich verstecken, sind's keine anständigen Leute«, sagte Narbengesicht, »also ich kann unanständige Leute nicht leiden.«

»Andererseits ist es kein Verbrechen, einem Dieb was zu stehlen«, fand Schiefmaul, »vor allem, wenn sie nicht bewaffnet sind. Diebe mit Waffen sind viel zu gefährlich.«

Plattnase dachte lange nach und stimmte ihm schließlich zu.

»Geh nachschauen und sag uns, ob sie bewaffnet sind.«

»Warum gehst nicht du?«

Darauf folgte eine ausführliche, aber ergebnislose Debatte; also entschlossen sie sich zu dem Spiel mit dem kurzen Strohhalm. Der enttäuschte Verlierer war Schiefmaul. Falls ihm etwas zustoßen sollte, würden seine Gefährten sicher keine Anstalten machen, ihm zu Hilfe zu eilen.

»Wir sollten das Ganze lieber lassen«, meinte er deshalb.

»Das Los ist auf dich gefallen«, beharrte Narbengesicht. »Diese Leute haben sicher was dabei, womit sie ihre Einkäufe bezahlen. Wir bringen sie um, bestehlen sie, und dann verschwinden wir einfach.«

Der Plan schien einfach, und die Aussicht auf fette Beute überzeugte Schiefmaul doch noch. Er willigte ein, seinen Auftrag als Späher auszuführen.

Als er zurückkam, lief ihm sozusagen das Wasser im Mund zusammen.

»Es sind drei, und sie schlafen tief und fest.«

»Drei kräftige Kerle?«, wollte Plattnase wissen.

Schiefmaul wirkte immer gieriger.

»Zwei Männer, aber nicht besonders kräftig ... und eine Frau! Jung und schön, ich kann euch sagen! Die bringen wir aber nicht gleich um. Und weil ich sie zuerst gesehen hab, krieg ich sie auch als Erster.«

Narbengesicht fühlte sich nicht wohl bei der Sache.

»Für Vergewaltigung gibt es die Todesstrafe.«

»Für Mord auch«, entgegnete Schiefmaul. »Und wenn wir sie hinterher umbringen, kann sie uns nicht verraten.«

Diese Überlegung wirkte sehr überzeugend.

»Außerdem haben sie einen Esel«, berichtete der Späher. »Den behalten wir, er soll die Beute tragen.«

»Der kann aber die anderen warnen«, befürchtete Plattnase.

»Nicht, wenn wir vom Fluss kommen, gegen den Wind.«

»Ist er angebunden?«

»Nein, er liegt neben dem einen Kerl.«

»Dann bindest du ihn mit diesem Seil an. Ich tu so, als ob ich die Frau erwürgen will, und Narbengesicht einen von den beiden.«

»Und was ist mit dem anderen?«

»Den übernimmst du, wenn du den Esel festgebunden hast.«

Dass eine Frau dabei war, zerstreute Schiefmauls anfängliche Bedenken. So viel Glück hatten die drei noch nie gehabt.

Auf einmal waren sie ganz ungeduldig und wollten ihr Vorhaben sofort in die Tat umsetzen.

Nordwind kam ganz kurz vor ihrem Angriff auf die Beine. Mit lautem Geschrei warnte er seine Freunde und schlug dann so heftig aus, dass sich seine Hinterhufe in Schiefmauls Stirn bohrten. Aber Plattnase hatte schon mit seinen schmierigen Fingern nach Nitis' Hals gegriffen, und Narbengesicht war drauf und dran, Bebon die Kehle mit seinem Silexmesser durchzuschneiden.

»Halt!«, schrie Kel, »Hört sofort auf! Sonst verrate ich euch nicht, wo wir unseren Sack mit Edelsteinen versteckt haben.«

Die beiden Räuber fuhren zusammen.

Eine Frau und ein Schatz!

»Beeil dich!«, sagte Plattnase. »Wir haben's ziemlich eilig. Her mit dem Sack, dann verschwinden wir.«

Narbengesicht starrte Nitis an und gluckste vor Begeisterung. Mit ihr wollte er sich die ganze Nacht vergnügen.

Zur Untätigkeit verdammt scharrte Nordwind ungeduldig mit dem Hinterhuf. Bei der geringsten Bewegung von ihm würde es ein Gemetzel geben.

Ganz langsam ging Kel zu den glühenden Kohlen von ihrem Feuer.

»Lass die Frau los, dann geb ich dir den Sack«, sagte er zu Plattnase.

»Kommt nicht in Frage.«

»Wenn du uns tötest, kriegst du den Schatz nicht.«

Mit dieser Auswahl war der Räuber gedanklich überfordert.

Aber dann hatte er einen Einfall.

»Gib mir den Strick, den unser armer Freund noch in der Hand hat. Aber ganz langsam!«

Kel gehorchte.

Plattnase zwang Nitis, sich bäuchlings auf den Boden zu legen und fesselte sie an Händen und Füßen. Dieses wunderbare Weib war ein bisschen später bestimmt noch genauso schön.

Dann kam Plattnase mit seinem Messer fuchtelnd auf Kel zu.

»Also, los jetzt, her mit den Edelsteinen!«

Da griff Kel mit vollen Händen in die glühenden Kohlen und schleuderte sie Plattnase ins Gesicht, der vor Schmerz aufschrie, sein Messer fallen ließ und zurückwankte.

Nordwind ging auf ihn los und brach ihm das Rückgrat.

Vor lauter Schreck ließ Narbengesicht Bebon los und wollte sich auf Kel stürzen. Aber der Schauspieler zog ihm die Beine weg und trat ihn so lange mit den Füßen, bis er das Bewusstsein verlor.

Sofort befreite Kel Nitis von ihren Fesseln.

»Deine Hände sind ganz verbrannt«, sagte sie. »Ich muss sie sofort versorgen, damit sie sich nicht entzünden.«

»Du lebst und bist unversehrt – das ist das Wichtigste!«

»Ja, da haben wir noch einmal Glück gehabt«, seufzte Bebon. »Wir sollten zusehen, dass wir hier wegkommen.«

»Ich weiß zwar, wie ich Kels Wunden behandeln kann, aber dazu benötige ich verschiedene Heilmittel«, meinte Nitis. »Im Tempel von Lykopolis werden wir sie bekommen.«

»Wenn wir so wenig Zeit haben, brauchen wir aber ein Boot… Das ist viel zu gefährlich! Und dann willst du, dass wir im Tempel vorsprechen, zusammen mit einem Mörder, hinter dem Richter Gem her ist, dessen Männer Lykopolis wahrscheinlich schon auf der Suche nach Kel durchstreifen!«

»Ich kann die Schmerzen erst mal mit Kräutern und einem Gebet an die feurige Sechmet lindern«, versprach die Priesterin. »Aber das wird nicht reichen.«

Bebon musste schließlich einsehen, dass er keine Wahl hatte: Ein Schreiber durfte seine Hände nicht verlieren. Bei dem Versuch, sie zu retten, brachten sich Nitis und er aber in große Gefahr.

Nitis' flehentliche Blicke waren dann doch stärker als seine Bedenken.

»Irgendeine Lösung wird es doch geben, ja?«

»Mir kommt da ein völlig verrückter Einfall!«

»Schon genehmigt«, entschied Kel.

44

Als Richter Gem den langen, ausführlichen Bericht von Phanes gelesen hatte, den ihm ein Bote überbracht hatte, wurde ihm das ganze Ausmaß der Verschwörung mit einem Mal klar. Der Schreiber Kel war wirklich kein gewöhnlicher Mörder. Er war entschlossen, die Macht an sich zu reißen, und verfügte über starke Unterstützung in Oberägypten, vor allem von dem ehemaligen Stadtvorsteher von Elephantine und dem früheren Oberbefehlshaber der dortigen Festung. Nun aber hatte man seinen Plan endlich aufgedeckt: Er wollte möglichst viele Aufständische um sich versammeln; den sagenhaften Helm von Pharao Amasis an sich bringen; die Kameraden aus dem Übersetzeramt töten, um Ägypten blind und stumm zu machen; im Süden einen Aufstand anzetteln, und zwar vermutlich mithilfe der nubischen Stämme, den Norden erobern und sich am Ende eines blutigen Bürgerkriegs zum Pharao ernennen.

Ein schrecklicher Wahnsinn, der die Zwei Länder hätte in Brand stecken können! Noch war die Bedrohung nicht vollkommen ausgeräumt. Wegen der Haltung der Priester in den Tempeln waren Kel und seine Verbündeten weiterhin gefährlich. Solange er am Leben blieb, würde der Schreiber sein zerstörerisches Vorhaben niemals aufgeben.

Schon bald würde Amasis über die Untersuchungsergebnisse und die Maßnahmen unterrichtet, die der oberste Feldherr ergriffen hatte. Indem Phanes Elephantine und die südliche Landesgrenze wieder im Griff hatte, vereitelte er die Vorhaben der Verschwörer.

Deren letzte Hoffnung: die Gottesdienerin. Die betagte Priesterin hatte zwar keine Truppen, könnte aber welche ausheben. Viele Tempel hörten auf ihre Befehle, die Bauern würden zu Soldaten werden. Für die griechischen Söldner dürfte das wohl ein Kinderspiel sein; aber mit wie viel Leid und Tod wäre das verbunden!

Angenommen, Kel hatte den Angriff der Krokodile überlebt – dann musste er jetzt noch nach Theben gelangen, die Gottesdienerin treffen und sie auch noch überzeugen. Wenn nicht Henat, der Leiter des Geheimdienstes, ihm zuvorgekommen war und der weisen Frau gute Ratschläge erteilt hatte.

»Hier sind die neuesten Berichte der Streifen«, meldete der Sekretär dem Richter und überreichte ihm mehrere Holztafeln in der Handschrift der verschiedenen Verantwortlichen, die Gem sorgfältig las.

Keine Spur von den Leichen des Schreibers Kel, der Priesterin Nitis und des Schauspielers Bebon.

Die einhellige Schlussfolgerung lautete: Die Krokodile haben die Flüchtigen gefressen.

Der Richter stapelte die Tafeln, ließ sich in seinen Sessel sinken und starrte auf den Nil.

Eine beruhigende Vermutung – allzu beruhigend sogar! Dabei hatten die Wachen aber eine äußerst wichtige Tatsache außer Acht gelassen: Nitis war die Schülerin des Hohepriesters von Saïs gewesen, einem der wichtigsten Weisen von ganz Ägypten, der durchaus den Rang eines »großen Sehers« aus dem Reich der Pyramiden beanspruchen durfte. Auch wenn Nitis noch sehr jung war, hatte sie doch schon eine ganz außergewöhnliche Erziehung genossen. Deshalb kannte sie bestimmt die Sprüche, mit denen man die Krokodile, die Söhne der Göttin Neith, besänftigen konnte. Deshalb hatte sie sich auch gemeinsam mit Kel und Bebon in die Fluten gestürzt – in der Gewissheit, den Ungeheuern und ihren Verfolgern zu entkommen.

Sie waren am Leben – alle drei. Und sie waren immer noch unterwegs nach Theben.

Vielleicht war ihr nächstes Ziel auf diesem Weg der Tempel von Lykopolis?

Allen Gerüchten zufolge war der dortige Hohepriester ein fürchterlicher Mensch. Herrschsüchtig und spitzfindig führte er die Regeln in aller Genauigkeit aus und duldete weder Faulheit noch Ungehorsam. Sein Heiligtum beherbergte einige wichtige Schriften über das Jenseits, weil der Gott Upuaut, der »Wegeöffner«, die Seelen der Gerechten in den Himmel geleiten musste.

Was mochte geschehen, wenn die Flüchtigen um seine Hilfe bitten würden? Zeigte er sich ihnen gegenüber feindselig oder gastfreundlich? Nachdem ein Aufenthalt seiner Männer im Inneren des Heiligtums ausgeschlossen schien, wollte der Richter auf seine neue Vorgehensweise zurückgreifen, die sich als sehr zweckmäßig erwiesen hatte: die Überwachung des Hafens, der Schiffe und der Umgebung des heiligen Reiches.

Der Kapitän von einem der zahlreichen Schiffe, die die Wasserwege überwachten, entdeckte als Erster den heftig gestikulierenden Mann. Er stand am Ufer und wirkte sehr aufgeregt.

»Anhalten!«, befahl der Kapitän seiner Mannschaft.

Der Befehl wurde ausgeführt, und die Bogenschützen gingen in Stellung.

»Was willst du?«

»Mit Euch sprechen.«

»Warum?«

»In einem ganz besonderen Auftrag. Außer Euch darf mich niemand hören.«

Neugierig geworden erlaubte der Kapitän dem Mann, an Bord zu kommen. Aber er zog sein Schwert, als er ihn ans Heck führte – die Bogenschützen beobachteten das Ganze von Weitem.

»Worum geht es? Und keine falsche Bewegung!«

»Ich unterstehe dem Befehl von Henat, dem königlichen Palastverwalter und Leiter des Geheimdienstes«, erklärte Bebon. »Ich war mit einer Gruppe von fünf Söldnern unterwegs, die einen Mörder fangen sollten, den Schreiber Kel. Wir sind in einen Hinterhalt geraten. Drei Tote und ein Schwerverletzter – unser Anführer. Wenn er nicht sehr schnell Hilfe bekommt, muss er sterben.«

»Hast du Schriftstücke bei dir, die deine Aussage beweisen können?«

Bebon grinste verächtlich.

»Das ist bei unseren Aufträgen nicht üblich.«

Der Schauspieler beugte sich zum Kapitän.

»Ganz im Vertrauen«, flüsterte er, »ich muss Euch gestehen, dass nicht einmal Richter Gem auf dem Laufenden ist. Wir wollten die Ersten sein, die diesen Verbrecher festnehmen, aber jetzt ist uns ein schwerer Fehler unterlaufen.«

»Wo befindet sich der Schwerverletzte?«

»Mitten in dem Schilfdickicht dort hinten.«

»Ich muss die ganze Geschichte erst überprüfen.«

»Ganz wie Ihr wollt, Kapitän. Aber bis Ihr einen Boten nach Saïs geschickt habt und seine Rückkehr abwartet, ist mein Herr längst tot. Ich werde meinen Bericht verfassen, und Ihr müsst Euch dann vor Henat verantworten. Der Tempel von Lykopolis ist ganz in der Nähe. Die Priester dort wissen, wie man den Verletzten behandeln muss – und Ihr werdet befördert. Mein Vorgesetzter ist ein ganz wichtiger Mann, der vom Leiter des Geheimdienstes hoch geschätzt wird.«

Nach reiflicher Überlegung kam es dem Kapitän so vor, als könnte er dabei gar nichts falsch machen. Einen Schwerverletzten zu transportieren und einen Söldner als Gefangenen zu bewachen, war eigentlich nichts Besonderes. Sobald sie Lykopolis erreicht hatten, wollte er sich weitere Anweisungen von oben erteilen lassen.

»Geh deinen Herrn holen.«

»Ich brauche eine Trage und drei starke Männer.«

Kel war von oben bis unten in Verbände aus Blättern gewickelt und sah aus wie eine Mumie. Man konnte kaum seine Augen erkennen.

»Seid nur ja vorsichtig«, mahnte Bebon. »Die kleinste Erschütterung könnte den Tod für ihn bedeuten.«

Der Schreiber rührte sich nicht, wirkte, als wäre er bewusstlos, und spielte seine Rolle ausgezeichnet. Die ganze Zeit dachte er nur an Nitis, die von Nordwind begleitet wurde. Auf keinen Fall hätte er sie an diesem wahnsinnigen Versuch beteiligen dürfen, mit einem Schiff der Flusswache nach Lykopolis zu gelangen! Als einfache Bäuerin, die dem Tempel Gemüse verkaufen wollte, sollte sie eines der kleinen Boote nehmen, die von den Dörfern in die Stadt fuhren. Richter Gem war auf der Jagd nach einem Dreigespann, nicht nach einer einzelnen Frau.

Beeindruckt von dem ernsten Zustand des Verletzten steuerte der Kapitän sein Schiff nach Lykopolis.

45

Die Tempelmauer des Heiligtums von Lykopolis stellte die Grenze zwischen dem weltlichen Bereich und dem heiligen Reich des Schakalgottes dar. Den Haupteingang überwachten mehrere Türhüter und ließen nur reine Priester und Handwerker durch, die in den Tempelwerkstätten arbeiteten.

»Ich möchte meinen Herrn begleiten«, teilte Bebon dem Kapitän mit.

»Das kommt überhaupt nicht in Frage. Wir übergeben ihn an die Heiler, die sich um ihn kümmern werden. Und du bleibst hier bei uns.«

»Heißt das, ich bin Euer Gefangener?«

»So könnte man es auch ausdrücken.«

»Ich will aber bei dem Verwundeten bleiben.«

»Du kommst mit zurück zu meinem Schiff, und ich lasse dich nicht aus den Augen.«

»Traut Ihr mir etwa nicht?«

»Es ist meine Pflicht, deine Aussage zu überprüfen.

Das dauert nicht lang! Du kannst dich etwas ausruhen, kriegst etwas Vernünftiges zu essen und kannst dich dann deinem nächsten Auftrag widmen.«

Weiter auf seinem Wunsch zu beharren, wäre verdächtig gewesen. Also musste sich Bebon fügen und tatenlos zusehen, wie Kel an den Wachen vorbeigetragen wurde.

Doch das war ein Unglück!

Jeder Heiler würde sofort erkennen, dass der Mann lediglich an den Händen verletzt war, und die Wachen verständigen.

Dann würde der Schreiber sowohl seine Hände, als auch seine Freiheit und sein Leben verlieren. Und Bebons Leben war jetzt auch nicht mehr wert als ein Paar Papyrussandalen.

Die Türhüter riefen vier reine Priester, die die Trage mit dem Verletzten in das Tempelkrankenhaus bringen sollten, in dem erfahrene Mediziner zur Verfügung standen.

Kel wusste nicht, was er tun sollte. Sollte er versuchen zu fliehen, die Wahrheit sagen oder irgendeine Geschichte erfinden? Seine Hände bereiteten ihm allmählich große Schmerzen, er musste unbedingt behandelt werden. Aber kein Arzt würde ihm seine Geschichte glauben, man würde ihn Richter Gem zum Fraß vorwerfen.

Nun wurde die Trage in einem kleinen kühlen Raum abgestellt, und die Priester zogen sich zurück. Kel überlegte noch immer fieberhaft, wie er sich verhalten sollte, als zwei Personen den Raum betraten.

»Ein Notfall«, sagte jemand gereizt. »Ich bin bereits völlig überlastet! Könntet Ihr Euch darum kümmern?«

»Ich hoffe es.«

»Wenn Ihr Hilfe braucht, wendet Euch an mich. Alles Notwendige findet Ihr in den Holztruhen.«

»Ich tue mein Bestes.«

Diese schöne, sanfte Stimme… Das war doch die Stimme von Nitis!

Vorsichtig entfernte sie seine Verbände, und er öffnete die Augen.

»Nitis, wie…?«

»Wer würde einer Heilerin aus der berühmten Schule von Saïs die Gastfreundschaft verwehren, die nach einem Aufenthalt in Dendera unterwegs in die Hauptstadt ist? Jetzt wird es aber höchste Zeit, deine Hände zu verarzten.«

Nitis stellte eine Salbe aus Meersalz, Stiertalg, getrockneter Tierhaut, wildem Papyrus, Gerste und essbaren Zyperngraswurzeln her und bestrich damit vorsichtig Kels Hände.

»So verheilt es ganz schnell«, versprach sie ihm. »Dank der Beschwörungsformeln an die feurige Sechmet werden auch keine Narben zurückbleiben. Der Oberarzt des Tempels kommt nicht vor heute Abend zurück. Wir brechen sofort wieder auf. Ich habe alles bei mir, was wir für deine Behandlung brauchen. Wo ist Bebon?«

»Er durfte mich nicht begleiten. Ich hoffe, dass er nicht den Wachmannschaften in die Hände gefallen ist. Und was ist mit Nordwind?«

»Er steht hier im Stall. Weil er die Taschen mit meinen Heilmitteln trägt, wird er besonders gut behandelt.«

»Eine üble Geschichte«, sagte Bebon zu dem Kapitän, der ihn in Begleitung von zehn Bogenschützen zu seinem Schiff zurückbrachte. »Wir dachten, wir wären auf der Jagd nach einem Verbrecher, und plötzlich stehen wir einer ganzen Armee gegenüber! Dieser Kel ist wirklich ein gefährlicher Kriegstreiber.«

»Übertreibst du da nicht ein bisschen?«

»Kaum, ich denke, es steht großer Ärger bevor! Ich für mein Teil würde am liebsten nach Saïs zurückfahren und mit der ganzen Sache nichts mehr zu tun haben. Eine harmlose Arbeit im Archiv wäre mir viel lieber. Wenn man dem Tod erst mal ins Auge geblickt hat, wünscht man sich nur noch, in Ruhe und Frieden leben zu dürfen.«

»Hast du schon viele gefährliche Aufträge für Henat erledigt?«

»Einige, aber keinen vergleichbaren! Seid nur ja auf der Hut, Kapitän. Dieser Kel kann jederzeit wieder angreifen.«

»Da mach dir mal keine Sorgen, Richter Gem hat die Flusswachen verdreifacht. Der Kerl entkommt uns nicht.«

Als Bebon gerade an Bord gehen wollte, blieb er plötzlich stehen.

»Habt Ihr das gesehen?«

»Was soll ich gesehen haben?«, fragte der Kapitän neugierig.

»Da, am Rumpf … Der Rumpf, da vorn am Bug.«

»Was soll da sein? Ich sehe nichts.«

»Ich aber! Mein Vater war Zimmermann, und ich kenne mich mit Schiffen aus. Schaut mal genau hin: An der Stelle ist das Holz etwas dunkler.«

»Und das findest du beunruhigend?«

»Wenn der Rumpf springt, sinkt das ganze Schiff in kürzester Zeit. Ich schau mir die Sache mal genauer an.«

Bebon wartete nicht lange auf die Erlaubnis des Kapitäns, sprang ins Wasser und tauchte.

Der Kapitän hatte zwar noch nie von diesem gefährlichen Fehler gehört, war aber auch kein Schiffszimmermann.

Ihm wäre der Farbunterschied nicht aufgefallen. Nur das Auge eines Fachmanns konnte ihn erkennen.

Die Zeit verging, aber der Geheimbeauftragte tauchte nicht wieder auf. Hatte er etwa einen Unfall gehabt? Schließlich befahl der Kapitän zwei Seeleuten, nach ihm zu suchen. Aber sie fanden keine Spur von Bebon.

»Der Kerl hat mich reingelegt!«, rief der Kapitän empört. »Durchsucht den ganzen Hafen und bringt ihn her! Ich muss zurück zum Tempel.«

Erst einmal musste er aber ein Palaver abhalten, weil sich die Tempelwachen an die Anweisungen des Hohepriesters hielten: Fremde Wachleute durften nicht in den inneren Tempelbezirk – trotz des neuen Gesetzes, das Pharao Amasis verabschiedet hatte. Weil der Offizier jedoch hartnäckig blieb und mit dem Eingreifen seiner Leute drohte, schickte man schließlich nach dem Stellvertreter des Hohepriesters.

»Ich muss einen Verletzten verhören, den man heute zu Euch gebracht hat. Bei dem Mann handelt es sich um einen gefährlichen Verbrecher.«

»Da müsst Ihr den Oberarzt um Erlaubnis bitten – es ist allein seine Entscheidung.«

Erneutes Warten, dann erschien ein unfreundlicher

Mann. Der Kapitän gab zum dritten Mal seine Erklärung ab.

»Den Verletzten habe ich einer jungen Mitschwester aus Saïs anvertraut, einer der besten Schulen unseres Landes.«

»Einer Frau?«, sagte der Kapitän leise.

»Aber ja doch, Kapitän! Wusstet Ihr nicht, dass sie ausgezeichnete Ärztinnen ausbilden?«

Ein falscher Geheimbeauftragter, ein angeblicher Verletzter, eine Priesterin aus Saïs, die sich als Ärztin ausgab ... Das waren die drei Verschwörer, nach denen die Wachmannschaften in ganz Ägypten suchten!

»Ich will den angeblichen Verletzten auf der Stelle sehen.«

»In dem Zustand, in dem er sich befindet, bringt Euch das gar nichts. Er kann nicht einmal sprechen.«

»Bringt mich sofort zu ihm.«

»Der Hohepriester hat aber angeordnet ...«

»Da es sich um einen Notfall handelt, werden sich meine Bogenschützen gewaltsam Zutritt verschaffen, und Richter Gem wird mir recht geben.«

Da dem Kapitän offensichtlich nicht nach Scherzen zumute war, gab der Oberarzt nach und führte ihn zu dem Raum, in dem die junge Ärztin den Verletzten behandeln sollte.

Dort fanden sie ein leeres kleines Zimmer vor.

46

Jetzt war Bebon wieder einmal froh über die langen Stunden, die er als Kind zusammen mit Kel bis zur Erschöpfung unter Wasser geschwommen war. Die beiden Jungen hatten sich beinahe in Fische verwandelt, mussten nur ganz selten Luft holen und legten weite Strecken zurück.

Heute rettete ihm dies das Leben.

Bebon tauchte erst am hintersten Ende des Hafendamms auf, holte tief Luft, tauchte wieder und entfernte sich weiter von dem Schiff der Flusswache.

Als er schließlich weit genug weg war, kletterte er ans Ufer.

Lautes Gelächter ließ ihn zusammenfahren.

Ein Junge saß oben auf der Böschung und sah ihn an.

»Was ist denn an mir so lustig, Kleiner?«

»Du bist ganz rot!«

Rot vom Schlamm.

Dem Schlamm, den der Nil mitführte, wenn er aus dem hohen Süden kam. Mit anderen Worten – die Nilschwemme stand unmittelbar bevor. Das bedeutete, dass während mehrerer Tage aufgrund der starken Strömung keine Schifffahrt möglich war. Und dass man das Wasser, wenn es mit diesem fruchtbaren Schlamm angereichert war, dem Ursprung für den Wohlstand der Zwei Länder, nicht mehr trinken konnte.

Das hieß, den Reisenden wurde ihre Aufgabe über die Maßen erschwert, den Wachtruppen dagegen erleichtert. Jetzt mussten sie nur noch die Landwege überwachen.

Ob es Nitis und Kel gelungen war, den Tempel zu verlassen? Obwohl er wusste, wie gefährlich das war, steuerte Bebon auf die Tempelmauer zu.

Am Haupteingang gab es heftige Diskussionen unter den Soldaten.

Der Schauspieler wandte sich an einen Wachmann.

»Ich möchte dem Priester, der für die Einkäufe zuständig ist, meinen Lauch zeigen.«

»Da hast du dir einen ganz ungünstigen Tag ausgesucht, Bauer.«

»Ich komme aber von weit her.«

»Der Tempel ist für unbestimmte Zeit abgeriegelt.«

»Was ist denn geschehen?«

»Soweit ich weiß, sind irgendwelche Räuber geflüchtet. Steh hier nicht länger rum, geh nach Hause.«

Das waren gute Nachrichten.

Wenn das junge Paar dann aber feststellte, dass die Flut im Kommen war, wäre es bewegungsunfähig. Es gab nur einen Ausweg: Sie mussten eine Karawane finden, die auf dem Weg durch die Wüste war, und sich ihr als Händler anschließen. Der Esel wäre dabei eine große Hilfe. Ob die Priesterin und der Schreiber auf den gleichen guten Einfall gekommen waren?

Bebon lief in die Stadtmitte, wobei er sehr vorsichtig war, weil er ständig befürchtete, erkannt und verhaftet zu werden. Bestimmt war der Kapitän so erbost, dass er einen ganzen Trupp von Ordnungshütern nach ihm suchen ließ.

Trotzdem erhielt er schnell die Auskunft, nach der er gesucht hatte: Wo sich die Karawanenführer bei ihrer Pause in Lykopolis ausruhten.

Der Kapitän der Flusswache stand sehr aufrecht, um nicht zu sagen steif, vor Richter Gem, verlor aber zusehends seine Haltung.

»Ein ernster Zwischenfall im Tempel, eine Ärztin und ein Schwerverletzter, die spurlos verschwinden und die Ihr nach Lykopolis gebracht haben sollt … Das würde ich gern verstehen.«

»Es ist ganz einfach … und sehr schwierig.«

»Könntet Ihr diesen Widerspruch bitte erklären, Kapitän.«

»Es ist einfach und …«

»Schwierig, das sagtet Ihr bereits. Vereinfacht also bitte.«

Der Kapitän konnte nicht länger um den heißen Brei herumreden.

»Ich muss Euch einige sehr unangenehme Dinge mitteilen.«

»Nur zu, tut Euch keinen Zwang an.«

»Ein Geheimbeauftragter, der für Henat arbeitet, hat mich aufgefordert, ihn zusammen mit seinem Vorgesetzten nach Lykopolis zu bringen; dieser Vorgesetzte war bei einem Hinterhalt schwer verletzt worden, in den sie der Schreiber Kel und seine Leute gelockt hatten«

»Henat … Hat er wirklich diesen Namen genannt?«

»Ja, eindeutig.«

»In Wirklichkeit hat Euch dieser Mann aber hinters Licht geführt.«

Der Kapitän senkte den Blick.

»Ich fürchte ja.«

»Und Ihr habt seine Aussagen nicht überprüft?«

»Ich habe einen Boten nach Saïs geschickt, aber der hat mich im Stich gelassen.«

Richter Gem knurrte wütend.

»Sehr bedauerlich.«

»Ja, sehr bedauerlich«, bestätigte der Kapitän. »Aber ich habe geglaubt, es kann kein Fehler sein, einen Ordnungshüter zu retten, der in Lebensgefahr schwebt.«

»Dass Ihr unter den gegebenen Umständen so blind wart, ist aber ein Fehler. In Zukunft müsst Ihr wachsamer sein.«

»Ihr … Ihr entlasst mich also nicht?«

»Doch – auf Euren Posten. Und macht nicht noch mehr Fehler.«

Die Dummheit des Kapitäns kümmerte ihn nicht weiter. Aber Kel, Nitis und Bebon waren sehr wohl noch am Leben und bewiesen einmal mehr gefährliche Geschicklichkeit.

Plötzlich kam dem Richter ein merkwürdiger Gedanke. Hatte der schlaue Schauspieler – das konnte nur Bebon sein – sich die Geschichte ausgedacht, oder stand er wirklich in Diensten von Henat? Hatte ihn Henat vielleicht als Kundschafter eingeschleust, damit er weiter an Kels Seite bleiben und so alle Helfershelfer und das gesamte Vorhaben ausforschen konnte?

So ein Alleingang würde jedenfalls gut zu Henat passen, der am liebsten immer sein einsames Spiel spielte und unfähig war, mit dem Gesetz zusammenzuarbeiten.

Vielleicht konnte der Richter diese Umstände zu seinen Gunsten nutzen. Auf keinen Fall wollte er Henat weitere Auskünfte liefern, sondern seine Untersuchung dann lieber auch allein führen.

Kel und Nordwind hielten sich im Hintergrund, während Nitis im Hafen auf und ab ging. Sie versuchte herauszufinden, ob Bebon auf einem Schiff der Flusswache festgehalten wurde. Soldaten kamen und gingen und wirkten sehr aufgeregt.

Schließlich sprach sie einen Offizier an, der es besonders wichtig zu haben schien.

»Ich soll hier eigentlich mein Gemüse ausliefern, aber jetzt hat mir jemand gesagt, dass gerade ein Gefangener entflohen ist und keiner zu den Schiffen darf, solange nach ihm gesucht wird.«

»Ganz richtig, junge Frau. Geh nach Hause und komm erst wieder, wenn man dich ruft. Andernfalls kriegst du nur Ärger.«

Gehorsam entfernte sich Nitis und kehrte zu Kel zurück.

»Bebon konnte ihnen entkommen«, berichtete sie. »Außerdem habe ich Unmengen von Insekten gesehen, die auf dem Wasser herumhüpfen und ein ganz bestimmtes Geräusch machen: Sie dienen der Göttin Neith und kündigen die bevorstehende Nilschwemme an.«

»Dann ist der Flussweg nicht mehr schiffbar! Wir müssen also auf dem Landweg weiter.«

»Soldaten und Wachtruppen haben bestimmt alle Zugänge nach Theben abgeriegelt«, widersprach Nitis. »Auf den üblichen Wegen können wir unmöglich in die Stadt gelangen.«

Im Gegensatz zu den beiden wirkte Nordwind sehr unternehmungslustig. Er hatte die Ohren aufgestellt und wollte offenbar los.

»Gehen wir ihm einfach nach«, schlug die Priesterin vor.

Der Esel umrundete die Stadt, schlug einen Weg ein, der an Äckern und Feldern vorbeiführte, und näherte sich dann von Osten dem Stadtrand.

So gelangten sie zu einem Palmenhain, in dem etwa hundert Esel und viele Händler in bunten Gewändern Rast machten.

»Eine Karawane. Der einzige Weg, über den wir entkommen können. Nordwind ist ein sehr kluger Esel«, meinte Kel. »Fragt sich nur, ob sie Richtung Süden zieht?«

Die drei wollten zu den Händlern gehen, aber ein Wächter hielt sie auf.

»Wir wollen mit dem Karawanenführer sprechen«, verlangte Kel.

Der hieß Hassad, stammte aus Syrien, war etwa vierzig Jahre alt und trug ein Bärtchen.

»Könnt Ihr uns sagen, wohin Euer Weg geht?«

»Wir wollen durch die Wüste nach Koptos. Von dort aus geht unser Weg weiter Richtung Rotes Meer.«

Koptos lag nördlich von Theben, nicht weit weg von Amons Stadt!

»Erlaubt Ihr, dass wir mit Euch kommen?«

Hassad schien nicht sonderlich begeistert.

»Meine Karawane besteht aus lauter Kaufleuten. Sie teilen den Gewinn unter sich … und auch die Kosten.«

Nitis zeigte ihm einen wunderschönen Lapislazuli.

»Meint Ihr, der Stein genügt als Bezahlung?«

Der Karawanenführer riss die Augen auf.

»Ich denke schon. Wir brechen gleich nach dem Frühstück auf. Ihr geht mit Eurem Esel ganz hinten, direkt vor dem Schlussmann.«

»Einverstanden.«

Kel und Nitis setzten sich etwas abseits; man brachte ihnen mit Bohnen gefüllte Fladen und Salat.

»Ob Bebon genug Zeit hat, rechtzeitig hierherzukommen?«, fragte der Schreiber besorgt.

»Wenn nicht, holt er uns bestimmt unterwegs ein«, versprach ihm Nitis.

Bebon wechselte schon seit Stunden von einem Versteck zum nächsten, um den Soldaten zu entkommen. Richter Gem hatte angeordnet, dass die gesamte Stadt Lykopolis durchsucht wurde, nicht einmal der Tempel blieb davon verschont. Als es Nacht wurde, ging keiner mehr Streife, und der Schauspieler konnte endlich in die Oase laufen, wo die Karawanen Rast hielten.

Aber dort war alles verlassen.

Nur ein alter Mann lehnte an einem Brunnen und kaute Zwiebeln.

»Ist heute eine Karawane aufgebrochen?«, fragte ihn Bebon.

»Ja, Richtung Koptos.«

»Hast du vielleicht ein junges Paar und einen Esel bei ihnen gesehen?«

Der Alte grinste breit.

»Ein verdammt hübsches Mädchen! An ihrer Stelle wär ich nicht mit der Karawane mitgegangen. Hassad ist ein mieser Kerl. Und er hasst Frauen.«

47

Eindrucksvoll – wirklich sehr eindrucksvoll.

Saïs war eine schöne Stadt, aber dem Vergleich mit Theben, der »Mächtigen«, der heiligen Stadt des Gottes Amun, konnte sie nicht standhalten.

Mit dieser Pracht hatte Henat nicht gerechnet.

Während seiner langen Reise war er vielen Menschen begegnet, die ihm auf seine Bitte hin von der Stimmung in der Bevölkerung und in den Tempeln berichtet hatten. Weil Amasis' Neuerungen mit Gewalt eingeführt worden waren, hatte man sie nicht wirklich angenommen. Jeder schätzte zwar das neue Gefühl von Sicherheit; aber die Allgegenwart der griechischen Söldner, die Einführung der Einkommenssteuer und die Unterdrückung der althergebrachten Sonderrechte der Tempel trafen auf Widerstand.

Glücklicherweise bewahrte wenigstens die Gottesdienerin die alten Werte und wehrte sich gegen deren Verfall, indem sie die Rituale zum Erhalt der göttlichen Gegenwart feierte.

Und Theben war schließlich nicht irgendein Städtchen, das weit von der Hauptstadt vor sich hin träumte. Amuns stattliches Reich thronte inmitten der wohlhabendsten Provinz von Ägypten. Vom Bug seines Schiffes aus konnte Henat die weiträumigen Anbauflächen beiderseits des Nils betrachten. Die Thebaner hatten Obst und Gemüse im Überfluss, überall grasten zahlreiche Rinderherden auf üppigen Weiden, und die Fischer kamen nie mit leeren Händen heim.

Schmucke kleine Dörfer im Schatten von Palmenhainen, solide Deiche, alle Wasserauffangbecken in ausgezeichnetem Zustand, Bewässerungskanäle für die Felder, Hunderte von Eseln, die Lebensmittel in die Stadt und zu den Tempeln trugen … Die Verwaltung dieser Provinz war beeindruckend.

Ganz offensichtlich dämmerte die Gottesdienerin nicht in irgendwelchen mystischen Welten, fern von der Wirklichkeit des Alltags und den wirtschaftlichen Erfordernissen, vor sich hin. Und Theben war wohl tatsächlich so reich, wie man sich immer erzählte.

Als er sich Karnak näherte, dem Tempel aller Tempel, glaubte Henat seinen Augen nicht zu trauen.

Von der Anlegestelle aus erblickte er eine Vielzahl mächtiger Bauwerke, deren Dächer die Ziegelmauern überragten, und Obelisken, die bis in den Himmel reichten. Hier waren die Pharaonen Sesostris, Mentuhotep, Amenhotep I., die Thutmosis, Sethos I. und Ramses III. am Werk gewesen. Und jeder dieser Pharaonen hatte das Reich Amuns noch schöner gemacht – des Gottes der Siege, der die Stärke und Macht der Zwei Länder gewährleistete.

Die Gottesdienerin war Erbin und Hüterin dieses sagenhaften Schatzes. An dem Tag, an dem sie ihr Amt angetreten hatte, hatte sie ein Ritualist aus ihrer Morgenwohnung geholt, in der sie gereinigt worden war. Neun reine Priester hatten ihr dann Kleider, Schmuck und Amulette angelegt, an denen man die Würde ihres Amts erkannte, und der Schreiber des göttlichen Buchs enthüllte ihr dessen Geheimnisse. Zur obersten Herrin über das gesamte Himmelsrund erklärt, durch das die Sonnenscheibe kreist, wachte sie von da an über das Auskommen aller Lebewesen. Wie sonst nur die Pharaonen erhielt auch die Gottesdienerin Krönungsnamen, die innen in eine Kartusche geschrieben wurden, und durfte Rituale vollziehen, die bis dahin den Königen vorbehalten waren.

Erst beim Anblick von Karnak wurde Henat die wahre Macht der Gottesdienerin bewusst. An der Spitze dieses gewaltigen heiligen Reichs verfügte die alte Priesterin, als Herrin über Tausende von Bauern und Handwerkern, über ein strahlendes Ansehen und beträchtliche Macht. Wie viele Provinzfürsten würden sich ihr wohl anschließen, wenn sie eine Trennung beschließen und den Machtanspruch von Amasis nicht mehr anerkennen würde?

Darauf deutete zwar nichts hin, und Henats Kundschafter hatten ihm auch keinerlei Gelüste nach Widerstand aus der thebanischen Verwaltung gemeldet. Fragte sich nur, ob er sich auf diese Berichte verlassen konnte? Die Gottesdienerinnen bildeten eine Art Dynastie, die aber rein religiös, auf die Provinz Theben und den Amun-Tempel beschränkt und dem herrschenden Pharao treu ergeben war. Und bis zum heutigen Tag hatten sich alle mit dieser Rolle beschieden.

Das war sehr beruhigend. Oder vielleicht auch zu beruhigend.

Henats Schiff legte an, und er konnte den Blick nicht von Karnak wenden, wo ganz offensichtlich eine beeindruckende Menge göttlicher Kräfte versammelt war. Unter dem Schutz von Amun waren hier sämtliche Gottheiten des Himmels und der Erde zu Hause; und hinter der Tempelmauer hatten Zeitweilige und Weltliche nichts verloren. Wie fern diese Welt von der des Nil-Deltas zu sein schien, und erst recht von der griechischen Stadt Naukratis! Der Vergangenheit und den alten Werten zugewandt, sperrte sich Karnak gegen Zukunft und Fortschritt.

Henat rechnete mit dem Anblick vergangenen Ruhmes, Gebäuden, an denen der Zahn der Zeit genagt hatte, und der überkommenen Bewahrung lächerlich gewordener Bräuche.

Da hatte er sich aber gründlich geirrt.

Vor seinen Augen tauchte ein riesengroßes magisches Schiff in hervorragendem Zustand auf.

Henat konnte es kaum erwarten, mehr darüber zu erfahren und die betagte Ritualistin kennen zu lernen, die an der Spitze seiner Mannschaft stand. Hatten ihr die Jahre wirklich zugesetzt, litt sie unter ihrer Last, oder hatte sie sich noch immer diese Kraft bewahrt, die der der Tausende von Jahren alten Steinen glich und sich von den Ritualen nährte?

Sollte Letzteres der Fall sein, dürfte es eine äußerst schwierige Auseinandersetzung werden.

Dennoch war es unbedingt notwendig, dass sich die Gottesdienerin dem Pharao unterwarf und seinen Befehlen gehorchte. Andernfalls strebte Henat in Übereinstimmung mit Amasis eine radikale Lösung an.

Wenn er Glück hatte, würde ein einziges Gespräch genügen. Henat wollte seinem weithin bekannten Gegenüber die Lage schildern, die Gottesdienerin mit den notwendigen Auskünften versorgen und ihr mitteilen, was sie zu tun hatte. Auf gar keinen Fall durfte sie den Schreiber Kel und seine Gefährten empfangen. Und falls diese wider Erwarten doch bis Theben durchkommen sollten, würden sie festgenommen und nach Saïs zurückgebracht werden.

Ein Priester mit kahl rasiertem Schädel bat um die Erlaubnis, an Bord zu kommen.

»Willkommen in Karnak. Darf ich fragen, wie Ihr heißt, welchen Beruf Ihr habt und was Euch zu uns führt?«

»Ich bin Henat, der oberste Verwalter des Königspalasts von Saïs, und besonderer Gesandter von Pharao Amasis. Habt Ihr denn nicht das amtliche Schreiben erhalten, in dem mein Besuch angekündigt wird?«

»Bitte entschuldigt, aber ich bin nur für den Schiffsverkehr auf dem Kanal zuständig, der zum Tempel führt. Wegen der bevorstehenden Flut müssen wir entsprechende Maßnahmen ergreifen.«

»Bringt mich zu meiner Gastwohnung.«

Der Priester wirkte äußerst verlegen.

»Wie ich bereits sagte, kümmere ich mich nur um die Schiffe und …«

»Habt Ihr nicht gehört, wer ich bin und welches Amt ich habe?«

»Es tut mir wirklich sehr leid, aber meine Zuständigkeit ist streng begrenzt.«

»Dann geht und holt einen Vorgesetzten!«

Der Priester dachte lange nach, dann sagte er: »Den Gefallen würde ich Euch sehr gern tun, aber erst, wenn mein Dienst beendet ist, sonst werde ich hart bestraft.«

Mit einer Handbewegung entließ Henat den unmöglichen Mann.

Das amtliche Schreiben soll verloren gegangen sein … Undenkbar! Man hatte sich über ihn lustig gemacht. Er verließ seine Kabine, eilte über den Landesteg und lief zwei Männern in die Arme, die mit Schwertern und Knüppeln bewaffnet waren.

»Ihr habt nicht die Erlaubnis, Euer Schiff zu verlassen«, sagte einer der beiden. »Wir haben noch nicht alle erforderlichen Auskünfte über Euch eingeholt.«

»Ich bin Henat, der Verwalter des königlichen Palastes, und fordere euch hiermit auf, mir den Weg freizumachen!«

»Bedaure, aber wir haben uns an die Anweisungen des Haushofmeisters Chechonq zu halten.«

Henat war außer sich vor Zorn, wollte es aber nicht auf eine Kraftprobe ankommen lassen.

»Richtet ihm aus, dass er schnell herkommen soll – sehr schnell!«

48

Einen besseren Schutz als die Karawane konnte man sich nicht denken. Trotz der großen Hitze kam sie gut voran, obwohl genügend Ruhepausen eingelegt wurden, um Mensch und Tier nicht zu überanstrengen. Hassad hatte ausreichend Kalebassen mit Wasser mitgenommen – Talismane, die gegen den Durst helfen sollten. Außerdem kannte er die Brunnen, die am Weg lagen.

Zum Essen gab es Radieschen, Knoblauch, Zwiebeln, getrockneten Fisch, Käse, Brot und Bier.

»Ich mag diesen Syrer nicht«, sagte Nitis zu Kel und behandelte seine Hände mit der Heilsalbe. »Er ist falsch.«

»Wir haben ihn mehr als gut bezahlt, und er scheint damit zufrieden.«

»Nicht mehr lange, bald wird er mehr wollen.«

»Immerhin haben wir noch genug, um ihn zufriedenzustellen. Und in Koptos trennen wir uns dann von der Karawane.«

»Ich habe aber kein gutes Gefühl, Kel.«

Auf einmal blieben die Esel stehen.

Nordwind scharrte unruhig mit den Hufen.

»Gebt Ruhe«, befahl ihnen der Schlussmann. »Wir müssen auf die Anweisungen unseres Herrn warten.«

Hassad kam auf die beiden zu.

»Wir werden überprüft. Ihr müsst Euch trennen.«

»Kommt nicht in Frage«, entgegnete der Schreiber.

»Wenn Ihr zusammenbleibt, wird man Euch verhaften. Dich kann ich als die Gattin meines Vetters ausgeben, junge Frau; und du bist mein Küchenjunge; Euer Esel soll bei seinen Artgenossen bleiben.«

Nitis und Kel blieb nicht einmal die Zeit, sich zu umarmen. Und die Priesterin hatte es nicht leicht, den Esel zu überzeugen, dass er gehorchen musste.

Hassad kehrte wieder an die Spitze der Karawane zurück, wo sein jüngerer Bruder gerade versuchte, die Fragen eines Offiziers der Wüstenwache zu beantworten. Dessen Untergebene waren mit Pfeil und Bogen und Schleudern ausgerüstet und wirkten nicht besonders freundlich.

»Bei uns ist alles in Ordnung«, versicherte Hassad. »Wenn Ihr wollt, könnt Ihr alles durchsuchen.«

»Nein, wir suchen eine Ärztin und einen Verletzten. Wollten Sie sich bei Euch verstecken?«

»Aber Herr Offizier! Jetzt bin ich schon seit so vielen Jahren hier in der Wüste unterwegs, und die Ordnungshüter hatten mir noch nie etwas vorzuwerfen. Ihr könnt Euch denken, dass ich keine Lust habe, meinen guten Ruf aufs Spiel zu setzen und meine Karawane zu verlieren! Wenn mich diese Leute angesprochen hätten, hätte ich mich natürlich geweigert, sie mitzunehmen. Mit mir sind nur meine Arbeiter und einige Familienangehörige unterwegs.«

»Das werden wir überprüfen.«

»Ganz wie Ihr wollt.«

Der Offizier sah sich alle Männer und Frauen genau an. Hassad nannte ihm ihre Namen und erklärte ihre Aufgaben. Angesichts der Schönheit von Nitis stutzte der Ordnungshüter kurz, gab sich dann aber mit der Erklärung des Syrers zufrieden.

Und die Karawane setzte sich wieder in Gang.

Als die Wüstenwache außer Sichtweite war, wollte Kel zu Nitis zurück.

Doch da ergriffen ihn vier Männer und fesselten ihn.

Verächtlich musterte Hassad seinen Gefangenen.

»Jetzt bist du aber auf einmal nicht mehr so stolz, mein Junge!«

»Ihr dürft ihr nichts tun!«

»Da mach dir mal keine Sorgen, ich werd mich selbst um sie kümmern. Jetzt will ich aber erst mal wissen, wer Ihr seid.«

»Wir sind einfache Kaufleute.«

»Du lügst! Ihr wolltet die Stadt verlassen, um den Wachen zu entkommen. Und die suchen genau nach einem Paar wie Euch, nach einer Ärztin und einem Verletzten.«

»Ich bin vollkommen gesund, und meine Frau ist keine Ärztin.«

Hassad zupfte ungeduldig an seinen Barthaaren.

»Ich hab von einem gefährlichen Mörder gehört, dem Schreiber Kel, der mit einer schönen Priesterin und einem Schauspieler unterwegs sein soll. In Hermopolis sind sie Richter Gem durch die Lappen gegangen und dann nach Lykopolis gekommen. Und jetzt hab ich, ein einfacher Karawanenführer, das Glück, dass zwei von den Flüchtigen in meiner Gewalt sind.«

»Da täuscht Ihr Euch!«

»Du redest schon noch, glaub mir. Den Sack mit den Edelsteinen hab ich schon gekriegt; und ich bin ziemlich froh, dass ich Euch beide mitgenommen hab, dich und diese niedliche Frau.«

»Habt Ihr es etwa gewagt …«

»Nur keine Sorge, sie ist unversehrt. Als sie mir die Edelsteine nicht geben wollte, hab ich gesagt, dass ich dann Euren Esel töte. Sie hat ein empfindsames Herz und hat nicht lang überlegt. Ein wunderbarer Schatz, das muss ich schon sagen, aber ich hoffe auf mehr – viel mehr! Wenn ich den Wachtruppen den Schreiber Kel ausliefern kann, krieg ich dafür ein Vermögen. Deshalb solltest du die Güte haben zu gestehen.«

Kel hielt dem Blick des Syrers stand.

»Aha! Ich hab auch nicht geglaubt, dass du sofort mit mir zusammenarbeitest. Zum Glück scheint die Sonne heute sehr heiß. Wenn wir jetzt im Schatten der Zelte essen und trinken, musst du in der Sonne bleiben – ausgestreckt auf dem Rücken, und an Händen und Füßen an Pflöcke gefesselt. Ich kann dir sagen, das wird sehr schnell unerträglich. Du musst nur gestehen, dann hast du die Sache hinter dir.«

Endlich hatte Bebon die Spur der Karawane gefunden. Als er dann die Wüstenwache auftauchen sah, konnte er sich gerade noch hinter einigen Felsbrocken verstecken. Diese Schnüffler wollten bestimmt die Karawane durchsuchen, und dann entdeckten sie wahrscheinlich Nitis und Kel.

Aber er sah weder die eine noch den anderen.

Dafür gab es nur eine Erklärung: Der Karawanenführer schützte die beiden, vermutlich hatte er sie als Familienmitglieder ausgegeben. Aber wie ließ er sich diesen Schutz bezahlen?

In großen Abständen gönnte sich Bebon einen kleinen Schluck Wasser und steigerte nach und nach seine Geschwindigkeit. Bald war sein Wasserschlauch leer und er am Ende seiner Kräfte.

Aber er kämpfte gegen die Erschöpfung an und sah sich nach zwei Stunden auch dafür belohnt: Die Karawane hatte ihre Zelte um einen Brunnen herum aufgeschlagen.

Als Bebon müde und ganz außer Atem in die Nähe kam, sah er entsetzt, welche Qualen der Schreiber aushalten musste.

Aber er konnte ihm unmöglich helfen. Allein konnte er es nicht mit etwa zwanzig Männern aufnehmen.

Und wo war Nitis?

Vorsichtig schlich Bebon um das Lager.

Er entdeckte sie schließlich etwas abseits; sie war an einen Pfosten gebunden und wurde von zwei Syrerinnen in bunten Gewändern bewacht, die allerdings beide schliefen.

Eigentlich verabscheute er Gewalt gegen Frauen, aber in diesem Fall ließ es sich nun einmal nicht vermeiden.

Er nahm einen runden Stein, schlich sich ganz langsam an, stand erst im letzten Augenblick auf und verpasste beiden einen kurzen Schlag in den Nacken. Keiner von beiden blieb Zeit zu schreien. Bebon riss ein Kleid in Streifen, knebelte die beiden Frauen und fesselte sie an Händen und Füßen.

Dann befreite er Nitis, die wie leblos zusammensackte.

Man hatte ihr Rauschmittel verabreicht!

»Bitte, wach auf!«

Plötzlich spürte Bebon, dass jemand hinter ihm stand.

Ertappt.

Jeder Gedanke an Flucht war unmöglich.

Als der erwartete Angriff ausblieb, drehte er sich um.

»Nordwind!«

Der Esel leckte Nitis die Stirn, bis die junge Frau zu sich kam.

»Wir müssen hier sofort weg«, flehte Bebon.

»Du bist es, Bebon! Hast du Kel befreit?«

»Das geht nicht.«

»Ohne ihn gehe ich hier nicht weg.«

Das hatte Bebon bereits befürchtet.

»Es sind viel zu viele Männer hier, um anzugreifen. Wir sollten uns erst in Sicherheit bringen und uns eine Vorgehensweise zurechtlegen.«

Nordwind stupste Nitis mit dem Vorderhuf.

»Er hat schon eine.«

49

Immer wieder zählte Hassad die kostbaren Steine. Am liebsten mochte er den Lapislazuli aus Afghanistan. Die Reise dorthin war lang und gefährlich, ein Großteil der Händler kam unterwegs um, weil sie dem rauen Klima oder Wegelagerern zum Opfer fielen. Dieses ferne Land war seit jeher für seine Plünderer und Mörder berühmt und berüchtigt. Aber dort war eben auch dieser wunderschöne Stein zu Hause, der aussah wie der Sternenhimmel.

Der Wert dieser Edelsteine, zusammen mit der gewaltigen Belohnung, die er bekommen würde, wenn er die beiden Aufrührer auslieferte, machte Hassad zu einem schwerreichen Mann. Er wollte sich ein prächtiges Haus mit einem schönen Garten in Koptos kaufen und in Zukunft ein Heer von Hausdienern befehligen. Als Besitzer von einem Dutzend Karawanen würde er zum uneingeschränkten Herrn über den Handel in der östlichen Wüste und könnte sich sogar ein oder zwei Schiffe leisten und auf dem Roten Meer kreuzen lassen.

Er hatte bereits öfter heimlich Reisende mitgenommen und sich dafür immer sehr gut bezahlen lassen. Aber keiner von ihnen hatte je sein Ziel erreicht. Hassad schnitt ihnen die Kehle durch, nachdem er sie ausgeplündert hatte, und Geier, Hyänen, Schakale und Insekten übernahmen dann die Beseitigung der Leichname für ihn. Bisher hatte noch nie jemand nach seinen Opfern gefragt.

Diesmal aber übertraf die Beute seine kühnsten Erwartungen. Schon bald würde er einen ganzen Harem voller wunderschöner Frauen haben, die ihm zu Füßen lagen und jeden Wunsch von den Augen ablesen mussten. Wenn ihn eine zu langweilen anfing, gab er sie einfach an einen seiner Hausdiener weiter.

Eine Kleinigkeit störte ihn allerdings: der Bogen, den er aus den Satteltaschen des Esels geholt hatte und der seinen Gefangenen gehörte – eine schöne große Waffe aus wertvollem Akazienholz.

Als er sich daran zu schaffen machte, hatte sein Vetter plötzlich vor Schmerzen geschrien, und seine Hände waren auf einmal voller Brandblasen. Und seinem Bruder war es gerade eben nicht anders ergangen!

Jetzt lag der Bogen in der Nähe des Feuers, auf dem Fladenbrote gebacken wurden.

»Der Bogen hat einen bösen Zauber«, meinte sein Bruder zu ihm. »Er wird uns kein Glück bringen. Lass die beiden frei, und wir ziehen ohne sie weiter.«

»Bist du von Sinnen? Wegen ihnen werden wir endlich reich!«

»Vor lauter Gier kannst du nicht mehr klar denken, Hassad. Der Bogen beweist, dass die Gefangenen über gefährliche magische Kräfte verfügen.«

»Das ist doch lächerlich!«

»Wer sich über die magischen Kräfte der Götter lustig macht, zieht ihren Zorn auf sich.«

»Schwachsinniges Geschwätz.«

»Wie du meinst, dann nimm doch den Bogen.«

Hassad zögerte. Eigentlich hatte er jetzt große Lust, die schöne junge Frau zu vergewaltigen, befürchtete aber, sie dabei so zu verletzen, dass sie einen Teil ihres Handelswerts für ihn einbüßte. Weiber lagen ihm bald dutzendweise zu Füßen! Außerdem wollte er sein Gesicht nicht verlieren.

Also entschloss er sich, die Waffe in die Hand zu nehmen.

Sofort war die Haut von seinen Händen verkohlt, und ein grauenhafter Gestank zog durch das Lager.

Hassad schrie vor Schmerz und ließ den Bogen der Göttin Neith fallen.

»Sieh doch«, rief jetzt sein Bruder, »die Esel bedrohen uns!«

Bestürzt musste der Karawanenführer mit ansehen, wie sich die Vierbeiner im Kreis um sie versammelten und bedrohlich mit den Hufen scharrten.

»Elende Viecher! Die kriegen gleich die Peitsche zu spüren.«

Sein Vetter versuchte, einen der Esel zu schlagen. Da löste sich Nordwind aus der Gruppe und trat dem Mann in den Rücken.

Mit gebrochenen Knochen wand sich der Syrer am Boden.

Die anderen Eseltreiber scharten sich erschrocken um ihren Herrn.

Da erschien Nitis und sagte ruhig und bestimmt: »Rührt euch nicht vom Fleck, sonst gehorchen die Esel ihrem Anführer und machen euch nieder.«

Nordwind sah so wild entschlossen aus, dass die wenigen Mutigen die Drohung doch lieber ernst nahmen.

Nitis ging jetzt zu Hassad, der sich vor Schmerzen wand. Die Innenflächen seiner Hände bluteten stark.

Nitis nahm den Bogen in die Hand.

»Wie ihr seht, erlaubt mir die Göttin Neith, ihr

Wahrzeichen zu gebrauchen. Wer es aber schändet und nicht weiß, wie man das Feuer besänftigt, wird gerechterweise bestraft. Euer Herr hat euch getäuscht, er ist nichts weiter als ein gemeiner Dieb und Mörder. Befreit auf der Stelle den Mann, den ihr foltert, und bringt ihn zu mir.«

Zwei Eseltreiber beeilten sich, den Befehl auszuführen.

Obwohl sich Kel elend fühlte, gelang es ihm doch zu gehen. Und Nitis wiederzusehen, verlieh ihm ungeahnte Kräfte.

Bebon tauchte hinter Hassad auf und hielt ihm die Klinge seines griechischen Messers an den Hals.

»Sammel die Steine ein und gib sie wieder in den Sack.«

»Ich habe solche Schmerzen und …«

»Beeil dich.«

Obwohl ihm jede Bewegung wehtat, gehorchte der Syrer.

»Meine Freunde und ich werden euch jetzt verlassen. Bindet unserem Esel Körbe mit Wasser und Lebensmitteln auf. Und zwar schnell!«

Vorsichtig befeuchtete Nitis Kels Lippen mit Wasser. In ihrem Blick war so viel Liebe, dass er seine Qualen vergaß.

»Du kommst mit«, sagte Bebon zu Hassad.

»Ich … Du musst mich laufen lassen. Ich bin doch der Führer von dieser Karawane, meine Familie braucht mich!«

»Die siehst du später wieder, sie warten bestimmt auf dich. Also los.«

Nordwind setzte sich als Erster in Bewegung, gefolgt

von Nitis, Kel und Bebon, der den Syrer mit der Spitze seines Messers vor sich hertrieb.

Die anderen Esel standen noch immer im Kreis und blickten drohend drein. Sie würden den Riegel erst öffnen, wenn ihr Anführer seine Schützlinge in Sicherheit gebracht hatte.

Die heilende Salbe linderte die Verbrennungen, die der Schreiber davongetragen hatte, gegen die glühende Sonne schützten sich die Reisenden mit bunten Tüchern.

»Zeig uns den Weg nach Koptos«, verlangte Bebon.

»Dort entlang«, antwortete Hassad und deutete auf einen Pfad, der sich durch Sanddünen wand.

Aber Nordwind ging weiter in die entgegengesetzte Richtung.

»Du lügst uns ja noch immer an, du Schuft!«

Der Syrer fiel auf die Knie.

»Bitte tötet mich nicht, ich flehe Euch an!«

»Das werden wir sehen, wenn wir zur nächsten Wasserstelle gekommen sind.«

Als die Sonne unterging, wurde es etwas kühler. Die Freunde aßen und tranken ein wenig, und Bebon fesselte Hassad an Händen und Füßen.

Nach einer erholsamen Nacht machten sie sich am nächsten Tag wieder auf den Weg.

Plötzlich blieb Nordwind stehen und starrte den Syrer unverwandt an.

»Ihr dürft nicht zulassen, dass dieses Ungeheuer über mich herfällt!«

»Du kannst gehen«, sagte Nitis nur.

»Ich … Ich bin frei?«, stotterte der Mann.

»Soweit ein Verbrecher wie du das überhaupt sein kann.«

Erst zweifelte der Syrer noch an ihren Worten und ging langsam rückwärts. Dann drehte er sich um und lief davon.

»Den sind wir los«, meinte Bebon. »Ich glaube, wir müssen in dieses Tal biegen und versuchen, Abydos zu erreichen.«

»Abydos, das Hoheitsgebiet von Schatzmeister Pef«, erinnerte sie Nitis.

»Ist er nun unser Freund oder unser Feind?«

»Das werden wir wahrscheinlich schon sehr bald erfahren«, sagte Kel.

Da wurden sie von schrecklichem Gebrüll unterbrochen, auf das völlige Stille folgte. Auf einmal schwieg die ganze Wüste.

Dann hörte man ein lautes Knurren, und auf einem Hügel erschien eine Löwin mit blutverschmiertem Maul.

Nitis streckte ihr den Bogen von Neith als Friedenszeichen entgegen.

Da beruhigte sich das Raubtier und zog sich zurück. Hassad würde seine Karawane nie wiedersehen.

50

Unruhig lief Henat an Deck seines Schiffs auf und ab. Er, der sonst immer Ruhe bewahrte, konnte sich kaum beherrschen. Die Erniedrigung, die man ihm zugefügt hatte, hätte eigentlich eine heftige Antwort verdient, aber er wollte diese überraschende Wendung erst einmal genau untersuchen.

Dass sich die Gottesdienerin ihm gegenüber so feindselig zeigte, konnte für sie gefährlich werden. Amasis wäre mit ihrem Verhalten ganz sicher nicht einverstanden und würde sie entsprechend maßregeln. In Saïs hätte ihn Henat auch dazu ermutigt. Da sie aber mit Oberägypten viel besser vertraut war als er, und wegen seiner, wenn auch flüchtigen Bekanntschaft mit Karnak, hielt er sich lieber zurück.

Hatte sie ihn nur einschüchtern wollen, oder wollte sie tatsächlich einem der höchsten Beamten des Landes Widerstand entgegensetzen? Diese Frage ließ sich jetzt noch nicht beantworten.

Im Licht der untergehenden Sonne färbten sich die Tempelsteine golden, und über dem heiligen See tanzten die Schwalben am Himmel.

Der Friede hier war in Jahrhunderten der Weisheit entstanden. In Karnak war die Zeit stehen geblieben, und die Angelegenheiten der Menschen wirkten lächerlich. Henat wollte sich nicht von diesem Zauber einfangen lassen und dachte an seinen Auftrag. Und dann beschloss er, an Land zu gehen. Kein Soldat würde ihn mehr daran hindern können.

Als er über den Landesteg lief, traf gerade ein Geleitzug mit Fackelträgern im Hafen ein. Mehrere Priester umringten einen stattlichen Mann mit gewichtigem Auftreten.

Die Wachen verbeugten sich vor ihm und gaben ihm den Weg auf das Schiff frei.

Der kurze Anstieg erfolgte langsam und schien mit großen Anstrengungen verbunden.

»Bitte vergebt mir diesen höchst unerfreulichen Zwischenfall, Palastverwalter Henat! Ich bin Chechonq, der Haushofmeister der Gottesdienerin, und zuständig für die Verwaltung ihres irdischen Reiches. Kraft meines Amtes hätte ich einen großen Empfang geben müssen, um Euch würdig zu begrüßen, aber …«

»Aber?«

»Man hat mir Euren Besuch nicht angekündigt.«

»Wir haben Euch aber ein amtliches Schreiben gesandt.«

»Das mich leider nicht erreicht hat. So ist es zu diesem bedauerlichen Missgeschick gekommen. Sobald man mir Euer Eintreffen gemeldet hat, habe ich alles stehen und liegen gelassen und bin hierhergeeilt.«

»Das ist doch ganz ausgeschlossen, dass ein amtliches Schreiben verloren geht!«

»In letzter Zeit gab es mit dem Schriftaustausch zwischen dem Norden und dem Süden einige Schwierigkeiten. Ich wollte Saïs eben auch gerade über diese zahlreichen Zwischenfälle unterrichten. Nach einer eingehenden Untersuchung der Gründe für diese Fehler könnten diese vielleicht behoben werden, umso mehr als Ihr selbst jetzt davon betroffen wart! Ich stelle Euch gern einen ausführlichen Bericht zur Verfügung.«

Der Haushofmeister redete geradeheraus und war ein überaus angenehmer Mensch: Heiter, warmherzig und höflich setzte er sich mit viel Überzeugungskraft für sein Anliegen ein und wirkte dabei sehr aufrichtig.

»Euer Schiff war nicht angekündigt, und die Wachen haben sich nur streng an ihre Vorschriften gehalten. In der Zeit kurz vor Beginn der Nilschwemme sind alle Schiffsbewegungen äußerst schwierig. Es hat auch schon einige Unfälle gegeben.«

»Warum durfte ich mein Schiff nicht verlassen?«

»Auch das lediglich aus Sicherheitsgründen. Unbekannte Besucher müssen im Hafen bleiben, bis alle Verwaltungsfragen geklärt sind. Ich wiederhole – allein der unglückliche Verlust des erwähnten Schreibens ist der Grund für diesen erbärmlichen Empfang. Im Namen der Gottesdienerin soll ich Euch vielmals um Entschuldigung bitten.«

Chechonq versicherte, dass es sich eben wirklich nur um ein Missverständnis gehandelt hatte. Und seine Erklärungen waren umso nachdrücklicher, als Henat ja gerade die Schwierigkeiten in der Beziehung zwischen Unter- und Oberägypten erlebt hatte.

»Theben ist sehr erfreut und fühlt sich geehrt von dem Besuch des königlichen Palastverwalters«, fuhr der Haushofmeister fort. »Leider können wir nur selten so hohe Würdenträger bei uns begrüßen und legen großen Wert darauf, sie mit allen ihnen zustehenden Ehren zu empfangen. Unsere schöne Provinz ist eine getreue Dienerin von Pharao Amasis.«

»Das habe ich nicht bezweifelt.«

Jetzt machte Chechonq ein verlegenes Gesicht.

»Leider muss ich Euch noch etwas Unerfreuliches gestehen.«

Henat wirkte ungeduldig. Was konnte es nach all den Höflichkeiten noch für heikle Fragen geben?

»Aufgrund der bedauerlichen Umstände ist Eure Gastwohnung erst morgen fertig«, sagte der Haushofmeister. »Deshalb möchte ich Euch bitten, für heute Nacht mein Gast zu sein.«

Darauf war Henat nicht vorbereitet.

»Mein Schiff ist sehr gut ausgestattet und …«

»Ihr wollt meinen Fehler nicht entschuldigen! Das

verstehe ich gut, begreife auch Euren Zorn. Dennoch möchte ich nicht aufgeben und Euch noch einmal um Nachsicht bitten.«

»Einverstanden.«

Ein breites Lächeln erschien auf Chechonqs fröhlichem Gesicht.

»Lob sei den Göttern! Ich verspreche Euch ein gutes Essen samt einem ausgezeichneten Wein.«

Und da hatte der Haushofmeister nicht übertrieben.

Seine Wohnung ganz in der Nähe des Tempels von Karnak war ein richtiger Palast. Rund zwanzig Zimmer, zwei Empfangsräume, mehrere Schlafzimmer mit eigenem Bad, eine große Bibliothek, Nebengebäude für die Hausangestellten, eine Küche, in der ein großer Künstler zugange war, und ein Keller voller Köstlichkeiten.

»Wollt Ihr Euch vielleicht vor dem Abendessen massieren lassen?«, fragte der Haushofmeister. »Ich kenne kein besseres Mittel gegen die Müdigkeit nach einem langen Reisetag. Überzeugt Euch selbst, Ihr werdet es nicht bereuen.«

Zögernd willigte Henat ein.

Tatsächlich gelang es dem Masseur, alle Verspannungen des Palastverwalters zu lösen. Dann noch eine warme Dusche, duftende Seife, ein Gewand aus königlichem Leinen, neue Sandalen … Der Haushofmeister war ein Genießer und ließ es sich gut gehen.

Das Abendessen war köstlich. Noch nie hatte Henat so hervorragend schmeckende Wachteln in Wein gegessen, und auch der Nilbarsch, der auf einem Bett aus Zwiebeln und Lauch aufgetragen wurde, schmeckte unübertrefflich gut. Und der Rotwein aus Imet hätte selbst Amasis gemundet.

Henats Zweifel waren zerstreut: Die Verwaltung von Theben hatte ihn durchaus nicht beleidigen wollen, und ihr oberster Beamter bereitete ihm einen Empfang, der all seine Erwartungen übertraf.

»Es ist mehr als dreißig Jahre her, dass ich Saïs besucht habe«, erzählte Chechonq später, »und unsere Hauptstadt hat mir sehr gut gefallen. Ich muss aber gestehen, dass ich doch lieber in der Provinz Theben lebe, die so reich an Erinnerungen ist. Wie viele große Pharaonen ruhen am westlichen Nilufer, und wie viele großartige Tempel wurden hier erbaut, um ihren *Ka* am Leben zu halten! Ihr habt noch viel zu entdecken. Ganz zu schweigen von Karnak – das ist eine Welt für sich. Theben wird Euch für sich einnehmen, davon bin ich überzeugt.«

»Ich bin allerdings nicht als gewöhnlicher Besucher hier«, erinnerte Henat. »Der Pharao hat mir einen Auftrag anvertraut, den ich so schnell wie möglich erfüllen möchte.«

»Wie kann ich Euch behilflich sein?«

»Indem Ihr mir ein Gespräch unter vier Augen mit der Gottesdienerin ermöglicht.«

»Ich werde sie bitten, Euch so schnell wie möglich zu empfangen. Morgen muss ich allerdings zuerst die Deichverwalter bei mir vorsprechen lassen, um sicherzugehen, dass sie sich an meine Anweisungen gehalten haben. Es heißt, die Nilschwemme soll dieses Jahr sehr gut werden – weder zu hoch noch zu niedrig. Obwohl meine Leute wirklich sehr gut sind, bleibe ich doch misstrauisch. Zu große Zuversicht könnte einen dazu verleiten, nachlässig zu werden; der Spiegel in den Auffangbecken macht mir besondere Sorge. Die heiße Jahreszeit ist hier bei uns viel härter als in Saïs, und unser Wohlstand kommt allein von harter Arbeit. Möchtet Ihr noch etwas Gebäck?«

»Nein, danke.«

»Vielleicht noch einen Dattelschnaps zur Verdauung?«

»Ich habe schon genug getrunken, Haushofmeister. Gestattet, dass ich mich zurückziehe.«

Ein Diener begleitete Henat zu seinem Zimmer.

Müde fiel er ins Bett und genoss die kühlen Laken und das weiche Kissen. Sein Aufenthalt in Theben versprach, ebenso kurz wie angenehm zu werden.

51

Wir haben zehn Verdächtige festgenommen«, erklärte der Leiter der Flusswache von Lykopolis Richter Gem. »Acht Männer und zwei Frauen.«

»Bringt sie auf der Stelle her.«

Doch die Enttäuschung war groß.

Lauter kleine Leute, die harmlose Gaunereien verbrochen hatten.

Kel, Nitis und Bebon war es also doch gelungen, die Stadt zu verlassen. Und zwar nicht über den Fluss, weil der Nil während der ersten Tage der Schwemme wegen der starken Strömung nicht schiffbar war. Zahllose Soldaten überwachten sämtliche Straßen und Wege Richtung Süden. Die Verantwortlichen erstatteten dem Richter täglich Bericht und führten ihm ihre Verdächtigen vor. Aber auch hier kein Erfolg.

Blieb nur noch eine Möglichkeit: die Wüste.

Aber wie sollten die Flüchtigen all die Gefahren überstehen, die ihnen dort drohten? Durst, Raubtiere, Schlangen und Skorpione würden sie nicht weit kommen lassen. Nur sehr erfahrene Leute, wie zum Beispiel die Männer, die in der Wüste Streife gingen, oder die Karawanenführer, konnten in dieser Hölle überleben.

Eine Karawane ... Vielleicht war das des Rätsels Lösung.

Der Richter ließ den Schreiber zu sich kommen, der Ankunft und Abreise der Nomaden notieren und sie je nach ihrer Aufenthaltsdauer in Lykopolis besteuern musste.

»Wie viele Karawanen sind in den letzten Tagen von Lykopolis Richtung Süden aufgebrochen?«

»Nur eine einzige«, antwortete der Beamte, »die des Syrers Hassad.«

»Mit welchem Ziel?«

»Koptos.«

»Dieser Hassad ... Ist das ein ehrlicher und zuverlässiger Mann?«

»Er kennt die Wege sehr genau und weiß, wo die Brunnen sind. Was seine Ehrlichkeit betrifft ...«

»Würde er verdächtige Reisende mitnehmen?«

Der Schreiber zögerte.

»Den Gerüchten zufolge ja. Aber ich habe keinerlei Beweise.«

»Wann kommen die Wachen nach Lykopolis zurück, die in diesem Teil der Wüste unterwegs sind?«

»Nicht vor morgen.«

Es fiel dem Richter sehr schwer, sich in Geduld zu fassen.

Und die Wüstenwache verspätete sich immer mehr.

Als nach vier Tagen klar war, dass sich ein ernster Zwischenfall ereignet haben musste, beschloss der Richter, einen Rettungstrupp loszuschicken. Der Trupp wollte sich gerade auf den Weg machen, als die Wüstenwachen am östlichen Stadttor von Lykopolis auftauchten.

Der Leiter der Streife wurde sofort zu Richter Gem gebracht.

»So etwas habe ich noch nicht erlebt!«, berichtete er. »Dabei hatten wir die Karawane von Hassad zunächst überprüft, ohne dass uns etwas aufgefallen wäre. Dann aber trafen wir seine Familie völlig fassungslos wieder. Man erzählte uns, die Esel hätten den Aufstand geprobt, um einen Mann und eine Frau zu befreien, die ihr Familienoberhaupt Hassad gegen eine schöne Belohnung an die Wachtruppen in Koptos ausliefern wollte. Dann soll noch ein anderer Mann aufgetaucht sein und Hassad als Geisel genommen haben – alle vier sind dann zusammen verschwunden. Zwei meiner Leute haben die Karawane nach Koptos begleitet, aber weder Hassad noch seine Entführer entdeckt.«

Kel, Nitis und Bebon, dachte der Richter.

Ihre Geisel musste sie erst sicher durch die Wüste führen; wenn sie dann am Ziel waren, mussten sie Hassad nur noch irgendwie loswerden.

War ihr Ziel Koptos? Nein, ausgeschlossen. Dort würden sie von den Wachmannschaften erwartet.

Gem nahm eine Karte und versuchte, sich in die Lage der Aufrührer zu versetzen.

Und da kam eigentlich nur ein Ort in Frage: Abydos.

Abydos, Schatzmeister Pefs Lieblingsstadt. Was für

ein seltsamer Zufall, dass er sich gerade dort aufhielt, als der Schreiber Kel und seine Verbündeten versuchten, nach Theben zu gelangen.

Abydos, notwendiger Schritt auf dem Weg nach Theben. Hier würde der Mörder einen Helfershelfer treffen, einen der höchsten Würdenträger dieses Landes, der ihm sicheren Unterschlupf bieten und für ihn die Verbindung zur Gottesdienerin herstellen würde.

Pef, der enge Vertraute und Freund des verstorbenen Hohepriesters von Saïs, des geistigen Lehrmeisters der Priesterin Nitis. Pef, der Kopf der Verschwörung. Weil er den Schreiber Kel als verlängerten Arm gebrauchte, hatte er ihm auch stets geholfen …

Abydos sollte aber zum Grab für die Verschwörer werden, das schwor sich Gem.

Nordwind mochte die Gluthitze der Wüste nicht und freute sich schon darauf, wieder ins Niltal zu kommen. Mit Stöcken klopften die Reisenden beim Gehen auf den harten Boden, um ihn zum Schwingen zu bringen, damit die Schlangen sie nicht angriffen. In den Nächten vertrieb ein Feuer die Raubtiere.

Und eines Tages sah die Landschaft auf einmal anders aus, und die Hitze war nicht mehr ganz so unerträglich.

»Jetzt ist es nicht mehr weit zum Fluss«, meinte Kel.

»Dann müssen wir noch vorsichtiger sein«, sagte Bebon. »Wenn wir einer Wüstenstreife in die Hände fallen, ist es aus mit uns.«

Jede kleine, mit Steinen übersäte Düne diente ihnen als Aussichtsposten. Zwischen den kleinen Hügeln rannten sie, und Nordwind galoppierte.

Als sie am Morgen nach einer Nacht, die sie auf einer Düne verbracht hatten, aufwachten, entdeckte Nitis Gebäude.

»Das ist Abydos, das Königreich von Osiris«, sagte der Schauspieler. »Hier habe ich schon viele Male die Rolle des Seth gespielt, bei den rituellen Schauspielen auf dem Tempelvorplatz. Da waren die Leute beeindruckt, das könnt ihr mir glauben! Die Maske ist schrecklich, und dass Osiris am Schluss siegt, ahnt man zunächst nicht. Das sind schon verdammt gute Erinnerungen … Eine meiner besten Rollen!«

»Und Seths Feuer hat uns bei der Durchquerung der Wüste geholfen«, bemerkte Nitis.

»Ich bin sehr froh, dass wir sie endlich hinter uns haben«, fand der Schauspieler, »und habe gar keine Lust, dorthin zurückzukehren. Aber wir sollten uns nicht zu früh freuen. Ein Lager voller griechischer Söldner aus Milet ist für den Schutz von Abydos zuständig. Nur mal angenommen, sie unterstehen dem Befehl von Schatzmeister Pef, rennen wir dem Schakal sozusagen ins offene Maul.«

»Pef war ein guter Freund meines Herrn«, widersprach Nitis. »Er hörte auf seinen Rat und hielt viel von seiner Meinung. Weil er nichts von der Verschwörung wusste, mit der wir ungerechtfertigterweise in Verbindung gebracht werden, hat er vergeblich versucht, uns zu helfen. Und weil ihm Amasis mit Blindheit geschlagen schien, hat er sich nach Abydos zurückgezogen, um sich ganz dem Osiris-Kult zu widmen.«

»Ich bin da nicht so zuversichtlich«, meinte Bebon. »Eher glaube ich an eine schlau gestellte Falle. Der alte Höfling Pef hängt an seinen Vorrechten. Damit man ihn nicht etwa verdächtigt, beteiligt er sich an einem Machwerk, das uns vernichten soll. Ich fürchte, wir werden Abydos nicht lebend verlassen.«

Um das unerfreuliche Gespräch zu beenden, sagte Kel: »Wir haben kaum noch Wasser. Außerdem müssen wir uns stärken.«

Dagegen hatte keiner etwas einzuwenden.

»Ich kenne einen kleinen Bauernhof, wo wir bestimmt gut aufgenommen werden«, fiel es Bebon plötzlich ein.

»Ist die Bäuerin etwa eine deiner Eroberungen?«, wollte der Schreiber wissen.

»Nein, aber ihre Tochter. Sie ist nicht besonders schlau, und ihr Wortschatz eher gering, aber sie hat einen traumhaft schönen Busen.«

»Seid ihr denn friedlich auseinandergegangen?«

»Ich hab schon Schlimmeres erlebt.«

Nordwind knurrte bereits der Magen, und er sehnte sich nach frischer Luzerne und zarten Disteltrieben. Deshalb machte er dem Gespräch kurzerhand ein Ende und setzte sich Richtung Ackerland in Bewegung.

Alle vier waren grenzenlos erleichtert, die Wüste verlassen zu können. Endlich wieder Bäume und andere Pflanzen sowie das sanfte Plätschern der Bächlein.

»Halt!«, ertönte eine strenge Stimme.

Fünf griechische Söldner standen vor ihnen!

Nordwind blieb gehorsam stehen, und seine Gefährten taten es ihm nach.

»Wer seid ihr?«

»Wir sind fliegende Händler.«

»Woher kommt ihr?«

»Aus dem Norden.«

»Und ihr habt nur einen einzigen Esel dabei? Das ist aber ziemlich seltsam. Die Händler hier aus der Gegend kennen wir, aber euch haben wir noch nie gesehen. Kommt mit, wir werden euch im Lager weiter ausfragen.«

Ich fürchte, wir werden Abydos nicht lebend verlassen, wiederholte Bebon im Stillen. Diese fünf Kerle zu überwältigen war wohl unmöglich.

»Ich will, dass Ihr uns zu Schatzmeister Pef bringt«, verlangte da plötzlich Nitis.

Der Söldner riss erstaunt die Augen auf.

»Der empfängt aber keine Händler.«

»Ich bin die Tochter seines besten Freundes, des Hohepriesters von Saïs, und Pef erwartet mich bereits.«

52

Henat hatte einen wunderschönen Tag hinter sich. Er war in einem großen Haus, etwa eine halbe Stunde vom Palast des Haushofmeisters Chechonq entfernt, untergebracht worden. Ein Heer von Dienern las ihm jeden Wunsch von den Augen ab, ein Koch servierte ihm seine Lieblingsgerichte, wenn ihm nach Haarpflege oder nach einer Massage zumute war, musste er es nur sagen.

In einem Wasserteich, der von Lotuspflanzen gereinigt wurde, durfte er ein Bad nehmen und war dann im Schatten einer Pergola eingeschlafen. Beim Aufwachen erwartete ihn ein kühles Bier.

»Habt Ihr noch einen Wunsch?«, fragte ihn eine bezaubernde Dunkelhaarige in einem kurzen Schurz.

»Jetzt nicht, danke.«

Da verschwand sie mit flinken Schritten.

Sie war bestimmt auch ein Geschenk des Haushofmeisters!

Durch diese unverhofften entspannten Augenblicke spürte Henat erst richtig, wie müde und erschöpft er eigentlich war. Seit mehreren Jahren hatte er sich keine Ruhe gegönnt, so sehr beanspruchten ihn seine Sorgen und Aufgaben. Dieser heftige Bruch brachte ihn gehörig aus dem Gleichgewicht, weil er merkte, dass es noch ein ganz anderes Leben gab, das er sich gar nicht hatte vorstellen können.

Theben, die große Verführerin ... Nein, er wollte sich nicht in diesem Trugbild verlieren! Nicht einmal der geschickte Chechonq, der selbst das schöne Leben liebte, konnte ihn seinen Auftrag vergessen lassen.

Als es Abend wurde, kam ein Bote des Haushofmeisters, um ihn zum Festmahl im Palast des Oberverwalters von Theben einzuladen.

Der Speisesaal war festlich beleuchtet, es duftete köstlich, und ein Dutzend Gäste, die ihn bereits erwartet hatten, erhoben sich, als Henat den Saal betrat.

»Verehrter königlicher Palastverwalter«, stellte ihn Chechonq sichtlich erfreut vor, »hier seht Ihr meine wichtigsten Mitarbeiter und ihre Gattinnen. Wir schätzen uns glücklich, den Gesandten von Pharao Amasis bei uns empfangen zu dürfen und wollen ihm die Ehre erweisen.«

Im Vergleich zu diesem feierlichen Festmahl glich das Abendessen vom Tag zuvor einer spärlichen Zwischenmahlzeit. Drei verschiedene Vorspeisen, vier Hauptgerichte und zwei Nachspeisen wurden aufgefahren.

Dazu gab es sinnliche Tänze zu sehen. Drei junge Tänzerinnen, die nur mit einem Gürtel aus Amethysten bekleidet waren, bewegten sich anmutig zur Begleitung von einer Harfenistin, einer Lautenspielerin und einer Flötistin.

Dieser Empfang, der einem Herrscher würdig ist, hätte Pharao Amasis auch sehr gut gefallen, dachte sich Henat.

Nach dem Essen forderte Chechonq den Schreiber des Siegelverwalters auf, ihrem Gast zu zeigen, wie er die Mittel der Provinz Theben verwaltete. Dann war der Schreiber des Vorstehers der Felder an der Reihe zu erklären, nach welchen Richtlinien die Landwirtschaft betrieben wurde, wobei immer auf ausreichende Getreidevorräte für den Fall einer schlechten Ernte geachtet wurde. Der Aufseher über die Handwerker lobte anschließend deren großes Können und hob hervor, dass sie dem Reich Amuns ergeben waren. Der Mann, der für den Handel mit den Nachbarländern verantwortlich war, äußerte seine Zufriedenheit über die große Zahl an Schiffen, die zwischen Norden und Süden fuhren, und darüber, dass die Waren so schnell geliefert wurden.

Mit einem Wort – in der besten aller Welten gab es keine Sorgen, und Theben lebte glücklich unter der Herrschaft von Pharao Amasis.

Obwohl die gereichten Weine ausgezeichnet waren, achtete Henat darauf, nicht zu viel zu trinken. Am Ende dieses herrlichen Abends verabschiedeten sich die Würdenträger der thebanischen Verwaltung beim königlichen Palastverwalter und dankten ihm noch einmal für seinen Besuch.

»Seid Ihr mit dem Haus zufrieden, in dem wir Euch untergebracht haben?«, fragte Chechonq besorgt.

»Ich fühle mich dort sehr wohl«, antwortete Henat.

»Ganz bestimmt?«

»Ja, bestimmt.«

»Seid Ihr auch mit den Angestellten zufrieden?«

»Alles ist in bester Ordnung.«

»Sollte es irgendwelche Schwierigkeiten geben, teilt es mir bitte sofort mit. Ich kümmere mich dann augenblicklich darum.«

»Ich danke Euch, Chechonq. Mein Aufenthalt hier in Theben ist ein reines Vergnügen, aber eigentlich bin ich in einem wichtigen Auftrag unterwegs: Ich muss die Gottesdienerin sprechen.«

»Das habe ich nicht vergessen, mein lieber Henat.«

»Dann bis morgen, Haushofmeister.«

Henat stand früh auf. Sofort reichte man ihm warme Milch und feine Honigkuchen – ein seltenes und teures Gebäck. So früh am Morgen war es noch sehr angenehm; dann kam die große Hitze, vor der sich Mensch und Tier im Schatten in Sicherheit brachten.

»Was wünscht Ihr zum Mittagessen?«

»Koteletts und Salat.«

Der Wäscher brachte ihm ein neues Gewand, der Haarschneider rasierte ihn gründlich, und ein anderer Dienstbote ließ ihn aus verschiedenen Duftwassern wählen.

Dann setzte sich Henat an den Rand des Wasserbeckens und wartete auf Chechonq. Am Ende dieses Vormittags oder spätestens am frühen Nachmittag würde er mit der Gottesdienerin sprechen und ihr die Anweisungen von Amasis überbringen. Wenn ihn die betagte Priesterin so freundlich empfing wie ihr Haushofverwalter, konnte die Unterhaltung nur herzlich und fruchtbar werden.

Die Stunden vergingen.

Henat aß ohne Appetit und lief dann ungeduldig im Garten auf und ab.

Endlich kam Chechonq.

»Heute Abend lade ich Euch zu einem Festmahl mit den wichtigsten Schreibern ein, die für die Opfergaben zuständig sind«, teilte ihm der Haushofmeister mit. »Sie wollen Euch ganz genau erklären, wie im Tempel von Karnak und den anderen Tempeln am Westufer des Nils gewirtschaftet wird.«

»Wunderbar. Wann kann ich die Gottesdienerin sehen?«

»Setzen wir uns doch in den Schatten.«

Chechonq wirkte verlegen.

Ein Diener eilte herbei und schenkte ihnen Bier ein.

»Will mich die Gottesdienerin etwa nicht empfangen?«, fragte Henat verärgert.

»Doch, doch! Es ist nur etwas dazwischengekommen. Und ich muss gestehen: Ich selbst habe sie heute auch noch nicht zu Gesicht bekommen. Dabei war ein Gespräch über verschiedene wichtige Dinge verabredet.«

»Und hat dieses Gespräch inzwischen stattgefunden?«

»Leider nein.«

»Warum denn nicht?«

Mittlerweile wand sich der Haushofmeister vor lauter Verlegenheit.

»Die Gottesdienerin misst den rituellen Pflichten mehr Bedeutung bei als den weltlichen Dingen. Meine Hauptaufgabe besteht darin, ihr Letztere abzunehmen – allerdings nur nach Absprache mit ihr, wenn es um größere Entscheidungen geht.«

Henat machte keinen Hehl daraus, dass er Chechonq nicht recht glauben wollte.

»Habt Ihr mir auch die *ganze* Wahrheit gesagt, Chechonq?«

Der Haushofmeister wich seinem Blick aus.

»Bitte versucht, die schwierige Lage zu verstehen, Henat. Die Gottesdienerin ist eine sehr alte, gebrechliche Dame. Es wird immer schwieriger für sie, all ihren Pflichten nachzukommen. Und ich will sie auch nicht vor den Kopf stoßen.«

»Das kann ich verstehen.«

»Ich habe ihr Euer Gesuch um ein Gespräch mit ihr schriftlich vorgelegt. Sobald ich eine Antwort von ihr habe, unterrichte ich Euch. Für die Wartezeit stelle ich Euch einen Tragesessel zur Verfügung. Theben ist so voll von Sehenswürdigkeiten, dass es Euch in den kommenden Tagen nicht langweilig werden dürfte. Bis heute Abend, mein Freund. Meine Untergebenen können es kaum erwarten, Euch kennen zu lernen.«

Henat blieb erstaunlich ruhig.

Was sollte er auch machen? Entweder log Chechonq, und die Gottesdienerin weigerte sich, den Gesandten des Pharaos zu empfangen; oder aber er hatte in etwa die Wahrheit wiedergegeben und die alte Dame war wirklich leidend, wenn sie nicht bereits im Sterben lag. Dann wäre sie aber auch dem Schreiber Kel keine Hilfe.

Also begnügte sich Henat mit der Rolle des überaus zufriedenen Gastes, um nicht das Misstrauen des Haushofmeisters zu wecken.

Jetzt aber hatte er dringend etwas zu erledigen: Er musste Verbindung mit seinen Leuten in Theben aufnehmen und Chechonqs Behauptungen überprüfen lassen.

53

Die Wohnung von Schatzmeister Pef lag in der Nähe des großen Osiris-Tempels, einem Bauwerk von Sethos I., dem Vater von Ramses II. Seit der ersten Dynastie bauten die Pharaonen in Abydos, viele von ihnen hatten dort ein ewiges Heim für ihren *Ka* errichten lassen, damit er in Gemeinschaft mit dem Gott auferstehen konnte, der siegreich über den Tod war.

Der Anführer des kleinen Söldnertrupps wandte sich an den Türhüter.

»Wir haben eine junge Frau aufgegriffen, die den Schatzmeister sprechen möchte. Sie behauptet, er würde sie erwarten.«

»Wie heißt sie?«

»Sie wollte mir ihren Namen nicht nennen. Ich soll sagen, sie sei die Tochter des besten Freundes vom Schatzmeister, dem Hohepriester von Saïs.«

»Ich werde meinen Herrn verständigen.«

Bebon hatte sich in sein Schicksal gefügt, Kel versuchte Ruhe zu bewahren. Die Söldner blieben wachsam und gaben ihnen keine Gelegenheit zu fliehen.

Sollte Pef sich weigern, sie zu empfangen, würde man sie rücksichtslos verhören und den Wachtruppen übergeben. Und wenn die sie für schuldig hielten, würden sie Richter Gem unterrichten.

Offen gestanden konnte Nitis' Unternehmung nur zum Scheitern verurteilt sein.

Der Pförtner kam zurück.

»Sie darf zu ihm.«

Einer der Söldner griff nach dem Arm der Priesterin.

»Lass sie los, ich kümmere mich um sie.«

Nitis ging durch ein kleines Vorzimmer mit einem Altar, der den Vorfahren gewidmet war, musste dann durch einen Gang, der durch ein hohes Fenster Licht bekam, und gelangte in ein Arbeitszimmer voller Papyrusrollen und Schreibtafeln.

»Hier ist sie, Herr.«

Pef saß in Schreiberhaltung auf dem Boden und sah auf.

»Nitis! Du bist es also wirklich.«

»Aber ich bin nicht allein: Kel begleitet mich. Er liebt mich, und ich liebe ihn. Und sein Freund Bebon, der uns aus vielen gefährlichen Lagen befreit hat, ist auch dabei. Nicht zu vergessen unser kluger und mutiger Esel, Nordwind.«

»Und du willst mir jetzt erzählen, dass dieser Schreiber, der im ganzen Land gejagt wird, unschuldig ist! Die Beweise gegen ihn sind erdrückend, niemand zweifelt an Kels Schuld. Und du bist jetzt als seine Helfershelferin angeklagt! Richter Gem sieht in euch die gefährlichen Verschwörer, deren Weg von Leichen gesäumt ist.«

»Das ist alles falsch«, entgegnete Nitis ruhig, »und die wahren Aufrührer handeln weiter im Verborgenen.«

»Wer sind sie, und was wollen sie?«

»Das wissen wir leider noch nicht, aber wir haben eine verschlüsselte Schrift, in der vermutlich ihre Namen und ihre Absichten stehen.«

»Wie könnte ich dieser Lügengeschichte glauben?«

»Indem Ihr der Wahrheit zu ihrem Recht verhelft. Ein junger Schreiber, eine Priesterin und ein Schauspieler sollen den Thron von Amasis bedrohen … Ist diese Lügengeschichte etwa glaubwürdig?«

»Kel hat die anderen Übersetzer ermordet und ist geflüchtet. Wenn du ihm hilfst, unterstützt du einen Mörder.«

»Die Gottesdienerin wird uns den Schlüssel geben, mit dem wir die Schrift lesen und unsere Unschuld beweisen können. Ihr müsst uns helfen, nach Theben zu kommen und sie zu sprechen.«

Der alte Mann wandte den Blick ab.

Nitis wartete auf sein Urteil. Er musste nur ein Wort sagen, und sie waren verhaftet und zum Tod verurteilt.

»Ich habe Amasis gerade um meine Entlassung gebeten«, gestand er. »Die Verwaltung bedeutet mir nichts mehr, und ich halte nichts von der neuen Art und Weise, mit der man den Griechen entgegenkommt. Deshalb habe ich beschlossen, mich hier endgültig niederzulassen und mich nur noch dem Osiriskult zu widmen.«

Die Priesterin schöpfte Hoffnung.

»Heißt das, Ihr wollt uns helfen?«

»Ich habe in diesem Söldner-Lager nicht viel zu sagen. Der Kommandant wird euer Eintreffen seinem Vorgesetzten melden, der wiederum unterrichtet Richter Gem. Unter dem Vorwand, euch verhören zu wollen, kann ich euch vorübergehend bei mir aufnehmen und mit Lebensmitteln versorgen. Mehr dürft ihr nicht von mir verlangen.«

»Dann glaubt Ihr mir also?«

»Geh Kel und Bebon holen.«

Nur Nordwind musste draußen bleiben. Ein Dienstbote brachte ihm Wasser und Futter, und der Esel ließ sich nicht lange bitten.

Ausgiebig musterte Pef den Schreiber, der in den Mittelpunkt einer Verschwörung geraten war. Diese harte Prüfung hatte ihn reifer gemacht, er sah jetzt aus wie ein Mann, der entschlossen war, bis zum Letzten zu kämpfen. Und er wirkte weder niedergeschlagen noch erschöpft. Außerdem versetzte er den Schatzmeister mit seiner Frage in Erstaunen.

»Habt Ihr den verschlüsselten Papyrus geschrieben?«, fragte Kel.

»Nein, natürlich nicht.«

»Wisst Ihr dann, wer ihn geschrieben hat?«

»Ich kenne ihn gar nicht. Ich vertraue euch jetzt meinem Hausverwalter an. Ich selbst muss erst einmal die griechischen Söldner wegschicken.«

Bebon hatte einen Bärenhunger und einen unstillbaren Durst und schwor sich, dass er nie wieder eine Wüste durchqueren würde. Nitis und Kel wollten nicht anfangen zu essen, ehe Pef zurückgekommen war.

»Sie sind in ihre Unterkunft gegangen«, erklärte der. »Aber sie verlangen eine Niederschrift von den Verhören und haben ihr Erstaunen über mein Eingreifen geäußert. In Anbetracht meiner Stellung mussten sie sich zwar fügen, aber ihr Kommandant wird nicht mit einem Tadel auf sich warten lassen, weil ich mich eigentlich nicht in die Angelegenheiten der Ordnungshüter und Soldaten einzumischen habe.«

»Wie lange können wir bleiben?«, wollte Kel wissen.

»Höchstens zwei Tage. Ich befürchte, man wird hier bald unangemeldet erscheinen. Jetzt esst erst mal und ruht euch aus.«

»Liegt Euer Schiff im Hafen von Abydos?«

»Ja.«

»Könnt Ihr uns erlauben, es zu stehlen und damit nach Theben zu fahren?«

»Die Gottesdienerin wird euch nicht empfangen. Trotz ihrer herausragenden geistlichen Stellung muss sie dem Pharao gehorchen. Und Henat wird euch ihr als die schlimmsten Verbrecher schildern, die man sich nur denken kann. Bestimmt überzeugt er sie, dass sie sich aus dieser verhängnisvollen Geschichte besser heraushalten sollte.«

»Das werden wir ja sehen. Bekommen wir Eure Erlaubnis?«

»Ich rechne nicht damit, dass ich dieses Schiff noch einmal brauche. Sobald der Diebstahl bekannt wird, zeige ich ihn an.«

Bebon ließ die beiden Verliebten in ihrem Glück allein und verließ das Haus des Schatzmeisters heimlich über die Terrasse. Er hatte den unwiderstehlichen Wunsch, die Werkstatt wiederzusehen, in der die Göttermasken hergestellt wurden, die bei den Mysterienfeiern getragen wurden. Obwohl es dorthin nicht weit war, blieb ihm doch genug Gelegenheit, von seiner Zeit als fahrender Schauspieler zu träumen und sich die herrlichen Stunden in Erinnerung zu rufen, die er mit der bezaubernden Frau verbracht hatte, die die Masken bemalte.

Ganz Abydos schlief bereits. In dieser Reliquienstätte ohne Handelsgeschäfte widmete man sich ausschließlich dem Osiriskult und musste machtlos mit ansehen, wie die ohnehin geringe Zahl seiner Einwohner von Jahr zu Jahr abnahm.

Der Haupteingang zu der Werkstatt war geschlossen, aber Bebon wusste noch, wie man das Fenster auf der Rückseite des Gebäudes öffnen konnte.

Langsam gewöhnten sich seine Augen an die Dunkelheit, und bald erkannte er die Gesichter des Horus-Falken und von dem furchterregenden Tier des Seth – einer Art Okapi mit großen aufgestellten Ohren.

Da hörte er plötzlich von draußen Geräusche.

Als er einen Blick durch das Fenster warf, sah er Söldner ausschwärmen.

Schatzmeister Pef hatte seine Gäste verraten.

54

Phanes von Halikarnassos verbeugte sich tief vor Pharao Amasis.

»Auftrag erfüllt, Majestät. Elephantine ist jetzt eine richtige Festung und unsere Grenze nach Süden gut gesichert. Gewissenhafte Offiziere befehligen ein gut geführtes Lager, das jederzeit bereit ist, welchen Feind auch immer in die Flucht zu schlagen. Der neue Kommandant und der neue Stadtvorsteher sind treue Diener Eures Reichs und gehorchen Euren Befehlen.«

»Hat man die Nubier über diese Neuerungen verständigt?«

»Ich habe Boten zu den wichtigsten Stammesführern geschickt. Falls einer von ihnen an einen Überfall gedacht haben sollte, wird er diesen Plan jetzt aufgegeben haben.«

»Ausgezeichnete Arbeit, Phanes.«

»Ganz zufrieden bin ich allerdings nicht, Majestät. Im Süden gibt es noch einige aufsässige Provinzen, die sich nicht streng an die Gesetze halten. Da müssen wir, glaube ich, härter durchgreifen.«

»Wie stellst du dir das vor?«

»In der Nähe der größeren Ortschaften sollten wir weitere Lager anlegen. Die Anwesenheit der Söldner dürfte den Widerstandsgeist besänftigen.«

»Ich werde es mir überlegen, Phanes. Jetzt habe ich dir aber einen anderen wichtigen Auftrag anzuvertrauen.«

Der Grieche nahm Haltung an.

»Zu Euren Diensten, Majestät.«

»Kennst du meinen Sohn, Psammetich?«

»Ich habe ihn bei einer öffentlichen Veranstaltung kennen gelernt.«

»Was hältst du von ihm?«

»Majestät, ich maße mir nicht an ...«

»Doch, maße dir an!«

»Er ist ein vornehmer und sehr gesetzter junger Mann.«

»Zu vornehm und zu gesetzt! In seinem Alter habe ich mich mit der Lanze und dem Schwert geübt. Er verkehrt mit den Schreibern und der besseren Gesellschaft und will mit den Soldaten nichts zu tun haben. Es ist allerhöchste Zeit, dass er eine gründliche militärische Ausbildung erhält. Schon morgen könnte es dazu kommen, dass er unsere Truppen führen und die Zwei Länder verteidigen muss.«

»Herr, meine Art der Ausbildung…«

»Gefällt mir sehr. Du sollst ihn nicht umbringen, aber auch nicht schonen. Dieser Junge muss schleunigst ein herausragender Krieger werden. Ich schicke ihn noch heute zu dir.«

»Ich werde Euren Sohn ausbilden, Majestät, und er wird sich seines Vaters würdig erweisen. Da ich sowieso gerade große Übungen vorhabe, um die Truppen des Nordens auf der Höhe zu halten, kann ich ihn da gleich einbeziehen.«

»An die Arbeit, Phanes.«

Der Feldherr zog sich zurück. Ihm folgte Siegelbewahrer Udja, eindrucksvoll wie eh und je.

»Was ist mit Euren Kopfschmerzen, Majestät, sind sie besser geworden?«

»Deine Heilmittel haben sehr gut gewirkt! Ich habe überhaupt keine Schmerzen mehr und fühle mich wieder sehr kräftig. Ich hoffe doch, dass die Flotte an den Übungen von Phanes teilnimmt?«

»Selbstverständlich. Die gute Abstimmung von Flotte, Fußsoldaten und Reiterei scheint mir wesentlich. Wir haben eben ein Schreiben von Krösus erhalten: Er versichert uns der Freundschaft des Kaisers von Persien und möchte uns mit seiner Gattin Mitetis einen Besuch abstatten. Letztere lässt Königin Tanit sehr herzlich grüßen.«

»Das sind ausgezeichnete Neuigkeiten, Wesir! Die Perser scheinen sich tatsächlich zu beruhigen und ihrem Eroberungswahn ein Ende zu setzen. Trotzdem müssen wir weiter auf der Hut sein. Ist das Übersetzeramt inzwischen wieder vollständig besetzt?«

»Wegen Henats Abwesenheit hat sich die Sache etwas verzögert, Majestät. Aber wir sollten uns doch Zeit lassen, um wirklich sehr gute und erfahrene Übersetzer zu finden, die sich ihrer großen Verantwortung bewusst sind. Zurzeit arbeiten ausreichend Schreiber, um den Großteil des Schriftverkehrs mit den Nachbarländern erledigen zu können.«

»Hat Henat die Gottesdienerin getroffen?«

»Noch nicht, Majestät.«

»Weigert sie sich etwa, den königlichen Palastverwalter zu empfangen?«

»Das kann ich mir nicht vorstellen«, meinte der Siegelbewahrer. »In seinem letzten Brief schreibt Henat auch nichts dergleichen. Ich vermute, der Leiter des Geheimdienstes überprüft seine Mitarbeiter in Theben und bringt sich vor dem Gespräch auf den neuesten Stand der Entwicklungen.«

Amasis nickte zustimmend. Das sähe ganz nach Henat aus.

»Hast du einen Bericht von Richter Gem?«

»Er kommt seiner Beute immer näher, Majestät. In Lykopolis sind ihm der Mörder Kel und seine Helfershelfer nur knapp entkommen.«

»Lykopolis … Dann sind sie auf dem Weg nach Theben.«

»Nachdem Kels Stützpunkt in Elephantine zerstört wurde, sitzt der Mann jetzt in der Falle.«

Amasis hatte plötzlich eine düstere Ahnung.

»Was, wenn Kel gar nicht nach Theben will, sondern nach Abydos? Zu Pef, meinem Schatzmeister?«

»Zu Eurem ehemaligen Schatzmeister, Majestät. Ich habe soeben sein Entlassungsgesuch erhalten.«

»Pef will in den Ruhestand gehen, um mich besser bekämpfen zu können! Pef ist die Seele der Verschwörung! Du musst sofort Richter Gem verständigen!«

»Seid unbesorgt, er hat bereits ähnliche Überlegungen angestellt und will Abydos umstellen lassen, um die Verschwörer dort festzunehmen.«

»Pef ... Dann ist er also der Anführer, und Kel macht für ihn die dreckige Arbeit.«

»Warten wir ab, was der Richter sagt.«

»Zweifelst du noch an dieser Vermutung?«

»War Pef nicht ein hervorragender Schatzmeister? Es geht uns ausgezeichnet, unser Land ist reich, die Landwirtschaft blüht und gedeiht.«

»Der vollkommene Heuchler, unbescholten und fleißig ... Der bewundernswerte Pef! Warum will er an die Macht? In seinem Alter ist das doch der reine Wahnsinn. Mein Vorbild an Weisheit hat sich in Luft aufgelöst, Wesir. Nun, für heute habe ich genug gearbeitet.«

Amasis verließ seinen Palast und gesellte sich zu seiner Gattin, die sich im Schatten einer alten Sykomore ausruhte.

»Was hältst du von einer kleinen Fahrt mit der Barke, Tanit?«

»Das wollte ich Euch auch gerade vorschlagen.«

Vier Ruderer, ein Mann am Bug, ein anderer am Steuer, kühler Weißwein, ein Sonnenschirm. Amasis ließ sich in die Kissen sinken und schaute in den Himmel.

»Manchmal sind mir die Menschen sehr lästig, meine Liebe. Ich glaube, ich sollte mehr an die Götter und weniger an das Glück meiner Untertanen denken. Aber wie soll man seinem Schicksal entkommen? Also ertrage ich eben weiter die Last meiner Pflicht, und du allein weißt, wie schwer sie ist. Der Himmel ist so schön, so rein … und so geheimnisvoll! Ägypten muss nicht an seinem Herrscher zweifeln, und ich darf nicht die Richtung in Frage stellen, die ich einschlagen muss.«

»Ich bin sehr beunruhigt«, gestand die Königin.

Amasis setzte sich auf.

»Was macht dir denn solche Sorgen, Tanit?«

»Es geht um Euren Sohn, Psammetich. Kann es sein, dass er eben zusammen mit Feldherrn Phanes von Halikarnassos den Palast verlassen hat?«

»Das stimmt, meine Liebe. Die Zeit ist reif, dass er zu einem richtigen Krieger gemacht wird.«

»Aber Phanes ist so grausam, und unser Sohn so zart und empfindlich …«

»Er soll mein Nachfolger werden, Tanit, da muss er den Ernst des Lebens kennen lernen. Ihn im Palast einzusperren wie in einem goldenen Käfig wäre ein großer Fehler.«

»Könntet Ihr ihm nicht noch ein wenig Zeit lassen?«

»Die Jahre vergehen wie im Flug, Psammetich ist nicht mehr halbwüchsig. Morgen schon soll er Söldner befehligen. Weil ich ihn gebildeten Leuten überlassen habe, die ganz in ihren guten Sitten aufgehen, habe ich seine Ausbildung vernachlässigt. Auf dem Schlachtfeld nützt ihm deren Bildung rein gar nichts!«

»Aber uns droht doch kein Krieg«, wandte die Königin ein.

»Wir bekommen bald Besuch von Krösus und seiner Gattin«, berichtete Amasis, »und wir werden die beiden sehr herzlich empfangen. Dank Krösus wissen die Perser, dass wir aufgerüstet haben, und werden sich hüten, uns anzugreifen. Dennoch nehme ich mich weiterhin vor diesem gewalttätigen Volk in Acht. Und Psammetich muss den Persern vielleicht eines Tages die Stirn bieten.«

55

Etwa fünfzig Söldner rückten zum Haus von Schatzmeister Pef vor. Schweigend verständigten sie sich mit den Männern von Richter Gem, der den Einsatz leitete. Gem war erst am gleichen Tag in Abydos eingetroffen; als man ihm berichtet hatte, dass sich die drei Gesuchten im Haus des Ministers aufhielten, beschloss er, sofort einzugreifen. Diesmal würden ihm die Verschwörer nicht wieder entkommen.

Der Vollmond beschien die schlafende Stadt.

Als sich einer der Söldner zufällig umdrehte, erschrak er so, dass er einen Entsetzensschrei ausstieß. Seine Kameraden blieben wie angewurzelt stehen und erblickten nun selbst das furchterregende Schauspiel: Aus der Dunkelheit war der Gott Sethos aufgetaucht und bedrohte sie!

Die Abergläubischen ergriffen sofort die Flucht, wobei sie einen Großteil der noch Unentschlossenen über den Haufen rannten: Das schöne Vorhaben, sich unbemerkt anzuschleichen, war gescheitert.

Bebon war mit diesem Erfolg sehr zufrieden und trat den Rückzug an – er nahm die Maske ab und lief zum Hafen. Kel und Nitis konnte er jetzt nicht mehr warnen, aber das würde Nordwind übernehmen. Diese vielen Soldaten konnte er unmöglich allein aufhalten. Es gab nur einen einzigen Ausweg: Er musste das Schiff des Schatzmeisters in seine Gewalt bringen und klarmachen, in der Hoffnung, dass die anderen zu ihm gelangten.

Weil sich Bebon in Abydos bestens auskannte, lief er über lauter kleine Gassen zum Hafen. Mehrere Boote der Wachtruppen lagen im Hafen vor Anker, unter ihnen auch das von Richter Gem. Alle wurden von Soldaten bewacht.

Am äußersten Ende des Hafendamms entdeckte Bebon das schöne Schiff von Pef. Langsam zogen Wolken auf und verdeckten den Mond. Bebon nutzte die Dunkelheit und kletterte an Bord. Beinahe wäre er über einen schlafenden Seemann gestolpert, den er weckte, indem er ihm sein Messer auf die Rippen setzte.

»Entweder hilfst du mir, oder ich bring dich um.«

Kel fuhr hoch.

Nordwinds lautes Geschrei tönte durch die stille Nacht.

»Steh auf, Nitis, schnell!«

Auf dem Flur kam ihnen der müde Pef entgegen.

»Ihr seid in Gefahr«, sagte er zu seinen Gästen. »Wir können das Haus auf der Rückseite verlassen und uns in den Tempel flüchten. Die Söldner werden es nicht wagen, ihn zu betreten.«

»Nordwind …«

»Es tut mir sehr leid, aber der Esel ist das Tier von

Seth und darf nicht in das Heiligtum des Osiris«, erklärte Pef.

»Hoffentlich wird er uns finden«, sagte Nitis traurig.

»Wir müssen uns beeilen«, drängte Pef. »Mein Türhüter kann sie nicht mehr lange aufhalten.«

Der Minister hatte sich nicht geirrt. Und weil der Pförtner Angst hatte, geschlagen zu werden, verriet er den Eindringlingen auch gleich, dass sich die Hausbewohner in den Tempel von Sethos I. geflüchtet hatten.

Die Söldner hatten sich endlich wieder gesammelt und stürmten ihrem Anführer nach.

Vor dem Tempel trat ihnen ein Priester entgegen.

»Ihr habt kein Recht, die Ruhe dieses heiligen Ortes zu verletzen.«

»Und Ihr gewährt Verbrechern Unterschlupf«, gab der Kommandant zurück. »Liefert sie uns aus.«

»Auf keinen Fall.«

»Dann verstoßt Ihr gegen das Gesetz.«

»Ich kenne nur die Gesetze der Götter.«

Im Tempel zeigte Pef inzwischen den jungen Leuten den Weg in das Osireion, den unterirdischen Teil des Tempels, der nur für die Feier der Großen Mysterien bestimmt war. Von dort aus führte ein Gewölbegang aus dem Tempelbereich hinaus, und zwar ganz in die Nähe des Hafens.

»Mein Schiff liegt am äußersten Ende des Hafendamms. Wenn es eurem Freund gelungen ist, an Bord zu gelangen, könnt ihr Abydos vielleicht verlassen.«

»Und was wird aus Euch?«, fragte Kel besorgt.

»Mir geschieht nichts«, beruhigte ihn Pef. »Geht jetzt, die Götter mögen euch beschützen.«

Ein Blitz zerriss den Himmel, der Donner grollte, und ein warmer Regen begann in dicken Tropfen zu fallen.

Alle Priester hatten sich versammelt, um die Soldaten daran zu hindern, in den Tempelbereich einzudringen.

Pef ging zu ihnen und rief mit donnernder Stimme: »Zieht euch zurück! Ich bin der königliche Schatzmeister, und ich spreche im Namen des Pharaos.«

»Hört nicht auf ihn«, fuhr Richter Gem dazwischen und bahnte sich einen Weg durch die Reihen der Söldner. »Dieser Mann ist ein Verräter und hält Mörder versteckt.«

»Da täuschst du dich, Gem, und du verfolgst Unschuldige!«

»Kein Tempel hat das Recht, gegen das Gesetz zu verstoßen. Die Soldaten von Amasis werden jetzt an Euch vorbeigehen und sich der Verbrecher bemächtigen, die sich gegen ihn verschworen haben.«

»Ich verbiete Euch, das Heiligtum des Osiris zu entweihen!«

»Geh uns aus dem Weg, Pef!«

»Niemals!«

»Tod dem Verräter!«, schrie der Kommandant der Söldner, als sich seine Lanze in die Brust von Pef bohrte.

Der Schatzmeister ging zu Boden, die Priester ergriffen die Flucht, und die Soldaten stürmten das Gebäude.

Eine ordentliche Verhandlung wäre mir lieber gewesen, dachte sich Gem und bedauerte den unglücklichen Ausgang der Geschichte. Wenigstens war jetzt der Kopf der Verschwörerbande ausgeschaltet.

Der Regen und der Sturm waren so heftig, dass Kel und Nitis kaum vom Fleck kamen. Irgendwie erreichten sie schließlich doch noch den Hafen, wo sie Nordwind erwartete. Für einen kurzen Augenblick vergaßen sie die entfesselten Elemente und streichelten den Esel zur Begrüßung, dann eilten sie ans Ende des Hafens.

An diesem schrecklichen Tag, an dem Horus und Seth aufeinandergetroffen waren, sollte man eigentlich zu Hause bleiben, nicht schwimmen, mit keinem Schiff fahren und nicht reisen. Der Nil war wie entfesselt; gewaltige Wellen rüttelten an den Schiffen und drohten, sie zu versenken. Die Wachsoldaten verließen ihre Stellungen und suchten irgendwo Schutz vor dem Unwetter.

»Beeilt euch!«, rief Bebon ihnen zu. »Wir lassen das letzte Tau schießen und legen ab!«

»Das ist doch wahnsinnig«, entgegnete Kel. »Das Schiff geht unter, und wir ertrinken.«

»Der Esel des Gottes Seth wird uns schützen«, beruhigte ihn Nitis. »Er kennt das Geheimnis des Sturms und fürchtet ihn nicht.«

Irgendwie gelang es den Dreien, an Bord zu kommen.

»Der Seemann, der Wache halten sollte, ist geflohen«, erklärte der vollkommen durchnässte Bebon. »Wir können das Schiff nicht allein segeln.«

»Leinen los!«, entschied Nitis.

Abermals zerrissen Blitze den tintenschwarzen Himmel. Kel umklammerte sein Amulett und drückte Nitis an sich.

Von der Strömung mitgerissen und vom Sturm vor sich hergetrieben, verschwand das Schiff des ermordeten Schatzmeisters in der finsteren Nacht.

56

Die Sonne verscheuchte die letzten Wolken. Der schreckliche Sturm hatte sich erst im Morgengrauen gelegt und beträchtlichen Schaden angerichtet; und auch jetzt noch blies ein ungewöhnlich starker Ostwind.

Richter Gem kam aus dem Tempel, in dem die Söldner nur Priester angetroffen hatten, und blieb vor dem Leichnam von Pef stehen. Warum war dieser vorbildliche Minister derart auf Abwege geraten?

»Begrabt ihn«, befahl der Richter den Soldaten.

Der Kommandant des Lagers würde wegen Ungehorsam bestraft, und Gem wollte einen ausführlichen Bericht an Amasis schicken.

Ein Teil des Hafendamms war bei dem Unwetter zerstört worden, sämtliche Schiffe waren schwer beschädigt.

»Zwei Schiffe sind gesunken«, berichtete ein Seemann, »und das Schiff von Schatzmeister Pef ist verschwunden.«

»Hat es jemand auslaufen sehen?«, fragte der Richter.

Schließlich wurde ein Zeuge gefunden, der sich aber noch nicht von dem nächtlichen Unwetter erholt hatte.

»Es hat ja in Strömen geregnet, deshalb konnte ich es nicht so genau erkennen. Ich bin mir aber ziemlich sicher, dass ich ein Paar mit einem Esel gesehen habe, die an Bord gegangen sind. Dann hat sich das Schiff plötzlich vom Ufer losgerissen, und die starke Strömung hat es unglaublich schnell mitgerissen.«

»Bestimmt ist das Schiff untergegangen, und die Leute sind ertrunken«, meinte der Seemann.

»Das werden wir untersuchen«, entschied Richter Gem.

»Wir müssen aber mit den Aufräumungsarbeiten beginnen!«

»Bald treffen weitere Schiffe der Flusswache zur Verstärkung ein.«

»Ich will Euch ja nicht widersprechen, aber diese Nachforschungen sind meiner Meinung nach überflüssig. Selbst ein äußerst erfahrener Seemann könnte bei diesem Sturm kein Schiff steuern. Und Krokodile und Fische fressen die Leichen mit Haut und Haar.«

Henat besichtigte mehrere Tempel am Westufer des Nils, vor allem die von Ramses II. und Ramses III., sogenannte Millionenjahrhäuser – gewaltige Bauwerke mit zahlreichen Nebengebäuden. Die Lagerhäuser, Werkstätten und Bibliotheken waren nach wie vor in Betrieb.

Vier Hausdiener waren dafür zuständig, dem königlichen Palastverwalter jeden Wunsch von den Augen abzulesen. Henat unterhielt sich mit mehreren hohen Beamten und befragte sie nach ihrer Arbeitsweise und ihrem Umgang mit Schwierigkeiten.

Im Ramesseum führte er ein langes Gespräch mit dem Fachmann, der für die Herstellung von erstklassigem Papyrus verantwortlich war – dem Einzigen, der für rituelle Schriften zugelassen wurde. Dieser Handwerker lieferte seine Ware zum größten Teil an die Gottesdienerin und reiste beruflich häufig nach Karnak. Außerdem gehörte er zu den wichtigsten Leuten aus Henats Nachrichtennetz.

»Welche Ehre, Euch in Theben zu empfangen!«

»Sparen wir uns diese förmliche Begrüßung. Ich brauche klare Auskünfte.«

»Hier ist nichts los. In der Provinz ist es ruhig, die Tempel verwalten das Land zur allgemeinen Zufriedenheit, und man beschäftigt sich hauptsächlich mit der Verehrung der Götter.«

»Was weißt du über den Haushofmeister Chechonq?«

»Er ist Geistlicher und weltlicher Verwalter in einer Person und wird von Würdenträgern und Volk gleichermaßen geachtet. Auch wenn er etwas tollpatschig wirkt und dem guten Essen sehr zugeneigt ist, darf man sich nicht täuschen lassen – er ist ein fleißiger und sehr gewissenhafter Arbeiter und duldet weder Faulheit noch Unfähigkeit bei seinen Leuten. Die Gottesdienerin hat eine gute Wahl getroffen, als sie ihn zum Haushofmeister ernannte.«

»Hast du sie in letzter Zeit zu Gesicht bekommen?«

»Sie wurde schon seit zwei Monaten nicht mehr gesehen. Ihren Dienern zufolge verschlechtert sich ihr Gesundheitszustand sehr schnell. Sie feiert zwar weiterhin bestimmte Rituale, verlässt aber schon lange nicht mehr den Tempel von Karnak und hält sich meistens in ihrem Palast auf.«

»Besucht Chechonq sie regelmäßig?«

»Mindestens dreimal die Woche. Er muss sich mit ihr beraten, ehe er wichtige Entscheidungen treffen darf, die die Verwaltung der Provinz betreffen. In den letzten Tagen hat sie sich allerdings geweigert, ihn zu empfangen. Nicht wenige glauben, dass sie im Sterben liegt.«

Dann hatte Chechonq also die Wahrheit gesagt. Aber Henat war vorsichtig und wollte ganz sichergehen.

»Kennst du den Arzt der Gottesdienerin?«

»Ja, er hat mich auch schon behandelt. Er ist ein angenehmer und äußerst fähiger Mann.«

»Sag ihm, dass ich krank bin, und schicke ihn in meine Gastunterkunft.«

Von Pefs schönem Schiff war nur noch ein trauriger Rest übrig. Der Nil hatte es in seiner Wut in Stücke gerissen, obwohl es sehr solide gebaut war.

»Hat man denn menschliche Überreste gefunden?«, fragte Richter Gem die Männer, die mit der Untersuchung des Wracks beauftragt worden waren, das man nicht weit von Dendera, zwischen Abydos und Theben, entdeckt hatte.

»Der Fluss und seine Bewohner haben ganze Arbeit geleistet.«

Kel, Nitis und Bebon waren also ertrunken … Wahrscheinlich jedenfalls.

Aber der Richter traute dem Frieden nicht und ließ weiter südlich nach ihnen suchen. Ohne Ergebnis.

Da das heftige Unwetter mehrere Stunden gedauert hatte, hatten die Flüchtigen wohl kaum überleben können. Der Richter hätte sich damit zufriedengeben, an ihren Tod glauben und die Straßensperren aufheben sollen.

Andererseits waren die drei schon so vielen Gefahren entronnen … Er hatte noch immer Zweifel an der Sache. Richter Gem ließ einen kleinen Söldnertrupp zusammenstellen und erteilte den Männern seine Anweisungen.

Mit einer schweren Tasche voller Medikamente in der Hand betrat der Doktor das Zimmer von Henat, der gerade einen Bericht seines Spitzels las.

»Ich bin so schnell ich konnte gekommen. Was fehlt Euch denn?«

»Nichts, es geht mir ausgezeichnet.«

Der Arzt runzelte die Stirn.

»Das verstehe ich nicht! Man hat mir gesagt…«

»Dass ich Euch sehen wollte. Ich möchte, dass es so aussieht, als hättet Ihr einen Krankenbesuch bei mir gemacht. Tatsächlich brauche ich aber einige Auskünfte von Euch.«

»Stehe zu Diensten.«

»Ihr seid doch der Leibarzt der Gottesdienerin?«

»Das ist richtig.«

»Ich will alles über ihren Gesundheitszustand wissen.«

»Bedaure, aber das ist ausgeschlossen. Die Schweigepflicht ist ein wichtiger Bestandteil meines Berufs.«

»Das könnt Ihr vergessen!«

»Ausgeschlossen – ich kann mich nur wiederholen.«

»Ich fürchte, Ihr habt mich nicht richtig verstanden. Ich verlange eine Antwort. Andernfalls…«

»Ihr wollt mir doch nicht etwa drohen?«

»Euch und Eurer Familie. Ich bin hier im Auftrag des Pharaos, und ich werde ihn auch erfüllen.«

»Ihr wagt es nicht…«

»Ich habe sämtliche Vollmachten, und für mich zählt allein das Wohl des Landes. Deshalb empfehle ich Euch dringend, mir endlich zu antworten.«

»Ich könnte es nicht ertragen, das Vertrauen meiner Patientin zu verraten und…«

»Es handelt sich hier um höhere Gewalt.«

Der Arzt schluckte.

»Da verlangt Ihr zu viel von mir!«

»Nur Ihr und ich wissen, was gesprochen wurde. Ihr schweigt, und ich sage auch nichts.«

Jetzt holte der Arzt tief Luft.

»Die Gottesdienerin hat mehrere unheilbare Leiden. Ihr Herz ist altersschwach, die Lunge arbeitet nicht mehr richtig, die Kanäle der Lebenskraft sind verengt. Angesichts ihres hohen Alters kann keine Behandlung mehr richtig greifen. Ich kann nur ihre Beschwerden lindern.«

»Empfängt sie noch Bittsteller?«

»Dazu hat sie nicht mehr die Kraft, sie lässt nicht einmal mehr ihren wichtigsten Mitarbeiter zu sich kommen, den Haushofmeister Chechonq.«

»Glaubt Ihr, dass die Gottesdienerin todgeweiht ist?«

»Ich fürchte ja. Weil sie von Natur aus sehr zäh ist, kann sie vielleicht noch ein paar Wochen leben. Falls ihre Schmerzen aber unerträglich werden sollten, muss ich ihr starke Mittel geben, die sie in den Wachschlaf versetzen. Einen tödlichen Herzanfall kann ich ebenfalls nicht ausschließen. Ihr bevorstehender Tod wird für uns alle ein schrecklicher Verlust.«

»Wir werden ihr alle nachtrauern«, stimmte ihm Henat zu, der von diesen Neuigkeiten begeistert war.

Chechonq hatte also die Wahrheit gesagt, und die Gottesdienerin stellte keinerlei Gefahr mehr dar.

Als der Arzt das Haus von Henat verließ, war er sehr erleichtert. Zwar hatte er feuchte Hände, und der Schweiß lief ihm über den Rücken, aber er hatte sich wie ein Gleichgewichtskünstler verhalten, obwohl ihn Henats Kaltblütigkeit in Angst und Schrecken versetzt hatte. Irgendwie war es ihm gelungen, sich zusammenzureißen und die Anweisungen seiner weisen Patientin zu befolgen: Er musste diesen gefährlichen Mann davon überzeugen, dass sie sich an der Schwelle zum Tod befand – machtlos und handlungsunfähig. So bezeugte er die Aussagen des Haushofmeisters und zerstreute auch noch Henats letzten Zweifel.

57

Kurz, ganz kurz, zweifelte der Anführer der Verschwörer am Erfolg ihres Vorhabens. Die Götter schienen den jungen Schreiber, der eigentlich für die Rolle des Sündenbocks gedacht war, eine Priesterin, die für den Tempel bestimmt war, und einen fahrenden Schauspieler, der nur sein Vergnügen im Sinn hatte, zu schützen. Ein sonderbares Dreigespann, das den Ordnungshütern eigentlich nicht entkommen konnte! Trotzdem hatte ihr verrücktes Abenteuer noch immer kein Ende und hielt seine Verfolger und das Schicksal zum Narren.

Aber dieses unverschämte Glück konnte nicht ewig dauern. Kel, Nitis und Bebon waren verurteilt, und ihr vorübergehender Erfolg würde im Nichts enden. Niemals konnten sie den verschlüsselten Papyrus entziffern; und selbst wenn sie die Wahrheit herausfänden, wäre es zu spät – viel zu spät.

Ob sie aufgeben sollten? Auf keinen Fall, denn es gab keine andere Möglichkeit. Das Ende rückte näher, und manche Maßnahmen würden grausam, aber notwendig sein. Das ließ sich nicht vermeiden. Und das Haupt der Verschwörung bereute auch nichts. Es hatte viel Geduld und Geschick gebraucht, um die Entscheidung in die Tat umzusetzen, die schon lange getroffen war. Außerdem war es äußerst gefährlich gewesen, nach und nach seine Verbündeten zu gewinnen.

Jetzt war der Weg nicht mehr weit, aber die Seele des Unternehmens hatte den Ablauf der letzten Ereignisse nicht mehr in der Hand. Trotzdem war sie nicht beunruhigt. Alles war vorgezeichnet, nirgends gab es ein Entkommen.

Der Tod von Unschuldigen? Er war unvermeidlich. Kel konnte so viel in Bewegung setzen, wie er wollte – überall würde er auf unüberwindliche Mauern stoßen und irgendwann die Nerven verlieren.

Bebon hatte literweise Wasser gespuckt. Er konnte kaum glauben, dass er noch am Leben war, und befühlte immer wieder seine Arme, seine Beine und seinen Kopf. Aber alles war noch ganz!

Als er sich aufrichtete, sah er, dass er in einem Schilfdickicht am Nil gelandet war. Auf einer Blütendolde saß ein Schuhschnabel und sah ihn neugierig an.

»Unser Schiff ist untergegangen! Kel, Nitis, wo seid ihr?«

Der Schuhschnabel flog weg.

Noch unsicher auf den Beinen bahnte sich der Schauspieler einen Weg durch das dichte Gestrüpp. Dabei durchlebte er noch einmal den fürchterlichen Sturm, spürte wieder seinen entfesselten Atem, versuchte, sich an der Reling festzuhalten. Das Schiff fuhr unglaublich schnell, sprang von einer Woge zur nächsten. Würden sie bei dieser Geschwindigkeit nicht an Theben vorbeijagen?

Nordwind hatte sich gegen den Mast gedrückt, hielt irgendwie das Gleichgewicht und trotzte den Himmelsgewalten. Sie waren es, die dieses treibende Schiff lenkten, und sie allein konnten den Untergang hinauszögern!

Kel und Nitis kauerten in der Kabine, wobei Kel verzweifelt versuchte, Nitis zu schützen und vor Verletzungen zu bewahren.

Die Nacht schien kein Ende zu nehmen, die Stunden schlichen dahin.

Da griff eine gewaltige Woge nach dem Schiff, hob es hoch und warf es an ein Ufer. Bebon schloss die Augen und war sich sicher, dass er sie nie wieder öffnen würde.

Doch nun war er wieder auf den Beinen und suchte seine Gefährten, nach denen er aber vergeblich rief.

Ihm wurde schwindlig, und er musste sich setzen. Er, der einzige Überlebende … Das war ja entsetzlich! Das Leben, dieses Leben, das er so liebte, kam ihm mit einem Mal leer und grausam vor. So zu tun, als wäre nichts geschehen, und wieder wie früher weiterzumachen, erschien ihm unerträglich.

Dennoch wehrte sich Bebon gegen die Erschöpfung, stand auf und machte sich auf den Weg zum Fluss. Hapi, der Flussgott, würde ihn vielleicht trösten.

»Wo gehst du hin?«, ertönte plötzlich eine vertraute Stimme. »Bist du etwa nicht ertrunken?«

»Kel! Wie geht es dir?«

Der Schreiber war voller Schlamm und kaum wiederzuerkennen.

»Gut, ich hab nur ein paar Kratzer abgekriegt.«

»Und was ist mit Nitis?«

»Sie wäscht sich gerade. Ihr Kleid ist in Fetzen.«

»Und Nordwind?«

»Er hat auch nur ein paar Schrammen. Jetzt schläft er.«

»Am Ende glaube ich doch noch, dass uns die Götter beschützen! Wie sonst hätte man so eine Flut überleben können? Ich kann mich wieder bewegen, atmen ... Ich glaube, ich träume.«

Die beiden Freunde umarmten sich herzlich.

Dann gingen sie zu Nitis, die den Esel zärtlich streichelte.

»Seths Sturm hat uns nur verschont, weil du dabei warst«, sagte sie dankbar zu ihm. »Ohne dich wären wir verloren gewesen.«

»Jetzt muss uns Richter Gem aber wirklich für tot halten und aufhören, uns zu verfolgen«, meinte Kel.

»Ich versuche mal herauszufinden, wo wir sind«, sagte Bebon. »Ihr rührt euch nicht von der Stelle – in dem Schilfdickicht hier kann euch keiner sehen.«

Der Nil hatte Pfeile und Bogen von Neith, das Amulett aus Obsidian, das die beiden Finger darstellt, die Himmel und Erde trennen, den Beutel mit den Edelsteinen und das griechische Messer verschluckt. Vor Nitis lagen die Reste des *Antwortenden* auf dem Boden. Er hatte seine Aufgabe erfüllt, indem er sie heil ans Ostufer des Nils gebracht hatte. Jeder für sich zeichneten Nitis und Kel die Zeichen des verschlüsselten Papyrus in den feuchten Sand. Ihr Gedächtnis ließ sie nicht im Stich, aber die Schrift blieb unverständlich.

Nordwind stellte seine Ohren auf.

Ein Boot näherte sich.

»Es sind Fischer, und Bebon ist bei ihnen«, stellte Kel erleichtert fest.

Der Schreiber bog das Schilf auseinander, und die Barke legte an.

»Diese freundlichen Menschen wollen, dass wir ihre Gäste sind«, sagte der Schauspieler.

»Wir haben aber nichts, was wir ihnen im Gegenzug geben können.«

»Sie haben gerade einen guten Fang gemacht, und es ist ihnen eine Freude, wenn sie ihr Mahl mit ein paar armen Reisenden teilen können. Ich habe ihnen erklärt, dass wir mit unserem Handelsschiff Schiffbruch erlitten und dabei alles verloren haben.«

»Hier bei uns, ganz in der Nähe von Theben, war der Sturm nicht so schlimm«, berichtete der älteste Fischer. »Lasst uns zu unserer Hütte gehen, da können wir ein Feuer machen und die Fische braten.«

Nordwind hatte so große Schmerzen, dass er nur mit Mühe aufstehen konnte.

»Habt ihr vielleicht ein Stück Stoff für meine Frau?«, fragte der Schreiber. »Ihr Kleid ist bei dem Unwetter zerrissen.«

Der alte Fischer schnitt ein Stück von einem groben Leinen ab, mit dem sie sonst ihr Segel flickten. Trotz dieser behelfsmäßigen Bekleidung war Nitis so schön, dass die Fischer sie bewundernd anschauten.

»Was hattet ihr auf eurem Schiff?«, wollte einer von ihnen wissen.

»Weinfässer«, gab Bebon zur Antwort.

»Die hat bestimmt der Haushofmeister der Gottesdienerin bestellt, hab ich recht?«

»Nein, nein, wir waren auf dem Weg nach Elephantine und wollten nicht Halt in Theben machen.«

Die Hütte stand auf einem kleinen Hügel, von dem aus man einen schönen Blick auf den Nil hatte, der jetzt wieder friedlich dahinfloss. Die Fischer legten ihre Speere und Fangkörbe ab, ein Feuer wurde gemacht, und man trank ein einfaches Bier.

»Ihr seid von weither zurückgekommen«, bemerkte der Älteste. »Der wütende Fluss gibt seine Beute sonst nicht wieder her.«

»Wir haben eben Glück gehabt«, meinte Bebon. »Wenn ich diese Fische nur sehe, läuft mir schon das Wasser im Mund zusammen.«

Drei große Fische wurden gebraten: eine Meeräsche, ein Schnabelfisch und ein Nilbarsch. Der Barsch war fast einen Meter lang und hatte silberne Flanken.

Nitis hatte sich an Kel geschmiegt und flüsterte ihm etwas ins Ohr. Als die Fische verteilt wurden, bedeutete Kel seinem Freund unauffällig, nichts von dem Nilbarsch zu nehmen. Die Fischer dagegen ließen sich dessen festes und schmackhaftes Fleisch munden.

»Ihr solltet den Soldaten eure Geschichte erzählen«, beharrte der älteste Fischer. »Damit sie nicht umsonst nach euch suchen. Wenn ihr wollt, bringen wir euch zur nächsten Unterkunft.«

»Nicht nötig«, meinte Bebon. »Zeigt uns nur den Weg, dann finden wir schon hin.«

»Der Weg ist sehr kurz, mein Freund. Wir sind die Soldaten!«

58

Die Söldner, die Richter Gem beauftragt hatte, nach Verdächtigen Ausschau zu halten, bildeten einen Kreis um ihre Gefangenen und bedrohten sie mit ihren Speeren.

Ohne Waffen waren Kel und Bebon machtlos. Und Nordwind war zu verletzt und erschöpft, um zu kämpfen.

»Wer seid ihr?«, wollte der Anführer des Trupps wissen.

»Wir sind Händler«, antwortete der Schreiber.

»Der Richter sucht einen Mörder, dessen Beschreibung auf dich passt, eine sehr schöne junge Frau aus dem Tempel in Saïs und ihren Helfershelfer, einen fahrenden Schauspieler. Ein Zeuge hat sie beobachtet, wie sie mit dem Schiff von dem Verräter Pef verschwunden sind. Der macht jetzt jedenfalls nicht mehr bei der Verschwörung mit.«

»Was ist denn mit ihm?«, fragte Kel.

»Der Kommandant des Lagers in Abydos hat euren Anführer getötet, als er sich nicht ergeben wollte.«

»Pef ist dem Pharao treu gewesen«, empörte sich Nitis.

Der Söldner grinste.

»Sein Schicksal berührt dich, hab ich recht? Soweit ich weiß, war dieser schlechte Minister gut mit deiner Familie bekannt und hatte deshalb keine Schwierigkeiten, dich zu befördern. Eure Flucht ist jetzt aber leider zu Ende, meine Lämmer. Wir liefern euch dem Richter aus, ihr werdet zum Tod verurteilt, und wir – wir kriegen eine schöne Belohnung!«

»Das glaube ich nicht«, erklärte Nitis heiter.

Der Anführer der falschen Fischer nahm seinen Speer fester in die Hand. Diese drei galten als besonders gefährlich und als beinahe unverwundbar. Ganz offensichtlich waren das alberne Gerüchte! Diesmal entkamen die Verbrecher jedenfalls nicht. Sie konnten gar nicht erst kämpfen und mussten sich einfach geschlagen geben.

»Ich bin eine Neith-Priesterin«, sagte Nitis, »und mein Meister hat mich gelehrt, die Zeichensprache der Götter zu verstehen. Niemand kann sich dem Wort der Götter widersetzen, und sie haben entschieden, dass euer Vorhaben scheitern wird.«

»Meinst du vielleicht, du kannst uns mit irgendwelchen magischen Sprüchen besiegen?«

»Das habe ich gar nicht nötig.«

Unruhig geworden sahen sich die Söldner an – bereit, ihre Speere zu gebrauchen.

»Folgt uns jetzt und verhaltet euch ruhig«, befahl ihr Anführer.

»Ihr habt einen tödlichen Fehler begangen«, fuhr Nitis fort, »und nicht einmal der beste aller Ärzte kann euch jetzt noch retten.«

»Welcher Arzt… Was soll das heißen?«

»Wer einen Nilbarsch, die Verkörperung von Neith, in Gegenwart einer ihrer Priesterinnen isst, begeht einen unverzeihlichen Fehler. Weil ihr gegen dieses Gesetz verstoßen habt, habt ihr euch vergiftet. Euer Blut färbt sich gleich schwarz, verstopft eure Lungen und lähmt eure Gliedmaßen. Merkt ihr nicht schon, wie eure Kräfte schwinden?«

Einem der Söldner wurde übel, er ließ seinen Speer fallen und ging in die Knie.

»Steh sofort wieder auf!«, befahl ihm der Offizier. »Diese Zauberin will uns doch nur Angst einjagen.«

Da verdrehte der zweite Grieche die Augen.

»Müsst ihr euch denn jetzt alle wie schwächliche Weiber aufführen?«

Als auch der dritte Söldner zu Boden ging, brach dem Anführer der kalte Schweiß aus, und sein Blick wurde getrübt. Er holte aber noch mit seinem Speer aus und wollte Nitis treffen. Kel ging dazwischen, packte ihn am Arm und entwaffnete ihn mühelos.

Für Bebon gab es nichts mehr zu tun. Alle Soldaten lagen leblos auf dem Boden.

»Wenn ich auch von dem Fisch gegessen hätte ...«, sagte der Schauspieler entsetzt.

»Ich habe dich doch daran gehindert«, erinnerte ihn Kel.

»Ja, aber ich wäre beinahe verrückt geworden – so köstlich hat sein Fleisch ausgesehen!«

»Wir sollten uns auf den Weg machen«, meinte Nitis.

»Am besten nehmen wir einfach das Boot von diesen Kerlen«, meinte Bebon. »So wie wir ausschauen, wird uns die Flusswache kaum belästigen. Eine arme Fischerfamilie stellt nun wirklich keine Gefahr für das Land dar.«

»Der Zutritt zu Theben wird aber bestimmt streng bewacht«, wandte Kel ein.

»Wir gehen im Norden der Stadt an Land, da beobachtet uns keiner.«

»Und dann?«

»Das sehen wir dann schon. Oder willst du etwa jetzt aufgeben, so kurz vor dem Ziel?«

Die vier verließen das unfreundliche Lager und gingen zurück zum Ufer. Nur ungern ließ sich Nordwind überreden, in das Boot zu steigen. Bebon übernahm die Ruder und reichte sie erst nach einer langen Fahrt in der prallen Sonne an Kel weiter.

Sie begegneten einem Boot der Flusswache mit zwei Bogenschützen am Bug.

Als die beiden Schiffe aneinander vorbeifuhren, beäugten diese die erbärmlich gekleideten Insassen der kleinen Barke misstrauisch.

»Guten Fang gemacht?«, fragte einer.

»Geht so, wir fahren jetzt nach Hause!«, rief Bebon zurück.

Kel ruderte jetzt schneller. Der Nil war hier voller Barken, und große Handelsschiffe trieben in der Flussmitte dahin.

»Wir gehen hier an Land«, beschloss Bebon.

Kel legte ohne Schwierigkeiten an.

Und Nordwind war sehr froh, wieder festen Boden unter den Hufen zu haben. Nitis betrachtete lange eine groß gewachsene Akazie, ein Gegenstück zu dem ältesten heiligen Baum im Tempel von Saïs, dessen Blüten sich am dreiundzwanzigsten Tag im Monat der Nilschwemme öffneten.

»Lasst uns beten«, bat Nitis, »wir befinden uns hier vor einem Heiligtum der Göttin Neith.«

Bebon widersprach nicht, als die Priesterin ein Gebet anstimmte. Die Sonne spielte mit den zarten Akazienblättern, die vor neuem Leben strahlten. Ein heiliger Ibis, die Verkörperung des lichten Geistes, erhob sich in die Lüfte.

»Ich kenne einen Weg, auf dem man an den Stadtrand von Theben kommt«, erzählte Bebon, »aber er wird überwacht. Und wir haben nichts, wovon wir uns saubere Kleidung und etwas zu essen kaufen könnten.«

»Lasst uns die Böschung hinaufgehen«, schlug Nitis vor.

Oben am Weg standen zwei Körbe voller Fische und ein Strick.

»Wie ihr seht, hilft uns die Göttin weiter«, sagte Nitis. »Du, Bebon, suchst dir jetzt einen Ast als Gehstock und spielst einen Kranken mit Kreuzschmerzen. Ich folge dir in einiger Entfernung mit Nordwind. Er soll die Körbe tragen, ich gebe mich als Fischersfrau aus, die Ordnungshüter werden uns durchlassen. Auf dem Markt verkaufe ich die Fische und kaufe dafür Kleidung und Sandalen. Kel, du mischst dich unter eine Gruppe von Landarbeitern, die spät abends in ein Gasthaus gehen. Mach Scherze, unterhalte dich mit ihnen, tu so, als wäre alles in Ordnung. Wir treffen uns dann alle am Markt, auf der Seite zur Stadt.«

Bebon staunte nicht schlecht.

»Ihr … Ihr kennt also Theben?«

»Nein, ich habe es gerade entdeckt. Die Worte der Akazie von Neith waren klar und deutlich, ich musste nur auf sie hören.«

Aber der Schauspieler hatte nichts gehört.

Und Kel wollte sich nicht von Nitis trennen.

»Wir sollten uns an die Anweisungen der Göttin halten«, bat Nitis, »dann werden wir auch diese neuen Hindernisse bewältigen.«

Das Vorhaben, das der sprechende Baum ausgeheckt hatte – Bebon beobachtete ihn aus den Augenwinkeln –, war nicht ungefährlich. Aber der Schauspieler konnte kein besseres anbieten.

59

Chechonq war ein leidenschaftlicher Verehrer der alten Schriften und besichtigte gerade seine eindrucksvolle ewige Ruhestätte am westlichen Nilufer in Theben. Die *Pyramidentexte* hatten als Vorbild für die vielen Reihen von Hieroglyphen gedient, die von den immerwährenden Verwandlungen der Seele in den himmlischen Weiten und der ewigen Reise des lichten Geistes handelten. Während seiner langen Jahre bei der Gottesdienerin hatte er viel von ihr gelernt. Als einer, der in die göttlichen Mysterien eingeweiht war, leitete er eine Gruppe von geistlichen Gelehrten, die den Auftrag hatten, in der Überlieferung nach Stoffen zu suchen, mit denen die Zeichner, die Maler und die Bildhauer die Gräber schmücken konnten.

Eigentlich war ja das Haus des Todes in Wirklichkeit das Haus des Lebens. Das menschliche Dasein war nur von kurzer Dauer und hatte nur Sinn im Hinblick auf das Jenseits. Chechonq kam sehr gern hierher, um nachzudenken. In der fast greifbaren Stille inmitten dieser rituellen Geschichten schienen die Götter zu ihm zu sprechen. Und nichts konnte wichtiger sein, als ihren Stimmen zu lauschen.

»Ihr werdet dringend gebraucht, Haushofmeister«, meldete ihm sein Sekretär, dem es sehr unangenehm war, seinen Herrn, in Gedanken vertieft, zu stören.

»Ist es wirklich so dringend?«

»Ich fürchte ja.«

Widerwillig trennte sich Cechonq von der Ruhe seiner ewigen Heimstätte.

Sichtlich aufgeregt erwartete ihn der Schreiber der Schatzkammer am Eingang zum Grab.

»Ich muss Euch dringend sprechen, Haushofmeister, so geht es nicht weiter! Ihr müsst unverzüglich und mit aller Härte durchgreifen.«

»Darf ich erst einmal erfahren, worum es überhaupt geht?«

»Der Aufseher über das Vieh hätte mir heute Morgen drei fette Rinder und fünf Gänse liefern sollen. Und was hat er gemacht: Er bringt mir einen einzigen Ochsen und zwei Gänse – und das ohne ein Wort der Erklärung oder der Entschuldigung. Der Schreiber, der für die Kornspeicher zuständig ist, hat von Amts wegen die Belieferung der Bäckerei von Karnak beträchtlich gekürzt. Mit anderen Worten, sie können nicht einmal mehr genug Brot backen, um Priester und Handwerker zu versorgen. Und diese Leute geben sich als Verantwortliche aus! Meines Erachtens haben sie eine ordentliche Tracht Prügel verdient. An Eurer Stelle würde ich sie sofort durch fähige Verwalter ersetzen.«

»Ich werde mich darum kümmern«, versprach Chechonq.

»Ihr müsst wirklich streng sein, Haushofmeister, sonst haben wir hier bald ein heilloses Durcheinander.«

Diese Klagen hatte sich Chechonq schon mehrfach anhören müssen. Der Schreiber der Schatzkammer war entsetzlich kleinlich und wurde nicht müde, die anderen Amtsschreiber schlecht zu machen und ihnen unverzeihliche Fehler vorzuwerfen, ehe sie diese überhaupt begangen hatten. Der Aufseher über die Felder trank angeblich zu viel, der Verwalter der Getreidespeicher war ständig mit Familienstreitereien beschäftigt, der Schreiber, der für die Tiere verantwortlich war, schwätzte stundenlang, und der Schiffsaufseher konnte Wichtiges nicht von Unwichtigem unterscheiden.

Chechonq verbrachte einen Großteil seiner Zeit damit, Fehler auszubügeln und Streit beizulegen. Dennoch – seine Untergebenen mochten ihre Arbeit und zählten nicht die Stunden. Bei den allwöchentlichen Zusammenkünften gelang es dem Haushofmeister dann auch meistens, einzelne Unstimmigkeiten zugunsten der Allgemeinheit zu bereinigen. Er konnte sehr gut zuhören und bevorzugte niemand. Für sein anständiges und gerechtes Auftreten zollten ihm die Schreiber Anerkennung und schenkten ihm ihr Vertrauen.

So wie bereits die vorhergehenden Tage, kündigte sich auch dieser Tag als lang und anstrengend an. Chechonq ging von einem Arbeitszimmer ins nächste, löschte Brände und sorgte für Eintracht. Der Tempel würde wegen der menschlichen Unzulänglichkeit nicht zugrunde gehen, der Gottesdienst war gesichert. Zu dieser gewohnten Arbeit kam nun noch der äußerst schwierige Umgang mit Henat hinzu. Nach Auskunft des Leibarztes der Gottesdienerin war er ihnen auf den Leim gegangen. Aber vielleicht tat dieser gerissene Mann auch nur so, als ob er dieser entscheidenden Zeugenaussage Glauben schenkte.

Chechonq machte sich auf den Weg zu dem schönen Haus, in dem der Palastverwalter untergebracht war, und das streng bewacht wurde. Der Haushofmeister lobte die Männer für ihre Wachsamkeit und ließ Henat seinen Besuch melden.

Das Haus besaß wirklich viel Anmut. Beim Betrachten der Wandmalereien, auf denen Wiesen voller Kornblumen zu sehen waren, über denen Lerchen schwebten – wahren Meisterwerken –, konnte man tatsächlich leicht die Schwierigkeiten dieser Welt vergessen.

Henat erschien und fragte ohne Umschweife: »Hat die Gottesdienerin nun endlich meine Anfrage beantwortet, Haushofmeister?«

»Leider nein. Und auch ich habe keine Antwort bekommen. Auch ohne die erforderlichen Anweisungen muss ich nun die Spannungen zwischen den Schreibern glätten, die für die verschiedenen Verwaltungsbereiche zuständig sind. Das ist eine echte Herausforderung!«

Henat verkniff sich ein Lächeln. Dieses Geständnis passte genau zu dem Bericht, den ihm sein Verbindungsmann gegeben hatte. Dem Haushofmeister waren die Hände gebunden, und er musste sich damit begnügen, die laufenden Geschäfte zu erledigen, während er auf den Tod der betagten Priesterin wartete, die niemand mehr empfing, nicht einmal mehr Chechonq.

»Ich bedaure zutiefst, dass wir dieser traurigen Entwicklung ins Auge sehen müssen, aber … Wie ist denn ihre Nachfolge geregelt?«

»Die Gottesdienerin wählt sich eine geistige Tochter, mit der sie sich den Thron teilt, um sie auszubilden. Wenn ihre Mutter stirbt, übernimmt sie dann sämtliche rituellen Pflichten.«

»Hat sie diese Wahl bereits getroffen?«

»Noch nicht in aller Form. Aber Ihre Majestät hat kein Geheimnis aus ihrer Entscheidung gemacht. Sie möchte eine junge Priesterin zur Tochter nehmen, die den heiligen Wissenschaften sehr zugetan ist. Sie heißt Nitokris.«

Dieser brave Haushofmeister verschweigt mir tatsächlich nichts, dachte sich Henat zufrieden.

Diese Auskunft hatte er nämlich bereits von seinem Verbindungsmann erhalten. Die junge Nitokris war noch sehr schüchtern, lebte zurückgezogen in Karnak und hatte bei Weitem nicht die Ausstrahlung der jetzigen Amtsinhaberin.

Als Henat an Kel dachte, musste er unwillkürlich lachen. So viel Mühen und Gefahren – und alles umsonst! Selbst wenn es ihm gelungen wäre, bis zur Gottesdienerin vorzudringen, hätte er nur eine Sterbende zu Gesicht bekommen, die ihm nicht mehr helfen konnte.

»Ich habe ein Festmahl zu Euren Ehren vorbereitet«, sagte Chechonq herzlich. »Die Beamten, die für die Tempel am Westufer des Nils verantwortlich sind, werden Euch Gesellschaft leisten und können es kaum erwarten, Euch kennen zu lernen.«

»Es tut mir sehr leid, wenn ich sie enttäuschen muss. Aber an dieser Vergnügung nehme ich nicht teil.«

Der Haushofmeister machte ein zerknirschtes Gesicht.

»Habe ich Euch denn beleidigt, habe ich einen schweren Fehler begangen, habe ich …«

»Nein, seid unbesorgt, Haushofmeister! Ihr habt nichts damit zu tun, und ich danke Euch für den herzlichen Empfang, den Ihr mir in Theben bereitet habt. Ich werde dem Herrscher davon berichten und wünsche Euch, dass Ihr in Eurem Amt bestätigt werdet. Die zukünftige Gottesdienerin wird Eure Erfahrung brauchen. Macht nur weiter so und verwaltet die schöne Provinz Theben wie bisher.«

»Ich werde mich bemühen«, versicherte Chechonq, »aber Eure Absage …«

»Hat eine ganz einfache Erklärung: Ich fahre zurück nach Saïs. Es hat mir hier sehr gut gefallen, und ich habe Eure Gastfreundschaft genossen. Da ich mir aber nicht gewaltsam Zutritt zu den Gemächern einer Sterbenden verschaffen will, kehre ich lieber zurück in mein Arbeitszimmer und zu den vielen Aufgaben, die dort auf mich warten.«

»Wenn Ihr wünscht, könnte ich noch einen allerletzten Versuch unternehmen und …«

»Nicht nötig«, fiel ihm Henat ins Wort. »Teilt mir bitte rechtzeitig mit, wann die Beerdigung stattfindet. Ein Gesandter des Pharaos wird Euch dann zur Seite stehen.«

»Darf ich es wagen, Euch um einen Gefallen zu bitten?«

»Nur zu, Haushofmeister.«

»Würdet Ihr so freundlich sein und dem Pharao meine bedingungslose Ergebenheit versichern?«

»Das werde ich auf jeden Fall tun.«

Chechonq, der wahre Herr über die Provinz Theben, buckelte wie ein Schilfrohr im Wind. Ach, wie beruhigend und angenehm! Nur zu dumm, dass der geschickte Würdenträger auf eine Beförderung hoffte, die er nicht bekommen sollte. Am Hof von Saïs hätte man keine Verwendung für ihn. Hier aber konnte er die Geschicke zum Vorteil von Amasis lenken.

»Darf sich Theben darauf freuen, Euch eines Tages wiederzusehen?«

»Das wissen die Götter«, gab Henat zur Antwort.

Und dann kümmerte sich der Haushofmeister selbst

darum, dass die Abreise des königlichen Palastverwalters möglichst angenehm für ihn verlief. Als er schließlich zusah, wie das Schiff von Henat den Hafen von Karnak verließ, war er glücklich darüber, dass er das Vorhaben der Gottesdienerin ausgeführt hatte.

60

Am Ausgang des Kanals, der zur Anlegestelle des Tempels von Karnak führt, begegnete Henat einem anderen Schiff voller Soldaten – und am Heck, unter einem Sonnensegel, saß Richter Gem! Als die beiden Schiffe aneinander vorbeiglitten, sprach Henat den Richter an.

Die Kapitäne legten längs an, und die beiden Männer zogen sich in Gems Kabine zurück.

»Ihr verlasst Theben schon wieder, Henat?«

»Ja.«

»Hat Euch denn die Gottesdienerin ihre Unterstützung zugesagt?«

»Ich habe sie überhaupt nicht gesehen.«

»Soll das ein Scherz sein?«

»Nein, durchaus nicht. Ich weiß, dass sie schwer krank ist und im Sterben liegt. Sie empfängt nicht einmal mehr ihren Haushofmeister und kann keinem mehr behilflich sein. Deshalb fahre ich jetzt nach Saïs zurück – was Ihr im Übrigen auch tun solltet.«

»Ihr habt mir nichts vorzuschreiben, Henat. Ich führe meine Untersuchungen so, wie ich es für richtig halte.«

»Die sich aber ziemlich hinziehen.«

»So, meint Ihr?«

Der spöttische Blick des Richters gefiel Henat nicht.

»Vergesst nicht, wozu Ihr verpflichtet seid, Gem: Ihr sollt mir alles mitteilen, was Ihr in Erfahrung bringt.«

»Habt Ihr etwa nicht die gleichen Verpflichtungen? Ich habe aber nicht das Gefühl, dass Ihr Euch daran haltet.«

»Eure Gefühle kümmern mich nicht.«

»Eines der wichtigsten Ergebnisse meiner Untersuchung dürfte dagegen Eure Begeisterung finden.«

»Wollt Ihr es mir nicht verraten?«

»Immer mit der Ruhe. Erst einmal will ich von Euch wissen, was Ihr in Theben über den Schreiber Kel und seine Leute erfahren habt.«

»Rein gar nichts.«

»Und das soll ich Euch glauben?«

»Wenn der Mörder gefunden worden wäre, hätte ich es über meine Verbindungen erfahren.«

Der Richter schien endlich überzeugt.

»Ich habe die Verschwörerbande enthauptet«, sagte er.

»Ihr habt Kel festgenommen?«

»Der Anführer der Bande wurde getötet.«

»Der Anführer?«

»Ja, unser Schatzmeister, der Verräter Pef. Er hat den Verbrechern in seinem Haus in Abydos Unterschlupf gewährt und ihnen dann zur Flucht verholfen. Der Kommandant der griechischen Söldner hat ihn mit seiner Lanze durchbohrt. Da er auf eigene Faust gehandelt hat, wird er dafür bestraft werden.«

Henat war erstaunt, wie nüchtern ihm diese Neuigkeiten geliefert wurden.

»Ich habe Seine Majestät bereits unterrichtet«, fuhr der Richter fort. »Der Pharao weiß also, dass ich entscheidende Fortschritte gemacht habe. Minister Pef hat die Verbrecherbande, die der Schreiber Kel anführt, gebraucht, weil er die Macht an sich reißen wollte.«

»Lebt dieser Kel noch immer?«

»Vermutlich nicht. Ein Unwetter hat ihn und seine wichtigsten Helfershelfer, die Priesterin Nitis und den Schauspieler Bebon, auf dem Gewissen. Nach allem, was mir die Flusswachen berichtet haben, sind sie ertrunken. Allerdings habe ich ihre Leichen nicht gefunden.«

»Die Krokodile und die Fische werden sie gefressen haben!«

»Schon möglich.«

»Zweifelt Ihr daran?«

»Ich hätte die Leichen lieber selbst gesehen.«

»Das Streben nach Vollkommenheit ist nicht immer eine Tugend, Richter Gem.«

»Wollt Ihr mir jetzt etwa meinen Beruf erklären?«

»Anstatt Eure Zeit mit der Suche nach Toten zu vergeuden, solltet Ihr lieber nach Saïs zurückfahren.«

»Meine Untersuchung ist noch nicht abgeschlossen. Und ich – nur ich allein – entscheide, wann der Augenblick gekommen ist.«

»Theben ist eine sehr schöne Stadt und Haushofmeister Chechonq ein hervorragender Gastgeber. Ich bin sicher, Ihr werdet dort eine sehr angenehme Zeit verbringen.«

»Ich will arbeiten, nicht, mich verwöhnen lassen. Außerdem benötige ich die Unterstützung Eurer Leute.«

»Das hat der Pharao zu entscheiden.«

»Bestimmt wird er meine Bitte erhören«, meinte der Richter. »Seht zu, dass ich Zeit gewinne.«

Henat machte jetzt einen nachdenklichen Eindruck.

»Ihr könnt Euch bei dem Mann melden, der für die Herstellung des hochwertigen Papyrus verantwortlich ist, und Euch auf mich beziehen. Er ist mein wichtigster Verbindungsmann in Theben.«

Der Richter dürfte ziemlich enttäuscht sein, wenn er erfahren musste, dass ihm Henats Untergebener nichts Bedeutsames mitteilen konnte.

»Ich danke Euch für Eure Hilfe.«

»Dann hat der Fall Kel jetzt doch ein gutes Ende gefunden, nicht wahr? Endlich seid Ihr diesen Verbrecher und seine Verbündeten los. So bleiben Euch weitere Nachforschungen erspart, die mühsam hätten werden können. Ein schöner Erfolg, Richter Gem. Der König wird sehr zufrieden mit Euch sein, und Ihr habt Euch wirklich ein paar Tage Ruhe in Theben verdient.«

»Die habe ich durchaus nicht nötig, außerdem sagte ich ja bereits, dass ich hier und jetzt meine Untersuchung abschließen will.«

»Indem Ihr Gespenster festnehmt? Freut Euch doch ein bisschen des Lebens!«

»Mir scheint, das ist auch nicht gerade Eure Stärke.«

»Theben wird Euch gefallen. Hoffentlich vergesst Ihr darüber nicht, eines Tages wieder nach Saïs zu kommen.«

»Gute Fahrt, Henat.«

Die beiden Schiffe legten ab, und das von Richter Gem steuerte auf den Hafen von Karnak zu. Der Verantwortliche für die Sicherheit des Tempels empfing den Richter ehrerbietig.

»Eure Gastwohnung steht bereit«, erklärte er. »Der Haushofmeister bittet Euch, ihn zu entschuldigen – wegen einer dringenden Verwaltungsangelegenheit kann er Euch leider erst morgen treffen.«

Das schöne Haus, in dem eben noch Henat untergebracht war, hatte man gründlich gereinigt, und ein ganzer Trupp von Dienstboten war zur Stelle, um dem Richter jeden Wunsch zu erfüllen.

»Die Lage sagt mir nicht zu. Ich möchte in der Stadt wohnen. Für meine Mitarbeiter brauche ich etwa ein Dutzend Arbeitszimmer, einen Empfangsraum und Unterkünfte für die Soldaten. In Kürze treffen zwei weitere Schiffe der Flusswache ein, und ich möchte meine Leute auf beiden Seiten des Nils aufstellen.«

»Da muss ich erst den Haushofmeister fragen …«

»Das ist ein Befehl«, schnitt ihm Gem das Wort ab, »der gilt auch für ihn. In diesem Haus bleibe ich nur heute Nacht.«

Ein pausbäckiger Koch meldete sich zu Wort.

»Heute Abend gibt es zwei Vorspeisen, und zwar …«

»Nichts davon. Ich will nur eine Fleischsuppe mit Bohnen.«

»Ich hätte einen guten Wein vorzuschlagen, einen …«

»Bringt mir Wasser.«

Vollkommen unempfänglich für die schöne Ausstattung des Hauses setzte sich der Richter in den Schatten einer Sykomore und las noch einmal seine Aufzeichnungen über den Schreiber Kel durch. Ob er den Fall nun wirklich abschließen sollte?

Ein Ordnungshüter sprach bei ihm vor.

»Es gibt Hinweise zu den falschen Fischern. Schlechte Neuigkeiten.«

»Hat man sie angegriffen?«

»Nein, anscheinend nicht. Sie wurden in ihrem Lager tot aufgefunden.«

»Woran sind sie gestorben?«

»Einem Truppenarzt zufolge an einer Lebensmittelvergiftung. Sie sollen giftigen Fisch zu sich genommen haben.«

Ein sonderbarer Zufall … Vielleicht hatte die Priesterin dabei ihre Finger im Spiel … Immerhin hatte der Schreiber Kel seine Kameraden aus dem Übersetzeramt vergiftet!

Der Richter würde den Fall noch nicht zu den Akten legen.

61

Liebling, der Hund der Gottesdienerin, wollte gestreichelt werden. Sofort biss ihn Zauberkünstler, der kleine grüne Affe, in den Schwanz, und ein wildes Spiel begann. Diese beiden treuen Gefährten waren die ganze Freude der hohen Priesterin. Weil sie sich ganz dem Kult des Amun, ihres göttlichen Gemahls, hingegeben hatte, hatte sie keine Kinder. Ihre symbolische Ehe sollte das ewige Fortbestehen der Schöpfung gewährleisten und das Chaos abwenden. Als irdische Vertreterin des ursprünglich weiblichen Prinzips und als Mutter aller Lebewesen hatte die Gottesdienerin Amuns Geheimnis bei seiner Krönung geteilt, und ihre Vereinigung unterlag, dank der täglichen Ausübung der Rituale, keiner Veränderung.

Als »Freundin der Liebe«, »Herrin der Anmut«, »Die Einflussreiche« und »Herrscherin über alle Frauen« beherrschte die Gottesdienerin das Weltall und die ganze Erde. Sie erfüllte die Hallen der Tempel mit ihrem Rosenduft, hatte eine bezaubernde Stimme und spielte Himmelsmusik.

Wie jeden Morgen wurde sie gereinigt und in ein langes Gewand gekleidet, das mit einem Gürtel geschlossen wurde. Ein Priester legte ein rotes Band um ihre Stirn, das hinten ein Knoten zusammenhielt, und dessen Enden ihr über die Schultern hingen.

Trotz ihres hohen Alters erfreute sich die Gottesdienerin bester Gesundheit und hatte noch immer ungeahnte Kräfte. Durch den vertrauten Umgang mit den Gottheiten waren die Jahre scheinbar spurlos an ihr vorübergegangen, die Priesterin war so majestätisch und schön wie eh und je. Und da sie deshalb keine Sehnsucht nach der Jugend verspürte, war sie Amun sehr dankbar für all das Glück, das er ihr geschenkt hatte.

»Haben wir keine ungebetenen Gäste?«, fragte sie den Oberritualisten.

»Majestät, der Tempel ist abgeriegelt.«

Die Gottesdienerin begab sich nun zum *Akh-menu*, dem Festsaal, den Thutmosis III. erbaut hatte, und der für die Einweihung der Hohepriester von Karnak bestimmt war. Hier waren ihr die großen Geheimnisse über den Tod, die Auferstehung und die Lichtwerdung offenbart worden.

Vor einer Statue, die den großen Weisen Amenhotep, den Sohn des Hapu, in hockender Haltung zeigte, wie er einen Papyrus las, den er auf den Knien hielt, blieb sie stehen. Irgendwie war sie von einem übernatürlichen Leben beseelt, der Granit war nach wie vor fleckenlos. Zu diesem Zweck übergoss ihn die Gottesdienerin mit Wasser aus dem heiligen See – dem irdischen Spiegelbild des Urmeeres.

Dann reichte ihr ein Priester eine Fackel und wies ihr den Weg zu einem Kohlebecken. Ein zweiter Ritualist gab ihr einen Spieß, an dessen Ende die Wachsabbildung eines Aufrührers steckte – mit abgehacktem Kopf, die Hände auf dem Rücken gefesselt.

Die Gottesdienerin warf die Figur ins Feuer.

Es knisterte und knackte und klang beinahe wie das Wehgeschrei eines Gefolterten.

Als der Feind verbrannt war, spannte sie seinen Bogen und tat so, als würde sie einen Pfeil in jede Himmelsrichtung schießen. Mit diesem Ritual wurden die Mächte des Bösen gebrochen und daran gehindert, den Himmel und den Glanz der Götter zu verdunkeln.

Endlich war der Weg frei für die, die sie schon so lange erwartete. Nachdem sie eine Reihe von Hindernissen überwunden hatten, waren sie jetzt in Theben eingetroffen. Doch noch hatten sie nicht alle Gefahren überstanden, und es war noch nicht gewiss, ob ihr Auftrag gelingen würde.

Die Flamme erlosch.

Langsam ging die Gottesdienerin zu den beiden Kapellen für Osiris, die sie an dem Weg hatte erbauen lassen, der zum Ptah-Tempel führte. Sie bog in eine kleine gepflasterte Straße und betrat eine der Kapellen, die Osiris, dem »Herrn über die Nahrungsmittel«, gewidmet war.

Der Gott nahm an dem Fest zur Wiedergeburt der königlichen Seele teil und versorgte sie mit geistiger und irdischer Nahrung. Deshalb konnte man dort ein Bild von Pharao Amasis sehen, gefolgt von dessen *Ka*, seiner schöpferischen Kraft. Schließlich betrat sie die Pavillons, die für diese Zeremonie aufgestellt worden waren. Der König bot Amun-Re, der von Maat begleitet wurde, Wein an, und die Gottesdienerin empfing aus den Händen des Gottes die Sistren, die mit ihren Schwingungen die bösen Kräfte vertrieben. Feuer speiende Schlangen verbargen dieses Mysterium vor den Augen der Weltlichen, die schreckliche, mit Messern bewaffnete Wächter mit Krokodil- oder Adlerköpfen zerschlugen.

Im Inneren des Heiligtums vollzog sich die Krönung von Osiris nach den Ritualen von Abydos, die die Gottesdienerin immer öfter in Gedanken von Neuem durchlebte, während sie sich auf den Übertritt ins Reich des Unsichtbaren vorbereitete.

Ihr Freund und Vertrauter, der Haushofmeister Chechonq, nahm an diesem Vorgang teil, weil er auf einer Wand der Kapelle abgebildet war.

Dort erwartete er sie auch, hier waren sie vor allen Blicken sicher.

»Majestät, Henat hat Theben verlassen, weil er glaubt, dass Ihr im Sterben liegt. Da er Euch nun nicht mehr für eine Gefahr hält, will er nach Saïs zurückkehren.«

»Sind seine Verbindungsleute hiergeblieben?«

»Ja, aber sie machen mir kaum Sorge, weil ich sie alle kenne. Ihr Anführer ist ziemlich faul und wird uns kaum ernste Schwierigkeiten machen. Das Eintreffen von Richter Gem mit einer Menge Soldaten bereitet mir dagegen schon Sorgen. Wenn ich ihn treffe, versuche ich herauszufinden, was er vorhat.«

»Da musst du sehr vorsichtig sein: Er ist gewissenhaft und hartnäckig und wird sich so leicht nicht von seinen Vorhaben abbringen lassen. Dafür kommen uns die Reisenden, die wir erwarten, immer näher.«

»Dann leben sie also noch!«

»Die Götter haben sie beschützt. Aber auch ihre letzte Wegstrecke ist äußerst gefährlich, der kleinste Fehler könnte sie das Leben kosten.«

»Wenn Richter Gem glaubt, dass Ihr im Sterben liegt, wird er doch wohl seine Nachforschungen einstellen?«

»Er ist wie besessen von dem Gedanken, den Schreiber Kel festzunehmen. Davon wird ihn nichts und niemand abbringen.«

»Eigentlich hatte ich mir nach Henats Abreise eine kleine Verschnaufpause erhofft«, klagte der Haushofmeister. »Aber wir müssen wohl mit dem Schlimmsten rechnen! Es wird nicht leicht sein, mit dem Schreiber und seinen Freunden Verbindung aufzunehmen.«

»Du hast doch schon so viele unlösbare Aufgaben bewältigt, Chechonq.«

»Euer Vertrauen ehrt mich, Majestät, aber ich habe mich auch noch nie mit den Wachtruppen oder den Richtern von Amasis angelegt!«

»Du besitzt einen unbezahlbaren Schatz: deine Erfahrung. Deshalb kannst du geschickt vorgehen, anstatt grausam zu sein.«

»Ob mir Richter Gem die nötige Zeit dafür lässt? Bestimmt versucht er schon, Fallen aufzustellen, in die ihm der Schreiber Kel auch gehen könnte.«

»Versuche, Gem hinzuhalten und den Weg von Karnak zu uns freizumachen. Noch können wir Ägypten retten.«

»Ich werde mein Möglichstes geben, Majestät.«

Das Lächeln, das die Gottesdienerin andeutete, brachte den Haushofmeister aus der Fassung. Er bewunderte ihre angeborene Würde, ihre vorbildliche Haltung und ihre unvergleichliche Ausstrahlung. Er hätte sein Leben gegeben, um ihr dienen zu dürfen und sie nicht zu enttäuschen.

62

Weil er die ganze Zeit so tun musste, als wäre er krank, tat Bebon jetzt wirklich der Rücken weh. Er stützte sich so nachdrücklich auf seinen Stock, dass ihn wohl niemand für einen gefährlichen Verbrecher auf der Flucht gehalten hätte. Trotzdem hielt man ihn auf, als er nach Theben wollte.

»Wo willst du hin?«

»Zu dem Heiler am nördlichen Stadtrand.«

»Bist du ein Bauer?«

»Nein, Landarbeiter. Mein Kreuz tut so weh, dass ich nicht mehr arbeiten kann.«

»Der Heiler hat gute Hände, er hilft dir bestimmt.«

Bebon machte sich auf den Weg zum Fischmarkt am Hafen, wobei er nicht vergaß zu hinken. Es dauerte nicht lange bis er Nitis entdeckte, die gerade all ihre köstlichen Fische zu einem guten Preis an Kenner verkauft hatte.

»Hast du Kel gesehen?«, fragte ihn die Priesterin.

»Leider noch nicht. Aber er kommt auch durch, da bin ich ganz sicher. Sie suchen vor allem nach Paaren und Schreibern.«

Nitis füllte die Körbe mit ihren Einkäufen. Nordwind stand auf, bereit, sie zu tragen. Bebon ging bis zum Ende des Marktes an der Stadtseite hinter ihnen her. Sie begegneten einer Streife, die sie aber nicht beachtete.

»Ich werde hier warten«, sagte der Schauspieler. »Ihr müsst irgendetwas finden, wo wir uns umziehen können.«

Am nördlichen Stadtrand von Theben ging es sehr lebhaft zu, weil es dort viele Lagerhäuser gab, zu denen Waren gebracht wurden. Alle redeten durcheinander, es wurde gehandelt, man belud die Esel, Lieferungen wurden besprochen.

Die Zeit verging, und Bebon begann, sich Sorgen zu machen.

Da näherte sich eine Gruppe von Bauern. Vorn gingen zwei Schreihälse, die froh waren, in der Stadt zu sein. Und ganz am Schluss Kel!

Der Schauspieler machte sich bemerkbar, der Schreiber trennte sich von der Gruppe, und beide lehnten sich an eine Hausecke.

Kurze Zeit später holte Nitis sie ab und brachte sie in das Erdgeschoss eines dreistöckigen Hauses, das eigentlich eher wie ein Schuppen aussah.

»Das scheint zwar kein Palast zu sein, aber immerhin sind wir jetzt endlich in Theben!«, sagte Bebon. »Ich kann's kaum glauben.«

»Diese Stadt kann unser Grab werden«, ermahnte ihn Kel. »Wie sollen wir es schaffen, zur Gottesdienerin zu kommen?«

»Ihre rechte Hand, der Haushofmeister Chechonq, scheint mir zugänglicher zu sein. Er hat in Theben das

Sagen. Er leitet die gesamte Verwaltung und sorgt für den Wohlstand der Provinz.«

»Und wenn er uns feindlich gesonnen ist?«

Die Miene des Schauspielers verdüsterte sich.

»Dann müssen wir hier wieder weg.«

»So weit ist es ja noch nicht«, wandte Nitis ein. »Und jetzt sollten wir alle erst mal schlafen.«

Richter Gem nahm sein neues Reich in Besitz. Er besichtigte alle Arbeitszimmer und verteilte seine Mitarbeiter in dem beschlagnahmten Gebäude. Sein erster Schreiber räumte die Papyrusrollen und Holztafeln in Regale und richtete das Zimmer seines Herrn nach dessen Geschmack ein. Dann wurden auch schon alle bestellten Sachen geliefert, vor allem Schreibfarbe, Stilette, Paletten, Radiergummis, Lappen und viele Körbe.

Nach wenigen Stunden war sein neuer Arbeitsplatz einsatzbereit. Einige Häuser gegenüber wurden geräumt und die Mieter anderweitig untergebracht, weil man die Häuser für Wachmannschaften und Soldaten benötigte, die gerade in Theben eingetroffen waren.

Der Richter spürte, dass sich der letzte Abschnitt seiner Ermittlungen hier abspielen würde. Kel und seine Helfershelfer hatten die falschen Fischer irgendwie aus dem Weg geräumt, die Absperrungen hinter sich gelassen und ihr Ziel erreicht. Jetzt mussten sie aber auch noch die Tore von Karnak überwinden. Und dieser irre Plan hatte nur den Zweck, eine Sterbende zu sehen, die ihnen nicht mehr helfen konnte!

Lag die Gottesdienerin wirklich im Sterben? Für gewöhnlich führte man den obersten Beamten des Geheimdienstes nicht hinters Licht. Und dass Henat nach

Saïs zurückkehren wollte, bestärkte ihn eher in seiner Gewissheit. Außerdem – sollte der Schauspieler Bebon für Henat arbeiten, würde er dann nicht bald seinen »Freund« Kel den Gerichten ausliefern?

Der Richter wurde von der Aufwartung des Haushofmeisters in seinen Gedanken unterbrochen. Dieser eindrucksvolle, etwas füllige und eigentlich angenehm wirkende Mann missfiel ihm vom ersten Augenblick an.

»Ich dachte schon, Ihr würdet überhaupt nicht kommen«, begrüßte er Chechonq knapp.

»Wichtige Geschäfte haben mich daran gehindert, Euch zu empfangen, ich bitte um Entschuldigung. Ihr könnt mir glauben, es ist nicht einfach, diese große Provinz zu verwalten.«

»Jeder hat seine eigenen Sorgen.«

»Seid Ihr mit Eurer Unterbringung zufrieden?«

»Es geht schon.«

»Wollt Ihr nicht lieber in ein ruhig gelegenes Haus mit einem schönen Garten, damit Ihr Euch besser ausruhen könnt?«

»Ich habe nicht die Absicht, mich auszuruhen, sondern ich will einen gefährlichen Verbrecher und seine Bande fangen.«

»Ich habe gehört, dass sie ertrunken sind«, sagte Chechonq erstaunt.

»Solchen Gerüchten solltet Ihr nicht trauen.«

»Sind die Thebaner etwa in Gefahr?«

»Ich selbst sorge für ihre Sicherheit und erwarte im Gegenzug Eure Unterstützung – angefangen bei Euch.«

»Ich stehe Euch voll und ganz zur Verfügung, Richter Gem.«

»Besorgt mir einen möglichst genauen Stadtplan und eine Karte dieser Provinz und sagt Euren Wachleuten, sie sollen sich einsatzbereit halten.«

»Oh, da gibt es nicht viele, und sie sind ausschließlich zum Schutz des Tempels von Karnak da.«

»Ab sofort unterstehen sie meinem Befehl.«

»Das müsste ich erst der Gottesdienerin berichten, aber ...«

»Nun, was hindert Euch daran?«

Dem Haushofmeister schien es die Sprache verschlagen zu haben.

»Das ist eigentlich ein Geheimnis, ich ...«

»Ich vertrete hier den Pharao, und ich will alles wissen. Außerdem hatte ich mich darauf eingerichtet, die Gottesdienerin morgen zu treffen und ihr selbst meine Absichten zu erläutern.«

»Das wird leider nicht möglich sein«, sagte Chechonq mit Bedauern in der Stimme. »Ihr Gesundheitszustand verbietet es ihr, irgendjemand zu empfangen – mich eingeschlossen. Die Bevölkerung weiß noch nichts von diesem Unglück. Und ich bin völlig ratlos.«

»Bewahrt weiter Stillschweigen und geht Euren Pflichten nach.«

»Heute Abend lade ich Euch zu einem Festmahl zu Euren Ehren ein. Unsere Küchenmeister ...«

»Heute Abend versammeln sich alle verantwortlichen Wachmänner und Offiziere, und ich kann auf Eure Anwesenheit nicht verzichten.«

Man hatte einige Tische zusammengeschoben und eine große Karte der Provinz Theben darauf ausgebreitet. Dank der ausgezeichneten Arbeit der Grundbuchschreiber konnte sich Richter Gem ein gutes Bild von Amuns Stadt und ihrer Umgebung verschaffen.

Das Ausmaß des Gebiets, das überwacht und durchsucht werden musste, war entmutigend. Kel konnte sich mitten in der Stadt, auf dem Land oder aber in einem der Tempel versteckt halten, die den neuen Anordnungen von Pharao Amasis ablehnend gegenüberstanden.

Erste Maßnahme: Ein Teil der Truppen musste sich um das Westufer kümmern, der andere übernahm das Ostufer. Der Zugang zum Tal der Könige wurde abgeriegelt, und zu den Heiligtümern erhielten nur noch Ritualisten Zutritt.

Immer und überall musste jeder damit rechnen, von Wachen aufgehalten zu werden. In der Nähe wichtiger Amtsgebäude wurden zahlreiche zusätzliche Wachposten aufgestellt, nicht zu vergessen die Verstärkung der Flusswachen und die Überprüfung der Landwege. Schließlich wurde demjenigen eine schöne Belohnung versprochen, der dem Richter entscheidende Hinweise geben konnte.

Chechonq schwieg bestürzt.

Dieser Falle konnten Kel und seine Freunde unmöglich entgehen. Niemals würde es ihnen gelingen, die Gottesdienerin zu sehen.

63

Bebon trug ein buntes Gewand, edle Sandalen, und die Haare hatte er mit einem farbigen Band zusammengebunden – er sah also aus wie ein syrischer Kaufmann auf der Suche nach guten Geschäften. Er streifte über die größeren Märkte und gab sich offen und redselig.

»Ich bin erstaunt, wie viele Ordnungshüter hier aufgeboten sind«, sagte er zu einem Stoffhändler. »Bei meinem letzten Besuch in Theben habe ich längst nicht so viele bemerkt.«

»Das liegt an den besonderen Umständen. Habt Ihr nicht von der Mörderbande gehört, die ein Schreiber namens Kel anführen soll?«

»Nichts Genaues.«

»Diese gefährlichen Verbrecher sollen sich hier verstecken – in Theben! Deshalb hat Richter Gem alle zur Verfügung stehenden Leute aufgeboten. Beide Flussufer werden streng überwacht. Dieses Pack wird ihm nicht entwischen. In Ägypten werden Gerechtigkeit und Ordnung wenigstens noch geachtet.«

»Das kann man wohl sagen«, stimmte ihm Bebon zu. »Je schneller diese Geschichte beendet ist, umso besser für die Geschäfte.«

»Sehr richtig! Aber Haushofmeister Chechonq, ein beachtlicher Mann und erstklassiger Verwalter, wird diese Einmischung von oben gar nicht gefallen. Die Thebaner sind sehr stolz auf ihre Beinahe-Unabhängigkeit und wettern gern lautstark gegen die Entscheidungen aus Saïs. Ihr einziger Pharao ist die Gottesdienerin.«

»Ich hätte dem Haushofmeister gern ein paar ausgezeichnete Duftöle vorgestellt, die er vielleicht für den Tempel von Karnak brauchen kann.«

»Da habt Ihr Glück, er ist heute beim Stadtvorsteher von Theben und empfängt dort auswärtige Kaufleute. Wenn Ihr Euch beeilt, könnt Ihr ihn sicher noch sprechen.«

»Vielen Dank für diesen guten Rat.«

Bebon ging Kel holen, der sich wieder als Landarbeiter mit seinem Esel ausgab, der mit Viehfutter beladen war. Sie gingen bewusst langsam, so als müssten sie alles Unglück der Zwei Länder auf ihren Schultern tragen.

Soldaten bewachten den Eingang zum Gebäude des Stadtvorstehers und durchsuchten jeden Besucher.

Die Ankunft des Haushofmeisters in Begleitung von einem guten Dutzend vornehm gekleideter Schreiber war nicht unbemerkt geblieben.

»Wann befreit Ihr uns endlich wieder von diesem Truppenaufgebot?«, fragte ihn ein Bürger. »Theben ist eine friedliebende und freie Stadt.«

»Das ist ein Fall von höherer Gewalt«, gab Chechonq zurück, »aber es wird nicht mehr lange dauern.«

Dann wechselte der Haushofmeister ein paar Worte mit verschiedenen Männern und betrat das Gebäude, gefolgt von den angemeldeten Kaufleuten. Weil Bebon keine Empfehlungen vorweisen konnte, hatte er noch nicht vorgesprochen.

»Wir weichen ihm nicht von der Seite«, schlug er seinem Freund vor. »Früher oder später wird Chechonq auch einmal nicht so umringt sein, und dann kannst du ihn ansprechen. Fasse dich kurz und sei so überzeugend, dass er sich gleich auf dich einlässt. Wenn er weitere Erklärungen verlangt, hast du schon gewonnen. Wenn nicht …«

Ein langes Warten begann.

Am späten Nachmittag verließ Chechonq das Stadtvorsteheramt. Er schickte die Stuhlträger weg und lief zu Fuß zum Hafen, immer noch begleitet von Schreibern und Soldaten.

Er ging an Bord mehrerer Schiffe, überprüfte die Ladung und untersuchte die Güte der Ware. Bebon war froh, dass er sich auf kein falsches Spiel eingelassen hatte!

Lange Gespräche mit den Schiffseignern, den Händlern und dem Schreiber des Schatzmeisters schlossen sich an. Preis, Menge und Liefertag der Waren wurden ausgehandelt. Als die Verträge abgemacht waren, beglückwünschte man sich gegenseitig, und der Haushofmeister machte sich auf den Rückweg in die Stadtmitte.

Eine gute Stunde blieb er dann beim Schreiber der Schatzkammer, um die laufenden Geschäfte zu besprechen. Als er den verließ, nahm er in einem Tragestuhl Platz.

Jetzt geht er nach Hause zum Essen, dachte Bebon enttäuscht.

Es wäre äußerst schwierig, in Chechonqs großes Anwesen zu gelangen. Vielleicht ließ sich aber doch irgendeine Möglichkeit finden, wenn er die Lage gründlich auskundschaftete.

Doch die Träger mit dem Stuhl blieben vor einem Gasthaus im Freien stehen. Der Haushofmeister erhob sich aus dem Sessel und setzte sich ganz allein unter eine Pergola. Offensichtlich musste er vor einem bevorstehenden Festmahl noch etwas zu Kräften kommen.

Die Wachleute, Schreiber und Träger gönnten ihm diese Ruhepause und hielten sich im Hintergrund.

Das war die Gelegenheit, von der sie geträumt hatten.

Bebon gab Kel ein Zeichen, und der ging, gefolgt von seinem Esel, langsam auf Chechonq zu.

Nach Lage der Dinge musste der Schreiber jetzt handeln.

Er wollte in den Weg einbiegen, der an der Pergola vorbeiführte, dann rasch nach rechts abbiegen, schnell zu dem Haushofmeister hinüberlaufen und ihm sein Anliegen vortragen.

Ob er wohl die richtigen Worte finden würde?

Mindestens tausendmal hatte er in Gedanken die Sätze hin und her gedreht, aber keiner hatte ihm gefallen. Vielleicht war der einfachste Weg der beste: Ich bin der Schreiber Kel, der die Verbrechen nicht begangen hat, deren er angeklagt wird. Wenn Ihr das Land vor dem Untergang retten wollt, bringt mich zur Gottesdienerin – dann kann ich beweisen, dass ich die Wahrheit sage.

Die Aussichten standen eins zu einer Million.

Aber es war die allerletzte Gelegenheit.

Wie gern hätte Kel Bebon jetzt gesagt, wie sehr er dessen Mut und treue Freundschaft schätzte. Vielleicht musste er ihm das in einer anderen Welt gestehen.

Der Schauspieler nickte ihm aufmunternd zu – noch war nichts verloren! Manchmal entschied ein Würfel über ein Vermögen. Und die Götter würden ihn doch nicht ausgerechnet im entscheidenden Augenblick im Stich lassen!

Kel ging vorwärts.

Noch drei Schritte, dann würde über sein Schicksal entschieden.

»Jetzt hör aber auf, du Bauer, kannst du dich nicht wenigstens entschuldigen?«

Erschrocken blieb Kel stehen. Die Soldaten wurden wieder munter, der Haushofmeister erwachte aus seinem Dämmerschlaf.

»Das ist doch nicht zu fassen!«, polterte der Schauspieler. »Dieser Kerl hat mich angerempelt und mein neues Gewand schmutzig gemacht! Schaut euch das an! Dafür verlange ich mindestens seinen Esel.«

Bebon hielt den Ordnungshütern sein schmutziges Gewand unter die Nase und machte sie zu unfreiwilligen Zeugen.

»Verschwinde!«, befahl einer der Offiziere, »bei deinem Geschrei platzt uns noch das Trommelfell.«

»Ich will nur mein gutes Recht!«

»Willst du vielleicht meinen Knüppel zu spüren bekommen?«

Bebon machte einen Schritt zurück.

»Nein, nein.«

»Dann mach, dass du wegkommst.«

Die Träger mit dem Stuhl setzten sich wieder in Bewegung.

Bebon und Kel gingen in die entgegengesetzte Richtung, bis sie außer Sichtweite waren.

»Was sollte denn das?«, fragte der Schreiber.

»Das war eine Falle! Die Strahlen der untergehenden Sonne haben sich genau hinter der Pergola so seltsam gespiegelt – in Schwerterklingen. Und einer der Soldaten, die da im Hinterhalt lagen, ist zu früh aufgestanden. Du hättest gar nicht erst den Mund aufmachen können.«

Niedergeschmettert gab Kel die einzig mögliche Schlussfolgerung zu.

»Dann ist der Haushofmeister also ein Verbündeter von Richter Gem! Er wollte mich in seine Nähe locken und so dem Jäger das Wild zutreiben.«

»Ja, ihn brauchen wir nicht mehr zu fragen, ob er uns zur Gottesdienerin bringt«, meinte auch Bebon.

64

Bitte erlaubt, dass ich Euch mein tiefstes Missfallen zum Ausdruck bringe«, sagte der Haushofmeister zu Richter Gem, der gerade dabei war, die ersten Berichte seiner Offiziere zu lesen.

»Worum geht es?«

»Ihr habt mich ohne mein Wissen als Lockvogel benutzt!«

Der Richter sah sein Gegenüber an.

»Ich führe diese Untersuchung so, wie ich will, und habe Euch darüber keine Rechenschaft abzulegen, Chechonq.«

»Ich bin immerhin der Haushofmeister der Gottesdienerin und ...«

»Ihr seid ein Untertan von Pharao Amasis und habt mir zu gehorchen.«

Chechonq wich dem Blick des Richters nicht aus.

»Euer Verhalten ist unerhört.«

»Bringt mich nicht gegen Euch auf«, empfahl der Richter. »Ich habe einen langen und harten Kampf geführt und befinde mich jetzt hier, in dieser schönen, freundlichen Stadt Theben, kurz vor dem erhofften Sieg. Es ist meine Pflicht, den schlimmsten aller Verbrecher zu finden und festzunehmen. Wie ich das mache, spielt keine Rolle.«

»Vergesst Ihr da nicht die Gesetze?«

Gem funkelte ihn wütend an.

»Tut einfach, was ich Euch sage, Haushofmeister, und mischt Euch nicht ein. Dann werde ich die Zusammenarbeit mit Euch als ausgezeichnet in Erinnerung behalten.«

Chechonq zog sich zurück.

Der Richter hätte ihn nicht angreifen und hintergehen dürfen – das war ein Fehler gewesen. Der Haushofmeister würde diesen Zwischenfall ausposaunen, und dann leistete bestimmt nicht ein einziger Einwohner von Theben den Wachtruppen Beistand.

Gem beschlagnahmte eine der zahllosen Fähren – kleine Schiffchen, die ständig zwischen den beiden Nilufern hin und her fuhren. Gänzlich unempfänglich für die Schönheit der Landschaft trieb er den Schiffer zur Eile an. An der Anlegestelle überprüfte er erst die Sicherheitsmaßnahmen, ehe er sich in einen Tragesessel setzte, mit dem man ihn zum Ramesseum brachte, dem Millionenjahrhaus von Ramses II.

Unter dem Vorwand einer Besichtigung und Überprüfung, ob die örtliche Verwaltung vorschriftsmäßig arbeitete, ließ er die Verantwortlichen vorsprechen, zu denen auch Henats wichtigster Verbindungsmann gehörte – ein Fachmann für die Herstellung von besonders hochwertigem Papyrus.

»Ich weiß von deiner Rolle«, sagte der Richter.

»Ich verstehe nicht, ich …«

»Es hat keinen Sinn, wenn du lügst. Dein Herr hat dir erlaubt zu reden.«

»Ich hätte aber doch gern einen schriftlichen Befehl.«

»Wenn dir mein Wort nicht reicht, wird man dir im Gefängnis die Zunge lösen.«

Henats Verbindungsmann wollte sich lieber nicht mit dem Richter anlegen.

»Zu Euren Diensten.«

»Warum ist sich Henat so sicher, dass die Gottesdienerin schwer krank ist?«

»Wegen der Auskünfte ihres Leibarztes. Die alte Dame empfängt nicht einmal mehr ihren Haushofmeister Chechonq.«

»Hätte er den Mut und die Möglichkeiten, sich gegen das Gesetz zu stellen?«

»Ganz bestimmt nicht! Er verwaltet lediglich die Provinz, veranstaltet aufwendige Festmähler und arbeitet an seinem großen Grabmal. Von ihm habt Ihr nichts zu befürchten. Und ohne die Anweisungen der Gottesdienerin fühlt er sich verloren. Wenn Ihr ihm versprecht, dass seine Vorrechte nicht in Gefahr sind, gebt Ihr ihm Sicherheit, und er wird alles, aber auch alles tun, was Ihr wollt.«

»Und er hat keine geheimen Truppen?«

»Nichts dergleichen! Und die Wächter von Karnak sind auch nicht gerade gefährlich.«

»Verständige deine Leute, sie sollen aufpassen. Der Schreiber Kel, die Priesterin Nitis und der Schauspieler Bebon verstecken sich in Theben. Lass dir auch das kleinste Gerücht melden und verständige mich sofort.«

»Einverstanden.«

Aber in Wirklichkeit wollte sich der Mann keiner unnötigen Gefahr aussetzen und höchstens harmlose Berichte schreiben. Diese Verbrecher schienen viel zu gefährlich zu sein. Und sollte er doch auf eine zuverlässige Spur stoßen, würde er sie nur Henat mitteilen.

Nitis, Kel und Bebon machten sich nichts vor: Das Bündnis von Haushofmeister und Richter Gem war ein großes Unglück.

»Jetzt müssen wir so kurz vor dem Ziel aufgeben«, klagte Bebon.

»Nein, das tun wir nicht«, widersprach Nitis.

»Gem und Chechonq riegeln bestimmt die ganze Provinz ab. Wir sollten verschwinden, solange es noch geht.«

»Aber wohin denn?«, fragte Kel. »Die Gottesdienerin ist die Einzige, die der Wahrheit ans Licht verhelfen kann.«

»Sie lebt in Karnak – und wegen der verstärkten Sicherheitsmaßnahmen kommen wir da nicht hin.«

»Priester und Handwerker gehen dort jeden Tag ein und aus«, fiel es Nitis ein.

»Sie werden aber strengstens überprüft«, wandte Bebon ein. »Und selbst wenn wir diese erste Schranke überwinden könnten, sind wir noch längst nicht am Ziel! Der Wohnsitz der Gottesdienerin soll vollkommen unzugänglich sein.«

»Hast du nicht bei den Mysterienspielen in Karnak mitgemacht?«, fragte Kel.

Der Schauspieler machte ein verlegenes Gesicht.

»Die Tempelherrin legt nicht viel Wert auf dergleichen Zerstreuungen und hält sich mehr an ihre ständigen Priester als an flüchtige Gäste.«

»So wie ich dich kenne, hast du doch bestimmt Freundschaften geknüpft.«

»Sehr wenige. Theben ist nicht so gastfreundlich wie man meinen könnte. Und ich habe keine wichtigen Leute kennen gelernt.«

»Nicht einen einzigen Menschen, der im Tempel arbeitet?«, fragte Nitis nach.

»Nicht wirklich.«

»Vielleicht ist das die Lösung.«

»Bestimmt nicht. Die Lösung ist, diese Provinz zu verlassen und einen Ort zu finden, an dem wir vor Gem sicher sind.«

»Wenn jeder von uns sein Glück versucht, wird es doch einem gelingen, bis zur Gottesdienerin vorzudringen«, meinte Nitis.

»Ausgeschlossen«, gab Bebon zurück.

»Wer ist das denn, der nicht wirklich im Tempel arbeitet und den du kennst?«, fragte der Schreiber nach.

»Ein einfacher Mann ohne Einfluss.«

»Was ist sein Beruf?«

»Er ist Pförtner.«

»Und wer ist sein Herr?«

»Der Schreiber des Schatzmeisters.«

»Du kennst den Pförtner vom Schreiber des Schatzmeisters und hast es uns nicht gesagt!«

»Das hatte ich ganz vergessen.«

»Und er, wen kennt er in Karnak?«

»Den Obergärtner.«

»Das ist ja wunderbar! Du musst diesen Pförtner sofort treffen und um Hilfe bitten.«

»Nein, das mache ich nicht, das ist viel zu gefährlich.«

»Was ist denn mit dir los, Bebon?«, fragte Nitis erstaunt. »Ich muss schon sagen, du enttäuschst mich.«

Das schöne große Haus des Schreibers vom Schatzmeisteramt lag in einem riesengroßen Garten mit einer Mauer darum herum, die nur einen Eingang hatte, der den ganzen Tag von einem wehrhaften Türhüter bewacht wurde, der sehr stolz auf sein Amt war. Er hatte einen Besen aus Palmfasern und legte großen Wert darauf, dass sein Arbeitsbereich stets makellos sauber war.

Jeden Morgen übergab ihm der hohe Beamte eine Aufstellung mit den Namen der Besucher und Lieferanten. Der Türhüter überprüfte die Angaben, bat die Leute zu warten und verständigte den Hausverwalter. Alle, die aufdringlich waren oder betteln wollten, schickte er gnadenlos weg.

Als er gerade wieder seinen Besen schwingen wollte, dachte er, er sei Opfer einer Sinnestäuschung geworden.

»Du, Bebon! Bist du's wirklich?«

»Aber ja, ich bin wieder da. Und ich bräuchte mal wieder deine Hilfe.«

Dem Pförtner verschlug es erst einmal die Sprache; dann sagte er: »Dir werd ich helfen, du Nichtsnutz. Hier kriegst du was mit meinem Besen!«

65

Vergeblich versuchte Bebon, mit den Händen seinen Kopf zu schützen und den Schlägen auszuweichen.

»Hört auf, ich bitte Euch!«, rief Nitis.

Verwundert über das Eingreifen der jungen Frau unterbrach der Pförtner seine Tracht Prügel.

»Ihr seid wohl seine neue Geliebte?«

»Nein, einfach nur eine Freundin.«

»Das würde mich aber sehr wundern! Seine Freundinnen schleppt der Wüstling nämlich immer ins Bett.«

»Dieses traurige Schicksal ist mir erspart geblieben.«

»Falls das die Wahrheit ist, könnt Ihr den Göttern danken und solltet zusehen, dass Ihr das Weite sucht.«

»Warum schlagt Ihr Bebon?«

»Weil er meine kleine Aurora zuerst verführt und dann sitzen gelassen hat – ein braves, unschuldiges Mädchen.«

»Jetzt übertreib aber mal nicht«, mischte sich Bebon ein. »Erstens bin ich nicht ihr erster Liebhaber gewesen, und außerdem hab ich sie nicht gezwungen.«

Der Pförtner griff wieder nach seinem Besen.

»Und du hast sie wohl auch nicht schmählich im Stich gelassen, was?«

»Das hatte ich ihr aber gleich gesagt«, wehrte sich Bebon. »Wir haben ein Weilchen unseren Spaß, und dann geh ich wieder. Ich nehme an, sie ist nicht vor Kummer gestorben?«

Der Besen senkte sich wieder.

»Nein, das nicht gerade. Sie hat im Tempel, ganz am Rand der Wüste, Arbeit als Bienenzüchterin gefunden.«

»Ich verwende Honig sehr oft als Medizin«, erklärte Nitis. »Deshalb würde ich Eure Tochter gern treffen und mit ihr über ihre Arbeit reden.«

Der Pförtner war sehr beeindruckt von Nitis, beruhigte sich allmählich wieder und erklärte der Heilerin den Weg zu den Bienenkörben.

Dann wandte er sich in seinem unwirschen Ton wieder an Bebon.

»Um was für eine Hilfe handelt es sich da?«

»Ich möchte einem Freund, der Gärtner ist, helfen, eine Arbeit zu finden. Würdest du ihn dir mal anschauen?«

»Ist er auch so ein Wüstling wie du?«

»Nein, überhaupt nicht!«, rief Bebon. »Er ist eher von der ernsthaften Sorte.«

»Bring ihn her.«

Der Schauspieler ging Kel holen, und der Türsteher musterte ihn von Kopf bis Fuß.

»Sieht ganz gut aus«, fand er. »Hast du Erfahrung, mein Junge?«

»Bei meinen Eltern musste ich hart arbeiten.«

»Mein Freund, der Obergärtner von Karnak, sucht immer wieder Tagelöhner. Melde dich bei Sonnenuntergang am Nordeingang und sag, dass ich dich geschickt habe.«

Richter Gem gab die Berichte seinem Oberschreiber zurück.

»Räum sie auf.«

»Habt Ihr irgendetwas Wichtiges gefunden?«

»Nein, alles nur langweiliges Verwaltungsgeschwätz.«

Zwei Zeugenaussagen hatten im Laufe des Tages die

Neugier von Richter Gem geweckt. Ein Bäcker wollte den Schreiber Kel in einem kleinen Haus am nördlichen Stadtrand gesehen haben, in Begleitung von zehn bewaffneten Männern. Und ein Landwirt war sich ganz sicher, dass er ihn in einem Palmenhain entdeckt hatte, wo er gerade Waffen aus einem großen Sack holte.

Endlich kamen die Soldaten zurück und erstatteten Bericht.

»Was habt ihr herausgefunden?«, wollte der Richter von ihnen wissen.

»Das war alles erfunden. Diese Leute haben sich über uns lustig gemacht.«

»Das ist Amtsbeleidigung, dafür werden sie bestraft!«

»Mit Verlaub, wir sollten die Sache lieber vergessen«, widersprach der Offizier, »sonst sagt keiner mehr etwas.«

»Gesetz ist Gesetz!«, entgegnete Gem wütend und knallte die Tür seines Arbeitszimmers zu.

Am Nordeingang von Karnak warteten mehrere Arbeitswillige auf den Obergärtner.

»Er soll ziemlich unausstehlich sein«, erzählte ein Rothaariger.

»Und sehr eitel«, fügte ein junger Mann hinzu. »Man darf sich nie beklagen.«

»Ich lass mir das jedenfalls nicht gefallen«, schimpfte ein magerer Kerl.

»Ich auch nicht!«, schloss sich sein Freund an.

Da trat ein stämmiger Mann mit kantigem Kopf aus der Reihe und sagte laut und deutlich: »Ihr vier da, ihr könnt gleich wieder gehen.«

Der Rothaarige wollte sich das nicht bieten lassen.

»So, meinst du! Wieso sollten wir dir gehorchen?«

»Weil ich der Obergärtner bin. Und was ihr da von euch gegeben habt, gefällt mir nicht.«

Die Männer verzogen sich, und der Rest bemühte sich, dem forschenden Blick ihres möglichen Arbeitgebers standzuhalten.

»Ihr beiden könnt auch gehen. Eure Köpfe gefallen mir nicht.«

Am Schluss waren nur noch Kel und eine ziemlich müde wirkende Bohnenstange übrig.

»Gefällt es euch, wenn ihr ein Joch tragen müsst, das euch den Hals verletzt, wenn ihr die ganze Nacht arbeiten, das Gemüse im Morgengrauen gießen, die Obstbäume wässern müsst und in der Abenddämmerung Heilkräuter sammeln sollt?«

»Und wann kann ich schlafen?«, wollte die Bohnenstange wissen.

»Wenn ich es dir sage.«

»Das ist mir zu anstrengend, da such ich mir lieber eine andere Arbeit.«

»Ich bin mit Euren Bedingungen einverstanden«, sagte Kel. »Der Pförtner aus dem Schatzmeisterhaus hat mich vorgewarnt.«

»Ja, das ist ein guter alter Freund, der weiß, worum es geht. Ich nehme dich, mein Junge. Allerdings schauen deine Hände nicht gerade so aus wie die von einem Gärtner.«

»Ich arbeite aber gern.«

»Dann nimmst du jetzt diese Tonkrüge mit Wasser und gehst mir nach.«

»In den Tempel?«

»Nein, heute Abend nicht. Wir müssen uns um die Gärten außerhalb der Tempelmauer kümmern, zusammen mit der ersten Nachtschicht. Ich hoffe, du enttäuschst mich nicht.«

Kel versuchte, seine eigene Enttäuschung zu überwinden, und wappnete sich mit Mut und Geduld.

Die Gottesdienerin betrachtete das Wahrzeichen von Abydos: einen langen Pfeiler, der mit einem Tuch bedeckt war. Das Tuch verhüllte den Kopf des auferstandenen Osiris, den nur diejenigen sehen durften, die in die Großen Mysterien eingeweiht waren.

Sie erkannte den schweren Schritt ihres Haushofmeisters.

»Ich hoffe, Ihr bringt gute Neuigkeiten?«

»Leider nein, Majestät. Der Bruch zwischen mir und Richter Gem ist nicht zu ändern. Er kann mich nicht ausstehen, und es wird mir nicht gelingen, etwas an seiner Einstellung zu ändern. Außerdem bewirkt sein Auftreten mir gegenüber den Zorn der Thebaner, die sich deshalb weigern, den Wachleuten zu helfen.«

»Hat er die ganze Provinz besetzen lassen?«

»Ja, Majestät. Und was noch schlimmer ist, er lässt niemand nach Karnak und hat den Eindruck erweckt, ich wäre sein Verbündeter. Das bedeutet, dass Kel, Nitis und Bebon glauben müssen, ich stecke mit ihm unter einer Decke, und es nicht wagen werden, mich anzusprechen. Und ich weiß nicht, wo sie sich versteckt halten, ja nicht einmal, ob sie noch am Leben sind.«

»Das sind sie, Chechonq. Ich spüre, dass sie in der Nähe sind.«

»Dann müssen wir uns eben mit den Tatsachen abfinden: Es wird ihnen nicht gelingen, zu uns zu kommen.«

»Stehen sie etwa nicht unter dem besonderen Schutz der Götter, Haushofmeister?«

66

Am Rande der Wüste betreute Aurora, die Tochter des Pförtners, etwa dreißig Bienenstöcke – zur großen Zufriedenheit des Bienenzüchters. Die Bienenvölker lebten in aufeinandergestapelten Tongefäßen mit einer Öffnung, durch die die Bienen ein und aus fliegen konnten. Unter der aufmerksamen Pflege der jungen Frau stellten sie dort ihre Waben her, dann musste Aurora die Bienen einräuchern und den Honig sammeln.

Als sie gerade einen Honigtopf verschloss, der für Karnak bestimmt war, kamen zwei Leute auf sie zu.

»Bebon! Du bist also wieder in Theben?«

»Ich hoffe, du bist nicht allzu böse auf mich, Aurora?«

»Nein nein, ich habe dich in bester Erinnerung. Ist diese bezaubernde Frau deine Gattin?«

»Nein, sie ist eine Heilerin, die dich kennen lernen möchte.«

»Ich verwende sehr viel Honig, weil er große Heilkräfte besitzt. Deshalb würde ich Euch gern helfen, solange ich hier in Theben bin.«

»Warum nicht? Ihr könnt mir dafür ein bisschen was über die Heilkunst beibringen.«

»Sehr gern.«

Die beiden Frauen verstanden sich auf Anhieb, und Bebon kam sich etwas überflüssig vor.

»Bist du inzwischen verheiratet, Aurora?«

»Nein, damit hab ich's nicht eilig! Dich muss ich ja wohl gar nicht danach fragen.«

»Bei meinen beruflichen Sorgen kann ich leider kein guter Ehemann sein.«

»Warum, was ist denn los?«

»Ich hab den Schauspielerberuf an den Nagel gehängt: Immer unterwegs sein müssen, dafür bin ich zu alt. Ich würde mich gern in Theben niederlassen, vielleicht mit einer geregelten Arbeit im Tempel.«

Die Bienenzüchterin überlegte.

»Da wüsste ich vielleicht etwas ... Aber das wäre keine einfache Aufgabe.«

»An Mut fehlt es mir nicht.«

Der Meister über die Küchen von Karnak musterte Bebon abschätzig.

»Aha, du willst also bei mir arbeiten?«

»Ja, Aurora, die Bienenzüchterin, schickt mich zu Euch.«

»Die brave Kleine! Ich suche tatsächlich einen Küchenjungen, aber keinen Faulpelz.«

»Schau ich vielleicht so aus?«

»Entweder du fängst gleich an, oder du brauchst nicht wiederzukommen.«

»Ich fange an.«

»Ich muss das Mittagessen für die Priester zubereiten. Putz die Küche und schleif die Messer.«

Die Küche war beeindruckend: Kessel, Schüsseln, Brotformen, Mahlsteine, Backöfen, große Kupferteller für das feine Gebäck, Holzkochlöffel. Mit einem Stück Basalt schärfte Bebon die Klingen der langen Messer.

Der Küchenmeister war angenehm überrascht.

»Du stellst dich gar nicht mal so dumm an, mein Junge.«

»Wisst Ihr, was ich am besten kochen kann? – Suppentopf.«

»Soll ich dir mal sagen, was ich überhaupt nicht leiden kann: Angeber! Und die Priester von Karnak essen gern gut.«

»Lasst es mich beweisen.«

Der Koch zögerte.

»Du darfst das Essen aber nicht verderben!«

Sofort machte sich Bebon an die Arbeit. Eine wunderbare Frau hatte ihm einmal verraten, wie man dieses Gericht zubereitet; dazu brauchte er Zunge, Lende und Rippe, Leber und Luftröhre vom Rind sowie verschiedene Gemüse. Das Ganze wurde dann auf kleinem Feuer geköchelt, ohne dass er es auch nur eine Sekunde aus den Augen ließ.

Nachdem der Oberkoch seine Runde durch die anderen Küchen gemacht hatte, kostete er.

»Ausgezeichnet«, musste er zugeben. »Das wird den Priestern schmecken.«

»Ich würde ihnen meinen Suppentopf gern selbst vorsetzen.«

»Das machen meine Gehilfen und ich. Stell genug von dieser Köstlichkeit für uns auf die Seite. Wir essen dann später.«

Es war sehr mühsam, das Joch zu tragen, an dessen beiden Enden große, schwere Tongefäße voll mit Wasser hingen; aber Kel beklagte sich nicht, weil er hoffte, so bald in den inneren Tempelbereich von Karnak zu gelangen.

Ob Nitis und Bebon Arbeit gefunden hatten, mit der sie die Sicherheitssperren überwinden konnten? Wenn jeder für sich sein Glück versuchte, waren sie nicht so leicht ausfindig zu machen.

Aber diese Trennung ertrug der Schreiber nur schwer. Ohne Nitis fühlte er sich verloren. Einzig die Suche nach der Wahrheit gab ihm die Kraft, diesen wahnsinnigen Weg weiterzugehen.

Die ganze Nacht setzte er erschöpft und mit schmerzendem Nacken Schritt vor Schritt und goss den Inhalt der Krüge in Bewässerungsrinnen. Da unterbrach ihn der Obergärtner in seiner Arbeit.

»Du da, komm her. Wir müssen Blumen in den Tempel bringen – für die Morgengabe.«

Kel bekam den Auftrag, herrliche weiße Lotusblumen zu tragen, ein anderer Arbeiter blaue Iris.

»Die mag die Gottesdienerin besonders«, erzählte ihm der.

»Hast du sie schon mal gesehen?«

»Nein, noch nie.«

»Du weißt aber, wo sie wohnt?«

»Ja, das schon. Ich musste ihr schon öfter Blumen vors Haus bringen.«

Der Mann war nicht besonders gesprächig, also dachte Kel über einen Weg nach, wie er an sein Ziel kommen konnte.

Der Obergärtner führte ein langes Gespräch mit den Wachen, dann öffnete sich die hölzerne Pforte, und Kel folgte seinem Herrn.

Sein Entschluss stand fest: Er wollte die Lotusblumen wie vorgesehen ablegen und dann, so schnell er konnte, zu der Gottesdienerin laufen. Im Schutz der Dunkelheit gelang es ihm vielleicht, in ihr Haus zu kommen und mit ihr zu sprechen.

Wenn er die Priester so überrumpelte, leisteten sie wahrscheinlich kaum Widerstand. Kel wusste, wie waghalsig sein Vorhaben war, und bat in Gedanken Nitis um Hilfe.

Er hatte noch nicht einmal die schönen Bauwerke bewundern können, als ein Dutzend Wachmänner die Blumenträger umringte.

»Weiter dürft ihr nicht«, erklärte ein Offizier. »Übergebt eure Blumen den Ritualisten.«

»Was sind denn das für neue Sitten«, schimpfte der Obergärtner, »ich …«

»Das ist ein Befehl von Richter Gem. Geht wieder nach draußen.«

67

Der Honig von Auroras Bienen war außergewöhnlich gut. Er wurde auch nicht gegessen, sondern ausnahmslos den Heilern von Theben ausgehändigt. Nitis bewunderte, wie geschickt die Bienenzüchterin arbeitete, und verriet ihr auch einige Heilmittel: So half ein mit Honig getränkter Verband sehr gut gegen Verbrennungen.

»Ich muss heute dem Leibarzt der Gottesdienerin zehn Honigtöpfe bringen«, sagte Aurora. »Wollt Ihr mich vielleicht begleiten?«

»Mit der größten Freude! Ihr müsst mir etwas über diesen ganz besonderen Tempel erzählen.«

Froh über die Gesellschaft fanden die beiden jungen Frauen den Weg viel zu kurz. Aurora gab Nitis einige Erklärungen zu den Pylonen, den Obelisken, den großen Höfen, der Säulenhalle, den Häusern für die ständigen Priester und dem Wohnsitz der Gottesdienerin, der sie einmal begegnet war.

»Eine Frau mit großer Ausstrahlung und einem sanften, aber gebieterischen Blick. Das Alter kann ihr nichts anhaben. Als Gattin des Gottes Amun schöpft sie aus seiner Macht und sorgt durch die Feier der Rituale für Einklang. Eigentlich ist sie der richtige Pharao von Ägypten. Der andere, da oben im Norden, kümmert sich ja nur um die Griechen und um seine Soldaten.«

Am Haupteingang zum Tempel warteten bereits viele Leute.

Richter Gem hatte am selben Tag die Wachen verstärkt. Aber der erste Offizier, der dort Dienst tat, war ein Jugendfreund von Aurora und hatte noch immer nicht die Hoffnung aufgegeben, dass sie ihn eines Tages doch heiraten würde.

»Eine Honiglieferung?«

»Ja, zehn versiegelte Töpfe für den Leibarzt Seiner Majestät.«

»Kann ich die amtliche Bestellung sehen?«

»Bitte sehr, hier.«

Der Offizier überprüfte das Schreiben.

»Die Wüstenluft macht dich noch schöner, Aurora. Darf ich dich zu einem Abendessen einladen?«

»Zurzeit bin ich sehr beschäftigt. Aber ich werde deine Einladung nicht vergessen.«

»Versprochen?«

»Versprochen.«

»Du kannst durch.«

Nitis wollte neben der Bienenzüchterin durchschlüpfen.

»Halt!«, befahl der Offizier. »Wer seid Ihr?«

»Sie ist eine Freundin«, antwortete Aurora. »Sie hilft mir, die Töpfe zu tragen.«

»Tut mir leid, aber kein Fremder darf diesen Bereich betreten.«

»Kannst du nicht eine Ausnahme machen?«

»Richter Gems Befehle sind zwingend. Ich würde meine Arbeit verlieren.«

»Ich hab aber nur zwei Arme und zehn Töpfe!«

»Ich rufe dir einen Priester«, sagte der Mann. »Und Ihr rührt Euch hier nicht von der Stelle. Ich muss Euch gleich noch nach Namen und Herkunft fragen.«

Er half Aurora, ihre Last durch die Tür zu tragen, und besorgte jemand zu ihrer Unterstützung.

Als er zu seinem Wachposten zurückkam, war Nitis verschwunden.

Als sie dann Richter Gem gegenüberstand, ließ sich Aurora nicht einschüchtern.

»Wie und wo habt Ihr diese Frau kennen gelernt?«

»Ich war bei meinen Bienenstöcken, als sie mich ansprach. Sie wurde vor Kurzem geschieden und hat Arbeit gesucht.«

»Wie heißt sie?«

»Achait, eine Syrerin. Sie hat drei Kinder und vor Kummer um sie geweint. Weil ich sowieso Hilfe gebrauchen konnte, hab ich sie angestellt.«

»War sie nicht in Begleitung von einem oder zwei Männern?«

»Außer ihr hab ich niemand gesehen.«

»Der Offizier hat mir gesagt, dass Ihr sie ›Freundin‹ genannt habt. Das ist doch merkwürdig, bei einer Angestellten.«

»Sie hat mir leid getan, und wir haben uns gleich gut verstanden.«

»Solltet Ihr mir Lügen erzählen, und seien sie noch so klein«, warnte sie der Richter, »werdet Ihr bestraft.«

»Ich habe alles gesagt.«

»Diese Frau ist weggelaufen«, sagte Gem, »sie hatte also offensichtlich kein gutes Gewissen.«

»Wahrscheinlich war ich zu gutgläubig«, bedauerte die Bienenzüchterin. »Aber wem darf man dann eigentlich noch trauen?«

»Ich rate Euch dringend, in Zukunft vorsichtiger zu sein und Euch zu erkundigen, ehe Ihr jemand anstellt. Ihr könnt jetzt gehen.«

Dieser Richter war genauso eingebildet wie die ganzen Würdenträger aus dem Norden – und er konnte Theben nicht leiden. Deshalb war Aurora sehr froh, gelogen zu haben, und hoffte, dass die nette Heilerin entkommen war.

»Es gibt Schwierigkeiten«, sagte der Koch zu Bebon, der gerade die Schüsseln spülte. »Kannst du außer deinem Suppentopf noch etwas anderes kochen?«

»Ja, Lammspieße.«

»Ausgezeichnet! An die Arbeit, ich gebe dir drei Stunden.«

»Und die Schüsseln …«

»Die kann jemand anders waschen. Ich bring dir gleich das Fleisch.«

Bebon schnitt das Lammfleisch in kleine Würfel und ließ es in einem leicht gesalzenen Sud aus Zwiebelsaft und Öl ziehen.

Dann spießte er die Stücke auf und briet sie über offenem Feuer.

Nordwind beklagte sich weder über seine neue Arbeit noch über sein Futter. Er musste Küchengerätschaften oder Säcke mit Gewürzen und feinen Kräutern tragen und durfte dafür verschiedene Essensreste verspeisen. Dass er so ruhig und zufrieden wirkte, beruhigte den Schauspieler; Nitis und Kel waren also wohl in Freiheit, aber war es ihnen auch gelungen, die Gottesdienerin zu sehen?

Was ihn betraf, war das Vorhaben völlig gescheitert, und es gab auch keine Aussicht auf Erfolg. Wegen all der neuen Sicherheitsmaßnahmen, die Richter Gem getroffen hatte, würde ein neuer Küchenjunge bestimmt überprüft und streng verhört.

Als es Mittag wurde, holte der Koch Brot in Form von Papyrusdolden aus dem Ofen.

»Was ist mit deinen Spießen?«

»Sind köstlich geraten.«

»Umso besser – unser Kunde ist ein Feinschmecker, der nur schwer zufriedenzustellen ist. Da setze ich meinen guten Ruf aufs Spiel.«

»Wer ist das denn?«

»Der beste Freund von Haushofmeister Chechonq. Er verfasst eine neue Ausgabe des *Totenbuches* für die ewigen Ruhestätten der hohen Würdenträger von Theben. Er soll überaus fähig sein! Nebenbei schätzt er aber auch die gute Küche und speist jede Woche einmal mit Chechonq. Heute sind wir es, die er auf die Probe stellt, das ist eine große Ehre, kann ich dir sagen.«

Der große Schreiber war ein strenger, aber begeisterungsfähiger Mann. Kaum hatte er sich gesetzt, als er auch schon ein Stück gebratenes Fleisch und etwas von dem Brot probierte.

Dem Koch stand vor lauter Aufregung der Schweiß auf der Stirn.

»Recht anständig«, meinte der Feinschmecker. »Morgen liefert ihr dem Haushofmeister sechs solche Spieße und zwei Brote.«

Der Koch verneigte sich tief vor seinem Richter und dachte an den Gewinn, den er mit diesem Erfolg haben würde. Jetzt war er vielleicht Hoflieferant für Chechonq und seinen besten Freund!

Bebon hatte allerdings anderes im Sinn.

Als er eine Pause machen durfte, ging er in den Stall.

»Bring mich zu Kel oder Nitis«, flüsterte er dem Esel ins Ohr.

68

Was hältst du von ihm?«, fragte Pharao Amasis seinen Feldherrn Phanes von Halikarnassos. »Und gib mir eine ehrliche Antwort!«

»Euer Sohn Psammetich erweist sich als ausgezeichneter Soldat, Majestät. Selten habe ich einen unerfahrenen, jungen Mann so schnell so viel lernen sehen. Er ist mutig, wenn nicht sogar verwegen, wird nicht müde und übt alles so lange, bis er es ganz und gar beherrscht. Bereits jetzt hat er sich großes Ansehen bei den Soldaten erworben; wenn es so weit ist, werden sie ihn als ihren Herrn achten.«

»Bilde ihn weiter aus, Phanes. Und bleibe unnachgiebig.«

»Ihr könnt Euch auf mich verlassen, Majestät.«

Amasis begab sich zu seiner Frau, die gerade mit den Vorbereitungen für ein großes Festmahl beschäftigt war, zu dem alle wichtigen Offiziere geladen waren. Ein ermüdendes und langweiliges Abendessen, das der Pharao aber für unumgänglich hielt.

»Ich habe sehr gute Neuigkeiten, meine Liebe! Unser Sohn entwickelt sich zu einem richtigen Feldherrn und wird die Zwei Länder zu verteidigen wissen. Wir können stolz auf ihn sein.«

Tanit lächelte traurig.

»Bringt Ihr ihm auch bei, wie man das Land vernünftig verwaltet?«

»Das werde ich übernehmen, sobald es an der Zeit ist«, versprach der Pharao. »Heute Abend wollen wir die Tapferen ehren und sie dazu ermutigen, wachsam zu bleiben.«

»Ist Psammetich auch dabei?«

»Selbstverständlich. Ich werde meine letzte Sitzung am Vormittag kurz halten, dann können wir vor dem Mittagessen noch einen kleinen Ausflug mit dem Boot machen.«

Amasis eilte in sein Arbeitszimmer, wo ihn bereits Siegelbewahrer Udja und Henat erwarteten. Ihre Miene verhieß nichts Gutes.

»Fasst euch kurz«, verlangte der König. »Meine Zeit

ist kostbar, und ich möchte mich noch etwas an der frischen Luft erholen.«

»Richter Gem hat in Theben alle zur Verfügung stehenden Wachleute aufgeboten«, sagte der Siegelbewahrer. »Er ist überzeugt, dass sich Kel dort versteckt.«

»Mag sein, aber das kümmert mich nicht mehr. Nachdem der Verräter Pef beseitigt ist, sind die Verschwörer zur Untätigkeit verurteilt. Das Einzige, was sie jetzt noch anrichten können, ist, meinen Helm zu zerstören. Aber der Richter soll meinetwegen weitermachen: Solange er Theben bewacht, gibt es dort jedenfalls keinerlei Widerstand. Und die nächste Gottesdienerin wird uns keinen Ärger machen. Ist Freund Krösus bereits auf dem Weg zu uns?«

»Seine Ankunft verzögert sich«, antwortete Henat.

Amasis wirkte verärgert.

»Weiß man warum?«

»Einem unserer Kundschafter zufolge, der jetzt als Übersetzer arbeitet, reist er zuerst nach Samos, um sich dort mit Polykrates zu treffen. Meines Wissens ist er kein Verbündeter, auf den wir uns verlassen können.«

»Da täuschst du dich, Henat! Wie ganz Griechenland bewundert auch er Ägypten und ist mir ein treuer Helfer. Außerdem ist er mehr als froh, dass er uns mit Söldnern versorgen darf und dafür an unserem Reichtum teilhat. Wir schreiben ihm jetzt einen herzlichen Brief und lassen Krösus ausrichten, dass wir ihn so bald wie möglich bei uns empfangen möchten.«

Weil Amasis es eilig hatte, zur Königin zu gehen und gemeinsam mit ihr ein paar köstliche Stunden auf dem Wasser zu verbringen, verabschiedete er sich von seinen Beratern.

Die Stadt lag in tiefem Schlaf.

Nur der Anführer der Verschwörer betrachtete den nächtlichen Himmel und dachte daran, dass sein Vorhaben unerbittlich vorankam. Der letzte Schritt stand unmittelbar bevor. Noch hätte er den Lauf des Schicksals ändern und sich mit den Gegebenheiten abfinden können.

Aber er stand jetzt so kurz vor dem Erfolg und dem Sieg, den ihm keiner mehr abspenstig machen konnte. Die Überraschung würde gewaltig sein, die Gegenmaßnahmen lächerlich. Und sollte sich bei einigen Leichtsinnigen doch Widerstand regen, würden sie ihn mit dem Leben bezahlen.

Ein Hindernis gab es aber noch … Deshalb musste sich der Anführer der Verschwörer jetzt sehr überzeugend zeigen und alles in Bewegung setzen, um auch noch den letzten Zauderer für seine Sache zu gewinnen.

Sollte ihm das nicht gelingen, liefe trotzdem alles wie vorgesehen.

In äußerst schlechter Stimmung machte sich Richter Gem auf den Weg in den Palast des Haushofmeisters. Sein letztes Gespräch mit Henats wichtigstem Verbindungsmann in Theben hatte nichts ergeben. Dieser unfähige Kerl lebte sorglos dahin, da er ja ein gutes Gehalt bekam, und verlangte auch von seinen Untergebenen keinerlei Anstrengungen. Auf ihn konnte man nicht zählen, wenn man die Spur des flüchtigen Mörders und seiner Bande wiederfinden wollte.

Der Diener des Haushofmeisters empfing den Richter.

»Geh deinen Herrn holen.«

»Er ruht sich gerade ein wenig aus und …«

»Dann weck ihn.«

Der Hausangestellte ließ sich nicht länger bitten.

Ungeduldig lief Gem in einem Vorzimmer mit Säulen und Wandmalereien auf und ab, auf denen die verschiedensten Vögel abgebildet waren, wie sie fröhlich über Papyrusdolden herumflatterten.

Chechonq erschien in einem Hausgewand und mit zerzaustem Haar.

»Ich bin äußerst unzufrieden«, begann der Richter.

»Ich auch«, gab der Haushofmeister schroff zurück. »Wieso ist mein Haus von lauter Wachmännern umstellt?«

»Sie sind zu Eurem Schutz da.«

»Schickt sie weg!«

»Ich fürchte, Ihr habt nichts begriffen, Haushofmeister. Ich erteile Euch hier die Befehle im Namen des Pharaos, und Ihr habt zu gehorchen.«

»Wollt Ihr mir etwa verbieten, zu kommen und zu gehen, wie es mir beliebt?«

»Versteckt Ihr vielleicht Mörder?«

»Durchsucht doch mein Haus und sämtliche Nebengebäude.«

»Genau das hatte ich vor.«

»Danach müsst Ihr Euch aber bei mir entschuldigen.«

»Die Aufklärung eines Verbrechens ist mit vielen Untersuchungen verbunden, von denen die meisten ergebnislos bleiben.«

»Also bitte, fangt schon an.«

»In Eurer Stellung werdet Ihr wohl kaum so wahnsinnig sein und Verschwörern Unterschlupf bieten, auf die die Todesstrafe wartet. Trotzdem möchte ich gern von jedem, der in Eurem Haus ein und aus geht, wissen, wer er ist. Auf diese Weise könnt Ihr gar nicht auf dumme Gedanken kommen, und Theben bleibt vielleicht viel Ärger erspart.«

»Ich glaube, Ihr habt den Verstand verloren, Richter Gem!«

»Ich verdächtige Euch, Urheber der zahlreichen falschen Aussagen zu sein, die bei den Wachmannschaften eintreffen. Sie zu überprüfen, kostet uns viel unnütz vertane Zeit.«

»Die Thebaner wollen Euch nur helfen.«

»Nein, sie wollen mich in die Irre leiten. Aber so leicht hält man mich nicht zum Narren. Hört sofort mit diesem albernen Spiel auf, oder Ihr werdet es bitter bereuen.«

»Eure Drohungen sind eines Richters unwürdig, außerdem beeindrucken sie mich nicht.«

»Das ist aber ein Fehler, denn ich mache keine Scherze. Hier handelt es sich um eine Angelegenheit, bei der es um das Wohl des Landes geht – und jeder, der sich gegen das Gesetz auflehnt, wird vernichtet.«

»Dann kann mir ja nichts geschehen, ich will mich nämlich gegen nichts auflehnen.«

»Wisst Ihr etwas über den Schreiber Kel, die Priesterin Nitis und den Schauspieler Bebon?«

»Nein, nichts.«

»Falls Ihr etwas erfahren solltet, möchte ich, dass Ihr mich unverzüglich davon in Kenntnis setzt.«

»Musstet Ihr das wirklich noch einmal sagen?«

Gem verließ ihn wütend.

Theben hatte sich gegen ihn und seine Leute verbündet. Und er konnte unmöglich jedes Haus durchsuchen und jeden Winkel ständig überwachen lassen. Ihm blieb also nichts anderes übrig, als auf einen Fehler der Flüchtigen zu warten.

69

Der Fachmann, der sich mit dem *Totenbuch* beschäftigte, freute sich auf ein ausgezeichnetes Essen mit seinem besten Freund, dem Haushofmeister Chechonq, mit dem er über den Schluss dieser Sammlung sprechen wollte. Der erste Teil war den Bestattungen gewidmet, der zweite der Reise des Verstorbenen ins Jenseits, der dritte dem Gericht der Gottheiten und der Offenbarung der Mysterien an die »Gerechten der Stimme«, der vierte schließlich war eine Zusammenstellung von Sprüchen der Weisheit, die mit der Macht des Wortes ausgestattet waren. Die Begünstigten wählten eine bestimmte Anzahl an Kapiteln aus, die mit sehr schönen Zeichnungen verziert wurden, und dieser Auszug galt dann als Ersatz für das Ganze. Als geistlich gebildeter Mann war Chechonq für jede Einzelheit empfänglich und lieferte dem Gelehrten immer wieder neue Formulierungen für diese uralten Gedanken. So unterstrich er zum Beispiel die große Bedeutung der sinnbildlichen Verschmelzung von Re, der Sonne des Tages und dem schöpferischen Licht, mit Osiris, der Sonne der Nacht und dem Licht der Auferstehung.

Wer denken wollte, musste auch gut essen! Nahmen

nicht auch die Gerechten an einem unendlichen Festmahl teil, zu dem Sonnenbarken die Speisen brachten? Der gelehrte Schreiber trug ein makelloses Leinengewand und neue Sandalen und duftete angenehm, als er in Gedanken an den Papyrus, den er bald fertigstellen wollte, sein Haus verließ. Diese sehr genaue Arbeit verlangte eine umfassende Kenntnis der Schriften und eine ruhige Hand.

Ganz in Gedanken versunken durchquerte er einen kleinen Palmenhain in der Nähe von Chechonqs stattlichem Haus.

Da packte ihn plötzlich jemand am Hals und hielt ihm den Mund zu.

»Wehr dich nicht und versuch nicht zu schreien, sonst schneid ich dir die Kehle durch.«

Der Anblick des Fleischermessers vertrieb ihm jeden Gedanken an Gegenwehr. Dann zerrte der Angreifer sein Opfer in eine Gärtnerhütte, in der sich sein Helfershelfer befand, der mit einem Knüppel bewaffnet war.

Vor lauter Angst hätte der Entführte beinahe das Bewusstsein verloren.

»Reiß dich zusammen, Mann, noch bist du nicht tot!«

»Ihr … Ich kenne Euch doch – Ihr seid ein Koch!«

»Ich war einer«, berichtigte ihn Bebon.

»Ich bin nicht reich und …«

»Wir wollen nichts von deinem Besitz«, unterbrach ihn Kel, »wir wollen zu deinem Freund Chechonq. Du sagst uns jetzt, wie wir am besten zu ihm kommen.«

»Ausgeschlossen!«

Bebon drohte mit dem furchterregenden Messer.

»Dann auf Wiedersehen.«

»Hört mich an, ich bitte Euch! Das Haus von Chechonq ist von Wachen umstellt. Richter Gem lässt den Haushofmeister streng überwachen und jeden überprüfen, der das Haus betritt oder verlässt. Obwohl sich Chechonq heftig gewehrt und seinen Zorn geäußert hat, kann er nichts gegen die Entscheidungen dieses Richters machen, den er verabscheut.«

»Den er verabscheut?«, wiederholte Kel erstaunt. »Stecken der Haushofmeister und der Richter denn nicht unter einer Decke?«

»Er ist sein ärgster Feind! Der Richter beschuldigt ihn, den Schreiber Kel zu schützen, diesen Mörder …«

Der Mann verstummte plötzlich und sah unruhig von einem zum anderen.

»Ihr … Seid Ihr etwa dieser Schreiber?«

»Ich habe niemand getötet.«

»Das ist die Wahrheit«, bekräftigte jetzt Nitis, deren Erscheinen den Freund von Chechonq vollends die Fassung verlieren ließ.

»Die Priesterin, der Schreiber und der Schauspieler … Ihr seid also doch noch am Leben!«

»Und Ihr erzählt uns hier erfundene Geschichten! Der Haushofmeister und der Richter stecken unter einer Decke und wollen uns in eine Falle locken. Und du dienst als Lockvogel!«

»Nein, ich schwöre Euch, das stimmt nicht.«

Das Messer näherte sich ihm bedrohlich.

»Chechonq will Euch treffen und Euch helfen. Er liefert dem Richter Unmengen falscher Aussagen, und die Bevölkerung von Theben weigert sich, dem Richter zu helfen, weil Chechonq sie dazu aufgefordert hat.«

»Ich glaube Euch«, sagte Nitis. »Wir müssen so schnell wie möglich zur Gottesdienerin, und der Haushofmeister ist der Einzige, der uns zu ihr bringen kann.«

»Das ist zurzeit völlig unmöglich. Richter Gem lässt ihn rund um die Uhr bewachen.«

»Kann er sich dieser Beobachtung nicht entziehen?«

»Ich fürchte, seine Möglichkeiten sind sehr beschränkt.«

Bebon hatte wenig Vertrauen in diesen verängstigten Gelehrten.

»Worüber redet ihr bei euren gemeinsamen Mahlzeiten, du und dein Freund Chechonq?«

»Über das Buch vom *Heraustreten ins Tageslicht*. Ihn beschäftigen die weisen Sprüche, für die ich ihm verschiedene Formulierungen anbiete. Schließlich sind die Hieroglyphen die Geheimnisse der Schöpfung, nicht?«

Nitis und Kel sahen sich an – sie hatten beide den gleichen Einfall.

»Gib mir deine Palette und einen Pinsel.«

Der Schreiber schrieb die verschlüsselten Wörter von dem Papyrus auf.

»Lies uns das laut vor.«

Der Gelehrte runzelte die Stirn.

»Ich … Ich verstehe kein Wort!«

»Und genau das ist der Grund für unser Unglück. Zeig diese Schrift dem Haushofmeister und sag ihm, er soll sie der Gottesdienerin geben. Sie kann sie mit Sicherheit entziffern.«

»Ist das denn so wichtig?«

»Ägyptens Zukunft hängt davon ab.«

»Ihr wollt natürlich eine Antwort – wo kann ich Euch finden?«

Kel beschrieb ihm die Lage der kleinen Wohnung, die Nitis in Theben gemietet hatte.

»Ich verspreche Euch, ich tue alles, was ich kann«, sagte der Gelehrte. »Darf ich jetzt gehen?«

Der Schreiber nickte, und Bebon sah zu, wie sich ihre kostbare Geisel entfernte.

»Ich wette, er verrät uns und hetzt uns Richter Gem und seine Meute auf den Hals«, versprach Bebon. »Jetzt haben wir unseren Auftrag erfüllt und sollten uns davonmachen, ehe es zu spät ist.«

»Ich bleibe«, beschloss Kel.

»Ich auch«, sagte Nitis.

»Ihr seid doch wahnsinnig!«

»Du darfst nicht vergessen, dass die Gottesdienerin die Einzige ist, die meine Unschuld ans Tageslicht bringen kann«, erinnerte ihn Kel. »Außerdem müssen wir uns zu ihrer Verfügung halten.«

Bebon gab es auf; diesem starrköpfigen Paar fühlte er sich einfach nicht gewachsen.

70

Kel und Nitis schliefen Arm in Arm, Nordwind hielt vor dem Haus Wache, und Bebon ging unruhig auf und ab. Sie waren getrennt zu ihrer Wohnung zurückgegangen und keiner Wache in die Hände gefallen. Aufgeschoben ist nicht aufgehoben, dachte sich Bebon. Bald würde Richter Gem sie kriegen. Und sein Helfershelfer, der Haushofmeister, würde die Gottesdienerin bestimmt nicht warnen.

Was das bedeutete: das völlige Scheitern, Gefängnis und Tod. Die Thebaner machten wegen ihnen sicher kein Aufhebens, und so könnte dieser verbissene Richter endlich seinen Sieg feiern.

Da kratzte es an der Tür.

Der Schauspieler bewaffnete sich mit dem Fleischermesser und ging vorsichtig zur Tür.

Es kratzte wieder.

Warum hatte sich Nordwind nicht gemeldet? Entweder hatte man den Esel außer Gefecht gesetzt, oder der Besucher war kein Feind.

Bebon öffnete die Tür einen Spalt breit.

Im Mondschein konnte er das ängstliche Gesicht des Mannes erkennen, der an der neuen Ausgabe des *Totenbuchs* arbeitete.

»Seid Ihr allein?«

»Natürlich! Ich hätte Euch beinahe nicht gefunden. Lasst mich rein.«

Misstrauisch durchsuchte Bebon den Besucher und wagte sich vor die Tür. Weit und breit war kein Mensch zu sehen, und Nordwind schlief.

Nitis und Kel waren aufgewacht.

»Habt Ihr den Haushofmeister gesprochen?«, fragte der Schreiber.

»Ich habe ihm die verschlüsselte Schrift gezeigt, die er auch nicht lesen kann. Er wird den Papyrus aber so bald wie möglich der Gottesdienerin bringen.«

»Trifft er sie denn nicht jeden Tag?«, fragte Nitis erstaunt.

Der Besucher zögerte.

»Um Euch zu beweisen, dass Ihr dem Haushofmeister wirklich vertrauen könnt, verrate ich Euch ein großes Geheimnis. Es heißt – und jeder glaubt, dass die Gottesdienerin im Sterben liegt und niemand mehr empfangen kann. Chechonq trifft sie aber heimlich, sodass es niemand merkt.«

»Das bedeutet ja, dass Richter Gem glaubt, sie könne uns nicht helfen!«, rief Kel.

»Vor allem dürft Ihr Euch nicht von der Stelle rühren! Wartet die Anweisungen Ihrer Majestät ab.«

Ein schier endloser Tag wollte und wollte nicht zu Ende gehen. Um die Händler aus der Nachbarschaft nicht misstrauisch zu machen, taten Bebon und Nordwind so, als hätten sie Verschiedenes zu liefern, und brachten immerhin Essen und Trinken mit zurück.

Dann wurde es endlich Nacht.

Und Bebon begann wieder unruhig auf und ab zu gehen. Mal glaubte er, dass ihr Helfer anständig war; dann wieder hatte er nur düstere Gedanken. Nitis und Kel verloren keine überflüssigen Worte und genossen jeden Augenblick ihrer Liebe, als wäre er der letzte.

Da schabte Nordwind an der Tür.

Ihr Verbündeter stürzte in die Wohnung, und man sah ihm an, dass er in heller Aufregung war.

»Der Haushofmeister hat der Gottesdienerin den verschlüsselten Papyrus gezeigt«, sagte er mit zitternder Stimme, »aber sie kann ihn auch nicht lesen. Um ihn zu entziffern, benötigt man zwei Schlüssel, und sie besitzt nur einen, den der Vorfahren.«

»Und wo ist der zweite?«, fragte Kel.

»Mitten in der Westlichen Nekropole, in Form von vier Gefäßen, die den vier Horus-Söhnen gewidmet sind.«

»Weiß Ihre Majestät, wo genau sich diese Gefäße befinden?«

»Leider nein. Es gibt nur einen einzigen Menschen, der da helfen kann: der Oberbalsamierer.«

»Ihr müsst ihn sofort treffen.«

»Es tut mir leid, aber das geht nicht; wir sind völlig verfeindet.«

»Warum denn?«

»Weil dieser schlechte Mensch nur an seinen Gewinn denkt. Der Haushofmeister hätte ihn schon längst entlassen sollen. Aber er macht seine Arbeit gut, und es gibt keine Klagen. Da die Gottesdienerin als bettlägerig gilt, kann sie ihn auch nicht nach Karnak bestellen. Und dem Haushofmeister wird er keine Antwort geben, weil er diese Gefäße, die von unschätzbarem Wert sind, wahrscheinlich gestohlen hat. Sie wurden auf Wunsch des Vorgängers von Chechonq angefertigt, einem ehemaligen Schreiber aus dem Übersetzeramt und großem Verehrer der verschlüsselten Sprache. ›Mein Meisterwerk habe ich auf diese vier Kanopen geschrieben‹, hat er der Gottesdienerin einmal gestanden.«

Dann kommt die Geschichte ja doch noch zu einem guten Ende, dachte Kel.

Der Schreiber machte einen niedergeschlagenen Eindruck.

»Es tut mir außerordentlich leid, aber da rennt Ihr gegen eine Wand. Der Balsamierer redet bestimmt nicht. Die Untersuchung über den Verbleib dieses Schatzes ist ergebnislos verlaufen, und dieser Räuber wird sein Geheimnis hüten.«

»Aber mich kennt er nicht«, sagte Kel. »Bring mir teure Kleider und einen Silberbarren.«

»Ihr wollt die Kanopen doch nicht etwa kaufen?«

»Hast du vielleicht eine andere Lösung?«

»Nein, aber ich warne Euch, dieser Verbrecher ist gerissen und böse! An Eurer Stelle würde ich das nicht machen.«

»An meiner Stelle wärst du schon lange tot. Wenn ich die Gelegenheit nicht nütze, die mir die Götter bieten, bin ich verloren.«

Nitis erhob keine Einwände.

»Und ich«, erklärte Bebon ergeben, »ich spiele deinen Sandalenträger.«

»Wie hast du das erraten?«

»Wir kommen wahrscheinlich nicht einmal über den Nil!«

Da mischte sich der Schreiber ein.

»Die Soldaten können nicht alle kleineren Fähren überprüfen. Der Haushofmeister besitzt drei davon, von denen eine ausschließlich für auswärtige Gäste bestimmt ist. Ein libanesischer Ehrenmann in Begleitung seines Dieners und dessen Esels dürfte eigentlich nicht weiter auffallen.«

Bebon stemmte die Hände in die Hüften und sah den Mann verdutzt an.

»Du hast ja plötzlich richtig gute Einfälle! War das schon alles?«

»Äh … nein. Der Fährmann wird von uns verständigt und soll den Wachmann an der Anlegestelle ablenken. Er wird ihm erklären, dass Ihr kaum Ägyptisch sprecht und die zugänglichen Teile des Millionenjahrhauses besichtigen wollt. Ein Führer, der ebenfalls verständigt ist, begleitet Euch. In Wirklichkeit soll er Euch zu dem Oberbalsamierer bringen. Der Rest ist Eure Sache.«

»Vielen Dank für deine Hilfe.«

»Wahrscheinlich sehen wir uns nicht wieder. Mögen Euch die Götter auch weiterhin beschützen.«

»Was ist mit den Kleidern und dem Barren?«, fragte Bebon besorgt.

»Der Haushofmeister nimmt ihn aus der Schatzkammer von Karnak. Seid morgen auf dem Markt am Hafen, wenn die Sonne am höchsten steht. Ein großer Nubier, der Besen verkauft, wird Euch die Sachen geben. Ich bin sehr froh darüber, Eure Bekanntschaft gemacht zu haben, und wünsche Euch alles Gute und viel Glück.«

Als der Schreiber gegangen war, sprudelte Bebon los.

»Wunderbar, eine wunderbare Falle! Schöne Worte, gute Absichten, ein schöner Plan und drei große Dummköpfe, die glauben, sie können das Unmögliche möglich machen.«

»Das haben wir auch dir zu verdanken, dass wir uns allmählich daran gewöhnt haben«, meinte Kel. »Stünde der Freund des Haushofmeisters im Dienst des Richters, hätte man uns schon längst festgenommen.«

»Auf frischer Tat beim Diebstahl eines Silberbarrens ertappt zu werden – vor den Augen der Bevölkerung von Theben –, wäre doch noch viel besser! Ich bitte euch, hört auf zu träumen! Wir sollten zusehen, dass wir endlich die Stadt verlassen.«

»Wir haben gerade ganz genaue Anweisungen und entscheidende Hinweise erhalten«, wandte Nitis ein. »Willst du die etwa verwerfen?«

»Das sind doch alles ganz bestimmt nur Lügengeschichten.«

»Das glaube ich nicht.«

Bebon sank erschöpft auf einen Stuhl.

»Und ich sage euch, es ist eine Falle.«

71

Der Oberbalsamierer der Nekropole von Theben wurde beneidet und verabscheut zugleich. Beneidet, weil er sein Gehalt mit vielen Bestechungsgeldern aufbessern konnte; verabscheut, weil er eine schmutzige Arbeit machen musste, wenn er die Eingeweide aus den Leichnamen holte, was unumgänglich war, wenn man die sterbliche Hülle für ihre Auferstehung in einen osirischen Körper verwandeln wollte.

Jedenfalls nützte er die Lage, die für ihn wegen der Knappheit an Gräbern besonders günstig war, weidlich aus. Er hatte die Erlaubnis, ganze Gräber oder Teile von Grabstätten an diejenigen zu verkaufen, die auf der Suche nach einer letzten Bleibe waren. Dabei verdiente er an jedem Verkauf gut und verlangte heimlich hohe Summen, wenn er seine Arbeit besonders hochwertig machte, wofür er dann auch viele verschiedene Mittel und Werkzeuge benötigte. Deshalb überließ er seinen Gehilfen die Armen und die weniger Betuchten. Sie wurden nur flüchtig balsamiert und dann im heißen Wüstensand getrocknet. Er aber konnte mit den Skalpellen umgehen und mit dem gebogenen Eisen, mit dem man das Gehirn aus dem Schädel holte, mit den zersetzenden und den haltbar machenden Mitteln und mit den Duftölen. Mit diesen kostbaren und oft sehr seltenen Stoffen wurde ein blühender Handel getrieben.

Der Tod machte den Balsamierer reich, der sicher sein konnte, dass er immer genug Kunden haben würde, die sich eine vollkommene Mumie und eine behagliche letzte Ruhestätte wünschten. Er fand, es war an der Zeit, mal wieder seine Preise zu erhöhen.

»Da ist jemand, der Euch sprechen will«, meldete ihm sein Gehilfe.

»Ein Beamter vom Ostufer?«

»Nein, ein Fremder, der sehr reich aussieht.«

»Aha, ein Kaufwilliger … Lass ihn etwas warten. Er soll den höchsten Preis zahlen.«

Zu Bebons großer Überraschung war tatsächlich alles nach Plan verlaufen: der Besenverkäufer, die Kleider, der Silberbarren, der Ordnungshüter an der Fähre, der Führer – alles wie geplant. Es hatte keinerlei Schwierigkeiten gegeben. Und die Überprüfung an der Anlegestelle am anderen Nilufer war auch nur sehr oberflächlich gewesen.

Jetzt waren Kel und er an einem unheimlichen Ort gelandet – einer Art Dorf aus lauter Balsamiererwerkstätten. Es roch unangenehm, und die Leute, die hier arbeiteten, bewegten sich gebückt und schweigend. Sogar Nordwind schien sich nicht wohl in seiner Haut zu fühlen.

»Wahrscheinlich ist das jetzt die Falle«, meinte Bebon. »Sie werden uns in Mumien verwandeln. Hast du den einen Kerl gesehen? Bei seinem Anblick läuft es mir kalt den Rücken hinunter.«

»Gleich sind wir am Ziel«, sagte Kel unerschütterlich.

»Ein komisches Ende, mitten unter lauter Balsamierern!«

Ein Mann kam auf sie zu.

»Der Herr erwartet Euch.«

Die Wände seiner Höhle waren rauchgeschwärzt, und auf den niedrigen Tischen lagen beunruhigend wirkende Werkzeuge mit scharfen Klingen.

Der Oberbalsamierer musterte den Schreiber von Kopf bis Fuß.

»Schick deinen Diener weg.«

Bebon hatte nichts dagegen, wieder an die frische Luft zu kommen.

»Woher kommst du?«, wollte der Balsamierer von seinem Besucher wissen.

»Das tut nichts zur Sache. Ich bin reich, sehr reich, und ich zahle einen guten Preis für das, was ich will.«

»Das sind ja äußerst löbliche Absichten! Und was willst du? Eine besonders hochwertige Balsamierung und ein altes Grab voll von magischen Kräften, nehme ich an?«

»Falsch, ich will einen Schatz.«

Der Balsamierer war verärgert.

»Da bist du aber bei mir falsch.«

»Ich weiß schon, was ich sage; ich habe mich genau erkundigt. Ich will die vier Kanopengefäße, die dem Vorgänger des Haushofmeisters Chechonq gehören.«

»Ach, diese alte Geschichte! Die sind verschwunden.«

»Und du weißt wohin.«

»Ich bin doch kein Dieb!«

»Habe ich das vielleicht behauptet? Ich will nur ein Geschäft mit dir machen: Du verkaufst, ich kaufe.«

»Aber ich habe diesen Schatz nicht.«

»Würdest du ihn auch nicht gegen zwei Silberbarren eintauschen?«

Auf diese Frage folgte ein langes Schweigen. Der Balsamierer konnte seine Erregung nur schlecht verbergen, während er versuchte, sich das Ausmaß seines neuen Vermögens vorzustellen.

»Eine sehr alte Geschichte … Aber vielleicht fällt sie mir wieder ein.«

»Lass dir nur Zeit«, sagte Kel.

»Zwei Silberbarren, hast du gesagt … Das glaub ich einfach nicht! Zeig sie mir.«

»Den einen gebe ich dir gleich.«

Der Balsamierer riss vor Gier die Augen auf, als er das kostbare Stück in den Händen hielt.

»Den zweiten bekommst du, wenn du mir die vier Gefäße gegeben hast«, ergänzte Kel.

»Und was, wenn mir der eine hier reicht?«

»Da hättest du nicht lang Freude dran. Meine Freunde hassen Betrüger.«

»Das war doch nur ein Scherz! Komm mit, dann gehen wir holen, was dir zusteht.«

Der Balsamierer führte Kel zu der Nekropole in der Nähe des Tempels von Deir el-Bahari. Hier hatte man gewaltige Gräber ausgehoben mit Überbauten aus ungebrannten Ziegeln und großen, nicht überdachten Innenhöfen, von denen aus man zu den zahlreichen unterirdischen Kammern gelangte. Die Wandmalereien zeigten Mastabas aus der Zeit der Pyramiden und setzten so die Tradition des Goldenen Zeitalters fort.

»Hier ist die ewige Ruhestätte des Vorgängers von Chechonq«, sagte der Balsamierer. »Sein Sarkophag ruht in einem sehr tiefen Schacht. Nach der Bestattung wurde der Schacht mit Sand aufgefüllt, sodass man nicht mehr zu den Reichtümern des Verstorbenen gelangen konnte. Es gibt aber noch einen zweiten Schacht, der mit dem ersten über einen gewölbten Gang verbunden ist. Ich glaube mich zu erinnern, dass die vier Kanopen dort versteckt wurden.«

»Geh voraus.«

Jetzt entfernte der Balsamierer einige Ziegel und holte aus einem Versteck eine Strickleiter hervor, die er sorgfältig an einem Pfosten befestigte. Dann begann er mit dem Abstieg.

Zögernd folgte ihm Kel.

Er durfte auf keinen Fall auch nur einen kurzen Augenblick unachtsam sein; sein Führer hatte nämlich bestimmt nur eines im Sinn: sich seiner zu entledigen. Die Geschichte mit dem zweiten Barren hatte er wahrscheinlich nicht geglaubt und wollte sich mit dem so leicht gewonnenen Vermögen begnügen.

Der Schreiber gelangte auf den Boden des zweiten Schachts, von dem ein enger Gang abzweigte.

»Du bist gerade noch rechtzeitig gekommen«, sagte der Balsamierer. »Nächste Woche will ich den Schacht mit Sand füllen.«

»Dann hättest du ja die Kanopen verloren?«

»Für wie dumm hältst du mich? Ich habe mir natürlich ein anderes Versteck gesucht.«

»Zeig sie mir.«

Der Leichenbestatter drehte einen Stein zur Seite.

»Sieh selbst.«

Die vier Kanopen standen in einer kleinen Nische in der Wand. Sie waren aus Alabaster allerfeinster Güte und wahre Meisterwerke.

Als Kel gerade das erste Gefäß aus der Nische nehmen wollte, lief der Balsamierer weg. Unvorstellbar schnell kletterte er die Strickleiter hinauf und zog sie zu sich herauf, als er am oberen Ende des Schachts angelangt war.

»Du kriegst ein wirklich schönes Grab!«, rief er Kel zu. »Unter den Sandmassen, die dich gleich begraben werden, sucht dich bestimmt niemand.«

Doch der Betrüger konnte seinen Erfolg nicht lange auskosten.

Er bekam einen gewaltigen Schlag in den Nacken und ging ohnmächtig zu Boden.

Der Schlag mit dem Knüppel, den ihm Bebon versetzt hatte, war gut gezielt gewesen. Jetzt schob er mit dem Fuß den leblosen Körper zur Seite und hängte die Strickleiter wieder an ihren Platz.

»Bist du noch da unten, Kel?«

»Ja, und ich habe die vier Gefäße!«

»Komm ganz langsam herauf, damit sie dir nicht zerbrechen.«

Das war bald geschafft.

»Nordwind und ich mussten leider die beiden Gehilfen von diesem Kerl außer Gefecht setzen«, erklärte Bebon. »Sie waren etwas schwer von Begriff. Sie und ihr Herr werden ordentlich Kopfweh haben.«

Bebon nahm dem bewusstlosen Mann den Silberbarren wieder weg.

»Den bringen wir in den Tempel zurück«, entschied Kel.

Das fand Bebon viel zu anständig, aber leider hatte er in dieser Sache nichts zu sagen.

Vorsichtig verstaute der Schreiber die Gefäße in den

Packtaschen von Nordwind, dann machten sich die drei auf den Weg zurück zur Anlegestelle.

72

Dank der Unterstützung durch Chechonqs Leute verlief die Rückfahrt nach Theben unbeschwert. Am äußersten Ende des Hafendamms hatte Kel seine teuren Kleider gegen einen einfachen Lendenschurz getauscht. Und auf getrennten Wegen kehrten der Schreiber und der Schauspieler in Begleitung von Nordwind in ihre Bleibe zurück, wo sie von Nitis erwartet wurden.

Als sie Kels Blick sah, wusste sie sofort: »Du hast es geschafft!«

Die beiden umarmten sich leidenschaftlich, Bebon holte die Kanopen aus den Packtaschen und bat den Esel, draußen Wache zu halten.

»Wenn ihr dann mit eurer Küsserei fertig seid, sollten wir uns an die Arbeit machen«, sagte der Schauspieler.

Das erste Gefäß hatte einen Männerkopf auf dem Deckel und enthielt die Leber des Verstorbenen. Er trug den Namen Imset und öffnete der Seele den Weg zum Himmel des Südens. Auf der zweiten Kanope war ein Paviankopf für Hapi, der für eine glückliche Reise in den Westen sorgte – dieses Gefäß enthielt Magen und Milz. Im dritten Gefäß, das mit einem Schakalkopf für Duamutef verziert war, waren die Lunge und die Luftröhre aufbewahrt. Es stellte die Verbindung zum Licht des Nordens her. Die vierte Kanope schließlich, mit dem Falkenkopf von Kebechsenuef, schützte die Eingeweide und die Gefäße, die der Balsamierer aus dem Leichnam geholt hatte. Kebechsenuef sorgte dafür, dass die Seele im Osten leben durfte.

Alle zusammen waren diese vier Horussöhne an dem Umwandlungsvorgang beteiligt, bei dem die sterbliche Hülle des Menschen in einen unsterblichen osirischen Körper verwandelt wurde. Gemeinsam setzten sie das Innenleben des osirischen Wesens neu zusammen und führten es in den Ritualfeiern zum Leben zurück.

Jetzt mussten sie nur noch den Schlüssel für die Schrift finden, den diese vier Gefäße auch enthalten sollten.

Kel las, was auf den Kanopen stand – es war klar und eindeutig.

Diese wohlmeinenden Geister vertrieben sichtbare und unsichtbare Angreifer, wachten ständig über den »Gerechten der Stimme«, führten ihn zu einem neuen Erwachen und bewahrten sein Leben über den Tod hinaus.

Nicht die geringste Andeutung eines verschlüsselten Inhalts.

Auf die anfängliche Enttäuschung folgte der entschlossene Wille, das Geheimnis zu lüften.

»Der Empfänger dieser Gegenstände beherrschte die Hieroglyphenschrift«, fiel Kel ein. »Vielleicht müssen wir die Zeichen in einer anderen Richtung lesen.«

Auch das war vergebene Mühe.

Abwechselnd versuchten Nitis und Kel verschiedene Entschlüsselungsmuster anzuwenden, aber alles ohne Erfolg.

»Wir müssen einen anderen Lösungsweg suchen«,

meinte die Priesterin. »Vielleicht ist das Geheimnis in den Zeichen selbst versteckt?«

Bebon und Kel beleuchteten die Gefäße mit Fackeln. Das Licht ließ die Hieroglyphen reliefartig hervortreten.

»Seht doch! Das erste Zeichen für Imset und das erste für Hapi, I und H, sind viel tiefer eingegraben als die anderen Hieroglyphen.«

»IH, soll das eine Anspielung auf das Sistrum der Gottheiten sein?«, fragte der Schreiber.

»Bei den Namen der beiden anderen Gottheiten sind die Anfangszeichen nicht hervorgehoben«, stellte die Priesterin fest. »Aber ihre Bedeutung ist auch so sehr aufschlussreich. Duamutef ist der, ›Der seine Mutter verehrt‹, also Isis-Hathor; diese verkörpert die Gottesdienerin, deren wichtigstes Ritual darin besteht, die Sistren zu bedienen, um das Böse zu vertreiben.«

»Und was bedeutet Kebechsenuef?«, fragte Bebon beeindruckt.

»Er ist der, ›Der seinen Bruder neu belebt‹ – den auferstandenen Osiris mit dem Wasser des Himmels.«

»Irgendwie kommen wir nicht weiter«, jammerte der Schauspieler.

»Im Gegenteil! Wenn wir unsere Erkenntnisse der Gottesdienerin mitteilen, kann sie uns bestimmt den letzten Schlüssel geben: Entweder ist es ihr Sistrum oder das belebende Wasser des heiligen Sees. Jetzt haben wir nur noch eine letzte Wegstrecke vor uns, ehe wir die Wahrheit erfahren.«

»Nur dass dieser Weg leider ungangbar ist«, meinte Bebon. »Richter Gem hat Karnak in den Belagerungszustand versetzt. Ganz offensichtlich will er die Gottesdienerin, auch wenn sie im Sterben liegen sollte, von der Außenwelt abschneiden und verhindern, dass sie uns hilft.«

»Ich weiß eine Lösung!«, rief Kel.

Der Schauspieler biss sich auf die Unterlippe. Da war wieder Schlimmstes zu befürchten.

Und Bebon wurde nicht enttäuscht. Das Vorhaben des Schreibers grenzte an den reinen Wahnsinn.

»Bleibt nur noch eine Schwierigkeit«, schloss er, »wie erfährt Chechonq davon?«

»Da führt kein Weg hin.«

»Du bist die Lösung«, sagte Nitis.

»Nein, ich werde nicht versuchen, durch die Sperren zu kommen«, widersprach Bebon.

»Sollst du auch nicht. Aber deiner Freundin Aurora müsste das doch gelingen.«

Sich mit einer hübschen Frau zu treffen, bedeutete für Bebon immer ein Vergnügen. Sie würden in angenehmen Erinnerungen schwelgen und den Augenblick genießen; alles Weitere blieb der Bienenzüchterin überlassen.

Allmählich verließ Richter Gem der Mut.

Wieder musste er ein gutes Dutzend Gerüchte und Anschuldigungen überprüfen lassen. Hunderte von Thebanern hatten bereits den Schreiber Kel und seine Helfershelfer gesehen, deren Zahl je nach Zeugenaussage stark schwankte. Und keine einzige Überprüfung hatte etwas ergeben.

Man machte sich über ihn lustig. Auf Anraten des Haushofmeisters hatte sich die ganze Stadt gegen den Vertreter des Pharaos verbündet und hinderte ihn so daran, seinen Auftrag zu einem guten Ende zu bringen. Es hatte aber überhaupt keinen Sinn, Chechonq selbst deswegen anzugehen. Die Thebaner verehrten ihre Gottesdienerin und bewunderten deren Minister.

Dass Bebon ein Spitzel im Dienst von Henat war, der Kels Vorhaben ausspähen sollte? Leider äußerst unwahrscheinlich. Dann hätte er den Schreiber schon längst verraten und dafür eine schöne Belohnung eingesteckt.

Der Richter befand sich auf feindlichem Gelände und war trotz seines Großaufgebots an Soldaten und Ordnungshütern machtlos – manchmal überkam ihn eine Art Schwindel. Ohne Kels Schuld zu bezweifeln, fragte er sich, ob man den Schreiber vielleicht nur benutzt hatte. Die verschlüsselten Schriften, die er in der Hand hatte, blieben für ihn stumm, und einige Erklärungen fehlten noch.

Ob diese heimliche Macht auch ihn benutzte? Unwahrscheinlich! Die Hitze, die Erschöpfung und die vielen Fehlschläge trugen die Schuld an diesen Abschweifungen, die eines Oberrichters unwürdig waren.

Gem machte sich wieder an die Arbeit und las noch einmal die Aufstellung mit den Namen der Besucher des Haushofmeisters durch – die aber alle bereits überprüft waren. Dennoch, irgendwie mussten die Verschwörer ja mit ihm Verbindung aufnehmen. Also verließ sich der Richter jetzt wieder einmal auf seine größte Tugend: die Geduld.

Bebon war ein Taugenichts und ein Schwindler, aber auch ein wunderbarer Liebhaber. Aurora bereute es nicht, ihm noch einmal nachgegeben zu haben. Sie hatte eine leidenschaftliche und unterhaltsame Nacht mit ihm verbracht und hätte diesen Schauspieler gern noch länger bei sich behalten.

Wie hätte sie ihm also nach diesem großen Vergnügen einen kleinen Wunsch abschlagen können – umso mehr als sie die junge Frau sehr gern mochte, die ihr beim Ausliefern der Honigtöpfe geholfen hatte?

Als es dunkel wurde, meldete sich die Bienenzüchterin bei den Männern, die das Haus von Chechonq bewachten.

»Ich bringe dem Haushofmeister eine Bestellung«, erklärte sie.

»Warte hier, wir holen seinen Verwalter.«

Weil der gerade mit den Vorbereitungen für ein Festmahl beschäftigt war, kam ihm diese Störung sehr ungelegen, und er machte keinen Hehl aus seinem Unmut.

»Worum geht's?«

»Ich möchte den Haushofmeister sehen.«

»Warum?«

»Das möchte ich ihm gern selbst sagen. Wenn dir deine Stellung lieb ist, solltest du mich nicht wegschicken.«

Der Hausverwalter wollte keinen Fehler machen und störte lieber seinen Herrn, der die Bienenzüchterin wiedererkannte.

»Ich habe aber nichts bei dir bestellt«, sagte Chechonq erstaunt.

»Könnt Ihr Euch wirklich nicht mehr erinnern?«, fragte Aurora bedeutsam, »Ihr habt doch gesagt, dass Ihr einen Topf von meinem besten Honig braucht. Schließlich hat er unersetzliche Heilkräfte.«

»Doch, ja, jetzt fällt es mir wieder ein, und ich werde ihn sehr zu schätzen wissen.«

Chechonq hatte schnell begriffen. Er öffnete den Honigtopf allein und fand darin ein kleines Holzstück mit Hieroglyphen, die Kels Handschrift trugen.

Der Vorschlag, den der Schreiber ihm machte, war bestürzend.

Trotzdem wollte ihn der Haushofmeister der Gottesdienerin unterbreiten – auch wenn diese ihn aller Wahrscheinlichkeit nach verwerfen würde.

73

Unauffällig gekleidet meldete sich Nitis zusammen mit Nordwind am Haupteingang von Karnak. Kel und Bebon waren auf anderen Wegen dorthin gelangt und gesellten sich jetzt zu ihr.

Der Schauspieler fragte sich wieder einmal, warum er an diesem wahnsinnigen Unternehmen teilnahm. Es bestand nicht die geringste Aussicht auf Erfolg, sie würden verlieren, was sie bisher erreicht hatten, und auf einem Gefangenenschiff nach Memphis zurückgebracht werden. Trotzdem war es ihm einfach nicht gelungen, den Schreiber und die Priesterin von diesem Wahnsinn abzubringen.

»Halt!«, befahl ein Wachmann.

»Ich möchte der Gottesdienerin kostbare Gegenstände bringen«, sagte Nitis mit heiterer Stimme.

Der Soldat war von Nitis' Schönheit berührt, musste sich aber dennoch an die Vorschriften halten.

»Geh zum Lieferanteneingang. Die Wachtruppen werden dich überprüfen.«

»Wenn du meinen Schatz gesehen hast, lässt du mich bestimmt durch.«

Kel und Bebon holten die Kanopen aus den Packtaschen von Nordwind; jeder hielt zwei davon in die Höhe.

»Schaut sie euch an!«, rief Kel. »Schaut euch die Horussöhne an! Sie erschaffen das Leben ihres Vaters Osiris neu, und wir wollen sie der Gottesdienerin schenken.«

Auf dem Platz vor dem Tempeleingang herrschte plötzlich Stille. Staunend wichen die Wachen zurück. Und schon bald darauf verfolgte eine Schar von Gaffern neugierig die Ereignisse.

Ein Offizier hatte sich als Erster wieder in der Gewalt.

»Seid ihr etwa Ritualisten? Ihr schaut gar nicht so aus!«

»Lass uns durch«, bat Nitis eindringlich.

»Auf keinen Fall! Befehl ist Befehl.«

»Dann hüte dich aber vor dem Zorn der Götter.«

»Du redest wie eine Priesterin! Eine Priesterin ... und zwei Männer, der Schreiber und der Schauspieler!«

Die Thebaner kamen in Massen auf den Platz.

Der Offizier zitterte vor Erregung. Er hatte soeben den Mörder Kel und seine beiden wichtigsten Helfershelfer erkannt!

Die Belohnung dafür musste unvorstellbar hoch sein.

»Nehmt sie fest«, befahl er seinen Leuten, »und verständigt Richter Gem.«

Zögernd kamen die Soldaten näher. Ob die vier Gefäße wohl gefährliche Kräfte ausstrahlten?

»Ihr habt nichts zu befürchten«, beruhigte sie der Offizier, »sie sind nicht einmal bewaffnet.«

Bebon versuchte, die letzten Augenblicke in Freiheit zu genießen, und bedauerte es noch einmal, dass es ihm nicht gelungen war, seine Freunde zur Vernunft zu bringen.

Mit gezückten Schwertern und Lanzen bildeten die Soldaten einen Kreis um Kel und seine Freunde.

Da hörte man plötzlich ein lautes, merkwürdiges Geräusch.

Das große vergoldete Eingangstor zum Tempel von Karnak öffnete sich langsam. Und alle Blicke richteten sich auf die zerbrechliche Gestalt, die auf die Schwelle trat.

Die Gottesdienerin trug ein langes weißes, eng anliegendes Kleid, eine schwere Halskette aus Gold und die Zeremonien-Krone: eine Haube in Gestalt eines Geiers, dem Sinnbild der Göttin Mut, mit zwei kleinen Hörnern darüber, die an Hathor erinnern sollen, und zwei langen Federn, an deren Kiel eine Sonne geboren wird.

Die meisten Thebaner hatten ihre Herrscherin noch nie zu Gesicht bekommen. Glücklich und voll der Bewunderung verneigten sie sich vor ihr zum Zeichen ihrer Achtung.

Nitis, Kel, Bebon und sogar Nordwind knieten nieder.

Die Soldaten traten zurück. Auch der Offizier war erschrocken und beeindruckt und reihte sich ein.

»Wir bringen Euch diese vier Gefäße, die einem Eurer Diener gehört haben, und die man ihm geraubt hat, Hoheit«, sagte die Priesterin. »Möge Maats Gerechtigkeit weiterhin über die heilige Stadt von Theben herrschen.«

»Erhebt Euch und seid meine Gäste«, befahl ihnen die Gottesdienerin.

Bebon wollte seinen Augen nicht trauen – tatsächlich schien alles wie vorgesehen zu laufen.

»Nehmt auf der Stelle diese Verbrecher fest!«, donnerte Richter Gem, der sich völlig außer Atem einen Weg durch die Menschenmenge bahnte.

Die Leute murrten.

Haushofmeister Chechonq wollte den Richter aufhalten.

»Haltet Euch lieber zurück. Ihre Majestät hat diesen Menschen mit ihren Geschenken eben Gastrecht gewährt, damit sind sie ab sofort in die Reihen der Ritualisten aufgenommen.«

Der Richter stieß Chechonq zurück, die Menschenmenge äußerte sich immer feindseliger.

»Verhaftet diese Verbrecher!«, verlangte der Richter noch einmal.

Aber die Soldaten hielten ihre Waffen gesenkt und rührten sich nicht von der Stelle.

»So beruhigt Euch doch«, bat der Haushofmeister Gem. »Die Worte der Gottesdienerin sind Gesetz, und diese drei Ritualisten stehen jetzt unter ihrem Schutz. Wenn Ihr sie angreift, beschwört Ihr den Zorn der Bevölkerung herauf, den ich nicht besänftigen könnte.«

Der Richter war außer sich.

Die Verbrecher, die er so lange gejagt hatte, standen vor ihm, in Reichweite, und doch unerreichbar!

Da wandte sich Gem an die Gottesdienerin.

»Majestät, liefert mir diese Verbrecher aus!«

Der Blick der Herrscherin von Theben ließ den Richter verstummen.

Sie drehte sich um und ging in den Tempel zurück, Nordwind folgte ihr als Erster. Nitis, Kel und Bebon schlossen sich ihm an und bildeten so eine kleine Prozession.

Dann schloss sich das große Tor von Karnak wieder.

74

Ab sofort dürft Ihr Euer Haus nicht verlassen«, befahl Richter Gem dem Haushofmeister. »Und den Truppen werde ich den Auftrag geben, diesen Tempel einzunehmen und die Verbrecher zu verhaften.«

»Weder noch«, entgegnete Chechonq. »Solltet Ihr mich an der vorschriftsmäßigen Ausübung meiner Aufgaben hindern, gerät die Verwaltung der Provinz in Unordnung, und der Pharao wird Euch tadeln. Und Karnak anzugreifen, das Reich der Gottesdienerin, sollte Euch gar nicht erst in den Sinn kommen! Damit würdet Ihr einen Volksaufstand auslösen und eine Majestätsbeleidigung begehen, die Euch der Herrscher niemals verzeihen würde.«

Da hatte der Haushofmeister leider recht.

»Und nachdem Ihr jetzt ja wisst, wo sich der Schreiber Kel aufhält, solltet Ihr Euer Großaufgebot an Soldaten und Ordnungshütern abziehen, das die Thebaner über die Maßen stört«, riet ihm Chechonq.

»Ich werde den Tempel pausenlos überwachen lassen«, drohte der Richter, »keiner der drei Übeltäter kann ihn unbemerkt verlassen.«

»Zweifellos«, sagte der Haushofmeister. »Kommt Ihr heute Abend zu mir zum Essen?«

»Wohl kaum.«

»Das wäre aber ein Fehler, mein Koch macht mir heute Nieren mit einer herrlichen Sauce. Auch wenn Ihr Euch erst im letzten Augenblick entscheidet, seid Ihr mir willkommen.«

Richter Gem hatte äußerst widersprüchliche Empfindungen. Einerseits ärgerte er sich maßlos darüber, dass er der drei, die er endlich aufgespürt hatte, nach dieser langen Suche nicht habhaft werden konnte; andererseits tröstete er sich bei dem Gedanken, sie in Karnak als Gefangene zu wissen.

Schließlich musste er sich ja nur ein wenig gedulden.

Auch wenn die Gottesdienerin nicht im Sterben lag, hatte sie vielleicht doch nicht mehr lange zu leben. Und ihre Nachfolgerin wollte bestimmt diese lästigen Gäste loswerden und sie den Gerichten übergeben.

Am liebsten hätte Bebon die Rolle eines Gottes in der gewaltigen Säulenhalle oder in der Nähe des heiligen Sees gespielt, dem größten von ganz Ägypten. Die Obelisken zeigten mit ihren Spitzen in den Himmel, beseitigten schädliche Wellen und fingen die schöpferischen Kräfte, Ausdruck göttlicher Macht, ein.

Für sich genommen war das heilige Reich von Karnak eine richtige Stadt, in der immer rege Betriebsamkeit herrschte. Aber er konnte sie jetzt nicht näher erforschen, weil die Gottesdienerin, Nitis und Kel es eilig hatten, endlich das Geheimnis der verschlüsselten Schrift zu entdecken.

Der Schauspieler war wie betört von der überlegenen Vornehmheit der alten Dame. Sie war die geborene Königin. Und Gott Amun hätte keine bessere Gattin finden können.

In einer schattigen bewirtschafteten Laube am See standen Stühle und ein niedriger Tisch mit Papyrus und Schreibwerkzeug. Hier hatte die Gottesdienerin lange Gespräche mit Pythagoras geführt, ehe sie ihn in verschiedene Mysterien eingeweiht hatte. Ihr Hund Liebling nagte an einem Knochen, der Affe namens Zauberkünstler verspeiste ein paar Feigen.

»Jetzt müsst ihr mir alles ganz genau erzählen«, sagte die Gottesdienerin.

Als Hauptangeklagter ergriff Kel als Erster das Wort; dann ergänzte Nitis einige Einzelheiten. Als Bebon an der Reihe war, hatte er der Geschichte nichts mehr hinzuzufügen.

»Schreibt mir die verschlüsselte Schrift auf.«

Kel schrieb, und Nitis sah zu, ob er alles richtig machte. Sie hatten so viel darüber nachgedacht, dass sie ihr Gedächtnis wohl kaum im Stich lassen würde.

Von zwei Ritualisten ließ sich die Gottesdienerin dann das Sistrum Macht bringen und eine Schale in Form von einem Herz, die mit Wasser aus dem heiligen See gefüllt war.

»Die Horussöhne sind die Ahnen, die den Schlüssel besitzen, und ihr Verschwinden hat uns daran gehindert, die Wahrheit zu entdecken. Indem ihr sie wiedergefunden habt, macht ihr es mir möglich, meine eigenen Schlüssel anzuwenden. Ganz offensichtlich ist an dieser Zusammenstellung der Hieroglyphen ein böser Zauber schuld. Den müssen wir zuerst austreiben.«

Jetzt führte die Gottesdienerin das Sistrum über die Schriftrolle.

Unangenehme metallene Töne schrillten in Bebons Ohr. Mit ihren langsamen Bewegungen löste die alte Dame ein wahres Getöse aus, das kaum zu ertragen war.

Dann war es wieder ruhig.

Aber die Schrift blieb unverändert. Hatte der Zauber des Sistrums, das in der Lage war, die Leben spendende Kraft Amuns in Gang zu setzen, um die zerstörerischen Mächte zu besänftigen, gewirkt?

»Ein Organ steht nicht unter dem Schutz der Horussöhne: das Herz«, erklärte die Gottesdienerin. »Es wird eigentlich nie in ein Kanopen-Gefäß gegeben. Als Sitz des Bewusstseins und der Gedanken muss es aus dem Körper genommen, gewaschen und unverwesbar gemacht werden. Dann gibt es der Balsamierer zurück in den Brustkorb oder ersetzt es durch ein steinernes Herz, das die Form von einem Skarabäus der Verwandlungen hat. Wir müssen also diese Schrift reinigen, indem wir sie von ihren dunklen Stellen befreien.«

Die Herrscherin von Karnak goss Wasser über die Zeichen.

Enttäuscht mussten Nitis und Kel mit ansehen, dass es keine Veränderung gab.

Diesen Vorgang wiederholte die Gottesdienerin dreimal in aller Ruhe.

Nun war die herzförmige Schale leer.

Beim Anblick dieses Misserfolgs wurde Bebon ganz verzweifelt. Ihre Geschichte schien ein schreckliches Ende zu nehmen.

Doch da begannen einige Zeichen kaum wahrnehmbar zu verlöschen. Das ging immer schneller, bis am Schluss nur noch etwa fünfzig Hieroglyphen übrig waren.

Beim ersten Lesen war die Schrift nun teilweise verständlich. Kel überwand dann die letzten Schwierigkeiten: Mehrere Wörter mussten verkehrt herum gelesen werden.

Und dann erschien die Wahrheit, die so viel Unheil angerichtet hatte.

Ich, Königin Ladike, werde Ägyptens Schicksal wenden, indem ich die alten Bräuche und den Thron des Pharaos zerstöre. Die Nord-Ost-Grenze des Landes wird mithilfe der griechischen Offiziere geöffnet und das Land von der Unterdrückung durch Amasis befreit werden. Der Kaiser von Persien möge umsichtig handeln und mein Zeichen abwarten. Gemeinsam werden wir siegen. – So lautete also der letzte Teil der Schrift.

»Ladike ist der frühere Name von Königin Tanit«, erinnerte sich die Gottesdienerin. »Dann gärt der Verrat also im Herzen unseres Landes!«

»Wir müssen den Pharao so schnell wie möglich warnen«, sagte Kel.

»Ich fürchte, dafür ist es schon zu spät.«

»Lasst Richter Gem zu Euch kommen, Majestät, und überredet ihn, sofort nach Saïs aufzubrechen. Er soll Amasis diesen Brief zeigen und das Schlimmste verhindern helfen«, bat Nitis.

75

Der Himmel über Saïs war verhangen.

Amasis hatte Kopfschmerzen und keine Lust aufzustehen. Außerdem ermunterte ihn das trübsinnige Wetter auch nicht gerade dazu, sich seinen Pflichten zu widmen.

Kaum hatte er sein Frühstück verspeist, als ihn auch schon der Leiter des Geheimdienstes, Henat, sprechen wollte.

»Die Lage ist äußerst ernst, Majestät!«

»Was gibt es denn schon wieder?«

»Einen Bericht von einem Kundschafter, der in Palästina für uns arbeitet. Das Übersetzeramt hat unglücklicherweise viel zu lange gebraucht, ihn zu übersetzen und an mich weiterzuleiten.«

»Gibt es einen Aufstand bei den Beduinen?«

»Die persischen Truppen sind gegen Euch aufmarschiert.«

»Willst du dich über mich lustig machen!«

»Versorgt von den Nomaden am Isthmus von Sues rückt der Feind sehr schnell vor.«

»Dieser Bericht ist doch wohl hoffentlich nur eine Erfindung?«

»In einem zweiten wird von einem Angriff zu Wasser gesprochen. Die Phönizier und der Tyrann Polykrates von Samos sollen mit den Persern gemeinsame Sache machen.«

»So ein Unsinn! Meine griechischen Verbündeten würden mich nie verraten.«

Amasis ließ sich einen Becher Rotwein einschenken

und kleidete sich in aller Eile ausnahmsweise selbst an, weil er einen Kriegsrat einberufen wollte. Ägyptens Kriegsmacht würde jeden Eindringling vernichten.

»Gebt es auf«, riet ihm da Königin Tanit mit eisiger Stimme. »Ihr habt verloren.«

Der Pharao glaubte, sich verhört zu haben.

»Was wollt Ihr damit sagen?«

»Dass Eure Truppen nicht kämpfen werden.«

»Ihr seid wohl ganz von Sinnen.«

»Seit vielen Jahren schon warte ich auf diesen Augenblick«, sagte Tanit erregt. »Du hast nichts bemerkt und nichts verstanden. Ich, die verhöhnte Griechin, die man getäuscht und nicht geachtet hat, mir ist es gelungen, deine Verbündeten nach und nach von ihrem mittelmäßigen Pharao zu trennen und zu einem neuen Bündnis mit dem Kaiser von Persien zu überreden. Krösus und seine Gattin Mitetis sind begeistert von dem Vorhaben, ihren Vater zu rächen, den du ermordet hast, und gewähren mir ihre Unterstützung. In seiner Rolle als Botschafter hat er die griechischen Fürsten aufgefordert, dich aufzugeben. Und Krösus hat auch den Überfall auf Ägypten vorbereitet, indem er die Stammesführer der Beduinen und die Palästinenser gekauft hat. Die Perser sind auf keinerlei Widerstand gestoßen, Truppen und Flotte rücken zügig vor und werden bald das Delta erreicht haben.«

Amasis atmete mühsam.

»Meine Kriegsflotte ist der der Perser zehnfach überlegen und wird sie zerstören! Und meine Fußsoldaten und meine Reiterei werden die persischen Truppen vernichten. Phanes von Halikarnassos führt uns zu einem strahlenden Sieg!«

Tanit lächelte grausam.

»Du armer Narr! Du hast die Verteidigung deines Landes an die griechischen Söldner verkauft, ohne es überhaupt zu merken. Phanes und seine Offiziere gehorchen mir bedingungslos. Dein oberster Feldherr hat Krösus sämtliche Verteidigungsmaßnahmen der Ägypter verraten; außerdem wird kein einziger Söldner gegen seinen neuen Herrn kämpfen – den Kaiser von Persien.«

»Udja wird meine Admiräle befehligen!«

»Der Siegelbewahrer weiß sehr gut, was ihm wichtig ist. Da er an seinem Leben und an seinen Vorrechten hängt, hat er beschlossen, die gesamte ägyptische Flotte an die Perser auszuliefern. So wird kein einziges Schiff versenkt, und Kambyses wird sich den Würdenträgern gegenüber großzügig zeigen, die sich ihm freiwillig unterwerfen. Dieser Palast gehört dir bereits nicht mehr.«

Ein schrecklicher Schmerz zerriss Amasis schier die Brust.

»Udja – auch Udja soll mich verraten haben!«

»Er hat sich eben angepasst«, sagte die Königin spöttisch, »und wird auch ein treuer Diener seines neuen Herrn sein. Und Henat, den Leiter deines Geheimdienstes, habe ich blind und taub gemacht. Ohne die Unterstützung seiner Übersetzer hatte er nur noch irgendwelche belanglosen Streitereien und seinen erbärmlichen Kampf gegen Richter Gem im Sinn. Wenn er vernünftig ist, kriegt er vielleicht ein anständiges Amt von uns. Der Richter wird abgesetzt. Und das alte Gesetz von Maat, das du so oft mit Füßen getreten hast, wird durch das der Perser ersetzt. Dann ist endlich Schluss mit Ägypten!«

»Unser Sohn, Psammetich … Er wird die Bevölkerung zum Widerstand aufrufen!«

»Du glaubst doch nicht wirklich, dass dieser Schwachkopf Selbstmord begehen will?«

»Tanit – er ist unser Sohn!«

»Und er muss selbst entscheiden, auf wessen Seite er sich stellt. Sollte er die falsche wählen, muss er sterben.«

Die Schmerzen wurden immer stärker. Amasis bekam kaum noch Luft und musste sich setzen.

»Was für ein Vergnügen, dich so leiden und verzweifeln zu sehen! Mit deiner Begeisterung für die Griechen, die dich jetzt hintergehen, hättest du Ägypten noch in den Untergang geführt. Morgen ist es nur noch eine Provinz des persischen Reiches. Als ich deinen Siegerhelm zerstört habe, habe ich auch deine magischen Kräfte vernichtet. Und die Geschichte mit dem angeblichen Mörder Kel hat mir hervorragend gepasst. Dieser widerspenstige Unschuldige und seine Helfershelfer haben sich eine schöne öffentliche Hinrichtung verdient.«

»Tanit … Das muss ein Albtraum sein! Ihr könnt mich doch nicht so hassen!«

Die Königin brach in lautes Gelächter aus.

»Du bist ein fauler Säufer, ein erbärmlicher Weiberheld, ein heruntergekommener Krieger, leichtgläubig und ohne jegliche Menschenkenntnis – du hast es nicht anders verdient.«

»Meine Hauptstadt Saïs wird gewiss bis zuletzt Widerstand leisten.«

»Phanes wird Saïs Kambyses zum Geschenk machen, und alle, aber auch alle, werden sich vor dem persischen

Kaiser verneigen. Du kannst es mir glauben: Man wird ihn freudig empfangen.«

Amasis verdrehte die Augen, seine Gesichtszüge verzerrten sich, und er hatte nicht einmal mehr die Kraft, sich an die Brust zu greifen, als er starb.

Die Königin wollte ihn in dem Grab bestatten lassen, das er für sich hatte bauen lassen, um die Bevölkerung nicht aufzubringen, die noch immer an den alten Bräuchen hing. Die Perser brachten ihnen bestimmt bald ihre neuen bei.

Als sie das Zimmer ihres verstorbenen Gatten verließ, traf sie auf Henat.

»Majestät, ich muss sofort den Pharao sprechen!«

»Amasis ist tot.«

»Er ist tot? Und was ist mit diesen schrecklichen Neuigkeiten …«

»Was meinst du damit?«

»Es ist unbegreiflich, angeblich sollen die Perser auf keinen Widerstand gestoßen und bereits auf dem Weg nach Saïs sein!«

»Dann sollten wir unsere Niederlage eingestehen, mein lieber Henat. So können wir wenigstens zahllose Menschenleben retten.«

»Aber, das würde ja bedeuten, dass Ägypten von den Persern besetzt ist!«

»Willst du dich ihnen vielleicht in den Weg stellen?«

Da musste er nicht lange überlegen.

»Ich wüsste nicht wie.«

»Eben, dann finde dich mit den Tatsachen ab, und du bleibst Palastverwalter.«

Henat ließ sich nicht lange bitten.

»Bereite alles für die Ankunft von Kambyses vor«,

befahl ihm Tanit. »Ich wünsche einen festlichen Empfang.«

76

Mitten in der Nacht führte die Gottesdienerin Nitis zum heiligen See der Göttin Mut, der die Form des zunehmenden Mondes angenommen hatte.

Die alte Dame und die junge Priesterin betrachteten das silberne Wasser, das eine kühle Brise kräuselte.

»Hier siehst du die Gebärmutter der Welt«, offenbarte ihr die Gottesdienerin. »Mut ist Mutter und Tod zugleich – die Mutter, die uns unser irdisches Dasein schenkt, und der Tod, der uns ins kosmische Leben zurückführt. In dieser Nacht voller Angst hat sie beschlossen, sich in ihrer gefährlichsten Gestalt zu zeigen.«

Aus der Dunkelheit tauchte eine Löwin auf, um an dem See zu trinken. Es war so still, dass Nitis das Schnalzen ihrer Zunge hören konnte.

Als das Raubtier seinen Durst gestillt hatte, drehte es sich um und entdeckte die beiden Frauen. Seine Augen färbten sich blutrot, es nahm Angriffshaltung ein und schien im nächsten Augenblick über sie herfallen zu wollen.

Die Gottesdienerin ergriff Nitis' Hand und bedeutete ihr, sich nicht zu rühren.

Der Angriff schien unausweichlich.

Da knurrte die Löwin laut, krallte ihre Klauen in den Boden, drehte sich um und verschwand.

»Im Laufe meiner Zeit als Gottesdienerin habe ich sie mir mehrfach unterworfen. Sie hat sich mir zu Füßen gelegt, ich durfte sie streicheln, und ich konnte ihre Macht gegen die bösen Geister wenden. Heute konnte ich sie lediglich daran hindern, uns zu verschlingen. Ihr Zorn ist ungebrochen, damit kündigt sie uns Leid und Zerstörung an. Unsere führenden Männer haben Maat verraten, die Rache der Götter steht uns bevor. Res Auge wird unsere Welt verbrennen, und die Löwin wird Menschenblut trinken.«

»Können wir dieses Unglück nicht noch irgendwie verhindern, Majestät?«

»Nein, wir haben den verschlüsselten Papyrus zu spät entziffert.«

»Vielleicht kommt Richter Gem ja noch rechtzeitig und kann Amasis dazu bringen, der Verschwörung ein Ende zu machen?«

Die Gottesdienerin blieb stumm.

Ganz zufrieden gewöhnte sich Bebon an sein neues Leben in Theben. Seit Richter Gems Abreise war der Tempel von Karnak nicht mehr abgeriegelt. Der Schauspieler konnte kommen und gehen, wie er wollte, stattete Aurora regelmäßige Besuche ab und half ihr gern beim Tragen ihrer Honigtöpfe.

Es hatte nicht lange gedauert, bis er die besten Gasthäuser der Stadt entdeckt und sich mit fröhlichen Gesellen angefreundet hatte, die wie er Frauen und guten Wein liebten. Durchs Land zu reisen und in die Rolle der Götter zu schlüpfen, fehlte ihm allerdings. Aber es war ja nur eine Frage der Zeit, bis der aufgeklärte Pharao Amasis sich von seiner Königin trennen, die

Verschwörer hinrichten lassen und den Persern eine schwere Niederlage zufügen würde.

Vom jetzigen Standpunkt aus gesehen, hatte der verrückte Kel doch recht gehabt, dass er gegen das Schicksal ankämpfen wollte. Jetzt war er für immer mit Nitis vereint, der Priesterin und möglichen Nachfolgerin der Gottesdienerin, hatte das Amt des Archivschreibers übernommen und stürzte sich in die alten Schriften, die im Haus des Lebens von Karnak aufbewahrt wurden. Die beiden waren so glücklich in ihrer Liebe, dass sie den Tempelbereich nur selten verließen. Es hatte wenig Sinn, ihnen eine Rückkehr nach Saïs vorzuschlagen. Selbst Nordwind, der in die Reihen der Ausnahmeesel aufgestiegen war, wurde allmählich bequem.

Weil er zu einem Festmahl beim Haushofmeister eingeladen war, ging Bebon zum Haarschneider, ließ sich die Hände pflegen und mit Duftwassern verwöhnen, ehe er sich eine Perücke nach dem neuesten Geschmack und ein schönes sandfarbenes Gewand anzog. Da er die große Begabung von Chechonqs Koch kannte, hatte er sich mit einem leichten Mittagessen begnügt. Unter den Gästen gab es bestimmt auch einige bezaubernde Thebanerinnen, die gern ein paar Geschichten aus seinem abenteuerlichen Leben hören würden.

Umso größer war dann die Enttäuschung.

Zu Tisch saßen nur die Gottesdienerin, Chechonq, Nitis und Kel – und die Stimmung war alles andere als vergnüglich.

»Ich lade die Gottheiten heute Abend zum Essen ein«, betete die Gottesdienerin. »Mögen sie sich um uns versammeln und sich an den angebotenen Gerichten erfreuen.«

Dann nahm sie von jeder Platte etwas und stellte die Speisen für die Unsichtbaren zusammen.

Da spürte Bebon plötzlich, dass noch jemand anwesend war. Obwohl er eigentlich nicht daran geglaubt hatte, musste er jetzt doch zugeben, dass der Wunsch der alten Dame in Erfüllung gegangen zu sein schien.

»Lasst uns diesen Augenblick des Friedens genießen, in dem Jenseits und Diesseits vereint sind«, bat sie. »Jetzt dürfen wir essen und trinken.«

Die Gottesdienerin ließ einen Kelch mit Wein herumgehen und brach das Brot. So bewahrte Osiris das Blut des Weinstocks und das nach dem Tod des Korns auferstandene Getreide, das Leben.

Chechonq nahm nicht von der hervorragenden Fischsuppe.

»Ich habe schreckliche Neuigkeiten«, sagte er mit tränenerstickter Stimme. »Kambyses, der Kaiser von Persien, hat die spärlichen Truppen zermalmt, die Psammetich, der Sohn von Pharao Amasis, zusammengezogen hatte. Sie sind beide tot.«

»Und Saïs wurde erobert und besetzt?«, fragte Nitis.

»Saïs und alle anderen Städte im Nil-Delta. Sogar Memphis ist soeben gefallen. Phanes von Halikarnassos hat sich mit dem Feind zusammengetan, und auch Siegelbewahrer Udja hat sich ihm ergeben. Um jeden Gedanken an Widerstand im Keim zu ersticken, hat Kambyses den Apis-Stier töten lassen. Ab sofort gilt in Ägypten das Recht des Stärkeren.«

Nitis und Kel liefen die Tränen über die Wangen. Nur Bebon, der Schauspieler, blieb stark und gab den ungerührten Mann.

»Und die Perser setzen ihren Eroberungsfeldzug fort«, berichtete Chechonq weiter. »Ihr nächstes Ziel heißt Theben.«

»Wir werden Widerstand leisten!«, versprach Kel.

»Dazu haben wir nicht die Mittel«, widersprach die Gottesdienerin. »Außerdem wird Kambyses es nicht wagen, Karnak anzugreifen. Ihr aber müsst gehen. Nitis, dir gebe ich eine Truhe mit den heiligen Stoffen, die die gefährliche Löwin besänftigen. In dieser Truhe ist auch das Leintuch von Osiris, das für die Mysterienfeier gebraucht wird. Damit und mit deinem Wissen als Neith-Priesterin, wirst du unsere Weisheit bewahren und unsere Werte weiterreichen. Und dich, Schreiber Kel, werde ich heute Nacht einweihen, dann kennst du die Geheimnisse des Himmels, der Erde und der Sterne. Ein neues Leben wird dich atmen und zu einem geistigen Sohn von mir werden lassen, der unsere Freiheit verteidigen kann. Im Morgengrauen müsst ihr Karnak verlassen. Nur zwei Menschen wie ihr beide können das Verhängnis besiegen.«

»Wohin sollen wir denn gehen, Majestät?«, fragte Nitis.

»Nach Nubien. Mit einem von mir geschriebenen Geleitbrief könnt ihr die Grenze bei Elephantine überschreiten. Dann folgt ihr einem Weg, der am Nil entlangführt. Ein himmlisches Zeichen wird euch zu einem Dorf bringen, in dem der Gott Amun verehrt wird. Dort seid ihr in Sicherheit und könnt die Rückkehr Maats nach Ägypten vorbereiten.«

77

Kel hatte die Nacht seiner Einweihung in die Mysterien hinter sich, verspürte aber keinerlei Müdigkeit. Sein Geist hatte sich den spirituellen Wirklichkeiten geöffnet, die in Karnak seit Jahrhunderten gelehrt wurden. Jetzt wurde es Zeit, die Gottesdienerin und den Tempel zu verlassen. Er musste an seinen Meister denken, der ihn in das Übersetzeramt eingeführt hatte und der ermordet wurde, weil er den verschlüsselten Papyrus nicht hätte zurückhalten und zu entziffern versuchen dürfen. Doch dann hatten die Königin und ihre Verschwörer beschlossen, alle Übersetzer zu töten, um Ägypten blind und taub zu machen; so konnten die Perser ihren Überfall vorbereiten, ohne dass Pharao Amasis etwas geahnt hätte, weil er sich allzu sehr auf seine griechischen Verbündeten verließ. Und er – Kel – war auf Anraten seines griechischen »Freundes« Demos, der später auch beseitigt wurde, zum willkommenen Sündenbock auserkoren worden.

Die Götter rächten sich jetzt an einer Macht, die das Gesetz von Maat missachtet hatte. Gemeinsam mit Nitis wollte der Schreiber weiterkämpfen und einen Widerstand gegen die Perser auf die Beine stellen. Auch wenn ihre Aussichten auf Erfolg äußerst gering waren, wollten die beiden auf keinen Fall aufgeben.

»Ich werde euch begleiten«, teilte ihnen Bebon mit. »Nordwind und ich müssen uns ein wenig die Beine vertreten.«

»Das wird aber eine sehr gefährliche Reise.«

»Was soll ich denn hier ganz allein? In Nubien machen wir schöne Masken, und ich kriege alle Gottheiten zusammen, die wir brauchen, um die großen mythischen Geschichten zu spielen.«

Die beiden Freunde umarmten sich.

Nordwind wurde das Leittier für eine kleine Herde kräftiger Esel, die Lebensmittel, Wasserschläuche, Kleidung, Seife, Schreibwerkzeug und Waffen tragen mussten.

»Es wird Zeit für euch zu gehen«, sagte die Gottesdienerin zu Nitis.

»Ich würde so gern bei Euch bleiben!«

»Dein Schicksal hat einen anderen Ort für dich bestimmt. Du und Kel, ihr beide seid ein Paar, würdig zu herrschen. Stattdessen sollt ihr im Verborgenen kämpfen, ohne je etwas davon zu haben und ohne euch entmutigen zu lassen. Außer Bebon dürft ihr keine Freunde haben und euch nur auf euch selbst verlassen. Die Zeit des Unglücks und des Widerstands naht, und ihr allein verkörpert die Hoffnung.«

Nitis, Kel, Bebon und Nordwind verneigten sich vor der Gottesdienerin.

Dann brach ihre kleine Karawane Richtung Süden auf.

»Morgen werden die Perser Theben erreicht haben, Majestät«, teilte ihr der Haushofmeister mit.

»Dann solltest du dich jetzt in Sicherheit bringen«, meinte die Gottesdienerin.

»Ihr kennt mich doch: Woanders halte ich es nicht aus. Und mich von Euch entfernen zu müssen, wäre für mich eine unerträgliche Strafe.«

»Du weißt aber, dass uns Kambyses nicht verschonen wird, Chechonq. Er wird uns töten und versuchen, Karnak zu zerstören. Die Götter sorgen zwar dafür, dass ein Teil des Tempels überdauert, aber Amuns Getreue müssen sterben.«

»Ich war immer bemüht, Euch ein treuer Diener zu sein und das Glück dieser Provinz zu mehren. Es wäre eine Schande, wenn ich fliehen würde.«

Daran gewöhnt, ihre Gefühle zu beherrschen, begnügte sich die alte Dame mit einem dankbaren Blick, der den Haushofmeister zutiefst rührte.

»Wir gehen jetzt in meine Grabkapelle in Medinet Habu«, bestimmte sie. »Dort will ich meine letzte Handlung als Herrscherin vollbringen und Nitokris als Tochter annehmen, die zukünftige Gottesdienerin.«

Als sie den Nil überquerten, dankte sie den Göttern für die Gunst, die sie ihr erwiesen hatten. Im Laufe ihres langen Lebens hatte die Gemahlin von Amun alles, was ihr zur Verfügung stand, aufgebracht, um ihre heilbringenden Kräfte zu bündeln und an ihre Umgebung weiterzugeben.

Die Wände der Kapelle waren mit zahllosen Reihen von Hieroglyphen bedeckt, in denen die wichtigsten Stoffe der *Pyramidentexte* aufgegriffen wurden. Die alte Dame beschrieb für die junge Nitokris die Rituale, mit denen sie zum höchsten geistlichen Amt des Landes ernannt wurde, und erzählte ihr sehr lange von ihren Pflichten und Aufgaben. So vollzog sich die Übergabe außerhalb von Zeit und Raum der Menschen – als hätte es den persischen Überfall nicht gegeben.

»Die Himmelsgöttin Nut nimmt alle Lebewesen in den schützenden Kreis ihrer Arme auf«, sagte die Gottesdienerin. »Sie ist unsere geheimnisvolle Retterin und wird unser Dasein vor allem Bösen bewahren. Unser *Ka* wird nicht von uns getrennt werden.«

Dann kehrte die Mutter mit ihrer geistigen Tochter nach Karnak zurück. Liebling und Zauberkünstler bereiteten ihrer Herrin einen begeisterten Empfang.

Und vom Dach des Tempels aus, im Licht der Sonne, sahen sie zu, wie die Perser über die Stadt herfielen, alles, was ihnen in den Weg kam, verwüsteten und sich mit Gebrüll gegen das große goldene Tor warfen, nachdem sie den Leichnam von Chechonq niedergetrampelt hatten.

»Ich habe Angst«, gestand die junge Nitokris.

»Drück dich an mich und schließ die Augen«, bat sie die Mutter.

Und bald hörte man die Schritte der Angreifer auf der steinernen Treppe. Den Blick in den Himmel gerichtet, sprach die Gottesdienerin die Worte zur Verwandlung in Licht.

Die von Nordwind angeführte Karawane hatte die Grenze bei Elephantine und den ersten Katarakt überwunden und gelangte immer tiefer nach Nubien.

Bebon fehlte es an nichts, weshalb er die Reise recht angenehm fand; allmählich machte er sich aber doch Sorgen. Dieses sagenhafte Zeichen ließ auf sich warten!

Im Wipfel eines hohen Baums saß ein großer Vogel mit sehr langem Schnabel und beobachtete sie. Als sie näher kamen, breitete er seine großen Schwingen aus und kreiste über ihnen.

»Das ist der *Ba*, die unsterbliche Seele der Gottesdienerin«, erklärte Nitis. »Er nährt sich von den Sonnenstrahlen und wird uns zu unserem Ziel geleiten.«

Tatsächlich verließ sie der Vogel nicht mehr und führte sie bis zu einem Dorf, in das sich einige Soldaten und Bewohner des Lagers von Elephantine geflüchtet hatten, als sie einsehen mussten, dass sie den Persern nichts mehr entgegenzusetzen hatten. Doch sie alle waren zum Widerstand entschlossen und wollten nach und nach das verlorene Gebiet zurückerobern. Sie hatten einen Führer gewählt, zu dem sie jetzt die Neuankömmlinge brachten.

Bebon traute seinen Augen nicht.

»Das kann doch nicht wahr sein!«

»Doch, ich bin es«, bestätigte Richter Gem, »aber Ihr habt nichts mehr zu befürchten, weil die Wahrheit ans Tageslicht gekommen ist. Bei meiner Ankunft in Memphis erfuhr ich vom Tod von Pharao Amasis. Da der Sieg der Perser unausweichlich schien, wäre es dumm gewesen, nach Saïs zurückzukehren. Man hätte mich dort auf der Stelle getötet. Deshalb beschloss ich, die Leute um mich zu versammeln, die genug Mut haben, um den Kampf fortzusetzen. Aber in meinem Alter ist dieses Unternehmen für mich eine schwere Last. Ihr hingegen seid jung und könnt mir die Führung abnehmen.«

Bebon wollte gerade schwerwiegende Einwände erheben, als ihm eine wunderschöne Nubierin, die einen Lendenschurz aus Palmfasern trug, der nur der Zierde diente, ein rotes Getränk anbot.

»Das ist Hibiskustee«, erklärte sie ihm. »Er vertreibt die düsteren Gedanken und verleiht einem neue Kräfte. Du musst ein ausgezeichneter Krieger sein, das fühle ich.«

Bebon wollte das nicht bestreiten.

»Wo findest du diese Pflanze?«

»Abseits vom Dorf.«

»Zeigst du mir deinen Garten?«

»Gern, gehen wir.«

Richter Gem setzte sich auf eine Schlafmatte.

»Unser Schauspieler scheint sein neues Leben zu genießen! Ich weiß, ich habe mich schrecklich in Euch getäuscht. Und wenn das Recht in die Irre läuft, geht das ganze Land seinem Verderben entgegen. Ich will meinen Fehler wiedergutmachen, indem ich unter Eurem Befehl kämpfe, Schreiber Kel – gemeinsam jagen wir die Fremden aus den Zwei Ländern.«

Nach einem einfachen Abendessen, bei dem Bebon fehlte, weil er viel zu sehr damit beschäftigt war, in Gesellschaft seiner Lehrmeisterin Pflanzen zu sammeln, erklommen Nitis und Kel eine Düne, die von den Strahlen der untergehenden Sonne vergoldet wurde. Nordwind legte sich ihnen zu Füßen.

Den Blick auf ihr gequältes Ägypten gerichtet, schworen sie sich, es zu befreien.